ro
ro
ro

Zu diesem Buch

«Es ist Mode geworden, ‹die Wahrheit› über Beauvoir und Sartre zu schreiben, vor allem über Beauvoir. Und die Wahrheit entspricht, wen wundert's, nicht der Legende.» («Emma») Die jetzt erschienenen Briefe der Beauvoir räumen endlich mit dem Klischee auf, zu dem Sartre und sie für viele ihrer Verehrer geworden waren.

Simone de Beauvoir, geboren am 9. Januar 1908 in Paris, war eine führende Repräsentantin des französischen Existentialismus in der Literatur. An der Sorbonne lernte sie Jean-Paul Sartre kennen, der ihr Lebensgefährte und geistiger Weggenosse wurde. Als Philosophin und Erzählerin stets bemüht, Ideen und gedankliche Prozesse darzustellen, blieb sie doch eine Künstlerin, die es vermied, die Personen ihrer Dramen und Romane als bloße Ideenträger zu benutzen. Für ihren Schlüsselroman «Die Mandarins von Paris» (1955; rororo Nr. 10761) erhielt sie den «Prix Goncourt». Simone de Beauvoir starb am 14. April 1986 in Paris.

Eine Liste der im Rowohlt Taschenbuch Verlag lieferbaren Titel von Simone de Beauvoir findet sich im Anhang dieses Buches.

Simone de Beauvoir

BRIEFE AN SARTRE

Band 2: 1940 – 1963

Herausgegeben und mit
Anmerkungen versehen von
Sylvie Le Bon de Beauvoir

Rowohlt Taschenbuch Verlag

Die Originalausgabe erschien 1990
unter dem Titel «Lettres à Sartre. 1940–1963»
im Verlag Éditions Gallimard, Paris

Veröffentlicht im Rowohlt
Taschenbuch Verlag GmbH,
Reinbek bei Hamburg,
September 1998

Umschlaggestaltung C. Günther / W. Hellmann
(Foto: Simone de Beauvoir und
Jean-Paul Sartre 1967 in Stockholm,
Ullstein Bilderdienst, Berlin)
Gesamtherstellung Clausen & Bosse, Leck
Printed in Germany
ISBN 3 499 22373 2

Band II: 1940–1963

Anmerkung des Verlags:
Die mit einer Ziffer versehenen Fußnoten stammen von der Herausgeberin Sylvie Le Bon de Beauvoir, die mit * versehenen von der Übersetzerin Judith Klein.

141

Hôtel-Pension Saint-Antoine
Les Houches (Haute-Savoie)

Dienstag, 2. Januar [1940]

Ganz liebes kleines Geschöpf

Ich habe Ihnen also gestern früh beim Frühstück geschrieben. Ich habe meinen Brief auf die kleine Ablage gelegt, die den Leuten aus dem Hotel als Briefkasten dient, dann habe ich mir die Skier angeschnallt und bin bei herrlicher Sonne Richtung Megève gefahren. Ich hatte wirklich Glück, nur einen Tag Nebel und einen Tag Schneefall, sonst gleißende Sonne. Ich habe die Abfahrt des Tour gemacht, dann die Abfahrt von Rochebrune – all das nicht schlecht, fast ohne zu stürzen, aber ohne Energie. Ich war ein bißchen kaputt vom Vortag, der mich wirklich mitgenommen hatte. Ich habe jetzt den Eindruck, daß ich auf mittelschweren Pisten, bei mittelgutem Schnee ungefähr tue, was ich will, aber daß ich nicht «fähig bin, zu wollen», wie Gandillac[1] zu seiner Liebsten sagte. Die Müdigkeit ist eine seltsame Sache, ich habe versucht, darüber nachzudenken, aber ohne Ergebnis; es hat nichts von Schmerz oder fast nichts, es ist mangelnde Leistungsfähigkeit der körperlichen Reaktionen, aber stammt sie vom Körper her oder von der Seele? und über welche Verbindung? Es fällt

1 Maurice Le Patronier de Gandillac, Clairaut in den *Memoiren*, S. 263. Kommilitone Sartres und seiner «kleinen Kameraden» in der Ecole Normale und ihr Prügelknabe, unter anderem wegen seiner bigotten Skrupel.

mir schwer, die physische Erschöpfung vom Herzeleid zu unterscheiden – und tatsächlich ist es nie «physische» Erschöpfung, wenigstens nicht, wo ich jetzt stehe – es kommt mir etwas rätselhaft vor – Gestern früh hat mich Melancholie befallen in diesem schönen Schnee, in dieser herrlichen Sonne: es kam mir alles eitel vor ohne Sie; ich wäre so gern mit Ihnen zusammengewesen, mein Kleiner, ich warte allmählich mit einer solchen Ungeduld auf Sie.

Ich bin zum Mittagessen wieder hochgestiegen. Ich bin mit dem Skilift zum Montjoux und bin ihn abgefahren. Dann habe ich einen absolut reizenden Ausflug gemacht: die Abfahrt nach Combloux – es beginnt wie in Richtung Saint Gervais, und ich bin diesen Teil der Piste wirklich sehr gut gefahren, die Geschwindigkeit hat mich fortgerissen, ohne daß ich es beabsichtigt hätte, und ich war es leid hinzufallen, daher bin ich überhaupt nicht gefallen, und bin in rasendem Tempo ein ziemlich kniffliges Stück gefahren. Dann bin ich in Richtung Combloux abgebogen, durch endlose unberührte Schneefelder; es war so leicht, es war fast kein Sport mehr, aber es war wie ein Wunder, die Einsamkeit, die Sonne, das Weiß. Es ist schade, daß wir sie nie zusammen gemacht haben, es ist die reizendste Abfahrt – es sind nur 30 Meter Wald, auf denen man laufen muß (auf den Skiern), und der Rest ist leichter als jede andere Piste. Ich bekomme Lust, wirkliche Skiwanderungen in den Bergen zu machen, ich habe die Pisten ein bißchen satt – aber natürlich nicht allein. Falls ich Ostern unglücklicherweise Ski laufe (wenn ich nicht in Annecy bin)[2], werde ich mich mit Leuten zusammentun und große Wanderungen oberhalb von Val-d'Isère und Tignes machen.

Von Combloux bin ich per Autostopp nach Megève zurückgekommen; von 5 bis 6 mußte ich auf die Seilbahn war-

2 Verschlüsselter Ausdruck für: wenn Sie nicht zurück ins Landesinnere gekommen sind und ich nicht bei Ihnen sein kann. Dieselbe Ausdrucksweise wie am Ende des Briefes 136.

ten und habe währenddessen in einem kleinen Café an Bost geschrieben; ich hatte ihm am Vortag überhaupt nicht geschrieben. Und ich bin wie am Vorabend mit der letzten Seilbahn in Gesellschaft des Skilehrers hochgefahren und hatte denselben Rückweg durch die Nacht, die aber ganz mild war, so daß es ein wirkliches Vergnügen gewesen ist.

An meinem Schreibtisch saß der junge Mann vor dem Radio, er hat mir den Apparat angeboten, und wir haben nett geplaudert; die andere Frau war abgereist, er ist ganz einfach ein geselliger Mensch; er hat mir schließlich den Apparat abgetreten, aus dem ich die *Achte Symphonie* von Beethoven herausgezogen habe, die sehr schön ist und die in Budapest gespielt wurde. Das kam mir poetisch vor. Ich habe auch noch Chopin, Brahms herausgezogen – aber es gab keine große Auswahl. Ich habe nichts anderes getan, als mir das alles anzuhören, und bin früh schlafen gegangen, ich war müde.

Heute früh war die Abreise. Ich habe meinen Koffer mit der Seilbahn weggeschickt und eine Abfahrt nach Saint-Gervais gemacht; in einem kleinen Bistro habe ich draußen in der Sonne auf den Bus gewartet, der mich nach Le Fayet gebracht hat, wo ich den Koffer gelassen habe, dann nach Les Houches, wo ich den Skilift zum Voza-Paß genommen habe. Ich habe in dem schönen Hotel zu Mittag gegessen, ich hatte mir ein Vergnügen versprochen, aber man ißt dort überhaupt nicht gut. Dann bin ich die blaue Piste abgefahren; in 1 Stunde, aber nicht sehr gut, zu vorsichtig, was viel anstrengender ist. Denn trotz allem beeindruckt es ein bißchen, absolut allein zu sein, niemand fährt auf dieser Piste, und der Lehrer hatte mich gestern abend durch Vorhaltungen beunruhigt, die er mir machte, weil ich allein in Combloux gewesen war – ich hatte Angst, mir den Fuß zu verstauchen, und wagte es nie, drauflos zu fahren. So daß ich mich, als ich unten ankam, in ein kleines Café von Les Houches verkrochen habe, statt wie vorgehabt wieder hinaufzufahren und nochmals abzufahren. Es ist erstaunlich, wie trostlos dieses Tal von Chamonix ist. Vom Mont d'Arbois ist eine dicke Nebelschicht zu sehen, die niemals …[3] und die das ganze Tal erdrückt, und ist man da hineingetaucht, ist es wie ein eiskaltes Bad, während auf dem Voza-Paß die Sonne glühte. Es ist ganz wie eine Abreise, aber es ist poetisch und schön. Im Café von Les Houches und überhaupt diese zwei letzten Tage habe ich eine Biographie von Heinrich Heine gelesen, die vor 3 oder 4 Jahren in der *N. R. F.** erschienen ist, die ich vom Ungarn habe und die mich wirklich amüsiert hat. Kennen Sie sie? Ein seltsam individualistisches Leben, aber höchst durchdrungen vom Sozialen, selten war jemand mehr «in Situation» als er – durch ihn kann man der Geschichte der deutsch-jüdischen Immigration vor hundert Jahren folgen, und es ist interessant, das im Lichte von heute zu sehen – er hat eine Menge interessanter Leute gekannt: unter anderen Marx und Lassalle und Wagner und Gérard de Nerval und hundert andere. Und es ist ein seltsames Schicksal, sehr beeindruckend. Es hat mich gepackt. Und dann warte ich in einem anderen Café auf den Bus nach Saint-Gervais–Le Fayet. Ich werde vier Stunden Zeit vor der Abfahrt meines Zuges haben und alle meine Schülerarbeiten fertig korrigieren, so daß ich morgen in Paris einen riesigen Arbeitstag** habe. Ich bin gierig danach. Wenn Kos. nicht da ist, gehe ich abends ins Kino, sonst wahrscheinlich am späten Nachmittag; ich habe große Lust dazu und große Lust, wieder in Paris zu sein. Aber ich träume von einem weiteren Skiurlaub, ich habe mich wunderbar amüsiert und kann allmählich wirklich einiges. Wer weiß, vielleicht nächsten Winter, wir beide, mon amour – ich möchte so gern mein Leben mit Ihnen, mein Kleiner, wiederfinden. Ich habe keinen Brief bekommen. Ich habe gebeten, mir die Briefe nach Paris nachzuschicken, es ist wegen diesem 1. Januar, niemand auf der Hütte hatte einen Brief – der letzte, den ich bekommen

3 Unleserliches Verb.
* *Nouvelle Revue Française* aus dem Verlagshaus Gallimard.
** Für die Arbeit am Roman.

habe, stammt vom 26.; morgen bekomme ich in Paris vielleicht die vom 31. und vom 1., ich freue mich darauf.

Sagen Sie mir, wann Sie ankommen, mon amour, damit ich Ihren Anzug[4] beschaffe und Vorfreude habe. Ich kann es kaum erwarten, Sie zu sehen. Ich liebe Sie leidenschaftlich, mon amour

Ihr reizender Castor

Umschlag
F. M.*
Soldat Sartre
Wetterbeobachtungsstation
Stab der Artillerie
Abschnitt 108

142

Mittwoch 3. Januar [1940]

Ganz liebes kleines Geschöpf
Ich habe heute vormittag Ihren Brief vom 31. Dezember vorgefunden, der brav auf der Post auf mich wartete; aber wo sind die vom 27.–28.–29.–30., sie kursieren zwischen Megève und Paris, es ärgert mich, daß ich sie nicht habe. Ich habe auch 3 Bücher bekommen, aber, kleiner Schlimmer! nicht den *Shakespeare*. Ich habe Ihnen deshalb ein Telegramm geschickt. Mein süßer Kleiner, es verdrießt mich wirklich, Kos. sagen zu müssen, daß Sie ihr Buch haben, vor allem weil ich ihr ursprünglich geantwortet habe, es sei im Lycée – das wird was geben, und auf jeden Fall ist es sehr unangenehm – ich kann es nicht schlicht und einfach neu kaufen, denn ihr Name steht drin, ihr Herz hängt daran. Ich flehe Sie an, es sofort zu schicken, wenn es noch nicht geschehen ist. Kleine Enttäu-

4 Sartres Kleidung war zum Teil bei seiner Mutter.
* Franchise militaire, portofreie Feldpost.

schung auch wegen der Tagebücher, ich hätte sie gern gelesen. Insgesamt kam mir dieser Tag in Paris enttäuschend vor, weil ich mit dem Gefühl zurückkehrte, etwas «wiederzufinden» – was wiederzufinden? Sie natürlich, und ich habe Sie nirgends gesehen, mon amour. Ich bin im übrigen nicht traurig, etwas abgestumpft von der Reise, wie es normal ist. Gestern bin ich von Les Houches mit dem Bus nach Saint-Gervais gefahren, dösend und poetisch – ich erinnerte mich an die schöne Wartezeit letztes Jahr, als wir zusammen auf den verschneiten Straßen um Le Fayet herumirrten und über Védrine sprachen und uns ganz stark liebten. Erinnern Sie sich an diesen Abend in der Finsternis, bevor wir den Zug nahmen, mon amour? Ich bin ihm wieder ganz nahe gekommen. Ich habe mich in ein kleines warmes Café gesetzt, das mit großen Wandschirmen zweigeteilt war. Hinter den Wandschirmen gab es ein kleines militärisches Fest, Soldaten verabschiedeten sich von einem Hauptmann: «Sie sind für uns wie ein Vater gewesen, usw.» – ich bin dort 3 Stunden geblieben, habe an Bost geschrieben, mein Tagebuch geführt, Schülerarbeiten korrigiert. Dann habe ich etwas zu essen gekauft und auch *Gilles* [dt.: *Die Unzulänglichen*] und *Le bœuf clandestin* [Das heimlich gegessene Beefsteak][5]. Ich habe mich in einem Abteil niedergelassen, in dem die blaue Lampe einen ganz kleinen Lichtschimmer durchließ und das leer war: auf dem Bahnsteig habe ich den schönen jungen Mann wiedergetroffen, er versuchte, mich in sein Abteil zu locken, aber ich habe ihm einen Korb gegeben und mich in meinem niedergelassen. Ich habe ein bißchen *Le bœuf clandestin* gelesen und geschlafen, zwei Stunden lang wunderbar geschlafen, aber in Bellegarde sind Soldaten hereingekommen und bis Bourg geblieben. Sie waren zu viert und tranken und aßen viel; Savoyarden mit starkem Akzent; einer spielte den Höflichen und wollte aus Rücksicht auf mich das Licht ausmachen, aber ein anderer

5 Das erste Werk ist von Drieu La Rochelle, das zweite von Marcel Aymé.

Kleiner stöhnte: «Ich mag das nicht, da wird mir mulmig», und machte das Licht wieder an – «Ich muß kotzen», sagte einer nach einem großen Schluck Schnaps. «Red nicht so ordinär», sagte ein anderer vorwurfsvoll zu ihm. «Na, ich muß mich übergeben, wenn dir das lieber ist.» Sie waren laut, trotz ihrer Rücksichtnahme, aber ich habe trotzdem ein bißchen geschlafen – und dann viel, bis nach La Roche. Die Landschaft war ganz verschneit, ich habe auf Paris gewartet und *Le bœuf clandestin* zu Ende gelesen; es ist ein bißchen kurzweilig, aber nicht sehr. Ich habe es Ihnen geschickt, *Gilles* wird folgen und die Romains', aber zuerst lese ich sie. Wir sind um 9 Uhr angekommen. Paris war verschneit und milde, ganz ausgestorben um den Bahnhof, wo ich fast eine Viertelstunde auf ein Taxi gewartet habe. Ich bin zum Hotel zurückgekehrt: von Kos. keine Spur. Ich habe aufgeräumt, lange Toilette gemacht, ich bin bei der Post vorbeigegangen, habe während des Frühstücks im *Versailles* Ihren Brief gelesen und Ihr Päckchen weggeschickt: die Hefte sind ein bißchen zu groß, aber liniert habe ich nichts anderes gefunden – die Tinte ist wunderbar, beste Qualität und letzte Neuheit. Danach war ich in Neuilly, wo ich Ihr Geld geholt habe, dann bei meiner Mutter zum Mittagessen, dann im *Dôme*, wo ich 4 Stunden gearbeitet habe. Ich habe ein bißchen die letzte Version meines Romans gelesen, mit der ich schon bei Seite 80 bin, ich habe den Eindruck, daß es 100 % gewonnen hat. Ich habe es wirklich sehr gelungen gefunden und war zufrieden. Aber ich brauche Ihre Meinung, vielleicht werden Sie finden, daß es schwerfällig geworden ist. Und dann habe ich brav an meinem Kap. 4 gearbeitet, das nur einige Retuschen braucht und mir keine Mühe bereitet hat. Um 6 Uhr ½ bin ich wieder zur Post gegangen; vergeblich, aber ich habe die Postanweisung und das Telegramm abgeschickt; und ich bin Y. Morineau begegnet (Morineau – die Schülerin aus Rouen, deren Mann bei *Paul* Billard spielte, die mehr und mehr dem Zébuth[6] in jun-

6 Cousine von Madame Morel.

gen Jahren ähnelt, gekleidet und geschminkt wie eine Verkäuferin und ohne Charme). Wir haben über alle möglichen Frauen geredet, sie sind alle mit Pharmazie- oder Medizinstudenten verheiratet. Sie hat zu mir gesagt, ich sei schön braun geworden, und wirklich, ich bin sehr braun geworden.

Und dann habe ich in der *Coupole* gegessen, wo ich Ihnen schreibe. Der Boubou sitzt zufällig mir gegenüber, mit zwei Spaniern, von denen der eine anscheinend ein großer Bewunderer von Ihnen ist. Er hat mir guten Tag gesagt, und ich werde ihn vorm Schlafengehen kurz sehen.

Mein Vater hat Ihr Buch gelesen. Er findet es «gut geschrieben», aber verrückt und idiotisch, außer *L'enfance d'un chef**, das ihm etwas gefällt; aber er versteht nicht, wie Sie am Anfang links und am Ende Anhänger der Action française sein können. Er ist über die Obszönitäten empört und darüber, daß Sie das Buch Kos. gewidmet haben, die er verdächtigt, Ihre Geliebte zu sein.

Auf Wiedersehen, mon amour – das ist ein mieser kleiner Brief, aber ich bin kraftlos. Haben Sie die Bücher an Bost geschickt, ich verspreche sie ihm jeden Tag, der Arme. Schikken Sie mir Rauschning, wenn Sie damit fertig sind – oder bringen Sie es mit, es eilt nicht. Bis morgen, mein Kleiner, ich hoffe auf einen großen Packen Briefe. Ich sehne mich nach Ihnen. Ich liebe Sie so sehr, mon amour.

Ihr reizender Castor

Umschlag
F. M.
Soldat Sartre
Wetterbeobachtungsstation
Stab der Artillerie
Abschnitt 108

* Die Erzählung *Die Kindheit eines Chefs* aus Sartres Erzählband *Le mur* von 1939, in der die Entwicklung eines Jungen bis zu seiner Teilnahme an den faschistischen Gruppierungen der zwanziger Jahre nachgezeichnet wird.

143

Le Dôme

Paris, Donnerstag, 4. Januar [1940]

Ganz liebes kleines Geschöpf

Heute ist ein Festtag, ich habe zwei Briefe von Ihnen bekommen, einer war von *gestern*. Die von Megève sind immer noch nicht angekommen, das ärgert mich ein bißchen, aber immer weniger, weil ich wieder über Ihr Leben auf dem laufenden bin. Ich schöpfe allmählich Hoffnung, daß der *Shakespeare* ungefähr zur gleichen Zeit wie Kos. ankommt, die morgen wieder aufkreuzt. Im übrigen fängt mein «nettes Gesindel» wieder an, mich zu verschlingen, und das deprimiert mich ein bißchen, ich habe *so große* Lust zu arbeiten, Sie können es sich nicht vorstellen. In Wirklichkeit lastet zur Abwechslung Védrine auf mir. Es hat mir das Herz angenehm berührt, Sorokine beim Mittagessen wiederzusehen, so daß ich ihr meinen Abend angeboten habe: ich schreibe Ihnen, während ich auf sie warte – es freut mich ein bißchen, morgen Kos. wiederzusehen, die mir einen kleinen idyllischen Brief geschrieben hat – aber dieser Nachmittag mit Védrine war erdrückend und inhaltslos; sie hatte Scherereien wegen ihrer Familie, sie war voller kleiner Sorgen, dazwischen nervöse leidenschaftliche Ausbrüche, und es ödete mich regelrecht an. Ich habe meine Vorkehrungen getroffen: zwei Abende pro Woche, ein Mittagessen von anderthalb Stunden am Montag und ebenso am Freitag – übrigens, obwohl sie jammert, wir würden uns wenig sehen, ist sie kaum bereit, mir mehr zu geben.

Ich werde der Reihe nach erzählen. Gestern bin ich also zu den Gérassis hochgegangen – in ihrem Atelier war es eisig, ein Ofen verräucherte das ganze Zimmer, ohne zu heizen – sie aßen ein ausgezeichnetes Abendessen, für den Sohn Unamuno zubereitet, der nicht gekommen war. Gérassi hat für 2000 Kröten im Monat eine Arbeit in einer Radiowerkstatt angenommen, 8 Stunden am Tag, er findet das schlimm – er will weg und träumt davon, in Santo Domingo Fischer oder in Argentinien Bauer zu werden; das sind leere Träume, aber er nennt Stépha feige, weil sie nicht aufs Geratewohl mit ihm gehen will, und es schwelt zwischen ihnen. Das spanische Zentrum wurde durchsucht, anderthalb Millionen wurden mitgenommen, die sich dort befanden und die monatlich an die ehemaligen republikanischen Kämpfer verteilt wurden, und es wurde nicht zurückgegeben; Sarrant verspricht, das Geld werde zurückgegeben, aber die Rechte widersetzt sich, und Gérassi, der davon lebte, ist völlig abgebrannt. Pétain hat, um Franco entgegenzukommen, verlangt, die Republikaner sollten aus dem Rundfunk rausgeworfen werden, und der Dichter Alberti und viele andere liegen plötzlich auf der Straße, alle sind angewidert; Stépha wird jegliche Arbeitserlaubnis verweigert, sie hat unheimliche Scherereien wegen ihres Personalausweises. Ich verstehe, daß sie abhauen wollen. Sie haben mich gebeten, an «diese Dame» zu schreiben und zu fragen, ob sie ihnen ein Visum für Argentinien beschaffen kann, ich werde es tun, sie sagen, das Visum sei ihre einzige Rettung. Sie wollten mich zu einem Abend beim Dichter Alberti mitnehmen, aber ich war zu kaputt, ich bin nach Hause gegangen, um zu schlafen. Ich habe vorm Schlafen *Gilles* gelesen, das mich ein bißchen amüsiert. Ich habe eine ausgezeichnete Nacht verbracht, aber wie traurig kam es mir vor, um 7 Uhr früh die Finsternis vor mir zu haben, statt meiner herrlichen Sonnenaufgänge. Ich bin trotzdem aufgestanden und habe anderthalb Stunden im *Dôme* gearbeitet – sehr gut – wenn ich dieses Trimester nur Zeit habe, wird es gehen. Ich habe Stépha gesehen, aber sie hat mich nicht gestört – sie ist schnell wieder weggegangen. Danach Post: 1. Brief von Ihnen – kleiner Brief von Bost, der an der Front ist: 2 Tage in Eiseskälte Wache geschoben, 7 Tage in einem Haus mit Betten, wieder 2 Tage, dann 7 Tage, usw. Wenn er wieder in die Etappe kommt, wird er 45 Tage lang keinen Zivilisten gesehen haben – aber er hat Augenblicke gewaltiger und grundloser Freude, wie in Taverny. Er ist ein bewundernswerter und netter kleiner Kerl. Lycée – dann Mittagessen mit Sorokine, absolut reizend. Wieder Lycée – und Védrine im *Mahieu* von 4 bis 7 Uhr – es war sehr langweilig, und es gibt nichts darüber zu sagen. Wieder auf der Post, ich habe Ihren Brief von gestern bekommen und eine Nachricht von Bost vom Montag. Ich bin im Hotel vorbeigegangen. Wanda ist heute früh zurückgekehrt, Kos. kommt morgen – morgen werde ich auch zwei Stunden Merleau-Ponty treffen, was mir etwas Spaß macht. Und ich werde trotzdem einen langen arbeitsamen Vormittag haben, nicht schlecht.

Jetzt warte ich auf Sorokine, die ich in ein Kabarett mitnehme. Ich finde Sie streng, was *Le moine* angeht; es ist Schund, aber von der besten Sorte, und es hat mich wirklich amüsiert. Ich bin gierig nach *Le diable amoureux* [dt.: *Der verliebte Teufel*]. Schicken Sie dem guten kleinen Bost die Bücher, jetzt, wo Sie die Moneten haben.

Auf Wiedersehen, mein lieber Kleiner. Wie ich es kaum erwarten kann, alle Ihre kleinen Theorien kennenzulernen, Ihnen meinen Roman zu zeigen, mit Ihnen zu reden und Sie zu küssen, mein Kleiner. Ich liebe Sie so stark. Bis bald, mon cher, cher amour

Ihr reizender Castor

Umschlag
F. M.
Soldat Sartre
Wetterbeobachtungsstation
Stab der Artillerie
Abschnitt 108

144

Freitag, 5. Januar [1940]

Mon cher, cher amour

Heute ist wieder Festtag: drei Briefe von Ihnen, einer von gestern und zwei aus Megève vom 27. und 28., ich muß noch zwei nachgeschickt bekommen. Ich habe auch drei kleine reizende Briefe von Bost, der an der Front ist, beköstigt wie ein König, müßig und sehr amüsiert. All das hat mir gute Laune gemacht. Mein lieber Kleiner, werden Sie wirklich fast zwei Wochen lang kommen, wie glücklich wir sein werden – ich mache tausend Pläne in meinem Kopf, und diese ganzen zwanzig Tage werden Ihnen zustreben, durch eine Arbeit, die mich im Augenblick entzückt, weil ich daran denke, daß ich sie Ihnen zeigen werde. Ich liebe Sie, mein süßer Kleiner – ich fühle Ihre Liebe um mich herum so warm, so lebendig, o ganz verhärteter Kleiner, aber für mich zärtlicher als Tau. Ihre Briefe bringen mich zum Lachen, mon amour, und Ihre ganze kleine Person; nicht ohne Grund wird von Ihnen gesagt, Sie seien ein Komiker.

Ich habe Ihnen allerhand zu erzählen. Sorokine ist also im *Dôme* eingetroffen, sanft und nett; sie wollte nicht «ins Kabarett» gehen, sie hatte ihr Schatzköfferchen mitgebracht, um mir alle ihre Geheimnisse zu zeigen. Wir haben Mandarinen gekauft und sind zu mir hochgegangen. Dort hat sie mir ihr kostbarstes Gut offenbart: die Briefe vom Oberst, von ihrer Freundin, ihre kleinen Hefte und eine graphische Darstellung «der Stimmung, der Arbeit und der Zeiteinteilung» im Jahre 1937; das war rot und violett auf einem gekästelten Hintergrund, herrlich. Sie hat mir auf ihre reizende Art eine lange Geschichte erzählt, die ihr mit 16 Jahren passiert ist, und hat mich schwören lassen, sie niemandem weiterzuerzählen, nicht einmal Ihnen. Einen Monat lang hat sie in ihrem Leben eifrig im Warenhaus Printemps mit ihrer Freundin geklaut; nicht zum Spaß oder aus Moralismus, sondern um Geld zu verdienen; sie klauten Dutzende von Füllfederhaltern für 20

Francs, die sie in der Schule für 100 Sous weiterverkauften – sie klauten Wolle für Pullover, Kleiderstoff, die ihre Eltern ihnen erstatteten, weil sie glaubten, der Kauf sei regulär gewesen. Sie ließ sie ihrer Mutter übrigens 50% billiger: «Sie ist so arm, man konnte sie nicht die Preise der Warenhäuser bezahlen lassen», sagte sie wie selbstverständlich zu mir. Mit dem Gewinn leisteten sie sich auf der Weltausstellung Achterbahn- und Kokosnußorgien. Aber eines Tages folgte ihnen auf der Straße ein Mann in Zivil und forderte sie auf mitzukommen: sie hatten die Taschen voller Füllfederhalter – er rief einen Polizisten herbei, und sie wurden zur Polizeiwache gebracht; um sie nicht zu sehr zu demütigen, ließen die Männer sich freundlich unterhaken; sie zitterten vor Schreck. Sie wurden in Arrest gesteckt, wo eine Frau stöhnte: «Es ist widerwärtig, ich habe nur eine Tasche geklaut»; und sie haben sich um das Schicksal dieser Frau gekümmert, die sie beauftragte, einen befreundeten Hehler mit einem Rohrpostbrief zu benachrichtigen. Währenddessen wurde die Familie aufgetrieben; der Vater von Sorokine kam und der Großvater und die Großmutter der Freundin: Zusammenbruch, Schluchzen, Ermahnungen des Polizisten, Flehen der Eltern. Am schlimmsten war, daß die Eltern verdächtigt wurden, man glaubte, sie ließen die Kinder für sich die Arbeit machen: sie hatten für 500 Francs Waren bei sich. Polizisten durchsuchten also die Wohnungen dieser ehrbaren Leute, die vor Scham umkamen. Schließlich wurden die beiden Diebinnen freigelassen. «Letzten Monat hat sie in der Schule noch einen Preis bekommen!» sagte der Vater zum Polizisten, um ihn zu erweichen. Seitdem betrachtet ihr Vater sie als «den letzten Dreck». Die Eltern wollen sich jetzt trennen, und sie streiten sich darum, wer sie nicht mit sich zu nehmen braucht.

Daraufhin haben wir angefangen, uns zu umarmen, und ohne Lust, aber aus Gewissenhaftigkeit habe ich sie gefragt, ob sie «eine vollständige Beziehung» wolle, wie wir gesagt hatten; sie sagte: «Wie Sie möchten», und also habe ich mich auf die gewöhnlichen Umarmungen beschränkt. Nach einer

Viertelstunde begann sie, Fausthiebe gegen die Wand zu geben, sich vor Nervosität zu winden, in die Kopfkissen zu schluchzen. Da habe ich ihr gesagt, ich meinerseits wünschte sehr wohl eine vollständigere Beziehung, wolle aber nichts tun, was ihr mißfiele. «Wir dürfen nicht scheinheilig sein», hat sie gestöhnt. Da habe ich angefangen, sie ein bißchen auszuziehen, und sie hat gesagt: «Machen Sie bitte das Licht aus.» Ich habe ihr gesagt, wir könnten es dabei bewenden lassen, wenn sie wolle. «Nein, aber unter der Bedingung, daß das Licht aus ist.» Ich habe das Licht ausgemacht, sie hat mich nach einem Augenblick äußerst höflich gefragt: «Und Sie, hätten Sie etwas dagegen, sich auszuziehen?» Ich habe meine Bluse ausgezogen; nach einem Augenblick hat sie ohne Heuchelei, mit Gefallen an den klaren Sachen, gesagt: «Gut! na und! Wenn wir schon dabei sind, dann schon richtig, aber machen Sie das Licht nicht an.» Und wir haben uns nackt ins Bett gelegt, ich habe sie ein bißchen intim gestreichelt, aber nur kurz; und dann haben wir geredet, es war seltsam und schön; offensichtlich interessierte sie mehr die Erfahrung, als daß es ihr Spaß gemacht hätte, denn die Schüchternheit lähmte sie; sie hat gefragt, ob ich so mit Ihnen schlafe, ob mich das nicht einschüchtert, ob Sie nackt im Zimmer herumgehen (ich habe nein gesagt); sie wirkt in höchstem Grad wie eine Jungfrau, mit Mißtrauen gegenüber dem Mann und körperlichem Gehemmtsein. «Der Augenblick des Sichausziehens und des Sichwiederanziehens ist lächerlich», hat sie gesagt. Es war keine Rede von wilder Leidenschaft, sie war vor allem zufrieden, weil es «ganz intim» war und weil sie eine ganze vollständige Intimität möchte. Ich, ich war von ihr entzückt, wirklich, ich liebe sie sehr. Sie hat sich um Mitternacht verabschiedet, mit Geld fürs Taxi und ganz strahlend.

Ich habe himmlisch geschlafen. Ich war heute früh um 8 Uhr ½ im *Dôme* und habe bis Mittag gearbeitet; ich habe Stépha gesehen, aber kaum mit ihr geredet. Ich habe das Kap. 4 beendet und bin ganz zufrieden. Und dann habe ich um Viertel vor 12 Wanda gesehen, nett und freundschaftlich;

sie hatte einen gewissen surrealistischen Maler kennengelernt, mit dem die Mondfrau verkehrt; sie hat reizvoll über die Mondfrau geredet. Ich wäre gern etwas länger bei ihr geblieben, aber ich mußte mit Védrine, Lévy, Kanapa zu Mittag essen. Ich habe im *Biarritz* Védrine in einem herrlichen Pelzmantel getroffen und die beiden anderen, die ganz freundlich waren – wir haben gegessen, ich war im Lycée. Védrine hat mir einen kleinen Brief zugesteckt, in dem es heißt, sie bedaure, daß es gestern nicht «gefunkt» habe, es sei ihre Schuld gewesen, sie sei so nervös – und sie schlug mir heute eine leidenschaftliche Nacht vor. Aber Kos. kommt heute abend zurück, ich habe es ihr gesagt – und die Nacht ist verschoben, leider! auf Sonntag.

Drei Stunden Unterricht. Sorokine wartete am Ausgang auf mich, ganz zärtlich und schüchtern, aber ich habe sie herzlich empfangen und im Taxi mit zur Post genommen. Ich habe meine Briefe geholt und sie im *Versailles* gelesen. Dann bin ich zu mir zurückgekommen und schreibe Ihnen. Kos. ist noch nicht eingetroffen, und M. Ponty müßte jeden Augenblick vorbeikommen, aber ich weiß nicht, ob er es tut.

Auf Wiedersehen, mein Kleiner. Ich werde bis zu Ihrer Ankunft gut arbeiten, und Sie werden 200 Seiten der neuen Fassung sehen: die ganze Arbeit vom letzten Jahr durchgesehen und überarbeitet. Ich bin ganz glücklich. Bis morgen. Ich liebe Sie, ich warte auf Sie, Sie mein Glück und mein Leben. Ich küsse Sie zärtlich, vielgeliebter Kleiner.

Ihr reizender Castor

Umschlag
F. M.
Soldat Sartre
Wetterbeobachtungsstation
Stab der Artillerie
Abschnitt 108

145

Samstag, 6. Januar [1940]

Ganz liebes kleines Geschöpf

Ich habe Ihre letzten kleinen Briefe aus Megève bekommen – und einen Brief von vorgestern – wie süß und nett sie immer sind, mon amour, und was für ein vernünftiges kleines Leben Sie haben – aber mein Gott, wie gern ich Sie sehen möchte und wie ich mich nach Ihnen sehne. Gestern habe ich also auf M. Ponty und Kos. gewartet, und keiner von beiden ist gekommen, nur Wanda, die mich um Geld gebeten hat und die ich eingeladen habe, gegen 9 Uhr mit mir ins *College Inn* zu gehen, falls ihre Schwester nicht käme. Aber während des Wartens habe ich nicht gearbeitet. Nur mein Tagebuch auf den neuesten Stand gebracht, das es sehr nötig hatte, und einen Stapel Schülerarbeiten korrigiert. Ich werde zwei Praktikantinnen bekommen, die mich einen Monat lang von dieser Fron befreien werden. Zwischendurch habe ich bei *Pagès* zu Abend gegessen und dabei *Gilles* gelesen, was mich allmählich weniger amüsiert. M. Ponty ist für zwei Minuten vorbeigekommen, um sich mit mir für heute zu verabreden; dann ist Wanda aufgekreuzt, mit ihrem schönen schwarzen Samtmantel und einem kleinen blauen Schal, ganz reizend. Ich hatte schöne Zigaretten gekauft, sie hat einen Whisky bestellt, ich einen Cocktail, und wir haben ungezwungener denn je geredet; ich habe eine Menge Geschichten erzählt, und sie mir, ich finde, sie hat viel Charme; sie träumt ein bißchen davon, möglicherweise Bilder, die sie vielleicht malen könnte, zu verkaufen; sie hatte einige sehr häßliche Skizzen von …[7] gemacht, aber das Herz war bei der Sache. Sie hat Ihnen sicher die Geschichten der Mondfrau erzählt, wie sie eine Löwin der Nachkriegszeit werden will, usw. Wir sind um 11 Uhr nach Hause gegangen, ich hatte einen sehr angenehmen Augenblick verbracht, ich verstehe sehr gut, daß Sie für diese kleine

7 Unleserlicher Name.

Person Zärtlichkeit empfinden. Die Kos. «sind große Klasse», wie die Freundin sagen würde; man kann es nicht leugnen. Ich habe mich hingelegt, habe *Gilles* gelesen und geschlafen. Zuwenig, ich hatte mich an lange Nächte gewöhnt und bin heute abend müde.

Heute früh Unterricht, dann Arbeit im *Dôme*: ich habe meine ersten 80 Seiten noch einmal gelesen, wirklich, ich finde sie gelungen und reich und ziemlich geschickt; ich kann kaum erwarten, sie Ihnen zu zeigen.

Védrine ist um 12 Uhr ½ eingetroffen, und wir haben zu Mittag gegessen – sie war entspannt, und mit einem Mal war ich es selbst auch und froh, sie zu sehen, und wir haben über Donnerstag geredet und uns darüber gut ausgesprochen, warum es nicht gelaufen war; es war nett und ungezwungen. Dann ist eine Frau aufgekreuzt, eine Schülerin von M. Ponty, übrigens mit einem sanften und interessanten Gesicht, die er, ich weiß nicht warum, bestellt hatte; ich hatte mich an die Arbeit gesetzt und Védrine sich auch, und wir haben sie kühl empfangen und ihr ein Buch gegeben, damit sie auch arbeitete. M. Ponty war verwundert, als er aufkreuzte. Védrine ist als erste weggegangen, er hat mir wiederholt, er fände sie schrecklich berechnend und selbstgefällig, er reagiert wie Aron, und ich finde es begründet, sie ist wirklich zu kategorisch. Die Schülerin ist einen Moment geblieben, dann linkisch aufgebrochen, er möchte, daß ich mich um sie kümmere, aber ich habe abgelehnt, obwohl ihr kleiner schmaler Mund mich ein bißchen interessiert. Wir haben geredet, er hat mir von seinem Leben berichtet; er ist Leutnant des «Nachrichtendienstes» an der luxemburgischen Grenze und hat viel zu tun; es gibt dort reiche Dörfer, und er schläft bei einer Hebamme, auf einem entsetzlich harten Entbindungsbett: an der Wand sind Blutspritzer. Er hat mir erzählt, wie er eine Spionin hat festnehmen lassen, die in Luxemburg ein Bistro mit Bordell unterhielt und die hinterrücks über die Grenze und in ein Konzentrationslager gebracht wurde. Und auch, wie ein Gegenangriff vorbereitet wurde, am 18. Oktober, als man glaubte, die Deutschen würden auftauchen; auch er sprach von dem leidenschaftlichen «Interesse» der Männer unten in ihren Gräben; und von ihrer Enttäuschung, als nichts passierte. Er war nicht uninteressant, aber in kaum 2 Stunden hatte er nicht die Zeit, viel zu sagen. Ich habe mich verabschiedet und bin bei der Post vorbeigegangen: ein Brief von Ihnen – ein kleiner Brief von Bost, der verminte Brücken bewacht in einer Landschaft, die trostloser ist als alles, was er je gesehen hat, «und Gott weiß, was ich gesehen habe!» sagt er, aber es scheint nicht zu unangenehm. Ich bin ins *Vikings* gegangen, Sorokine hat versucht zu motzen, weil ich 5 Min. zu spät kam, aber es hat nicht lange gedauert. Sie hat mir Nüsse und eine herrliche Pappmappe mit zwei Fächern für meine Papiere mitgebracht, ich bin ganz stolz darauf. Wir haben geredet und die *Monadologie*[8] erklärt.

Um 6 Uhr ½ bin ich auf einen Sprung ins Hotel gegangen, habe einen Packen Briefe aus Megève vorgefunden, von Ihnen, von Védrine, Sorokine – und festgestellt, daß Kos. nicht da war. Daher habe ich Védrine angerufen, mit der ich den Abend verbringen werde und auf die ich jetzt im *Hoggar* warte, mitten in einem höllischen Lärm. Ich habe die Bücher noch nicht.

Auf Wiedersehen, mein lieber Kleiner, bis morgen. Ich sehe, ich habe zwei gute Arbeitswochen vor mir; auf jeden Fall läßt diese Woche sich sehr gut an, und ich bin unheimlich zufrieden damit. Ich liebe Sie immer noch genauso heiß, Sie sind mir immer noch genauso präsent, süßes kleines geliebtes Geschöpf. Bis bald

Ihr reizender Castor

Anscheinend ist Gégé mit Gallensteinen in Castel Novel, sie scheint schrecklich krank und muß vielleicht operiert werden.

8 Philosophische Abhandlung (1714) von Leibniz.

Umschlag
F. M.
Soldat Sartre
Wetterbeobachtungsstation
Stab der Artillerie
Abschnitt 108

146

Sonntag, 7. Januar [1940]

Ganz liebes kleines Geschöpf
Ich jubiliere heute: ich habe fast sieben Stunden hintereinander an meinem Roman gearbeitet, ich habe fünfundzwanzig Seiten ganz gut überarbeitet, es ist wunderbar. Es ginge schnell, wenn ich jeden Tag so arbeiten würde; ich bin ganz von Ihrem Besuch angespornt, ich möchte zweihundert Seiten haben und Ihnen zeigen: hundert habe ich schon. Ich habe mich um Punkt 9 Uhr ins *Dôme* gesetzt, habe einen Kaffee getrunken, zwei *Suisses** gegessen und zehn Zigaretten geraucht; ich habe 3 ½ Stunden lang gearbeitet – dann habe ich ein Rumpsteak mit Kartoffeln gegessen, ohne mich vom Fleck zu rühren, und dabei *Gilles* gelesen, was mich überhaupt nicht mehr amüsiert. Und von 1 bis 4 Uhr habe ich wieder gearbeitet. Ich habe gerade meine Blätter geordnet, denn ich will um 5 Uhr ½ ins Konzert gehen und vorher meine Briefe geschrieben haben, für den Fall, daß Kos. heute abend nach Hause kommt, wenn nicht, werde ich einen freien Abend haben mit der Möglichkeit, Védrine zu sehen, aber ich glaube, davon werde ich keinen Gebrauch machen. Was Kos. angeht, sie ist vielleicht heute mittag zurückgekehrt, aber da sie mich nicht benachrichtigt hat, werde ich erst um 8 Uhr wieder beim Hotel vorbeigehen, wenn sie wütend ist, kann ich ihr nicht helfen, es ist so wunderbar, ein langer Tag Ein-

* Eine Art Rosinenbrot.

samkeit in Paris. Ich habe keinen Brief, weil Sonntag ist, aber das macht nichts, ich hatte gestern drei, morgen werde ich zwei bekommen, ich fühle Sie ganz nah, mein süßer Kleiner, und ich bin ganz vereint mit Ihnen.

Gestern habe ich Ihnen also ein bißchen schnell im *Hoggar* geschrieben. Wir waren oben, man hörte dumpf die Musik aus dem Keller kommen; ab und zu tauchten die herrlichen Tänzerinnen auf. Der Wirt verwöhnt mich, er ist ganz Lächeln und Höflichkeit. Védrine ist um 8 Uhr ½ mit ihrem herrlichen Mantel und einem umgehängten Muff angekommen; es war nicht unangenehm, es war wie Alltag, aber nicht langweilig. Ich habe mich ein bißchen verausgabt, ich habe Geschichten erzählt, über Sorokine, und über Kant diskutiert; sie war ganz froh. Ich habe einen kleinen algerischen Salat mit seltsamen algerischen Würsten ringsherum gegessen, und da ich noch Hunger hatte, habe ich ihn beim Elsässer mit Kuchen gestillt; Védrine hat mir anvertraut, in ihrem Inneren mißbillige sie Diebstahl, sie ist unheimlich von Kantscher und sozialer Moral durchdrungen. Wir sind zu ihr gegangen, ich fiel um vor Müdigkeit, und wir haben trotzdem eine Stunde geredet. Dann Bett, kurze und problemlose Umarmungen – Schlaf, zu kurz, da ich Angst hatte, ihre Mutter würde am Morgen aufkreuzen, und weil ich arbeiten wollte. Ich bin zu meinem Hotel gegangen, ein bißchen mit der schuldbewußten Seele einer Ehebrecherin, aber Kos. war nicht aufgetaucht, und ich brauchte kein Alibi – (Ach! was für ein Konsum an Alibis, und ein Ende ist nicht abzusehen). Ich werde ihr übrigens sagen, daß Védrine in Paris ist und daß ich zwei Abende mit ihr verbringe. Und dann bin ich hierhergekommen, und ich habe nichts, nichts mehr zu sagen, mein lieber Kleiner.

Sorokine hat mir gestern noch Geschichten über ihren Oberst erzählt, der sich als merkwürdiger Schuft entpuppt; er hat sie also eines Tages auf den Mund geküßt, zwei Tage hintereinander, danach hat er ihr eine Moralpredigt gehalten. «Du mußt deine eigenen Erfahrungen machen, du darfst dich nicht zu stark an mich binden, sechs Monate werden wir uns nicht sehen.» Sie hat nachgegeben, aber um die Erlaubnis gebeten, ein herrliches Gemälde vom Oberst in voller Positur klauen zu dürfen, das den Versammlungsraum der Pfadfinder beherrschte wie Hitler die deutschen Kneipen; er hat zugestimmt, und zwei Tage später hat sie das Gemälde in Zeitungspapier weggeschleppt. Dann hat sie dem Oberst ganz zufrieden geschrieben, was sie getan hatte. Einige Tage später bemerkt man auf der Versammlung, daß das Bild verschwunden ist; der Betreuer ist außer sich und ergeht sich in Entschuldigungen gegenüber dem Oberst, der nichts sagt und einfach große Augen macht; man sucht aufgeregt, und abends kommt die Frau des Oberst mit Sorokines Brief und fordert wie eine Furie das Bild zurück; sie konnte es nicht zurückgeben, denn sie hatte den Kopf abgeschnitten, um ihn bequemer mit sich herumtragen zu können. Da hat die Frau sie zu ihrem Ehemann geschleppt, der streng zu ihr gesagt hat: «Du hast durch dein Verhalten jeden Kontakt zwischen uns unmöglich gemacht.» Trotzdem ist sie nach dem Drama des Diebstahls im Uniprix und der Verhaftung zu ihm zurückgekehrt, und da er gerade nach Lyon fuhr, wollte sie ihn begleiten; er hat ihre Familie angerufen: «Ihre Tochter ist verrückt, sperren Sie sie ein, sie will mit mir wegfahren.» Bei seiner Rückkehr hat er sie trotzdem zu sich bestellt; er hat aus ihr die Geschichte ihres Verbrechens herausgelockt, indem er traurig und würdevoll sagte: «Du willst, daß wir Freunde sind, und du erzählst mir nichts.» Da hat sie gelacht; er schien entsetzt: «Du mußt wieder auf einen grünen Zweig kommen; und dazu mußt du allein sein, wir werden uns nicht mehr sehen.» Und er hat alles seiner Frau erzählt, die Sorokine bei der erstbesten Gelegenheit in den Dreck gezogen hat. Da hat sie allmählich verstanden. Falls es Sie amüsiert, schicke ich Ihnen den Packen ihrer Briefe ab September, Sie werden sehen, wie sie ist. Ich möchte, daß Sie sie ein klein wenig kennenlernen.

Habe ich Ihnen gesagt, daß die verrückte Schwerhörige mit den vielen Tricks, die mich letztes Jahr auf den Fluren verfolgte und mir aus Leidenschaft auf der Straße auflauerte, zu mir nach Hause gekommen ist? Meine Mutter hat der Schlag getroffen. Sie hat geklingelt:

«Ich möchte zu Madame de Beauvoir.»

«Das bin ich, Mademoiselle.»

Die andere mit schelmischem Lächeln: «Aber nein!», noch schelmischeres Lächeln:

«Überhaupt nicht, aber überhaupt nicht.»

Sie haben sich auseinandergesetzt, meine Mutter hat gesagt, ich sei in Megève.

«Ich will sie sehen, ich will sie sehen», sagte die andere wie eine Verrückte. Meine Mutter hat ein bißchen lauter geschrien: «Aber sie ist nicht in Paris!» – «Gut!», die andere sah absolut wütend aus: «Dann komme ich nie wieder, nie!», und ist die Treppe hinuntergerannt.

Es scheint, Kos. hat Gérassi am Abend vor Weihnachten getroffen, als sie aus dem *Maya* kam, und sie haben einen zusammen getrunken; sie hat ihm eine Theatertheorie dargelegt, danach war er voller Hochachtung für sie.

Jetzt bin ich wirklich am Ende angelangt. Ich werde in paar Zeilen an Bost schreiben und ins Konzert gehen. Ich bin ganz glücklich, mon amour – ich bin ganz bei Ihnen, und ich liebe Sie. Kommen Sie schnell, mein Kleiner, wir werden so glücklich sein.

Ihr reizender Castor

«September» ist ein ausgezeichneter Titel.[9]

Umschlag
F. M.
Soldat Sartre
Wetterbeobachtungsstation
Stab der Artillerie
Abschnitt 108

9 Sartre wollte vorübergehend der Fortsetzung von *Les chemins de la liberté* [dt.: *Die Wege der Freiheit*] diesen Titel geben.

147

Montag, 8. Januar [1940]

Mein geliebter Kleiner

Zwei Briefe heute, ganz dicke, Sie sind süß – ich liebe Sie, mein Kleiner, mit Ihrem vernünftigen kleinen Leben und Ihren kühnen Gedanken – ich bin froh, daß Sie «sich finden»; ich weiß nicht, ob man sich als Franzose annehmen muß, ich werde bis morgen darüber nachdenken; zum Teil, ja gewiß; es scheint mir, *La nausée* [dt.: *Der Ekel*] zu schreiben bedeutet gewissermaßen, sich als Franzose anzunehmen; haben wir darüber nicht einmal bei *Rey* geredet? daß man sich mit den verfolgten deutschen Juden nicht so solidarisieren könnte wie mit den französischen Juden und man bei der Tatsache, daß man «in Situation» ist, das Bestehen von Grenzen mitberücksichtigen müßte? Ich werde darüber nachdenken (aber es scheint mir, dies Sichannehmen zieht genausowenig den Patriotismus nach sich wie das Aufsichnehmen des Krieges den Bellizismus); es geht in diesem Fall darum (oder nicht?), universelle Dinge zu erreichen, Gedanken, Werke usw., durch eine besondere geschichtliche Haltung. Dann müßte man die Haltung definieren und begrenzen und sehen, wozu das verpflichtet – kommen Sie darauf noch mal zurück, es interessiert mich stark: in meinem kleinen Roman habe ich ein Gespräch gemacht, in dem Pierre sich eben als Franzose annimmt, indem er den Gedanken von sich weist, sein Theater nach Amerika zu verlegen. Wie ich ungeduldig darauf warte, daß ich Sie lesen kann und daß Sie mich lesen, mein Kleiner; das macht die Trennung für mich am ärgerlichsten.

Wissen Sie, der Absatz, den Sie von Védrine zitieren, ist übertrieben und falsch; sie ist weit davon entfernt, nur für Sie zu leben; sie lebt kolossal für mich und auch für ihre Arbeit und tausend besondere kleine Wünsche; es gibt eine abstrakte Spannung in ihrer Beziehung zu Ihnen; sie rechnet: 6 Monate kenne ich ihn, und 7 Monate habe ich ihn nicht gesehen, und diese Vorstellung einer nutzlosen Liebe ist ihr gegenwärtig und unangenehm. Sie ist im Augenblick übrigens tief glücklich. Sie brauchen keine Gewissensbisse zu haben, daß Sie sie nicht sehen – es wäre entsetzlich, wenn sie etwas erführe; es ist überhaupt nicht schlimm, daß sie Sie nicht sieht.[10]

Ich habe Ihnen gestern nach 7 Stunden Arbeit geschrieben – ich bin zu den Boulevards gegangen, um zu sehen, ob es im Konservatorium ein Konzert gab, und ich bin zum Vergnügen in einem Dickicht aus Nebel und Leuten herumgeirrt; es wimmelte, es nieselte, und auf den Trottoirs waren viele Straßenhändler, die in der Dunkelheit ihre Auslagen mit Acetylenlampen erhellten, wie die Händler in Venedig (ach! mon amour, mit Ihnen wieder eine Reise machen – wie wünsche ich das – eine zärtliche, zärtliche Erinnerung kommt mir beim Schreiben, mein Kleiner, an unseren Morgen in Carcassonne – wie wir uns stark und gut liebten in dieser kleinen Kriegsdämmerung – ich liebe Sie, mon amour). Ich habe schließlich ein Taxi genommen, das mich zur Salle Gaveau gebracht hat. Ich habe Fauré gehört, eine *Nocturne* von Debussy, die sehr angenehm ist, und wieder die *Rhapsodie espagnole* von Ravel, die Kos. und mich vor einem Monat so entzückt hatte – diesmal wieder. Aber ich mußte eine endlose *Symphonie espagnole* von Lalo über mich ergehen lassen. Wenn die Musik schlecht ist (ohne burlesk zu sein wie Meyerbeer oder andere), erkenne ich aus Mangel an Kultur nicht die genauen Quellen dieser Schlechtigkeit, ich durchschaue den Mangel nicht objektiv. Aber ich fühle in mir einen großen Ekel vor Musik im allgemeinen, den ich auf meine momentane Stimmung zurückführe und der mich traurig macht – das war dies-

10 Ich war sehr empfänglich für die Geschichte mit der Ohrfeige, die sie ihrer Schwester gegeben hat, ich habe sie ein bißchen angeschnauzt – es war genau bei unserem ersten Treffen. Sie ist sich von Kopf bis Fuß des Rechts bewußt, das das Denken durch sie hindurch besitzt – und *ihrer* Rechte im allgemeinen. (Anm. von S. de Beauvoir.)

mal so, und ich war sehr froh, daß ich Debussy mit Vergnügen gehört habe.

Ich bin mit dem U* nach Montparnasse zurückgefahren, ich bin genau um 8 Uhr bei mir angekommen; unter meiner Tür war eine kleine Nachricht von Kos., und Kos. war in ihrem Zimmer. Wir haben uns zärtlich begrüßt, sie war außerordentlich liebenswert, und wir waren in der *Rotonde*, oben, und haben etwas gegessen und geredet; dann bei mir bis Mitternacht, was für meine arme Person zu spät war, aber es macht nichts, ich bin nicht zu kaputt (es ist 5 Uhr), und ich werde arbeiten können. Sie hat mir von ihrem Leben in Laigle erzählt, ohne Vorkommnisse – von ihrem Abend mit Gérassi, an dem sie sich einen Spaß daraus gemacht hat, ihm zu imponieren – von ihrer Korrespondenz mit Bost: wieder Schweigen, Zurechtweisung von Bost, Verzweiflung, Versöhnung. Und bei alldem war sie wirklich reizend und verführerisch und sogar sympathisch. Sie hat mir eine *kolossale* Geschichte erzählt, und zwar mit unendlichem Geschick, nämlich die Abtreibung von Ménard. Hat Wanda Ihnen das erzählt? Sonst werde ich mir die Mühe machen, es ist die Sache wert, aber viel Zeit ist nötig, damit alle Details stimmen. Ich habe über Megève geredet, aber noch nicht über Paris; heute abend werde ich die Sache mit Védrine ansprechen, ich glaube, es wird gut laufen.

Heute früh Unterricht – 1 ½ Stunden Arbeit in der *Source* – nettes Mittagessen mit Védrine, ich bin froh, daß sie sich nicht zu sehr anklammert. Ich glaube, mein nettes Gesindel wird mich dieses Semester nicht am Arbeiten hindern. Dann Unterricht – am Ausgang Sorokine, die mich im Taxi zur Post begleitet hat und zu Fuß zum *Dôme*. Sie hat mir erzählt, wie sie eine Studentin angesprochen hat, deren Gesicht ihr gefällt und der sie seit einem Monat auflauert, und wie sie sich in der Bibliothek kaltblütig vor sie gesetzt hat. Gestern ist sie richtig auf sie zugegangen und hat zu ihr gesagt: «Ich möchte mit

* Ein Bus.

Ihnen sprechen.» Die andere war überrascht und ist ihr gefolgt; Sorokines Beine zitterten, und sie wußte nicht mehr, was sie zu ihr sagen sollte – schließlich hat sie gestottert: «Ich möchte Sie kennenlernen, wir müssen uns eine Stunde lang sehen, wenn es nicht läuft, sehen wir uns nicht wieder.» Verblüfft hat sich das Mädchen für morgen mit ihr verabredet. Ich werde Ihnen die Fortsetzung erzählen.

Auf Wiedersehen, mein Kleiner, ich werde zwei Stunden arbeiten, ein paar Zeilen an Bost schreiben, der an die 14 Stunden in Eislöchern verbringt, ohne sich vom Fleck zu rühren, an die 48 Stunden ohne Schlaf, und der sich mit Alkohol volllaufen läßt – er scheint im Augenblick wirklich wie in einem Trancezustand. Und dann werde ich Kos. treffen, und wir werden reden.

Bis morgen. Ich habe den *Shakespeare* noch nicht, es sei denn, er ist im Hotel – Sie bekommen bald *Gilles*, es ist furchtbar langweilig und unsympathisch.

Wie süß Sie sind, mir so schön zu schreiben, mon amour – wirklich, es ist kolossal, welches Glück mir auf diese Weise bleibt. Es geht mir gut, die Ferien haben mich frisch gemacht und verwandelt, ich denke nur noch an Arbeit und daß ich Sie bald sehe. Ich liebe Sie, mein geliebter Kleiner.

Ihr reizender Castor

Umschlag
F. M.
Soldat Sartre
Wetterbeobachtungsstation
Stab der Artillerie
Abschnitt 108

Dienstag, 9. Januar 1940

Süßes kleines Geschöpf

Wissen Sie, was mir heute zustößt? Ich bin 32 geworden. Aber ich fühle mich nicht allzu alt; ich strotze vor Gesundheit und sehe sehr schön aus. Ich habe mich in Schale geworfen heute abend, mit Ohrringen und einem zum Oberteil passenden türkisen Turban, da ich mit den Schwestern Kos. ausgehe. Wir gehen in die Comédie-Française, um uns *Chacun sa vérité* [dt.: *So ist es – wie es Ihnen scheint*]* anzusehen, weil ich Ledoux, dessen Talent gelobt wird, spielen sehen möchte. Jetzt warte ich auf sie in einem kleinen Café, das am Platz liegt und *Le Dauphin* heißt, ich bin früher hierhergekommen, um Ihnen zu schreiben.

Ich habe endlich den *Shakespeare* erhalten, danke, mein guter Kleiner; aber wie mies es ist, daß Sie die Bücher noch nicht an den armen kleinen Bost geschickt haben, den es danach verlangt, wenn er aus seinen Eislöchern hervorkommt. Schikken Sie es schnell, mieser Kleiner, kleiner Egoist, kleiner Schlimmer. Er ist jetzt Gefreiter, dieser kleine Bost, er hat durch Härte die Achtung seiner Leutnants gewonnen – denn man kann es nicht mehr leugnen, daß er hart ist, die Frage ist ein für allemal entschieden.

Stellen Sie sich vor, fast hätte ich meine Schwester verloren – neulich ging sie an Bahngleisen spazieren und dachte, sie würde die Züge von weitem hören, wenn welche kämen, aber der Schnee hat alles gedämpft, und plötzlich sah sie sich Auge in Auge mit einer rasenden Lokomotive, wie in den besten Filmen – sie hatte gerade noch die Zeit, sich auf die Böschung zu werfen. Ich habe sie in meinen Alibiplan eingeweiht, sie wird, falls nötig, ein Telegramm schicken, und alles wird gutgehen: kommen Sie schnell, lieber Kleiner, statt sich von Pie-

* Komödie von Luigi Pirandello: *Così è se vi pare*, Uraufführung 1917.

ter die Stimmung verderben zu lassen – ich möchte Sie so gern sehen.

Es gibt kaum etwas zu sagen über meine vernünftige und arbeitsame Existenz – ich bin guter Laune; es macht mir Spaß, ins Theater zu gehen, ich arbeite gut, und niemand lastet auf mir, im Gegenteil, alles amüsiert mich. Kos. war gestern abend reizend; wir haben bei *Pagès* zu Abend gegessen, dann waren wir auf der Terrasse des *Dôme*, wo wir das Pech hatten, auf Yvette Morineau zu stoßen; sie war ganz alleine da und sah wie eine ehrbare Dirne aus oder wie eine Verkäuferin von Burma*, die sich anmachen läßt, genauso jämmerlich wie damals in der Brasserie *Paul*; wir mußten zusammen einen trinken: Y. Nemade[11] ist eine echte Nutte, die mehrfach Probleme mit der Polizei hatte. Die nette kleine Madeleine Gros hat einen wunderbar schönen, aber dummen Studenten geheiratet. Kos. hat mühsam Kindheitserinnerungen ausgegraben, die andere scheint völlig abgestumpft; schließlich habe ich ungeschickt gesagt: «Ihre Schwester wartet sicher auf uns», und wir haben das *Dôme* verlassen, Morineau ist weggegangen, und wir sind wieder zurückgegangen, nach innen diesmal; schon lange bin ich dort nicht am Abend gewesen, und es kam mir poetisch und schön vor. Ich habe geredet: über Sorokine, über den Wintersport. Ich habe Védrine nicht erwähnt, ich muß es heute abend machen. Es war ein vollkommenes Idyll, übrigens aufrichtig und gegenseitig. Kos. ist vor Müdigkeit umgefallen; um 11 Uhr war ich also zu Hause; ich habe noch Strümpfe gewaschen, meine Nägel gemacht und ein bißchen vorm Schlafen den schändlichen *Gilles* gelesen; Monsieur Drieu La Rochelle müßte versohlt werden.

Heute früh, Unterricht – ach! ich habe geträumt, ich würde noch eine Eroberung machen: das dunkle Mädchen vom H. IV**, das mir Anfang des Jahres einen Brief gegeben

* Unechter, aber eleganter Modeschmuck.

11 Y. Nemade und M. Gros: ehemalige Schülerinnen aus Rouen.

** Henri IV, das Gymnasium, an dem sie unterrichtete.

hatte; ich hatte vor, Sorokine mit ihr zu betrügen, aber sie setzte sich eine rote Perücke auf, nachdem sie mit mir geredet hatte, und ich wurde gewarnt, sie sei eine falsche Katze; das steckt voller Lehren, aber ich bin zu faul, sie zu ziehen, ich unterbreite Ihnen den Rohstoff.

Ich habe also um 8 Uhr den grauen und kalten Luxembourg durchquert, und wie immer hat mich mein Dienstag-Spaziergang entzückt. Ich habe im *Mahieu* eine Schokolade bestellt und meinen Unterricht gehalten – ich habe zwei Praktikantinnen[12], die Abschaum sind, ich habe ihnen zwei Packen Schülerarbeiten übergeben, das ist doch was. Dann zwei Stunden Arbeit im *Mahieu*. Kurzes Mittagessen mit Sorokine, reizend. Sie hat angefangen, mir auseinanderzusetzen, daß ich bei meiner Zeiteinteilung meine Freunde nicht nach der Dauer der Freundschaft einstufen dürfe, sondern nach dem Verdienst, wonach ihr der erste Rang gebühre: «Ich will Ihnen damit nichts abpressen», sagte sie scheinheilig. Ich habe standgehalten. Ich muß lachen über Védrine und Sorokine, denn beide erklären sie mir abwechselnd, es sei lächerlich, sich zu engagieren, sich Pflichten aufzuerlegen, sie wollen nicht, daß ich meine, ich hätte ihnen gegenüber Pflichten; und bei der erstbesten Gelegenheit schreien sie wie am Spieß, weil ich mich 5 Minuten verspäte oder weil ein Brief zu spät kommt.

Wieder 2 Stunden Unterricht, 2 Stunden Arbeit im *Versailles* – es geht voran, es geht bestens, ich sprühe vor Ideen, Sie werden sehen. Ich bin bei der Post vorbeigegangen; eine kleine junge Angestellte hat die Briefe durchgesehen und zu mir gesagt, es gebe nichts für mich, aber die Alte hat sie voller Verachtung angeguckt und sie gezwungen, noch mal nachzusehen; sie ist sich Ihrer Ausdauer sicher. Ich habe also einen großen Brief von Bost bekommen und Ihren schönen Brief in

12 Studenten, die die Agrégation anstrebten und einige Wochen in einer Abiturklasse zubringen mußten, um sich auf ihren zukünftigen Lehrberuf vorzubereiten.

Südseeblau – ich bin ganz verärgert für Sie, daß Pieter zurück ist. Danach bin ich hierhergekommen und schreibe Ihnen. Wenn die Kos. sich verspäten, werde ich an meinem Tagebuch schreiben können.

Wissen Sie, ich bin wie Sie: jeden Tag warte ich mit Vergnügen auf den nächsten Tag; morgen werde ich 6 Stunden für die Arbeit haben, Donnerstag werde ich mit Védrine *Les noces de Figaro* [Die Hochzeit des Figaro] hören, Freitag werde ich 7 Stunden für die Arbeit haben und Ihre Fotos bei Monnier[13] ansehen – und so weiter. Das ist angenehm – es ist der beste Augenblick im Jahr.

Auf Wiedersehen, lieber geliebter Kleiner, guter kleiner ganz ausdauernder und treuer Briefschreiber, kleiner Schönschreiber, kleiner guter Kopf – wie unser Mundwerk sehr bald nicht stillstehen wird. Ich liebe Sie mit aller Kraft, mein süßer Kleiner – ich warte auf Sie.

Ihr reizender Castor

Umschlag
F. M.
Soldat Sartre
Wetterbeobachtungsstation
Stab der Artillerie
Abschnitt 108

13 Die berühmte Buchhandlung von Adrienne Monnier, die «Maison des amis des livres», Rue de l'Odéon 7, wo Gide, Joyce und viele andere aus und ein gingen. Gisèle Freund stellte dort die Fotos aus, die sie 1939 von Sartre gemacht hatte. Es gab dort die Möglichkeit, Leseabonnements zu erwerben. Simone de Beauvoir machte davon seit ihrer Studienzeit an der Sorbonne Gebrauch.

149

Mittwoch, 10. Januar [1940]

Ganz liebes kleines Geschöpf

Noch ein süßer Brief von Ihnen mit der schönen südseeblauen Tinte – mein Kleiner, wie schön es wäre, wenn Sie in den Osterferien an einem erreichbaren Ort wären! Kommen Sie schnell, mon amour, ich habe so, so große Lust, Sie zu sehen. Védrine ist verwundert und entrüstet, daß Sie erst Ende März kommen sollen - ich rate Ihnen, ihr dann die Geschichte mit der Rückkehr ins Landesinnere auseinanderzusetzen – das würde sie trösten und alles erklären.

Gestern habe ich also in dem kleinen Café an der Place du Théâtre-Français auf die beiden Kos. gewartet, die erst um 7 Uhr ½ eingetroffen sind; so konnte ich mein Tagebuch auf den neuesten Stand bringen; es ist nur noch ein bündiges und bedeutungsloses Tagebuch, aber es macht mir Spaß, es zu führen und den Umriß eines Jahres genau festzuhalten. Sie sind eingetroffen, geschäftig, Wanda gelassen, die eigentliche Kos. nervös und verstört, weil sie aus Dullins Unterricht kam, wo sie übrigens sehr gut vorgetragen hatte, und Dullin hatte ihr lang und zärtlich übers Haar gestrichen und sich dabei amüsiert – aber es macht sie kopflos, dem Bewußtsein der Leute ausgesetzt zu sein, das ist krankhaft. Wir haben unsere Karten geholt, 3 Logenplätze im zweiten Rang, ausgezeichnet und nicht teuer – und weil es einen albernen Einakter gab, habe ich sie in eine Bar geführt, von der ich Ihnen schon erzählt habe, ich hatte Gégé und Poupette dorthin geführt: eine Mischung aus *Cintra* und schicker Hotelhalle im Wintersport. Es ist bequem dort und nicht unangenehm. Ich habe einen Sherry getrunken und zwei längliche Sandwichs gegessen, während Kos. vom Unterricht und von der Probe erzählte. Dann sind wir zum Theater gegangen; wir sind am Ende des Einakters angekommen, und es gab eine kleine Pause, Wanda fand es reizend, im Foyer und in den Fluren auf und ab zu gehen, sie fand alles riesig; Kos. dagegen begann, die Zähne zusammenzubeißen und zu stöhnen. Die eigentliche Kos. ist die interessantere der beiden, was sie sagt, ist immer viel reichhaltiger, wenn sie zum Beispiel irgend etwas erzählt, aber mit Wanda lebt sich's viel angenehmer, sie hat eine etwas schwerfällige Anmut, die rührend ist. Wir haben *Chacun sa vérité* gesehen, was höchstes Lob verdiente; Theater ist wirklich schön, wenn es so ist, Ledoux und Bovy spielten göttlich, fast die ganze Truppe, und die Inszenierung war ausgezeichnet, der Dialog amüsant und das ganze Stück wirklich verflixt gut. Wir waren alle drei sehr zufrieden. Aber als wir herauskamen, haben sich die Zahnschmerzen von Kos. verschlimmert, und sie ist in der Metro zusammengebrochen (wir hatten kein Taxi gefunden), und auf dem Rückweg gab es einen Tränenausbruch und Stöhnen und Gestampfe mit den Füßen; das ärgert mich, denn sie braucht nur zum Zahnarzt zu gehen, es dauert doch schon so lange. Wanda nahm es gelassen. Ich habe mich hingelegt und acht Stunden lang ausgezeichnet geschlafen, ganz zufrieden, wie ich es den Tag über gewesen war und es auch heute noch bin.

Heute vormittag hatte ich frei und habe es gut genutzt. Ich war im *Dôme*, wo ich *Le canard enchaîné* gelesen und mich in *La semaine de Paris* über die Veranstaltungen dieser Woche informiert habe – denn es erscheint wieder, was ganz nach Sich's-im-Krieg-bequem-machen aussieht – es wird nichts Interessantes angekündigt, dabei hatte ich doch solche Lust, ins Kino zu gehen. Dann habe ich von 9 Uhr bis ¼ nach zwölf gearbeitet – davon muß ein ganz kleiner Moment abgezogen werden, weil Stépha mich angesprochen und angefleht hat, Kos. mit zu ihr zu bringen, seit ihrem Gespräch mit Gérassi finden sie sie ganz bemerkenswert – es scheint, der Boubou tobt wie ein Walroß, weil er arbeiten muß, und wirft es voll Bitterkeit Stépha vor, die zu Recht entrüstet ist. Und dann ist auch Védrine gekommen, aber wir haben keine drei Worte gewechselt, sie hat brav neben mir gearbeitet.

Mittagessen mit meiner Familie: mein Vater leiht *Le mur* [dt.: *Die Wand*]* all seinen Freunden aus dem *Versailles*, die es schön finden. Einer von ihnen hat eine 17jährige Enkelin, deren Philosophielehrer (den Namen konnte ich nicht erfahren) ihr wärmstens Ihre Werke empfohlen hat. Ich mußte lachen. Jetzt will man auch *La nausée* von mir.

Dann habe ich im *Versailles* gearbeitet, neben Védrine, die mein Kap. 3 gelesen und kleine kritische Bemerkungen, richtige, gemacht hat; ich werde das ausbessern, um Ihnen ein vollendetes Meisterwerk zu zeigen; es schmeichelte ihr, daß ich sie ernst nahm. Wir haben gearbeitet, fast ohne zu reden. Ich habe Ihren Brief geholt, angefangen, ihn zu beantworten, und bin zu mir gegangen, um Sorokine zu treffen – eine Stunde Leibniz – und dann zärtliche, aber oberflächliche Umarmungen, die der gleichbleibende Charme dieser kleinen Person äußerst angenehm macht; sie hat sich erkühnt zu sagen: «Ich liege gern so in Ihren Armen» und noch andere Schmeicheleien, die sie sich standhaft abringt – sie ist im großen und ganzen sehr glücklich. Ihre Leidenschaftlichkeit ist so anmutig, daß es mich mit der Leidenschaft versöhnt. Sie hat mir eine Menge kleiner Gedanken und Gefühle in bezug auf mich anvertraut und mir schließlich großes Lob gespendet, sogar was meine Willenskraft angeht, die sie irritiert: sie möchte mich mehr sehen – aber die in ihren Augen zum Teil meinen Wert ausmacht. Ihr Treffen mit der Frau hat nichts gebracht, denn die Frau hat sich natürlich als niederträchtig erwiesen.

Ich habe Kos. den *Shakespeare* zurückgegeben: «Ich war überzeugt, Sie hätten ihn verloren», hat sie zu mir gesagt; sie hat ihn voll Freude wiedergesehen. Ich finde, die Taufe von Heine ändert überhaupt nichts; ich finde auch, daß sein Charakter, der interessant ist, nicht ganz deutlich wird. Auch ich möchte Heine noch mal lesen.

* Sartres Erzählband von 1939. Neuübersetzung unter dem Titel *Die Kindheit eines Chefs*. Gesammelte Erzählungen, Rowohlt Taschenbuch Verlag, Reinbek 1985.

Im *Versailles* wurde ich «alte Spinnerin» geschimpft. Wie immer war dort eine Gruppe von häßlichen, biederen Nutten, die darüber klagten, daß die Arbeit so hart sei. «Wenn man mir keine Geschenke macht, ist bei mir nichts zu machen», sagte eine mit beleidigter Miene; sie fing an, sich bei ihrer Nachbarin unflätig darüber zu beklagen, ich würde zuviel rauchen; ich habe weiter eine Zigarette nach der anderen geraucht, und sie hat mich laut alte Spinnerin genannt. Ich habe mich nicht gemuckst.

Auf Wiedersehen, mein Kleiner. Sorokine ist weggegangen, und jetzt werde ich Kos. treffen – bis morgen. Wie schön Sie mir immer schreiben, o Bester der Kleinen, Ihr Brief war sehr witzig (über Pieters Geschnarche). Das gäbe einen schönen Band ab: «Kriegsbriefe». Ich liebe Sie, ich warte auf Sie; wir werden so glücklich sein, mon amour.

Ihr reizender Castor

Ich habe einen langen Brief von Lionel – eher sympathisch, ich muß ihm antworten. Meine verrückte Schülerin hat mir geschrieben. Und auch die hübsche Praktikumsanwärterin, die Zuorro kannte.

Umschlag
F. M.
Soldat Sartre
Wetterbeobachtungsstation
Stab der Artillerie
Abschnitt 108

Donnerstag, 11. Januar [1940]

Ganz liebes kleines Geschöpf

Ich konnte heute nicht bei der Post vorbeigehen, und ich habe mich um den Brief gebracht, aber morgen werde ich zwei bekommen, der Gedanke entzückt mich. Auf mich selbst gestellt und ohne Ihnen antworten zu können, habe ich nicht viel zu erzählen, da ich die ganze Zeit arbeitsam und vernünftig bin und nichts erlebe – das Glück ist in mir und die Heiterkeit und die Arbeitslust – es ist kolossal, was ich an Arbeit erledige – aber ich kriege *Gilles* nicht zu Ende, mit Vergnügen sah ich, daß dieses unangenehme Werk vom *Canard enchaîné* verrissen wurde. Gestern habe ich also auf Kos. gewartet, lang genug, um noch Zeit für einen Brief an Bost zu haben – um 8 Uhr ½ bin ich zu ihr hochgegangen; Wanda war da, wir haben uns freundlich begrüßt; Kos. hatte einen neuen Mantel, recht schön, aber nicht zu sehr, und Angst vor neuen Zahnschmerzen, obwohl sie vorbei waren. Wir waren in der *Milk Bar*, wo ich gegessen habe und wo wir uns ziemlich lebhaft unterhalten haben; sie hat mir interessante Sachen über die Technik des Vortragens gesagt, über die sie lange mit Kéchélévicz gearbeitet hatte – sie hat übrigens nie diesen Hausaufsatz über den Groll gemacht, mit dem ich zwei Abende zugebracht hatte. Um 10 Uhr ½ wurde sie von einer wahnsinnigen Angst gepackt, ihr Zahnweh könnte wieder anfangen, und sie ist nach Hause gerannt, ich ihr hinterher. Ich habe ihr gesagt, ich würde Védrine an zwei Abenden in der Woche sehen, und sie scheint es gut aufgenommen zu haben, aber man muß abwarten. Ich bin nach Hause gegangen, froh über den Glücksfall, habe mein Tagebuch auf den neuesten Stand gebracht und an Poupette geschrieben. Dann habe ich von Mitternacht bis 8 Uhr geschlafen. Ich schlafe genug und gut, ich bin fast nie müde, was wirklich angenehm ist.

Heute früh war ich um 8 Uhr ½ im *Dôme* und habe bis 10 Uhr gearbeitet. Dann Unterricht – Mittagessen mit Sorokine, die immer noch ein Engel war; ich habe ihr allerhand über Präservative und Abtreibung erklärt, was sie lebhaft interessiert hat. Wir haben uns ganz in Harmonie verabschiedet, die Idylle hört nicht mehr auf. Wegen eines glücklichen Zusammenspiels von Umständen (Kos. verbringt den Samstagabend mit Wanda und Mouloudji, Védrine geht mit ihrem Vater ins Théâtre-Français, um *Chacun sa vérité* zu sehen) werde ich sie Samstag abend sehen und sicher wieder mit ihr schlafen, ein Gedanke, der mir nicht mißfällt, das muß gesagt werden – verstehen Sie mich richtig, ganz zärtlich und würdig. Dann noch zwei Stunden Unterricht, Arbeit im *Mahieu*, um 5 Uhr ½ ist Védrine gekommen, und wir sind im Taxi zur Opéra-Comique geflitzt, wo wir eine ausgezeichnete Parkettloge bekommen haben. Wie schön das ist, Mozart, es hat mich entzückt; in einer leichten Komödie mit leichter Musik stören die schlechte Ausstattung und das Konventionelle nicht, alles ist anmutiges und akzeptables Spiel – übrigens war die Interpretation sehr gut, es war wirklich ohne Abstriche schön. Danach haben wir bei *Capoulade* gegessen, und bevor wir schlafen gehen (leidenschaftliche Nacht, der Gedanke daran läßt mich ein bißchen erstarren), schreiben wir Ihnen im *Mahieu*. Das ist ein mieser Brief, dem man den Alltag anmerkt; aber das kommt daher, daß mein Leben alltäglich ist und nicht meine Gefühle für Sie. Vorhin habe ich heftig daran gedacht, daß ich Sie in 10 Tagen sehen werde, und ich konnte es kaum glauben. Mein süßer Kleiner.

Mademoiselle Medvédeff, für die Sie sich interessieren, ist Lehrerin in Les Sables-d'Olonne, in der Prima – anbei die Karte, die ich erhalten habe, Sie können selbst urteilen; ich finde die Art, wie sie mich bittet, eine Hausarbeit für sie zu korrigieren, unverschämt und plump. Schicken Sie mir den Brief von Bost zurück – und schicken Sie ihm die Bücher.

Wir werden vertrieben, die Stühle werden hochgestellt, und das Licht wird ausgemacht. Auf Wiedersehen, mon amour, bis bald, bis bald. Ich liebe Sie so sehr.

Ihr reizender Castor

Umschlag
F. M.
Soldat Sartre
Wetterbeobachtungsstation
Stab der Artillerie
Abschnitt 108

151

Freitag, 12. Januar [1940]

Ganz liebes kleines Geschöpf
Ich habe auch heute wie wild gearbeitet. Die ersten 160 Seiten sind fertig, und ich habe für die kommenden 50 einen großen Arbeitsplan mit Verbesserungen und Ergänzungen gemacht, Sie werden was zu lesen haben. Ich werde der Reihe nach erzählen. Wir sind also gestern um 11 Uhr zu Védrine gegangen – Umarmungen – wenn ich Ihnen alles sagen soll, abgesehen vom üblichen Geruch ihres Körpers roch sie stark fäkal, was die Sache ziemlich unangenehm machte – die Freundschaft mit ihr mag noch gehen, aber die körperliche Beziehung ist mir äußerst unangenehm. Wir haben ein bißchen im Bett geredet; sie hat mir gesagt, es käme ihr so vor, als schokkiere sie mich oft durch ihre Späße; ich habe ja gesagt, aber das läge vielleicht an meiner Überempfindlichkeit; sie hat sich damit entschuldigt, daß Sie ungehobelter wären als sie, was nicht stimmt, Sie werden nie ausfällig, und Sie spüren sehr wohl, wenn die anderen Leute es werden; und bestenfalls schockiert Sie das, und schlimmstenfalls finden Sie daran ein sadistisches Vergnügen, aber es läßt Sie nie kalt, genausowenig wie mich – sie sagte, sie fühle oft selbst, daß sie irgend etwas nicht hätte sagen sollen: etwas zu Gekünsteltes oder zu Plumpes; aber der Haken sei, daß sie es nicht einmal denken sollte; sie wird immer von sich selbst überrollt, und sie hat richtig und voll Melancholie geschlossen: «Ich bin nicht authentisch.»

Wir haben sehr gut geschlafen, ich bin im Hotel vorbeigegangen und habe im *Dôme* gearbeitet. Ich habe dort den Boubou gesehen, der mich seit zwei Tagen sucht, weil Stépha zu ihm gesagt hat: «Simone will uns nicht besuchen, sie findet dich zu häßlich», und weil er sich mit mir darüber aussprechen wollte; ich habe die Äußerung abgestritten, die grotesk gewesen wäre und absolut falsch war; wir haben uns dagegen für Montag verabredet, zusammen mit Kos. – sie werden sich endgültig trennen, er und Stépha.

Ich habe 3 Stunden gearbeitet, dann mit Védrine und ihrer Schwester bei *Mirov* zu Mittag gegessen; dann bin ich zum Lycée gegangen, wo ich eine Klassenarbeit beaufsichtigt und dabei 3½ Stunden gearbeitet habe. Das macht mehr als 6 Stunden Arbeit, das ist erfreulich. Ich muß Ihnen einen reizenden Ausspruch dieser ganz authentischen Person, die Sorokine ist, wiedergeben; Sie wissen, daß sie mir meine literarischen Aktivitäten nachsieht, aber daß sie sie absolut lachhaft findet; gestern sagte sie zu mir: «Also, wenn Sie den Roman fertig haben, werden Sie einen neuen anfangen, und Sie werden ihn schnell fertigschreiben, um wieder einen neuen anzufangen!» Das fand sie zum Lachen. Ich habe ihr gesagt: «Auch Sie studieren eine Seite Leibniz, um zur nächsten zu kommen und so weiter!» Das belustigte sie: «Das ist nicht dasselbe. Sie, Sie *denken* sich die Dinge aus, um sie anschließend zu schreiben!» – das schien ihr der Gipfel. Das hat in mir eine ungeheure Welle von Sympathie für sie ausgelöst, so ähnlich wie manchmal für Bost.

Am Ausgang des Lycée stand vorhin eine ehemalige Schülerin vom letzten Jahr, hübsch, nicht zu dumm und nicht unsympathisch; eine Freundin von der, die mir kandierte Kastanien geschenkt hatte; wir haben eine dreiviertel Stunde bei *Capoulade* zugebracht und uns mondän unterhalten; es hat mich nicht gelangweilt, sowieso brauchte ich nach diesen Arbeitsstunden etwas Belangloses.

Ich habe noch eine belanglose Stunde bei Gégé gefunden, die mich seit zwei Tagen verfolgt; sie hat mir einen langen

Traum erzählt, eine Art entzückende Liebelei, sie möchte, daß Sie daraus eine Erzählung machen – ich habe mich gerade verabschiedet; ich habe für Bost (auf seine Bitte hin) einen Tabaksbeutel gekauft, und ich möchte ihm Wurstwaren kaufen, aber ich wurde abgewiesen, es ist Freitag; ich werde sie morgen kaufen. Ich bin bei der Post vorbeigegangen, wo ich meine zwei Briefe vorgefunden habe, und nun bin ich im *Versailles* und habe sie gerade voll Freude im Herzen gelesen. Mein süßer Kleiner – in 12 oder 15 Tagen, wie sehr wir uns lieben werden. Ich bin froh, daß Sie nicht mehr zu bescheiden sind, und entzückt, daß Sie mit den Geschichten für Onkel Jules angefangen haben.* Sie sagen nichts zu meinem Abend mit Wanda im *College Inn*; hat sie Ihnen nichts davon erzählt? Sagen Sie mir, was sie über mich sagt, und noch andere Sachen über sie, sie amüsiert mich. Habe ich Ihnen erzählt, daß ich in den nächsten Tagen mit den beiden Kos. und Mouloudji ausgehen will?

Ich werde einen kurzen Brief an Bost schreiben, kurz, weil ich nichts zu erzählen habe und weil trotz allem der Kontakt zu jemandem sich lockert, der ständig eisige Füße hat und nur mit Hilfe großer Mengen Alkohol durchhält, er ist höchst anständig, und ich bin nicht wie Kos., ich habe immer noch für ihn ganz starke und lebendige Gefühle, aber ich habe kaum Lust, ihm Sachen zu erzählen und vor allem über Kleinigkeiten zu klügeln. Ich frage mich, wie es wäre, wenn *Sie* in seiner Lage wären – so wie es steht, fühle ich Sie wirklich ganz nah.

Auf Wiedersehen, mein Kleiner; ganz bescheidener Kleiner, ich ermahne Sie nicht, sich wieder auf die Höhe Ihrer selbst zu begeben, da Sie schon von selbst dorthin zurückgekommen sind. Ich liebe Sie so sehr, mon amour. Ich lebe ganz auf Ihre Ankunft hin. Ich küsse Sie ganz zärtlich.

Ihr reizender Castor

* Vgl. Jean-Paul Sartre, *Briefe an Simone de Beauvoir und andere*, Rowohlt Taschenbuch Verlag, Reinbek 1985, Band 2, S. 31.

Schicken Sie die Bücher an Bost, schlimmer Egoist – gar nicht netter Kleiner. Und schicken Sie mir seinen großen Brief zurück.

Umschlag
F. M.
Soldat Sartre
Wetterbeobachtungsstation
Stab der Artillerie
Abschnitt 108

152

Samstag, 13. Januar [1940]

Ganz liebes kleines Geschöpf
Ich habe gerade Ihren Brief von vorgestern bekommen, mit der Beschreibung der Geschichten für Onkel Jules; ich kann mir keine Meinung bilden, mein süßer Kleiner; diese Idee der literarischen Gattungen verwirrt mich ein bißchen und vor allem die Idee, den Gegenstand durch eine Geschichte zu illustrieren – die Idee ganz freier kleiner Essays, in denen Sie sagen, was Sie über tausend Punkte zu sagen haben, gefällt mir dagegen gut; aber wie Sie sagen, arbeiten Sie also zwanzig (?) Tage, ohne sich um mich zu kümmern – und ich werde es sehen, wenn Sie kommen. Kommen Sie also so spät? Das stört mich sehr, zunächst, weil ich es kaum abwarten kann, Sie zu sehen – und dann, weil es mit Bosts Urlaub zusammenfallen und sich schlecht unter einen Hut bringen lassen wird (was Bost anbelangt, denn in bezug auf Sie wird sich nichts ändern) – na ja, wir werden sehen. Kommen Sie, nur das zählt. Ich habe gedacht, falls Sie vor Ostern nach Annecy gehen, sollte niemand erfahren und vor allem nicht Védrine, daß man Sie besuchen kann, ansonsten wird sie die Hälfte der Osterferien fordern – passen Sie auf. Wissen Sie, sie war ganz geknickt, weil sie zwei Tage keinen Brief be-

kommen hat; sie schob das auf die Post, aber es hat in ihr eine wirkliche Leere hinterlassen. Natürlich heißt, sich als Jude anzunehmen, nicht, *in der Eigenschaft als Jude* Rechte zu wollen, dieser Gedanke wäre idiotisch – die Situation des Franzosen auf sich zu nehmen wäre dann Chauvinismus – die zweite Interpretation ist richtig – ich habe mit Védrine nicht darüber gesprochen.

Nachdem ich Ihnen gestern geschrieben hatte, habe ich Kos. getroffen – sie hatte am Abend vorher das Bett gehütet, sosehr haben die Zähne sie gepeinigt; den Tag über war sie im Atelier* gewesen, wo Dullin ihr wieder tausend Komplimente gemacht hat. Wir sind im *Dôme* gewesen, wo ich altes, überhaupt nicht gutes Hühnerfleisch gegessen habe, und wir sind bis 11 Uhr geblieben – es war schön. Wir haben über dies und jenes geredet, sie hat Védrine sehr gut akzeptiert, es ist immer noch ein Idyll. Dienstag werde ich wahrscheinlich zu einer Probe von *Richard III.* gehen, und Donnerstag ist Generalprobe. Ach! mein Kleiner, wie begierig Sie in den Zeiten von Le Havre und Laon waren, in Generalproben zu gehen. Toulouse hat mich zu dieser noch nicht eingeladen; ich hülle mich in Schweigen. Ich werde mit Kos. hingehen.

Ich habe im Bett diesen gräßlichen *Gilles* fertiggelesen – ein leerer Sack, der meint, er fülle sich, sobald er auf die spanischen Arbeiter schießt, unglaublich; ich finde es unverschämt, so gewissenlos die ganze Schweinerei des Faschismus auszubreiten, zumindest wenn man Faschist ist – lesen Sie, es ist ein bißchen lehrreich; aber auch haarsträubend, diese Erlösung durch das Blut der anderen – ich weiß wohl, daß er dabei auch umkommt, aber das ändert nichts.

Ich habe geschlafen – heute vormittag Unterricht und am Ausgang Sorokine, ganz fordernd, denn gestern hatten wir uns, mehr wegen ihr als wegen mir, bei einer Verabredung von 3 Minuten am H. IV verfehlt, bei der die Verabredung von heute hätte vereinbart werden sollen – sie glaubte, ich

* Im Théâtre de l'Atelier.

wolle sie heute nicht mehr sehen, aber sie hat sich besänftigt, als sie sah, daß ich ihr einen Rohrpostbrief geschickt hatte. Wir sind mit der Metro zum Quartier Latin gefahren, und ich habe ihr Geld für ein Leseabonnement bei Monnier gegeben, da sie solche Lust zu lesen hat. Ich war in der *Source*, wo ich gearbeitet habe; Védrine ist gekommen, und wir haben im elsässischen Restaurant am Boulevard Saint-Michel zu Mittag gegessen, wo ich tausend Lebensmittel für Bost gekauft habe: Sie brauchen, glaube ich, auch welche, wenn Sie nur Schokolade essen. Wollen Sie, daß ich welche schicke, oder gehen Sie ins Restaurant? Wir sind bei Monnier vorbeigegangen, um Ihre Porträts anzusehen, aber für uns alleine wollte man sie nicht zeigen. Ich habe Ihnen die beiden Romains' gekauft: beim Abendessen in der *Coupole*, wo ich Ihnen schreibe, habe ich gerade *Vorge contre Quinette* [Vorge gegen Quinette]* angefangen, was nicht zu langweilig ist, weil die Geschichte etwas von einem Krimi hat; ich werde sie bald ausgelesen haben und abschicken; aber ich glaube, Sie haben vier oder fünf Tage noch was auf Lager. Dann waren wir in diesem Bistro, das der Boxer frequentierte, *La Sorbonne*, wo Studenten Poker spielten und sich dabei heftig um Geld stritten. Wir haben gearbeitet. Apropos Boxer, gestern im *Dôme* habe ich den von Zuorro und Armand in Uniform gesehen, mit einem großen Backenbart und vollkommen besoffen.** Wir mußten lachen, Kos. und ich.

Von 2 Uhr ½ bis 6 Uhr ½ habe ich also neben Védrine gearbeitet; sie hat meinen Roman gelesen und fand alles ausgezeichnet, das hat mich gefreut, ihre Kritik an den ersten Kapiteln war gerechtfertigt. Ich finde immer noch, daß sie sehr intelligent ist, aber das ist alles. Sie hat entdeckt, daß ihre Art, Späße zu machen, von J. Lévy stammt, aber in ihr steckt eine Vulgarität, die tiefer ist als das – und viel Unauthentisches.

* Von Jules Romains.

** Den Boxer, mit dem Zuorro, der Marco aus *In den besten Jahren* (S. 104), ein Liebesabenteuer gehabt hatte.

Und dann bin ich zur Post gegangen, um Bost das riesige Paket zu schicken und Ihren Brief zu holen – und ich habe hier Lammreis gegessen und dabei gelesen. Es ist kolossal, wie ich an diesen Tagen arbeite: morgen werden es wieder fast 6 Stunden sein. Aber heute abend brummt mir der Schädel, es ist schrecklich. Ich werde von 9 Uhr bis Mitternacht mit der kleinen Sorokine zusammensein.

Das war alles aus meinem Leben, und sonst mache ich mir keine Gedanken, mein Roman frißt alles auf, es drängt mich, fertig zu werden.

Auf Wiedersehen, meines Lebens Freude, ganz goldener Kleiner, kleiner Geliebter. Ich habe ein erfülltes, aber sehr verhärtetes Leben, mit plötzlichen Einbrüchen von Schmerz (mehr wegen Bost als wegen Ihnen übrigens, Sie kommen mir so nah vor, so wenig verloren) – Sie, die Art, wie ich Sie vermisse, das ist diese Verhärtung meines ganzen Wesens – kommen Sie schnell zurück, kleiner Tau, nur im Moment, da ich Ihre Briefe lese, werde ich weich.

Kommen Sie schnell und nehmen Sie mich in Ihre kleinen Arme und küssen Sie mich und geben Sie mir ein echtes Castor-Herz zurück. Mon amour.

Ihr reizender Castor

Umschlag
F. M.
Soldat Sartre
Wetterbeobachtungsstation
Stab der Artillerie
Abschnitt 108

153

Sonntag, 14. Januar [1940]

Mein süßer Kleiner

Wie mein Leben weiterhin doch vernünftig ist. Heute wieder fast 6 Stunden Arbeit; ich war im *Dôme* und bin erst um 4 Uhr ½ weggegangen, einzige Ablenkung war ein Händedruck von Gérassi, der mich zu einem Abendessen unter vier Augen einladen will; wahrscheinlich um sich mit mir über die Baba[14] zu unterhalten – und auch Ablenkung durch ein Rumpsteak mit Kartoffeln, dazu Wein und danach Pudding. Während des Essens habe ich *Vorge contre Quinette* fertiggelesen, was sehr schlecht ist – die Person Quinettes ist ein ganz klein wenig amüsant, auf die leichte Art, der Rest ist widerlich, vor allem Vorge; Sie werden also einen Haufen schlechter Bücher bekommen, aber das ist Ihre Schuld.

Vor und nach diesem arbeitsamen Tag gab es jedoch ein bißchen Bewegung. Zunächst habe ich gestern abend, nachdem ich Ihnen geschrieben hatte, Umschläge gekauft, um meinen Brief zur Post zu bringen, und als ich aus dem Papiergeschäft am Boulevard Montparnasse kam, sah ich am Eingang Sorokine aufgepflanzt, die vorwurfsvoll auf mich wartete, sie kam aus der Metro und hatte mich dort hineingehen sehen. Sie hatte ein kleines Kopftuch umgebunden und war ganz reizend; wir sind zu mir hochgegangen, und dort haben wir gemerkt, habe ich mit Entsetzen gemerkt, daß ich mein schwarzes Tagebuch in der *Coupole* vergessen hatte; ich kam vor Angst um, es könnte in fremde Hände fallen, und ich bin hingerannt; zum Glück habe ich es gefunden. Wir sind nach Hause gegangen, wir haben uns nebeneinander hingesetzt, und nach 10 Minuten Unterhaltung waren wir beim Küssen angelangt; nach einer Viertelstunde Küssen waren wir im Bett, nachdem wir schamhaft das Licht ausgemacht hatten; es kommt mir ein bißchen wie eine «Initiation» vor, und das

14 Spitzname Stéphas.

würde mich stören, wenn ich nicht spontan von dieser kleinen ganz reizenden Person hingerissen wäre; es liegt wirklich im Augenblick selbst, ich kann für sie nicht einmal die Spur von Leidenschaftlichkeit empfinden, die ich für Védrine hatte, als sie ein- oder zweimal Probleme wegen der körperlichen Beziehung machte; aber es ist heftige Zärtlichkeit, weil ich sie so vollkommen und so reizend finde. Sie war diesmal entspannt, ganz ruhig und glücklich und zärtlich, ohne irgendeinen störenden Ausbruch von Leidenschaft; es gab Umarmungen, eindeutige; dann hat sie gesagt, sie wolle das Licht wieder anmachen, um mir aus ihrem Tagebuch vorzulesen, und sie hat mir kleine reizende Absätze über die Erziehung ihres Willens vorgelesen; aber wir sind nicht weit gekommen, weil wir immer noch nackt im Bett waren, und die Umarmungen haben wieder angefangen, und diesmal beiderseits; es ist gewiß nicht so, wie es mit Kos. war, aber ich finde sehr lebhaften Gefallen an ihrem Körper und finde diese Augenblicke äußerst schön, vor allem ihr Mienenspiel, das ganz rührend ist, und ihre ganze zutrauliche Zärtlichkeit ohne Sichgehenlassen. Sie hat mich gefragt, was Frauen Schlimmeres miteinander tun könnten, und ich habe ihr die Geschichte Toulouse–Zina[15] erzählt; sie hat mich auch gefragt, ob wir Kriminelle wären und ob man uns ins Gefängnis stecken würde, falls man uns so finden würde. Ich habe verneint, und sie hat es bedauert, der Gedanke hatte sie entzückt. Sie ist um Viertel vor 12 weggegangen, sie hat mich im Bett zurückgelassen und ihre Uhr, ihren Kamm und ihre Brille vergessen. Kos. hat mir gesagt, sie habe sie unten getroffen, als sie etwas grollend bat, ihr die Tür zu öffnen; Kos. hat ihr geholfen, die Tür aufzumachen, und die andere hat sie wie eine Katze, die beißen will, angesehen. Kos. hat sie in ihr Herz geschlossen, teils aufrichtig, teils gegen Védrine. (Oh! sehen Sie, wie die Lage ist! Beim Bericht über meinen Zeitvertreib von 9 bis 4 Uhr ½ habe ich

15 Seit eh und je Freundin, Sklavin und willenloses Werkzeug von Toulouse.

das Rumpsteak und den Boubou erwähnt, aber Védrine vergessen, die einen Familienkrach riskiert hat, um mich eine halbe Stunde lang zu sehen – es ist in Vergessenheit geraten, und mehr gibt es dazu nicht zu sagen.)

Um 4 Uhr ½ bin ich nach Hause gegangen, um mich ein bißchen zurechtzumachen, meine Nägel zu lackieren und Kos. abzuholen; ich habe Wanda gesehen, die leicht aufgelöst vom Flohmarkt kam. Kos. hatte den ganzen Tag über Zahnschmerzen gehabt, und sie war düster, aber süß und reizend. Wir haben den U genommen, um zur Salle Gaveau zu fahren, aber ach! es gab keine Plätze mehr. Da haben wir ein Taxi genommen und sind zum Boulevard Saint-Michel gefahren, um *Les disparus de Saint-Agil* [dt.: *Das Geheimnis von Saint-Agil*][16] zu sehen; es ist ein guter Film, der Anfang ist sogar ausgezeichnet, und es hat uns großen Spaß gemacht, Mouloudji zu sehen; seit meiner Rückkehr platzte ich vor Lust, ins Kino zu gehen, vergeblich, es gab eine reizende *Silly Symphony* in Farbe über die Stadtmaus und die Feldmaus. Von dort sind wir nach oben in die *Rotonde* gegangen, wo ich ein Käseomelett gegessen habe; Kos. hat einen trostlosen Augenblick lang an ihren Zähnen gelitten; dann ist es vorbeigegangen, sie hat mir lang und breit von ihrem Samstagabend im *Chantilly* erzählt, und macht den Vorschlag, daß wir in eine herrliche möblierte Wohnung in Passy ziehen, was ich des Viertels wegen abgelehnt habe. Und dann sind wir nach Hause gegangen, es ist 11 Uhr ¼, ich werde Bost ein paar Zeilen schreiben und schlafen.

Ich bin doch nicht ganz so verhärtet; heute nachmittag bei der Arbeit hat mich eine ganz zärtliche und herzzerreißende Sehnsucht überkommen, als ich an Tage mit Ihnen auf Reisen zurückdachte – das richtete sich in erster Linie auf Sie, und auch auf den Reiz der Tage und Orte – ich sah unsern Aufstieg auf den Vesuv wieder, erinnern Sie sich, mon amour? Es gab immer viele Abenteuer bei unseren Reisen, wie schön das

16 Film nach dem Buch von Pierre Véry.

war. Außerdem habe ich gerade ein kleines Tanzlokal unter freiem Himmel wieder vor mir gesehen, *Les Oranges* oder so ähnlich, über der Bucht von Neapel, gegenüber dem Vesuv, eines Nachts. Mein süßer Kleiner, werden wir das wieder haben?

Wie glücklich ich mit Ihnen war. Ich liebe Sie, mein Kleiner, kommen Sie zu mir zurück.

Ihr reizender Castor

Umschlag
F. M.
Soldat Sartre
Wetterbeobachtungsstation
Stab der Artillerie
Abschnitt 108

154

Montag, 15. Januar [1940]

Ganz liebes kleines Geschöpf
Ich habe gerade zwei Briefe von Ihnen bekommen, so süße, sie haben mich mit Poesie, Freude, Wärme erfüllt – oh, mein Kleiner, Sie sind kein kleiner Toter für mich, Sie sind so sehr lebendig, daß Sie mein ganzes Leben sind, und ich bin nur noch eine arme hartnäckige Flechte, wenn Ihre Briefe fehlen und ich Sie nicht mehr fühle. Was für einen munteren und lebhaften Eindruck Sie machen, kleines Geschöpf. Oh! wie gern ich mit Ihnen Omeletts essen würde (aber warum im *Relais de la Belle Aurore*? [17] mon amour, das ist nicht gut). Ich bin froh, daß Sie die Geschichten für Onkel Jules aufgegeben haben, in Wahrheit war ich ein bißchen mißtrauisch, ich habe es Ihnen gesagt – ich fürchte mich auch ein wenig vor Symbolen, könnten Sie nicht einen Diktator der Freiheit machen, der

17 Restaurant an der Place du Marché-Saint-Honoré.

nicht Prometheus* wäre, eher ein bißchen in der Zukunft als in der Vergangenheit! Aber es würde mich amüsieren, wenn Sie ein Theaterstück schreiben würden.

Was soll ich Ihnen erzählen? Es gibt kaum etwas. Gestern abend habe ich an Bost geschrieben und ein bißchen *La douceur de vivre* [Die Süße des Lebens] von Romains gelesen, was sich sehr langweilig anläßt, und dabei Datteln gegessen, die ich gekauft hatte und die mir an den Fingern klebten. Ich habe geträumt, ich sei im Krieg und weinte heiße Tränen über meine verlorene Jugend: wegen einer Sache im Kino, über Kanonen und Schützengräben, die mich beeindruckt hatte; diese Kanonen, das scheint so technisch und zivilisiert und so nobel auf dem Gebiet der Maschinen, es ist seltsam, daß es zum Zerstören armer kleiner zerbrechlicher Körper dient: auch zum Zerstören von Beton, ich weiß, aber wegen der Körper, die sich darin verbergen – das hat mich schrecklich ergriffen.

Heute früh Lycée C. Sée – dann bin ich im Café *La Sorbonne* gewesen, wo Védrine war; sie hatte am Abend vorher ein bißchen auf pathetisch gemacht, um nicht aus der Übung zu kommen, und hat mir dargelegt, ich würde sie weniger lieben als Sie (ich protestiere nicht, es ist mir recht, daß es anerkannt wird), und das Schlimmste sei, ich *wolle* sie nicht genauso stark lieben – ich habe mich mit Seitenhieben (im übertragenen Sinn natürlich) aus der Affäre gezogen, aber ich finde es zum Lachen, daß sie glaubt, ich müsse mich bremsen. Ich war kühl, kühl, kühl, immer mehr, das geht bis zu kleinlicher Gereiztheit über jedes Wort, jede Geste – fast wie bei Poupette, es ist ziemlich entsetzlich. Gott sei Dank ist es nicht möglich, daß wir uns mehr als zwei Abende in der Woche sehen. Ich habe fast 2½ Stunden gearbeitet, Sauerkraut gegessen und mir dabei eine *N. R. F.* angesehen, die ich im Lycée geklaut hatte und in der überhaupt nichts stand – und dann Unterricht, wo ich meine Schülerinnen wie immer zum

* Vgl. Jean-Paul Sartre, *Briefe an Simone de Beauvoir*, Band 2, S. 35.

Lachen gebracht habe, ich mag diese Klasse aus dem H. IV etwas – am Ausgang stand Metzger, sie hat mir die kandierten Kastanien geschickt, aber ich habe sie stehenlassen, denn Védrine war auch da; ich habe mit ihr zusammen die Miete meiner Schwester bezahlt: mit 500 Francs diesen Monat für meine Schwester, 100 F. für Sorokine für ein Leseabonnement und eine Langustenkonserve und 100 F. Wurstwaren für Bost ist das Geld für meine Steuern stark in Mitleidenschaft gezogen (aber unsere 1500 F. für den Urlaub sind unangetastet). Wir haben einen schönen Spaziergang von der Rue Vavin bis zur Rue Santeuil gemacht, unter einem grauen und kalten Pariser Winterhimmel. Von dort sind wir bis zum Ende der Rue Broca gegangen, in der Nähe der Santé*, um bei dem kleinen Florès, dem kleinen Spanier, der bei Poupette wohnte, ein Grammophon von Gérassi zu holen – er wohnt in einer verdreckten und reizenden Sackgasse, in der es nur Ateliers gibt, auch sein Atelier schäbig und reizend – wir haben Bilder angesehen, die nicht so mies sind, und haben das Grammophon im Taxi zu mir gebracht, von dort bin ich zur Post gegangen, wo ich Ihre zwei Briefe und 3 von Bost bekommen habe, aber ich habe sie noch nicht aufgemacht, weil Védrine da ist, und sie möchte sie sehen. Ich habe Ihre in ihrer Anwesenheit gelesen, aber ich habe gesagt, einer sei ganz kurz, wegen der nächtlichen Messung**.

Das wär's – ich füge noch eine Zeile hinzu, bevor ich gegen 8 Uhr hier weggehe. Ich werde an Bost schreiben und 1½ Stunden lang arbeiten, hoffe ich. Heute abend gehen wir zu den Gérassis, die beiden Kos. und ich, und deshalb brauchen wir das Grammophon. Auf Wiedersehen, süßer Kleiner, wie machen Sie das, mir so zärtliche, so nahe Briefe zu schreiben, es kommt mir vor, als seien meine ganz ausgedorrt – doch macht mich meine Sehnsucht heute abend nicht hart, Ihre Sätze, sogar Ihre Schrift sind so greifbar, sie sind

* Pariser Gefängnis.

** Auf der militärischen Wetterbeobachtungsstation.

dermaßen Sie selbst, es kommt mir vor, als hätte ich Sie gerade gesehen. Ich liebe Sie, ganz lebendiger Kleiner, ganz lebhafter Kleiner.

Wie haben Sie Wanda erklärt, daß Ihr Urlaub nur 5 Tage dauert? Mittwoch sehe ich Ihre Mutter, und sie läßt Ihre Zivilkleidung bei mir, sie hat mir eine Nachricht geschickt.

Wie süß Sie sind, daß Sie den Brief noch einmal geschrieben haben, über den der Wein gelaufen war – mein lieber Kleiner.

Der kleine Bost hat Ihre Bücher bekommen – er schäumt vor Wut, weil er des Tauwetters wegen nicht abgelöst wurde, er war 25 Tage an der Front statt 10 – er war sehr finster und trübsinnig, weil es so kalt war, aber er sagt, in gewisser Weise gehe es einem besser als beim Nichtstun, da man in Frieden gelassen wird, aber das Wacheschieben sei aufreibend.

Diesmal, auf Wiedersehen, kleiner Geliebter. Ich küsse Sie stark, stark, stark. Ich bin ganz Liebe für Sie.

Ihr reizender Castor

Umschlag
F. M.
Soldat Sartre
Wetterbeobachtungsstation
Stab der Artillerie
Abschnitt 108

155

Dienstag, 16. Januar [1940]

Mein süßer Kleiner
Wie gut ich Sie mir vorstellen kann, wie Sie sich in Ihre kleinen Fäuste beißen und sich wie wild den Kopf zerbrechen auf der Suche nach einem Sujet! Die Kumpane müssen entsetzt sein. Ach! Wie gern hätte ich mit Ihnen über all dies gesprochen. Wir müssen also noch eine so lange Zeit warten. Mein süßer Kleiner – wie ich Sehnsucht habe! Gestern habe ich

zum erstenmal seit langem im Bett wie eine Heulsuse geweint, als ich Ihre kleinen Briefe las – ich habe Ihre Fotos angesehen, ich sah mich wieder mit Ihnen im Pinienhain von Juan-les-Pins und wie Sie mir Schwimmen beigebracht haben, kleines Geschöpf, und ich wurde von einer trostlosen Sehnsucht gepackt – nicht, daß mir das Herz schwer war, ich fühle Sie ganz nah, es scheint mir, Sie fühlen meine Zärtlichkeit für Sie so, wie ich Ihre fühle, das ist kein verlorenes Gut – aber wie leer es ohne Sie ist, ich schwöre Ihnen, auf die Dauer würde ich daran zugrunde gehen – können Sie mir nicht die Hefte schicken? den Roman? Es verlangt mich trotz Ihrer süßen Briefe so sehr danach, daß Ihre Präsenz sich ein bißchen verdichtet.

Ich war also gestern im *Versailles*; neben mir waren ein Hauptmann und seine Frau, in Schwarz und Violett, 35 Jahre alt, geschminkt, aber dezent, eine Spur vulgär: sie hieß wahrhaftig Minette, und er streichelte ihr den Rücken – sie warteten auf Leute – ein kleiner knöcherner Mann ist gekommen, der mir bekannt vorkam, dann ein Offizierspaar, dann eine hier auffallende Frau mit langen schwarzen Haaren unter einer Kosakenkappe, dann eine behäbige Blonde, die wie eine Intellektuelle aussah und die ich oft im *Dôme* gesehen habe, dann eine weitere ungewöhnliche Frau, in Schwarz mit der Ehrenlegion, eine Art traurige Monnier; all das plapperte, über Festessen und gemeinsame Aperitifs, und dieses Zusammengewürfelte reizte mich. Sie warteten bang auf einen gewissen Carteret, der alles organisiert hatte und nicht kam; ich hätte nicht gedacht, daß das unserer sein würde; und dann ist er tatsächlich aufgekreuzt mit seinem langen Bart und seinen schmutzigen Haaren. Sie haben angefangen, über Anthropologie zu reden, und der kleine knöcherne Herr hat über die *N. R. F.* geredet, die etwas von ihm publiziert; derweilen diskutierte Carteret offensichtlich über meine Person mit der düsteren Monnier, die sagte, ich hätte ein Gesicht zum Malen – ich habe nicht verstanden, was diese Hauptleute mit der Anthropologie und Carteret zu tun hatten, aber es hat mich amüsiert. Ich bin mit diesem Fragezeichen weggegangen, ich hatte 2 Stunden gearbeitet, und es war 8 Uhr ¼, als ich im Hotel ankam. Gérassi setzte dort den beiden Kos. auseinander, wir könnten uns abends nicht sehen. Er ist weggegangen, und wir haben gezögert, was wir tun sollten, und beschlossen, daß Kos. und ich bei *Dominique* einen trinken oder vielmehr etwas essen würden, während Wanda sich fertigmachte, und wir uns anschließend im *Jockey* treffen würden. Ich habe gegessen und den Wodka getrunken, den Kos. bestellt hatte, da sie nichts essen wollte, und den sie nicht getrunken hat. Sie hatte noch Zahnschmerzen, obwohl sie endlich beim Zahnarzt war, aber sie war sehr sanft. Wanda saß schon im *Jockey*, als wir angekommen sind; die beiden haben einen Martini getrunken, was ausreichte, um sie leicht und angenehm betrunken zu machen; sie haben ein bißchen zusammen getanzt, und Kos. hat mehrfach mit einem kleinen Zeichner, der zum Lokal gehört, getanzt, während Wanda und ich uns lebhaft unterhalten haben; einmal war es sehr brenzlig, als sie voll Bewunderung vom *Mouchard* [Der Spitzel] sprach, während ich vom *Goujat* [Der Grobian] mit Zurückhaltung sprach und wir glaubten, es sei derselbe Film (mit dem gemeinsamen Titel *Goujat*), und uns gegenseitig Konzessionen machten, bis ich die Initiative ergriff und das Mißverständnis aufdeckte. Das Lokal war ziemlich nett, mit schönen jungen Offizieren, die auf sanft heroisch und interessant machten und für dezente Nutten einen ausgaben; da war eine betrunkene Frau, auf der Suche nach einem Mann, ziemlich witzig; sie war von einem unglücklichen Hund begleitet, der überall einschlief, aber den sie auf perverse Weise von den Bänken wegzerrte, auf die er sich hinkauerte – einmal ist sie hingesegelt, und dann hat sie einen Fettleibigen aufgegabelt, der anscheinend mit ihr vorliebnahm; sie hat herrisch und witzig eingegriffen, als das Nachahmungstalent Ruédoux am Singen war und mit bedauerlicher Plumpheit Berühmtheiten aus Theater und Film nachmachte – da war auch eine gräßliche Sängerin aus Marseille in einem weißen Kleid.

Wurde Ihnen von den Beischlafgeschichten der Mondfrau mit ihrem Dominguez berichtet? und von der Abtreibung Ménards, Sie haben es mir nicht gesagt?

Wir sind gegen 11 Uhr nach Hause gegangen – ich habe mich hingelegt, habe ein bißchen gelesen und geschlafen. Heute früh war ich ab 8 Uhr im *Mahieu*, nachdem ich zu Fuß den Luxembourg durchquert hatte, und ich habe fast eine halbe Stunde gelesen. Ich finde, Sie sind streng mit Aragon, ich finde, dieser Romananfang hat einen sehr angenehmen Stil, es hat mir überhaupt nicht mißfallen. Und vor allem ist es neben dem Stil von Romains ein Balsam. Er wollte (Romains) für Nizza das machen, was Sie für Neapel versucht haben, es gibt «gute Bemerkungen», wie bei Schülerarbeiten gesagt wird, aber so viel schwerfällige Anstrengung. Morgen oder übermorgen (um Romains auszulesen) schicke ich die Bücher.

Unterricht – Arbeit im *Mahieu* von 10 Uhr bis Mittag; Védrine war da, aber wir haben keine drei Worte gewechselt. Mittagessen mit Sorokine in der *Milk Bar* bei der Metrostation Odéon – sie war reizend, ich habe ihr zehn Francs gegeben, damit sie sich *Les disparus de Saint-Agil* ansieht, sie ist so glücklich, wenn sie zu etwas eingeladen wird, herzzerreißend; sie ist froh, das Abonnement von Monnier zu haben, und liest begierig Proust.

Danach 4 Stunden Klassenarbeit, dabei habe ich pausenlos gearbeitet. Ich habe die Metro genommen, Ihren Brief geholt, wieder die Metro bis Pigalle genommen, und ich schreibe Ihnen in einem kleinen Café an der Place Pigalle. Ich werde Kos. bei *Touraine* treffen und einer Probe von *Richard III.* beiwohnen, was mir riesigen Spaß macht. Sie will mich dieser Tage zu einer Surprise-Party bei Kéchélévicz mitnehmen, wo Catherine Hessling, Michèle Morgan, Dita Pardo und noch andere sein werden – das macht mir Spaß – ich will mich aufraffen – morgen werden es 2 Wochen sein, daß ich jeden Tag 4 bis 6 Stunden arbeite, ohne einen freien Tag und ohne an etwas anderes zu denken.

Auf Wiedersehen, mein Kleiner, sehr geliebter Kleiner, Kleiner, wegen dem ich geweint habe – oh! Sie sind kein kleines Fossil, mon amour – ich fühle Sie ganz lebendig, und ich lache darüber, wenn ich Ihre Briefe lese, ich liebe Sie.

Ihr reizender Castor

Umschlag
F. M.
Soldat Sartre
Wetterbeobachtungsstation
Stab der Artillerie
Abschnitt 108

156

Mittwoch, 17. Januar [1940]

Ganz liebes kleines Geschöpf
Ich bin ganz angeregt, weil dieses neue Kapitel, das ich in meinen Roman einfüge (in den ersten Teil, den Sie kennen), wunderbar läuft und ich eine Menge glücklicher Ideen gehabt habe; ich glaube schon, daß Sie mich loben werden, wenn Sie meine 250 Seiten lesen (denn es werden mindestens 250 sein, Kleiner, der so lange auf sich warten läßt). Bei diesem Rhythmus wird, wenn ich in den großen Ferien arbeite, im Oktober alles fertig sein; das würde mich unheimlich freuen.

Ich habe gestern einen schönen Abend verbracht, wie ich es mir gedacht hatte.[18] Ich bin um 7 Uhr bei *Touraine* angekommen, dem Bistro neben dem Atelier*, und habe dort Wanda angetroffen, sehr nett aussehend, die dort auf mich wartete, weil der Unterricht ausgefallen war und die Probe schon um 6 Uhr ½ angefangen hatte; wir haben uns hinter den Kulissen

18 Bei der Probe zu *Richard III.* durch Dullins Truppe. Vgl. *In den besten Jahren*, S. 367.

* Dem Théâtre de l'Atelier.

hineingeschlichen und uns neben Kosakiewicz gesetzt, die ganz liebenswert war; wenig Leute waren da, nur die Schauspieler in ihren Kostümen und einige Schüler. Mayenne Copeau war wunderbar in ihrem schwarzen Samtkleid und ihrer großen weißen Haube; und die Bühnenausstattung ganz schön. Nur Dullin trug Straßenkleidung, einen schönen hellen Anzug und eine Baskenmütze, mit der er ganz schelmisch aussah. Er hat mir gefühlvoll die Hand gedrückt. «*Sie* ist krank, wissen Sie», sagte er zu mir mit höchst klagender Stimme und mit dieser seltsam ehrwürdigen, ängstlichen und eine Spur ironischen Miene, die er immer aufsetzt, wenn er von Toulouse redet. «Sie» hat eine Bronchitis, die sie dazu zwingt, zu Hause zu bleiben, und sie kommt nicht zu den Proben. Ich habe einen großen Teil des Stücks gesehen; nicht von Anfang an, auch nicht das Ende, weil Kos. mich gegen 9 Uhr ½ vor Hunger wegzog, ich kam übrigens auch vor Hunger um. Blin spielt ziemlich schlecht, außer in der Szene, in der er stirbt, aber er ist himmlisch schön; Mouloudji spielt einen kleinen Prinzen, der später als Geist wieder auftaucht, und er spazierte in einem langen weißen Nachthemd im Saal herum; alles amüsierte mich sehr, denn ich stellte mit Stolz fest, daß es in meinem Roman ganz richtig abläuft.

Natürlich hat Dullin gemacht, was Mouloudji reizvoll seine «sketches»* nennt; einmal, weil der Elektriker um 9 Uhr weggegangen ist und «bis morgen» gesagt hat, alle waren bestürzt, aber anscheinend macht er das jeden Abend, und die Entrüstung Dullins und die Verzweiflung der Techniker sind schon eingeplant; das schönste war, als Dullin vom Balkon aus, wo er eine Rede an die Menge halten muß, «Scheiße» und «Verdammt noch mal!» und «Dann ist alles aus!» zu schreien begann, mit dem sprachlichen Lyrismus, den Sie kennen. Er spazierte auch leidend im Saal herum und sagte

* Rituelle Verzweiflungs- und Wutanfälle mit Flüchen und Verwünschungen.

sanft, ohne sich zu beklagen: «Ach ich! da ich die Nacht über ... Ach! ich werde nur ein oder zwei Stunden schlafen ...»; ich glaube übrigens nicht, daß er irgendein Herz gerührt hat, außer vielleicht das von Kéchélévicz, die auf die Idee gekommen ist, ihm von den Schülern einen Kranz schenken zu lassen; es scheint, sie strebt ein bißchen die Nachfolge von Tyssen an.

Wir haben danach bei *Touraine* gegessen, und ich hatte ein sehr anständiges Abendessen, es war schön. In einer Ecke waren die Leute aus dem Viertel, mit ziemlich angemalten Frauen, die Karten spielten, und die Wirtin redete mit Kos. über die Proben, entrüstete sich über das Verhalten des Elektrikers und verglich ihn mit dem wunderbaren «Maurice» von früher. Im übrigen wird es keine Generalprobe geben, morgen wird mit einer schicken und teuren Galavorstellung zugunsten der Alliance Britannique begonnen, und dann gibt es Vorstellungen, zu denen ich bald gehen werde.

Wir sind eine Stunde bei *Touraine* geblieben, und dann sind wir mit der Metro zurückgefahren. Kos. war todmüde. Um 11 Uhr war ich bei mir – ich habe Toilette gemacht und ein bißchen an meinem Tagebuch geschrieben und ein bißchen Jules Romains gelesen (morgen bin ich fertig und werde es abschicken) – und dann habe ich bis nach 8 Uhr geschlafen. Ich habe vergessen, Ihnen gestern zu sagen, daß es in Paris geschneit hat und es absolut reizend war, durch die Scheiben im *Mahieu* die großen Flocken fallen zu sehen – und Montmartre ganz weiß und ausgestorben in der Nacht, das war wunderbar, Sie brauchen Ihre Vorstellungskraft nur sehr oberflächlich bemühen, um sich das vorzustellen. Heute früh hatte es aufgehört zu schneien, der Himmel war schön und klar, aber die Luft war absolut eisig, – 12 °C, heißt es. Ich bin schnell zum *Dôme* gelaufen, aber ich war dort den ganzen Vormittag durchgefroren. Ich habe 3½ Stunden gearbeitet, was anständig ist; ich habe dort den finsteren Coutaud[19] gesehen, der in einen riesigen unförmigen Lodenmantel gehüllt

19 Bühnenbildner.

war; er war kurz eingezogen, dann für dienstuntauglich erklärt worden – wir haben drei Worte miteinander gewechselt. Ich habe bei meiner Familie gegessen; die Wohnung war wie ein Eisblock, gegessen wird im Salon, während man neben dem Ofen hockt, der kaum wärmt; die Cousins Cordonnier waren da, und ihnen zu Ehren gab es ein ziemlich gutes Essen mit Beefsteak; wir haben nur über das Wetter geredet, das für die Haushalte eine Naturkatastrophe ist; durch die eingefrorenen Wasserrohre und die schlecht schließenden Fenster dringt im Winter die Natur in die Städte ein, und das stört nicht nur, sondern erregt Anstoß, das hat mich amüsiert – natürlich wurde auch über den Preis von jedem Bissen Beefsteak geredet. Ich bin geflohen und zur Brasserie *Lutétia* gegangen; Ihre Mutter hatte die trübsinnige Idee, sich dort mit mir zu verabreden; ich habe dort eine gute Stunde gearbeitet und mit diesem Brief angefangen – und dann ist Ihre Mutter gekommen, mit einem etwas verwüsteten Gesicht, die arme Frau; sie ist mit den Nerven fertig, weil sie Sie nicht sieht, sie verzehrt sich. Sie ist sehr anständig, sie will nur die Mittagessen, die ich ihr versprochen habe, und einen Nachmittag, an dem sie uns ins Kino führen wird; sie behauptet, daß Sie sich bei ihr umziehen möchten: wenn Sie abends kommen, werden Sie also als Soldat herumspazieren? Warum auch nicht, man sieht so viele, daß es nicht auffällt und man in der Heldenuniform überall hingehen kann.

So, sie ist gerade weggegangen, pünktlich nach ihrer knappen Stunde – ich habe diesen Brief zu Ende geschrieben und ziehe auch los, um Ihren Brief auf der Post zu holen. Ich werde eine Zeile hinzufügen, um Ihnen zu sagen, ob er da war.

Es war nichts da. Was ist los? Sie werden mir, hoffe ich, nicht den Streich mit den nächtlichen Messungen[20] spielen? Ich glaube, morgen werde ich zwei bekommen, und «ich bin

20 Sartre entschuldigte sich bei seinen langweiligen Briefpartnern dafür,

nicht pathetisch», wie Védrine heroisch sagen würde. Jetzt treffe ich Sorokine. Ich werde eine kleine halbe Stunde haben, um an Bost zu schreiben – und ich werde Védrine sehen.

Auf Wiedersehen, ganz stark erwarteter Kleiner, sehr begehrter Kleiner – werden Sie schnell ein willkommen geheißener Kleiner, auf daß es in unserer Korrespondenz eine dieser Lücken gibt, die für den wohlwollenden Leser enttäuschend sind und ihn zwingen, an einen Streit, eine Abkühlung zu glauben. Ich lebe ganz auf Ihre Ankunft hin. Ich liebe Sie mit aller Kraft, mon amour. Wie wir Omeletts essen werden! Ich küsse Sie, mein süßer Kleiner

Ihr reizender Castor

Umschlag
F. M.
Soldat Sartre
Wetterbeobachtungsstation
Stab der Artillerie
Abschnitt 108

157

Donnerstag, 18. Januar [1940]

Mein süßer Kleiner
Er war heute früh da, Ihr Brief, ganz redlich, man hatte ihn mir sogar beiseite gelegt – ich finde es ganz weise, daß Sie so viel Philosophie treiben, kleiner Weiser – und ich billige aus ganzem Herzen alle Ihre Tätigkeiten und Ihre ganze kleine Person – außer daß Sie sich immer wie ein Tölpel die letzte Seite der Krimis ansehen. Morgen früh schicke ich die Bücher.

Nachdem ich Ihnen gestern geschrieben hatte, habe ich also

daß er nicht schrieb, mit der Mitteilung, er sei zu «nächtlichen Messungen» eingeteilt und also zu müde. Das war natürlich reine Erfindung.

auf Sorokine gewartet, die um 5 Uhr gekommen ist und der ich brav Leibniz erklärt habe; ich habe ihr erzählt, was ich dieser Tage erlebt habe, wir haben uns kaum geküßt, und sie hat mir zwei Geheimnisse anvertraut: daß sie mit ihrer Freundin angefangen hat, eine satirische und komische Erzählung mit dem Titel «Le râtelier» [Das Gebiß] zu schreiben, und daß sie mich mit dem blonden Mädchen aus der Bibliothek angelogen hat: sie ist überhaupt nicht zum Rendezvous gekommen und hat sie vollkommen an der Nase herumgeführt – sie hat das ganz verwirrt gesagt. Ich finde sie immer noch genauso reizend. Aber sie ist wutschnaubend weggegangen, einfach weil sie wegging und gerne geblieben wäre.

Ich habe ½ Stunde lang an Bost geschrieben, und Védrine hat geklopft; sie posierte in der Tür wie ein Star und mit Augen, die von der Freude strahlten, die sie mir machen würde, das ist eine Sache, die ich am wenigsten bei ihr ertragen kann, es reicht, um mich erstarren zu lassen – und dann, als ich mir die Nägel und das Gesicht zurechtmachte, bedeckte sie mich mit Küssen, was höchst lästig ist – den ganzen Abend über hat sie mir zweideutig zugelächelt, mit den Augenlidern geklimpert und sich mir zärtlich und mit Händedruck zugewandt, es widert mich an. Wir haben bei *Dominique* gegessen, wo sie mir ihre Erlebnisse erzählt hat, und dann haben wir uns bei *Betty Hoop* niedergelassen, das ist ein Tanzlokal, das *Les Mirages* ersetzt hat. Es ist rosa und blau, kalt und elegant, was die Ausstattung und die Bedienung angeht, mit einem widerlichen und reichen Publikum. Es hat ein gutes Orchester und einen ausgezeichneten Stepptänzer und Akrobaten, der eine sehr ulkige Nummer als Professor Nimbus* verkleidet vorführt – und einen Geschichtenerzähler aus Marseille, bei dem einige gute Geschichten auf viele schlechte kommen. Und Betty Hoop selbst, pummelig, rosa angezogen, mit rosa Haaren und keinem bißchen Talent – sie tanzt und singt, beides ohne Anmut. Mittendrin tanzen die Leute, und Védrine hat

* Traditionelle komische Figur des zerstreuten Gelehrten.

getanzt, um mir zu zeigen, wie gut sie tanzt, und um die Kos. auszustechen: sie tanzt korrekt, steif, wie ein gut erzogenes und aufgeregtes junges Mädchen. Wir haben zärtlich geredet, aber Sie werden gleichzeitig mit diesem Brief einen langen philosophischen bekommen, denn ich habe in ihrer Seele böswillig Verwirrung gestiftet. Sie redete von Kos., und daß es sie geärgert hat, daß ich ihr nur 2 Abende gebe (als ihre Eltern nicht zurückkehren sollten) gegen 5 für Kos. – ich habe die üblichen Erklärungen abgeleiert: Pflicht, Mitleid, Wunsch nach gutem Einvernehmen – sie hat sofort reagiert und gesagt, es sei ungerecht und die Kos. würden es nicht «verdienen» und das seien Tabus, vor denen die Moral haltmache. Da habe ich ihr unsere alte Vorstellung (alt und immer noch wahr) von Moral ohne Verdienst und von Gnade und Hingabe erklärt – sie war bestürzt: «Dann nützt es also nichts, wie Elisabeth in deinem Roman sagt, moralisch zu sein!», und sie hat ohne Scham gestanden, daß sie nur moralisch sei, um meine Achtung zu gewinnen; ich habe zu ihr gesagt, daß ihre Sorge um Moral mich entzücke, aber in der Tat nichts an meinen Gefühlen für sie ändere – sie ist jetzt ein bißchen in der Klemme. Aber diese moralische Scholastik, die sie vertritt, ist ärgerlich; sie hat absolut nicht verstanden, was ich ihr erklärt habe, daß nämlich Moral vor allem eine existentielle Haltung ist; und tatsächlich ist sie das Geschöpf auf der Welt, dem am meisten jeglicher existentielle Sinn abgeht; das ist es, was aus ihr nur einen kleinen intelligenten Affen macht und was mich mehr und mehr von ihr entfernt – sie lebt *ihre* Situation in der Welt absolut nicht, sie ist, fast genauso stark wie Pieter, «dasman»[21] und sonst nichts. Aber ich konnte mich nur schwer verständlich machen und habe mich verhaspelt, da eine eindeutige Erklärung eine schreckliche Verurteilung ihrer Person nach sich ziehen würde. Ich würde diese Fragen der Moral übrigens gern mit Ihnen vertiefen; aber ich bin sicher, daß

21 Deutsch im Original; «das Man» bei Heidegger, das unauthentisch lebt, nämlich gemäß der Meinung der anderen.

Sie einverstanden sind und diese Vorstellung einer Moral zurückweisen, die den Handlungen *von außen*, in der Nachahmung einer Norm, beigemessen wird – sie sieht absolut nicht, daß moralisch sein eine Frage des *Seins* ist, daß man eine «Schweinerei» nicht mit einer hübschen Kopfbewegung machen kann, indem man sich sagt «warum denn nicht?» – und auch nicht eine Spur moralisch sein kann, wenn man für seinen Profit arbeitet.

Wir haben fast nur darüber geredet, und gegen 11 Uhr sind wir weggegangen, sie ist mit mir hochgegangen, um mich kurz zu küssen, und mit dem Taxi weggefahren. Ich habe schlecht geschlafen, denn in der Nacht ist dieser Schnupfen ausgebrochen, der mir jetzt das Gesicht verunstaltet und mir das Gehirn zermürbt. Ich bin also bis 8 Uhr ½ im Bett geblieben und habe nur eine Stunde im *Dôme* gearbeitet. Um 10 Uhr bin ich bei der Post vorbeigegangen – ich hatte einen langen Brief von Bost, der gegen de Roulet wettert, dessen Bemerkungen ich ihm zusammengefaßt hatte – und der über den Marivaux, über *Colomba*, über Flaubert erstaunt ist, aber er liest alles gewissenhaft. Ich glaube, Sie kommen zur selben Zeit wie er – im Grunde wird es nicht so unangenehm sein.

Unterricht – Mittagessen mit Sorokine, der ich große Teile aus meinem vergangenen Leben erzähle – ihr kleines Heft, in dem sie ihr Leben in Bildern zusammenfaßt, enthält entzückende Zeichnungen von ihr und mir: im Taxi, im Restaurant und in einem kleinen roten Bett mit Mandarinen neben uns – aber sie will nicht, daß es zu sehr auf Kosten der Gespräche und der Arbeit geht, und sie hat mich schwören lassen, daß wir uns Samstag draußen treffen werden. Sie hat mich zum H. IV begleitet und ist verärgert weggegangen, nur weil sie mich verließ; sie ist um 4 Uhr mit einer Praline zurückgekommen, damit ich ihr verzeihe. Ich habe Védrine im *Mahieu* getroffen, und wir haben nebeneinander gearbeitet. Sehen Sie, wie Heideggers Definition der Metaphysik sich kaum auf sie anwenden läßt: sie hatte sich nicht die Zeit genommen, noch mal an das Gespräch vom Abend vorher zu denken, von dem sie doch meinte, es sei höchst wichtig – das kommt mir seltsam vor, ich hätte mir darüber den Kopf zermartert, und jeder anständige Mensch hätte dasselbe getan –, aber für sie *gibt es kein Problem*, das ist das schlimmste, sie lebt unter den Leuten und den Gedanken mit dem festen Vorsatz, sichere Werte zu kaufen und geschickt zu spekulieren, das ist absolut alles. Wir wurden vor die Tür gesetzt, weil es zu voll war, und ich bin zu mir gegangen, um eine Stunde zu arbeiten, zu schlafen und an Bost und an Sie zu schreiben. Heute abend sehe ich Kos., jetzt.

Auf Wiedersehen, lieber kleiner Geliebter, Kleiner ganz in Reichweite, ganz naher Kleiner. Ich nehme Sie sehr fest in die Arme, mein Kleiner; wie ich auf Sie warte.

Ihr reizender Castor

Umschlag
F. M.
Soldat Sartre
Wetterbeobachtungsstation
E. M. A. D.*
Abschnitt 108

158

Freitag, 19. Januar [1940]

Mein lieber Kleiner
Sie haben mir so brav einen so langen Brief geschrieben, mon amour! Wie diese Theorie des Nichts, die alle Probleme löst, mir verlockend erscheint, sie wären also ein sehr großer Philosoph, Kleiner mit dem guten Kopf? Hören Sie, ich finde Ihren Beschluß, den Roman zu überarbeiten, höchst vernünftig. Möchten Sie, daß ich «dieser Dame» sage, sie soll das Manuskript eingeschrieben an Poupette schicken, die es tippen

* Generalstab der Artillerie.

wird? Ich glaube in der Tat, eingeschrieben gibt es kein Risiko; sie würde fünf Exemplare machen, sie hat eine Maschine, und zwar die ganze Zeit über. Aber wenn Sie es von A bis Z noch mal tippen lassen müssen, ist es vielleicht eine überflüssige Arbeit, und Sie könnten das Manuskript mit in Ihren Schlupfwinkel nehmen, der mir ziemlich sicher vorkommt. Wie Sie wollen. Ich sehe kaum, was es bringt, es hier tippen zu lassen, es wird 500 bis 1000 Francs kosten und die Strecke La Pouèze–Paris oder La Pouèze–La Grillère, eingeschrieben, läuft auf dasselbe hinaus. Sobald ich Ihre Antwort habe, schreibe ich.

Ich habe keine Überraschung unter die Bücher gelegt, sie wurden abgeschickt, bevor ich Ihren Brief hatte; aber ich werde also bald ein weiteres Paket schicken. Wollen Sie von Rauschning *Hitler m'a dit* [dt.: *Gespräche mit Hitler*]*, was gerade erschienen ist und von Minder gelobt wurde?

Gestern habe ich bis 8 Uhr gearbeitet, und Kos. hat bei mir geklopft, im Morgenrock, ganz aufgelöst, denn die Zahnärztin hat ihr den Zahn so gut gezogen, daß ihre Backe ganz dick ist und sie höllisch leidet. Sie wollte mich nicht sehen, aber ich habe freundlich darauf bestanden, ich habe eine Flasche Vichy gekauft (für sie) und geräucherten Lachs (für mich), und wir haben in ihrem Zimmer gegessen, während ich über das Tanzlokal vom Abend vorher erzählt habe und alles, was mir an Kurzweiligem einfiel – wir haben auch das Grammophon benutzt und von Florelle gesungene Stücke aus der Dreigroschenoper gespielt und die Platte von Gilles und Julien[22], die mir die Mondfrau seltsamerweise geschenkt hat: «Quarante hommes, huit chevaux», was ausgezeichnet ist – sie hat genau in dem Moment geklopft, als wir das spielten; sie kam, um Wanda abzuholen, die im Bett lag, so zitterte sie vor Kälte; ich flehe sie an, Holz und Kohle zu kaufen, und biete dafür

* Hermann Rauschning brach 1939 mit der NSDAP.

22 Anarchistische und antimilitaristische Sänger, die der Castor und Sartre seit 1932 bewunderten. Der Titel: «Vierzig Männer, acht Pferde».

Geld an, aber sie weigern sich: aus Faulheit und um die Wirtin zu bestrafen, die die Heizung berechnet, aber nicht heizt; eine ganz irrationale Strafe, nicht wahr. Ich habe mir mehr und mehr den Kopf zerbrochen bis 9 Uhr ½, als Kos. mich erschöpft vor die Tür gesetzt hat; ich habe geschwankt, und da sie mir von einem Film erzählt hatte, der genau nebenan im *Studio Parnasse*, in der kleinen Sackgasse, gegeben wurde, bin ich dort hingelaufen; ich bin fünf Minuten vor dem Anfang von *Cette sacrée vérité* [Diese verdammte Wahrheit] angekommen, was Sie, glaube ich, mit Tyssen gesehen haben und was nicht sehr witzig ist; aber ich war entzückt, einige Bilder aus *Le congrés s'amuse* [Der Kongreß amüsiert sich; dt.: *Der Kongreß tanzt*] wiederzusehen, dem Film der nächsten Woche, den ich einst mit Ihnen, Kleiner, gesehen habe, und dieses «Ich liebe dich ewig, ewig. Stadt der Liebe» zu hören, wegen dem ich Sie auf dem Bahnhof von Reims geohrfeigt habe. Der Vorspann war taktvoll:

> «Paris amüsiert sich – London amüsiert sich
> Ganz Europa amüsiert sich
> und Sie werden sich amüsieren
> bei *Der Kongreß amüsiert sich*.»

Ich bin nach Hause gegangen, habe an meine Schwester geschrieben und den Jules Romains zu Ende gelesen, für den nichts spricht.

Ich bin weniger erkältet aufgewacht, aber mein Körper war ganz und gar etwas durcheinander; nicht schlimm, und heute abend ist es vorbei. Um 8 Uhr ½ war ich im *Dôme* und habe drei Stunden lang himmlisch gearbeitet – ich glaube, dieses neue Kapitel bringt alles ins Lot und ist sehr gut. Ich habe das Paket weggebracht und Ihren Brief geholt. Auch einen kleinen von Bost, der ganz selig über den Zwetschgenschnaps ist, den ich ihm geschickt habe, und über die Bücher; er hat den Flaubert und *Colomba* albern gefunden, der Gide entzückt ihn, und er hat sich den Band unter den Nagel gerissen. Auch sein Urlaub ist verschoben; ich werde ihm ein bißchen später von den notwendigen Absprachen erzählen. Mein Kleiner, wie süß Sie sind, sich so um mich zu sorgen. Ich liebe Sie.

Wegen des Streits mit Védrine, von dem ich gleich erzählen werde, habe ich daran gedacht, daß Sie mir einst in Saint-Germain-les-Belles gesagt haben: «mich» gebe ich nicht, aber ich werde Ihnen eine Menge Geschenke machen – Sie haben mir das auch geschrieben – und schließlich haben Sie alles von sich eingebracht, Sie haben mir alles gegeben, was man jemandem geben kann – mon cher amour. Bleibt, daß die Liebe keine Symbiose ist, aber wir werden ein anderes Mal darüber weinen. «Genau das haut mich um», hat Védrine zähneklappernd zu mir gesagt.

Denn mittags habe ich sie in *La Sorbonne* mit einem finsteren Gesicht angetroffen. Sie hat mir einen Zettel überreicht, auf dem sie über unser Moral-Gespräch von neulich faselte. Danach gab es eine «Mitteilung»:

«Du gibst Dich nicht, Du nimmst.
Es ist *falsch*, daß ich Dein Leben bin – Dein Leben ist ein Mosaik
Du bist mein Leben – ich gehöre nur Dir.»

Sie hat mir erklärt, gestern abend im Bett habe sie folgerichtig gedacht, daß ich im Zentrum meines eigenen Lebens stehe, und sie habe mich deshalb gehaßt, sie hasse mich immer noch, sie hätte nicht kommen sollen. Ich habe ihr zunächst zu bedenken gegeben, daß Sie doch für sie existieren und daß sich daraus ein zweifarbiges Mosaik ergibt, da sie uns jetzt vollkommen getrennt sieht; daß sie an ihren Eltern hängt, an ihrer Arbeit, usw. Daß natürlich niemand das Leben eines anderen *ist*, daß man zusammen Dinge baut, usw. – daß geben und nehmen seltsame Worte sind; sich geben sei die beste Art zu nehmen; und ich habe ihr nicht gesagt, daß ich es vorziehe, wenn sie mir nicht all die Zeit gibt, die sie mir nimmt. Sie hat dumpf erklärt, sie habe gestern zum erstenmal versucht, die

Geschichte von meinem Standpunkt aus zu sehen, und da stand ich im Zentrum, und die Leute, die es in meinem Leben gibt, waren da, während sie sie doch absichtlich auslöschte, wenn sie bisher an mich dachte, und das war entsetzlich. Sie zitterte, und alles Drum und Dran; ich bin hart wie Stein, und ich bin nicht eine Sekunde lang berührt, ich finde, sie ist schuld, es ist eine elementare Sache, sich an die Stelle des anderen zu setzen. Mein Gott! am Anfang unserer Liebe, Ihrer und meiner, habe ich immer versucht zu verstehen, welche Stellung ich in Ihrem Leben hatte, von Ihrem Standpunkt aus; und daß, wenn ich Sie mehr liebte als Sie mich, es daher kam, daß ich in Ihnen mehr Schätze fand und im Vorteil war in Anbetracht dessen, was ich erhielt, und schon durch die Fülle meiner Gefühle. Wenn es in der Liebe Dinge gibt, die metaphysisch schmerzlich sind, begreife ich es; aber das muß man verdauen wie alles andere, was man von der Condition humaine verdauen muß, und es seinen Freunden sagen, aber nicht eine persönliche Anklage daraus machen. Dieses Wechselbad von verstocktem Optimismus und unbedachter Tragik ist mir einfach widerlich, ganz objektiv.

Am konkretesten ist daran, glaube ich, ihre Eifersucht auf Kos.

Sie hat das beim Mittagessen herausgelassen, dann hat sie mich zum H. IV begleitet, vor Kälte und Nervosität zitternd. Morgen wird es wieder losgehen. Ich verstehe, daß all das einen widerlichen Sadisten[23] rührt, aber es erzeugt in mir genausoviel Widerwillen wie eine Miesmuschel. Die Geschichte «Sartre, der keine Unterhose hat» ist wirklich wahr; davon ausgehend hat sie über die Ungehörigkeit ihrer Späße nachgedacht – aber ich bin so an ihren ausfälligen Ton gewöhnt, daß mich das nicht mehr als das übrige schockiert hat.

So – danach drei Stunden Unterricht, eine bedeutungslose halbe Stunde mit dem Mädchen, das mir kandierte Kastanien geschickt hatte; dann bin ich nach Hause gegangen, ich habe

23 Witzig gemeinte Bezeichnung für Sartre.

eine flehentliche Nachricht von Kos. vorgefunden, die heute früh ganz entstellt aufgewacht ist, die sich erbärmlich fühlt und mich um einen Besuch bat, den ich ihr gewährt habe; wir haben ein bißchen geredet, sie hat über den Abend von Wanda erzählt, worüber ich lachen mußte (erzählen Sie mir was von Wanda), und ich bin zurückgekommen, um noch zwei Stunden zu arbeiten und Ihnen zu schreiben. Jetzt treffe ich sie wieder in ihrem Zimmer und bleibe ein bißchen bei ihr.

Mein süßer Kleiner, auf Wiedersehen, bis morgen. Sonntag bekommen Sie die Fortsetzung der Geschichte mit Védrine. Ich glaube, Sie finden, daß ich ein bißchen gemein zu ihr bin, das ist möglich, ich werde morgen abend sehen, ob es angebracht ist, nett zu sein, aber sie geht mir auf die Nerven.

Ich liebe Sie so sehr, liebes kleines Geschöpf.

Ihr reizender Castor

Umschlag
F. M.
Soldat Sartre
Wetterbeobachtungsstation
E. M. A. D.
Abschnitt 108

159

Le Dôme

Samstag, 20. Januar [1940]

Mein lieber Kleiner
Heute früh hatte ich eine kleine Enttäuschung, ich hatte nämlich keinen Brief von Ihnen. Ich werde nach 4 Uhr noch mal hingehen, aber sie kommen jetzt also mit einem Tag Verspätung an. Wie kalt es ist! man ist ganz erstarrt, draußen ist es schrecklich, im Hotel zittert man, und im *Dôme* ist es buchstäblich nicht auszuhalten, ich bin von 11 bis 1 Uhr dort ge-

blieben, aber um zu Mittag zu essen, bin ich in die *Coupole* geflohen, wo ich gerade bin, ich werde versuchen, dort den Nachmittag über zu arbeiten, hier ist es zumindest auszuhalten.

Ich habe wenig zu sagen seit gestern. Um 8 Uhr bin ich hinuntergegangen und habe in der Eiseskälte für Kos. und für mich Orangen, Marmelade, Kuchen gekauft und sie in ihr Zimmer gebracht. Sie hatte ein schmerzlich asymmetrisches Gesicht und fürchtete sehr, ich würde darüber lachen; mir war vom Schnupfen ein bißchen dösig, aber mit einer großen gemeinsamen Anstrengung haben wir die Unterhaltung auf einem beachtlich lebhaften und interessanten Niveau gehalten. Natürlich betrifft die Verzweiflung, die sie empfindet, über ihre Zähne hinaus ihr ganzes Schicksal, aber sie war sehr reizend zu mir und sogar kolossal, wenn man berücksichtigt, was es für sie bedeutet zu leiden.

Um 11 Uhr bin ich weggegangen, ich habe an Bost geschrieben und geschlafen – heute früh Lycée C. Sée, Post (Enttäuschung), *Dôme*, Arbeit – ich habe gerade drei Seiten über die Jugend von Françoise[24] geschrieben, die mir Spaß gemacht haben, aber die Sie mich vielleicht veranlassen werden zu streichen, kleiner Richter – während ich die 7 Tagebuchhefte lese, werden Sie die 150 Seiten des Romans lesen – oder?

Pardo hat sich vor mir aufgepflanzt und hat 20 Minuten mit mir geredet, aber im großen und ganzen habe ich gut gearbeitet. Jetzt warte ich in der *Coupole* auf eine «Toulouse pommes mousseline»*. Ich werde wieder schreiben, sobald es etwas mehr zu sagen gibt, aber außer Arbeit und Sorokine ist nichts vorgesehen, das ist ein magerer Stoff. Das Treffen mit Védrine wird ein etwas reichhaltigerer Gegenstand sein, aber das ist für morgen.

So, mein lieber Kleiner – ich habe in der *Coupole* gearbeitet, bis mir der Schädel brummte, und es war so kalt, daß ich zu

24 Person aus *Sie kam und blieb*.
* Wurst – eine Spezialität aus Toulouse – mit Kartoffelpüree.

faul war, noch mal zur Post zu gehen – ich war nur im *Dôme* und habe einen Grog getrunken, ein paar Zeilen an Bost und etwas an meinem Tagebuch geschrieben. Sorokine ist gekommen und hat mir selig den Anfang ihrer Novelle mitgebracht; sie hat sich aufgeregt, weil der Kellner nicht schnell genug kam, sie geizt mit ihren 2½ Stunden, und solange sie es sich nicht richtig bequem gemacht hat, meint sie, komme sie zu kurz, ist sie unruhig, guckt auf die Uhr – wir sind trotzdem gleich weggegangen und waren im *Nordland*, wo es überhaupt nicht unangenehm ist; dort habe ich ihr allerhand über Proust erklärt und das Verhältnis von Büchern und Leben: das Imaginäre und die Realität, und sie war ganz interessiert und nett – ich habe ihr Abschnitte aus meinem Tagebuch und Ihren Briefen vorgelesen, worüber sie selig war. Ich habe einen wunderbaren, ganz heißen norwegischen Punsch getrunken, während sie sich mit Sandwichs mit Sardellen vollstopfte: ich habe auch davon gegessen. Es ist ganz schnell herumgegangen, und es war schön, und um 7 Uhr ½ bin ich zu mir gegangen; die Hotelfrau (hat mich angehalten) um mir zu sagen, die Wasserspülung funktioniere nicht, man müsse das spanische System der «Papierkörbe» benutzen, ich bin entsetzt.

Ich bin zu Kos. hochgegangen, die immer noch eine dicke Backe hatte und sehr nett war, aber anfing, über die russische Revolution zu faseln. Ich habe sie gestoppt. Wanda ist vorbeigekommen, dick gepudert und wie eine Femme fatale, aber nett, sie ging mit der Mondfrau und deren Polen zu irgendeinem Bal Nègre. Ich bin zu mir runtergegangen, und um 8 Uhr, als ich mich gerade fragte, ob Védrine nicht eingeschnappt wäre und nicht kommen würde, kreuzte sie auf, mit einem kleinen Kopftuch um wie im Wintersport, lächelnd und reizend. Mir fiel trotz allem ein Stein vom Herzen. Sie brachte Schallplatten mit, und wir haben eine Stunde lang ein kaum interessantes Trio von Schubert gehört, eine ziemlich schöne Ballade von Chopin und den Anfang des *16. Streichquartetts* von Beethoven, das wunderbar ist. Ich habe freundlich Platten und Grammophon zu Kos. hochgebracht, und wir haben, weil es im *Dôme* und in der *Coupole* keinen Platz gab, im *Sélect* ein Steak gegessen. Dort war Védrine ebenso reizend, wie sie gestern widerlich gewesen war, die Tage nach dem Wahn sind bei ihr immer rührend, und ich hänge an ihr wie seit Wochen nicht. Sie hat mir erklärt, wie sie in ihrer Depression von vorgestern das Deprimiertsein von Kos. nachgemacht hatte und wie sie gestern diesen Wahn aufrechterhalten wollte, um mich zu beeindrucken, obwohl sie ihn schon hinter sich hatte. Wir haben einen Punkt nach dem anderen durchgesprochen, und ich habe ihr alles aus phänomenologischer Sicht erklärt, sie hat alles verstanden und gesagt, sie habe naiverweise ein kindliches Ideal von einem Märchenprinzen, von einem Leben, das in das eines Märchenprinzen getaucht sei. Ulkig, diese Diskrepanz zwischen einem fast reifen Denken und einer kindlichen Sensibilität. Wirklich, in ihrer vollkommenen Aufrichtigkeit und Einfachheit (ohne komplizierte Reflexion) war sie ganz rührend, und ich war ganz zärtlich und überzeugend. Sie hat mir übrigens gesagt, selbst wenn ihr Wahn sich bewahrheitet hätte und sie nur einen winzigen Platz in meinem Leben einnähme, würde sie trotzdem daran festhalten, obwohl sie todunglücklich wäre – im übrigen habe sie, als sie ihr Leben für verpfuscht hielt, vollkommen vergessen, an Sie zu denken oder zu Ihnen Zuflucht zu nehmen (was in bezug auf Sie nichts beweist, ich kann mir gut vorstellen, wie sie dasselbe umgekehrt machen würde). Wir haben darüber geredet, bis wir vor die Tür gesetzt wurden; sie hat das mit dem Wahn ihrer Mutter verglichen, zu Recht, glaube ich, sie ist 20 Minuten mit mir hochgekommen, wir haben uns umarmt, und ich schreibe Ihnen, todmüde. Gute Nacht, mein Kleiner, ich gehe schlafen. Ich umarme Sie mit aller Kraft, ganz lieber kleiner Geliebter.

Ihr reizender Castor

Bost hat Kos. kleine beeindruckende Fotos geschickt, auf denen man ihn in einem riesigen Schneeloch sieht, aus dem nur seine Schultern herausragen: das ist das Loch, in dem er 14 Stunden steht – aber es ist vorbei, er ist nicht abgelöst worden, aber er ist in einer Hütte – er sagt, an der Front sei herrlich, daß man, außer wenn man Wachdienst hat, in Ruhe gelassen wird. Er scheint ganz lebhaft und wach.

Védrine hat mich beauftragt, Ihnen zu sagen, sie habe aus Arbeitseifer vergessen, Ihnen zu schreiben, und sie entschuldige sich vielmals.

Umschlag
F. M.
Soldat Sartre
Wetterbeobachtungsstation
E. M. A. D.
Abschnitt 108

160

Sonntag, 21. Januar [1940]

Ganz liebes kleines Geschöpf
Ach! wie ich heute früh dafür bestraft wurde, daß ich gestern abend faul war. Als ich zur Post kam, waren alle Schalter geschlossen, und ich bin ganz einsam und verlassen – aber ich werde morgen früh um 8 Uhr dort sein, und ich werde Ihre Briefe beim Frühstück lesen, bevor ich ins Lycée gehe – ich liebe Sie so sehr, mein Kleiner; vorhin hat Gégé ein Foto von Ihnen aus der Tasche gezogen, auf dem Sie ganz mager und anziehend waren, und das hat mir einen Schlag versetzt, ich habe praktisch Tränen in den Augen, wenn ich daran denke – oh, liebe kleine Präsenz aus Fleisch und Blut, wie sehr es mich nach Ihnen verlangt.

Diesmal habe ich wirklich sehr wenig zu sagen. Nachdem ich gestern abend meinen Brief fertiggeschrieben hatte, habe ich mich wirklich todmüde ins Bett geworfen und bin hochgefahren, als mein Wecker um 8 Uhr klingelte – aber ich bin brav aufgestanden. Es war milder in Paris, und es schneite, was kolossal poetisch und schön ist. Ich bin ins *Dôme* gegangen und habe drei Stunden gearbeitet – am Ende wurde ich von dem seltsamen zwielichtigen und schmierigen Mann belästigt, wahrscheinlich ein Argentinier, den wir mehrmals gesehen haben und der mit den Kellnern ausgiebig über die Anatomie und die Moral der Frauen im *Dôme* und auch über die Lage der Arbeiter sprach – ich bin aufgestanden, und er hat mich mir nichts, dir nichts gefragt: «Was ist aus Ihrer Freundin mit dem braunen Hund geworden? sie läßt sich nicht mehr blicken.» Auf meine Frage sagte Stépha, sie würde ihn nicht kennen. Ich bin zurückgekommen und habe noch eine volle halbe Stunde gearbeitet, und Gégé ist aufgekreuzt, mit der ich verabredet war, dann Gérassi und Stépha, die ich nicht erwartet hatte und die sich immer noch um ihren Lebensunterhalt Sorgen machen. Wir haben Hühnchen gegessen; meins war gebraten und so knochig, daß ich ausnahmsweise protestiert habe; und da der Geschäftsführer der Mann ist, der früher mit gesalzenen Mandeln handelte und uns mochte, bekam ich ein schönes Gericht. Wir haben während des Essens geschwätzt, über Wohnungs- und Heizungsfragen, und Punkt 2 Uhr habe ich mich von diesen Leuten verabschiedet und mich in eine ruhige Ecke gesetzt, um Ihnen zu schreiben und wieder zu arbeiten. Ich gehe um 5 Uhr ins Konzert, und heute nacht erzähle ich Ihnen den Rest meines Tages, an dem es viel Musik geben wird, da wir Platten haben, und wenig Ereignisse. Bis nachher, süßes kleines Geschöpf.

Guten Abend, mein Kleiner – es war heute also ein guter Tag. Im *Dôme* habe ich das neue Kapitel fertiggeschrieben, mein Tagebuch auf den neuesten Stand gebracht und sogar sechs Schülerarbeiten korrigiert. Ich habe bei den Gérassis Platten geholt: der kleine Florès hat mich begleitet und mir den Rücken gestreichelt, er ist außerordentlich geschmeichelt, weil ich ihm neulich aus Höflichkeit gesagt habe, ich fände seine Bilder gut – ich habe Kos. abgeholt, deren Backe fast abgeschwollen ist, und wir waren im Konzert des Konservatoriums. Es wurde ein kurzes *Adagio und Fuge* von Mozart gegeben und ein großes sehr schönes *Requiem* desselben;

ich finde, es gibt keinen Zweifel, trotz seiner Sonaten und tausend netter Dinge, er war ein Musiker. Es wurde sehr gut gesungen – aber diese Frauenchöre sind ulkig, diese Frauen mit Kneifern und Löckchen, die mehr als zulässig dem ähneln, was sie sind, das heißt Gesangslehrerinnen, die ihre unauffällige kleine Nachtigall in der Kehle haben. Wir sind nach Hause gegangen, wir haben bei *Pagès* zu Abend gegessen und dabei angenehm über die beste Art, Ch. Münch kennenzulernen, herumgealbert, den schönen Dirigenten, der wie ein Drogensüchtiger aussieht und uns sehr gefällt. Dann haben wir in Gesellschaft von Wanda noch Musik im Zimmer von Kos. gehört. Die *Appassionata* und die *Mondscheinsonate*, die sehr schön sind, und sehr angenehme Variationen von Beethoven über ein Thema aus der *Zauberflöte* und eine herrliche *Toccata und Fuge* von Bach. Dann bin ich zu mir gegangen, um meine Briefe fertigzuschreiben, ich werde drei Schülerarbeiten korrigieren und schlafen.

Diese Novelle von Sorokine, die sie mir gegeben hat, ist ein bißchen witzig; es ist die zu derbe Burleske einer Komödiantin, aber nicht ohne Anmut und Begabung, scheint mir – sie hat Sinn dafür, was Schreiben ist.

Es wäre unheimlich gut, habe ich gedacht, wenn Sie um den 6. Februar kämen, denn das ist Fastnacht, und ich hätte einen guten Vorwand für meinen angeblichen Besuch bei Poupette. Aber man sucht es sich nicht aus – oh! wie ich Sie gern sehen würde – vorhin habe ich Angst bekommen, als ich an Ihr Leben dachte, mit dem Sie sich so gut abfinden, aber in dem Sie so allein sind, mein Kleiner, und so um alles gebracht, Sie, der Sie wenige Dinge liebten, aber stark liebten – ganz lebendiger, ganz fröhlicher, ganz warmer Kleiner, den man wie eine Mumie einbalsamiert hat. Mon amour, wir werden allerhand erleben, wir werden Ihnen einen schönen Urlaub machen. Ich liebe Sie, mon amour, so stark, so stark, so zärtlich – in dem, was Sie für mich sind, in dem, was Sie ganz einfach sind – mein süßer Kleiner.

Ihr reizender Castor

Ich habe an de Roulet geschrieben.

Umschlag
F. M.
Soldat Sartre
Wetterbeobachtungsstation
E. M. A. D.
Abschnitt 108

161

Montag, 22. Januar [1940]

Mein süßer Kleiner
Heute früh um 8 Uhr gab es keinen Brief; der große Postsack war da, aber noch ungeöffnet; als ich vom Lycée zurückkam, waren sie zum Glück ganz brav da, alle beide, der vom 17. und der vom 18. Wie reizend Sie sind, kleines Geschöpf, daß Sie sich so um den Kummer gesorgt haben, den mir die Urlaubsverschiebung machen mußte, aber ich wußte aus den Zeitungen und von den Leuten, daß die Engländer schon keinen mehr hatten, und überall hieß es, daß es für die Franzosen auch so kommen würde, ohne daß jemand das für wirklich endgültig zu halten schien – und außerdem bin ich jetzt stahlhart – und außerdem glaube ich auch, daß es ärgerlicher ist, derjenige zu sein, der nicht abreist, als diejenige, für die sich die Ankunft hinausschiebt. Ich war wegen meiner Reise zu Emma aufgeregt, weil ich die aktive war – jetzt bin ich vollkommen passiv. So passiv, daß dieses Datum des 1. Februar, das Sie als die äußerste Grenze bezeichnen, mich nicht berührt: und doch sind es nur noch acht Tage bis dahin – aber es bleibt etwas rein Irreales. Ich war den ganzen Tag über nicht froh, im Gegenteil, ich bin heute irgendwie desorientiert, zum erstenmal seit langem. Sicher weil ich ein wichtiges Kapitel beendet habe, weil ich ein nicht allzu gutes noch mal tippen muß, weil ich doch durch den Gedanken an Ihre Ankunft von

meiner Arbeit abgelenkt bin, ohne von dieser Ankunft selbst gefesselt zu sein. Meine Gedanken wissen nicht mehr, wohin sie sich wenden sollen.

Ich werde Kos. heute abend sagen, daß Poupette dringend nach mir verlangt und ich in den Fastnachtstagen hinfahre: Fastnachtsdienstag ist am 6.; ich werde dann sagen, ich führe früher, um Sie nicht zu verpassen, aber ich hätte meinen Besuch versprochen und würde das mit der Schule schon regeln.

Ich habe gestern noch Schülerarbeiten korrigiert, nachdem ich meine Briefe fertiggeschrieben hatte; ich habe nur 7½ Stunden geschlafen, aber sehr gut. Als ich den Fuß vor die Tür setzte, hörte ich jemanden herangaloppieren; es war Sorokine, die mir seit einer Viertelstunde aufgelauert hatte – sie war verzweifelt, weil sich ihre Eltern seit zwei Tagen zerfleischen, weil sie sich trennen wollen, ohne sie mitzunehmen; die Mutter weint, der Vater schreit und zieht die Tochter doch von Zeit zu Zeit an seine Brust und sagt dabei: «Dein Vater ist auch sehr allein», und versucht, sie auf den Mund zu küssen. Sie hat mich zur Post begleitet, dann in ein Café beim Lycée, wo ich gefrühstückt habe. Zwei Stunden Unterricht – ich habe meine Briefe geholt und sie in der Metro gelesen, die mich zur Madeleine brachte. Ich wollte Karten für ein Ravel-Festival kaufen, das Samstag nachmittag in der Salle Gaveau stattfindet; es werden eine Menge Stücke gespielt, die ich nicht kenne, das interessiert mich sehr; ich habe bei Durand für Kos. und mich zwei Karten, die billigsten, aber Sitzplätze, gekauft und in der Rue Royale voll Freude auf den Bus gewartet. Es schneite sanft, es war lebhaft und ruhig, alles lief im Zeitlupentempo ab, die Autos, die Busse, die Leute, es war für mich ein seltsames Paris, ganz alt, wie ein Bild (wegen der Madeleine und dem Obelisken im Schnee, und dennoch dieser vertraute, fast dörfliche Anblick dieses Morgens im Schnee). Ich bin zum Quartier Latin gefahren und habe dabei ein bißchen *Das Schloß* gelesen, was mich diesmal packt. Ich habe im *Mont Saint-Michel* gearbeitet und etwas gegessen, ich werde es nicht mehr betreten, denn die Kellner sind unfreundlich, sie mögen keine Schriftsteller; ich habe im *Mahieu* weitergearbeitet und dabei Kaffee getrunken, nachdem ich in dem schlechten Café zwei Eier mit Tomaten verspeist hatte. Dann Unterricht – ich habe eine Minute lang Sorokine im H. IV begrüßt, wo sie zu Mittag ißt, und dann gearbeitet – aber sie hat wohl gefunden, ich käme zu spät, denn sie hat mir mit finsterer Miene kaum guten Tag gesagt, und ich mußte zum Unterricht flitzen, ohne die Sache aufzuklären – 8 neue Schülerinnen sind aufgetaucht, es sind allmählich zuviel.

Dann bin ich mit dem Taxi nach Saint-Germain-des-Prés gefahren, wo ich mit Kos. verabredet war, und ich hatte den Einfall, mich bei *Lipp* niederzulassen, wofür ich mich beglückwünsche. Ich sitze hinten, es ist warm und ruhig, und die Tische sind riesig: mein Kleiner, wir werden hierherkommen und ein paar Tränen vergießen, nicht wahr, und elsässischen Wein trinken. Ja, ich fühlte das gerade; aber es ist seltsam, ich habe es für *Sie* gefühlt, wie kostbar und schön es für Sie wäre; was mich angeht, ich glaube nicht, daß wirklich ich neben Ihnen sitzen werde.

Ich habe mehr als zwei Stunden gearbeitet, aber ohne jede Lust – vielleicht ist das Kapitel schlecht (Françoise und Gerbert auf dem Flohmarkt). Ich schreibe Ihnen, ich werde einen Brief für Bost fertigmachen, der noch nichts Genaues über seinen Urlaub weiß: aber hören Sie, da die Kos. meinen, man könne vorher nicht genau wissen, wann ein Soldat auf Urlaub kommt, können Sie ein bißchen überraschend eintreffen – bei ihm kann es auch eine gewisse Verschiebung geben, und es wird sich leicht unter einen Hut bringen lassen.

Ich werde Kos. in den *Deux Magots* treffen – und wir werden ins Kino gehen, Rue Récamier, von dem Gégé mir viel Gutes gesagt hat. Es macht mir Spaß, ins Kino zu gehen, so desorientiert, wie ich bin. Auf Wiedersehen, mein süßer Kleiner. Bis morgen. Bis bald. Ich brauche Sie so sehr.

Ihr reizender Castor

Dienstag, 23. Januar [1940]

Mein süßer Kleiner

Es ist also wahr, Sie werden kommen – ich erhalte gerade Ihren Brief, und das hat mich so fiebrig gemacht, daß ich fürchte, ich werde den ganzen Tag nicht arbeiten können – und vielleicht die ganze Woche nicht – ich habe eine Art Angst, die überhaupt nicht angenehm ist, und eine nervöse Lust zu weinen. Ich glaube, in ein, zwei Tagen wird das durch die Gewißheit in Glück umschlagen.

Spätestens in einer Woche – mon amour. Hören Sie, der kleine Bost redet nicht einmal davon, daß er kommt, und auf jeden Fall werde ich mit ihm den Ort klären, ich werde ihn bei seiner Ankunft mit Ihnen oder ohne Sie am Bahnhof abholen – sagen Sie also, wie verabredet, Wanda, daß Sie sechs Tage später kommen – sagen Sie es *möglichst frühzeitig*, damit ich meine Reise zu meiner Schwester vor Ihrer Ankunft erklären kann. Was Ihre Zivilsachen angeht, so versucht Ihre Mutter, sie zu behalten: schreiben Sie ihr – ich werde ihr selbst unter dem Namen Eugénie[25] schreiben und sie anflehen, die Sachen ins Hotel *Mistral* zu bringen oder zu mir – ich habe darauf bestanden, aber sie hat sich darauf versteift und behauptet, Sie seien einverstanden – ich werde ihr sagen, daß Sie am folgenden Tag ankommen, daß wir eine lange Zeit nur für uns haben wollen, mein Kleiner – oh! erst jetzt fühle ich, welchen Durst ich hatte, Sie zu sehen, ich kann mich kaum halten vor Verlangen. Falls Sie am Donnerstag, 1., kommen, werde ich Freitag H. IV schwänzen und Samstag C. Sée, was nur einen Tag jeweils bedeutet und mir 3 Tage ganz für Sie läßt, ohne Unterricht. Ich werde spätestens ab 4 Uhr ½, an welchem Tag auch immer, in diesem düsteren Café an der Gare de l'Est sein, in das wir oft in den Zei-

25 Sonst hätte das Hausmädchen, wenn nicht sogar der Stiefvater, den Brief lesen wollen.

ten von Laon* gingen, *rechts*, wenn man aus dem Bahnhof kommt, das ganz schwarz getäfelt ist und einen tiefer liegenden Raum hat, wissen Sie noch? Es muß das dritte sein, wenn man herauskommt, und an der Ecke des Boulevards, bevor man die Straße überquert. Sagen Sie mir, ob Sie sich erinnern, mein Kleiner, und ob es Ihnen recht ist? Wir gingen gern hin.

Ich habe angefangen, von Ihrem Besuch zu träumen – letzte Nacht habe ich in einer dieser seltsamen kindheitlichen Verschiebungen, von denen ich Ihnen schon erzählt habe, geträumt, ich sei nach Villetaneuse bei Saint-Denis zurückgekommen, wie im letzten Krieg, um meinen Vater als Zuave** zu besuchen, und es war tatsächlich eine Erinnerung an diese Straße, wo meine Mutter und ich ihn getroffen hatten; und ich sah meinen Vater mit einer Freude wieder, die mich verwirrte, denn ich erinnerte mich vage, daß ich ihn überhaupt nicht mochte und daß er ein alter Knacker war, und als ich danach suchte, wen ich auf diese Weise liebte, sind Sie gekommen.

Gestern abend habe ich also den Boulevard Saint-Germain überquert und Kos. in den *Deux Magots* getroffen; eine Menge Leute waren da, sie saß eingeklemmt an einem kleinen Tisch, an den ich mich auch gesetzt habe, und wir haben statt einem Abendessen Schokolade und Kuchen gegessen – sie hat mir eine amüsante Geschichte über Kéchélévicz und Tyssen erzählt, die ich Ihnen mündlich erzählen werde. Wir waren im Kino Récamier, einem alten Stadtteilkino, das noch einen Orchesterbalkon hat, ich erinnere mich noch gut, daß ich dort mit meiner Großmutter gewesen bin, als ich ganz klein war. Es gab einen trotz Humphrey Bogart stinklangweiligen Gangsterfilm, weil es eine Art Propagandafilm war, der die

* Sartre unterrichtete dort 1936 und 1937.

** Eine aus dem Kabylenstamm im Djurdjuragebirge in Algerien seit 1831 rekrutierte Infanteriegruppe mit malerischer orientalischer Tracht. Seit 1837/41 nur noch durch Franzosen ergänzt, 1963 aufgelöst. Für die «Traumdeutung» nicht unerheblich: «suave» bedeutet: süß, lieblich.

Amerikaner überzeugen sollte, sich gegen Erpressung zu wehren – aber dann gab es einen etwas verunglückten, aber reizenden Film mit Bette Davis, er hieß *Nuits de bal* [Ballnächte] – wir sind durch Eiseskälte nach Hause gegangen, und ich bin schnell eingeschlafen.

Heute früh Unterricht, im Klassenzimmer zitterte man, die Schülerinnen waren rot vor Kälte; eine Praktikantin hat Arbeiten zurückgegeben – dann habe ich im *Mahieu* gearbeitet. Sorokine ist gekommen, wütend wegen der fehlenden 5 Minuten vom Vortag, und sie hat während des ganzen Mittagessens geschmollt, was zur Folge hatte, daß ich meinerseits kühl war. Ergebnis: sie stand ganz flehentlich und nervös am Ausgang von C. Sée und hat mich mit der Metro nach Montparnasse begleitet, was mich ein klein wenig aufgebracht hat, aber ohne daß ich es diesmal gezeigt hätte, denn sie ist wirklich rührend – sie will mich morgen bei mir besuchen, und wir werden wieder eine große Aussprache haben. Ich habe Ihren Brief bekommen, dann habe ich tatsächlich sehr gut im *Versailles* gearbeitet. Védrine ist gekommen, hat aber gearbeitet und meinen Roman gelesen, ohne mich zu stören. Wir sind zusammen zu meinem Hotel zurückgekommen, ich bin hochgegangen, um noch eine Stunde zu arbeiten, und Kos. hat mich abgeholt – sie hat mich zum *Dôme* mitgenommen, wo ich trotz inständiger Bitten des Geschäftsführers auf deren altes Huhn verzichtet und eine Bratwurst gegessen habe. Kos. war deprimiert, aber äußerst freundlich und hat mir eine Menge interessanter technischer Sachen über ihre Arbeit erklärt: Dullin streichelt ihr jetzt das Kinn. Wir sind um 10 Uhr nach Hause gegangen, wir haben Bach und die *Appassionata* aufgelegt, und jetzt gehe ich schlafen.

Das ist ein sehr alltäglicher Brief, mein Kleiner, aber Sie sagen mir, daß mein Alltag Ihnen Wärme und Zärtlichkeit bedeutet – umgekehrt ist es übrigens genauso. Ich liebe Sie, ich verzehre mich nach Ihnen, vor Verlangen hatte ich Lust zu weinen, als ich vorhin Bach hörte, und jetzt auch noch.

Oh! mein Leben mit Ihnen, mein Kleiner, es soll mir zurückgegeben werden! Kommen Sie. Ich warte so sehr auf Sie.

Ihr reizender Castor

Ich lese ein wenig im *Schloß* und finde es wunderbar, besser als *Der Prozeß*, aber von dunkler Schwermut.

Umschlag
F. M.
Soldat Sartre
Wetterbeobachtungsstation
E. M. A. D.
Abschnitt 108

163

Mittwoch, 24. Januar [1940]

Ganz liebes kleines Geschöpf

Ich habe heute zwei Briefe von Ihnen bekommen, mon amour – sie haben mir keine Gewißheit gegeben, aber sicher ist, daß Sie spätestens am 10. dasein werden, und ich fühle mich allmählich voller Freude – ich *glaube* allmählich wirklich daran – der kleine Bost hat mir auch zwei ganz muntere Briefe geschrieben, es scheint sicher, daß er vor dem 10. ankommt – es wäre ausgezeichnet, wenn er genau einige Tage nach Ihnen käme; ich habe ihm mitgeteilt, daß er mich sehen muß, während Sie Wanda sehen.

Bringen Sie mir ein paar Sachen mit: *Le diable amoureux* [dt.: *Der verliebte Teufel*]* – *Tandis que j'agonise* [dt.: *Als ich im Sterben lag*]** – und vor allem Rauschning.

Nachdem ich Ihnen gestern abend geschrieben hatte, habe ich geschlafen, mehr als 8 Stunden; heute früh habe ich gewet-

* Von Jacques Cazotte.
** Von William Faulkner.

tert: ich hatte mich sehr angestrengt, um nicht länger im Bett zu bleiben und schon um Viertel vor 9 Uhr im *Dôme* zu sein und zu arbeiten, und da kreuzt Stépha auf und fängt an, mich wegen einer Wohnung anzusprechen, die ich mit ihr mieten soll; für nichts auf der Welt würde ich das tun, aus all den Gründen, die Sie sich denken können – ich habe schließlich mein Papier, meinen Füllfederhalter hervorgeholt und nervös damit herumgespielt, und sie hat sich langsam dazu entschlossen wegzugehen. Aus Wut habe ich den *Canard enchaîné* zusammengefaltet, ohne auch nur die Überschriften angesehen zu haben (ich habe es bis jetzt noch nicht getan), und ich habe mich auf meine Arbeit gestürzt – 3 Stunden lang habe ich pausenlos darüber gesessen und gefroren. Ich bin zur Post gegangen: Bost beauftragt mich, Ihnen zu sagen, Sie seien ein kleinlicher und schlechter Franzose, weil Sie ihm nicht schreiben. Ich habe ihm den Brief von De Roulet geschickt und ihn damit vollends zum Schäumen gebracht, aber ich habe ihn schwören lassen, daß er ihn mir zurückschickt: De Roulet erklärt darin, wie der Krieg ihm erlaubt, seinen Rückstand aufzuholen, ihm, der sich abhetzte, um mit der Zeit der anderen mitzukommen, die für ihn zu schnell war; und auch, daß er sich kein größeres Glück wünscht, als in unser Universum intellektuellen Schaffens einzutreten; ich dachte, das hätte ich Ihnen schon erzählt, mein süßer Kleiner; Sie hatten sicher einen ähnlichen Brief, nein? auf jeden Fall schicke ich Ihnen diesen. Habe ich Ihnen gesagt, daß ich die Standhaftigkeit hatte zu antworten?

Ich bin gierig, Ihre Philosophie kennenzulernen, mon amour – ach, unser Mundwerk wird nicht stillstehen – ich kann es auch kaum erwarten, Ihnen meinen Roman zu zeigen, ich langweile mich allmählich allein damit.

Ich habe bei meiner Familie zu Mittag gegessen: Kalbfleisch und Milchreis, es war nicht so schlecht; ich habe Klassenarbeiten neben dem Ofen korrigiert, und es gab eine literarische Diskussion: K. Mansfield wurde mit Maupassant verglichen, höflich. Mein Vater will mich zu einer Sitzung des Schwurgerichts mitnehmen, das würde mir Spaß machen.

Ich bin zum *Dôme* zurückgekehrt, habe 2½ Stunden gearbeitet und eine halbe Stunde lang an Bost geschrieben, dann bin ich zu mir gegangen, um Sorokine zu treffen. Sie hat mir die Seele aufgewühlt, es ist herzzerreißend, wie sehr sie mich liebt, und ich fühle, daß ich sie sehr sehr stark lieben könnte, wenn ich mehr Zeit für sie hätte – sie war in diesen Tagen nervös, und sie wollte heute einen Nachmittag mit Liebkosungen, aber ich war gerade dazu nicht in der Lage, und nach den ersten Küssen habe ich es ihr so diskret wie möglich erklärt – wir haben zärtlich umschlungen verharrt, mit unkeuschen Küssen, aber sonst nichts – und sie hat mir auf eine Weise, die mich aufgewühlt hat, erklärt, wie abhängig sie von mir ist, ich sei alles für sie, und sie sehe mich so wenig, und sie erhoffe nicht das Unmögliche, nämlich daß ich jemals leidenschaftlich an ihr hinge, sondern wolle sich nur vergewissern, daß es mir nicht so gleichgültig wäre, wenn sie aus meinem Leben verschwände, und selbst das bezweifle sie oft; es war ohne Pathos und Vorwurf, und ab und zu kam es wie nach einem Kampf aus ihr heraus, als ob es ein Unglück sei, «ich liebe Sie dermaßen, dermaßen… es ist so schwer, es ist eine pausenlose Anspannung». Danach kam es wieder zu Umarmungen, und sie wurde nervös und schlaff, bis ich mich trotz allem zu höchstem Ungestüm hinreißen ließ; es ist ulkig, wie sie im Handumdrehen ruhig wurde, voll fröhlicher Zärtlichkeit und wirklich reizend. Ich mag zum Beispiel, wie sie meinen Kopf zwischen ihre Hände nimmt, ihn zärtlich streichelt und lachend sagt: «Und innen ist ein Gehirn!» und stolz: «Ich weiß, wie das gemacht ist, es ist eine Knolle, gelb und rot …», und sie beschreibt es, und dann ein bißchen empört: «Und das sind Sie.» Ich langweile mich nie auch nur eine Sekunde mit ihr, sie ist ganz erfinderisch, in ihren Gefühlen wie in ihrer Art zu denken; ich entdecke bei ihr eine Menge geistiger Reize, in ihr steckt wirklich etwas. Ich war aufgewühlt, als sie wegging, ich bin es noch.

Ich bin von ihren Händen in die Védrines gewechselt – es war nicht ein «Tag nach dem Wahn», es war ruhige Langeweile, ohne irgend etwas Ärgerliches, aber schrecklich alltäglich – und ein Herz, das ein wenig vom Gesicht Sorokines erfüllt war, konnte von diesem spitzen kleinen Gesicht nicht gerührt werden. Wir haben im *Nordland* gegessen und über Kochkunst geredet, dann haben wir im *Dôme* über Politik geredet. Wirklich, sie bringt mir nichts, während die andere mir das gibt, was bei Kos. kostbar war, auf leichtere, aber nettere Art, ein neues Begreifen der Welt, eine von einem originellen kleinen Bewußtsein auf absolut unvorhergesehene Weise neu gedachte Welt. Aber Védrine war sehr zufrieden mit mir, und alles ist bestens gelaufen.

Sie hat mich gerade verlassen, es ist bald Mitternacht, ich habe Ihnen geschrieben, ich werde ein bißchen *Das Schloß* lesen und schlafen. Habe ich Ihnen gesagt, daß mir beim Wiederlesen *Das Schloß* viel besser vorkam als *Der Prozeß*? Als ich mich gestern abend hinlegte, hat mich deshalb das Schreiben angewidert. Ich finde ein bißchen, daß es sinnlos ist zu schreiben, wenn man nicht einen neuen und beunruhigenden Ton findet, wie Kafka und Sie.

Mein süßer Kleiner, ich werde Ihre Briefe noch mal lesen, ich liebe Sie so sehr und fühle Ihre Liebe so stark. Werde ich in einer Woche in Ihren kleinen Armen einschlafen? Wir werden so glücklich sein, mein Kleiner. Ich liebe Sie – ich warte auf Sie.

Ihr reizender Castor

Seit einer Woche will ich Ihnen sagen, daß ich vom *Mahieu* aus die Feldmann gesehen habe mit einem unglaublichen blauen Hut und einem unmöglichen Mann.

Umschlag
F. M.
Soldat Sartre
Wetterbeobachtungsstation
E. M. A. D.
Abschnitt 108

164

Donnerstag, 25. Januar [1940]

Ganz liebes kleines Geschöpf

Nun ja! was für einen geschäftigen Eindruck Sie in Ihren Briefen machen, mein Kleiner, und wie angenehm das ist, ich fühle jetzt stark, daß ich in einer Woche um diese Zeit Ihren kleinen Arm halten werde. Morgen schreibe ich Ihrer Mutter wegen des Anzugs. Was das Café angeht, sagen Sie mir schnell, ob Sie verstanden haben: rechts, wenn man aus dem Bahnhof kommt und Richtung Paris geht, das 3. oder 4., in das wir oft in den Zeiten von Laon gegangen sind, bevor wir zur Gare du Nord weitergingen – ich glaube, es ist das letzte, bevor man über den quer verlaufenden Boulevard geht – ganz schwarz getäfelt, mit zwei Räumen, einer davon etwas tiefer liegend. Verstehen Sie? Ich werde um 4 Uhr ½ dort sein und bis zum Tod dort auf Sie warten. Kommen Sie dorthin. Ich habe gut geschlafen, aber ich weiß nicht, warum ich heute früh absolut deprimiert aufgewacht bin – auf der Post habe ich zwei reizende Briefe von Bost vorgefunden, die mich aber noch düsterer gestimmt haben: weil er von einigen seiner Kameraden spricht, die als Mitglieder von Freiwilligenkorps schlimme Schläge eingesteckt und Kriegsorden bekommen haben – was ist genau ein Freiwilligenkorps? Genausogut hätte er es sein können, ich habe nachträglich eine Angst empfunden, die mich aufgewühlt hat – und dann rückt der Frühling näher, die Zeitungen sind voll schlimmer Gerüchte, diese Urlaube kommen mir wie ein letztes Treffen vor, das man einem zum Tode Verurteilten mit seiner Familie gewährt – nicht Ihr Tod, Gott sei Dank, sondern seiner – wenn er so nett schreibt, werden meine Gefühle für ihn wieder wach und auch meine Ängste. Und dann glaubte ich nur halb an Ihren Urlaub, und Ihr Brief war nicht da, und ich habe mich ins *Dupont* gesetzt, die Seele so düster wie die Nacht; dabei hatte ich mir ein schönes Heft gekauft, so ähnlich wie Ihres, um darin meine Geschichte aufzuzeichnen, und ich habe dieses kleine Tagebuch fast eine Stunde lang auf den neuesten Stand gebracht und dabei Schokolade getrunken und Radiomusik gehört, die einem das Herz im Leibe gefrieren lassen konnte. Ich war wieder im Krieg gefangen, und das kam mir entsetzlich vor. Inzwischen ist es vorbei, und ich glühe jetzt im Gegenteil vor Freude, ich könnte weinen, ich glaube, ich werde Sie sehen, wirklich, wirklich, und das ist fast unerträglich, obwohl ich genau weiß, daß das Wiedersehen so einfach sein wird wie das letzte Mal, mon amour.

Ich war im C. Sée und habe meine Schülerinnen mit Handschuhen, Hüten und Gasmasken in den Händen getroffen, wie sie im Gänsemarsch ins gegenüberliegende Haus gingen: es war ein Probealarm, und ich habe zwanzig Minuten lang in einem der herrlichen Ledersessel des Lehrerzimmers *Das Schloß* lesen können, was mich immer noch genauso entzückt. Dann Unterricht, Sorokine war am Ausgang, ganz Lächeln, wir haben zu Mittag gegessen, es war ganz schön, sie war glücklich und reizend; sie hat mich gebeten, ihr einen Füllfederhalter zu schenken, den ich ihr gekauft habe, und dann habe ich meinen Unterricht im H. IV gehalten – danach habe ich Védrine 5 Min. im *Mahieu* begrüßt, ich war auf der Post, wo ich sofort Ihren Brief gelesen habe, der mich in Freude getaucht hat – ich glaube, jetzt ist es sicher. Ich habe im *Dôme* gearbeitet: aber die Boubous sind vorbeigekommen, Védrine ist aufgekreuzt, um meinen Roman zu lesen, und all das hat mich ein bißchen gestört – sie hat mit Recht einiges kritisiert, ich würde gern alles überarbeiten, um Ihnen den ersten Teil als reines Meisterwerk zu zeigen – ich werde sehr enttäuscht sein, wenn es Ihnen nicht vollkommen scheint, aber Sie müssen es unverblümt sagen. Und weil dann meine Tintenpatrone leer war, wollte ich neue kaufen, aber ich habe keine gefunden und habe ein Tintenfaß gekauft, in das ich den Füller wie einen gewöhnlichen Federhalter tauche, es ist demütigend.

Jetzt werde ich mit Kos. ausgehen. Ich glaube, Schnupfen und Müdigkeit werden nächsten Donnerstag vorbei sein, und

Sie werden einen schönen Castor haben – auf jeden Fall wird er so glücklich sein, Sie zu sehen, mon cher cher amour. Wie ich Sie brauche.

Ihr reizender Castor

Ich finde die Zeilen von *Marianne*[26] witzig.

Umschlag
F. M.
Soldat Sartre
Wetterbeobachtungsstation
E. M. A. D.
Abschnitt 108

165

Samstag, 3. Februar [1940]

Le Dôme

Mon amour
Sorgen Sie sich nicht um mich – ja, es ist eine Enttäuschung[27], aber ich hatte an Ihre Ankunft noch nicht richtig geglaubt, um mich wirklich zu freuen, und ich bin genau im gleichen Zustand wie gestern – eher weniger angespannt, da ich weiß, woran ich jetzt bin – und außerdem, langsam und durch die Aufregung und den Aufschub hindurch, geht das allmählich der Realität entgegen, dieser Urlaub – er scheint mir allmählich fast sicher, fern, aber fast sicher. Stellen Sie sich vor, gestern ging ich, ohne Brief, ohne Telegramm, auf gut Glück,

26 Linke Zeitung, die Sartre um Mitarbeit gebeten hatte, ohne zu berücksichtigen, daß er an der Front war. Vgl. Jean-Paul Sartre, *Briefe an Simone de Beauvoir und andere*, Rowohlt Taschenbuch Verlag, Reinbek 1985, Band 2, S. 57.
27 Sartres Urlaub war ein weiteres Mal verschoben worden.

um 5 Uhr nachmittags zum Café an der Gare de L'Est und hatte den Eindruck, daß diese ganze Geschichte, und beinahe Ihre Existenz, die Geschichte von Mythomanen war, die ich mir einbildete, daß es daran nichts gab außer imaginärer Gewißheiten. Schon bei dem Gedanken, Sie könnten kommen und mich verpassen, wurde ich nervös – ich bin am Hotel Mistral vorbeigegangen, ich habe Ihnen dort eine Nachricht hinterlassen, und ich war in einem Zustand unbestimmter tiefer Verzweiflung, die viel unangenehmer war als der leichte Kummer von heute früh. Ach! mon amour, es zerreißt mir das Herz, daß ich Ihnen eine Woche lang nicht geschrieben habe. Ich schicke Ihnen gleich Geld und Bücher, aber zuerst einmal schreibe ich Ihnen einen langen Brief, mein Kleiner; ich liebe Sie so sehr und so zärtlich, mon cher amour. Es ist dumm, mit dem Schreiben aufgehört zu haben, der Grund war nicht die Gewißheit, sondern eine Art Beschwörung, ein Bekenntnis, wodurch dies endlich Wirklichkeit werden sollte – und jetzt ringe ich die Hände – armes liebes Köpfchen, wie ich es eilig habe, daß Sie diesen Brief bekommen und daß Sie Ihren Castor ganz bei sich, in Ihrem Leben fühlen.

Hören Sie – der kleine Bost sagt, daß er um Mitternacht herum ankommt, er geht für zwei Tage nach Taverny, er wird mich zweifellos gegen Freitag treffen; aber es ist nicht sicher. Ich würde ihn viel lieber am Anfang seines Urlaubs sehen, es wäre mir unangenehm, wenn er Kos. vor mir sehen würde, aber natürlich will ich auch Sie zumindest zwei Tage sehen, bevor ich Sie Wanda überlasse – zur Not würde ich mich mit 2 T. (heimlich) abfinden – 3 Tage Wanda – 2 T. (offiziell) und 4 T. heimlich – bloß zwischen dieser Aufteilung 2–3–6 und der anderen 6–3–2 gibt es für Sie eine Abweichung von 4 T., Wanda betreffend, was lästig sein kann. Können Sie sie im ungewissen lassen? Und ich werde *telegrafieren*, sobald ich genau weiß, wie es mit Bost klappt – aber bemühen Sie sich, Wanda davon zu überzeugen, daß große Ungewißheit herrscht.

Mon amour, sicher ist, wie Sie mir so vernünftig erklären, daß ich Sie sehen werde.

Zum Glück habe ich diese Woche vernünftig mein kleines Tagebuch geführt, in der Hoffnung, es Ihnen zu zeigen: Ich werde es also in etwa abschreiben, da wir wieder beim Schreiben angelangt sind.

Ich habe Ihnen am Samstag abend geschrieben, nachdem ich Sorokine gesehen hatte. Ich bin ins Bett gegangen, habe sehr schlecht geschlafen; ich habe einen schlimmen Alptraum gehabt, in dem ich Sie sah, aber ohne irgendeine Zärtlichkeit zu empfinden, da Sie zugleich Dullin, ein anderer Schauspieler vom Atelier und eine meiner Schülerinnen dieses Jahres waren – und ich sagte mir ganz böse: natürlich, wenn man ihn mir ständig auswechselt, kann ich meine Liebe für ihn nicht behalten; ich dachte, das wäre normal und die Liebe käme mit der Zeit zurück, aber ich war unzufrieden. Am Vortag hatte ich bei der Rückkehr ein paar Zeilen vom Mops vorgefunden, und Montag früh habe ich ihr eine Nachricht hinterlassen, dann bin ich ins *Dôme* gegangen, um an Bost und an meinem Tagebuch zu schreiben und zu arbeiten. Ich habe Stépha wieder kurz gesehen, aber sie war brav, und ich habe bis 4 Uhr nachmittags vernünftig gearbeitet und zwischendurch etwas gegessen. Dann habe ich einen so schlechten Krimi gekauft, daß ich Ihnen den nicht schicken werde, und habe Védrine im *Cintra* der Rue du Faubourg-Saint Honoré getroffen; sie war süß mit einer Jacke aus schwarzem Samt und einer kleinen blauen Bluse; sie war ein wenig deprimiert wegen ihrer Geschichten mit der Moral, sie wußte nicht mehr, was sie tun sollte, und ich habe ihr freundlich Mut gemacht – wir haben eine nicht unangenehme Stunde verbracht, dann sind wir getrennt ins Konzert des Konservatoriums gegangen: 5 *Brandenburgische Konzerte*. Ich habe Wanda in der Eingangshalle getroffen, sie war ein bißchen eingeschüchtert beim Gedanken, diese große Musik zu hören; wir haben fast eine halbe Stunde lang geplaudert, da Kos. – die richtige – nicht eintraf, schließlich haben wir ihre Karte der Platzanweiserin überlassen und sind in eine Orchesterloge geschlüpft. Bei den ersten Takten, gerade als die Türen geschlossen wurden, kam Kos.

Es war sehr schön und befriedigend, aber es war schwierig zu folgen, da es einförmig ist und sich ohne Pause aneinanderreihte. Wanda geriet ein bißchen ins Schwimmen. Zum Glück war ich ganz frisch und bin fast allem gefolgt. Wir sind alle drei nach Hause gegangen, und Wanda hat sich verabschiedet – ich habe bei *Pagès* mit Kos. gegessen, die ganz ausgelaugt war; wir sind zu ihr hochgegangen, haben lahm geplaudert und dabei eine ziemlich schöne Schallplatte von Sophie Tucker angehört, die Mouloudji uns geliehen hat – ich habe mich schlafen gelegt, nachdem ich an Poupette geschrieben und Arbeiten korrigiert hatte.

Montag bin ich etwas müde aufgewacht: Védrine hat mir am Sonntag gesagt, sie sei erschrocken gewesen, wie ich gestern nach dem Ravel-Konzert aussah, und ich habe beschlossen, mich etwas auszuruhen – ich habe diese Woche mehr geschlafen und bin weniger matt, ich werde bis zu Ihrer Ankunft so weitermachen. Morgens gab es auf den Straßen ein böses Glatteis, und man mußte mit ganz kleinen Schritten gehen, damit man nicht hinfiel; so bin ich von zu Hause bis Montparnasse und von Vaugirard bis C. Sée gegangen – ich war auf der Post: ein kleiner Brief von Bost, der endlich von der Front weg ist – zwei Briefe von Ihnen, die nichts Sicheres versprachen. Ich habe noch ein bißchen im *Dôme* gearbeitet, dann bin ich ins Henri IV gegangen, durch den matschigen und eisigen Luxembourg. Zwei Stunden Unterricht – zu Fuß zurück. Ich habe noch eine Stunde im *Dôme* gearbeitet, ich habe diese ersten 200 Seiten vollkommen beendet, ausgefeilt und noch und noch verbessert, sie warten nun nur noch auf Ihr Urteil – das ist eine Leistung, es hat mir die ganze Woche ein angenehmes Gefühl von Muße verschafft, das sich mit der Spannung des Wartens vermischte, das hat meinen Tagen eine besondere Farbe gegeben. Der Mops ist zu mir gekommen, wir haben zwei Stunden lang geplaudert, nichts Wichtiges: Zuorro hat seinen berühmten Schwager verloren, er wird vielleicht einen Monat Urlaub bekommen. Guille hat seinen Urlaub gehabt und ihn im Familienkreis verbracht, er ist vollkommen angewidert und würde sich an die Front melden, wenn da seine «Bel Eute» von Frau nicht wäre – sonst hat sie nichts erzählt.

Ich habe mich verabschiedet, um Védrine in den *Deux Magots* zu treffen. Védrine erzählt Ihnen diesen Abend in einem Brief, den ich zurückgehalten hatte, weil ich dachte, Sie hätten ihn schneller in Paris, und ich stecke ihn nun zu meinem – sie erzählt Ihnen das Wichtigste, ich war nett zu ihr, aber es hat mich etwas angeödet.

Der nächste Tag war ein düsterer Tag; da der Roman (vorläufig) fertig war, hatte ich beschlossen, mir die Schülerarbeiten, mit denen ich im Rückstand war, alle vom Halse zu schaffen; im übrigen fühlte ich mich nicht wohl in meiner Haut; mir ging es die ganze Woche schlecht, sobald man seine Nase ein bißchen aus den Papieren hebt und ein bißchen um sich schaut, wird es ziemlich düster – ich habe Angst vor dem Frühjahr, ich habe Angst, noch Monate zu verbringen, ohne Sie zu sehen, ich habe Angst um Bost, Angst davor, all diese Ängste von September, nur noch schlimmer, wieder zu empfinden – all das ist düster. An jenem Vormittag gab es etwas Lustiges, das war also am Dienstag. Ich bin durch den Luxembourg zum Henri IV gegangen: eine einzige riesige Eisbahn; und die Place du Panthéon war noch schlimmer, es war schon halb, und doch sah man, wie die Schüler mit kleinen Schritten wie Greise trippelten und sich gegenseitig stützten; es war wie eine große Naturkatastrophe, dieses Glatteis; Paris war ganz friedlich, still, schüchtern und ländlich, es war angenehm. Um zehn Uhr kamen die Sitas[28], die überall Sand auf die Straßen streuten, und die Concierges fegten eifrig die Bürgersteige; ich habe gesehen, wie eine Frau hingefallen ist und alle ihre Dessous zu sehen waren, und mir wurde erzählt, Leute hätten sich den Schädel zertrümmert, als sie ihr Haus zu eilig verließen. An der Place Saint François-Xavier wurden während des Tages 17 gebrochene Beine gezählt. Ich bin vor-

28 Wagen der städtischen Straßenreinigung.

sichtig die Rue Soufflot runtergegangen bis zum *Mahieu*, wo ich Arbeiten korrigiert habe – ich habe mit Sorokine zu Mittag gegessen, die mit mir ganz zufrieden und ganz reizend war; dann 3 Stunden im C. Sée, dann habe ich Védrine in *La Sorbonne* getroffen, da saßen Lévy, Kanapa und sie im hinteren Raum verstreut und arbeiteten brav – ich habe mich neben Védrine gesetzt, ich habe bis 7 Uhr ½ Arbeiten korrigiert und an Bost geschrieben. Dann habe ich Kos. im *Mahieu* getroffen, und wir sind ins Ursulinenkino gegangen, um *La Kermesse funèbre* [Die Todeskirmes] von Eisenstein zu sehen, wissen Sie, das ist dieses komische Totenfest in Mexiko, es war ganz merkwürdig und lustig, dauerte aber kaum eine Dreiviertelstunde – dazu gab es einen amüsanten Dokumentarfilm über den Tonfilm im Jahre 1900 – und *Les Nuits de 8 h.* [8 Stunden-Nächte], den ich einst mit Ihnen sah, der ganz schlecht ist und zu dem wir nicht geblieben sind. Wir waren in der *Milk Bar*, wo wir ein wenig gegessen und geplaudert haben.

Am Mittwoch bin ich nach 9 Stunden Schlaf aufgestanden, ich hatte mich dazu gezwungen und davon ein bißchen Kopfweh bekommen. Ich bin mit *Le Canard enchaîné, La semaine à Paris und L'Œuvre* ins *Dôme* gegangen und habe mich trotzdem wieder an die Arbeit gemacht, ich habe meinen langen Entwurf (150 S.) für den zweiten Teil des Romans noch einmal durchgelesen und darüber nachgedacht – natürlich ist Stépha gekommen und hat sich mir gegenüber mit den Worten hingesetzt: «Ich störe Sie nicht?», aber ich habe keinen Ton von mir gegeben; ich finde sie unmöglich. Ziemlich zufrieden mit meiner Lektüre habe ich dann bei meiner Familie gegessen; da waren der Cousin Cordonnier und eine köstliche Pastete, die er mitgebracht hatte. Ich habe Ihr Geld in Neuilly abgeholt, dann habe ich zu Hause an Bost und an meinem Tagebuch geschrieben und auf Sorokine gewartet. Meine Mutter hatte mir einen kleinen, selbstgestrickten blauen Pullover geschenkt, der ein Kunstwerk ist, mit einem Turban der gleichen Farbe; ich habe ihn immer noch an, und

Sie werden ihn bei Ihrer Ankunft sehen, er hat mir viele Komplimente eingebracht.

Mit Sorokine war es ein Drama, meiner zu großen Gutmütigkeit wegen. Ich hatte ihr tatsächlich vorgeschlagen, eine zusätzliche Stunde mit mir zu verbringen und Musik zu hören, und vormittags hatte ich extra das Grammophon zum Ölen auf den Boulevard Montparnasse gebracht. Als sie um 4 Uhr eintraf, war es nicht fertig, und wir haben zunächst eine Stunde Descartes gemacht; dann haben wir das Grammophon und Ihre Briefe geholt, sind nach Hause zurückgegangen, und ich habe Ihre Briefe gelesen, die mich eine Minute lang betrübt haben. Daraufhin legen wir das *16. Streichquartett* von Beethoven auf, das zwar schön ist, aber etwas schwierig, und kurz darauf sehe ich, wie Sorokine sich in einer Ecke des Sofas zusammenkauert, wie die Verrückten es gern tun, mit dem Haar im Gesicht wie die alte Kos. Ich kümmere mich nicht darum und höre das Stück weiter bis zum Ende; dann frage ich sie: «Hat es Ihnen gefallen?», und wie wild auf den Wecker starrend, antwortet sie: «Es ist schon 6 Uhr 10!», was um so ärgerlicher war, als *ihre* Zeit ihr noch ganz blieb – vor Wut stockte mir der Atem, ich machte die Musik aus und sagte barsch zu ihr: «Also, erzählen Sie Ihre Geschichten», worauf sie stumm blieb; dann habe ich aus reiner Bosheit gesagt, daß ich, da sie schweige, die Musik wieder anmachen würde, und ich habe *L'Ouverture du prince Igor* [Ouvertüre zu Fürst Igor] aufgelegt; noch ehe die Platte zu Ende war, brach sie in Tränen aus und schrie: «Machen Sie das aus!» Ich habe es ausgemacht, sie weigerte sich zu sprechen und sah mich an, als wolle sie sagen: «Sie wissen schon, was ich brauche.» Sie brauchte Umarmungen, aber ich war nicht in der Stimmung dazu. Ich habe mich zusammengerissen und habe angefangen, sie zu streicheln, und nach 5 Minuten waren wir im Bett. Aber sobald die Umarmungen uns bis zu einem entscheidenden Punkt gebracht hatten, hat sie wieder angefangen zu stöhnen und sich aufzuregen: es ginge heute nicht, ich sei schlecht usw. – das hat eine Viertelstunde gedauert, dann

Ermattung, dann Nervosität und Verzweiflung. Ehrlich gesagt und alles wohl erwogen, war sie unerträglich an diesem Nachmittag; als wir uns anzogen (wir fangen damit im Dunkeln an, aber hören bei Licht auf) und sie mich wieder anrempelte, hatte ich eine Anwandlung von Unmut, was sie fast zum Weinen brachte – sie ist gegangen und hat mir die Faust gezeigt. Ich sage Ihnen schon jetzt, daß sie am nächsten Tag ganz besänftigt war, und seitdem herrscht zwischen uns vollkommene Idylle. Da Kos. nicht kam, habe ich mir eine Stunde lang ein kleines Konzert angemacht und die Arbeiten zu Ende korrigiert. Morgen erzähle ich Ihnen, wie wir ins *Jockey* gegangen sind, sowie meinen Abend am Donnerstag mit Védrine, mit der ich, glaube ich, sehr verständig geredet und ihr aufrichtig ihre Unauthentizität erläutert habe: ich werde es Ihnen erklären. Aber ich höre auf, da ich Schmerzen im Arm habe und arbeiten möchte.

Ich bin ziemlich heiter, obwohl mir manchmal zum Weinen zumute ist. Ich habe ein bißchen Angst vor diesen Urlauben: es ist so merkwürdig, wieder zu leben, wenn man vor sich hin dämmerte. Ich bin mit Bost zufrieden: er schreibt zärtlich und wird mich als erste besuchen, und zwar ziemlich lange, glaube ich – aber trotzdem fürchte ich die Eifersucht. Und Sie, mon amour, ich habe schon Angst vor Ihrer Abreise – auch das macht mich dem Aufschub gegenüber etwas gleichgültig, es verschiebt auch unsere Trennung, nach der es nur noch die Hoffnung geben wird.

Ich brauche Sie, mon amour. Ihr Castor.

Umschlag
F. M.
Soldat Sartre
Wetterbeobachtungsstation
E. M. A. D.
Abschnitt 108

Café-Restaurant de Versailles
Place de Rennes
Paris (VIe)

Paris, Freitag [16. Februar 1940][29]

Ganz liebes kleines Geschöpf

Es war reizend, fand ich, wie die Männer Schlange standen, bis sie an der Reihe waren an der Tür und ihre Frau küssen konnten; ich habe also Ihre kleine Hand noch einmal gedrückt und Ihr Gesicht verschwommen gesehen, und dann ist der Zug abgefahren, es war für mich wie ein physisches Losreißen, und ich habe in diesem Augenblick fast gedacht, ich würde zusammenbrechen, aber nein, ich war sehr vernünftig; ich bin aus diesem eisigen Bahnhof gerannt, habe ein Taxi genommen, das mich an der Post absetzte, wo von Bost nichts zu sehen war, dann am Lycée, wo ich brav meinen Unterricht gehalten habe – ich war nicht zu müde. Am Ausgang stand Sorokine, die eine kleine karierte Kapuze trug und sich die Lippen geschminkt hatte und ganz nett war; noch nie waren wir so sehr ein Herz und eine Seele; wir haben in der blauen Brasserie gegessen, die Sie jetzt kennen, und ich habe ihr über Sie, über mich eine Menge Geschichten erzählt, sie hat Tränen gelacht und war entzückt. Ich habe noch zwei Stunden Unterricht im H. IV gehalten, oder vielmehr habe ich meine Schülerinnen zwei Stunden lang Referate halten lassen, was mir sehr zupaß kam, denn ich hatte Halsweh und einen flauen Kopf. Sorokine hat mich noch bis zur Place de la Sorbonne begleitet, und ich habe in *La Sorbonne* Védrine getroffen; sie war in einer der Kojen, sie lächelte, sah aber mißtrauisch aus; ich habe angefangen, sie auszuschimpfen, mal nett, mal hart,

29 Diese Unterbrechung der Korrespondenz entspricht Sartres Urlaub in Paris. Vgl. *In den besten Jahren*, S. 368 ff., und *Kriegstagebuch*, Rowohlt Verlag, Reinbek 1994, S. 338 ff.

aber sie war schon ganz nachgiebig und schämte sich über das, was sie geschrieben hatte. Ich habe sie ins *Hoggar* mitgenommen,wo wir bis 7 Uhr abends geredet haben – über unsere Beziehung natürlich. Ich habe ihr wieder entschlossen auseinandergesetzt, ich würde sie niemals öfters sehen, sie habe immer gewußt, daß mein Leben ausgefüllt sei, ich hätte im übrigen ein Bedürfnis nach Einsamkeit und ein sehr bescheidenes Bedürfnis, Leute zu sehen – sie lebe nur, um zu lieben und geliebt zu werden, aber das sei nicht zwangsläufig so. Ich habe geschickt zur Einsamkeit übergeleitet, in die Sie im Augenblick versinken und die Ihre Briefe mir beschreiben würden, was mich ein bißchen deprimiere, aber was ich gut verstünde. Sie seufzte und sagte, es sei traurig für sie, daß sie nicht denselben Charakter hätte wie wir – und ich muß sagen, sie war rührend, ganz gefaßt, ernst, bemüht und schweigsam, hin und wieder lächelte sie mir zu, und dann wieder hielt sie ihre Tränen zurück – sie war übrigens schön gestern. Ich war angewidert, wenn ich an den Schlag dachte, der auf sie niedergehen wird[30], aber ich habe den Eindruck, daß er trotzdem möglich ist, daß sie nicht zu, zu erschüttert sein wird – was mich angeht, habe ich gestern für sie wieder Zärtlichkeit empfunden, ich werde versuchen, nett zu sein. Sie hat mich nur einmal geärgert, mit ihren Geschichten vom «gemeinsamen Leben», sie hat mir vorgeworfen, ich hätte mit ihr kein gemeinsames Leben und vor allem hätte ich sie nicht den «Leuten, die ich kenne», vorgestellt – ich fand das ulkig, dumm und dem Gesellschaftlichen verhaftet und habe mich nicht gescheut, es ihr zu sagen. Ich habe mich verabschiedet und bin zum Hotel gegangen; ich wollte Ihnen eine Dreiviertelstunde lang schreiben, aber Kos. ist gleich aufgetaucht, und als sie um 10 Uhr ½ gegangen ist, mein Kleiner, konnte ich mich nur noch todmüde ins Bett fallen lassen, deshalb bekommen Sie diesen Brief erst heute früh – sie war ganz jämmerlich, weil sie sehr wohl den Mut gefaßt hatte umzuziehen, aber ihr neues

30 Sartre hatte vor, ihr einen Trennungsbrief zu schreiben.

Zimmer schien ihr ein Desaster. Sie hat am Mittag das Hotel verlassen, mit den Koffern in der Hand, und hat zu der Frau gesagt: «Madame, ich ziehe aus, ich habe es erst gestern abend erfahren, hier haben Sie 50 Francs als Entschädigung.» Die andere hat Mund und Augen aufgesperrt; und dann hat sie gesehen, daß Kos. seelenruhig ins Hotel nebenan ging, und als sie sah, wie sie mit Wanda zurückkam, hat sie gefragt: «Sie gehen also genau nach nebenan?» Und die beiden, die die Frage nicht richtig verstanden hatten, haben geantwortet: «Aber ja, Madame», mit einem freundlichen Lächeln. Im übrigen war das frischgestrichene Zimmer unbewohnbar, und das Hotel scheint äußerst zwielichtig. Ich habe Kos. geholfen, ihre letzten Koffer wegzuschaffen, und fand ihr Zimmer tatsächlich furchtbar traurig. Wir waren im *O. K.** Kos. ist immer noch niedergeschlagen, sie geht nicht mehr ins Atelier**; auch sie hat keine Nachricht von Bost und rechnet damit, daß er sehr lange in Taverny[31] bleiben wird, was gut ist. Zu mir war sie zärtlicher denn je, gab mir Ratschläge für meine Toilette und machte sich einen Spaß daraus, sich dabei autoritär zu geben: «Ich, die ich von Wohlwollen für Sie durchdrungen bin, rede in grollendem Ton mit Ihnen usw.» Noch nie war es so idyllisch gewesen – sie war von meiner Jugendlichkeit angerührt, sie hat mir gesagt, sie fände meine Wanderungen so schön und «waghalsig» – ich frage mich, ob da nicht eine Reaktion gegen die Böswilligkeit von Wanda im Spiel ist, ob sie sich nicht mit mir gegen Wanda und Sie verbünden will, denn noch nie war diese Art Bezugnahme auf mich so eindringlich gewesen wie gestern. Sie war vom *O. K.*, wo man sich wirklich wohl fühlt, entzückt – ich habe dort Spiegeleier gegessen und Portwein getrunken (vor den Eiern) – wir hatten denselben Tisch wie mit Ihnen am Abend zuvor (den zweiten, den guten), aber da war ein Gast, der sich damit vergnügte, im

* Lokal
** Ins Théâtre de l'Atelier.
31 Bei seinen Eltern, im Norden von Paris.

Radio laute große Stücke einzustellen: den chinesischen Krieg mit Wellengeräuschen und Kanonenlärm usw. – es war widerlich. Wir wechselten zu *Dominique* über, wo Kos. etwas gegessen hat und ich einen Wodka getrunken habe, und ich bin schlafen gegangen.

Ich habe 10 Stunden lang ganz gut geschlafen und bin nun taufrisch. Ich habe groß Toilette gemacht und vor allem Geld bei den Gérassis geholt; ich wurde beschimpft, als ich sagte, Sie seien abgereist, sie hätten *einen Abend* gewollt; ich war entrüstet und habe gesagt, 5 T. seien so wenig – und habe hinzugefügt, sie hätten Ihnen nicht geschrieben. Stépha sagte, Sie hätten anfangen sollen und sie sei so enttäuscht, und Gérassi sagte, Sie hätten sich nicht gefreut, ihn zu sehen, als Sie ihn mit Wanda getroffen hätten. Unter Verwünschungen bin ich mit meinen 300 Francs abgezogen und war auf der Post: nichts von Bost, es ärgert mich ein wenig. (Ich glaube, daß er in Taverny ist, daß er es nicht schafft loszukommen, und daß er auf eine Gewißheit wartet.) Ich werde um 4 Uhr noch mal vorbeigehen, es kann sein, daß ich ihn heute abend sehe, wahrscheinlich erst morgen.

Ich bin ins *Versailles* gegangen, um zu frühstücken und Ihnen zu schreiben: ich werde zum Friseur gehen und Erledigungen machen, ich werde heute nachmittag damit fertig. Ich habe einen Brief von Poupette, sie sagt, Gérassi sei bezüglich Ihres Urlaubs argwöhnisch. Ich werde ihr schreiben, sobald ich weiß, wie es mit Bost wird.

Mein süßer Kleiner, ich bin überhaupt nicht traurig, sehen Sie – es hat sich wieder geschlossen, Ihr Urlaub, ich finde mein Leben im Krieg wieder, mit Ihrem Besuch als etwas, das genau seinen Platz in diesem Leben hat, das nicht anders sein konnte, als es gewesen ist – ich bin vollkommen heiter, ich muß mich nicht einmal in die Arbeit stürzen. Ich warte mit unendlicher Ruhe auf Bost, ich fasse ohne Kummer seine Tage mit Kos. ins Auge, um so mehr, als Kos. im Moment so nett ist. Sie haben mir wie immer den Sinn meines Lebens, meines Glücks zurückgegeben; statt an den einzelnen Tagen zu kleben oder sogar im Krieg zu versacken, sehe ich alles im großen Maßstab, im Gesamtzusammenhang der Welt und meiner Existenz, und ich bin ganz durchdrungen vom Glück, das ich fühle, weil ich Sie habe – nichts anderes zählt. Ich habe *Sie*, ganz kostbarer Kleiner, vielgeliebter Kleiner – sowohl heute als auch vorgestern, als ich Sie traf, und ich werde Sie bis zu Ihrem Tod haben – danach ist nichts wirklich mehr wichtig von all dem, was mir zustoßen kann. Ich bin nicht nur nicht traurig, sondern sogar höchst glücklich und beruhigt – nicht einmal die zärtlichsten Erinnerungen an all Ihre lieben Gesichter und an Ihre kleinen, morgens wie ein Korb um das Kopfkissen gelegten Arme sind mir schmerzlich. Ich fühle mich ganz umhüllt und gestützt durch Ihre Liebe. Mon amour, wir hatten einen schönen Urlaub, und wie stark dieser letzte Abend war. Auf Wiedersehen, mein süßer Kleiner – das ist das elfte Jahr voll Glück, das Sie mir geben. Ich bin noch mit Ihnen zusammen wie vorgestern abend, als Sie meine alte Wange eines alten ausgetretenen Weges* küßten und ich Sie ganz stark umarmte.

Ich liebe Sie stärker als je.

Ihr reizender Castor

* Das Bild des «ausgetretenen Weges» enthält eine Anspielung auf die Länge und Dauerhaftigkeit ihrer Beziehung, aber auch auf die Gefahr der Routine in der Liebe … Zu dieser Redensart vgl. Sartre, *Briefe an Simone de Beauvoir*, Band 2, S. 81.

167

Café de Flore
Boulevard Saint-Germain 172
Paris

Sonntag [18. Februar 1940]

Liebes kleines Geschöpf
Ich ärgere mich schrecklich, ich habe Ihnen gestern einen kleinen Brief geschrieben, klein, aber trotzdem ein bißchen dicht, und ich habe ihn in einem Café liegenlassen – kann sein, er wurde Ihnen geschickt, denn er steckte in einem Umschlag, aber es ist nicht sicher. Ich werde Ihnen alles neu erzählen. Hören Sie zuerst, denn ich brenne, es Ihnen zu sagen, daß wir gestern lange damit verbracht haben, Bost und ich, das Sumatra-Kapitel[32] zu lesen, und es uns ganz aufgewühlt hat. Bost sagte, er habe nichts Bewegenderes gelesen, es treibe einem die Tränen in die Augen, und bei Stendhal und Dostojewski habe er nichts dergleichen gesehen – er war praktisch den ganzen Abend über aufgedreht vor Bewunderung und Rührung, ich kannte es schon, aber es hat mich trotzdem von neuem entzückt, es ist wirklich etwas *schönes Großes*, mein Kleiner. Ich verbringe eine äußerst schöne, äußerst starke Zeit mit dem kleinen Bost, er verdient die ganze Zustimmung und Zärtlichkeit der Welt, er ist unglaublich reizend, und wenn wir auch von morgens bis abends pausenlos reden, werden wir niemals ausgeredet haben, so viel haben wir uns zu sagen. Er ist ganz ergriffen bei dem Gedanken, daß Sie später Politik machen wollen, und auch ganz hingerissen, und er verlangt von mir tausend Erklärungen zu dem, was Sie denken; falls es in zwei Jahren fertig ist, interessiert ihn in gewissem Sinn der Gedanke, daß er das erlebt hat – hin und wieder, in sehr kurzen Momenten, verdüstert er sich, wenn er daran denkt, wie hart es noch sein wird, das durchzustehen, und

32 Im Roman *Zeit der Reife*, den Sartre gerade abschloß, Kap. XI.

diese Existenz ist im Detail wirklich abscheulich, mit den riesigen Saufereien, den Abgründen an Zerknirschung und Abstumpfung, oft einzig möglicher Schutz – er hat mir erzählt, daß Soldaten einmal 68 Std. in einer Scheune liegengeblieben sind und daß er fast dasselbe getan hat, vor Kälte, Ekel, Widerwillen und weil man nicht weiß, wohin mit seiner Haut. Die Rückkehr von der Front zur Etappe scheint schrecklich gewesen zu sein, wegen der eisigen Kälte, einem unmöglichen Fraß, einer jämmerlichen Organisation.

Aber ich werde der Reihe nach ab Freitag früh erzählen. Ich habe Ihnen also geschrieben, dann habe ich den Scheck eingelöst. Als ich vor der Sekretärin aufgetaucht bin, hat sie mich gefragt, ob ich Madame Sartre bin, und als ich ihr meinen Namen sagte, hat sie mich mit Höflichkeitsformeln überschüttet, denn sie ist die Mutter einer meiner Schülerinnen. Alles lief also bestens, ich habe das Geld sofort bekommen. Ich war beim Friseur, dann zum Mittagessen im *Mont Saint-Michel* mit Védrine, die nett, aber ein bißchen zurückhaltend und niedergeschlagen war. Dann Lycée. Als mein Unterricht dem Ende zuging, kam eine schwarzgekleidete Frau geheimnisvoll herein und sagte zu mir mit finsterer Miene: «Monsieur Bost wartet unten im Sprechzimmer auf Sie», meine Hände begannen zu zittern und mein Herz zu schlagen, und nur mit größter Mühe machte ich mit der Soziologie weiter, diese letzte Viertelstunde ist in einer seltsamen Angst voller Ungeduld herumgegangen. Ich bin hinuntergerannt, und zwischen den grünen Sofas und den Spiegeln eines riesigen Sprechzimmers habe ich, einsam, den kleinen Bost angetroffen, der auf mich wartete.[33] Er war so ganz er selbst, daß ich kaum verwundert war, ihn zu sehen, und auch er hat, glaube ich, gleich zu mir gefunden. Er schien anständig gerührt, aber es war sofort ungezwungen und reizend. Wir hatten Glück, es war sehr schönes Wetter, und wir sind zu den Seine-Quais losgezogen, Richtung Bastille, Place de la République, Canal

33 Es war sein erster Urlaub.

Saint-Martin, Jaurès, Gare de l'Est. Er sah kaum hin, er redete, redete endlos, er hatte viel auf dem Herzen, und es war unheimlich interessant, obwohl ich das Wesentliche schon aus den Briefen und Tagebüchern wußte. Wir waren im schwarzen Café an der Gare de l'Est, in dem ich Sie, mein Kleiner, wiedergetroffen habe, und wir haben noch lange Zeit geplaudert. Zwischendurch habe ich Kos. angerufen und ihr gesagt, Poupette sei gerade angekommen, und sie war nicht gerade angetan, ihre Stimme war sehr kühl.

Ich habe Bost zum Abendessen zu *Kuntz* geführt; er war absolut untröstlich, daß er Sie verpaßt hat, der arme Dummkopf, er ist Mittwoch abend angekommen und hätte Sie lange sehen können, wenn er es besser angestellt hätte. Er wollte eine Menge Geschichten über Sie wissen. Er sagte, der Pfarrer und die Pfarrerin[34] hätten ihn mit einer angenehmen, aber ziemlich verwirrenden Natürlichkeit empfangen, und P. Bost[35] fühle sich als Dienstuntauglicher überhaupt nicht wohl in seiner Haut und behandle ihn mit Samthandschuhen.

Wir sind um 11 Uhr weggegangen und haben an der Place Denfert-Rochereau im Hotel *Oriental* geschlafen, über dem grünen Café, das genauso heißt. Es ist ziemlich prächtig, Aufzug, schöne warme Zimmer mit Samt und rosa Steppdecke. Wir hatten eine ganz zärtliche und leidenschaftliche Nacht, wie es sich gehörte, in der ich wegen der drückenden Hitze und auch wegen der Aufregung, glaube ich, sehr schlecht geschlafen habe.

Morgens sind wir ziemlich lange im Bett geblieben und haben im Café *Oriental* gefrühstückt, dann habe ich bei Zébuth[36] in der Avenue d'Orléans 19, ein Katzensprung von dort, Ihr Manuskript geholt; sie hat ein schönes kleines blaues Süßwarengeschäft, das ganz einladend ist, und im Zwischenstock ein kleines Appartement, das sie mir stolz gezeigt hat,

34 Sein Vater, seine Mutter.
35 Pierre Bost, sein älterer Bruder.
36 Cousine der Morels.

sie hatte am Vormittag einen Umsatz von 800 Francs gemacht und war ganz froh darüber. Ich habe das Manuskript Bost gegeben, er sollte es lesen, während ich ins Hotel ging, um zu sehen, ob alles in Ordnung war, und Kos. guten Tag zu sagen, die jetzt im Hotel *d'Albret* ist. Ich habe sie ziemlich jämmerlich in ihrem traurigen Zimmer angetroffen; sie war freundlich, aber als ich ihr vorgeworfen habe, daß sie am Abend vorher verärgert schien, hat sie zu mir gesagt: «ich war wütend», und ich glaube, im Grunde war sie unzufrieden: einfach, so meine ich, weil ich Poupette zu früh habe kommen lassen; es sei denn, sie argwöhnt, ich hätte mit einem Abend geschummelt, um mit Védrine auszugehen. Ich habe mich für den nächsten Tag mit ihr verabredet und habe Bost wieder getroffen, der Ihren Roman mit Wohlgefallen weiterlas. Wir haben bei *Ducotet* zu Mittag gegessen, wo es nett ist morgens, mit all diesen Männern in Lederschürzen, die am Tresen ihren Kaffee trinken; wir sind fast bis 4 Uhr nachmittags geblieben. Bost hat mit wahnsinniger Freude weite Teile des Hefts XI gelesen, er fragt sich, ob Sie merken, in welchem Maße Sie komisch sind. Ich habe ihm die Geschichten von Wanda und Védrine dargelegt, und zu meiner großen Überraschung hat er angeregt, daß auch ich sie fallenlassen soll, wenn wir schon dabei sind.[37] Er findet uns niederträchtig, aus Prinzip, aber hält gefühlsmäßig zu uns. Es hat ihn entzückt, daß Sorokine mir mit der Faust droht und mich sogar schlägt, er will ihr eine Peitsche schenken.

Le Dôme

Wir sind gegen 4 Uhr losgezogen, durch diese außerordentliche Naturkatastrophe hindurch, die Paris gestern war; Sie haben noch nie etwas Derartiges gesehen, es ist unvorstellbar: dicke Schichten von gefrorenem Schnee auf den Trottoirs, auch auf den Boulevards, Matsch mitten auf der Fahrbahn

37 Sartre wollte mit Védrine brechen.

und praktisch unüberwindliche Schneeberge zwischen Trottoir und Straße. Die Taxis spritzten einen bis oben hin voll, man hatte eiskalte Füße, und um sich herum sah man nur Matsch und schmutzigen Schnee. Alle Leute schienen davon ergriffen, es war stark, aber wirklich katastrophal. Wir sind lange auf dem Boulevard herumgewatet, um Ihr Päckchen zusammenzustellen: Bost hat die Pfeife ausgesucht, dieselbe wie die, die ich ihm geschickt hatte und die er ausgezeichnet findet. Ich habe vergeblich nach dem Fotopapier Seltona gesucht[38], die Verkäufer sagten mir, das gäbe es nicht mehr, ich werde ein entsprechendes anderes nehmen. Wir haben das Päckchen abgeschickt und eine Postanweisung an Poupette, damit sie Dienstag kommt, dann waren wir im Kino Vivienne, wo wir *La baronne de minuit* [Die Mitternachtsbaronin] gesehen haben, mit Claudette Colbert und Don Amèche, es war amüsant. Von dort sind wir nach nebenan ins *Cintra* des Faubourg Montmartre gegangen – dort habe ich Ihnen geschrieben, während Bost anfing, das Sumatra-Kapitel zu lesen – 3 Stunden sind vergangen, ohne daß wir es gemerkt hätten, mit Lesen, Reden, über Sie, viel, ich habe ihm tausend Geschichten im Detail erzählt und Gedanken dargelegt, das kam mir wunderbar vor, wissen Sie, das war wie ein Versprechen für die Nachkriegszeit, in bezug auf Leben, Arbeiten, Denken, mit Menschen, die wie Bost Ihre Bemühungen unterstützen würden, die der Sinn Ihres Handelns wären. Ich strömte über vor Sympathie für ihn, und ganz in Zusammenhang mit Ihnen; ich glaube, deshalb kam mir dieser Abend so kolossal vor. Wir haben geredet, bis wir um 9 Uhr ½ vor die Tür gesetzt wurden, und Bost wollte vor allem das Kapitel zu Ende lesen, und wir sind in irgendein Bistro gegenüber gegangen: dort habe ich, glaube ich, meinen Brief liegenlassen. Im Radio spielte Jazz, wir lasen Ihren Roman, und ich dachte an Sie, der ihn geschrieben hat und der Sie in die Einsamkeit zurückgekehrt und so fern sind, und Sie waren uns beiden aus

38 Sartre wollte Fotos von sich als Meteorologen abziehen.

Fleisch und Blut doch so gegenwärtig, daß unser ganzer Abend durch Sie bestimmt war. Es war wirklich rührend, als ob wir Sie nicht gekannt und nur mit Hilfe des Buches an Sie gedacht hätten. Bost dachte auch so, glaube ich, und weil neben ihm zu sitzen schon an sich eine starke und romantische Situation war, können Sie fühlen, obwohl ich es schlecht beschreibe, welchen Reichtum diese halbe Stunde in dem Café und all diese Stunden danach bedeuteten. Wir haben ein Taxi genommen, und Bost war ganz aufgewühlt, wieder ins zivile Leben geworfen, und düster, immer noch wegen des «Sumatra», aber mit mir zusammen düster. Wir waren im *Nox*, wir haben uns an einen Tisch gesetzt und sanft, sanft geredet – er war wirklich rührend, suchte in Ihnen, in mir Hoffnungen für später, sprach über seine Kameraden, über sich, seine Gemütszustände dort unten, seine Sehnsüchte, seine Freuden, er sprach stockend, nicht so redegewandt wie am Tag zuvor, aber die Dinge aus tiefster Tiefe holend. Ich war davon so erschüttert, daß mir die Tränen kamen (ich habe übrigens zwei vergossen), ich hatte Fieber, ich hatte viel Grog und Alkohol getrunken, aber ich verfiel nicht in Pathos. Einer Sache bin ich jetzt sicher, nämlich daß Bost Teil meiner Zukunft ist, auf absolut sichere und sogar wesentliche Art – da ich «Gewissensbisse»* wegen ihm hatte, möchte ich eine Nachkriegszeit mit ihm, zum Teil *für* ihn, ich möchte, daß wir denen, die mit 25 aus dem Krieg zurückkommen, helfen, *keine* Brice Parains** zu *sein*. Wir sind zwei ganz erfüllte und starke Stunden lang dort geblieben; es war derselbe Ort wie früher, dieselben Animierdamen, dieselbe Zigeunerin, aber der Sinn war ganz verändert, da man den Krieg draußen sehr stark spürte und das Provisorische und Künstliche der Betäu-

* Vgl. Simone de Beauvoir, *Briefe an Sartre*, Band 1, Brief 64 vom 8. Oktober 1939.

** Das heißt, keine Menschen mit «unglücklichem Bewußtsein». Vgl. *In den besten Jahren*, S. 368, und Jean-Paul Sartre, *Briefe an Simone de Beauvoir*, Band 2, S. 87f.

bung, die die Leute dort suchten. Wir sind ins Hotel am Boulevard Saint-Michel gegangen, in dem wir früher oft waren, und diesmal habe ich gut geschlafen.

Heute früh haben wir im *Dupont* gefrühstückt, es war ganz lustig und schön, und um 11 Uhr hat Bost die P. Bosts getroffen, um den Tag mit ihnen zu verbringen, aber es störte mich nicht, es war kein Einschnitt. Die Art, wie ich diese Zeit verbracht habe, hat mich gestört: ich habe Védrine im *Flore* getroffen und bis 1 Uhr ½ mit ihr zu Mittag gegessen – dann von 2 Uhr ½ bis jetzt 6 Uhr Kos. im *Dôme* und in der *Rotonde*. In all dem spürt man schrecklich den Ersatz*, und diese «Einklammerung» mit Kos. war mir besonders unangenehm.

Zwischendurch habe ich diesen Brief geschrieben, ich werde ihn zur Post bringen und Bost in der *Source* wiedertreffen. Er wird vielleicht lange in der Marne oder Oise sein, außerhalb des Kampfgebiets, und es könnte sein, daß ich ihn dort besuche.

Mein Kleiner, morgen werde ich Nachricht von Ihnen bekommen – gestern mittag gegen 1 Uhr, als ich vorbeigegangen bin, war noch nichts da. Ich sagte Ihnen gestern, wie gegenwärtig mir Ihr letztes Gesicht geblieben ist, mit der Mütze und der Brille im Schatten des Abteils hinter den Männern – es lächelte mir ganz zärtlich zu. Mein sehr geliebter Kleiner, ich bin ganz bei Ihnen und umgeben von Ihnen und gegen alles geschützt, sogar gegen die Traurigkeit, die es in Ihren lieben Bildern geben könnte. Ich liebe Sie. Ich küsse Ihr ganzes süßes kleines Gesicht – mon amour

Ihr reizender Castor

Umschlag
F. M.
Soldat Sartre
Wetterbeobachtungsstation
E. M. A. D.
Abschnitt 108

* Deutsch im Original.

Montag, 19. Februar [1940]

Mein süßer Kleiner, mon amour

Ich habe vorhin drei Briefe von Ihnen bekommen – und Gewissensbisse peinigen mich, weil ich seit Donnerstag so schlecht geschrieben habe, und vor allem wegen dieses Briefs, der verlorengegangen ist – oh, mein Kleiner – wie süß und zärtlich Sie sind, und wie nahe es mir geht zu fühlen, wie sehr Sie mich lieben – ich fühle mich heute abend ganz aufgewühlt vor Glück wegen dieser Briefe – und dann werde ich Sie vielleicht in einem Monat sehen – ich liebe Sie so sehr, mon amour.

Ich habe also gestern abend Bost in der *Source* wiedergetroffen; ich habe einen Augenblick dort auf ihn gewartet und sein erstes Heft gelesen, das weniger interessant ist als das zweite – er ist um 7 Uhr ½ angekommen, fröhlich und reizend, da er den Tag mit Yves Lafaurie[39], den er mag, verbracht und mit ihm gegessen und getrunken hatte, und auch weil er den großen Bost[40] stark beeindruckt hatte, indem er sich wie jemand aufführte, der «verstanden» hat, und ihm Gedanken von Ihnen und mir über die Notwendigkeit, Politik zu machen, usw., auftischte. P. Bost hörte zu, den Kopf in die Hände gestützt, mit in die Ferne schweifendem, verstörtem Blick, er fühlt sich höchst jämmerlich. Wir waren im *Maison Rouge*, wo wir etwas zu Abend gegessen haben, dann um 11 Uhr oben im *Dupont* an der Place Blanche. Es war wirklich ein schöner Abend; wirklich (von den Momenten mit Ihnen abgesehen) habe ich in meinem Leben nie etwas so Starkes und Volles erlebt. Sie hatten mir vernünftigerweise gesagt, ich müsse, damit der Urlaub ein Vergnügen werde, berücksichtigen, was der kleine Bost sein würde, und er übertraf alles, was ich erhofft hatte – er in sich selbst, wie er empfand und wie er darüber sprach und auch in seinem Verhältnis

39 Ein Schwager.

40 Seinen älteren Bruder Pierre, Chefredakteur von *Marianne*.

zu mir. Ich habe endlich gefühlt, daß es zwischen der Art, wie er an Kos. hängt oder an mir, keinen Vergleich gibt, und wie wesentlich ich ihm bin – und er war reizend zärtlich, und ich fühlte mich ganz vereint mit ihm. Wir haben in dem Hotel am Platz mit den Treppen geschlafen, im Hotel gegenüber waren Sie einmal mit Wanda; die Frau hat uns erkannt und war gerührt; wir haben eine seltsame Nacht verbracht, da es gegen 3 Uhr früh einen wahnsinnigen Tumult gab, ich hätte geglaubt, Blut sei geflossen; Besoffene haben eine Nutte des Hotels verfolgt, die die Wirtin um Hilfe rief, es war ein entsetzliches Geschrei. Die jämmerliche Wirtin hatte morgens ein verstauchtes Bein (sie sagte, sie sei auf der Treppe ausgerutscht), und sie hatte ihren Hund verloren, er war gerade gestorben, und sie schluchzte, das war viel auf einmal für eine Frau allein.

Wir haben im *Dupont* an der Place Blanche gefrühstückt, dann sind wir zum Palais-Royal hinuntergegangen und von dort zur Place des Victoires; wir haben in einem reizenden Bistro gegenüber von *Paris-Soir*, wo ich Sie hinführen werde, einen getrunken und im *Louis XIV* zu Mittag gegessen: zufällig hat auch P. Bost mit Saint-Exupéry dort zu Mittag gegessen; es hat mich amüsiert, seinen dicken runden Kopf zu sehen, ich habe ihn mir überhaupt nicht so vorgestellt. Wir sind zu Fuß zu den Halles gegangen und haben einen bei *Benjamin* getrunken, das war lustig, weil gerade dicke Butterverkäuferinnen da waren, die ihre Abrechnungen machten, Karten spielten und Marc tranken. Dann bin ich mit dem Taxi zur Post gefahren, um Ihre Briefe zu holen, wir waren bei *Lipp*, wir sind in den kleinen Straßen um Saint-Germain-des-Prés herumgeschlendert, und ich habe mich von Bost vor der Wohnung seines Bruders verabschiedet. Er wird mich noch einmal vor seiner Abreise an einem Nachmittag ausgiebig sehen. Ich bin nicht traurig, daß ich ihn verlassen habe. Ich bin hierher (zu mir) gekommen, um Ihre Briefe noch mal zu lesen, über die ich ein paar Tränen vergossen habe, und um Ihnen zu schreiben. Ich bin todmüde, aus Schlafmangel, aber nicht nervös – im Gegenteil, die Müdigkeit schläfert die Sehnsucht und die Gefühle ein, und ich denke buchstäblich nur an den Moment, da ich mich zwischen die Laken legen und schlafen werde. Bis dahin muß ich noch den Abend mit Védrine verbringen, zum Glück muß ich mich nicht groß verausgaben. Ich glaube, ich werde eine halbe Stunde schlafen, bevor ich sie treffe.

Dies ist wieder ein mieser Brief, ich schäme mich, Ihre sind so zärtlich und ganz reich, mon amour. Sie kommen mir ganz pathetisch vor, wie Sie in dem Zug waren und in dem Barackenlager – ich hätte so gern, daß Sie eine gute kleine querencia* ausfindig machen, mein Kleiner, und daß Sie sich wieder an Ihren schönen Roman setzen.

Auf Wiedersehen, morgen schreibe ich besser, aber ich habe nicht so viel zu sagen – ich bin überhaupt nicht kaputt, im Gegenteil, diese Geschichte mit Bost scheint mir von allen alten Schlacken befreit und auf das reduziert, was sie Wesentliches und Schönes hat. Jetzt werde ich mich eine Woche lang von Poupette, Védrine, Sorokine «loskaufen», dann werde ich wieder zwanzig Tage lang brav arbeiten – dann sind Ferien.

Es geht mir unheimlich nahe, daß ich mich am Ende dieser Urlaube lebendig und glücklich wiederfinde. Ich liebe Sie, mon amour; wenn ich Sie voller Liebe angesehen habe, als der Zug abfuhr, so erinnern Sie sich an dieses Gesicht und denken Sie, daß es in diesem Moment ganz genauso leidenschaftlich ist.

Ihr reizender Castor

Umschlag
F. M.
Soldat Sartre
Wetterbeobachtungsstation
E. M. A. D.
Abschnitt 108

* Dem Vokabular des Stierkampfes entlehntes Wort, das einen Ort bezeichnet, an dem man sich in Sicherheit fühlt. Vgl. Jean-Paul Sartre, *Briefe an Simone de Beauvoir*, Band 2, S. 79.

169

Dienstag, 27. Februar [1940]

Mein süßer Kleiner

Stellen Sie sich vor, es ist 1 Uhr früh. Ich wollte um elf Uhr zu Hause sein, um Ihnen zu schreiben und brav zu schlafen, und dann habe ich mich von Kos. verführen lassen, mit zu Dominguez zu gehen, wo die Abreise des Kubaners nach Kuba gefeiert wurde. Und ich hatte meine liebe Mühe, mich von dort loszureißen und sie dort zu lassen. Es war übrigens ziemlich nett. Wanda hat Ihnen sicher lang und breit dieses Atelier von Dominguez beschrieben, das voll ziemlich schöner Bilder à la Dali und surrealistischer Objekte steckt, die einem jetzt genauso veraltet und rührend vorkommen wie die Objekte von 1900, die die Surrealisten rührten. Heute abend bin ich mit Kos. ausgegangen, wir haben im *Dôme* zu Abend gegessen, und der Kubaner ist mit seiner Frau aufgekreuzt, sie suchten Leute, mit denen sie ihr Fest feiern konnten, und es war richtig nett, wie sie durch die Cafés und Restaurants von Montparnasse liefen wie durch ein echtes kleines Dorf, um ihre Freunde um sich zu scharen – sie selbst sind wirklich nett und poetisch, und ich mochte es, wie diese Weltenbummler die Erde wie eine weite ländliche Landschaft enthüllten, die sich um eine einzige Stadt erstreckt: Paris. Während wir unser kleines Salé-Esaü* aßen, kamen die Massen herbei: Dominguez und seine schreckliche Frau, die sicher mal eine Schönheit war – der schon betrunkene kleine Florès, eine hübsche dumme Engländerin, die Pat genannt wird, und einer ihrer Liebhaber. Gegen 10 Uhr sind wir alle zum Atelier von Dominguez gezogen – am Anfang war es frostig, trotz des roten und weißen Burgunders (schlechter Qualität), der aus Marmeladengläsern getrunken wurde. Und dann wurde dieses ziemlich witzige Spiel vorgeschlagen, welches das Wahrheitsspiel heißt: jeder stellt der Reihe nach Fragen an die Runde, so

* Schweinefleisch mit Linsen.

intime Fragen wie möglich (und hier bedeutete Intimität natürlich Obszönität), und man muß die Wahrheit sagen. Lustig an diesem Spiel ist, daß man wirklich gelassen anfängt, aber daß es einen dann fesselt, vor allem wenn die Leute ernst und streng sind wie diese und man glaubt, man müsse ungefähr die Wahrheit sagen – sogar die Erfindung einer Lüge ist übrigens heikel. Für Kos. und mich war es doppelt schwer wegen unserer gemeinsamen Anwesenheit; zum Beispiel war ich stinkverlegen, als ich gefragt wurde, in welchem Alter ich zum erstenmal mit einer Frau geschlafen hätte. Die Erotik dieser Leute ist übrigens nur ein jämmerliches Angeben; ein Witzbold hat den Kubaner mit gewichtiger Miene gefragt: «Sie, der Sie ein Literat sind, sind sicher gefühlsbetont, ist es Ihnen jemals passiert, daß Sie mit einer Frau geschlafen haben, die Sie liebten, wirklich liebten, begehrten? Haben Sie dieses wunderbare Vergnügen genossen?» Der Kubaner, der seine Frau anzubeten scheint, war immerhin ganz überrascht. Die junge Engländerin war ein wahres Wunder, als ich sie gefragt habe, wozu sie fähig wäre für einen Mann, den sie liebe: «Ich würde ihn in ein Zimmer sperren und all meine sexuellen Reize entfalten, um ihn zu behalten.» – «Aber was würden Sie *für* ihn tun, zu welchem Opfer wären Sie zum Beispiel fähig?» – «Zu welchem Opfer? Zu gar keinem», hat sie entschlossen geantwortet. Sie lag mit Florès und einem anderen Typen auf dem Sofa; die Frau von Dominguez fragte sich, ob Kos. oder ich die Mondfrau sei und sah uns abwechselnd düster an.[41] Als mit Tanzen angefangen wurde, wollte ich gehen, und natürlich hat mich Kos. angefleht zu bleiben, und auch der Kubaner, der mir seine marxistischen Gedanken über die Liebe darlegen wollte; ich habe mir eine Viertelstunde lang seine Geschichten angehört und habe mich schließlich energisch verabschiedet, und da bin ich nun.

Mein liebes, liebes kleines geliebtes Geschöpf, ich habe

41 Da sie wußte, daß die Mondfrau sie mit ihrem Mann «betrogen» hatte.

heute einen süßen Brief von Ihnen bekommen, und ich war ein wenig traurig beim Gedanken an den ernsten Brief, den ich Ihnen gestern geschrieben habe, und an den von Védrine, den ich mit meinem zur Post gebracht habe. Ich liebe Sie so sehr, und all diese Vorwürfe, mit denen Sie überhäuft wurden, waren Ihnen sicher unangenehm. Mon amour, Sie haben mit Védrine wirklich übertrieben; ein bißchen mehr Rücksicht wäre notwendig gewesen, dieses Mädchen ist nicht Gibert. Ich bin gestern mit Ihren beiden Briefen ins *Hoggar* gegangen, und mir war ziemlich bange. Sie ist aufgetaucht, tragisch und schön, wie aus einer Art Notwendigkeit heraus, wofür ich ihr dankbar war: sie trug ihr dunkelrotes Kleid, einen sehr hübschen schwarzen Hut mit Haarnetz, der ihr ein schicksalsträchtiges Aussehen gab, sie sah wie eine noch junge, aber schon gezeichnete Frau aus. Sie hat Ihre Briefe gelesen, sie hat unheimlich tapfer Fassung bewahrt, aber die Wut entstellte sie – und ich weiß wirklich nicht, was Sie sich gedacht haben, aber dieser Brief mit seinen moralischen Ermahnungen und seinen Beteuerungen von Hochachtung war unannehmbar – ich werde Ihnen ganz hart sagen, woran mich das erinnert: an den Pfadfinderoberst, der Sorokine in die Augen sah und sagte: «Jetzt mußt du deinen Weg ohne mich machen, ganz allein.» Védrine hat es so empfunden und hat jeden Satz zerpflückt – und sie fühlte sich gedemütigt, weil Sie sich nicht einmal die Mühe gemacht haben, ihr die Dinge richtig zu erklären. Von den leidenschaftlichen Briefen gedemütigt und angewidert, die Sie ihr zwei Wochen vorher geschrieben hatten – das war mir deprimierend unangenehm; mein Herz fühlte nicht mit ihr, aber ich fand, daß ihr Verhalten an diesem Abend achtbar war und scharfsinnig und richtig; sie ist kein Trottel, Sie haben das nicht genügend berücksichtigt. Es stimmt, daß der Brief unhaltbar war, sie weiß, daß da eine Lüge im Spiel ist, und fragt sich, was die Wahrheit ist, und hegt Argwohn, sogar gegen mich. Ich denke immer noch, daß sie es mit Hilfe von Verachtung schaffen und sich erholen wird – aber sie leidet heftig. Im übrigen haben wir eine seltsame hysterische Szene miterlebt, eine Frau kam kreischend aus dem Keller, gestützt von einem Mann und einer Frau, die sie in den Flur brachten und dauernd wiederholten: «Hab keine Angst, du hast nichts mehr zu fürchten, hab keine Angst», und sie wurde in den ersten Stock gebracht, damit sie sich hinlegen und beruhigen konnte. Das *Hoggar* scheint dieses Jahr sehr zwielichtig.

Ich bin nach Hause gegangen, um zu schlafen. Der Alarm hat mich kaum geweckt. Heute früh, Unterricht; Arbeit neben Védrine, Mittagessen mit Sorokine, ein bißchen mürrisch wie jeden Samstag, weil sie mich sowenig sieht. Wieder 3 Stunden Unterricht, ich habe mich mit einer Sitzung Pseudo-Hypnose abgelenkt, wie früher mit dem Lama[42], die Klasse war verblüfft.

Dann habe ich Poupette getroffen: sie hat den gestrigen Abend mit dem Boubou verbracht, und sie haben in einem Hotel geschlafen. «Nach einem Monat im Limousin hatte ich es satt», hat Poupette zu mir gesagt. Ich habe mein Geld abgeholt, habe Stépha im *Dôme* und Védrine im Quartier Latin etwas zurückgezahlt, und um 5 Uhr habe ich Ihren Brief geholt. Ich habe von 5 bis 8 Uhr gearbeitet, ich überarbeite den Anfang, das zusätzliche Kapitel über die Rückkehr von Françoise nach Paris, das ist leicht und läuft gut.

Und dann kam der Abend, den ich Ihnen beschrieben habe. Und ich werde schlafen, mein Kleiner, denn ich falle um vor Müdigkeit. Mein Geliebter, den ich so sehr liebe, ich hätte gern über all dies mit Ihnen gesprochen, statt darüber zu schreiben, ich fürchte, daß meine Briefe ein bißchen zu stark nach Tadel klingen – aber ich bin so unfähig, Sie wirklich zu tadeln, es bleibt so abstrakt für mich. Ich liebe Sie, mein lieber Kleiner, ich bin so glücklich beim Gedanken, daß ich Sie in 6 Wochen wiedersehe – das Arrangement, das Sie vorschlagen, ist perfekt, niemand wird etwas ahnen, und wir werden uns so gut wie möglich sehen. Mon amour, ich habe solche

42 Spitzname von Maheu (in den *Memoiren* Herbaud).

Lust, Sie wieder neben mir zu haben – ich liebe Sie ganz leidenschaftlich, kleines Gesicht, das mich scheu ansieht von der Wand mir gegenüber. Bonsoir, mein süßer, so zärtlich geliebter Kleiner

Ihr reizender Castor

Umschlag
F. M.
Soldat Sartre
Wetterbeobachtungsstation
E. M. A. D.
Abschnitt 108

170

Le Dôme

Donnerstag, 29. Februar [1940]

Mein süßer Kleiner
Kein Brief von Ihnen – Sie wurden also Dienstag geimpft und fühlten sich ganz fiebrig – es ist gut, daß Sie ein Zimmer im Hotel genommen haben, aber warum nehmen Sie nicht eins für den ganzen Monat, um eine richtige kleine querencia zu haben! Sie essen gut zu Abend. Ich bin ein bißchen ratlos ohne meinen Brief –

Ich hatte einen sehr liebenswerten vom kleinen Bost; er sagt, man brauche einen Passierschein, um ihn zu besuchen, aber so nah bei Paris bekommt man ihn sicher leicht; ich werde mich morgen informieren. Er scheint ein bißchen deprimiert, weil er zurück ist, aber nicht mehr als natürlich.

Bei mir gibt es seit gestern überhaupt keine Vorkommnisse. Nachdem ich Ihnen gestern abend im *Dôme* geschrieben hatte, bin ich nach Hause gegangen, habe an Bost geschrieben und mich hingelegt – ich bin um 9 Uhr aufgestanden, ich weiß nicht, warum ich den ganzen Tag so dösig war, ich bin es immer noch, obwohl es erst 8 Uhr abends ist. Ich war im *Dôme*, habe an den Boxer geschrieben und an die Versicherungsgesellschaften wegen des Unfalls[43] – ich habe Stépha gesehen, sie hat mir gesagt, ich hätte neulich abend Florès und den anderen imponiert durch die Kühnheit und den Scharfsinn meiner Antworten. 2 Stunden Unterricht – dann habe ich in der blauen Brasserie zu Mittag gegessen, die Sie so trist finden, allein, denn ich hatte Sorokine wegen Poupette abbestellt, und dieser dann doch nicht Bescheid gesagt, weil ich sie heute abend sehe. Ich habe die Zeit genutzt und Schülerarbeiten korrigiert, ich habe noch 4 unerledigte Stapel, das ist doch zuviel. Wieder Unterricht – ich habe Sorokine 5 Minuten lang am Ausgang gesehen und war in *La Sorbonne*, um Védrine zu treffen; sie war noch nicht da, ich habe ein bißchen gearbeitet, aber nicht zu gut, vor allem weil ein Schrottgetöse war, ich meine, die Jura-Studenten demonstrierten – wegen Schrott, den sie für die nationale Verteidigung gesammelt hatten, auf dem ganzen Boulevard war ein schrecklicher Tumult. Irgendwann haben sie das Café überrannt, die Arme voller Regenschirmskelette, Dolche, Stangen, und hinten hatten sie Nachttöpfe hängen, geistreich – sie haben gebrüllt und eine Viertelstunde lang Klingeln herumgeschwenkt, und sie hatten es ein bißchen auf mich abgesehen, aber ich blieb kühl, und sie sind ungeschickt, sie haben mich in Ruhe gelassen. Védrine ist ein bißchen später eingetroffen, sehr trübsinnig. Ich glaube, sie erholt sich langsam, sie wird diese Sache ziemlich schnell schlucken, glaube ich – sie hat natürlich gestern den ganzen Abend mit Lévy darüber gesprochen und Ihren Brief gezeigt, den Lévy sadistisch fand. Ich bin ihr gegenüber immer noch genauso kühl, und daran wird sich nichts ändern. Gegen 6 Uhr ½ wurde das Café von Saint-Cypriens und Po-

43 Am Mittwoch, 7. Februar, war während Sartres Urlaub ihr Taxi mit einem anderen zusammengestoßen. Der Fahrer, ein sympathischer Russe, hatte um eine Zeugenaussage zu seinen Gunsten gebeten.

lytechniciens* überrannt, es war die Höhe, ich bin weggegangen, zur Post. Ich habe vergeblich nach dem kleinen maschinengeschriebenen Umschlag[44] Ausschau gehalten, er war nicht dabei. Dann bin ich ins *Dôme* gegangen, um an Bost und an Sie zu schreiben; meine Schwester ist schon aufgetaucht und schreibt neben mir an Lionel. Ach! ich gehe mit ihr aus, und der Abend wird mit Reden vergehen, aber ich werde mich früh hinlegen, ich bin todmüde.

Das war's, mon amour – jetzt ist es 2 Wochen her, daß der Zug Ihr kleines Gesicht entführt hat. Ich bin wieder genau wie vorher, nur glücklicher, weil Sie bald wiederkommen, und ich habe Sie berührt, Sie sind mir noch gegenwärtiger als im Januar. Ich liebe Sie so sehr. In sechs Wochen werde ich in dem schwarzen Café an der Gare de l'Est sein mit klopfendem Herzen, und ich werde Sie ankommen sehen. Ich liebe Sie – ich umarme Sie aus vollem Castor-Herz.

Ihr reizender Castor

Umschlag
F. M.
Soldat Sartre
Wetterbeobachtungsstation
E. M. A. D.
Abschnitt 108

* Studenten der entsprechenden Hochschulen.

44 Sartre machte sich eine Weile einen Spaß daraus, seine Briefe mit der Maschine zu schreiben.

171

Freitag, 1. März [1940]

Ganz liebes kleines Geschöpf

So viele Briefe! ich habe gerade Ihren Brief vom Dienstag bekommen, als Sie geimpft wurden: die Zensur hatte ihn geöffnet und wieder zugemacht. Und dann war da das ungeheure Schreiben vom Tag darauf; dieser Brief war allein aufgegangen, so dick war er, aber auch darin fehlte nichts. Mein Kleiner, ich bin *absolut* überzeugt von dem, was Sie mir sagen; ich werfe Ihnen nur noch vor, daß Sie Védrine ein bißchen zu brutal vernichtet haben – aber das hat keine Bedeutung. Um so weniger, als sie gerade sehr gut dabei ist, wieder Oberwasser zu gewinnen. Sie war heute früh beim Mittagessen ganz lebhaft, und ich habe zu ihr gesagt: «Du bist ganz schön fröhlich, wie kommt's?», und sie hat gesagt: «Es fiel mir schwer, Sartre aus meinem Leben zu entfernen, aber jetzt ist es soweit.» Das ging allerdings schnell. Es ist ulkig, dieses Mädchen regt sich tödlich über Worte auf, und ebenso tröstet sie sich darüber hinweg und ist entzückt. Etwas aufbauen, mit jemandem brechen, das wirft sie in ekstatische oder verzweifelte Zustände, wie die Verrückten. Ich habe sie gefragt, ob ihre Ruhe daher kommt, daß sie die Sache nicht für endgültig hält, und sie hat mir gesagt, im Gegenteil, sie glaube nicht, sie könne Sie jetzt noch lieben. Sicher ist das Ende nicht so leicht, sie wird Rückfälle haben; aber es ist trotzdem seltsam. Was mich ärgert und stört, ist die Hartnäckigkeit, mit der sie mich mit sich in einen Topf wirft; sie möchte Geständnisse, ob ich Sie noch liebe, warum ich Ihnen schreibe usw. Ich fürchte, sie will Ihnen weiter schreiben, weil ich Ihnen schreibe, und unter dem Vorwand, daß sie jetzt genügend Distanz zu Ihnen hat; schließlich werde ich sagen müssen, daß ich nicht mehr schreibe, aber ich werde ihr nicht lebenslang mein Verhältnis mit Ihnen verheimlichen. Geben Sie mir einen Rat. Auf jeden Fall ist sie nicht über den Gedanken verärgert, daß ich Sie besuche, und wenn ich Bost besuche, habe ich große Lust zu sagen, ich führe mit Ihnen. Was meinen Sie? Um 5 Uhr war sie wieder deprimiert, aber das war, weil sie Wahl* getroffen hatte, weil ihre Arbeit über die Wahrheit nicht lief und sie sich über die Wahrheit im allgemeinen befragte, und über den Sinn des Lebens, und sie sagte, sie wisse nicht mehr, was sie über irgend etwas denken solle: all das kommt mir ziemlich hohl vor, und ich bin ihr gegenüber sehr kühl.

Gestern bin ich also mit Poupette ausgegangen. Wir haben in der *Coupole* gegessen, ich wollte mich wenigstens gut ernähren, um die Zeit weniger zu spüren. Es hat gewirkt; ich habe gut zu Abend gegessen und habe sie ins *O. K.* mitgenommen; dort hat uns wieder die verdammte Toilettentür gepeinigt, obwohl wir an einem anderen Tisch saßen. Die Zeit ist herumgegangen; ich fiel um vor Müdigkeit und war nicht sehr anspruchsvoll. Ich guckte sehr wohl ein bißchen nach der Uhr, aber ich habe so viele Geschichten wie nur möglich aus ihr herausgezogen, und es ist herumgegangen. Ich bin um 11 Uhr auf mein Bett gesackt und habe bis 8 Uhr wie ein Stein geschlafen: dem verdanke ich, daß ich heute frisch bin und himmlisch arbeite, mit sehr klarem Kopf, mein Kapitel ist fast fertig. Ich war ab 8 Uhr ½ im *Dôme*, wo Stépha *nicht* mit mir geredet hat; ich bin bis Mittag dort geblieben. Ich habe im *Mont Saint-Michel* Védrine getroffen, die sehr elegant und eher sprühend war; man wollte uns an einen unmöglichen Tisch verfrachten, und wir haben uns unter Protest davongemacht und für das Brot, das wir angefangen hatten zu knabbern, zwei Francs dagelassen. Wir waren bei *Capoulade*, wo wir gegessen und geredet haben – sie war ganz liebenswert zu mir, sie wollte eine vertrauliche Atmosphäre. Sie hat mir zu meinem Roman einen Vorwurf gemacht, der mir ein bißchen zu Herzen ging, denn er ist gerechtfertigt: es fehlt diese Beliebigkeit, die bei Hemingway zu finden ist, alles ist immer *für* etwas da – das sagten Sie mir und meinten es als Lob; und ich habe es so gewollt, aber natürlich verliert es an Reiz, was es an

* Jean Wahl, der Philosoph.

Stabilität gewinnt; sie sagt auch, bei mir und bei Ihnen würde zuviel gedacht, und das Schöne an den amerikanischen Romanen sei, daß nicht gedacht werde. Auch das ist wahr; aber man darf den amerikanischen Roman nicht zum Dogma erheben und ihn um jeden Preis nachahmen, wenn die Dinge, die man zu sagen hat, andere sind; sie hat herumgesponnen, als sie mir sagte, es sei eine Sache des Stils und der Technik. Aber sicher handelt es sich um eine bestimmte Art Roman – und andere Arten können verlockender sein und andere Qualitäten haben. Was meinen Sie?

Dann habe ich drei Stunden Unterricht über die Affen gehalten, was nicht langweilig war. Ich habe Sorokine 10 Min. lang gesehen: es scheint, sie starrt immer noch Védrine und die anderen auf eine Art an, die sie ein bißchen aufbringt; sie ist schon eine halbe Stunde mit Laporte spazierengegangen und besucht ihn Sonntag zu Hause. Sie schmollte ein bißchen, weil sie mich so wenig gesehen hat.

Ich war in der *Bar de la Sorbonne* – und dort habe ich Lévy, Kanapa, Ramblin gesehen und ihnen guten Tag gesagt – sie sahen sympathisch aus. Ich habe gearbeitet, und dann ist Védrine aufgetaucht, düster wegen ihres Gesprächs mit Wahl. Sie hat so sehr um Ihr Tagebuch gebettelt, daß ich es ihr gegeben habe, schließlich macht es jetzt nichts, wenn sie erfährt, daß Sie sie für unauthentisch halten. Ich bin mit der Metro zur Post gefahren, wo ich Ihre beiden großen Briefe bekommen habe, mein Kleiner. Da war auch einer von Bost, der deprimiert scheint, er hat sich Mittwoch besoffen, so finster war er – er fragt sich, ob er sich nicht trotzdem als Offiziersanwärter melden soll, um 6 Monate herumzubringen, aber es widert ihn an. Ich werde ihm keinen Rat geben, ich weiß nicht, was ich an seiner Stelle tun würde, das muß eine unheimliche Versuchung sein, sechs Monate einigermaßen zu leben. Sein Brief hat mir ein bißchen das Herz zerrissen – aber zum Glück war es vorher durch die Ihren sehr erfreut worden.

Ich habe im *Versailles* gearbeitet, bin nach Hause gegangen und habe Ihnen diese drei Seiten geschrieben, während ich auf

Kos. wartete. Sie ist erst um 8 Uhr gekommen, und wir waren bei *Dominique* und in der *Rotonde*; sie ist düster wie der Tod, alles widert sie an, und sie sieht kaputt aus. Sie hat sich gestern ins Atelier geschleppt, hat Dullin aufgesucht und ihm mit herzzerreißender Miene gesagt: «Ich entschuldige mich, ich hatte eine Bronchitis, ich war sehr krank, deshalb habe ich diese drei Wochen gefehlt.» Darauf hat Dullin lang und lautlos gelacht, er hat ihr schelmisch in den Arm *gekniffen* und gesagt: «Oh, verflixte Russin!» Sie war baff, denn schließlich hätte es stimmen können: «Sind Russen etwa aus Stahl?» hat sie mich mit aufrichtiger Entrüstung gefragt. Es scheint, der Abend bei Florès ist sehr übel ausgegangen; Florès wollte den Rock von Kos. hochheben, um ihre Beine zu sehen, sie hat ihn gewaltig geohrfeigt, ihm einen Aschenbecher an den Kopf geworfen und ist schluchzend zusammengebrochen.

Ich bin gerade nach Hause gekommen, habe an Bost geschrieben, diesen Brief an Sie beendet, und ich werde schlafen, es ist nach Mitternacht. Mein Kleiner, ich habe Ihren Brief noch einmal gelesen; ich bin völlig überzeugt, ich bin mit all Ihren Beschlüssen zufrieden, ich, die ich zu Recht Ihre zwielichtige Generosität tadelte. Ich finde, Sie haben recht, der Platz ist jetzt sauber. Ich stimme Ihnen aus ganzer Seele zu, wir werden in einem Monat über all dies reden, mon amour – gleich nach der Rückkehr aus den Osterferien werde ich Sie sehen, wie gut das sein wird. Ich liebe Sie, mon amour – ich küsse Sie ganz leidenschaftlich, ganz erneuerter Kleiner – kleiner Reiner.

Ihr reizender Castor

Umschlag
F. M.
Soldat Sartre
Wetterbeobachtungsstation
E. M. A. D.
Abschnitt 108

172

Samstag, 2. März [1940]

Ganz liebes kleines Geschöpf

Ich bin ziemlich erschüttert über Ihren Brief, obwohl Sie mir sagen, ich solle mich nicht beeindrucken lassen; oh, mon amour, ich liebe Sie so stark, ich möchte Sie so gern an mich drücken, Ihr kleines Gesicht sehen und mit Ihnen sprechen; wenn ich daran denke, daß Sie vorgestern wegen mir und meiner Gefühle oder vielmehr meines Urteils über Sie ganz beunruhigt waren, wenn ich mir den komischen Zustand vorstelle, in dem Sie waren, bin ich so ungeduldig, Sie zu sehen, daß ich weinen muß; es ist, als sähe ich Sie durch eine ganz transparente und heimtückische Scheibe hindurch, es reißt mich zu Ihnen fort, Sie sind so nah, es kommt mir vor, als würde ich Sie gleich berühren – und dann nein, da ist dieses Hindernis, man muß schreiben, und die Briefe kommen in zwei Tagen an, und man braucht zwei Tage für die Antwort, und die Briefe sind zu kurz; ich stelle mir vor, wie Sie sie verärgert hin- und herwenden, wie ich es tue, wenn Sie mich über eine Geschichte befragen, von der ich nur drei Worte weiß, über die Sie aber einen einstündigen Bericht haben wollen – und der Brief ist wie ich, ganz verstockt, und er sagt gerade nur das, was man hineingelegt hat. Mein lieber Kleiner, ich möchte Sie sehen, noch nie habe ich so viel Zärtlichkeit für Sie gehabt – wie können Sie sich nur einbilden, süßes kleines Geschöpf, ich hielte Sie nicht für ganz redlich und rein mir gegenüber? Es gibt keine Einklammerung* mehr, es wird sie nie mehr geben, mon amour; Ihre Worte und Ihr Lächeln

* Eine Liebesbeziehung «einzuklammern» heißt, die eigene «privilegierte Stellung» in Frage zu stellen und darauf zu verzichten, mit dem Geliebten eins sein zu wollen: «die Einklammerung für sich selbst nicht einmal in Betracht zu ziehen, ist ärgerlich», schrieb S. de Beauvoir am 7. Oktober 1939 in ihr *Kriegstagebuch*, S. 98 f. Aber schon dort heißt es auch: «Ansonsten aber spüre ich heftig, wie sehr zwischen Sartre und mir die Einklammerung absurd ist.»

sind keine Zeichen, ich vertraue ihnen so vollkommen, wie man irgend etwas vertrauen kann. Mon amour, ich finde, Sie hatten recht, mit Védrine zu brechen; ich denke nur Gutes über Sie. Es ist wahr, daß mir der Satz an W. «ich gehe über Leichen» aus dem Grund, den Sie nennen, unangenehm war – aber das ist vorbeigegangen, und es war Wahn, mein Kleiner, zu glauben, das könnte mich hindern, Ihnen zu schreiben. Das ärgert mich, denn morgen ist Sonntag, Tag ohne Brief, ich muß bis Montag warten, um zu erfahren, ob Sie meinen Brief bekommen haben, ob Sie aus diesem komischen Zustand heraus sind, ob Sie wieder Ruhe im Herzen haben. Mon amour, es berührt mich so sehr, Sie können es sich nicht vorstellen, daß Sie so an meinen Briefen hängen, an meinem Urteil, wie Sie es tun. Ich fühle so stark, wie sehr Sie an mir hängen, und ich bin so glücklich darüber, daß Sie mit mir sind. Es ist das elfte glückliche Jahr, das Sie mir geben, mein Kleiner, und nie war unsere Liebe stärker und reiner – ich liebe Sie, ganz leidenschaftlich. Ich möchte, daß Sie davon ganz durchdrungen sind und daß Sie sehen, wie schön Sie in meinem Herzen sind, liebes kleines Bild.

Ich habe Ihnen gestern abend geschrieben, so daß ich nur 7 Stunden geschlafen habe, aber sehr gut. Ich war in der Schule, meine Schwester hat mich dort um 10 Uhr abgeholt, und ich habe in Neuilly Ihr Geld abgeholt – ich muß für die Osterferien unbedingt 500 Francs leihen, aber das ist sicher möglich. Dann war ich im Quartier Latin, um Ihnen die Bücher zu kaufen, aber wie ein Tölpel hatte ich die Liste zusammen mit Ihren Briefen in der Schule gelassen, ich werde Montag weitere Bücher kaufen, ich habe nur die beiden gekauft, an die ich mich erinnerte, Lissagaray[45] ist vergriffen, ich wußte es übrigens – schade, es war sehr gut.

Wir haben in der *Milk Bar* zu Mittag gegessen und einen Kaffee im *Dôme* getrunken; sie[46] hat Gérassi gegenüber versi-

45 *La commune* [dt.: *Die Geschichte der Pariser Commune*].
46 Ihre Schwester.

chert, ich sei in Saint-Germain-les Belles gewesen. Ich habe sie um 1 Uhr ½ weggeschickt, um zu arbeiten, und ich habe mein Kapitel beenden können, so daß sie einen ersten vollkommen überarbeiteten Teil mitgenommen hat, und jetzt werde ich weitermachen, um Ihnen am 1. April etwas Neues zu zeigen. Um 5 Uhr ist Sorokine angekommen. Ich habe sie mit zur Post genommen, um Ihre Briefe zu holen, und mit zu mir. Es lief nicht, sie war ungehalten und mürrisch, sie wollte nicht genau sagen, warum, sie wollte Küsse und nicht Worte, und ich küßte sie nicht, verärgert über ihre mürrische Laune, und es hat über eine Stunde gestockt. Danach hat sie sich auf ihre reizende Art in meine Arme geschmiegt und angefangen, mir ihre Seele zu öffnen, und wir haben uns liebkost, und es war ganz zärtlich, und sie war vollkommen zufrieden. Poupette ist zwischendurch dagewesen, um die Manuskripte abzuholen, aber sie ist nur 5 Minuten lang geblieben; Sorokine mußte Tränen lachen, als sie sah, wie ich mit ihr redete und wie ich mich von ihr verabschiedete.

Um 7 Uhr ½ bin ich weggegangen, ich habe Védrine im *Dupont* der Ternes getroffen, um in ein Konzert in der Salle Pleyel zu gehen; ihr war «mulmig»; sie hat mit Ihnen abgeschlossen, aber der Sinn des Lebens peinigt sie, sie weiß nicht mehr, an wem sie hängt, ich selbst stehe in ihrem Herzen auf der Kippe – Sie hatten recht, dieser Bruch bewirkt auch bei uns eine Abkühlung –, und das bedeutet für mich Aussicht auf Freiheit, denn sie wird bald einen Mann brauchen; sie redet schon davon, daß sie sich besaufen will, bald wird sie ein Abenteuer suchen, dann eine neue Liebe, und ich werde befreit sein. Sie ist überhaupt nicht so vor den Kopf gestoßen, mehr als alles andere beunruhigt sie die Frage, welche Haltung sie einnehmen soll, was ich über sie denke usw. Natürlich ist sie nicht lustig, aber sie hat mehr Energie, als ich gedacht hätte. Sie ist mir wirklich nicht sehr sympathisch, es ist aus.

Als Abendessen haben wir Calissons d'Aix* und einen Berg Krabben gekauft, die einen habe ich während des Konzerts, die anderen während der Pause in einem kleinen Café gegessen und dabei ein Viertel Vittel getrunken, es rumort etwas in meinem Magen. Das Konzert war gut, es gab eine ausgezeichnete Symphonie von Mozart und ein sehr gutes Konzert von Beethoven, und dann noch eine schlechte Symphonie von Beethoven, die zweite – es hat mich gerührt, die Salle Pleyel wiederzusehen, wo wir früher hingegangen sind – aber diese früheren Zeiten kommen mir überhaupt nicht wie ein verlorenes Paradies vor – nein, mein Paradies bleibt in der Gegenwart, ich möchte dieses Jahr nicht missen, und ich bin leidenschaftlich an Ihren Gedanken interessiert und an dem, was uns durch unsere Art, unser Leben zu verbinden, passiert. Und wirklich, unser Leben kommt mir genauso kostbar und voll vor wie eh und je – und das sind keine Worte, es ist ganz stark, wenn ich sage, daß Ihre Liebe mir nie so gegenwärtig war und mir nie ein so unendliches und beständiges Glück gegeben hat. Ich habe also ohne Melancholie an die Vergangenheit gedacht. Védrine hat jedoch am Ende einige Tränen vergossen. Sie ärgert mich mit der Philosophie, sie ist unbeherrscht und angewidert, weil sie nichts versteht, und sie macht kurzen Prozeß und bezeichnet Sie als Bluffer (wegen des Nichts), ohne zu verstehen; Überheblichkeit fällt ihr leicht; alles klingt bei ihr hohl.

Wir haben einen in der *Lorraine* getrunken, wo es sehr voll war; und ich habe sie im Taxi nach Hause gebracht und bin selbst nach Hause gefahren. Da bin ich, es ist ein Uhr früh; ich werde Bost einen ganz kurzen Brief schreiben und schlafen – er besäuft sich andauernd und ist darüber ganz verwirrt; im übrigen weiß er nicht genau, ob er bleiben wird, wo er ist, oder in die Oise verlegt wird, was mich ein bißchen wegen Ostern ärgert; aber ich hoffe, er wird es rechtzeitig erfahren.

* Provenzalische Fruchtschnitten aus Marzipan und kandierten Früchten.

Auf Wiedersehen, mon amour. Ich werde morgen wieder lang schreiben. Ich liebe Sie leidenschaftlich.
Ihr reizender Castor

Umschlag
F. M.
Soldat Sartre
Wetterbeobachtungsstation
E. M. A. D.
Abschnitt 108

173

Sonntag, 3. März [1940]

Ganz liebes kleines Geschöpf
Ich schreibe Ihnen in dem kleinen Café *Perrier* in der Rue de la Boétie, neben der ehemaligen Galerie Bonjean – ich weiß nicht, ob Sie sich erinnern, wir gingen dort manchmal in den Zeiten von Poupettes und Gérassis Ausstellungen hin – aber ich habe diese kleine glühende Höhle nicht wieder aufgesucht, um eine Wallfahrt zu machen, sondern weil ich gegenüber, in der Salle Gaveau, ins Konzert gehe. Ich verbringe einen reizenden Tag. Kos. hat mir gestern abend die Nachricht hinterlassen, sie würde mich erst abends sehen können, und das hat mir einen langen Sonntag mit vollkommenem Alleinsein beschert, das hatte ich schon lange nicht mehr. Draußen scheint schön die Sonne; aber ich habe das kaum ausgenutzt, denn ich bin den ganzen Tag drin geblieben, trotzdem ist es ein Vergnügen zu wissen, daß sie da ist, daß es nur an einem selbst liegt, es auszunutzen. Ich bin gestern abend wahnsinnig spät schlafen gegangen, um halb zwei, ich war müde, aber zur Abwechslung hat es mir Spaß gemacht aufzubleiben. Ich habe bis nach 10 Uhr geschlafen und bin mit starkem Kopfweh aufgewacht, aber wie bei einem klaren Schmerz, nicht wie bei Benommenheit und Müdigkeit, es hat

mich den Tag über nicht gestört, obwohl es noch andauert – ich habe mich schnell angezogen und hinten im *Dôme* niedergelassen, ich war froh bei dem Gefühl, daß Poupette weg war und daß ich diesen ganzen Tag vor mir hatte. Ich habe meinen üblichen Tisch genommen, mit Kaffee, Croissants, Zigaretten, und habe gut gearbeitet; ich habe das Gespräch Battier–Elisabeth–Françoise überarbeitet und die Krankheit* bis zur Unterbringung im Krankenhaus fortgesetzt – das, was folgt, ist im unreinen gut vorbereitet, das wird sehr viel Spaß machen. Ich wußte nicht, wieviel Uhr es war, ich weiß nicht, wann ich ein bißchen Rindfleisch mit Kartoffeln gegessen und dazu Beaujolais getrunken habe, danach habe ich meine Arbeit wiederaufgenommen. Adamov hat mir mit Glotzaugen guten Tag gesagt, ich sah, wie die Leute im *Dôme* und draußen vorbeigingen, und das schöne Wetter auf dem Boulevard, Sie wissen, wie angenehm solche Tage sind. Ich habe wohl nahezu 5 Stunden gearbeitet und außerdem Schülerarbeiten korrigiert. Und dann habe ich den U** genommen, habe meine Karte in der Salle Gaveau geholt und bin hierhergekommen. Ich habe Ihnen nicht viel zu sagen, wie Sie sehen, weil es ein Tag ohne Brief von Ihnen ist und weil mein Leben so ruhig war. Ich werde vorm Einschlafen ein paar Zeilen hinzufügen, um Ihnen den Abend zu erzählen.

Ob Sie an Védrine schreiben sollten oder nicht, ich weiß es nicht; schreiben Sie ihr doch, Sie fänden es nutzlos zu schreiben, oder schreiben Sie ihr hin und wieder gestelzte Briefe. Ich glaube überhaupt nicht, daß sie sich an Sie hängt, ich bin sogar darüber erstaunt. Ich glaube, sie möchte, daß Sie nicht aus ihrem Leben verschwinden, weil sie alles behalten möchte, aber sie tadelt sich selbst deshalb ein bißchen. Ich werde Sie auf dem laufenden halten; ich möchte, daß Sie mir aufgrund ihrer und meiner Briefe ausführlich schreiben, was Ihre Meinung über ihre Haltung ist.

* Episode in *Sie kam und blieb*.
** Busse waren damals auch durch Buchstaben gekennzeichnet.

Würden Sie mir *möglichst viele Bücher* zurückschicken: *Hitler m'a dit – Bismarck – Marat* usw., für meine Osterferien? Ob ich mit Bost zusammen bin, wie ich hoffe, oder ob ich wandere, ich möchte viel lesen. Es wäre schön, wenn Sie genau am 1. April ankommen würden und die Kos. noch nicht zurück wären. Aber es wird auf jeden Fall schön werden; wie wir, mein Kleiner, auch diesmal wieder reden und herumspazieren werden. Ich bin so glücklich. Fühlen Sie mich ganz ganz gut bei sich und ganz im Einvernehmen? Mon amour, ich kann es kaum erwarten, Ihre Briefe zu haben und zu wissen, daß Sie wissen, wie vereint ich mit Ihnen bin.

Bonsoir, mon amour – ich war also in diesem Konzert, das mir großen Spaß gemacht hat – es gab französische Musik, ziemlich schönen Fauré, ein Gedicht mit Chor von Florent Schmidt, eine schöne Symphonie von Dukas und zwei ganz reizende Stücke für Chor von jemandem, den ich nicht kannte: Roger Ducasse. Wissen Sie, um was es sich handelt? Es war so schön, daß eines der beiden Stücke wiederholt wurde. Der Saal war übrigens halb leer, ich weiß nicht warum.

Ich war vor 8 Uhr zu Hause, und da Kos. erst um 8 Uhr ½ angekommen ist, bin ich mit der Korrektur der Schülerarbeiten vorangekommen; ich glaube, ich schreibe mein Tagebuch nicht weiter, es ist zu sehr im Rückstand, und ich führe es nur noch aus Gewohnheit, es interessiert mich nicht mehr, ich hebe lieber meine ganze Zeit für die Briefe auf: Sie finden sie sowieso zu kurz. Kos. ist müde und unheimlich deprimiert aufgetaucht, wir haben im *Dôme* zwei jämmerliche Stunden verbracht, ihretwegen, denn sie war absolut im allertiefsten Keller. Ich bin um 11 Uhr nach Hause gekommen, jetzt, und ich werde mich ins Bett legen, ich bin ziemlich müde. Ich lese einen amüsanten Kriminalroman, den ich Ihnen in Kürze schicken werde. Schicken Sie *Fruits de mort* [Todesfrüchte]* im Paket mit, wenn Sie es noch haben.

* Kriminalroman.

O bitte, ich möchte Samstag um 5 Uhr in ein Konzert gehen, dann werde ich zwei Tage lang keinen Brief von Ihnen haben. Könnten Sie mir *Donnerstag* und *Freitag* ins Hotel schreiben? Es besteht keine Gefahr[47], man kann nicht einmal die Adressen sehen, die Briefe werden umgekehrt in die Fächer gelegt; und ich möchte nicht zwei Tage ohne Brief bleiben; übrigens könnten Sie jeden Freitag ins Hotel schreiben. Auf jeden Fall werde ich Sie morgen und übermorgen daran erinnern.

Morgen werde ich einen Brief früh und einen nachmittags bekommen, ich freue mich sehr darauf.

Auf Wiedersehen, geliebtes kleines Geschöpf – ich liebe Sie mit aller Kraft. Kommen Sie schnell wieder zu mir, mon amour

Ihr reizender Castor

Umschlag
F. M.
Soldat Sartre
Wetterbeobachtungsstation
E. M. A. D.
Abschnitt 108

174

Montag, 4. März [1940]

Ganz liebes kleines Geschöpf
Was für ein Glück es ist, so dicke Briefe zu erhalten. Heute habe ich zwei bekommen, ich bin so froh – mon amour, wie wunderbar es wäre, wenn Sie den ganzen Sommer in der Etappe wären! Wissen Sie, daß ich dieses Jahr ab Juni frei bin und mich in Ihrer Nähe niederlassen kann, mit nur einigen

47 Daß Wanda die Briefe sehen und entwenden würde, was Sartre befürchtete.

Abstechern nach Paris wegen der Preisverleihung und den mündlichen Abiturprüfungen? Ich werde mich um die Lebensmittelkarten für die Kos. kümmern. Ich glaube, es geht mir nicht mehr gut mit Wanda, vielleicht weil ich ihr seit Ihrem Urlaub keine Aufmerksamkeiten mehr erwiesen habe, jedenfalls grüßen wir uns im *Dôme* etwas kühl. Es hat mir einen Schlag versetzt, als ich sah, daß Sie mich um 1000 Francs baten, aber das kommt daher, daß Sie sie noch nicht erhalten haben, ich habe 800 geschickt, die inzwischen angekommen sein müssen, und ich werde die restlichen 200 schicken, auf jeden Fall muß ich ein bißchen Geld leihen. Ich habe die Bücherliste wieder vergessen, aber morgen werde ich dran denken. Das wäre das Praktische, mein lieber Kleiner.

Was Védrine anbelangt, unterschreibe ich voll und ganz alles, was Sie sagen, Sie haben es sicher in meinen letzten Briefen sehen können. Warum ich keine Sympathie für sie habe? Sicher wegen dieser Hohlheit, dieser Kühle, die trotz ihrer leidenschaftlichen Aufwallungen in ihr sind, obwohl es mir imponiert hat, wie sie die Sache geschluckt hat. Sie haben mich durchschaut, es stimmt, daß ich, während ich diesen Bruch miterlebte, nolens volens ein bißchen für sie Partei ergriffen habe; ich habe Ihnen niemals vorgeworfen, daß Sie mit ihr gebrochen haben, denn im Grunde hatte ich es Ihnen ja geraten. Aber ich habe uns vorgeworfen, übrigens mir genauso wie Ihnen, wie wir mit den Leuten umgehen, in der Vergangenheit, in der Zukunft, absolut gesehen; daß wir dahin gekommen waren, sie so leiden zu lassen, schien mir unannehmbar. Im Grunde leidet sie aber nicht so sehr, und ich habe mich diesbezüglich beruhigt. Es stimmt, daß man schnell, wie es heißt, zur Tagesordnung übergeht, wenn ein anderer in der Klemme sitzt. Ich habe also gestern abend meine Briefe fertiggeschrieben und mich hingelegt. Ich habe maßvoll ein bißchen mehr als 7 Stunden geschlafen, aber sehr gut, und ich bin frisch und froh aufgewacht, mit einem guten Tag hinter mir und noch einem guten vor mir: Briefe in Aussicht, meine Arbeit und weiter am Horizont die Osterferien mit Bost und Ihr Urlaub. Jetzt werde ich dem noch einen mit Ihnen verbrachten Sommer anhängen, wie wunderbar das wäre! Wir würden eine kleine bequeme querencia suchen, uns viele Bücher beschaffen, wir würden reden und arbeiten, und ich würde schon ein bißchen zum Wandern kommen, und wir wären so vereint und glücklich, mon amour; es würde mich an die Ferien in Sainte-Radegonde[48] erinnern, erinnern Sie sich, das ist schon lange her, aber es wird mir warm ums Herz, wenn ich daran denke. Wir lasen damals *Contrepoint*[49], und Sie schrieben an *La légende de la vérité* [Die Legende der Wahrheit]*; und wir hatten kein Geld, aber wir speisten in schattigen Hainen für 10 Francs zu Abend. Erinnern Sie sich an unsere kleine Wallfahrt nach Tours? Das ist erst zwei Jahre her. Dort liebten wir uns auch ganz stark. Ach! wenn Sie mich um der Authentizität[50] willen oder wegen irgendeiner anderen Grille im Stich ließen, nein, ich würde den Schlag nicht so würdig ertragen wie Védrine, ich kann mir nicht vorstellen, was aus mir würde, die Welt würde unter mir zusammenbrechen.

Ich war zwei Stunden im C. Sée, dann auf der Post, wo ich einen ersten Brief von Ihnen bekommen habe und zwei ziemlich lange (für ihn lang), ganz reizende Briefe vom kleinen Bost. Ich habe im *Dôme* gearbeitet, es ist ganz ausgereift, es geht mit Riesenschritten voran, und ich glaube, es ist vom Besten; ich habe zwei Stunden lang gearbeitet, eilig ein klei-

48 Im August 1930, während Sartres Militärdienst.
49 *Point Counter Point* (1928) von Aldous Huxley [dt.: *Kontrapunkt des Lebens*].
* Eines von Sartres Frühwerken.
50 Vorwand, den Sartre anführte, um mit Védrine zu brechen. – Authentizität war Sartres große Sorge während des Krieges, wie seine Tagebücher zeigen; der authentische Mensch sucht demnach, sich der eigenen Situation bewußt zu werden, seine Freiheit und Verantwortlichkeit auf sich zu nehmen und sich in die Zukunft hinein zu entwerfen. (Zusatz der Übers.)

nes Salé-Esaü* gegessen und den Luxembourg bei lieblichem Sonnenschein durchquert, ich fand es reizend, spazierenzugehen. Wieder zwei Stunden Unterricht; ich habe Védrine in der *Source* getroffen und noch zwei Stunden gearbeitet. Védrine hatte eine große Szene mit ihrer Mutter, wie die Szenen in Quimper, wegen ihrer Reise mit mir; ich glaube, sie wird ihr strikt verboten. In gewissem Sinn ist das ausgezeichnet; es scheint mir, ich kann ihr sogar sagen, daß ich Bost besuche, was meinen Sie? Andernfalls werde ich sagen, daß ich Sie besuche. Ich finde, Sie sollten ihr einmal schreiben, um ihr zu antworten und ihr zu sagen, daß Sie es nutzlos finden zu schreiben, denn sie hat traurig zu mir gesagt: «Er ist feindselig»; sie geht immer noch zur Post, um Ihre Briefe zu holen, und es kommt mir jämmerlich vor. Wir haben wenig gesprochen, vor allem über die Szene mit ihrer Mutter. Und um 6 Uhr ½ habe ich sie zum Odéon begleitet, dann habe ich die Metro genommen und Ihren zweiten Brief geholt, den ich gerade gelesen habe. Ich bin im *Versailles*, wo ich Ihnen schreibe. Ich werde diesen Brief einwerfen, Sie werden zwei am selben Tag bekommen, und danach wird ein Tag vielleicht übersprungen werden, aber da kann ich nichts machen.

Vergessen Sie nicht, daß Ihre Briefe von *Donnerstag* und *Freitag* an meine Hoteladresse geschickt werden müssen – *vergessen Sie es vor allem nicht*. Ich habe eine kleine Nachricht vom Boxer bekommen, der Mittwoch nach Paris kommt. Ich werde ihn von 4 bis 8 Uhr sehen, reicht das? Es ist mir wegen Védrine und Kos. kaum möglich, ihm den Abend zu widmen. Im übrigen meine ich, daß wir in vier Stunden alles ausgeschöpft haben werden, was wir uns zu sagen haben. Ich fürchte nur, daß er extra kommt, um mich zu sehen, was meinen Sie? Ihr Rat wird zu spät eintreffen, aber sagen Sie mir trotzdem Ihre Meinung.

Mein Kriminalroman ist immer noch sehr amüsant, und ich werde ihn Ihnen schicken. Jetzt werde ich an Bost schreiben,

* Siehe Fußnote auf S. 115.

dann Kos. treffen, mit der ich den Abend verbringe. Ich schäme mich über diese Briefe, die so viel kürzer sind als Ihre, aber ich erlebe auch nicht solche moralischen und emotionalen Tumulte; ich habe ein fades und sanftes Leben, das erhellt ist von der Genugtuung über gut getane Arbeit und von all diesen schönen Hoffnungen am Horizont. Mein Kleiner, wie wunderbar es wäre, mit Ihnen zu leben, und wäre es im traurigsten Nest der bitterarmen Champagne. Auf Wiedersehen, liebes, liebes kleines Geschöpf. Sie sind mein Leben. Ich liebe Sie

Ihr reizender Castor

Umschlag
F. M.
Soldat Sartre
Wetterbeobachtungsstation
E. M. A. D.
Abschnitt 108

175

Samstag, 9. März [1940]

Ganz liebes kleines Geschöpf

Ich schreibe Ihnen wieder in dem kleinen Café *Perrier*, da ich wieder in ein Konzert in der Salle Gaveau gehe – diesmal ein Klavierkonzert mit einem schönen Programm: viel Bach, Mussorgsky und ganz wenig Liszt – morgen gehe ich dann noch ins Konservatorium, diese Woche werde ich viel Musik gehört haben; dagegen lese ich überhaupt nicht mehr, ich bin nicht einmal mit *48* fertig – ich habe seit Ihrer Abreise nur einen Kriminalroman und zwei Nummern *N. R. F.* gelesen. Ich mag die Novelle von Saroyan in der letzten Nummer, obwohl das eine Gattung ist, die auch ein bißchen abgedroschen ist.

Ich habe Ihren Brief noch nicht bekommen, ich hoffe, ich

finde ihn bei mir vor, wenn ich nach Hause komme, und ich werde Ihnen vorm Schlafengehen antworten. Ich wiederhole, daß Sie mir ab jetzt ins Hotel schreiben können, da die Kos. nicht mehr dorthin kommen, und schicken Sie mir Bücher, mein süßer Kleiner.

Das Geld quält mich ein bißchen; Toulouse, die ich angerufen habe, meint, sie könne mir nichts leihen, Stépha gibt eine ausweichende Antwort und wird auf jeden Fall nicht viel geben. Ich werde es bei Gégé versuchen, obwohl ich mich ein bißchen schäme. Ich brauche mindestens 500 Francs für die Kos. und mich, das wird sich jederzeit auftreiben lassen, aber wir brauchen mindestens 2000 Francs zusätzlich, wenn Ihr Urlaub beginnt. Sehen Sie Ihrerseits keine Lösung?

Das wären meine Sorgen; aber ich warte auch etwas nervös auf Montag, um zu erfahren, ob ich einen Passierschein[51] kriege. Trotzdem habe ich einen schönen und braven Arbeitstag verbracht: zwei Stunden Unterricht im C. Sée, dann habe ich mich ins *Dôme* gesetzt, wo ich von 11 bis 4 Uhr gearbeitet habe, mit kaum einer Pause fürs Mittagessen. Ich habe Adamov gesehen, und habe für 20 Francs *Le livre de la pitié et de la mort** von Rilke subskribiert, das er gerade übersetzt hat; es scheint sehr schön, und man muß ihm Gerechtigkeit widerfahren lassen, die Übersetzung scheint wunderbar – er hat mir etwas gesagt, was ein bißchen amüsant ist, daß das Buch sein Erscheinen dem Krieg verdankt, denn Rilkes Erben verlangen so hohe Urheberrechte, daß das Unternehmen dadurch unmöglich war. Aber jetzt sind diese internationalen Vereinbarungen aufgehoben, und es wird ohne Rücksicht auf die Erben veröffentlicht. Er behauptet, die Zensur sei im übrigen sehr streng, aber das wurde ihm vielleicht gesagt, weil man sein Buch so schlecht findet. Um 4 Uhr bin ich bei mir vorbeigegangen, dann habe ich den Bus genommen und bin hierher-

51 Den sie brauchte, um Bost zu besuchen.

* Es handelt sich wahrscheinlich um *Das Buch von der Armut und dem Tode*, das 3. Buch von Rilkes *Stundenbuch* (1903).

gekommen. Ich habe einen Brief von meiner Schwester, den ich Ihnen schicke, weil es ein bißchen amüsant ist, wie sie mit mir redet – obwohl es von ihr kam, hat es mich gefreut, daß sie mir sagt, mein Roman sei dicht, im Gegensatz zu dem, was Védrine behauptet – schicken Sie mir diesen Brief zurück.

Das war also heute. Jetzt werde ich Ihnen von gestern abend erzählen. Ich habe Kos. um 7 Uhr im *Criterion* getroffen und habe ihr galant einen Veilchenstrauß mitgebracht, denn am Metroausgang wurden reizende verkauft; sie war schon da, und wir sind nicht geblieben, wir haben ein ausgezeichnetes Päckchen Feigen gekauft und sind zum Theater *Michel*, in der Rue des Mathurins, gepilgert. Die Eintrittspreise dieser Theater sind eine Schande, für 40 Francs pro Person hatten wir einen schlechten Klappsitz hinten im Saal; der Saal ist übrigens ganz klein, und man sah gut. Ein sehr elegantes Boulevardpublikum war da. Vor der Vorstellung[52] waren wir, weil es noch nicht anfing, in einem winzigen Bistro genau gegenüber: Sie wissen, die beiden Theater, *Michel* und *Les Mathurins*, liegen genau nebeneinander, und das Bistro war voller Bühnenarbeiter und Laufburschen, es war höchst nett. Ich war überrascht, als ein Mann in blauer Jacke auf Kos. zustürzte und ihr herzlich die Hände drückte: das war ein Bühnenarbeiter von *La faim* [dt.: *Der Hunger*][53], er hat lange mit ihr geredet und hat uns den Kaffee bezahlt. Wir sind gegen 8 Uhr in den Saal zurückgekehrt und haben uns das Stück angeschaut. Haben Sie es gelesen? Es ist im großen und ganzen ziemlich schlecht, aber man hat seinen Spaß. Man fühlt genau, wie Cocteau vorgeht, eine psychologische Atmosphäre fällt ihm ein: *Les enfants terribles* [dt.: *Kinder der Nacht*], *Les parents terribles* [dt.: *Nein, diese Eltern*], *Les*

52 Von *Les monstres sacrés* [dt.: *Die heiligen Ungeheuer*], von Jean Cocteau.

53 Von Barrault 1938 inszeniertes Schauspiel, nach dem Roman von Knut Hamsun; vgl. *In den besten Jahren*, S. 300.

monstres sacrés – und er gießt das in eine Handlung. Nun, erstens ist hier diese «Natur» viel weniger eigentümlich und reichhaltig als in den *Parents terribles*. Und dann ist zwar insgesamt der Aufbau gut, aber im Detail ist er absolut hingeschludert, und viele gute Wendepunkte verlieren ihre Würze. Außerdem ist der Text wirklich schamlos vor Leichtigkeit, vor Vulgarität, das ist das Allerunangenehmste – und dann sind da einige Andeutungen von Komplexität in dem jungen Mädchen und der Frau, aber das ist absolut nicht durchgeführt, im Gegenteil, es enthüllt sich nebenbei und mündet am Ende in eine Art rationelle und bündige Klarheit. Und schließlich die beiden Nebenpersonen: die Garderobiere und die Freundin sind absolut nichtswürdig. Sie sehen, es gäbe sehr viel einzuwenden. Dabei zwei oder drei gute Szenen – Yvonne de Bray spielt sehr gut, auf realistische Weise wie Dorziat die Mutter der *Parents terribles*, aber weniger kraftvoll; Janny Holt ist wunderbar und spielt einzigartig gut, der Mann, es ist André Brûlé, ist einfach grotesk. Es hat mich eher für meine Arbeit ermutigt, denn ich finde, daß das Thema des Trios ein schönes Thema ist, man fühlt es durch Cocteau hindurch, der es im übrigen überhaupt nicht ausgenutzt hat.

Bonsoir, mein süßer Kleiner. Ich habe Ihren Brief bekommen, in dem Sie mir von einem Tischtennisspiel mit einer Rothaarigen berichten, und bin erfüllt von Zärtlichkeit für Sie. Ich war also in diesem Konzert, der Pianist spielte wie ein Gott, es gab besten Bach, die *Tableaux d'une exposition* [dt.: *Bilder einer Ausstellung*] von Mussorgsky, sehr schön, und etwas Liszt; der Saal war voll und dröhnte vor Applaus. Sorokine ist mit ihren wundervollen Haaren und ihrem blendenden Teint aufgekreuzt, fast schön, aber auf zehn Meter Entfernung nach Knoblauch stinkend: sie hat Magenschmerzen, und ihre Mutter will sie nur mit einem billigen Kräutertee behandeln, von dem es ihr schlecht wird; aus Rache stopft sie sich, um die Wohnung zu verpesten, mit Knoblauch voll und behauptet, es sei ein Heilmittel, aber gleichzeitig schleppt sie den Geruch mit sich herum, ich habe ihr gesagt, sie solle sich auslüften, falls sie morgen Laporte verführen will – sie bekommt wieder nichts mehr zu essen, und nach dem Konzert hat sie sich auf eine Schokolade gestürzt, zu der ich sie mit Croissants eingeladen habe. Es scheint, sie hat eine Nachhilfeschülerin in Philosophie, die Sie unheimlich bewundert, sie möchte eine Widmung von Ihnen haben und hält Sie für ein Genie; «aber ich habe sie eines Besseren belehrt», hat Sorokine überzeugt zu mir gesagt, «ich habe zu ihr gesagt, er sähe nur so aus» – ich habe protestiert, um zu sehen, was sie sagen würde, und sie hat mir kräftige Fausthiebe in die Rippen gegeben und dabei wie eine Verrückte gelacht. Der Gedanke, ich könnte Sie für bedeutend halten, kommt ihr höchst komisch vor. Sie hat mich kurz im Autobus begleitet; da sie mit mir zufrieden war, war sie äußerst nett. Ich bin nach Hause gegangen, habe Ihren Brief bekommen und gelesen, ich bin zu Kos. hochgegangen und habe Wanda gesehen, die aufgelöst aussah – sie hat eine Nacht allein im Atelier der Mondfrau geschlafen, und es ist eine Tragödie, es hat sie so sehr mitgenommen, daß sie beschlossen hat, nicht zu der Verabredung zu gehen, die sie mit Mouloudji beim Bal Nègre hatte; und da Kos. Mouloudji getroffen und gesehen hatte, wie er sich über 20 Francs freute, die er in der Tasche hatte, und über eine schöne kleine Flanelljacke, die ihm Blin für seinen Abend mit Wanda gegeben hatte, bekam sie so großes Mitleid mit ihm, daß sie beschloß, selbst zum Bal Nègre zu gehen und mich mitzunehmen. Es scheint, Wanda ist zur Zeit todunglücklich, sie ist entsetzt darüber, daß sie nicht arbeitet, und denkt daran, im April ins Limousin zu fahren; ich weiß nicht, was mit der Mondfrau vorgefallen ist, aber sie scheint sie nicht mehr zu treffen; und auch nicht Mouloudji, so daß sie einsam ist und sich zu Tode langweilt. Sie ist mit jämmerlicher Miene weggegangen, und Kos. und ich haben bei *Dominique* gegessen. Kos. war unheimlich nervös, weil sie Violaine[54] vorge-

54 Hauptperson in Paul Claudels *L'annonce faite à Marie* [dt.: *Das Mädchen Violaine*.]

sprochen hat, obwohl sie geglaubt hatte, erst Dienstag dranzukommen; Dullin hat sie mit Lorbeeren überschüttet, die Schüler haben vor Rührung geweint, Kéchélévicz hat sich in ihre Arme geworfen und gerufen: «Ich hasse dich!» und sie mit Küssen bedeckt, Blanche Picard ist vor Wut fast ohnmächtig geworden, es war ein großer Erfolg, aber sie schimpfte, sie sei davon überrascht worden, sie habe zwar die Szene wunderbar erfaßt, aber nicht wie eine Schauspielerin ausgeführt. Dullin wird mit ihr daran arbeiten, aber sie war aufgebracht und fast krank vor Wut und Ärger. Sie hat mir natürlich pausenlos davon erzählt, bis zum Bal Nègre. Es hat mir ein bißchen Spaß gemacht, dorthin zu gehen; das triste Ehepaar Coutaud war da und eine riesengroße Clique aus Saint-Germain-des-Prés, die einen großen Teil des Saales und die Tribüne einnahm, sie waren übrigens schön anzusehen, vor allem die Frauen, von denen mehrere sehr hübsch waren. Auch viele Neger waren da und wunderbare Negerinnen, sie haben eine wilde Quadrille getanzt, ich hatte noch nie eine so obszöne gesehen, die Frauen mit hochgehobenen Röcken und breitbeinig und mit dem Hintern wackelnd. Mouloudji ist gegen 11 Uhr eingetroffen, nett trotz Pickeln, und die Frauen von Saint-Germain strichen ihm im Vorbeigehen über die Wange – sie haben ihn auch zum Tanzen aufgefordert, und er war ganz vergnügt. Der Kreole von Wanda hat sich an uns gehängt und sich darüber beklagt, daß sie nicht mehr zu ihren Verabredungen kommt – er ist nicht besonders schön, er hat die trotzige Weichheit des Boubou, dem er ein bißchen ähnelt, und er hat dessen gehobene und stotternde Art zu sprechen – denn er ist ein Intellektueller, er bemüht sich, schwerfällig zu denken, und ist überhaupt nicht lustig. Er hat uns eine Weile lang angeödet, aber das war zum Glück am Ende. Und um Mitternacht waren wir kaputt, und wir sind schnell mit dem Taxi nach Hause gefahren, Kos. und ich. Es ist nach halb eins – ich werde ein paar Zeilen an den kleinen Bost schreiben, aber ganz kurz, glaube ich, und dann werde ich schlafen.

Auf Wiedersehen, mon amour – wenn Sie so klug waren und ins Hotel geschrieben haben, werde ich morgen einen Brief haben – ich liebe Sie so stark, mein lieber Kleiner, denken Sie daran? Ihre kleinen Briefe sind so süß. Wie glücklich wir in 3 Wochen sein werden – wie wir reden werden – und ich werde wieder sehen, wie Sie neben mir aufwachen, mit Ihren kleinen wie ein Korb um das Kopfkissen gelegten Armen. Ich liebe Sie

Ihr reizender Castor

Umschlag
F. M.
Soldat Sartre
Wetterbeobachtungsstation
E. M. A. D.
Abschnitt 108

176

Sonntag, 10. März [1940]

Mein süßer Kleiner
Was für ein sanfter kleiner Frühlingsabend es ist; das gibt dem Herz eine melancholische Süße; ich komme aus dem Konzert und bin im *Café de la Poste* am Montmartre, ich treffe Kos. in einer halben Stunde bei *Touraine*, ich würde gern in den Straßen der Butte spazierengehen und diesen schönen Abend ausnützen – während des Tages sind mir eine Menge kleiner Erinnerungen gekommen, die Augen wurden mir feucht – wie gern würde ich genau an einem solchen Abend in den Straßen spazierengehen und Ihren kleinen Arm halten. Aber bald wird es soweit sein, mein Kleiner, in Kürze – ich sehne mich allmählich wieder nach Ihnen, eine tiefe Sehnsucht, Sie Freude und Salz und Glück meines Lebens.

Ich hatte einen ganz glatten Tag. Zunächst hatte ich schlecht geschlafen und habe mich mit Mühe vom Bett losgerissen, um mich um 10 Uhr ins *Dôme* zu schleppen. Wie groß war meine Verzweiflung, als ich plötzlich hinter einer Säule meinen Namen «Simone!» mit verführerischer Stimme rufen hörte – es war der Ungar, mit vorstehenden Zähnen, wirklich fast rosig in seiner ganz sauberen Uniform. Er setzte sich, bestellte einen Milchkaffee und fing an, mir sanft Vorwürfe zu machen, und in Anbetracht meiner eisigen Gleichgültigkeit wurde er unruhig, er sagte, er habe so viel an mich gedacht, er verstünde meine Haltung nicht, er habe nie Kontakt zu mir gehabt, außer an einem Abend (als ich besoffen war). Er wollte mit Drieu La Rochelle, zu dem ein solcher Freund paßt, zu Mittag essen. Schließlich hat er mich angemacht und gesagt, er wolle es so gern mit mir treiben, er sei ein Mordskerl, es war finsterste Taktlosigkeit. Im übrigen hat er gefragt, ob er mich arbeiten lassen solle, und ich habe barsch ja gesagt und ihm für Mittwoch ein Rendezvous gegeben, zu dem ich nicht gehen werde – er ist weggegangen und hat 2 F. 25 statt 2 F. 50 dagelassen, der Kellner war wütend und rannte ihm auf der Terrasse nach – ich glaube, selbst wenn er behauptet, er verjuxe sein Geld, holt ihn der Geiz wie eine Krankheit ein. Physisch war er weniger abstoßend, das Leben an der frischen Luft hat ihm gutgetan. Er hat mir erzählt, er könne so schlecht Spaß verstehen, daß er am Anfang, wenn Kameraden sich über ihn lustig machten, wutschnaubend über sie herfiel, so daß er fast wegen psychischer Labilität für dienstuntauglich erklärt wurde, auch das paßt gut zu ihm.

Er hat mich also sehr enttäuscht verlassen, und ich habe mich an die Arbeit gemacht – ich war an einer ziemlich harten Szene und habe mir den ganzen Tag den Kopf zerbrochen, ich weiß nicht, ob es fertig ist, ich werde morgen sehen. Ich habe etwas gegessen, aber fast ohne die Arbeit zu unterbrechen, mein Kopf glühte vor Eifer. Védrine ist gekommen, um neben mir zu arbeiten, elegant und ziemlich schön, aber mit der übelsten Mimik verstohlener Blicke, geheimnisvollen und diskreten Lächelns, Zögerns usw., dies alles, um mich auf einem Metrobahnsteig leidenschaftlich zu fragen, ob ich sie noch genauso stark liebe. Was denkt sie sich eigentlich? Meint sie, ich könne ihr zwischen Tür und Angel «Nein» sagen? Ich habe Ihnen schon gesagt, wie dumm und tadelnswert ich dieses Vorgehen finde. Ich habe also ja gesagt, ohne allzuviel Herzlichkeit, und sie hat mir andächtig die Hände gedrückt – aber sie gesteht, daß sie keinen großen leidenschaftlichen Drang mehr zu mir hin hat. Was Sie angeht, tröstet sie sich, nur hin und wieder überkommt sie ein kleiner Anfall von Schmerz und der Gedanke, daß sie enttäuscht ist. Zur Abwechslung orakelt sie wie eine Kassandra und schwankt zwischen Konzentrationslager und Selbstmord und zieht den Selbstmord vor: sie nennt das sein Schicksal spüren. Ich habe mich über Ihren Bruch gefreut, denn allein bin ich ihr gegenüber unendlich viel freier; zum Beispiel (nach dem Krieg) keine Védrine mehr im Wintersport, wir gehen beide allein ins kleine Chalet *Idéal Sport*. Und außerdem ist der Weg dafür frei, daß sie jemanden anderen liebt und sich unter Tränen von mir löst.

Sie hat also neben mir gearbeitet, und ich habe fast nicht mit ihr geredet; und dann hat sie mich mit der Metro und zu Fuß zum Konzertsaal des Konservatoriums begleitet, wo ich mir die Konzertkarte geholt habe. Und wir waren in einem ganz kleinen Café nebenan, wo ich Ihnen schreiben wollte, aber weil sie da war, habe ich statt dessen Schülerarbeiten korrigiert. Und dann war ich in diesem Konzert, ich hatte das Pech, neben der Direktionssekretärin des Lycée Molière zu sitzen, einer Frau, die aus dem Mund riecht und die mit mir geredet hat. Es war wieder ein sehr gutes Konzert; eine Ouvertüre von Mozart, ein Konzert von Bach, das noch schöner ist als die Brandenburgischen Konzerte (zumindest in der Erinnerung kommt es mir so vor), die *4. Symphonie* von Beethoven, die zu den schönen gehört, und ein neues Stück von Delaunay, diesem Musiker, den Toulouse schätzt, mit dem sie eine Oper machen wollte und der manchmal Bühnenmusik für das Atelier macht. Das war ein bißchen banal in seiner Modernität, aber anmutig; er war da in Uniform, sehr jung, und sie haben sich mit vielen höflichen Gesten den Applaus gegenseitig offeriert, der Dirigent und er.

Und dann habe ich mich schnell im Taxi hierherfahren lassen, um Zeit zu haben, Ihnen zu schreiben. Das ist ein sehr alltäglicher Brief, mein lieber Kleiner, aber mein Herz ist nicht verstaubt, Sie wissen es sehr wohl. Ich liebe Sie wie einen lieben kleinen Lebenden – es schnürt mir ein bißchen das Herz zusammen, wenn ich Sie mir in diesem tristen Foyer vorstelle, ganz im Exil und nicht so lustig.

Schicken Sie mir bitte die Bücher und auch welche an Bost.

Dienstag werden Sie zwei Briefe bekommen und Mittwoch wird Mangel herrschen, aber ich kann nichts ändern, ich werde diesen sofort einwerfen. Auf Wiedersehen, mon amour, ich liebe Sie.

Ihr reizender Castor

Umschlag
F. M.
Soldat Sartre
Wetterbeobachtungsstation
E. M. A. D.
Abschnitt 108

177

Montag 11. [März 1940]

Mein süßer Kleiner
Ich werde Ihnen einen ersten kleinen Brief schreiben, bevor Védrine eintrifft, und ich werde heute abend vorm Schlafengehen noch mal schreiben. Aber ich muß Ihnen sofort sagen, daß ich ab Samstag in Nettancourt (Meuse) sein werde. Schreiben Sie also: Postlagernd, Nettancourt, Meuse, der Brief vom *Mittwoch* ist der letzte, den Sie mir nach Paris schicken dürfen (der Mittwoch *geschriebene* Brief, abgeschickt wie gewöhnlich, so kommen sie an, in einem Tag,

wenn ich richtig verstehe – ich bekomme sie zwei Tage nach dem Datum des *Briefes*, das haben Sie diesmal nicht verstanden). Mein Kleiner, wie glücklich ich bin über alles, was Sie mir sagen, kleiner ganz Geschäftiger – auch ich bin heute abend davon ganz geschäftig und so glücklich – Sie werden also zurückkommen? Wir werden im *Soleil d'Or* im kleinen Saint-Cyr[55] essen? Bei meiner ängstlichen Natur, wie es so heißt, frage ich mich natürlich, wie wir vor Kos. werden verbergen können, daß ich so viele Abende mit Ihnen verbringe – wenn Sie es Wanda sagen, wird sie wütend werden, unmöglich – wenn ich es Kos. nicht sage, was könnte ich mir statt dessen ausdenken, was nicht fadenscheinig wäre? Na ja, wenn es gegen Juni ist, wird es leichter sein, ich werde keinen Unterricht mehr haben und meine Zeit viel leichter einteilen können. Aber wie froh ich bin, mein Kleiner, ich werde also meine Ferien mit Ihnen verbringen. Vielleicht werde ich in Saint-Cyr selbst wohnen, ich werde nach Herzenslust arbeiten können, ich werde im *Soleil d'Or* essen, wie die Pensionärin, die wir in den Zeiten Ihres Militärdienstes gesehen haben, und wir werden von Zeit zu Zeit nach Paris fahren und uns amüsieren. Auf jeden Fall ist es vorbei mit den Trennungen.

Falls Sie am 26. kommen, ziehe ich es bei weitem vor, daß Sie zuerst Wanda sehen – ich glaube, Sie werden mich am 30. morgens treffen, was drei Tage und vier Abende für Wanda bedeutet, wie das letzte Mal? Das wäre ausgezeichnet, wir würden den ganzen Samstag–Sonntag ohne Unterricht haben. Mein Kleiner, in 3 Wochen um diese Zeit werde ich gerade mit Ihnen zu Abend essen, und vielleicht eben bei *Lipp*, wo ich Ihnen schreibe. Ich liebe Sie.

Ich billige Ihren Brief an Védrine von Anfang bis Ende und

55 Sartre glaubte, er werde, als Soldat der Hilfsdienste, bald ins Landesinnere nach Saint-Cyr versetzt, wo er einen Teil seines Militärdienstes abgeleistet hatte (vgl. *In den besten Jahren*, S. 28f.). Das Adjektiv «klein» verweist auf liebevolle Erinnerungen und neue Hoffnungen. (Zusatz der Übers.)

werde ihn ihr in einer Viertelstunde geben. Was den *Roman Populiste*[56] betrifft, zögere ich. Wer würde es wagen, Sie als populistisch einzustufen? Es scheint mir nicht sehr störend oder unehrenhaft. Sosehr ich Ihnen von einer Konzession im Fall von «Aux Ecoutes»[57] abriet, so nachsichtig wäre ich hier. Und 2000 Francs würden unserem Budget nicht schaden. Ich muß noch meine Steuern bezahlen; das wird in Kürze auf mich zukommen, außerdem der Zahnarzt von Kos. und die Reise von Poupette nach Portugal. (Sie schickt Ihnen dieser Tage den Anfang Ihres Romans.) Nun, es amüsiert mich, daß aus Ihrem Buch eine Doktorarbeit gemacht wird, das ist gut so; Sie werden an der Sorbonne bald Phänomenologie lehren können.[58]

Ich habe Wanda die 200 Francs gegeben. Sorokine wird mir 200 leihen, und Stépha soviel wir wollen, aber erst am 20. März – ich werde sie also bitten, sie *Ihnen* zu schicken, und Sie werden sie haben, wenn Sie abreisen. Vielleicht wird mir Toulouse auch was leihen: ich habe Hemmungen, «diese Dame» um Geld zu bitten, wo ich ihr doch Rückzahlungen versprochen hatte. Ihre Mutter wird vielleicht auch aushelfen, nur für eine Woche?

Ich werde mit Bost nichts ausgeben, da ich nicht zu Mittag essen werde, ich werde mir den Gürtel enger schnallen. Ich bin sehr froh, daß ich ihn besuche. Ich werde dort unten gut arbeiten und werde Ihnen immerhin hundert kleine Seiten zeigen können. Vorhin habe ich meinen Passierschein bekommen.

56 Es war die Rede davon, daß Sartre den *Prix du roman populiste* [«Preis des populistischen Romans»] erhalten sollte.

57 Finanzzeitung, in den Augen der Linken von zweifelhaftem Ruf.

58 Wahl und Brunschvicg hatten beschlossen, *L'imaginaire* als Doktorarbeit anzunehmen, was Sartre erlaubt hätte, an der Sorbonne zu lehren. Dieser Plan scheiterte, was Sartre völlig gleichgültig ließ. *L'imaginaire*, Sartres erstes großes philosophisches Werk, erschien im April 1940 [dt.: *Das Imaginäre. Phänomenologische Psychologie der Einbildungskraft*, Rowohlt Verlag, Reinbek 1971].

Auf Wiedersehen, mein Kleiner; heute nacht werde ich Ihnen erzählen, was ich seit gestern erlebt habe. Es gibt ein oder zwei winzige Sachen, über die Sie lachen werden. Ich liebe Sie – ich umarme Sie geschäftig und zufrieden. Bis bald, mein Kleiner.

Ihr reizender Castor

Umschlag
F. M.
Soldat Sartre
Wetterbeobachtungsstation
E. M. A. D.
Abschnitt 108

178

Dienstag [12. März 1940]

Ganz liebes kleines Geschöpf
Ich bin eine sehr unwürdige morganatische* Gattin gewesen – Védrine ist so spät weggegangen, daß ich Ihnen gestern abend nicht schreiben konnte, ich habe nur noch geschlafen. Aber ich werde Ihnen einen riesigen Brief schreiben, ich habe mich darauf eingestellt, viel Zeit vor mir zu haben.

Wissen Sie, von wo ich Ihnen schreibe mit dieser schönen grünen Tinte, von der ich gerade eine Patrone geklaut habe? aus dem Büro Dullins, wo Toulouse mich untergebracht hat, während sie sich im Requisitenlager zu schaffen macht. Durchs Fenster sehe ich die kleine Rue d'Orsel, und es macht mir Spaß, hierzusein, im Herzen des Theaters, in der ehemaligen Garderobe, oberhalb der Treppe, erinnern Sie sich? Ich werde Ihnen zuerst vom gestrigen Abend erzählen, denn Sie sind vielleicht ein bißchen beunruhigt. Ich habe Védrine um

* Morganatische – ungesetzliche – Ehe, so hatten Simone de Beauvoir und Sartre ihre Beziehung im September 1929 getauft.

8 Uhr getroffen und habe ihr sofort gesagt, ich hätte einen Brief, von dem ich nicht wüßte, ob er ihr gefallen würde oder nicht. Wir haben ein bißchen geredet, und ich habe mit dem Essen angefangen, und nach einem Moment hat sie ihn sich erbeten. Sie hat ihn gelesen, und bei der ersten Lektüre hat sie ihn, ohne über irgend etwas empört zu sein, unangenehm gefunden, und dann hat sie noch mal gelesen, und das hat sie eher beruhigt. Sie hat zu mir gesagt, eines der härtesten Dinge in der letzten Zeit sei gewesen, keinen Brief zu bekommen und im ungewissen zu bleiben, das schaffe finsteren Trübsinn – jetzt würde es besser gehen. Wir haben *Lipp* ziemlich schnell verlassen, es war mild und sternenklar, wir sind bis zur Seine gegangen, zwölf Scheinwerfer durchkreuzten den Himmel, das war ganz schön. Zweimal wurden Kanonenschüsse abgegeben, und dann hörte es auf. Wir haben uns auf die Terrasse des *Flore* gesetzt, nicht weit von Sonia; das *Flore* war voll, ich habe dort Gégé gesehen, die sich mit mir für morgen verabredet hat (das ist gut, denn ich werde sie auch anpumpen können), Adamov war da und Chonez und Fargue und die ganze bekannte Clique mit einer Menge netter hübscher Frauen. Wir sind dort bis 11 Uhr ½ geblieben und haben ein klein wenig gefröstelt, und ich hatte Sympathie für Védrine, soviel wie lange nicht. Sie war vernünftig und ruhig und nicht aufgeblasen; sie hat ein bißchen geweint, nicht weil Sie ihr dies oder jenes sagten, sondern weil es ein Brief von Ihnen war, und diese einfache Reaktion wirkte nach all ihrer Metaphysik rührend. Sie hat auch gesagt, sie hätte geglaubt, sie hätte Sie, weil Sie weit weg waren, aus ihrem Leben gestrichen, es gab keine Briefe, alles schien leicht, in Wirklichkeit war sie allerdings beim erstbesten Brief wieder ganz zerrissen. Aber es klang sehr friedlich. Sie sagte, im Grunde sei sie die einzige aus Ihrem ganzen vergangenen Leben, mit der Sie brechen würden; sie verstehe es gut, sie sei zu klein – das habe ihr angst gemacht, wenn Sie ihr von Ihrem Leben erzählten oder Ihr Tagebuch schrieben, sie habe immer das Gefühl gehabt, das sei gegen sie und sie könne da nicht mithalten, letztes Jahr habe

sie eine Art Erwartung gehabt und in der Zukunft ihr vollkommenes Glück mit Ihnen gesehen. Es sei ein Irrtum gewesen, daß sie ihr Alter nicht gespürt habe, jetzt spüre sie es gut. In einem gewissen Sinn komme ihr die Richtung, die diese Geschichte genommen habe, *notwendig* vor, und vor allem sei das ein wenig wie Balsam auf ihre Seele, ein bitterer Balsam; sie fand, es sei für sie trotzdem übel. Sie hat sich auch über die wahnsinnige Schnelligkeit ihrer Geschichte mit Ihnen gewundert, daß sie Sie so schnell geliebt habe. Ich sagte ihr, es habe ein bißchen künstlich gewirkt, wie eine im Brutkasten großgezogene Liebe; sie hat etwas protestiert und gesagt, es verschwinde nur mit Mühe: da muß ich lachen, denn innerhalb von 3 Wochen ist es schon fast verschwunden, im Gegenteil mit einer unglaublichen Leichtigkeit – sie sagte, es komme ihr komisch vor, daß Sie eine «Geschichte in ihrem Leben» waren, aber sie faßt diesen Gedanken doch allmählich ins Auge. Ich habe sie gefragt, ob ihr ein Bruch mit mir mehr oder weniger Schmerz bereitet hätte, und sie hat gesagt «ebensoviel» und hat mich beruhigt. Im Grunde beruhigt mich das, ich werde brechen können, wenn meine Zeit gekommen ist, ohne ihr Leben zu zerstören. Es ist komisch, wie sie im voraus Angst vor den Dingen hat, wilde Angst, und sie dann schluckt – sie hat gewissermaßen Angst vor sich selbst, Angst vor einem anders gestalteten Leben, Angst vor der Zukunft, die sie sich wünscht, wie sie weiß. Wir haben über sie geredet; sie hat zugegeben, daß sie letztes Jahr «berauscht» war – ich mußte über sie lachen, als ich ihr sagte, sie liebe nicht die Dinge, sondern die Leute; sie hat protestiert und gesagt, sie sei so empfänglich für Atmosphäre, daß sie Sonntag 5 Minuten lang *bedauert* habe, nach Hause zu gehen und zu arbeiten. Sie sagte, wäre ihr wirklich daran gelegen gewesen, wäre sie nicht nach Hause gegangen. Sie sagte: natürlich nicht; sie sei zu vernünftig, aber sie habe *Lust* dazu gehabt. Das spiegelt sie gut, finden Sie nicht? Sie kam mir wehrlos und erbärmlich vor, aber es ist für mich undenkbar, eine Woche mit ihr zusammen zu verbringen. Jetzt fange ich von vorne an zu erzählen. Ich habe Ihnen also am Sonntag im *Café de la Poste* geschrieben. Ich bin zu *Touraine* hochgegangen, um Kos. dort zu treffen, die mit einem kleinen Burschen namens Léro zusammen war, er hatte lange Haare und Dreck von einer Woche auf dem Buckel, er hatte sich gerade freiwillig für Finnland gemeldet. Anscheinend ist er ein echter Taugenichts und sieht so aus; letztes Jahr war er der Nachfolger von Delarue im Herz von Klichen. Er hat mit uns zu Abend gegessen und eine phantastische Geschichte über ein Lokal am Montparnasse erzählt, in das man gelangt, indem man in den Keller runtergeht und von dort mit einem großen Aufzug in die erste Etage fährt; und dort steht man vor angsterregenden Typen mit dunkler Vergangenheit, die wie Götter die Java tanzen; es ist einer der geheimnisvollsten Orte. Wir haben den Burschen abgehängt und einen wunderbaren Spaziergang auf der Butte gemacht, es ist unglaublich mild, der Himmel war herrlich, und oben vom Sacré Cœur aus sah man Paris ganz dunkel und eine Menge Scheinwerfer, die ein ganz kleines Flugzeug am Himmel verfolgten. Wir haben gut hingesehen, wir sind wieder zu den Boulevards hinuntergegangen, zur Place Clichy, zur Trinité. Kos. war entspannt und ganz reizend, und dieser Spaziergang entzückte mich, ich fühlte mein Herz voller Freude. An der Trinité haben wir die Metro genommen, und wir kamen um vor Müdigkeit, so daß wir gerade noch die Kraft hatten, uns hinzulegen, als wir nach Hause kamen.

Gestern früh Unterricht im C. Sée. Sorokine wartete unaufgefordert am Ausgang auf mich, aber ich habe sie nett empfangen, vor allem weil sie einige amüsante Geschichten auf Lager hatte. Hören Sie zunächst, daß ihre Schülerin, die Sie so sehr bewundert, neulich extra zu ihr gekommen ist, um ihr verstört zu sagen: «Ich habe gerade erfahren, daß Sartre impotent ist: ist das wahr?» Sorokine hat den Kopf geschüttelt und gesagt, Sie würden Pillen einnehmen und es gehe viel besser. Sie war entzückt und nennt Sie nur noch «das impotente Genie». Die Schülerin möchte trotzdem, daß Sie ihr eine

Widmung in *La nausée* schreiben, aber sie hat Sorokine ganz niedergeschlagen verlassen.

Im übrigen war sie Sonntag früh bei Laporte; sie haben über Philosophie geredet, und Sorokine hat über ihr Leben erzählt; sie hat gesagt, die Chemie sei eine große schwere Last; Laporte hat eine Geste des Fatalismus gemacht: «Wer von uns hat in seinem Leben keine schwere Last: eine Arbeit, eine Familie, eine Frau?» Als Sorokine ihren Lebensbericht beendet hatte, sagte sie zu Laporte, ohne sich dabei etwas zu denken und weil sie es bei mir so macht: «Und jetzt erzählen Sie mir von Ihrem Leben.» Er ist bis an die Ohren rot geworden, ein dumpfes Schweigen trat ein, und er hat gesagt: «Ich ziehe vor, daß Sie weitererzählen.» Er hat sie wieder für nächsten Sonntag eingeladen.

Ich bin zur Post gegangen, ein Brief von Ihnen war da, und vier kleine, sehr freundliche von Bost. Es stellt sich heraus, daß ich kein einziges Mal zu Mittag essen werde. Dann habe ich im *Dôme* an meiner schwierigen Szene gearbeitet und beschlossen, sie vorläufig als abgeschlossen zu betrachten. Ich habe etwas gegessen, und da die Sonne schön schien, bin ich ziemlich früh aufgebrochen, um den Luxembourg gemächlich zu durchqueren. Ich war im H. IV – 2 Stunden Unterricht – dann habe ich Sorokine wieder getroffen, zum Ersatz für das Konzert. Wir waren ein bißchen im Luxembourg, und ich habe ihr ausführlich von meinem Roman erzählt, dann sind wir zum Polizeirevier gegangen, wo ich meinen Passierschein bekommen habe, was mich sehr gefreut hat; sie hat auch Fotos von mir machen lassen, sie hat sechs Fotos von mir bekommen, von denen vier reizend sind, wenn ich sicher wäre, sie würden wieder so gut, würde ich für Sie noch mal hingehen. Wir sind wieder zur Post gegangen, wo ich Ihren zweiten Brief bekam, den ganz geschäftigen und glücklichen – dann waren wir in einem Café, wo wir uns ein bißchen gebalgt haben, weil ich ein Heft von ihr mit Gedanken über das Theater und die Oper, über das Leben und über mich sehen wollte, sie wollte es mir zeigen, abgesehen von einigen Seiten, und ich habe sie mir heimlich angesehen, und sie hat mich mit wirklichen Fausthieben traktiert (sie tut mir weh), und dann hat sie mir erlaubt, alles zu lesen. Es drückte ihre guten Gefühle für mich aus, aber es war nicht so amüsant. Und dann hat sie mich zu *Lipp* begleitet, und ich hatte eine kleine Stunde, um an Bost und an Sie zu schreiben, und ich habe Védrine gesehen, wie ich Ihnen erzählt habe.

Ich hatte Sorokine erlaubt, heute früh um 8 Uhr vor meiner Tür zu sein und mit mir zu Fuß zum H. IV zu gehen und zu frühstücken, das haben wir getan. Lycée – zwei Stunden Arbeit neben Védrine, im *Mahieu*. Mittagessen mit Sorokine in der Brasserie *ex-Adolphe*. Noch 3 Stunden Unterricht im C. Sée. Dann Metro – und ich bin im Atelier angelangt. Ich habe Toulouse gesehen, ganz in Schwarz, herrlich unter einem langen Schleier, wie sie in Theaterschmuck herumkramte, sie traf eine Auswahl für *Le faiseur*[59]. Sie hat mich im Büro von Dullin Platz nehmen lassen, wo ich diesen Brief angefangen habe, hat mich zum Marché Saint-Pierre mitgenommen, um Samt zu kaufen, und dann ins *Café de la Poste*, wo ich Ihnen zu Ende schreibe, denn sie hat mich gerade verlassen. Sie war nett, sie hat mir von ihrem Stück[60] erzählt, für das Masson schon das Bühnenbild macht und Milhaud die Musik und das im Oktober aufgeführt wird – sie hat mir von der Wohnung erzählt, in die sie ziehen wird; sie sagte, sie bedaure, Sie nichts über den Krieg gefragt zu haben[61], sie habe sich nicht getraut, und Dullin sei darüber ganz enttäuscht gewesen. Dullin hat gesagt, Kos. habe so gut abgeschnitten, und Toulouse würde sie gern sehen, sie sagt, Kos. sei komisch, sie stelle sich blind, wenn sie ihr begegnet. Tyssen hat ihr eine Szene mit Tränenausbruch gemacht, weil sie keine Rolle bekommen hat. Sie war reizend, während sie all dies erzählte, und wirklich in bester Form.

59 *Mercadet ou le faiseur* [Mercadet oder der Spekulant], Komödie von Balzac.

60 *La Princesse des Ursins* [Die Prinzessin des Ursins].

61 Bei einem Abendessen während Sartres Urlaub.

Mein Kleiner, mein Arm ist kaputt, ich muß noch dem Ungarn absagen und auf den begeisterten Brief meiner Schwester antworten, und dann werde ich Kos. treffen. Ich liebe Sie, mein Kleiner, ich habe es dieser Tage sehr stark gefühlt, mit Glück und Schmerz zugleich, es kommt mir mehr als das letzte Mal wie eine Trennung vor, vielleicht weil Sie sich selbst einsam fühlen – und das läßt mich ein bißchen verzweifeln. Ich brauche Sie. In 18 Tagen werde ich Sie sehen, mein Kleiner – es tut mir ein wenig leid, und ich habe Gewissensbisse, daß ich nicht sofort komme, aber es wäre dumm, 3 Tage mit Bost zu verlieren und 3 Tage in Paris verbringen zu müssen, an denen Sie da sind, ohne daß ich Sie sehen kann; so werde ich ankommen, Sie mit mir nehmen und nicht wieder loslassen. Warum haben Sie Ihrer Familie von diesem Urlaub erzählt? Schreiben Sie nach Nettancourt (Meuse), postlagernd. Ich liebe Sie, mon amour.

Ihr reizender Castor

Umschlag
F. M.
Soldat Sartre
Wetterbeobachtungsstation
E. M. A. D.
Abschnitt 108

179

Brasserie de l'hôtel Lutétia
Square du Bon Marché

Mittwoch [13. März 1940]

Ganz liebes kleines Geschöpf
Ich bin sehr verärgert und ziemlich deprimiert. Ich habe gerade eine ganz verzweifelte Nachricht von Bost bekommen, er sagt mir, er werde diese Woche 20 km weiterverlegt. Na-

türlich macht das einen Besuch bei ihm nicht unmöglich, aber es wird eine Verzögerung geben, denn er weiß weder, wohin, noch genau, wann er abmarschiert, noch ob er wieder ein Zimmer für mich finden wird. Ich glaube, ich würde es schon schaffen, meinen Passierschein abändern zu lassen, aber nun ist nichts mehr sicher, und bei solchen Sachen verfällt man in Trübsinn. Und dann habe ich Ihnen gesagt, daß mir seit dem Ende der Urlaube und besonders in diesen Tagen alles insgesamt düster vorkommt; so ließ ich leichtsinnig alles an mir vorbeiziehen, schottete mich ab, den Blick auf diesen Samstag gerichtet, der meinem jetzigen Leben ein Ziel setzte – und dieses Ziel verschiebt sich, und ich versinke in Trübsinn, ich weiß nicht, für wie lange – ich werde sicher einen weiteren Brief um 5 Uhr bekommen, und ich werde eine Zeile hinzufügen und Ihnen sagen, wie es steht. Schreiben Sie bis auf weiteres nach Paris, postlagernd, weil ich mir die Post nachschicken lassen werde und im Hotel nicht sagen will, wo ich hinfahre.

Ich habe Ihnen also gestern im *Café de la Poste* geschrieben. Und dann war ich bei *Touraine*; ich habe Kos., ganz herrlich, in einem neuen roten Pullover gesehen, mit einem weißen Kragen, glänzenden Haaren; Dullin hatte eineinhalb Stunden mit ihr gearbeitet und gesagt, sie habe noch nie etwas so Gutes geleistet, und sie hatte sich erkühnt und mit ihm in seiner Garderobe gesprochen, wo er sie mit Komplimenten überschüttete – aber sie war nervös, weil es ihr noch an Intensität fehlt und weil man an der Intensität, zu der sie fähig ist, ermessen wird, welches ihr Niveau ist. Dullin hat feierlich gesagt, sie werde es sehr weit bringen. Toulouse ist dann aufgetaucht, war freundlich, hat gesagt, sie habe mich gerade gesehen, und als Kos. sich umständlich verabschiedete, rief sie sie zurück: «Kosakiewicz! Es scheint, Sie haben zum Castor gesagt, unsere Beziehung sei ungezwungen, aber Sie haben eine sehr steife Auffassung von der Ungezwungenheit!» Kos. hat ein bißchen herumgestottert, und Toulouse hat mit flehender Stimme hinzugefügt: «Ich möchte so sehr, daß unsere

Beziehung gut ist. Auf jeden Fall werde ich alles dafür tun.» Kos. war davon ein bißchen berührt.

Sie war von ihrem Thema erfüllt, glücklich und nervös zugleich, und labil wie eine Verrückte. Ich habe ein Schweinekotelett gegessen, Lexia ist gekommen und eine Rothaarige, die Clarisse genannt wird, und dann sind sie weggegangen, und Dohme ist aufgekreuzt; er war der Freund von Delarue und ein Liebhaber von Gibert, eine Art eingebildeter und dummer Halbintellektueller; Sie kennen ihn, Sie haben, glaube ich, von ihm gehört, er hat sich mit Kennerblick an unseren Tisch gesetzt und hat angefangen, über die Tiefe der Komik bei Molière zu dozieren. Wir sind aufgestanden, wir wollten weggehen, als Kéchélévicz aufgetaucht ist, mit Blumen im Haar, wie eine korsische Witwe, die auf Vendetta sinnt, gefolgt von Tyssen; wir haben uns begrüßt, und Tyssen, die einen lächerlichen kleinen roten Hut auf dem Kopf hatte und unheimlich mies aussah, hat sich auf mich gestürzt, sehr laut über Sie geredet und geschrien, sie habe *La nausée* wieder gelesen, und sie fragte mich und Kos., ob wir uns an den Abschnitt erinnerten, in dem ein Mann mit seinen großen Händen Wasser für eine ganze Familie pumpt. Es war grotesk. Ich muß lachen, weil ich für all diese Leute eine legendäre Figur bin, ich stelle mir vor, daß Kos. mich bestens eingeführt hat, und sie sehen mich gierig an. Wir haben die Metro genommen, Kos. hatte unsägliche Lust, zu Agnès Capri zu gehen, und ich habe sie dorthin geführt. Wir sind um 9 Uhr angekommen und wurden an einen ganz kleinen Tisch verfrachtet, denn es war schon ziemlich voll. Kos. ist vor Müdigkeit etwas zusammengesackt, und außerdem war sie nicht besonders froh, als sie erst einmal dort war, sie fand den Raum drückend, und sie stellte auch fest, daß ihr im Augenblick wirklich an nichts gelegen war außer an ihrer Arbeit. Wir haben weiter geplaudert, während ein Haufen superreicher Leute eintraf, der Champagner bestellte. Es mußten zusätzliche Tische in den kleinen Gang gestellt werden, Sie können sich vorstellen, wie eingeklemmt man war – prächtige Frauen mit Pelzen und Perlen und allem Drum und Dran waren da – noch nie hatte ich ein so volles und schickes Lokal gesehen. Die Vorstellung hat um 10 Uhr begonnen, es gab einigen Schund, aber insgesamt war es vom Besten: die spanische Sängerin, die eine so schöne Stimme hat, sehr witzige Sketche, gespielt und kommentiert von Agnès Capri, ein Zauberkünstler, wie immer der parodistische Sänger – und ein langer Auftritt von Capri selbst, die ihr Repertoire ganz erneuert hat und die dauernd Fortschritte macht, sie ist wirklich wunderbar. Kos. wurde langsam wieder lebendig, und es war tatsächlich unwiderstehlich, ich war entzückt. Das war ein ausgezeichneter Abend für mich, aber im Grunde war ich bedrückt, was, glaube ich, von einer physiologischen Depression herrührte. Ich bin auch heute früh damit aufgewacht, das Wetter war übrigens mies, grau und regnerisch, es starrte nur so von Trübsinn – ach! ich vergaß, Ihnen zu sagen, daß ich gestern, als ich nach Hause kam, Ihren Brief vom Sonntag vorfand, es gefällt mir, daß sie jetzt in ihrem schönen maschinengeschriebenen Umschlag zu mir kommen.

Heute früh bin ich also zuerst zur Post gegangen, in dem Gedanken, daß ein Brief von Bost über unsere Pläne mich aus meinem Elend ziehen würde – ich habe seinen Brief bekommen, und er hat mir einen Schlag versetzt. Ich habe mich ganz fassungslos in ein kleines düsteres Café gegenüber der Post gesetzt, wo ich bis 12 Uhr ½ lustlos gearbeitet habe, während eine traurige junge Frau einem etwa vierzigjährigen Geliebten, einem Leutnant, ihre materiellen Sorgen klagte; er wiederholte immer nur: «und deshalb hast du mich herbestellt, mich, der ich so beschäftigt bin», sie hat ein bißchen geweint – es war höchst trostlos, diese Art düsterer Korridor und dieses flüsternde Paar – ich glaube, ich habe nichts zustande gebracht. Ich habe bei meiner Mutter zu Mittag gegessen – dann Gégé im *Flore* gesehen, wir sind auf der Terrasse geblieben, es war ziemlich schön draußen. Sie wird 500 Francs geben, Sorokine 200, und vielleicht wird mir C. Audry, die ich Freitag sehe, auch etwas geben, und die Gérassis werden 1000 Kröten geben – wir werden haben, was wir brauchen (Toulouse konnte mir nichts leihen). Eine Menge Leute sind vorbeidefiliert und haben Gégé gegrüßt, es hat mich amüsiert, denn wir kennen sie alle vom Sehen, und sie hat mir kleine Sachen über sie erzählt – Mouloudji war da, ganz lustig und reizend, und wir haben 5 Min. mit ihm geredet.

Und dann habe ich Ihre Mutter besucht, Sie haben es vielleicht daran gemerkt, daß ich Ihnen von hier schreibe – sie war sehr anständig. Sie wird Samstag Ihre Sachen holen, um sie zu reinigen, und sie wieder ins Hotel bringen und sagen, daß sie Ihnen bei Ihrer Ankunft ausgehändigt werden. Übrigens werde ich auch Anweisungen geben. Denn ich glaube, am 25. werde ich trotzdem dort unten sein. Tun Sie auf jeden Fall so, als wäre ich dort. Ich habe mit Ihrer Mutter über Ihre Rückkehr ins Landesinnere gesprochen, und das hat mich ein bißchen gestärkt, obwohl alles noch irreal ist, Ihr Urlaub inbegriffen – man darf mit nichts rechnen, es ist höchst ärgerlich.

Heute nachmittag ist schönes Wetter – mir wäre alles egal, wenn ich denken könnte, Sie würden mit Ihrem geschäftigen Schritt und Ihrem Lächeln, das ich so gut wiedergefunden habe, hereinkommen und mich an Ihrem kleinen Arm durch die Straßen führen. Ich liebe Sie, mein Kleiner, mit ein bißchen Verzweiflung, wie ich Ihnen gestern sagte – ich brauche Sie, dringend. Ich liebe Sie – in 15 Tagen werde ich Sie sehen. Mon amour.

Ihr reizender Castor

Ich habe einen Brief von Bost, der mir ein bißchen mehr Hoffnung läßt, denn er geht in die Nähe von Vitry-le-François, wo ich mich mit meinem Passierschein aufhalten darf. Ich brauche mich also nur dort niederzulassen und werde ihn sehen können. Ich bin weniger nervös. Auf Wiedersehen, mein süßer Kleiner.

Umschlag
F. M.
Soldat Sartre
Wetterbeobachtungsstation
E. M. A. D.
Abschnitt 108

180

Donnerstag, 14. März [1940]

Ganz liebes kleines Geschöpf
Kein Brief von Ihnen heute abend, ich bin ein bißchen enttäuscht, morgen brauche ich zwei – aber gestern habe ich Ihren schönen maschinengeschriebenen Brief bekommen: ach! wie geschickt Sie sind, mein Kleiner, und wie Sie mich erstaunt haben, ich hatte überhaupt nicht geglaubt, daß Sie so schön schreiben könnten, es gibt kaum Fehler, und die Gedanken folgen einander sehr gut. Mein süßer Kleiner, in zwei Wochen wird der 28. sein, und dann werde ich Sie am nächsten Tag sehen, oder in etwa. Auf jeden Fall werden Sie in Paris sein, und nur meine eigene Schlechtigkeit wird mich daran hindern, Sie zu sehen; mon amour, wir werden genauso glücklich sein wie das letzte Mal in dem kleinen Hotel *Mistral*; ich liebe Sie so sehr, kleiner Guter.

Ich bin viel weniger nervös als gestern – ich habe beruhigendere Briefe von Bost bekommen – zunächst einmal wird er vielleicht nicht abmarschieren, auf jeden Fall wird es nicht weit sein; ich fahre auf jeden Fall Sonntag nach Vitry-le-François, wo er sicher den Tag verbringen und mit mir Pläne machen kann. Schreiben Sie noch postlagernd nach Paris, ich werde nachsenden lassen und eine andere Adresse angeben, sobald ich Gewißheit habe.

Nachdem ich Sie gestern verlassen hatte, habe ich den S* genommen, der mich zur Place Médicis gebracht hat; ich be-

* Ein Bus.

merkte Sorokine, die mir mit aufgewühlter Miene unaufgefordert am Eingang des Luxembourg auflauerte, im Glauben, ich käme von dort; sie war ganz überrascht, als ich sie an der Schulter berührte, und sie hat mich zum Lycée begleitet, zur Lehrerkonferenz. Ich dachte, es würde nur 10 Min. dauern, aber ich habe eine Dreiviertelstunde dort verbracht, ich habe übrigens eine Menge Schülerarbeiten korrigiert, es war keine verlorene Zeit. Ich habe sie vor dem *Mahieu* wiedergetroffen, ganz düster und schon überzeugt davon, daß ich mich absichtlich davongemacht hätte, um ihr einen Streich zu spielen; ich habe sie im Taxi mit zur Post genommen, wo ich den zweiten Brief von Bost bekam, ich war unheimlich verstimmt und angespannt; ich habe sie mit tausend Entschuldigungen eingeweiht und mein Bestes getan, um freundlich zu sein. Es war ziemlich gut, wir haben ein bißchen über meinen Roman geredet, über sie. Wir haben uns geküßt, aber ich habe ihr mitgeteilt, sie müsse kurz vor acht Uhr gehen, damit ich Briefe fertigschreiben könne, ich würde die verlorene Zeit in einer zusätzlichen Stunde mit Zinsen nachholen; sie hat trotzdem ein eingeschnapptes Gesicht gemacht und angefangen zu maulen, und ich habe ärgerlich gesagt, ich verstünde nicht, wieso es ihr Spaß machen würde zu bleiben, wenn ich möchte, daß sie geht – daraufhin hat sie würdevoll ihren Mantel genommen, ist über die Schwelle gegangen, hat sich aber nicht einmal dazu entschließen können, bis zur Treppe zu gehen, sie hat offen darauf gewartet, daß ich ihr sage, sie solle zurückkommen, und als ich nichts sagte, ist sie von selbst zurückgekommen – sie hat sich in Entschuldigungen ergangen, und ich auch, und wir haben uns ganz zärtlich verabschiedet.

Ich habe meinen Briefen ein paar Zeilen hinzugefügt, mich zurechtgemacht und Kos. getroffen. Wanda war da; weniger jämmerlich, und wir haben uns höflich begrüßt – wir haben bei *Dominique* gegessen, wo ich den kleinen Agout getroffen habe, einen Freund des Turco[62], erinnern Sie sich an ihn? er

62 Ihr Cousin Jacques. Vgl. *Memoiren*.

hat mich gerührt begrüßt und gesagt: «Wir waren so gute Kumpel» – er hat mir berichtet, daß der schöne kleine Bernard geheiratet hat – daß der Turco Sekretär beim Generalstab in Colmar ist, aber mit Ungestüm davon redet, daß er sich bei den Freiwilligenkorps melden will, was gut zu ihm paßt. Wir haben gegessen, dann haben wir uns auf die Terrasse des *Dôme* gesetzt, wo es nicht unangenehm war. Ich verstehe mich bestens mit Kos. und finde sie anziehend, aber im Augenblick ist sie wie besessen, sie kann von nichts anderem als Violaine* reden. Sie ist Dienstag schon wieder dran, und sie zittert, als ob ihr Schicksal auf dem Spiel stünde – sie hat mir ausführlich von ihrer komplexen Beziehung zu Lexia, Kéchélévicz erzählt, usw. Wir sind früh nach Hause gegangen, weil wir ziemlich müde waren.

So konnte ich heute sehr früh aufstehen und vor dem Unterricht von 8 bis 10 Uhr im *Dôme* arbeiten, was sehr schön war. Ich habe mein Kapitel beendet.

Dann Lycée C. Sée. Mittagessen mit Sorokine, die reizend war, weil sie beschlossen hatte, mir meine Freiheit zurückzugeben, aber sie kam vor Angst um, ich würde sie nicht richtig nutzen, und sobald ich einen Plan machte, drückte ihr Gesicht den finstersten Schrecken aus – ich habe ihr gesagt, mir sei es lieber, daß sie mir die Freiheit wieder nähme, und sie ist voller Angst, denn sie kann dieses Dilemma nicht überwinden: entweder *fordert* sie Versprechen, und dann kommt es ihr vor, als hielte ich sie aus Pflicht, oder sie fordert sie nicht, aber dann verzehrt sie sich vor Angst. Sie war reizend, sie hat mich Überlegungen zu *Le grand Meaulnes* [dt.: *Der große Meaulnes*]** lesen lassen, was sie für ein abscheuliches Buch hält, dessen Helden sie haßt, weil man sich mit ihm so langweilt, was stimmt – und auch Überlegungen zur «Undurchsichtigkeit von Romanfiguren», in denen sie ganz intelligente Sachen sagte – sie ist schätzenswert und nett.

* Vgl. Fußnote 54.
** Roman von Alain-Fournier, 1913.

Danach Lycée – dann habe ich im *Versailles* mein Kapitel noch mal gelesen, das mir gut scheint, einige kleine Korrekturen werde ich morgen machen; aber ich warte auf Ihr Urteil, mon amour. Dann habe ich den Brief von Bost bekommen, ich habe mit einem kurzen Billett geantwortet und mich für Sonntag angekündigt und bin nach Hause gegangen, um Ihren Brief zu holen, der nicht da war – dieser von Brice Parain, den ich Ihnen schicke, war da. Als ich mich an die Arbeit machen wollte, klopfte es: es war C. Audry, die seit einer Stunde im *Dôme* auf mich gewartet hatte: ich dachte, es sei morgen! Ich habe sie ins *Dôme* mitgenommen, wo ich die Mondfrau gesehen habe, die ganz häßlich war und gerade an Zuorro einen beißenden Brief geschrieben hatte, und Mouloudji und alle Spanier und die Gérassis, das fand ich lustig. Ich habe mit C. Audry geredet. Wahl behauptet anscheinend, daß *L'imaginaire* auch nach der Veröffentlichung als Doktorarbeit erscheinen kann, daß es den Präzedenzfall eines eingezogenen Mannes gegeben hat: das ist vielleicht die Erklärung für dieses kleine Rätsel.[63] Sie ist immer noch genauso komisch: ihr Mann findet, sie ist nicht zärtlich genug zu ihm, und schickt sie zu einem Psychoanalytiker, der behauptet, er mache existentielle Psychoanalyse*: de facto ist er einfach ein Adlerianer** – dieser Mensch erklärt ihr, sie sei eine Sphinx, die sich darin gefällt, den Männern unmögliche Fragen zu stellen, um sie anschließend zu verjagen (das sei ein bißchen

63 Das Rätsel der Haltung Paulhans, der für die Umwandlung von *L'imaginaire* in eine Doktorarbeit eintrat, Sartre aber nicht rechtzeitig davon in Kenntnis gesetzt hatte.

* Die von Sartre befürwortete Richtung der Psychoanalyse; vgl. *Das Sein und das Nichts*, Neuübersetzung, Rowohlt Verlag, Reinbek 1991, S. 956.

** Alfred Adler, 1870–1937, bedeutender Schüler Sigmund Freuds, Begründer der «individualpsychologischen Schule», die den Akzent eher auf zukünftige Ziele als auf vergangene Konflikte legte und in einer Art therapeutischem Dialog den Lebensentwurf des Patienten zu klären und zu beeinflussen versuchte.

wahr, sagt sie mir) – sie habe einen schrecklichen Machttrieb, eine ihrer Kindheitserinnerungen beweise es: eine Spinne in ihrem Netz – und ihre Zerebralität töte ihre Sexualität. Sie versteht sich überhaupt nicht mehr mit Minder und denkt daran, ihn zu verlassen; es gibt keine Szenen, es ist von der düsteren Art, lange Abende ohne ein Wort, finsteres Sichanöden. Sie erklärt ernsthaft, sie würden Breughel nicht auf die gleiche Weise lieben. Und ich bin nach Hause gegangen, um Ihnen zu schreiben. Ich warte auf Védrine, aber ich werde nicht den Mut zu sündigen Umarmungen haben, ich werde intimes Unwohlsein vortäuschen.

Mein lieber Kleiner, mon amour, ich hoffe auf viele Briefe von Ihnen – ich möchte sehr wohl, daß Sie von Zeit zu Zeit einen tippen, das ist schön anzusehen. Ich bin ganz durchdrungen von Zärtlichkeit für Ihre kleine Person aus Fleisch und Blut und für Ihr liebes Gesicht. Bis bald, vielgeliebter Kleiner.

Ihr reizender Castor

Umschlag
F. M.
Soldat Sartre
Wetterbeobachtungsstation
E. M. A. D.
Abschnitt 108

181

Samstag, 16. März [1940]

Lesen Sie zuerst den 2. Teil.

Mein süßer Kleiner
Ich bin heute ziemlich trübsinnig – nicht finster verzweifelt, sondern eher deprimiert – wegen Schlafmangel, zwei Nächte hintereinander habe ich zuwenig geschlafen – und noch mehr, weil das Warten ein Ärgernis ist; nachher werde ich

wahrscheinlich einen Brief bekommen, und ich werde endgültig wegen morgen entscheiden, aber das ist eine aufreibende Situation. Was mich vor finsterer Verzweiflung bewahrt, ist die Gewißheit, daß ich Sie in 15 Tagen sehe, jetzt ist das der Pol, auf den ich fixiert bin, und die 15 Tage sind schlimmstenfalls nichts als eine große leere Strecke, die von diesem Glück begrenzt ist, das bewahrt mich vor dem Gefühl, ich würde darin versacken – und danach kommt Ihre ständige Gegenwart und Ruhe im Herzen – mein Kleiner. Zum Glück bin ich auch ganz von meiner Arbeit gefesselt, die ganz einfach ist und reizend und schnell etwas abwirft mit diesem vorherigen Entwurf – das gibt diesen Ferien auch einen Sinn. Es werden 50 neue Seiten sein, mindestens.

Es gibt noch einen Schatten, das Geld – nicht Ihres, meines, die Kos. haben es mir ganz genommen, oder fast, sie haben fast genausoviel ausgegeben wie in einem ganzen Monat – ich muß noch 100 Francs für Schreibmaschinenpapier bezahlen, 100 Francs Bücher für Sie, und mit 100 Francs Reisekosten bleiben mir 300 Francs zum Leben. Ich muß mich also an «diese Dame» wenden. Ich werde um 500 Francs bitten und Ihnen einen Teil davon schicken; aber wohin es erbitten? Ich weiß nicht, wohin ich fahre. Es ist wie mit Ihren Briefen, ich werde sicher Schwierigkeiten bekommen und nicht alles erhalten, das ist widerwärtig.

Ich habe also gestern Kos. bei *Touraine* getroffen; sie war nervös und fühlte sich nicht wohl in ihrer Haut, wieder wegen Männern, Arbeit und Intrigen – aber sie war trotzdem ziemlich geschmeichelt, da Dullin, der noch eine Probe brauchte (gestern war Premiere des *Faiseur*), sie hatte holen lassen und sich in zärtlichem Dank erging. Toulouse versucht, mehr und mehr Ungezwungenheit in ihre Beziehung zu Kos. zu bringen, die dadurch immer komplizierter wird.

Ich habe das ewige Freitags-Kaninchen gegessen, und da es zu frisch draußen war, um spazierenzugehen, haben wir einen bei *Graff* getrunken – wir haben noch vom Theater geredet, von den Leuten des Atelier, von der Mondfrau, die

Wanda streng hält und sich alle zerbrochenen Gegenstände ersetzen läßt. Ich hatte Kopfweh, ich folgte mit Mühe der Unterhaltung. Wir sind nicht zu spät nach Hause aufgebrochen, wir haben noch ein Glas an der Theke der *Rotonde* getrunken und sind schlafen gegangen. Ich habe vor Nervosität ziemlich schlecht geschlafen – ich habe meine letzten zwei Unterrichtsstunden gehalten, und dann habe ich von 11 bis 4 Uhr im *Dôme* ohne Unterbrechung gearbeitet, sehr gut – ich komme gerade vom Friseur, und jetzt gehe ich zur Post und werde diesen Brief anschließend vervollständigen. Ich treffe Sorokine um 5 Uhr und werde mit ihr zusammen Bücher für Sie kaufen, mein Kleiner.

Die Vorstellung kommt mir ganz poetisch vor, daß Sie in Ihr früheres Quartier[64] zurückgekehrt sind und diesen Brief wahrscheinlich dort in Empfang nehmen werden.

Bis nachher, mein süßer vielgeliebter Kleiner.

2. Teil

Mein süßer Kleiner – ich bin unheimlich froh. Ich habe, ich weiß nicht durch welches Wunder, zwei Briefe von Bost vom Freitag bekommen, ich kann zu dem Ort fahren, wo er ist und eine Unterkunft gefunden hat – ich bin sehr froh, ich fahre morgen früh. Schreiben Sie und schicken Sie die Bücher nach Charmont, postlagernd, Marne. Die anderen Briefe von Ihnen lasse ich nachschicken, ich werde sie vermutlich Dienstag haben. Mon amour, Sie haben mir einen so süßen und so amüsanten langen Brief geschickt, kleiner Hilfsbereiter, mit Ihren hingefallenen Bierflaschen. Ich werde morgen darauf zurückkommen. Ich werde im Zug, in den Bahnhofswirtschaften und aus Charmont selbst schreiben und Ihnen schön erzählen, wie wir untergebracht sind. Ich bin entzückt.

Ich habe Ihnen die Bücher geschickt. Ich habe ein bißchen geknausert, weil ich arm bin, aber ich glaube, es ist völlig aus-

64 Nach Brumath.

reichend. Ich möchte gern Ihren ganzen Romananfang wieder lesen. Bis morgen – Ihr Brief hat mich gerührt, Sie lieben mich so sehr, mein Kleiner, und auf so gegenwärtige Weise. Ich küsse Sie ganz leidenschaftlich.

Ihr reizender Castor

Ich weiß nicht recht, was mit Wanda los ist – sie sah gestern blühend aus, aber neulich hatte Kos. mir so eindringlich, daß es erstaunlich war, gesagt: «Sie ist im Augenblick nicht glücklich.» Halten Sie mich auf dem laufenden.

In 15 Tagen um diese Uhrzeit werde ich Ihren Arm halten. Ich liebe Sie mit großer Liebe, mon amour.

Umschlag
F. M.
Soldat Sartre
Wetterbeobachtungsstation
E. M. A. D.
Abschnitt 108

182

Café de l'industrie
Saint-Dizier (Haute-Marne)

Saint-Dizier, Sonntag, 17. März [1940]

Mein süßer geliebter Kleiner

Ein starkes Stück, was mir passiert ist! *Ich habe mich im Zug geirrt* – ich bin ganz schlaftrunken an der Gare de l'Est angekommen und ganz in dem Gedanken befangen, ich würde den kleinen Zug um 7 Uhr 50 nehmen, der Sie nach Nancy gebracht und den ich später genommen hatte, um Emma zu besuchen – ich kannte den Bahnsteig, ich bin wie eine Blinde dorthin gegangen – ich habe kaum die Tafel beachtet, die 7 Uhr 50 und eine Menge Namen der östlichen Region aufführte, ich habe mich hineingesetzt – und als der Zug losfuhr, sah ich neben unserem einen anderen Zug, der zur selben Zeit losfuhr und auf dem Nancy stand – mein Herz stand still, und ich habe die Mitfahrenden entsetzt befragt: sie haben mich in meiner Verzweiflung bestärkt, wir fuhren nach Troyes und Chaumont, 100 km von der anderen Strecke entfernt. Ich verfiel in finstere Ratlosigkeit, war den Tränen nahe, vor allem, weil ich keinerlei Mittel hatte, Bost zu benachrichtigen – es hieß, ich könne wahrscheinlich über Chaumont nach Revigny fahren – das habe ich beschlossen zu tun, und nun bin ich in Saint-Dizier, es ist 3 Uhr nachmittags, und ich nehme einen Zug um 6 Uhr, der mich um 7 Uhr in Revigny absetzt. Dort war ich um 12 Uhr ½ mit Bost verabredet – er wird sicher am zweiten Zug aus Paris sein, der heute abend um 7 Uhr ½ ankommt, und ich werde ihn dort treffen – andernfalls werde ich für 30 Kröten ein Taxi mieten, das mich nach Charmont bringt, ich habe zum Glück die Adresse unserer Unterkunft. Aber Sie können sich denken, wie wütend ich bin und es den ganzen Tag über war. Ich habe letzte Nacht 6 Stunden geschlafen, nicht gefrühstückt, nur eine Tasse Tee im Zugrestaurant getrunken, und bei meiner Ankunft in Saint-Dizier konnte ich kein Lokal finden, wo ich auch nur zwei Eier hätte essen können – ich habe in einer Konditorei vier Stück Kuchen verschlungen, und ich trinke hier einen Kaffee. Ich fühle mich zermürbt. Was mich am meisten ärgert, ist dieser ganze Nachmittag, den Bost in einem verlorenen Nest verbracht hat, ohne zu wissen, was aus mir geworden ist, er hatte sicher nicht einmal ein Buch bei sich. Ich hoffe, mein Besuch wird nicht mehr durchkreuzt, ich hatte schon kaum Vorfreude, die Armee und dann ich selbst, wir haben uns gut darauf verstanden, den ganzen Reiz der Hoffnung zu vermasseln. Ich werde Ihnen morgen baldmöglichst sagen, wie alles ausgegangen ist. Saint-Dizier ist die abscheulichste Stadt, die ich *auf der Welt* gesehen habe, ohne Übertreibung. Ich habe bei weitem nichts, nichts dergleichen gesehen – obendrein regnet es in Strömen – an einer Art Platz, den die Hauptstraße ganz durchquert, liegen zwei lange schaurige Cafés – sie sind voller Soldaten – das, in dem ich sitze, hat eine verglaste Terrasse, wie die in Le Havre, und Familien sind dort versammelt, da es Sonntag ist – ich habe mich ganz nach hinten gesetzt und werde zweieinhalb Stunden dort bleiben, Briefe schreiben, *Hitler m'a dit* und *La révolution de 48* zu Ende lesen – ich bin vollkommen angewidert, daß ich hier bin, die Wut ist mir in die Knochen gefahren.

Nachdem ich Ihnen gestern ein erstes Mal geschrieben hatte, bin ich also zur Post gegangen, wo ich 3 Briefe von Bost vorfand, einen verzweifelten vom Donnerstag, zwei eilige vom Freitag, die besagten, daß sich alles bestens einrenkte – ich habe vor Freude einen Luftsprung gemacht. Ich hatte einen Brief von Ihnen, dermaßen nett; ich muß bis übermorgen warten, ehe ich den nächsten habe – ach! mon cher amour. Ich bin im Taxi zu *Lipp* geflitzt, wo ich mit Sorokine verabredet war. Ich hatte ursprünglich gedacht, ich würde mit ihr in *La flûte enchantée* [Die Zauberflöte] gehen, was ich gern gehört hätte, und meinen letzten Abend vor Kos. verheimlichen – aber da ich Freitag nicht wußte, ob ich fahren würde, und da ich mich nicht eventuell mehrere Tage lang verstecken wollte, mußte ich sagen, daß ich blieb, und meinen letzten Abend mit ihr verbringen. Ich habe es Sorokine gesagt, der ich im übrigen nichts wirklich versprochen hatte, und ich habe gesagt, ich würde bis 8 Uhr mit ihr zusammensein, bei einer halben Stunde Erledigungen – sie hat sofort das entsetzlichste Gesicht gemacht, das es gibt, und hat mir pausenlos schnöde Blicke zugeworfen, während ich für Sie Bücher kaufte und Schreibmaschinenpapier für Poupette. Wir sind zu mir zurückgekommen und dort, natürlich, große Szene mit Tränen, Fausthieben, finsterer Verzweiflung. Falls Sie nach Saint-Cyr kommen und ich ihr Zeit abziehe, wie ich es sicher tun werde, wird es ein schönes Theater geben – das macht mich ziemlich traurig, denn sie ist wirklich reizend, es sind nicht Frauenszenen à la Védrine, sondern die großen Verzweiflungsausbrüche eines Kindes, die mich rühren. Wir haben uns versöhnt, aber ziemlich schlecht, zumindest für ihr Gefühl – sie hat gebeten, bleiben zu können, während ich den Brief an Sie zu Ende schrieb und mich wieder zurechtmachte – das hat mich ein bißchen geärgert, ich mochte Ihnen nicht schreiben, während tragische Augen auf mich geheftet waren – und als ich dann vor dem Hotel von Kos. war, hat sie mir gestanden, daß sie die Uhr um 10 Min. zurückgestellt hatte, was mich auch ärgerte, so daß ich mich kühl verabschiedet habe. Daraufhin habe ich, als ich abends zurückkam, einen ganz rührenden Brief vorgefunden, ich habe ihr heute früh ein paar Zeilen eingeworfen, und ich werde ihr einen langen Brief schreiben, sobald ich mit Ihrem fertig bin.

Ich bin zu Kos. hochgegangen, die noch nicht da war. Ich bin wieder zu mir gegangen, habe «dieser Dame» ein paar Zeilen geschrieben und sie um Geld gebeten, ich werde mit 150 Francs in Charmont ankommen, das ist knapp – dann ist Kos. eingetroffen, und kaum hatte sie den Mund aufgemacht, ist sie unter Schluchzen zusammengebrochen. Ihre Arbeit, die Leute vom Atelier, all das versetzt sie in einen schrecklichen und etwas krankhaften Zustand – wir haben bei *Dominique* gegessen und in der Bar des *Dôme* (in der richtigen Bar, nicht an der Theke) «Soliman»* getrunken, wofür ich eine sündhafte Schwäche habe, denn es ist abscheulich, und sie hat pausenlos von Violaine gesprochen und von ihrer Zukunft, mit der Angst einer Wahnsinnigen. Ich habe mich um 11 Uhr ½ verabschiedet und eine geraume Zeit damit zugebracht, fertigzupacken und aufzuräumen; ich habe gut, aber wenig geschlafen, bin mit dem Taxi zur Gare de l'Est gefahren und habe besagte Dummheit gemacht. Ich habe die ersten Stunden der Reise im Zugrestaurant verbracht, wo ich düster vor mich hin gegrübelt und versucht habe, die letzte Empreinte** *Est-ce possible?* [Ist es möglich?] zu lesen, aber das ist ein gräßlicher Schwindel, es ist eine Traumgeschichte – ich

* Wohl ein Cocktail.
** «Spur»: Kriminalromanreihe.

habe mich mit dem Schaffner gestritten, der mich zwingen wollte, in Troyes einen Bummelzug zu nehmen, der 7 Stunden gebraucht hätte, ich war in Chaumont, von wo mich ein Bummelzug in 1½ Stunden in dieses furchtbare Saint-Dizier gebracht hat. Ich werde an Védrine schreiben, aber ich bin unfähig, einen leidenschaftlichen Brief zu verfassen – es macht mir etwas mehr Spaß, an Sorokine zu schreiben. Wenn ich Papier ohne Briefkopf finde, werde ich auch Kos. und Poupette erledigen. So, mein Kleiner, Sie bekommen morgen die Fortsetzung dieses schlechten Abenteuers – ich habe Ihren schönen zärtlichen Brief noch mal gelesen – ich liebe Sie, mein Kleiner. Es stimmt, daß ich dieser Tage sehr empfindsam bin, Ihre kleinen Bilder treiben mir oft die Tränen in die Augen. In 2 Wochen werden wir zusammensein, mon amour. Ich brauche Sie so sehr. Ich liebe Sie so stark, mein Kleiner – fühlen Sie es durch all diese nervösen Briefe hindurch? Ich küsse Ihr kleines geliebtes Gesicht.

Ihr reizender Castor

Das Radio ist an und spielt natürlich «Sérénade sans espoir» [Serenade ohne Hoffnung].

Umschlag
F. M.
Soldat Sartre
Wetterbeobachtungsstation
E. M. A. D.
Abschnitt 108

183

Montag, 18. März [1940]

Ganz liebes kleines Geschöpf

Hören Sie zunächst, damit Sie beruhigt sind, daß meine Leiden ein Ende gefunden haben – es ist 9 Uhr, und ich schreibe Ihnen bei Emma[65], die ich endlich gefunden habe – aber großer Gott, sie waren nicht unwesentlich, und gestern abend hätte ich um ein Haar einen Nervenzusammenbruch bekommen – das war eine Irrfahrt, mein Kleiner. Ich habe Ihnen also in Saint-Dizier geschrieben, ich habe in diesem erbärmlichen Café noch einen langen klärenden Brief an Sorokine geschrieben, in dem ich die Zärtlichkeit mit Vorsicht gepaart habe – dann bin ich zum Bahnhof zurückgegangen und habe am Büfett an Védrine geschrieben. Um Viertel vor 6 bin ich in den Zug gestiegen und habe mich wahnsinnig aufgeregt, weil er ½ Stunde vor dem zweiten Zug aus Paris hätte ankommen müssen, und ich dachte, Emma würde vielleicht an diesen zweiten Zug kommen. Aber der Zug hatte Verspätung, und ich habe mir gesagt, Emma würde weggehen, ohne länger zu warten, sobald der Zug aus Paris durchgefahren wäre – wir hielten eine Dreiviertelstunde lang an, die Männer zitterten ebenfalls vor Wut, sie wollten ihre Anschlußzüge kriegen, sie waren schon seit Ewigkeiten in den Zügen, und alle hatten ein Gefühl von Alptraum in diesem kleinen überheizten und erbärmlichen Bummelzug. Wir sind endlich weitergefahren, ich war unendlich müde. Wir sind um 7 Uhr ½ in Revigny ausgestiegen, es war nicht zu spät, aber von Emma keine Spur – es war ein großer Bahnhof mit einer Menge Leute auf den Bahnsteigen, Feldgendarmen überall. Ich war 12 km von Charmont entfernt, und ich wollte ein Taxi, um dorthin zu kommen. Ich habe meinen Koffer zurückgelassen und bin in der Stadt herumgeirrt. Sie wissen, wie das ist, diese Städte, die sich kilometerlang hinziehen. Ich hatte niemals einen Eindruck

65 Selbstverständlich Bost.

größerer Trostlosigkeit. Es regnete – es war pechschwarze Nacht, mitten auf den Straßen gab es wahre Seen, ich steckte bis über die Knöchel in eiskaltem Wasser; alle Cafés waren fest verschlossen, man klopfte vergeblich, sie öffneten nicht, weil sie überzeugt waren, es handele sich um betrunkene Soldaten. Eine Patrouille von Feldgendarmen hat eines dazu gebracht aufzumachen, und ich bin mit hineingeschlüpft, aber die Leute haben sich geweigert, mich durch die Nacht zu fahren. Ich wurde zu einem anderen Mann geschickt, der nicht da war, und zu noch einem, der sich auch geweigert hat. Ich hätte weinen können. Dann habe ich wegen eines Zimmers angeklopft, aber man lachte mir ins Gesicht, es gab nirgends mehr welche. Ich bin zum Bahnhof zurückgegangen, der Wartesaal war voll, es kam nicht in Frage, dort zu schlafen. Gott sei Dank gab es einen Zug, der eine Stunde Verspätung hatte und nach Nettancourt fuhr, das ist nur 6 km von Charmont entfernt. Ich habe beschlossen, dort mein Glück zu versuchen, und habe von neuem auf dem Bahnsteig gewartet. Die Gendarmen haben mich geschnappt und wollten mich zu dem Geständnis zwingen, ich sei mit einem Soldaten in der Stadt herumspaziert. Ich habe meine Papiere ausgebreitet, aber das reichte nicht, sie traktierten mich mit Fragen zu meiner Zeiteinteilung; ich habe keine Ahnung, was ich getan haben sollte, aber eine Frau wurde gesucht, deren Personenbeschreibung ich entsprach – schließlich haben sie mich in Frieden gelassen, ich glaube, das war der Höhepunkt der Fassungslosigkeit, ich war praktisch verstört. Endlich ist der Zug angekommen, er hat mich im Bahnhof von Nettancourt abgesetzt. Ich habe meinen Koffer zurückgelassen und bin ins 1 km entfernte Dorf gegangen, um ein Taxi zu suchen; man wollte mich nicht fahren. Ich habe geschwankt, ob ich zu Fuß losziehen sollte, es regnete, aber es war mir egal, ich war gefühllos, in diesem Zustand, in dem man es endlos aushält, ohne zu essen und zu schlafen, ich fühlte immer noch weder Hunger noch Kälte – nur hatte ich um 11 Uhr in einem ausgestorbenen Nest keine Chance, das Haus zu finden. Als man mir sagte, ich würde in einem Café ein Zimmer finden, habe ich dort geklopft, und, himmlischer Segen, man öffnete und versprach mir ein Bett. Ich habe einen Augenblick lang beobachtet, wie die Leute Champagner tranken und eine Schokoladenspeise aßen, gierig, ich hatte übrigens keine Lust darauf, und dann wurde ich nach oben in ein Zimmer geführt, ähnlich wie das in Brumath, ziemlich groß und eiskalt. Ich habe mich ins Bett verkrochen, ich fürchtete mich vor finsteren Angstzuständen – ich fürchtete, ich würde bei meiner Ankunft in Charmont feststellen, daß Emma zu ihrer Großmutter gefahren war. Ich habe trotzdem geschlafen, mit quälendem Aufwachen zwischendurch und viel Nervosität.

Und dann bin ich vor 7 Uhr aufgestanden, ich hatte gestern abend ein Taxi bestellt – ich habe meinen Koffer am Bahnhof geholt und wurde über eine nicht zu häßliche Straße nach Charmont gebracht. Es war menschenleer. Ich hatte Mühe, das Haus zu finden, die Leute nebenan kannten es nicht – aber schließlich wurde es mir gezeigt; eine abstoßende Frau hat mir aufgemacht und mir gesagt, Emma sei da und schlafe noch. Ich bin ins Zimmer gegangen, und sie war sehr verblüfft. Sie hatte mich vorgestern abend und gestern mittag am Bahnhof abholen wollen und hatte sogar umsonst ein Fahrrad mitgebracht – und am Abend war es für sie zu spät, um noch einmal zurückzukommen, sie mußte vorher wieder weggehen. Alles war also in Ordnung, obwohl die Drohung eines Abmarschs in der Luft liegt – aber wahrscheinlich nicht vor einer Woche.

Nun habe ich mich also in einem nicht sehr reizvollen, aber ziemlich großen Zimmer niedergelassen, mit einem riesigen Bett, einem ganz kleinen Toilettentisch und einem großen runden Tisch, auf dem ich meine Bücher und Papiere ausgebreitet habe. Nebenan ist ein Eßzimmer mit Küche und einem großen Herd, der ein bißchen Wärme abgibt und auf dem die Frau und Emma kochen – auf der anderen Seite ist ein winziges Zimmer, in dem die Alte schläft, und sie geht bei uns durch, wenn sie morgens aufsteht und abends schlafen geht, aber das ist ein kleiner Nachteil. Übrigens wird sie für zwei Tage wegfahren. Natürlich fühlt sich Emma ganz verfolgt; sie möchte nicht, daß ich die Nase vor die Tür stecke, ich werde mich trotzdem hinausschleichen, wenn das Wetter schön ist – sie macht alle Einkäufe selbst und erlaubt mir nicht, ans Fenster zu treten, denn es geht auf die Straße hinaus. Übrigens sieht die Gegend für Spaziergänge mickrig aus, und mit all meinen Büchern und meinem Roman bin ich ganz angetan von diesem Leben einer Eingeschlossenen, das gefällt mir auch gut. Emma hat mich um 8 Uhr verlassen, um gegen 9 Uhr zurückzukommen, und um 10 Uhr ¼, um gegen 11 Uhr zurückzukommen, nachdem alle Erledigungen gemacht waren, ihre Arbeit nimmt sie nicht zu sehr in Anspruch.

Anscheinend wäre es besser, wenn Sie zu Madame Barreau schreiben würden – Rue basse – Charmont (CHARMONT), Marne, zum Beispiel mit einem kleinen Kreis um F. M.[66], das würde mir ersparen, zur Postlagerung zu gehen. Ich werde trotzdem bis Donnerstag vorbeigehen.

Auf Wiedersehen, mein Kleiner – ich werde Ihnen ganz ausführlich von meinem Leben hier erzählen, das jetzt schön süß und ruhig sein wird. Ich werde schöne Ferien verbringen, und in 12 Tagen sehe ich Sie, mon amour. Ich bin so glücklich, wir werden nicht mehr viel getrennt sein. Auf Wiedersehen, kleines Geschöpf, mein kleines alles. Ich küsse Sie ganz leidenschaftlich.

Ihr reizender Castor

Umschlag
F. M.
Soldat Sartre
Wetterbeobachtungsstation
E. M. A. D.
Abschnitt 108

66 Siehe Fußnote auf S. 11.

Dienstag, 19. März [1940]

1) Der Anfang dieses Briefes wurde während des Wartens auf die Gendarmen geschrieben – im Zustand der Angst.

2) Die Lage hat sich geklärt und ist jetzt praktisch zufriedenstellend.

3) Sehr zufriedenstellend sogar.

Mein süßer Kleiner
Ich habe Pech – ich bin angewidert und deprimiert – ich weiß noch nicht, wie es ausgehen wird, eine vage Hoffnung bleibt mir, aber eine üble Sache ist mir passiert. Ich werde es Ihnen erzählen, nicht in analytischer, sondern in romanesker Form, denn die Geschichte hat sich ebenso romanesk wie wüst abgespielt. Zunächst sollen Sie wissen, daß die Gewißheit, Sie in 8 oder 10 Tagen zu sehen, mir eine unsägliche Stütze ist und mir hilft, meine sehr bittere Enttäuschung tapfer zu ertragen.

Als ich Ihnen gestern also gegen 11 Uhr schrieb, war alles in Ordnung. Der kleine Bost ist eingetroffen, ganz heiter, eine Flasche Moulin à Vent in der Hand, Rillettes*, Eier, Sardinen in den Taschen; wir haben Holz gehackt, Feuer in der Küche gemacht und im Eßzimmer fröhlich zu Mittag gegessen; denn schließlich hatten wir für 4 Francs 50 pro Tag ein Zimmer mit Wohnküche. Wir machten Pläne für diese zehn Tage Eheleben, wir dachten sogar daran, einen oder zwei Empfänge zu geben, mit Trinkgelage. Wir haben uns verabschiedet, und ich habe beschlossen, einen Spaziergang in der Gegend zu machen – die Sonne schien herrlich, und ich bin aufgebrochen, mit dem schönen *Shakespeare* der Pléiade unterm Arm, und habe 3 kleine Kilometer zurückgelegt. Die Gegend ist aus der Nähe betrachtet wahrhaftig ziemlich häßlich, und ich habe beschlossen, anzuhalten und einen ge-

* Ein Art Schweinefleischkonserve.

eigneten Platz zum Ausruhen und zum Lesen zu finden. Ich habe einen kleinen See gesehen, auf dem zwei Soldaten Boot fuhren; ich bin an seinen Rand geschlichen, in ein sumpfiges Wäldchen, und versank bis zu den Knöcheln in Schlamm. Ich habe eine kleine trockene Stelle gefunden, habe meinen Mantel unter meinem Kopf zusammengerollt und angefangen zu dösen und dabei Pläne für Spaziergänge, Lektüre und Arbeit in den nächsten Tagen gemacht. Meine Seele jubelte; es war mein erster Augenblick in Sicherheit und voll Freude. Es sollte nicht lange dauern.

Ich war kaum 5 Min. da, als zwei junge prächtige Offiziere auf dem matschigen Weg erschienen; sie sind an mir vorbeigegangen, dann sind sie, als ob sie es sich anders überlegt hätten, umgekehrt. Der eine hat zu mir gesagt: «Haben Sie Ihre Papiere?» Ich habe meinen Passierschein herausgeholt, ziemlich draufgängerisch. «Er enthält keine Beglaubigung, bei der Ankunft muß er beglaubigt werden.» Ich sagte, ich hätte gedacht, 24 Stunden Zeit zu haben – sie haben mit dem Kopf geschüttelt und verkündet, es sei besser, wenn ich gleich mit ihnen käme. Ein Auto wartete auf dem Weg, ich bin eingestiegen; sie haben mich beiläufig gefragt, ob ich einen Ehemann oder einen Freund hier hätte, ich sagte nein, ich sei zu einer alten Tante gekommen, deren Namen ich angab. Mir war nicht ganz wohl in meiner Haut. Ich wurde ins Büro des Kommandanten geführt, und jemand wurde *dringend* nach ihm geschickt; es war seltsam. Ich bin in Gesellschaft der Offiziere geblieben und habe versucht, mich forsch zu geben und über die Gegend zu reden, als ob ich sie gut kennen würde, sie haben höflich geantwortet. Darauf ist der Kommandant eingetreten. Ich habe mit meiner Geschichte angefangen: «Ich bin bei einer Cousine...» – «Lügen nützt nichts; Sie haben keine Verwandte hier, Sie haben diese Frau heute früh um 7 Uhr ¼ zum erstenmal gesehen.» Er hat mir mein Tun und Treiben seit dem Vorabend in Nettancourt geschildert. «Sie sind zu einem Soldaten gekommen, wir kennen seinen Namen, er hat das Zimmer reserviert.» Ich habe gesagt, das stimme, aber es sei nicht so sündhaft, tausend andere Frauen täten es, und man drücke ein Auge zu. «Wir drücken ein Auge zu, aber nicht, wenn Sie uns dazu zwingen, es aufzumachen, die vorgesetzte Behörde ist eingeschaltet, wir haben bei Ihnen sogar eine Durchsuchung eingeleitet.» Ich bin erstaunt hochgeschreckt, habe meine Ernennung ins C. Sée angeführt und gesagt, ich hätte nichts von einer schlechten Französin, sonst wäre ich nicht befördert worden. Er entspannte sich ein bißchen und sagte: «Vom zivilen Standpunkt aus beglückwünsche ich Sie, aber vom militärischen Standpunkt aus ist das bedeutungslos. Wir haben Ihre Schriften gefunden.» Ich habe noch sehr weltgewandt gelächelt: «Ach! was haben Sie denn gelesen?» – «September, Oktober: Sie haben sogar viel Talent.» Ich begriff, daß es sich um Ihre und meine Tagebücher handelte, und saß in der Klemme, denn im Grunde ist dort alles mögliche drin, aber ich verstand nicht, woher die Gefahr kam, noch sonst etwas. Ich fragte, was man mit mir machen würde: mich *unverzüglich* nach Paris zurückschikken. Da bin ich innerlich zusammengebrochen (äußerlich habe ich die ganze Zeit Fassung bewahrt), und als ich zwei Minuten allein mit ihm war, habe ich ihn erbärmlich angefleht: wenigstens 24 Stunden, das sei kein Grund, geschnappt worden zu sein, wo doch so viele andere bei hellichtem Tag herumspazierten. Er war unerbittlich: «Sie hätten sich nicht schnappen lassen dürfen, es ist unglaublich, mit einem riesigen Koffer anzurücken und ihn in der Gepäckaufbewahrung abzugeben, und dann noch der Krieg und Frankreich usw., usf.» Es kam mir entsetzlich vor, eskortiert von einem Gendarmen wieder wegzufahren, ohne Bost noch einmal gesehen zu haben – wirklich entsetzlich, nach den Strapazen der Reise vom Vortag; Sie können sich, glaube ich, diesen ganzen angespannten Willen und diese kurze Oase des Vormittags vorstellen, und dieses brutale Herausgerissenwerden, ich habe noch nie eine solche Erfahrung gemacht, so viel Verzweiflung und Revolte.

Ich habe also gefleht, aber er hat zu mir gesagt: «Im Moment liegt die Sache bei der vorgesetzten Behörde – Könnte ich sie sehen? – Sie werden sie sehen – Werde ich eine Chance bekommen?» Er hat mit den Schultern gezuckt: «Wer weiß?», und er hat mich zum Mittagessen gehen lassen, bewacht von einem jungen Sergeanten, der mich schief ansah, fest entschlossen, sich von der Verdächtigen nicht verführen zu lassen. Ich habe gewartet, eine lange Zeit, sehr niedergeschlagen; und dann ist die Tür vor einem lächelnden schönen jungen blonden Leutnant aufgegangen, schön wie ein Gott und stinkmondän, der zu mir sagte: «Sind Sie Mademoiselle de Beauvoir? Aber ich habe Sie in Marseille bei Madame Chazotte kennengelernt – und in Caen habe ich bei Ihnen das Philosophie-Abitur gemacht, Sie haben mir sogar eine Null gegeben. Ich habe Ihren Namen zufällig gehört und beim Kommandanten für Sie ein gutes Wort eingelegt.» Der Kommandant ist hereingekommen und hat zu mir gesagt: «Nun! wir geben Ihnen 24 Stunden, das ist alles, was wir für Sie tun können – diese Herren werden bei Ihnen eine Durchsuchung machen, und morgen werden Sie zur Gendarmerie gebracht.» In meiner Misere hatte ich einen Anflug von Freude, das war besser als nichts. Ich bin hinausgegangen, eskortiert von 2 Leutnants, dem einen, der mich aufgelesen hatte und der J. heißt, und dem anderen, den ich in Caen malträtiert hatte, der C. heißt. Er hat mir die ganze Geschichte erzählt. Ihre schwarzen Hefte sind an allem schuld. Ich hatte sie Bost mitgebracht, zusammen mit meinen, und auch Schülerarbeiten und eine Menge Papierkram. Der Bahnhofsbedienstete hat das heute nacht geöffnet und hat gedacht: «Das sind kommunistische Flugblätter»; er hat die Gendarmen benachrichtigt, man ist meiner Spur gefolgt, und heute früh war ganz Ch.[67] in Aufregung, weil man meinte, eine gefährliche Propagandistin sei im Dorf. Ich wurde gesucht, und während ich die Straßen entlangging, kam ein Auto und holte mich schnell ein, während bei mir eine erste Durchsuchung gemacht wurde. Meh-

67 Charmont.

rere Hefte von Ihnen wurden zur Kommandostelle des Oberst mitgenommen, und der Kommandant hat den Leutnant C. rufen lassen und zu ihm gesagt: «Das ist Deutsch oder Tschechisch, entziffern Sie mir das.» Der andere hat es aufgemacht und gelesen: «Jules Romains, *Prélude à Verdun*» und hat angefangen, Ihre armen kleinen Hefte zu lesen. Sie begriffen allmählich, daß sie einen Bock geschossen hatten, aber mein Fall blieb problematisch. Sie haben meine Wirtin geholt, die sagte, mein Zimmer sei von einem Soldaten reserviert worden, und wer es war. Ich bin zu mir gegangen und habe dort die Frau gesehen, äußerst fassungslos und mißtrauisch. Ich habe eine Stunde lang niedergeschlagen auf meinem Bett gelegen, und dann sind die Leutnants ganz freundlich zurückgekommen. C. wohnte genau gegenüber von mir, und er hat mich zu einem Weinbrand zu sich eingeladen – und sie haben von Mensch zu Mensch die Möglichkeiten erwogen, die es gab, daß der Hauptmann der Gendarmerie mir meinen Passierschein nicht entzöge. Dann haben sie bei mir eine Durchsuchung gemacht. Sie haben Ihre Hefte durchgeblättert, Überlegungen angestellt, stolz darüber, in der Lage zu sein, die Intelligentzija zu verachten; C. hat mit strenger Miene gefragt, wie man akzeptieren könne, Meteorologe zu sein und nicht wirklich Krieg zu führen; sie haben sich meine eigenen Hefte angesehen, meinen Roman, höflich, aber mit unerträglicher Überheblichkeit, die ich ertragen mußte. Sie sind gut aufgelegt weggegangen, mit dem Versprechen, mich am nächsten Tag selbst zur Gendarmerie zu bringen, um dem Hauptmann alles zu erklären.

Ich habe mich auf meinem Bett ausgestreckt – ich war tief und schmerzlich *gedemütigt*; ich war von diesen Leuten abhängig, und zwar nicht wie von Automaten, sondern von ihrem Bewußtsein, dem ich schmeichelte, vor dem ich katzbukkelte, weil es etwas gab, an dem mir so sehr gelegen war und das in ihrer Macht lag. Ich habe eine Menge Sachen verstanden und gefühlt, die ich hier nicht die Zeit habe zu entwikkeln, über die Demütigung und die Verzweiflung – und die

Abwesenheit von Freiheit. In meiner Niedergeschlagenheit war all dies vergrößert, enorm und erdrückend; ich bin über zwei Stunden bewegungslos liegengeblieben, vernichtet von dieser Trostlosigkeit. Aber diese Art *volle* Trostlosigkeit, die im Grunde weniger unangenehm ist als die Trostlosigkeit aufgrund von Leere. Man gelangt übrigens zu einer solchen nervlichen Erschöpfung, daß man wahrscheinlich am Ende sonstwas erträgt.

Daraufhin ist Bost eingetroffen, lächelnd und mit einer Flasche Barsac in der Hand; er wußte von nichts; ich habe es ihm erzählt, und einen Moment lang hat er geglaubt, es sei ein netter Scherz, bis mir die Tränen gekommen sind. Dann ist er zusammengebrochen, und ich war gerührt über seine Verzweiflung und dann über seine Gleichgültigkeit gegenüber jeder Strafe, wenn ich es nur fertigbrächte zu bleiben. Er wurde zu seinem großartigen Leutnant M. geholt, mit dem er folgenden Dialog hatte;

«Als ich Ihnen heute früh begegnet bin, habe ich Sie gefragt, woher Sie kämen, und Sie haben mir gesagt, Sie hätten einen Brief weggebracht. Stimmte das?

– Nein, Herr Leutnant.

– Hatten Sie sie besucht?

– Ja, Herr Leutnant.» Er hat gelächelt.

«Sie ist nicht die erste, die hierherkommt.

– Nein, aber sie ist die erste, die sich schnappen läßt.»

Er ist zurückgekommen, nachdem er Soldaten angefleht hatte, am nächsten Tag für ihn beim Schießen einzuspringen. Wir haben etwas verstört die Zeit verbracht, ich hatte sogar einen Tränenausbruch, ich war am Ende. Wir haben wieder nichts gegessen, wir haben uns sehr früh hingelegt und den Wecker auf 6 Uhr gestellt; um 9 Uhr waren wir im Bett, und gegen 11 Uhr haben wir versucht einzuschlafen. Ich habe ohne allzuviel Angst geschlafen.

Von 6 bis 8 Uhr sind wir im Bett geblieben und haben etwas geplaudert, sehr bekümmert; dann war Bost wieder von 8 Uhr ½ bis 10 Uhr da und von 11 bis 1 Uhr, aber wir haben wieder nicht gegessen, nur ein bißchen Sardinen und Schokolade, und haben dazu Moulin à Vent getrunken. Ich weiß nicht warum, die Hoffnung kam ein wenig zurück, wir haben eher fröhlich geplaudert. Jedenfalls waren wir eher froh, daß wir uns diese 24 Stunden gesehen hatten, wenigstens das. Bost ist weggegangen, und ich habe den Anfang dieses Briefes geschrieben, ich wartete auf die Leutnants, wie man auf den Kerkermeister wartet, der einen dem Richter vorführen soll – ich war nicht in gehobener Stimmung. B. ist noch für einen kurzen Moment gekommen, dann die Leutnants. J. sollte mich allein nach Seunaize, 15 km entfernt, zum Hauptmann der Gendarmerie bringen. Er hat mir ein bißchen Mut gemacht, aber nicht zuviel, und ich bin in einem Militärauto, zwischen ihm und zwei Gendarmen, sehr verzweifelt weggefahren. Wir sind über Land gefahren, wir sind im Büro der Gendarmerie angekommen und haben auf den Hauptmann gewartet. Ich hatte keine Hoffnung mehr. Der Hauptmann ist gekommen, ein herrlicher Mann mit gewellten blonden Haaren, schwarzen Augen, brauner Haut, und bei seinem Anblick wurde es mir wieder ein bißchen warm ums Herz. Der Leutnant ist allein mit ihm geblieben, um meine Sache zu vertreten, während ich mich mit den Gendarmen auseinandersetzte. Und dann wurde ich zurückgerufen, ich allein zum Hauptmann; ich ließ die Tränen, denen ich nahe war, in die Augen steigen, denn Schwäche und Verzweiflung schienen mir eine gute Strategie – genauso geschickt habe ich meine erstickte Stimme eingesetzt. Der Mann hat mir die Gründe ihres Mißtrauens dargelegt, fast unter Entschuldigungen, dann hat er geschwankt; dann hat er mir erlaubt, in Nettancourt zu bleiben, und er hat mir sogar ein Visum gegeben, was unglaublich ist.

Jetzt habe ich ein Taxi gefunden, und ich fahre nach Nettancourt. Jemand muß nur bereit sein, mich unterzubringen. Ich weiß, daß es im Hotel Platz gibt, aber wenn man mich für eine Spionin hält? Ich werde meine Papiere zeigen und werde wieder versuchen, sie zu betören.

Das war's – bis morgen, mein Kleiner, das Taxi wartet auf mich. Ich liebe Sie mit aller Kraft.

Ihr reizender Castor

Mon amour – ich glaube, ich habe endlich meinen Frieden. Ich habe für heute nacht ein Zimmer im Hotel gefunden, und ab morgen endgültig ein Zimmer bei Privatleuten. Der Leutnant – ich besaß die Kühnheit, ihn darum zu bitten – hat mir versprochen, daß er B. benachrichtigt, ich weiß nicht, ob es so schnell gehen wird, daß ich ihn heute noch sehen werde, aber mit Sicherheit morgen, und übrigens hatten wir verabredet, daß er morgen hier vorbeikommen würde. Das einzige Problem ist, daß der Ort außerhalb seines Kantonnements liegt, aber anscheinend ist das Risiko gering, daß man geschnappt wird. Ich werde versuchen, mir Ihre Briefe und das Geld, um das ich «diese Dame» gebeten habe, nachschicken zu lassen – wir hatten Probleme mit dem Geld, wir brauchten welches für die Taxis, und wir waren völlig abgebrannt, aber B. hat sich schließlich geliehen, was wir brauchten – ich muß an das in Ch. kommen oder mir welches nachschicken lassen.

Auf Wiedersehen, diesmal, mein Kleiner. Schreiben Sie postlagernd, Nettancourt, Meuse, da wären wir nun wieder. Diese drei Tage kommen mir wie eine Woche vor. Und seit Samstag abend habe ich alles in allem folgendes gegessen: drei Stück Kuchen (Sonntag), 3 Eier und drei Sardinen (Montag), 2 Sardinen und eine Schachtel Kekse (heute). Ich werde mir was zum Abendessen kaufen. Die Frau wird für mich kochen, das wird ausgezeichnet sein. Ich weiß nicht, ob ich Ihnen die Geschichte gut erzählt habe. Sie muß, was den gestrigen Tag angeht, in einen *finsteren* Zustand von Depression und Verzweiflung verlegt werden, der mich den Krieg, den Faschismus, die Konzentrationslager so heftig fühlen ließ wie Védrine, aber ich glaube, direkter; wissen Sie, eine Sache, die man begreift und die man nur weiterzutreiben braucht, damit sie große Ausmaße bekommt.

Mon amour, Sie waren in dieser ganzen Zeit mein einziger Trost. Ich liebe Sie. Ich küsse Sie ganz zärtlich.

Ihr reizender Castor

Umschlag
F. M.
Soldat Sartre
Wetterbeobachtungsstation
E. M. A. D.
Abschnitt 108

185

Mittwoch, 20. März [1940]

Ganz liebes kleines Geschöpf

Ich habe Ihnen, Gott sei Dank, heute weniger zu erzählen als gestern. Ich bin in meinem Zimmer geblieben, ohne eine Menschenseele zu sehen; es ist ein bißchen kalt dort, aber nicht zu sehr. Ich fühle mich noch etwas gehetzt, aber ich glaube, es geht vorbei. Die Leute des Hotels sind ganz freundlich, ich habe nur Angst, daß der Besitzer der Autowerkstatt und des Taxis, der mit den Geschichten angefangen hatte, wieder damit anfängt, sobald er mich sieht, er ist genau nebenan – das wäre immerhin eine ziemliche Böswilligkeit, und ab heute abend werde ich in dem anderen Zimmer in viel größerer Sicherheit sein. Außerdem darf Bost im Prinzip nicht kommen, und es wird ein kleines tägliches Risiko sein. Ich habe ihn gestern nicht gesehen, aber es war abgemacht, daß er dort auf mich warten und erst heute hierherkommen würde.

Ich habe den gestrigen Tag damit beendet, Briefe zu schreiben und ein bißchen in *48* von Cassou zu lesen, aber vor Müdigkeit tanzten die Buchstaben vor meinen Augen. Um 7 Uhr habe ich zwei Eier und etwas Hering mit Tomaten gegessen, wovon ich für 7 Francs eine riesige Dose in der Kooperative gekauft habe. Und um 8 Uhr war ich im Bett und schlief, ich habe bis 9 Uhr fest geschlafen, ich hatte es nötig. Sofort bin ich absolut frisch und munter aufgewacht. Ich habe eine große Schale Kaffee und Brot mit zu mir hochgenommen und das verschlungen; dann habe ich Zigaretten gekauft und mich wieder an die Arbeit gemacht und mein Werk sehr weit vorangetrieben. Zum Mittagessen hat man mir einen Teller Suppe und grüne Bohnen hochgebracht, und ich habe noch ein wenig von meinen Heringen gegessen, es gibt dieser Tage kein Fleisch.[68] Und ich habe wieder gearbeitet, es ist halb drei, und ich nutze diese kleine Pause, um Ihnen zu schreiben. Ich glaube fest daran, daß ich in drei Stunden B. sehen werde. Sobald sich mein Herz wieder gefaßt hat, werde ich wieder ganz glücklich über mein Leben sein.

Anscheinend hat gestern der Leutnant M., der großartige Leutnant von B., zu einem Sergeanten gesagt: «Er hat dumme Streiche getrieben, Ihr Philosoph! – Was denn? – Er hat seine Philosophin herkommen lassen; sie hat schwarze Augen, man erkennt sie von weitem.» Wir sind das Gespött des ganzen Kantonnements.

Ich habe angefangen, *Crainte et tremblement* [dt.: *Furcht und Zittern*] zu lesen, den Kierkegaard, den Colette Audry mir geliehen hat – es scheint interessant.

Ich fühle mich ein bißchen verzweifelt ohne Brief von Ihnen; das ärgert mich am meisten, sicher sind heute zwei in Ch. mit den Büchern und dem Geld von «dieser Dame», das ich dringend brauche. Ich weiß nicht genau, wie ich an sie herankommen soll, wahrscheinlich werde ich sie mir nachschicken lassen. Ich werde sie Freitag erhalten – das scheint mir sogar die einzige Lösung. Es schmerzt mich und ängstigt mich ein bißchen, daß ich von Ihnen abgeschnitten bin.

Auf Wiedersehen, mein lieber Kleiner. Ich werde Ihnen morgen wieder schreiben. Ich werde das Kind des Hauses mit meinen Briefen zur Post schicken, um mich so wenig wie möglich sehen zu lassen. Mein Abenteuer amüsiert mich all-

68 Rationierung wegen des Krieges.

mählich, auf jeden Fall tut es mir nicht leid, daß ich es erlebt habe. Heben Sie bitte den Brief von gestern auf, nächste Woche werden wir ihn haarklein kommentieren.

Bis bald, geliebter Kleiner. Ich hoffe, diese vielfältigen Zwischenfälle haben Sie schön zerstreut. Ich küsse Sie ganz zärtlich.

Ihr reizender Castor

Umschlag
F. M.
Soldat Sartre
Wetterbeobachtungsstation
E. M. A. D.
Abschnitt 108

186

Donnerstag, 21. März [1940]

Es ist erst 8 Uhr früh, ich bin zu wach, um wieder einzuschlafen, zu verschlafen noch, um zu arbeiten, so fange ich einen Brief an Sie an – im übrigen habe ich Lust dazu, denn mein Herz ist von Liebe voll für Sie, und heute nacht hatte ich Angstzustände beim Gedanken, daß ich Ihnen in meinen letzten so bewegten Briefen nicht genügend gesagt haben könnte, wie sehr ich Sie liebe. Mon amour. In einer Woche, mein süßer Kleiner, sind es nur noch zwei Tage, bis ich Ihren kleinen Arm nehme und Sie ganz stark küsse – wieviel wir uns zu sagen haben werden, mon amour, und wie glücklich wir sein werden.

Nun bin ich vermutlich wieder gut im Leben installiert; der schlimme Vorfall ist abgeschlossen, und das Dasein wird karg, aber friedlich und angenehm sein. Als ich Ihnen gestern geschrieben habe, war ich gerade ein bißchen gereizt, weil die Stunde des Wartens auf B. sich näherte – sie kam, ich setzte mich ans Fenster, ich las die Überlegungen Kierkegaards zum Opfer Abrahams und blickte auf die Straße, auf der kein Radfahrer auftauchte. Um 5 Uhr ½ wurde ich nervös, der Gedanke an noch einen enttäuschenden Abend war schwer zu ertragen: es klopfte, jemand sagte, ich würde am Telefon verlangt, in der benachbarten Autowerkstatt. Ich bin hingerannt, es bedeutete, in die Höhle des Löwen zu stürzen, wie ich Ihnen erklärt habe, aber ich glaube, es wird nichts passieren, übrigens habe ich nur die Frau gesehen. Ein rätselhafter Sprecher hat mich gefragt, ob ich in N. sei; ich habe bejaht – es wurde gesagt, ich müsse wissen, was ich zu tun hätte – ich habe gefragt, ob ich Besuch bekommen würde, und es wurde beratschlagt, und eine kleine Frauenstimme sagte: «Monsieur Jaron wird Sie sicher abholen»; das hat mich beruhigt und zugleich ein bißchen beunruhigt. Der Sprecher hat sich schließlich zu erkennen gegeben, es war der Postvorsteher, und er hat gesagt, er habe viel Post für mich, unter anderem eine telegrafische Überweisung – das hat mir die Seele ergötzt, ich habe ihn gebeten, mir alles nachzuschicken, und ich werde Ihre Briefe wahrscheinlich heute abend erhalten, mein Kleiner, spätestens morgen – Sie können sich nicht vorstellen, mit welcher Ungeduld ich auf sie warte. Das Geld kommt auch genau im richtigen Moment, all das ist eine Wohltat.

Eine halbe Stunde später sah ich aus der entgegengesetzten Richtung, als ich angenommen hatte, einen Soldaten ganz verstohlen auf einem Fahrrad näher kommen, der im Hotel verschwand. Er war überzeugt gewesen, daß ich in den Zug gesteckt worden war, aber er hatte trotzdem die Tochter der Wirtin seiner Kumpane telefonieren lassen; es scheint, sie warteten zu acht fiebrig auf ihre Rückkehr und hielten durch einen Türspalt nach ihr Ausschau, um die Heimlichkeit zu erhöhen. Die Frau traf ein und rief: «Gute Nachricht, gute Nachricht!», und sie umringten B. und gratulierten ihm – da schob die Frau ihn zu seinem Fahrrad und sagte: «Worauf warten Sie denn? Machen Sie schnell!», und er ist über matschige Wege gefahren, er ist in ½ Stunde hergekommen. Es scheint, es gibt kein Risiko, daß er geschnappt wird, wenn er hermetisch eingeschlossen bleibt.

Ich habe ihm meine eigenen Abenteuer erzählt, und wir haben uns beglückwünscht; dann habe ich meinen Koffer wieder gepackt, habe das Hotel bezahlt und mich tausendmal bedankt und bin 50 Meter weiter zu der Frau geflitzt, die mir endgültig ein Zimmer vermietet. B. flitzte voraus. Diese Frau ist unheimlich nett. Sie hat mir eine regelrechte Zelle gegeben: ein Bett, ein abgeschlossener Schrank, eine Waschschüssel mit Wasserkrug und ein Stuhl. Ich habe um einen Tisch gebeten und habe ihn bekommen. Ein winziges Fenster geht auf einen Hof, es ist zu hoch, als daß man nach draußen sehen könnte. Es ist die Herberge einer Eingeschlossenen, aber ich fühle mich dort in vollständiger Sicherheit – hier wird man mich nicht finden. Selbst wenn man mich finden würde, bin ich vollkommen im Recht, und allmählich bin ich erleichtert. B. hat mir Geschichten über seinen Bauern Malfilâtre erzählt, ein Bauer ganz nach dem Geschmack Alains, der absolut reizend scheint; er verehrt B., küßt ihn mitten auf den Mund und sagt ihm, er sei so schön – sie terrorisieren zu zweit einige erbärmliche Intellektuelle, die sich unter die Soldaten verirrt haben, weil es zum Offiziersanwärter nicht gereicht hat. Anscheinend haben diese Typen sich lange geweigert, dem Bauern Bridgespielen beizubringen, weil es zu schwer sei; schließlich haben sie es versucht, er hat es sofort gelernt, und von den vieren spielt er jetzt bei weitem am besten, und die anderen sind stinksauer. Alles, was ich hier gesehen habe, interessiert mich sehr. Es ist etwas ganz anderes[69] als das, was ich im November gesehen habe – es ist das pralle Leben eines Kantonnements, es ist eine ganz besondere Art, die ich durch die Bücher oder Tagebücher hindurch nie richtig gefühlt hatte. Wir haben uns zu Tisch gesetzt, um zu Abend zu essen: Eier, Kartoffelsalat von der Frau, zu dem wir meine Heringe gegessen haben; ich hatte eine Flasche nicht zu schlechten Châteauneuf-du-Pape gekauft und ein großes Glas Apfelmus; ich habe seit langem zum erstenmal meinen Hunger ge-

69 Nicht interessanter, sondern anders. (Anm. von S. de Beauvoir)

stillt. Dann haben wir uns bis Mitternacht unterhalten, mit vielen Abschweifungen zu Ihnen, Sorokine, Védrine, das Opfer Abrahams. Wir haben uns schlafen gelegt und sind sofort eingeschlafen, da ich zu nichts anderem zu gebrauchen war. Ich habe wenig geschlafen, ich fürchte, ich werde nachher nicht gut arbeiten können.

Wir hatten den Wecker auf 6 Uhr gestellt – wir haben bis 6 Uhr ½ weitergeschlafen, dann ist B. aufgestanden, und ich bin im Morgenmantel mit ihm hinuntergegangen, wir haben den Kaffee getrunken, den die Frau für uns warm gemacht hat. Sie gab einem jungen Lamm, das lebhaft und zutraulich wie ein Hund war, die Flasche, und wir haben einen ganz poetischen Moment in dieser Küche verbracht. Sie fährt nachher weg, und bis Sonntag werden wir allein im Haus sein mit dieser Küche ganz für uns. Die Freundlichkeit der Leute versetzt mich manchmal in Staunen; es geht ihr gut, und sie braucht unsere hundert Kröten pro Tag nicht, ich frage mich, warum sie dermaßen nett ist, sie will nicht einmal, daß ich im voraus bezahle, und verkauft mir für hundert Sous ein Päckchen geschmuggelte englische Zigaretten, die in Paris zwanzig Francs kosten würden (B. hatte mir Montag eine Schachtel 50 absolut wunderbare Craven mitgebracht – hier sind Engländer, und sie haben schöne Zigaretten im Überfluß).

Wir haben geguckt, ob die Straße frei war, und B. ist losgefahren. Ich bin in mein Zimmer hochgegangen, habe mich wieder ins Bett gelegt, ich fühle mich unheimlich wohl. Ich habe noch ein bißchen *Crainte et tremblement* gelesen, es ist verquer und lang, aber dieser Mensch hat gesehen, was eine existentielle Moral ist, und man fühlt schon, was Kafka ihm verdankt. Ich werde das andere lesen, er interessiert mich mehr, als ich dachte.

Jetzt werde ich trotzdem versuchen, mich an die Arbeit zu machen. Es ist zauberhaft, daß ich einen freien Tag vor mir habe, wie den Tag einer Kranken, ohne krank zu sein. Bis nachher, mein süßer Kleiner. Ich bin ganz eingehüllt in Zärtlichkeit für Sie und gerührt beim Gedanken, Ihre Briefe zu bekommen, als ob es ein richtiges Rendezvous mit Ihnen wäre. Ich liebe Sie.

Guten Tag, mon amour. Es ist 4 Uhr, und ich werde zur Post gehen. Ich habe einen ausgezeichneten Tag verbracht. Die Frau ist weggegangen, und ich bin in diesem großen Haus allein wie eine Besitzerin. Ich habe mich in der Küche niedergelassen, wo ein riesiger Tisch steht, und ab 9 Uhr früh habe ich fast nur gearbeitet; mir wurden an Ort und Stelle Eier verkauft, ich habe mir drei auf dem Herd gekocht, der hinter mir brannte und mich schön wärmte. Heute abend wird B. das Feuer wieder anmachen und ein Abendessen mit Beefsteak machen. Ich werde einkaufen und mich an den Wänden entlangdrücken. Es war wirklich zauberhaft, dieser Nachmittag in dieser schönen warmen und hellen Küche; in einer Ecke sind Katzen und im Hof Hühner und das Lamm, und dieses Haus, in dem außer mir kein anderes menschliches Wesen ist, bleibt ganz lebendig.

Ich bin darüber ein bißchen aufgeregt, daß ich rausgehe. Ich hoffe, es passiert mir nichts; die Post ist am weitesten entfernt, aber ich habe solche Lust auf Ihre Briefe.

Auf Wiedersehen, geliebter Kleiner. Ich küsse Sie ganz stark. Ich freue mich, wenn ich daran denke, daß meine Abenteuer Sie schön zerstreut haben. Ich liebe Sie, mein lieber Kleiner.

Ihr reizender Castor

Ich liebe Sie – als ich Ihre Adresse schrieb, wurde ich von dem leidenschaftlichen Wunsch gepackt, es Ihnen laut, laut, laut zu sagen, mein Kleiner.

Umschlag
F. M.
Soldat Sartre
Wetterbeobachtungsstation
E. M. A. D. Abschnitt 108

187

Freitag, 22. März [1940]

Mon cher cher amour

Wie mich danach verlangte, Briefe von Ihnen zu haben! Nun sind endlich zwei da, ein bißchen alt, es sind die von Freitag und letzten Samstag, aber endlich sind mir Ihre kleine Schrift und Ihre Zärtlichkeit zurückgegeben, den ganzen Morgen über war mein Herz beklommen. Mon amour, ich empfinde Trauer darüber, daß Sie Ihren Urlaub wegen mir verschoben haben; es ängstigt mich ein bißchen, so weit weg von Ihnen zu sein, was die Kommunikation angeht. Sie brauchen jetzt nur telegrafieren NETTANCOURT-MEUSE (postlagernd), wie auch immer, ich könnte gegebenenfalls am Tag nach dem Telegramm in Paris sein, ich wäre untröstlich, wenn ich Sie verpassen würde, und sei es nur einen einzigen Tag. Ich brauche Sie, mein Kleiner – wenn ich hier jetzt auch ganz zufrieden bin, ein angstvolles Bedürfnis steckt in mir – ich liebe Sie, mon amour.

Ich habe auch von «dieser Dame» das Geld bekommen, ich bin jetzt ganz ruhig; es bleibt ein kleiner Schatten von Unsicherheit wegen der Besuche von Bost und eine starke Furcht vor den Gendarmen.

Ich habe also gestern gegen 5 Uhr meine Briefe zur Post gebracht und eingekauft. Enttäuschung: es war wieder ein Tag ohne Fleisch – ich verstehe nicht, was in diesem Kaff vor sich geht, es fing Montag an und dauerte bis einschließlich heute, ich habe es allmählich satt – ich habe Erbsen gekauft, wieder Eier, Milch, Schokolade, Käse für Bost[70] und Saint-Emilion. Er ist um 5 Uhr ¼ angerückt, ganz munter und, wie ich, gierig nach Beefsteak – da es das nicht gab, hat er köstliches, nach Knoblauch duftendes Rührei mit Speck und die Erbsen gemacht und einen großen Topf Schokolade, und wir wurden trotzdem ziemlich satt.

70 Simone de Beauvoir selbst hat zeit ihres Lebens weder Käse noch Butter angerührt.

Wir haben von 6 bis 10 Uhr einen absolut reizenden Abend in dieser schönen Küche verbracht, in der wir die Könige waren, neben dem Herd, der höllisch heizte; ich habe ihm ausführlich von meinem Roman erzählt und einen ganzen Stapel Briefe von Ihnen vorgelesen, ab dem 15. Februar, Ihrer Rückkehr aus dem Urlaub – er war im siebten Himmel, voll Interesse und amüsiert, und mir erschien es kostbar, an einem Stück Ihre ganze Geschichte noch mal zu lesen und all die süßen Worte wiederzufinden, die Sie mir sagen: ich behielt sie für mich, aber ich las sie verstohlen zwischen zwei Anekdoten. Mon amour, Sie sind mein Leben.

Wir haben uns gegen 11 Uhr hingelegt, wir haben gut geschlafen, bis 6 Uhr ½. Bost ist um 7 Uhr aufgestanden, das ist ein Ritual, er stellt den Wecker ½ Stunde vor, schlummert noch, steht dann eilig auf und geht mit mir in die Küche hinunter, wo wir Kaffee trinken. Er flitzt mit dem Fahrrad weg, und ich lege mich wieder hin. Ich habe heute früh noch mal geschlafen, bis 9 Uhr, dann habe ich mich in der Küche niedergelassen, wo er mir Feuer gemacht hatte. Ich habe eine große Schale Schokolade getrunken und gearbeitet – ab und zu kommt jemand, um das Schwein zu füttern, die Zeitungen zu bringen, aber im großen und ganzen ist es tiefe Einsamkeit. Sie hat heute früh ein bißchen auf mir gelastet, weil mein Herz nach Ihren Briefen lechzte, und ich komme gerade von der Post. Es ist Mittag. Von jetzt bis 5 Uhr werde ich gut arbeiten. Ich muß nur eine Stunde lang Briefe schreiben und mich ein bißchen ums Essen kümmern.

Bost hatte vor, heute abend einen großen Empfang mit einem Haufen Kameraden und viel Wein zu geben. Es ist nicht sicher, aber es würde mir ziemlich Spaß machen.

Ich füge ein paar Zeilen hinzu. Ich habe vage Gewissensbisse Ihretwegen, Sie haben Ihren Urlaub meinetwegen hinausgeschoben, mein Kleiner, ich weiß, daß Sie mir nicht böse sind, aber es bringt mich zur Verzweiflung. Ich mag nicht auch nur das kleinste Stück von Ihnen irgend etwas anderem opfern – ich weine vor Aufregung darüber – es scheint mir immer, als sei ich nicht nett genug zu Ihnen, egal, was ich tue. Das kommt daher, daß Sie dermaßen nett sind, mon amour – dermaßen, dermaßen.

Ich stimme aus *ganzem Herzen* und mit beiden Händen Ihrem Prologplan[71] zu. Das wird ganz bewegend und schön sein.

Sie müssen Védrine 2 Std. lang treffen und nicht mehr, während ich in der Schule sein werde. Wanda war bestimmt nicht schwanger. Aber warum, verflixt noch mal, war sie so unglücklich? Sie ist letzten Sonntag nach Laigle gefahren.

Auf Wiedersehen, mon amour.

Mein süßer Kleiner. Es ist 4 Uhr ½ nachmittags. Ich habe die ganze Zeit gearbeitet und nur zum Rauchen eine Pause eingeschoben, und um Kohlen in den Herd zu tun, der höllisch hinter mir heizt. Mittags habe ich Kekse und Apfelmus gegessen, ich hoffe, heute abend entsprechend zu essen.

Ich habe Ihre Briefe noch mal gelesen, und statt daß sich mir das Herz zusammenschnürte, haben sie mich erfreut – Sie lieben mich so schön, mein Kleiner, und Sie lassen es mich schön fühlen. Wie gern möchte ich Sie in die Arme nehmen – es wird kommen, in einer Woche. Mon amour, ich habe solche Angst, daß Sie mein Herz für verstaubt halten, und dabei ist es so lebendig, wissen Sie – ich liebe Sie, mein Kleiner, ganz heftig, mit Notwendigkeit, mit der ganzen Zärtlichkeit der Welt. Ich möchte Sie mit den Händen halten.

Ihr reizender Castor

Umschlag
Soldat Sartre
Wetterbeobachtungsstation
Stab der Artillerie
Abschnitt 108

71 Prolog zu *L'âge de raison*, der Ivich, Mathieu und Marcelle zehn Jahre vor dem Beginn der Geschichte vorstellen sollte. Sartre ließ den Plan wieder fallen.

188

Samstag, 23. März [1940]

Mein süßer Kleiner
Ich würde heute einen guten Tag verbringen, wenn ich nicht so enttäuscht wäre, daß ich keinen Brief von Ihnen habe – vielleicht bringt mir Bost um 5 Uhr einen aus Charmont mit, ich hoffe, die Alte händigt ihm den Brief aus, den ich Sie bat, an ihre Adresse zu schicken. Gestern hat sie ihm allerdings eine große Szene gemacht, als er seine Sachen dort abholte, unter dem Vorwand, wir seien nicht verheiratet und hätten ihr was eingebrockt – aber auf der Post war nichts nachgeschickt worden. Ich merke auch, daß ich nicht weiß, wohin ich Ihnen schreiben soll: Sie werden Ihren Urlaub angetreten haben, wenn dieser Brief ankommt – es macht mich nervös und lastet auf mir, daß ich von Ihnen so abgeschnitten bin, ich habe Angst, daß irgend etwas passiert, mir ist höchst unbehaglich zumute. Na ja, ich glaube, Sie würden gegebenenfalls telegrafieren. Ich hatte ein paar Zeilen von «dieser Dame», die mir freundlicherweise eine sehr liebenswürdige Nachricht von Kos. nachschickte, das war meine einzige Post.

Gestern habe ich mein Kapitel beendet und mit dem nächsten angefangen, bis Bost eintraf. Er ist gegen 6 Uhr aufgekreuzt, der Tag kam mir allmählich schon lang vor – er hat schließlich doch keinen Freund mitgebracht, und das war mir genauso lieb, ich hatte eher Lust, nur ihn zu sehen. Wir hatten wieder Probleme mit dem Essen, aber schließlich haben wir Sardinen und Thunfisch gefunden, und er hat sich ein großes Reisgericht mit Käse gekocht, während ich für mich selbst eine köstliche Reispfanne mit Schokolade gemacht habe. Wir haben Moulin à Vent und Château Gruaud getrunken, um uns was vorzumachen – und wir haben, wie am Tag vorher, einen schönen Abend am Feuer verbracht und geplaudert. Er liest mit Genugtuung Ihre Hefte, sogar während der Übungen, zwischen den kurzen und schnellen Sprüngen, die sie üben, öffnet er das Heft, bleibt 4 Minuten auf dem Boden liegen, liest und springt wieder auf. Wir haben uns gegen 11 Uhr hingelegt und sind gegen Mitternacht eingeschlafen, tief. Wir stehen immer später auf, heute früh erst um 7 Uhr ½; wir trinken Kaffee, B. geht weg, und ich habe wieder bis 9 Uhr geschlafen. Es ist lustig, in einem leeren Haus zu sein, mit einem Feuer, das knistert, mit Vorräten, warmem Wasser, alles zur eigenen Verfügung, und mit endloser Muße. Ich habe lange Toilette gemacht und einen großen Topf Schokolade aufgegessen*, was Frühstück und Mittagessen in einem sein wird, glaube ich. Ich bin bei der Post vorbeigegangen und habe mir Zigaretten gekauft – ich habe frohlockend auch 4 riesige Beefsteaks gekauft, denn heute abend wollen wir beide jeweils zwei essen. Gegen 10 Uhr ½ war ich an der Arbeit. Es lief nicht sehr gut – ich habe ein bißchen nachgedacht und war irgendwie angewidert von meiner Arbeit, wegen Übersättigung – und außerdem ist es die Phase, in der man sich nichts mehr ausdenkt, sondern die vorausgegangenen Ideen ausschlachtet, ohne etwas zu fühlen, und das ist trocken. Ich habe einfach das Kapitel gewechselt, weil ich steckenblieb, und habe eins über Gerbert** angefangen, das mich ziemlich amüsiert. Das war's, das ist der Stand – ich werde an Sorokine schreiben, an Kos., ich werde mich ein bißchen schönmachen und mich noch ein wenig an die Arbeit setzen. Ich bin angetan vom kleinen B. und froh, daß ich hier bin, aber Sie fehlen mir zu sehr – wenn ich nur Ihre Briefe hätte. Es lastet immer noch auf mir, daß Ihr Urlaub wegen mir hinausgeschoben ist – das ist ein Unbehagen, das erst vergehen wird, wenn ich Sie geküßt haben werde, mon amour, wie gern würde ich es tun. Es hat mich auch aufgewühlt, alle Ihre letzten Briefe noch mal zu lesen – Sie sind dermaßen, dermaßen nett zu mir, mein Klei-

* Diese Art Kakao war so dickflüssig und nahrhaft, daß S. de Beauvoir – vielleicht ein bißchen ironisch – das Wort «manger», essen, benutzt.

** Eine der Hauptfiguren in S. de Beauvoirs Roman *Sie kam und blieb*.

ner. Ich habe solche Lust, Ihre Liebe wiederzufinden, aus Fleisch und Blut – ich liebe Sie, mit leidenschaftlichem Bedürfnis, mon amour.

Ihr reizender Castor

Umschlag
Soldat Sartre
Wetterbeobachtungsstation
Stab der Artillerie
Abschnitt 108

[An dieser Stelle weist die Korrespondenz eine Unterbrechung von drei Monaten auf. Dafür gibt es zwei Gründe: die geschriebenen Briefe sind verlorengegangen, und andererseits war es in Anbetracht der Ereignisse nicht mehr notwendig oder nicht mehr möglich, zu schreiben. Diese Periode entspricht de facto dem zweiten Urlaub Sartres, der Mitte April nach Paris kam, dann der Niederlage (Mai 1940). Am 23. Mai wurde Bost schwer verletzt, und eine Zeitlang war jeder Kontakt zu ihm abgebrochen. Ebenso zu Sartre, der im Juni in Gefangenschaft geriet. Die Deutschen marschierten in Paris ein. Simone de Beauvoir hatte die Hauptstadt am 10. Juni in Richtung La Pouèze verlassen und kam nach dem Waffenstillstand (21. Juni) endgültig zurück. Ihr Kriegstagebuch *füllt nur zum Teil diese Lücke: sie erzählt dort nur vom Exode* * *und von ihrem Leben ab Juli.]*

* Die Flucht der französischen Zivilbevölkerung vor den deutschen Truppen im Juni 1940.

11. Juli, morgens [1940]

Mon amour

Ich bin so gerührt, daß ich eine Nachricht von Ihnen habe. Ich habe diesen mit Bleistift geschriebenen Brief dumm angesehen, ohne es glauben zu können: ich dachte, ich würde dieser Tage allenfalls eine vorgedruckte Karte erhalten – Sie erzählen fast nichts, aber es sind lebendige Zeilen. Und Sie sagen, Sie könnten vielleicht vor Monatsende zurück sein – wäre es möglich? Ich habe von Anfang an mit vollkommener innerer Sicherheit gewußt, daß Sie in Gefangenschaft geraten waren.[72] Das hat mich vor allem aufgewühlt, weil ich annahm, Sie seien ohne Nachricht, und mir vorstellte, wie Sie sich grämten – und dann fürchtete ich, ich würde Sie nicht vor einem Friedensschluß wiedersehen können, und ich war so unglücklich, weil ich Ihnen nicht schreiben konnte.

Hören Sie zunächst, daß *es mir sehr gut geht – die Kos. sind wohlbehalten in Laigle* (das ist im übrigen alles, was ich über sie weiß). *Vor 10 Tagen war Bost in Carpentras auf dem besten Weg der Genesung.*

Meine einzige Sorge waren Sie, und da Sie in gutem Zustand sind, kann man sagen, daß wir viel Glück haben, mein Kleiner, uns alle schön wiederzufinden.

Also, ich habe alles, was mir seit einem Monat zugestoßen ist, ausführlich niedergeschrieben, es ist wie ein großer Brief an Sie – ich werde es nicht abschreiben, denn trotz allem bin ich nicht sicher genug, daß mein Brief ankommt – aber ich werde mein Tagebuch weiterführen. Mon amour, werde ich Sie wirklich wiedersehen?

Ich weiß nicht, welchen Brief Sie von mir zuletzt bekommen haben – am Montag, 10. Juni, habe ich Ihnen geschrieben, daß ich Paris mit den Védrines verließ. Ich hatte eine

72 Die von Sartre angegebene Adresse war: Durchgangsgefangenenlager Nr. 1, 9. Kompanie – Baccarat.

ausgezeichnete Fahrt und bin Dienstag abend in La Pouèze angekommen – ich bin bis zum 28. Juni dort geblieben, in einem äußerst düsteren Zustand, wie Sie sich denken können – das waren mit die schlimmsten Tage meines Lebens. Der letzte Brief, den ich von Ihnen bekommen hatte, war vom 8. Juni. Ich habe einen weiteren vom 9. vor einer Woche in Paris bekommen – ansonsten, vollkommenes Schweigen. Ich habe 15 Tage lang von Lektüre, von Radio und finsterer Angst gelebt – unter vielen Leuten und mit burlesken Episoden, wie es immer welche bei «dieser Dame» gibt. Am 28. Juni habe ich beschlossen, nach Paris zurückzukehren mit Leuten, die zwar ein Auto hatten, aber verschwiegen, daß sie über kein Benzin verfügten – das war ein Abenteuer – ich habe mich am zweiten Tag von ihnen verabschiedet und bin auf einem deutschen Lastwagen, dann in einem Wagen des Roten Kreuzes zurückgekehrt. Ich habe in Paris meine Eltern wiedergefunden und Sorokine. Ich habe mich bei meiner Großmutter einquartiert (aber meine Post geht in die Rue Vavin) – mir wurden 10 Stunden Unterricht im Duruy zugeteilt, was mir nicht mißfällt – ich habe Fahrradfahren gelernt: ich habe gleich beim erstenmal allein das Gleichgewicht gehalten, und seit 5 Tagen mache ich lange Spazierfahrten durch Paris. Ich lese täglich drei Stunden Hegel in der Bibliothèque Nationale in der Hoffnung, ihn zu verstehen und Ihnen einen großen Überblick zu geben.

Ihre Eltern haben Paris verlassen, ich weiß nicht, in welche Richtung. Seit einer Woche bekomme ich allmählich wieder Post; ich habe Nachricht von Kos. – von Bost – von Védrine, die in Quimper ist. Es war viel weniger unangenehm als vorher – was Sie angeht, hing mein Leben an dieser Frage: Wie lange wird man die Gefangenen festhalten? Daher Wechsel von Hoffnung und Verzweiflung, mit einem Übergewicht an Verzweiflung. Aber ich bin sehr geduldig und wie zu Beginn des Krieges zu interessiert, um unglücklich zu sein.

Ich wage nicht, einen zu langen Brief zu schreiben, ich habe Angst, der Zensur auf die Nerven zu gehen – ich werde gleichzeitig eine Karte schreiben, die vielleicht schneller eintrifft. Dieser Brief ist leer, dabei habe ich Ihnen soviel zu sagen. Aber ich schicke ihn so ab und werde dann einen weiteren schreiben. Noch nie hatte ich so stark die Erfahrung gemacht, daß ich Sie wirklich mehr als mich selbst liebe.

Sie sind alles für mich.

Ihr reizender Castor

190

11. Juli, nachmittags [1940]

Mon amour

Ich komme von der Post, und dort wurde mir versichert, daß man den Gefangenen schreiben kann und ganz besonders denen in Meurthe-et-Moselle – also werde ich meinen Brief von heute früh etwas vervollständigen. Ach! mein Kleiner, man kann keine Pakete schicken; sobald es möglich sein wird, werden Sie eine Menge Wurst und alle erdenklichen Süßigkeiten bekommen; vielleicht werden Sie vorher hiersein – mon amour, werde ich Ihr Gesicht wiedersehen? Seit einem Monat lebe ich nur noch mit diesem Wunsch; es gibt wirklich nichts auf der Welt, auf das ich nicht bereit war zu verzichten, wenn es mir nur gegeben war, Sie wiederzufinden. Ich habe nur mit Ihnen, für Sie gelebt, diesen ganzen Monat – und durch Sie hindurch habe ich meine ganzen Ängste gespürt. Wie gern möchte ich wissen, was Sie denken, was Sie fühlen. Ich habe verstanden, daß ich immer glücklich sein werde, solange es Ihnen möglich sein wird, glücklich zu sein – um Ihr Glück, um Ihr Schicksal habe ich gelitten und gezittert – und heute bin ich aufgeheitert, weil mir Ihre kleine, mit Bleistift geschriebene Nachricht, wie lakonisch sie auch sein mag, weil dieses präzise Zeichen Ihrer Existenz mir die klare Sicht dessen, was Sie sind, zurückgegeben hat – auf jeden Fall wird Ihr Schicksal einen Sinn haben, und Ihr kleines hartnäckiges Bewußtsein wird es schon hinkriegen, Freude zu ergattern. Mon amour, als ich am 10. Juni Paris verlassen habe, wußte ich, daß Sie in Gefangenschaft geraten würden – in gewissem Sinn war mir das schmerzhaft. Aber in einem anderen Sinn war es genau das Los, das zu Ihnen paßte, kleines Geschöpf, und wir haben gelacht, «diese Dame» und ich, als wir uns vorstellten, wie Sie Ihre Deutschkenntnisse anwenden, um mit den Kerkermeistern zu reden. Ich kann Sie mir so gut vorstellen, mit rasiertem Kopf, wie Sie lächelnd «Ja» sagen, wie Sie es in Berlin taten, genauso blond und genauso deutsch aussehend wie die Deutschen, die Sie bewachen, und wie Sie Genugtuung verspüren, dessen bin ich sicher, mit Ihrem reinsten Akzent zu sprechen. Ich stelle mir auch Ihre kleine authentische Seele vor, die sich gegen die Verkrampfungen des Stoizismus sträubt und gegen die Ekelgefühle der See-Elefanten.[73] Mein lieber Kleiner. Mit welcher Zärtlichkeit ich Sie liebe. Werden Sie längere Briefe schreiben können? Können Sie Tagebuch führen? Haben Sie Ihre Romanentwürfe nicht verloren? Wie gern wüßte ich das alles. Mon amour, in drei Wochen wird vielleicht Ihr kleiner Arm bei mir untergehakt sein, und wir werden in den Straßen von Paris spazierengehen? Ist das möglich? Wie unser Mundwerk nicht stillstehen wird! Wie gern wüßte ich, wie Sie Ihre Zukunft sehen – und was sie sein wird. Ich glaube, Sie haben Augenblicke finsterer Angst erlebt, mon amour – der Gedanke daran hat mich oft gepeinigt – wie hart war diese völlige Trennung. In einem gewissen Sinn jedoch habe ich mich nie vollkommen von Ihnen getrennt gefühlt, denn ich glaube, ich kann mir ziemlich gut vorstellen, wie Sie diesen ganzen Monat gelebt und gedacht haben – es war wahrscheinlich dem ähnlich, was ich selbst empfunden habe. Es gab eine Menge Augenblicke, in denen ich mich in vollkommener, sicherer und ruhiger Einheit mit Ihnen fühlte.

73 Anspielung auf ein Spiel ganz zu Anfang ihrer Beziehung, mit dem Sartre gegen die Kontingenz einer Situation protestierte. Vgl. *In den besten Jahren*, S. 20. Zum Begriff der Kontingenz vgl. Band 1, S. 326.

Mon amour, ich bin jetzt fiebrig und ungeduldig, ich schaffe es nicht, einen ordentlichen Brief zu schreiben. Ich schreibe Ihnen in diesem kleinen Café *Delcour*, in dem wir einmal über Schuld und Verantwortung diskutiert haben – es geht auf eine ganz sonnige Straße – Leute gehen vorbei. Paris ist immer noch es selbst – die Versorgung ist korrekt, tatsächlich merke ich nicht einmal die Beschränkungen, es geht vor allem darum, Schlange zu stehen, und ich tue es nicht – viele Leute sind schon zurückgekehrt – es gibt kaum Verkehr: weder Taxi noch Bus, aber die Metro fährt. Die Straßen sind überfüllt mit Fahrrädern: Sie werden lachen, wenn Sie mich sehen; es ist zauberhaft, wissen Sie, in Paris mit dem Fahrrad herumzufahren. Das *Flore* ist geschlossen, aber das *Dôme* hat geöffnet, ich verbringe dort viel Zeit. Es gibt praktisch keine Kinos mehr, aber die Bibliotheken öffnen am Nachmittag: Sorbonne, Sainte-Geneviève, Nationale. Wissen Sie, Hegel ist entsetzlich schwer, aber äußerst interessant, und Sie müssen ihn kennenlernen, das ist Ihrer eigenen Philosophie des Nichts verwandt. Ich freue mich bei der Lektüre, wenn ich daran denke, daß ich Ihnen davon einen Überblick geben werde.

Ist es wahr, daß Sie zurückkommen werden? Sie sind 35 Jahre alt und Soldat der Hilfsdienste. Das sind gute Gründe für eine Demobilisierung – aber ich wage kaum, daran zu glauben. Aber früher oder später werde ich Sie wiederfinden, ganz Sie selbst, bereichert um neue Schätze an Erfahrung, und mit Sicherheit werden Sie noch gewonnen haben.

Wenn ich Ihnen alles im Detail erzähle, werden Sie sehen, daß ich diesen ganzen Monat äußerst vernünftig war und mich gut verhalten habe – es war übrigens eine große Hilfe für mich, daß ich nach La Pouèze gegangen bin, ich hatte großes Glück. Ich kann mir für solche Fälle keinen besseren Zufluchtsort vorstellen. «Diese Dame» war ein wahrer Segen. Ich werde ihr schnell von Ihnen berichten, denn sie hat sich große Sorgen um Sie gemacht. Man weiß nichts über Guille, der wahrscheinlich auch in Gefangenschaft ist.

Ich habe Ihnen so viel zu sagen, daß ich nicht weiß, was ich sagen soll – wenn ich daran denke, daß diese Briefe Ihr erster Kontakt zum Rest der Welt sein werden, möchte ich alles hineinlegen, was Sie interessieren könnte – und gleichzeitig kommt mir nichts wesentlich genug vor. Ab morgen werde ich versuchen, Ihnen von Tag zu Tag zu schreiben, wie früher, und Ihnen gleichzeitig den verflossenen Monat zusammenzufassen. Im großen und ganzen, ich habe es Ihnen schon gesagt, fand ich alles so interessant, daß mein Leben mir wie eine ungeheure Fülle vorkam – in La Pouèze waren kaum drei oder vier Tage flau. Sonst herrschte Fülle in den Dingen, wie zum Beispiel während meiner Rückreise, oder Fülle in der Angst und der Müdigkeit – und durchgehend der Eindruck eines gewaltigen kollektiven Abenteuers, der mich noch immer leidenschaftlich bewegt. Ich stelle mir vor, daß es für Sie weitgehend genauso war – wenn auch härter. Ich stelle mir auch vor, daß Ihnen ebendiese Härte nicht zu sehr mißfallen hat. Vielleicht ist das Optimismus, aber Sie verleiten zum Optimismus, mon amour. Ich wüßte dermaßen gern, wie es damit steht. Es gab Augenblicke, in denen ich mir Ihr Los ganz finster vorstellte, und dann war ich vollkommen niedergeschlagen. Aber nach reiflicher Überlegung wette ich, daß Sie sich durch die Angst, durch das Finstere und das Unglück hindurch gleich geblieben sind.

Mein Kleiner, ich werde spazierengehen und dabei an Sie denken. Ich bin zu aufgeregt, um zu schreiben. Vielleicht fange ich heute abend mit einem Bericht an, den ich morgen fortsetze und in dem ich Teile aus meinem Tagebuch abschreibe. Schließlich sollen Sie noch wissen, daß ich von den Kos. nur eine Karte bekommen habe, sie schreiben, daß sie fast nach Bordeaux gefahren wären, aber in Laigle geblieben sind, wo alles wieder ruhig ist. Ich habe eine Menge Briefe von Bost bekommen, den letzten vom 28. Juni: er ist nach Avignon und dann nach Carpentras evakuiert worden – er war noch sehr schwach. Ich glaube, er wird sehr bald zu seiner Familie geschickt werden. Védrine ist, glaube ich, immer noch in Quimper. Das war alles über die Leute.

Mein Kleiner, ich habe wirklich die vollkommenste und vielfältigste Erfahrung meiner Liebe zu Ihnen gemacht. Da könnte jedes Herz zufrieden sein. Sie kommen mir plötzlich so nah vor, daß es mir die Tränen in die Augen treibt, wie an jenem 10. Juni, als es mir beim Verlassen von Paris so vorkam, als würde ich Ihnen ein letztes Mal entrissen, Ihnen aus Fleisch und Blut. In der Zwischenzeit habe ich vor allem an Sie als Sie selbst gedacht, als von mir getrennt – und andererseits als wesentliche und grenzenlose Bedingung meines eigenen Lebens. Aber die Süße unserer Liebe, so ganz konkret, ganz zärtlich und ganz ungezwungen, wie sie in Ihrer Gegenwart ist, ich habe sie verloren, als ich ins Auto von Monsieur Védrine stieg (da war Ihr Bild, wie Sie im Sommeranzug die Straße herunterkommen und mir aus der Ferne zulächeln), und ich finde sie erst jetzt wieder. Mon amour. Ich werde Sie wiederfinden – konkret – mit Ihrem Gesicht, Ihrem Lächeln, Ihrem kleinen Körper und Ihrem entschlossenen Schritt an der Wegbiegung. Ich liebe Sie, mein süßer Kleiner.

Ihr reizender Castor

191

Donnerstag, 11. Juli [1940]

Mon amour

Ich habe Ihnen im Laufe des Tages bereits zwei Briefe geschrieben – aber ich habe Angst, daß sie nicht ankommen, denn ich fürchte, ich habe bei der Adresse 9. Kompanie vergessen – das wäre dumm – vielleicht bekommen Sie sie trotzdem, wenn Sie dem Postunteroffizier Bescheid sagen. Ich kann mir überhaupt nicht vorstellen, wie ein Kriegsgefangenenlager ist, in *Paris Soir* gab es eine lange Beschreibung von dem in Pithiviers, aber das sagte trotz allem nicht viel. In dem Artikel heißt es, Besuche seien erlaubt, und sofort hatte ich einen Augenblick lang Hoffnung, als ich Ihre Adresse bekam, aber ich bin zur Gare de l'Est gegangen, und es gibt keinen

Zug. Ich muß also auf Sie warten, vielleicht werden Sie jetzt regelmäßig schreiben können, das würde mein Leben so verwandeln. Auf jeden Fall ist es schon ganz verwandelt, allein dadurch, daß ich eine kleine Nachricht von Ihnen bekommen habe. Seit heute früh drehe und wende ich den Umschlag hin und her, er ist seltsam und kommt mir pathetisch vor mit der Bleistiftschrift und dem Poststempel und dem großen Stempel des Militärbefehlshabers von Paris.[74] Ich konnte meinen Augen lange nicht trauen, als ich ihn heute früh fand, und ich sehe immer noch mit etwas ängstlichem Erstaunen dieses kleine Stück zerrissenes Papier an. Wie gern hätte ich Details, mon amour. Wie gern hätte ich, daß eine wirkliche Korrespondenz möglich wäre.

Ich werde mit einem ausführlichen Bericht über mein Leben anfangen. Ich beginne mit meiner Rückkehr nach Paris, weil das, was vorausging, mir schon sehr alt vorkommt. Ich werde trotzdem darauf zurückkommen, später, ich fange mit dem Lebendigsten an. Ich bin am 29. Juli abends eingetroffen.[75] Ich war in La Pouèze blitzschnell aufgebrochen, als mir der närrische Gedanke gekommen war, Sie könnten vielleicht schon in Paris sein und auf mich warten. Ich war zwei Tage lang unterwegs, es war sehr interessant, bald werde ich es Ihnen erzählen, ich war übermüdet und zugleich erschüttert vor Rührung, als ich in der Rue Vavin ankam. Die Frau streckte die Arme gen Himmel, als sie mich sah, und übergab mir einen Brief von Ihnen, vom 9. Juni, in dem Sie sehr guter Dinge schienen – natürlich habe ich, als ich ihn bekam, geweint, als wäre ich nicht mehr zu retten, wegen des Briefs selbst, und dann wegen meiner tiefen Enttäuschung, denn es gab keine Mitteilung, daß Sie in Paris waren – und ich fühlte mich entsetzlich verloren und einsam. Ich habe mich in meinem Hotelzimmer ausgeweint, und dann bin ich hinausgegangen, ich wollte auf der Post bei Ihren Eltern und bei Bosts

74 Vgl. *In den besten Jahren*, S. 392, und *Kriegstagebuch*, S. 432.
75 Vgl. *In den besten Jahren*, S. 386; *Kriegstagebuch*, S. 408.

anrufen, aber unterwegs habe ich meinen Vater auf der Terrasse des *Daumesnil* getroffen. Er hat mich zu einem Bier und einem Schinkensandwich, das ich dringend brauchte, eingeladen. Und dann habe ich mich verabschiedet, bin zu Fuß nach Saint-Germain-des-Prés gegangen, wo ich sah, daß das *Flore* geschlossen hatte, und das Herz hat sich mir zusammengeschnürt. Aber die *Deux Magots* hatten geöffnet, und ich habe dort telefoniert, übrigens vergeblich – dann bin ich zu meiner Mutter hochgegangen, die in Tränen ausgebrochen ist, als sie mich sah. Ich habe zu Abend gegessen, und um 9 Uhr ½ haben sie mich schnell hinausexpediert und gesagt, ich solle mich beeilen. Jetzt bin ich daran gewöhnt, aber an diesem ersten Abend kam es mir seltsam vor, als ich um ¼ vor 10 Uhr den Lautsprecher hörte, der eine erste Warnung abgab, und um 10 Uhr wieder seine gebieterische Stimme (jetzt ist es übrigens um 11 Uhr, das läßt mehr Spielraum). An jenem Abend war ich denkbar tief gefallen, fiebrig, müde, getrennt von Ihnen, ich wußte nicht, wie lange. Zum Glück fand ich einen Kriminalroman, der meinen Kopf bis zum Einschlafen beschäftigte.

Ich bin viel weniger düster aufgewacht – es war mild, und Paris, das mir am Abend vorher wie ein Ort «irgendwo auf der Welt», unbestimmt und unheilvoll, vorgekommen war, hatte seine Individualität zurückgewonnen. Ich habe *Le Matin* gekauft, neben *Paris Soir* einzige Überlebende der früheren Zeitungen (die Auswahl ist geglückt, finde ich, meinen Sie nicht?) – ich habe mich ins *Dôme* gesetzt, und genau wie einen Monat zuvor habe ich meinen Platz neben der Terrasse wiedergefunden, meinen Kaffee und meine «Suisses»* mit Rosinen. Ich habe angefangen, in ein dickes Heft zu schreiben, das ich mir gerade gekauft hatte, und gegen 10 Uhr bin ich durch Paris gezogen – ich war bei Ihrer Mutter (um etwas über Sie zu erfahren), die nicht zu Hause war, bei C. Audry, bei Sorokine, ich habe nur ihre Mutter gesehen. Ich habe vergeblich versucht, nach Taverny zu telefonieren. Passy war absolut

* Eine Art Rosinenbrot.

leer. In gewissem Sinn erinnerten dieses schöne Wetter und diese Verzweiflung im Herzen an den September – aber es gab tausend Unterschiede in der Situation und in meiner Art, sie zu erleben. Ich bin ins Quartier Latin zurückgekommen und habe zufrieden festgestellt, daß es in den Straßen von Paris Früchte im Überfluß gab und insgesamt viele Lebensmittelgeschäfte. Ich war im Quartier Latin, habe mich ins *Mahieu* gesetzt, dann habe ich im *Dôme* gelesen, wo ich bis 6 Uhr geblieben bin. Das beherrschende Gesprächsthema in der Metro, in den Cafés, auf den Türschwellen war und ist bis heute geblieben: «Haben Sie Nachricht?» – die Toilettenfrauen aus dem *Dôme* und auch aus den *Trois Mousquetaires* haben nach Ihnen gefragt, mon amour – und überall klagten alle Frauen traurig, sie wüßten nichts. Und die große Frage, die brennende Frage, war: «Werden sie die Gefangenen behalten oder nicht?» – denn die Klauseln des Waffenstillstandsabkommens sind für die eindeutig, die in Deutschland sind und dort bis zum Ende des Krieges bleiben müssen, aber für die in Frankreich ist alles unklar, und alle möglichen Vermutungen machten die Runde. Ich selbst schwankte jeden Tag von einer Gewißheit zur anderen, und meine Tage waren friedlich oder trostlos, je nachdem, ob ich glaubte, ich würde Sie in einem Monat oder erst nach dem Friedensschluß sehen – ich versichere Ihnen, es war erstaunlich, von morgens bis abends, überall diese Litanei: es ist schwer, ohne Nachricht zu sein. Das vermischte sich in den ärmeren Vierteln mit einem anderen Thema: «Wenn wir das gewußt hätten, wären wir geblieben! wir wären nicht weggegangen.»

Gegen 6 Uhr bekam ich Lust, mit jemandem zu reden, und bin zur Avenue d'Orléans gegangen, um zu sehen, ob Zébuth zurück war – sie war mit mir in La Pouèze, und sie war ganz nett und sympathisch – sie hatte mir gesagt, ich solle sie gleich nach meiner Ankunft besuchen, was ich getan habe. Ich habe sie in ihrem Süßwarenladen angetroffen, den sie wieder aufgemacht hatte, sie war gerade angekommen, sie hatte eine ausgezeichnete Fahrt gehabt (in Begleitung von «ganz anders», dessen Bekanntschaft ich in La Pouèze gemacht habe und der sehr sympathisch ist), sie war morgens mit Benzin aufgebrochen und reibungslos bis Paris gekommen. Wir haben ein wenig geredet, sie hat mir ein paar Bücher geliehen, und ich habe bei meinen Eltern zu Abend gegessen. Als ich zu mir nach Hause kam, in die Rue Vavin, sah ich Sorokine, die schon fast 3 Stunden auf mich wartete und die ich die Nacht über bei mir behalten mußte. Ich habe mich ein bißchen gefreut, sie wiederzusehen: sie hatte versucht, mir mit dem Fahrrad nachzukommen, aber zu spät, sie wurde von den Deutschen eingeholt, die sie mit ihrem Fahrrad auf einen Lastwagen geladen und nach Hause zurückbefördert haben – sie war so glücklich, mich wiederzufinden, sie hat mir ihre Traurigkeit während dieser zwei Wochen in Worten beschrieben, die mich sehr gerührt haben. Nur hat sie mich gleich geärgert und sich angeklammert, indem sie beschloß, sich für einige Tage bei mir einzuquartieren, und gebieterisch verkündete, ich würde glücklich sein und meinen ganzen Kummer vergessen, da ich sie wiedergefunden hätte. Sie hat bei mir geschlafen, was mich, da ich außerdem ja sowieso gereizt war, daran hinderte, auch nur ein Auge zuzumachen.

Mehr aus dem wahnsinnigen Bedürfnis nach Aktivität als aus Hoffnung beschloß ich am nächsten Tag, nach Taverny zu gehen, um mich nach Bost zu erkundigen: ich fürchtete, er wäre in Beaune geblieben und seinerseits in Gefangenschaft geraten. Ich glaubte es übrigens nicht wirklich. Aber ich wollte in Taverny nachsehen: ich dachte irgendwie auch, er wäre zur Konvaleszenz nach Hause geschickt worden. Es machte mir Spaß, weil ich zu Fuß gehen mußte, weil es eine richtige Expedition war. Der Tag begann mit einer kleinen Tragödie, weil Sorokine mich begleiten wollte. Sie wollte mich auf dem Gepäckträger ihres Fahrrads mitnehmen, aber sie wollte auch ihrer Mutter Bescheid sagen, und so hat sie mich zuerst zur Porte de Saint-Cloud gefahren, während ich am anderen Ende von Paris losgehen wollte, Porte de la Chapelle. Diese kleine Fahrt war anstrengend und beweiskräftig: das Fahrrad war unbrauchbar – da hat sie verkündet, sie ginge zu Fuß mit mir, und hat mit den Füßen aufgestampft – dabei klagte sie schon über Rückenschmerzen. Obendrein ist mir ein Bündel mit Sachen, das ich mitgenommen hatte, hingefallen, als ich ihr Fahrrad schob, und etwas ist zerbrochen. Das hat mich wahnsinnig gemacht, ich zitterte vor Wut. Sie würden lachen, wenn ich so bin, das passiert mir oft mit Sorokine, und nur mit ihr, und es ist ein Zeichen für meine derzeitige Nervosität – eine Nervosität, die ich nicht fühle, wenn ich allein bin, aber die herauskommt, sobald sie mich ärgert: ich mache Sachen kaputt, ich zittere, meine Stimme wird tonlos, und einmal hätte ich sie fast geohrfeigt. Diesmal war es nicht so stark, aber heftig genug, um sie zu erschrecken. Sie wurde sanft und hat mich nur mit der Metro bis zur Porte de la Chapelle begleitet. Wir waren um 6 Uhr früh aufgebrochen, und trotz allem war es erst 8 Uhr, als ich vor der endlosen, ganz geraden und grauen Avenue stand, die nach Saint-Denis führt.

Mon amour, das Schreiben hat mich angestrengt. Ich mache morgen weiter. In den anderen Briefen habe ich Ihnen ausführlich den Zustand meines Herzens geschildert – im Grunde kennen Sie ihn. Aber fragen Sie trotzdem nach, wenn es möglich ist, ich glaube wirklich, daß auf der Adresse 9. Kompanie fehlte. Es kam mir seltsam vor, Ihnen wieder zu schreiben, aber jetzt ist es mir wieder selbstverständlich geworden, und ich werde Ihnen jeden Tag einen großen Brief schreiben. Seit langer Zeit hatte ich heute zum erstenmal einen Augenblick wirklichen vollen Glücks: das Leben stellt sich allmählich wieder her, wir werden uns wiederfinden, und ich bin Ihrer wie meiner sicher, wir werden glücklich sein – wir werden arbeiten – wir werden denken – wir werden reden. Wir brauchen nur ein bißchen Geduld.

Mein lieber Kleiner, wie nah Sie mir sind, wie lebendig Sie sind, wie ich Sie liebe, Sie, der Sie für mich das Notwendige und das Überflüssige sind (die vollkommene Synthese des

Allgemeinen und des Besonderen, nach der das unglückliche Bewußtsein gemäß Hegel und Monsieur Wahl schreit). Mon amour, ich werde Ihre lieben Gesichter wiedersehen. Ich werde Sie küssen. Ich werde Ihren Arm halten. Kommen Sie mir schnell zurück.

Ihr reizender Castor

192

Freitag, 12. Juli [1940]

Mein süßer Kleiner

Wie schön es mir vorkommt, daß ich Ihnen wieder schreiben kann – es ist 9 Uhr ½ früh; heute ist ein Tag ohne Unterricht, ich bin ganz frei. Ich habe gerade im *Dôme* gefrühstückt; es ist grau draußen und sogar ein bißchen kalt. Ich habe angefangen, Ihr Buch über *Das Imaginäre*[76] zu lesen: ich habe «Das Gewisse» noch mal ganz gelesen, und bald nehme ich «Das Wahrscheinliche» in Angriff. Es hat mir vor Zärtlichkeit Tränen in die Augen getrieben, als ich auf die Zeichnung des kleinen laufenden Mannes gestoßen bin – seit gestern habe ich wieder ganz feuchte Augen, ich habe vor Rührung dauernd einen kleinen Schleier vor den Augen – mein Kleiner, ich denke nur noch an Ihre kleine lebendige Gestalt, die ich wiedersehen werde – wie gern möchte ich wissen, was in Ihrem Kopf vorgeht. Wie sehr wünsche ich, daß es nicht zu düster ist.

Zu *L'imaginaire*, wurde Ihnen gesagt, daß es ein Erfolg war, sowohl in Paris als auch in der Provinz? daß die Studenten sich darum rissen?

Ich werde Ihnen erzählen, was ich erlebt habe, und anfangen, wo ich gestern aufgehört habe. Das ist mein vierter Brief, ohne die Postkarte, ich hoffe, Sie werden sie bekommen, ob-

76 *L'Imaginaire*, Sartres im April 1940 erschienenes erstes großes philosophisches Werk.

wohl ich vergessen habe, 9. Kompanie auf die beiden ersten zu schreiben. Ich kann es kaum erwarten, von Ihnen einen Brief zu haben, der mir sagt, daß Sie meine erhalten haben; dann wird der Kontakt wirklich wiederhergestellt sein. Und danach werden Sie kommen, mon amour.

Ich stand also um 8 Uhr früh an der Porte de la Chapelle, am ersten Juli[77], das war ein Montag, ich wollte nach Taverny gehen. Am Ausgang der Metro wartete eine Gruppe Flüchtlinge auf Lastwagen, und viele andere schlugen die große Avenue ein, auf Fahrrädern, zu Fuß, beladen mit Gepäck. Ich bin mit großen Schritten losgegangen, ohne groß an was zu denken. Ich war zu dieser Zeit ohne Nachricht von den Kos., von Bost, von Ihnen, und ohne Gleichgewicht in meinem Leben. Ich war zufrieden, daß ich eine begründete körperliche Anstrengung machen mußte. Ich habe Saint-Denis durchquert, dann Epinay und bin die Seinequais entlanggegangen. Ich kenne die Vororte schlecht, und es interessierte mich, sie zu sehen, und außerdem hatten sie irgendwie einen historischen Charakter, von dort waren einige Tage vorher die Deutschen gekommen, dort hatten sich die Flüchtlingsströme aus dem Norden ergossen, und jetzt wimmelte es wieder von Flüchtlingen, die zurückkehrten – auf der ganzen Strecke hörte man nichts als solche Reden: «500 km zu Fuß, 300 km mit dem Fahrrad, was für eine Anstrengung – wir kommen von Montauban, wir kommen von Toulouse … ach! wenn wir das gewußt hätten, wären wir nicht weggegangen!» Die Leute erkannten sich, hielten an; ein Fahrradfahrer ist bei einer Gruppe von beladenen Fußgängern abgestiegen: «Oh! eure Mutter ist schon seit drei Tagen zurück», usw. usf. Die Post funktionierte überhaupt noch nicht, und sogar zwischen Paris und den Vororten fühlten sich die Leute meilenweit voneinander entfernt, völlig abgeschnitten. Andere erkundigten sich nach dem Haus, dem sie sich näherten: «Ist nichts kaputtgegangen?», usw.

77 Vgl. *In den besten Jahren*, S. 388 f.; *Kriegstagebuch*, S. 413.

Ich habe eine lange Strecke zurückgelegt, um so mehr, als ich dummerweise Richtung Argenteuil abgebogen bin, wodurch ich einen Umweg von 4 km gemacht habe. Dort stieß ich auf eine Vorstadt im Grünen, es war schönes Wetter. Unterwegs habe ich Butterkekse gegessen und eine Viertelstunde in einem Bistro haltgemacht, um Limonade zu trinken und ein paar Zeilen an Bost zu schreiben. Eine Frau redete über ihren Mann, der, sie wußte nicht wo, in Gefangenschaft war, zwei andere flehten einen Mann an, ihnen Kartoffeln zu verkaufen, aber er weigerte sich stur (vor 10 Tagen war das schrecklich knapp) – ich habe meinen Weg fortgesetzt, an den Bahngleisen entlang. Es gab Gärten voller Johannisbeeren, dazwischen Wiesen, Kornfelder mit Mohnblumen und eine strahlende Sonne. Seltsam war, daß die Gärten und die Landschaft ganz lebendig und blühend, die Häuser aber wie ausgestorben waren. Ab und zu war an der Tür einer dieser Villen ein Schild zu sehen: «Maison habitée» oder häufiger «Bewohnt»*.

Ich kam zum Bahnhof von Vaucelles – er war unheimlich tot, und es kam mir seltsam vor, mich an jenen regnerischen Tag zu erinnern, an dem ich mit Bost dort war und alles von Leuten wimmelte, all diese Cafés, die jetzt geschlossen waren. Ich bin am Haus des Pastors vorbeigegangen, die Fenster waren weit geöffnet, und am Gitter hing das Schild «Bewohnt» (Bost hat mir seither geschrieben, der Pastor[78] habe ihm in äußerst heroischen Briefen seinen Willen kundgetan, nicht wegzugehen, während die Pastorin vor Verlangen umkam, bei ihren Kindern in Laval zu sein). Ich habe mich nicht getraut, sofort hineinzugehen; ich habe mich in einem Café in der Nähe gewaschen und ein bißchen zurechtgemacht, und dann habe ich eine Stunde lang an meinem Tagebuch geschrieben (das ich teilweise für Sie abschreibe) und meine Butterkekse aufgegessen. Danach habe ich mich, ziemlich

* Deutsch im Original.
78 Der Vater von Bost.

eingeschüchtert beim Gedanken, der Pastorin gegenüberzutreten, trotzdem mutig dem Haus genähert. Ach! mein guter armer kleiner Gatte, Sie werden enttäuscht sein, wenn Sie auf dieses Zusammentreffen neugierig waren, denn weder die Pastorin noch der Pastor waren da, sie waren nach Paris zu einer ihrer Töchter gefahren, und ich habe nur eine alte Haushälterin angetroffen. Zumindest erfuhr ich, daß Bost noch nicht zurück war. Ich bin wieder losgezogen, auf einer asphaltierten und sonnigen Hauptstraße, stolz, weil ich an einem Stück 25 km zurückgelegt hatte, mit mangelhaftem Schuhwerk, und nun munter weiterging – mir war jedoch heiß, ich hielt nach Autos Ausschau – zwei sind boshaft an meiner Nase vorbeigeflitzt, aber das dritte, eine kleine Klapperkiste mit offenem Verdeck, hielt an, und der Fahrer bat mich diensteifrig einzusteigen, er habe mit dem Motorrad 700 km zurückgelegt, er «habe verstanden», und er war nur allzu froh, jemandem einen Gefallen zu tun. Noch einer, der mir sagte «ach! wenn ich das gewußt hätte!» Er war mit seiner Frau auf dem Motorrad geflohen und war ebenso von Montauban zurückgekommen; die Arme, die an Rückgratverkrümmung litt, wurde vollkommen durchgeschüttelt, und er: «ich kann es Ihnen sagen, Sie sind ja erwachsen, hier, neben den gewissen Organen, tut es mir weh, Madame, es ist schrecklich!» Anscheinend untersagten zu dieser Zeit die Präfekten in den nichtbesetzten Departements die Ausreise (unter dem Vorwand der Lebensmittelknappheit in Paris) – einerseits wurde den Leuten geraten zurückzukehren, andererseits wurde an den Übergängen der Departements Gendarmerie postiert. Die Leute warteten die Nacht ab, bis die Gendarmen weg waren, und kamen rüber. Er hat mich an den Seineufern entlang zurückgebracht; wir sind an der Ile de la Grande Jatte* vorbeigefahren, und es kam mir höchst poetisch vor, denn das war für mich ein legendärer Ort, von dem ich mir niemals gesagt hatte, daß er tatsächlich irgendwo exi-

* In der Seine gelegene Insel.

stierte. Leute ruderten, badeten, das hatte ein seltsames Flair von Ferien. Die Jahreszeit, die Sorglosigkeit, der Überfluß an Zeit, all das gibt übrigens den Tagen eine etwas zauberhafte, etwas beunruhigende Atmosphäre von Unverbindlichkeit. Als das Auto bei einer Brücke neben einem deutschen Lastwagen hielt, traf mich etwas Hartes: eine Tafel Schokolade, die mir ein deutscher Soldat zuwarf. Ich bin am Pont de Neuilly ausgestiegen, und dort merkte ich, daß ich vor Schmerzen vollkommen lahm war. Ich habe die Metro genommen, im *Dôme* an meinem Tagebuch geschrieben und bin ins Hotel, Rue Vavin, hochgegangen, um ein wenig zu schlafen. Ich fand einen alten Brief von Bost vor, aus Avignon, was mich vollkommen über sein Schicksal beruhigt hat. Ich habe ein bißchen geschlafen, und um 6 Uhr ist Sorokine gekommen, tränenüberströmt, weil ihre Mutter sie hinausgeworfen hatte – zum einen, Sie erinnern sich, hatte sie die vergangene Nacht bei mir verbracht, und dann hatte sie ihrer Mutter gesagt, sie wolle einige Tage bei mir bleiben; daraufhin hat die Mutter entzückt verkündet, denn sie ist völlig abgebrannt, das sei vortrefflich, ich könne sie behalten. Die andere schluchzte und sagte, sie werde niemals mehr die Wohnung ihrer Mutter betreten, usw. Ich habe ihr erklärt, ich könne ihren Unterhalt nicht bestreiten, und schließlich haben wir einen Kompromiß gefunden. Ich habe ihr monatlich 500 Francs versprochen, drei Monate lang, das reicht ihr zum Leben in Paris oder in La Pouèze, und im Oktober wird sie zu ihrer Mutter zurückgehen. Zum Ausgleich habe ich beschlossen, bei meiner Großmutter zu wohnen, teilweise dort zu essen und fast immer bei meinen Eltern zu Abend zu essen. So gebe ich meinerseits kaum mehr als 20 Francs am Tag aus. Übrigens, ich sage es Ihnen gleich (Sie werden es noch sehen), das Geld macht mir keine Sorgen; wir werden unser Gehalt von *Juni* mit Sicherheit gegen Ende des Monats bekommen und das von Juli wahrscheinlich etwas später, wir werden sogar Geld beiseite legen können. Ich hatte, als ich nach Paris zurückkam, 1000 Francs Reserve, da ich bei «dieser Dame» nichts ausgegeben hatte, und wenn ich mir 1000 für das Monatsende leihe, wird die Welt untergehen. Ich habe mich voller Angst gefragt, ob Sie die Postanweisung schließlich erhalten haben; ich glaube, ja, aber ich war sehr beunruhigt, denn sicher wäre es nützlich gewesen, ein bißchen Geld bei sich zu haben. Mein Gott! wie gern möchte ich einen richtigen Brief haben, mit einer richtigen Nachricht.

Ich habe also Sorokine beruhigt, und sie hat mir eine Menge amüsanter Geschichten über ihr Leben in Paris während meiner Abwesenheit erzählt – 1 Woche lang hat sie Zeitungen verkauft, um ihren Lebensunterhalt zu verdienen, sie sagt, man könne am Tag 45 Francs verdienen, aber man käme um vor Anstrengung – und dann konnte sie nicht weitermachen, weil sie keine Arbeitserlaubnis hatte – sie fragt sich, wie ihre Zukunft aussehen wird, und es scheint tatsächlich nicht sehr erfreulich zu sein. Sie hat mir auch erzählt, wie Paris nach meiner Abreise zwei Tage lang schwarz von Ruß war, weil überall Benzinzüge brannten und dichte Schwaden freisetzten. Zébuth hatte mir das auch erzählt – die Pariser sahen alle wie Schornsteinfeger aus, und es war anscheinend seltsam, eine gewisse Beschaffenheit des Lichts, die an schönes Wetter denken ließ, und diese schwarze Decke über dem Kopf.

Ich habe bei meinen Eltern zu Abend gegessen – die Versorgungsschwierigkeiten waren natürlich das große Thema der Unterhaltung; es war schwieriger als jetzt. Und dann bin ich nach Hause gegangen, habe Sorokine angetroffen, wir haben das Bett ausgezogen, damit jede eins hatte, und nach einer Stunde zärtlicher Unterhaltung sind wir eingeschlafen.

Ich fahre fort – am Tag darauf, es war Dienstag, 2. Juli, bin ich traurig aufgestanden – das Aufwachen war in all diesen Tagen hart, ich fand mit schmerzlicher Bestürzung Ihre Abwesenheit wieder: wo könnte er sein? das war die erste Frage – und dann fragte ich mich, wie ich es wohl fertiggebracht hatte, den Vortag von morgens bis abends durchzustehen – und dann zog ich mich allmählich an, ein neuer Tag begann. Ich war im

Dôme; der Boulevard war grau und menschenleer. Ich habe an meinem Tagebuch geschrieben.

Sorokine ist gekommen – in gewissem Sinn war sie mir nützlich, weil sie mich von mir selbst losriß und mich am Denken hinderte, aber zugleich verlangte das jedesmal eine Anstrengung, und das lastete schwer auf mir. Ich habe ihr erklärt, daß ich sie nicht in meinem Zimmer behalten wollte, daß ich bei meiner Großmutter leben würde und sie in irgendeinem billigen Hotel in der Nähe – das hat sie betrübt, aber nicht allzusehr, weil sie im großen und ganzen selig war, mich ganz für sich zu haben. Ich habe sie zum Hôtel de Ville* mitgenommen, weil ich mich wegen meines Gehalts erkundigen wollte, und von dort wurde ich zur Sorbonne geschickt – während ich in dem Büro der Académie Papiere ausfüllte, hat sich ein Mann mit dem Orden der Ehrenlegion auf mich gestürzt: «Sie sind Philosophielehrerin? Das ist genau, was ich brauche!», und er hat sofort im Duruy angerufen und gesagt, ich würde am kommenden Tag mit dem Unterricht anfangen. Tatsächlich hat man im Duruy für einen Monat den Unterricht wieder organisiert, und man denkt irgendwie daran, Ende Juli das Abitur abzunehmen. Dort wurde mir das Gehalt für Ende des Monats versprochen – und außerdem hat mir der Mann, der wohl ein Schulrat war, gesagt, ich solle ihn vorher um einen Vorschuß bitten, falls ich in Geldnot gerate. Dieser Unterricht mißfällt mir nicht; es sind im ganzen 10 Stunden, auf 4 Vormittage verteilt, das hat mich eher ein bißchen im Leben gefestigt. Gleich bin ich zum Friseur gegangen, ich hatte fettige Haare, habe mir Strümpfe gekauft und schöne weiße Sandalen. Ich habe mit Sorokine bei *Capoulade* eine Handvoll Ravioli gegessen, und dann war ich um 3 Uhr mit Zébuth im *Dôme* verabredet, und ich habe sie dort getroffen. Sie ist ein gutes Geschöpf, und ich habe mich nicht gelangweilt.

Dann habe ich nochmals Sorokine getroffen, und wir sind

* Das Pariser Rathaus.

mit der Metro zur Rue de Charenton gefahren, um zu sehen, ob die Autobesitzer[79] endlich zurückgekehrt waren, und um meinen Koffer zu holen: denn ich hatte ihn im Auto gelassen, als ich mich verabschiedete, um mein Glück zu versuchen – sie waren noch nicht zurückgekommen, sie sind wohl 5 Tage lang in einem elenden Dorf steckengeblieben. Wir sind zu Fuß zur Rue de Rennes – ich habe zu Abend gegessen und bin zum Schlafen wieder in die Rue Vavin zu Sorokine gegangen. Ich habe vergessen, Ihnen zu sagen, daß ich an diesem Tag bei Toulouse angerufen hatte und die klägliche Stimme von Madame Jollivet hörte, die mir sagte, sie habe eine schreckliche Odyssee mit Dullin hinter sich und wisse nicht, was aus Toulouse geworden sei, die mit Zina Dienstag, den 11. Juni, mit einem Rucksack losgezogen sei und von der man keine Nachricht habe. Ich sagte, ich würde am kommenden Tag Dullin aufsuchen. Dieser Tag war Mittwoch, 3. Juli. Ich war im Lycée Duruy, wo ich vor völlig verschlafenen Mädchen 2 Stunden Unterricht gehalten habe. An jenem Morgen hat mir Sorokine die erste Fahrradstunde gegeben, in den kleinen Straßen am Luxembourg. Zu meinem großen Erstaunen habe ich gleich beim erstenmal das Gleichgewicht gehalten: ich bin aufgestiegen, sie hielt fest, ich habe die Pedale getreten, sie hat losgelassen, und ich bin gefahren – nach einer halben Stunde konnte ich sogar wenden und allein aufsteigen – ich war sehr stolz und bilde mir immer noch etwas darauf ein. Ich weiß nicht warum, nach dem Unterricht sind wir zum Mittagessen bei *Rougeot* gelandet: es muß gesagt werden, daß fast alle Restaurants geschlossen sind – wir haben Eier mit Kartoffeln gegessen und einen Kaffee auf der Terrasse des *Dupont* getrunken. Dann war ich bei Dullin im Atelier. Montmartre war gegen 3 Uhr nachmittags entsetzlich ausgestorben. Ich habe mich zum Theater aufgemacht, und die Concierge wollte mich nicht einlassen: «Monsieur Dullin kann niemanden empfangen.» Ich habe gesagt, ich sei verabredet, und schließ-

79 Mit denen sie die Rückreise La Pouèze–Paris begonnen hatte.

lich ging sie nachsehen, und sie kam ganz verwirrt zurück: «Sie haben Glück!» hat sie zu mir gesagt. Ich habe Dullin in seiner oberen Garderobe angetroffen, in Hemdsärmeln, eine Schürze umgebunden, mitten in einem Haufen zerrissener Papiere. Ich nahm an, daß er aufräumte. Er drückte mir überschwenglich die Hände, er schien ganz verstört. Er hat mir erzählt, daß sie erst Dienstag[80] beschlossen loszufahren, Madame J. war noch in Férolles – er wollte sie mit dem Wagen holen, während (er hat es später erfahren) Toulouse kofferbeladen und geldbestückt mit Zina im Taxi nach Ivry fuhr, wo sie einen Zug genommen haben. Er selbst hat seine Schwiegermutter auf den Pferdewagen geladen, auch die Hausgehilfin seiner Schwiegermutter – er hatte sich mit Toulouse in Tours verabredet, und er versuchte, die Loire zu erreichen: *13 Tage* lang hat er sich im Kreise gedreht und vergebens versucht, eine Brücke zu finden, die nicht abgeschnitten war und die man die Zivilisten überqueren ließ. Sie schliefen auf dem Wagen, sie hatten nichts zu essen. Nach einigen Tagen ist die Hausgehilfin *verrückt* geworden – sie sprach den ganzen Tag vom Essen, von Kartoffeln und Eiern, und sie ist schließlich während einer dieser endlosen Aufenthalte, die 9 Zehntel der Reise ausmachten, in einem Wald verschwunden, mit dem Ruf «ich will Eier suchen», sie ist nicht wieder zurückgekommen.

Schließlich wurde Dullin von den deutschen Truppen eingeholt und mußte nach Paris umkehren.

Die letzte Auskunft (vor drei Tagen am Telefon) besagte, man habe ihm geschworen, Toulouse sei zu Fuß auf einer Straße bei Tours gesehen worden. Er war durch Férolles gekommen; sein Haus war ausgeplündert, wahrscheinlich von französischen Zivilisten – die Panik der Flüchtlinge und ihre Plündereien waren anscheinend unglaublich, sie raubten alles aus. Die Verrückte ist schließlich zu Fuß nach Férolles zurückgekommen.

80 Der Tag, an dem die Deutschen Paris besetzten.

Ich habe mich von Dullin verabschiedet – im *Dôme* gelesen – Sorokine getroffen, für die ich ein kleines Zimmer für 160 Francs in der Nähe des Löwen von Belfort gefunden habe, in einem schäbigen und netten Hotel. Ich bin noch ein bißchen radgefahren, habe bei meinen Eltern zu Abend gegessen und eine letzte Nacht mit S. in der Rue Vavin verbracht.

Mein Kleiner, ich schreibe heute abend oder morgen ganz ausführlich weiter – es amüsiert mich, Ihnen zu erzählen. Jetzt ist es Mittag, und ich habe den Vormittag damit verbracht, *L'imaginaire* zu lesen und Ihnen zu schreiben. Ich werde nachsehen, ob ich einen Brief von Ihnen habe. Wenn nicht, werde ich diesen Brief ohne Zusatz einwerfen. Auf Wiedersehen, mon amour – ich bin jetzt ganz mit Ihnen vereint. Ich bin darüber so glücklich. Ich liebe Sie, ich warte auf Sie, mon amour

Ihr reizender Castor

193

Samstag, 13. Juli [1940]

Mein süßer Kleiner

Es ist 5 Uhr ½, und ich habe bis abends nichts anderes zu tun, als Ihnen zu schreiben – ich habe nur ein bißchen Angst, daß diese Briefe nicht ankommen (dies ist der fünfte), und das lähmt mich etwas. Natürlich habe ich seit den mit Bleistift geschriebenen Zeilen von Ihnen keine Nachricht bekommen; ich hatte heute früh eine vage Hoffnung, ich habe sie auf morgen vertagt. Wie glücklich ich sein werde, wenn ich einen wirklichen Brief haben werde, mon amour.

Ich habe eine ausführlichere Nachricht von Kos. bekommen – sie sagt, Laigle habe nicht so sehr gelitten, es gab einige Bomben, aber sie haben nur eine einzige Familie getroffen – alle Bewohner waren weg, und sie sind nur geblieben, weil Madame Kos. sich ausgerechnet so krank fühlte, als stünde sie mit einem Bein im Grabe. Sie wird demnächst nach Paris kommen – ich werde sie nur drei oder vier Tage behalten. Védrine hat mir geschrieben, sie komme auch zurück, aber es ist nicht sicher, ob sie bleibt.

Ich werde Ihnen zuerst von diesen beiden Tagen erzählen – Sie werden sehen, es ist ein ruhiges und sogar düsteres Leben, mit dumpfen Aufwallungen von Begehren, wenn ich daran denke, daß Sie aus Fleisch und Blut an einem bestimmten Punkt Frankreichs sind, daß ein Zug und die Erlaubnis einzusteigen genügen würden, Sie in fünf Stunden zurückzuholen. Mon amour, ich weiß nicht, ob Sie fühlen, welches Bedürfnis ich nach Ihnen habe – ich habe es mit der ganzen mir möglichen Geduld ertragen, aber jetzt, wo ich entspannt bin, weil nicht mehr in Sorge, erstickt es mich ganz.

Gestern habe ich also den Vormittag damit verbracht, *L'imaginaire* zu lesen und Ihnen zu schreiben. Ich bin zu Fuß ins Quartier Latin gegangen, dann zur Seine und zum Palais Royal – ich habe in der Nähe der Bibliothèque Nationale, in *La Fleur de Lys* gegessen, wo mich einst der Lama an den Jubeltagen hinführte. Dann habe ich von 2 bis 5 in der Nationale Hegel gelesen – ich verstehe ihn allmählich – es ist interessant und irritierend. Ich bin an der *Phänomenologie des Geistes* und werde dann zur *Logik* übergehen. Beim Nachdenken über ihn und Husserl habe ich gemerkt, daß ich viel von Husserl vergessen habe, und Sie werden ihn mir erklären, während ich Ihnen Hegel darlegen werde.

Danach habe ich meinen Koffer an der Gare de Lyon abgeholt – ich habe meine Papiere und meine Kleider wiedergefunden, ich habe sie zu mir geschafft und einige Kleidungsstücke in Ordnung gebracht. Und dann habe ich Sorokine im *Dôme* getroffen – es war trist, denn am Abend vorher hatte es eine große Szene gegeben, die ich Ihnen bei Gelegenheit erzähle, aber diese Szenen langweilen mich so sehr, daß schon der Gedanke ans Erzählen mich einschläfert. Dann bin ich um 8 Uhr ½ zu meinen Eltern hochgegangen, um sowohl das Abendessen als auch das Konzert wahrzunehmen, das ausgezeichnet war (im Radio gibt es jetzt jeden Abend ein Konzert): sehr schöne alte Musik – Bach – Debussy. Dann bin ich mit Sorokine zu Fuß zurückgegangen und habe geschlafen.

Heute früh Unterricht von 9 Uhr bis Mittag – Mittagessen und vollkommene Aussöhnung mit Sorokine. Von 2 bis 5 Uhr Hegel – und ich bin wieder hier. Es regnet. Ich langweile mich zutiefst in meinem Herzen – ich glaube, *Sie* langweilen sich unerträglich – sind Sie mit Pieter zusammen? Sicher können Sie nicht lesen und nicht einmal schreiben, wenn Sie nur einen Bleistift haben. Haben Sie Ihre Entwürfe retten können? Mon amour, ich habe ebenso viele Tränen über Mathieu* vergossen wie über Sie selbst, nichts war mir schmerzlicher als die Ungewißheit über sein Los. Wirklich, ich hatte keine andere Sorge, als zu erfahren, was mit Ihrem Leben ist.

Ich werde für Sie mit meiner Geschichte fortfahren. Ich war bei Donnerstag, 4. Juli, stehengeblieben.

Ich hatte von 9 bis 11 Uhr Unterricht – dann war ich in den *Deux Magots* und habe auf der Terrasse *Autant en emporte le vent* [dt.: *Vom Winde verweht*] gelesen, was mir Zébuth geliehen hat. Es ist weniger langweilig, als ich gedacht hatte, aber weniger amüsant, als gesagt wird. Ich habe bei meiner Familie zu Abend gegessen, seit langer Zeit zum erstenmal Rindfleisch. Ich bin zu den *Deux Magots* zurückgegangen, um zu lesen und an Kos. zu schreiben – dann bin ich eine Stunde lang belustigt, ermattet und erfolgreich radgefahren. Daraufhin habe ich im *Dôme* eine Zeitung gelesen, der ich entnahm, daß die Gefangenen nicht freigelassen werden; das hat mich in eine düstere Stimmung versetzt, und als Sorokine um 7 Uhr kam und ich daran dachte, daß ich 4 Stunden mit ihr zusammensein würde, fing ich an, sie zu hassen. Wir sind zu Fuß zum Palais Royal gegangen, wo ich irgendwie die Liste der Gefangenen einsehen wollte, nur so, um meine Ungewißheit zu beheben. Wir haben

* Hauptperson aus Sartres Roman *Zeit der Reife*.

uns vage gestritten, da sie wollte, ich solle gewisse Schritte unternehmen, um mir ein Fahrrad zu beschaffen, und ich wollte nicht – daraufhin haben wir gesehen, daß die Stelle mit den Listen geschlossen war (anscheinend werden wenige Namen bekanntgegeben, und 600 Menschen stehen Schlange), und wir sind weggegangen, sie schlurfte langsam, ich schritt kräftig aus, und großer Abstand bildete sich zwischen uns – wir haben uns trotzdem am *Café de la Paix* getroffen, wo wir in haßerfülltem Schweigen köstliches Ananaseis gegessen haben. Es wimmelte von sehr schicken Deutschen, aber davon abgesehen war es öd und trostlos.

Wir sind durch die Tuilerien zurückgegangen, und als wir dort eine von nervösen Ticks geschüttelte verrückte Alte sahen, die hinter einem Baum wie gehetzt ihre Hose runterließ, haben wir uns lachend versöhnt.

Ich habe mich bei meiner Großmutter eingerichtet, wo wir uns zum Abendessen mit Wurst vollgestopft haben, und dann habe ich mich hingelegt, ich habe ein bißchen in einem Kriminalroman gelesen und fast 11 Stunden geschlafen. Ich habe von Ihnen geträumt; Sie waren in Uniform und Sie waren ein Mörder, Sie wollten mich erwürgen. Dann haben Sie sich besänftigt, und ich küßte Sie und strich Ihnen übers Haar – und dann hatte ich, immer noch im Traum, einen Wutanfall gegen diesen Traum, ich fand ihn unpassend und schmerzlich und bin mit einem Schlag aufgewacht. Es war schon 11 Uhr. Ich habe mit Sorokine eingekauft, denn sie war zu dieser Zeit willens und entschlossen, für mich zu kochen: sie hat Reis gekocht, den sie fast vollständig auf die Erde verschüttet hat, sobald er fertig war. Dann waren wir in der Bibliothek der Sorbonne, wo ich ein dickes interessantes Buch über Debussy gelesen habe. Blöde ist, daß die Bibliotheken nur von 2 bis 5 Uhr geöffnet sind, sonst hätte ich mich sowohl über Hegel als auch über die Musik informiert, während ich so wählen mußte. Und dann habe ich mich ins *Dôme* gesetzt – der Kellner hat mich nach draußen auf die Terrasse verfrachtet, er sagte, alleinstehende Damen seien nicht mehr zugelassen: in

Wirklichkeit sind sie sehr wohl zugelassen, aber er hatte mich für eine Nutte gehalten. In den ersten Tagen hatte das *Dôme* sein uraltes bordellartiges Aussehen wieder angenommen, alle Nutten auf den exponiertesten Plätzen – dann wurden sie in den Hintergrund gedrängt – und jetzt kommen sie nicht mehr, weil sie nach deutscher Kundschaft Ausschau hielten; in den ersten Tagen waren eine Menge Deutsche im *Dôme*, und jetzt hängen an gewissen Cafés Anschläge, die den Deutschen den Zutritt verbieten. Die Geschäftsführer bedauern es, niemand weiß, woher das Verbot stammt. Ich habe mich also auf die Terrasse gesetzt und etwas gegessen, ich bin nach Hause gegangen. Sorokine war von 9 bis 10 Uhr da, und ich habe mich hingelegt.

Ich bin ganz zerschlagen und todtraurig aufgewacht. Ich bin die Rue Froidevaux hinuntergegangen, dort schnürt sich mir immer mein Herz zusammen, weil es eine meiner letzten Erinnerungen an Sie ist, Ihr Urlaub, als wir diese Straße entlanggingen und ich zu Ihnen sagte, ich fände mit Ihnen die Totalität der Welt wieder. (Diesmal wird es anders sein. Ich habe sehr wohl den Eindruck, in meiner Einsamkeit mit der Totalität der Welt in Verbindung zu stehen – nur auf Ihre individuelle Erfahrung warte ich voll Ungeduld.) Ich habe in den *Trois Mousquetaires* melancholisch einen Kaffee getrunken, bin bis zum Duruy weitergegangen, wo ich zwei Stunden Unterricht gehalten habe – dann habe ich in den *Deux Magots* gelesen, bei meiner Familie zu Mittag gegessen: es gab eine erste Karte von Kos. und einen langen Brief von Poupette aus Portugal. Das waren seit langer Zeit die ersten frischen Briefe, und es hat mich gefreut wie ein erster Ausbruch aus dem Gefängnis. Ich bin zu Fuß zur Bibliothèque Nationale gegangen, und dort habe ich angefangen, die *Phänomenologie* von Hegel zu entziffern, ich habe das Buch von Wahl* und

* Jean Wahl, *Le malheur de la conscience dans la philosophie de Hegel* [Das unglückliche Bewußtsein in der Philosophie Hegels], Paris 1929, 1951.

einige englische Kommentatoren zu Hilfe genommen: aber es ist entmutigend, denn jeder legt lang und breit dar, daß er nichts versteht. Ich fand es schön, dort zu sein, es erinnerte mich an die alte Zeit der Agrégation* – und außerdem heiterte es mich auf, die Philosophie wiederzufinden und die Bücher, all dies Reale und so Solide, das uns nie fehlen wird. Ich bin zur Rue Vavin gegangen, habe gelesen und Sorokine gesehen, mit der ich Mathematik gemacht habe, was mich ein bißchen amüsiert hat, und die ich dann mit zu mir genommen habe, Pastete zu essen und zu reden. Ich habe ihr Geschichten erzählt, und wir haben tausend Zärtlichkeiten ausgetauscht, es war ein ziemlich schöner Abend.

Guten Abend, mein süßer Kleiner. Um 7 Uhr habe ich das *Dôme* verlassen, ich habe Zébuth guten Tag gesagt, die mich zum Abendessen dabehalten hat – ihr Freund war da – wir haben geredet, es war weder amüsant noch langweilig, aber ich wurde von finsterer Traurigkeit gepackt – es regnet – was bedeutet Regen in einem Kriegsgefangenenlager, das muß trostlos sein. Heute bin ich für Sie weniger optimistisch als vorgestern, ich glaube, Sie müssen sich furchtbar langweilen, ich bekomme Lust zu weinen. Wenn Sie nur meine Briefe erhielten, mein Kleiner! Das würde Sie ein bißchen mit der Welt verbinden; wenn ich sicher wäre, daß Sie meine Briefe bekämen, würde ich von morgens bis abends schreiben. Ich werde zum Roten Kreuz gehen, um zu sehen, ob ich Ihnen nicht vielleicht ein Paket schicken kann – wenn es möglich ist, werde ich alles, was erlaubt ist, hineintun, Bücher und Eßwaren. Ich werde auch fragen, ob ich Geld schicken kann. Ich erinnere mich an Ihren ersten Brief aus einer Kaserne in Nancy, in dem Sie mir schrieben, Sie fühlten sich «absurd und ganz klein», in einer Ecke auf einer Holzkiste sitzend – so stelle ich Sie mir vor – und bin zerrissen vor Traurigkeit und Liebe zu Ihnen, ich kann es nicht ertragen, daß Sie unglück-

* Staatsprüfung, Zugang zum höheren Lehramt. Simone de Beauvoir legte sie 1929 ab.

lich sind. Und sicher gibt es Augenblicke, in denen Ihnen die Tage so lang erscheinen. O mein Kleiner, Sie werden sehen, wie nett ich sein werde, wenn ich Sie wiederfinde, ich werde versuchen, wirklich nett genug zu sein – und wie ich Sie feiern werde, mon amour, so stark wie die Fliegen von Ouarzazate (es war doch in Ouarzazate?). Ich bin ganz schwer von zärtlichen Erinnerungen und Bildern von Ihnen und einer ganz demütigen und vollen Liebe – wenn ich doch bei Ihnen sein könnte! genau dort, wo Sie sind, Ihr Los teilend – das wäre Glück. Mon amour, mein Herz ist kein staubiger Knochen, wie lebendig Sie in ihm sind; heute abend ist mir mehr als an allen anderen Abenden alles von Ihnen gegenwärtig, und wie Sie sich manchmal ganz duftend vorkommen, so fühle ich ebendiesen Duft von Ihnen in mir. Auf Wiedersehen, mon amour. Ich küsse Sie leidenschaftlich.

Ihr reizender Castor

194

Sonntag, 14. Juli [1940]

Mon amour

Heute früh ist es schön und frisch draußen – es kommt mir seltsam vor, dieses Datum zu schreiben: 14. Juli – früher bedeutete das Abreise in die Ferien, eine lange Zeit, die wir ganz zusammen damit verbringen konnten, die Welt zu sehen – es bedeutete manchmal lange schöne Spaziergänge in einem ganz lustigen Paris. Heute fällt es ins Leere, es ist nicht einmal Sommerwetter, es hat keinen Platz im Jahr, die Zeit ist dermaßen formlos. Ich hatte vor, einen großen Ausflug mit dem Rad zu machen, aber ich bin zu schlapp, ich habe nur Lust, mich sanft verkommen zu lassen – ich habe lange geschlafen, ich bin zum Frühstück hierhergekommen und werde Ihnen schreiben, Ihr *Imaginaire* weiterlesen und Notizen über Hegel machen. Wie ich Lust habe, Sie zu sehen – wie ich mich ohne Sie leer und ohne Halt fühle, mein Kleiner. Und vor allem kann ich kaum dieses Glück erwarten, das mir wieder gewiß ist und fast nah: Ihre Anwesenheit neben mir, liebes kleines Geschöpf.

Ich werde den Bericht über mein Leben in Paris beenden – so werden Sie, wenn Sie meine Briefe aneinanderlegen, eine ausführliche Geschichte meines Lebens während dieser letzten zwei Wochen haben. Ich war bei letztem Sonntag stehengeblieben. Ich bin so spät wie möglich aufgestanden, gegen 9 Uhr ½, der Augenblick des Aufwachens gehört immer zu den schmerzlichsten; und dann habe ich mit Sorokine einen Kaffee an der Avenue d'Orléans getrunken. Ich habe ihr Fahrrad geholt; es war erst der dritte Tag, an dem ich fuhr, und ich habe eine richtige Spazierfahrt geschafft, bis zum Parc Montsouris und zurück, dann zur *Closerie des Lilas* und zurück. Einmal bin ich in einen Hund und ein anderes Mal in zwei Frauen hineingefahren, die sich darüber sehr entrüsteten, aber im großen und ganzen war es äußerst glorreich. Auf dem Boulevard Raspail bin ich gepanzerten Wagen voll Deutscher in Schwarz begegnet; das sind die Soldaten von den Panzern, glaube ich, mit ganz schwarzen Uniformen, großen Mützen und Totenkopf. Ich habe mich ins *Dôme* gesetzt, habe ausgewählte Stücke von Hegel gelesen; ich habe einen Satz gefunden, der wunderbar als Motto zu meinem Roman passen würde:

«Insofern es Thun des Andern ist, geht also jeder auf den *Tod* des Andern. [...] Das Verhältnis beider Selbstbewußtsein ist also so bestimmt, daß sie sich selbst und ineinander durch den Kampf auf Leben und Tod bewähren. – Sie müssen in diesen Kampf gehen, *denn sie müssen die Gewißheit ihrer selbst [...] zur Wahrheit [...] erheben.*»

«Eben so muß jedes auf den Tod des Andern gehen [...]; sein Wesen stellt sich ihm als ein Anderes dar, es ist außer sich; es muß sein Außersichsein aufheben [...].»*

* Der deutsche Originaltext ist folgender Ausgabe entnommen: G. W. Friedrich Hegel, Sämtliche Werke, Band II. *Phänomenologie des Gei-*

Plötzlich hatte ich einen kurzen Augenblick intellektueller Inbrunst, ich bekam Lust, Philosophie zu machen, mit Ihnen zu reden, mir meinen Roman wieder vorzunehmen – aber ich bin zu unschlüssig, um mich wieder an den Roman zu setzen, ich werde nicht daran rühren können, ehe ich Sie nicht wiedergesehen habe. Ich habe zu Mittag gegessen, an Kos. geschrieben, Notizen gemacht, gelesen und um 5 Uhr eine richtig große Spazierfahrt mit dem Fahrrad gemacht. Ich bin in der Rue de Charenton vorbeigefahren und sah, daß die Leute, die in Besitz meines Koffers sind, zurück waren, aber sie waren gerade nicht da, und ich bin mit leeren Händen zu mir zurückgekommen. Ich bin zwei Stunden radgefahren, und zwar auf sehr schlecht gepflasterten Straßen, so daß ich schrecklich durchgeschüttelt wurde und sehr müde nach Hause kam. Außerdem bin ich dauernd in einem Zustand der Nervosität, der automatisch nachläßt, wenn ich allein bin, der aber durch die Anwesenheit Sorokines leicht auf die Spitze getrieben wird. Das hat zu einer heftigen und burlesken Szene geführt. Ich bin also angerückt, ich fand Sorokine vor, wie sie gerade Pommes frites machte, und auch einen Packen Briefe, die «diese Dame» aus La Pouèze nachgeschickt hatte – sechs ziemlich frische Briefe von Bost (bis zum 18. Juni) – ich habe zunächst eine heftige Enttäuschung verspürt, weil von Ihnen nichts dabei war, und dann hat sich mir wegen der Briefe von Bost das Herz zusammengeschnürt, und meine Augen wurden feucht, und ich wäre gern allein gewesen, um mich meiner Traurigkeit hinzugeben. Statt dessen wußte ich, daß Sorokine erwartete, mit einer freundlich gelaunten Person voller interessanter Ideen und amüsanter Geschichten eine gute Zeit zu verbringen. Vier Stunden lang diese Rolle zu spielen widerte mich an. Sie hat es gespürt; sie nahm mir übel, daß ich so viele Briefe erhalten

stes, Frommanns Verlag, Stuttgart 1951, S. 151 und 152. Die Auslassungen der französischen Übersetzung zerstückeln und entstellen den Text nicht, wie die entsprechenden Auslassungen im Originaltext es tun.

hatte, und sie hat ein finsteres Gesicht gemacht, während wir die Pommes frites aßen. Ich nahm ihr übel, daß sie keine Frage zu diesen Briefen stellte, daß sie sich nie auch nur eine Sekunde um meiner selbst willen für mein Leben interessiert. Eine Stunde ist in trüber Höflichkeit herumgegangen – dann sind wir von der Küche in ein Zimmer gegangen, und ich habe ihr auf ihr Verlangen hin *Eupalinos** von Valéry erklärt; gleich zu Beginn hat sie schmollend gesagt, sie verstehe nichts, und eine Stunde lang habe ich es in einem harten bösen Ton erklärt, während sie voller Wut zuhörte. Noch zwei Stunden waren durchzustehen, das kam mir endlos vor – um abzulenken, wollte ich noch mal einen Brief lesen, den ich ihr aus La Pouèze geschrieben hatte und der da herumlag. Sie wollte mich aus reinem Widerspruchsgeist daran hindern, und ich wurde von finsterer Wut gepackt, die mich den Brief in Stücke reißen ließ – danach Schmollen, dann vage Aussöhnung. Dann habe ich gutwillig nach Gesprächsthemen gesucht, aber sie hat sie alle fallenlassen, sie nahm meine Hände und rieb ihren Kopf gegen meine Schulter, was mich anwiderte. Ich verbiß mich mehr und mehr in die Wut – schließlich hat sie verkündet, sie wolle nicht reden, solange ich so auf meinem Sessel säße. Da bin ich explodiert, ich habe sie mit Dummheiten überschüttet. Sie hat den Raum verlassen, ich habe einen Kriminalroman genommen und habe gelesen, was mir die Seele besänftigt hat. Gegen Viertel vor 11 habe ich sie gesucht, um sie nach Hause zu schicken; und zunächst habe ich sie nicht gefunden, ich habe gerufen, ich habe sie vergeblich gesucht. Schließlich entdeckte ich sie hinten in der Küche, am Küchenschrank kauernd, finster dreinblickend. Ich sagte ihr, sie solle gehen, sie sagte, das tue sie keinesfalls, und als ich sie schütteln wollte, traktierte sie mich mit Fausthieben. Ich habe sie trotzdem bis zur Eingangstür gezerrt und ihr ins Ohr gebrüllt, wenn sie nicht gehe, würde sie mich eine Woche lang nicht sehen. Das hat sie eingeschüchtert, sie ging hinaus und

* *Eupalinos ou l'architecte*, dt. von Rilke: *Eupalinos oder Der Architekt.*

rief, sie werde im Treppenhaus bleiben – ich habe ihr die Tür vor der Nase zugeschlagen. Ich habe mich hingelegt, und natürlich wurde nach einer Viertelstunde geläutet. Ich öffnete, zitternd vor Wut, ich wollte allein sein, meine Ruhe haben und schlafen; ich haßte sie rundweg. Sie wollte «reden», aber ich habe unerbittlich abgelehnt, ich warf ihr eine Matratze, ein Kopfkissen, Decken hin, damit sie es sich auf der Erde bequem machte, und habe würdevoll zu meinem Kriminalroman gegriffen – da hat sie sich hinausgeschlichen und ihr Bettzeug in den Flur geschleppt. Ich habe gelesen, dann geschlafen, und bin ganz heiter aufgewacht und war sogar gerührt, als ich mich daran erinnerte, wie ihr Gesicht am Abend vorher verschmiert war, weil sie versucht hatte, auf dem Abtreter zu schlafen. Ich finde zwar, daß sie tyrannisch, indiskret und unerträglich ist wie ein bockiges Kind, aber an besagter Szene war ich mitschuldig. Deshalb habe ich sie heute früh lächelnd begrüßt, und sie hat lächelnd geantwortet, wir haben zusammen gefrühstückt, und nach dem Duruy habe ich sie wieder getroffen, um mit ihr in der *Milk Bar* zu Mittag zu essen, und wir haben mit einer dieser großen tiefschürfenden Aussprachen angefangen, die die Wonne ihres Lebens sind; das ähnelt den Beichten der Psychastheniker, die sich im Kreise drehen und dabei glauben, sie gäben jedesmal den tiefsten Grund ihrer Seele preis, aber schließlich vergeht dabei die Zeit. Sie war niedergeschlagen, als sie den Grund der Geschichte verstand, und hat zugegeben, daß sie mich immer nur als ausbeutbares Objekt betrachtet hat – sie hat mich zur Bibliothèque Nationale begleitet, wo ich Hegel gelesen habe. Von 5 bis 7 Uhr habe ich eine lange Spazierfahrt mit dem Rad gemacht, bei der Rue des Francs-Bourgeois, und ich fand es allmählich absolut zauberhaft, in Paris mit dem Rad herumzufahren. Dann habe ich meinen Kriminalroman in den *Deux Magots* zu Ende gelesen und dabei einen Sherry getrunken. Ich habe bei mir zu Abend gegessen, noch kurz Sorokine getroffen und mit ihr an der Avenue d'Orléans einen getrunken.

11 Uhr – ich war gerade im Hotel, um nach Briefen zu sehen, aber ich hatte nichts – die Frau hat mir erzählt, vor zwei Monaten sei die arme Hermaphroditin abgeführt worden, in Handschellen. Sie ist in einem Lager in Saint-Germain-les-Belles, und sie hat mir einen Brief vorgelesen, in dem sie ihr Leid klagt und in mitleiderregendem Stil um etwas Geld bittet.

Ich fahre mit meinem Bericht fort. Ich war bei Dienstag stehengeblieben. Es war ein friedlicher Tag, nicht unangenehm. Ich bin mit dem Fahrrad zur Schule gefahren und ebenso zurückgekommen, bis zum *Dôme*, wo ich eine Stunde gelesen, dann mit Sorokine zu Mittag gegessen habe; gezwungenermaßen war es eine vollkommene Idylle. Danach habe ich an Hegel gearbeitet und dann eine Spazierfahrt mit dem Rad gemacht: vom Palais Royal zur Etoile, zum Pont de Neuilly und zu den Seineufern bis Auteuil – es hat zwei Stunden gedauert, über sanfte und fast leere Straßen, auf denen ich mich erkühnt habe, wirklich schnell zu fahren. Es war schönes Wetter, in meinem Kopf vollkommene Leere, und ich war sehr zufrieden. Es war der erste Tag, an dem es im Radio wieder Konzerte gab, und ich kam vor Verlangen um, Musik zu hören, daher hatte ich mich mit Sorokine bei ihrer Schülerin verabredet (die in mich und in Sie verliebt ist), die ein Radio hat. Wir haben das Quartett von Debussy, Bach, Mozart, die *Fidelio*-Ouvertüre und ein schlechtes Stück von Strauss gehört. Wir sind um 10 Uhr aufgebrochen, wir mußten uns eilen, um um 11 Uhr zu Hause zu sein. Sorokine hat versucht, mich auf die Lenkstange ihres Fahrrads zu setzen, aber ich fühlte mich so jämmerlich, daß wir es aufgegeben haben. Dann sind wir sehr schnell die ganze lange Rue de la Convention entlanggegangen – wir waren trotzdem erst bei Alésia, als der Lautsprecher grölte, und wir haben vor Angst gezittert, daß wir die Nacht auf dem Revier verbringen müßten. Ich habe das Fahrrad genommen, während sie um ihr Leben rannte, und zum Glück hat die Concierge mir aufgemacht – wir haben Brot und Pastete gegessen, zärtlich geredet und geschlafen.

Am nächsten Tag wollte ich, durch die Spazierfahrt des Vortags auf den Geschmack gekommen, einen noch größeren Ausflug machen, und ich bin um 9 Uhr in Richtung Vanves, Clamart gefahren, aber das waren schlechte ansteigende Straßen, ich mußte die Hälfte der Zeit zu Fuß gehen. Das Wäldchen von Clamart war voll von Deutschen, die überall exerzierten, man konnte praktisch nicht radfahren – dann war ich bei Meudon, Chaville und bin über die Porte de Saint-Cloud zurückgekehrt. Ich habe bei meiner Mutter zu Mittag gegessen – Hegel in der Bibliothèque Nationale gelesen – im *Dôme* gelesen und zu Abend gegessen und den Rest des Abends mit Sorokine verbracht.

Danach war Donnerstag. Ich war im Lycée, ich war wie immer traurig und düster. Ich bin im Hotel vorbeigegangen und dort habe ich Ihre Nachricht bekommen, mon amour. Ich war ganz aufgewühlt – es war seltsam, weil das so viel bedeutete, und zugleich war es nichts, ich konnte ihn drehen und wenden, um mich herum verwandelte sich nichts, und ich sah Sie nicht am Ende der Straße auftauchen. Ich fing an, Ihnen einen ersten Brief zu schreiben. Und dann ist Sorokine gekommen, um mit mir im *Dôme* zu Mittag zu essen – sie hat verlangt, ich solle ihr einen Brief von Védrine zeigen, aber da sie alle zu leidenschaftlich waren, habe ich abgelehnt. Da hat sie eine lange Weile gemotzt, und ich habe ein Buch genommen – sie hat mich fast blutig gekniffen, und ich habe mit einem kleinen Klaps geantwortet, was sie so empörte, daß sie würdevoll abgezogen ist, und ich habe sie den ganzen Tag nicht mehr zu sehen bekommen. Das war mir recht, denn ich wollte mit Ihnen allein sein. Ich habe Ihnen geschrieben, ich war in der Rue du Louvre, wo ich erfuhr, daß ich das Recht habe, Ihnen zu schreiben, dann habe ich im Café *Delcour* einen zweiten Brief geschrieben und dann einen langen Spaziergang durch Paris gemacht: Rue du Faubourg Saint-Denis, Boulevard Sébastopol, die Boulevards, die Champs-Elysées – es wimmelte von Leuten, und es gab Lebensmittel im Überfluß – ich war glücklich, ich fühlte, das Leben würde wieder anfangen. Abends habe ich bei meiner Familie gegessen und ein gutes Konzert gehört – Schumann, Beethoven, *Le coq d'or* [Der Goldene Hahn] von Rimski-Korssakow, *L'oiseau de feu* [Der Feuervogel] – dann bin ich um 10 Uhr ½ zu mir gegangen, sicher, daß ich Sorokine dort treffen würde, und entschlossen, mir in einer Viertelstunde die Aussprache vom Hals zu schaffen – aber nachdem sie lange auf mich gewartet hatte, fing sie an, sich wie verrückt die Haare zu waschen, und sie hatte einen ganz schaumigen Kopf, und ihre Seele war in Aufruhr.

Natürlich wollte sie nicht zu sich gehen; ich war nicht wütend, aber ich war entschlossen, mich nicht tyrannisieren zu lassen, und unter Schreien, Schlägen, Handgreiflichkeiten und Drohungen habe ich sie schließlich vor die Tür gesetzt. Aber um 11 Uhr fing sie an zu läuten, sie war auf der Treppe geblieben – ich habe sie eine halbe Stunde lang zappeln lassen, ich las; und dann habe ich aufgemacht, habe ihr Matratze und Decken in den Flur geworfen und habe sie mit wenigen barschen Worten fertiggemacht. Dann habe ich die Tür zugemacht und geschlafen, übrigens sehr schlecht. Anscheinend ist sie die ganze Nacht unablässig in der Wohnung umhergeirrt, mit abgrundtiefer Wut – um 7 Uhr früh hat sie geklopft, um mich aufzuwecken und sich zu versöhnen. Ich war so empört, denn ich schlief fest, und habe in einer Weise mit ihr geredet, daß sie entsetzt war und geflüchtet ist. Danach bin ich wieder eingeschlafen, dann habe ich Ihnen meinen Tagesablauf erzählt, Lektüre, Briefe an Sie, Spaziergang, Hegel. Ich habe sie erst abends wiedergesehen, zermürbt und melancholisch. Gestern haben wir uns beim Mittagessen und abends vollkommen ausgesöhnt, und es wird bis zur nächsten Krise eine Idylle sein. Ich glaube, ich habe sie so eingeschüchtert, daß sie nicht noch einmal eine so heftige Szene machen wird. Von weitem ist es amüsant, aber aus der Nähe ist es widerlich, vor allem wenn es zur Gewohnheit wird. Davon abgesehen kann sie reizend sein.

Das war's, mein Kleiner – ich schreibe Ihnen jetzt aus den

Deux Magots, ich habe den Brief unterbrochen und bin dorthin gegangen, um mich ein bißchen zu bewegen. Ich finde keine Ruhe. Jetzt, wo ich auf Sie warte, habe ich den Eindruck, daß die Tage nicht herumgehen. Ich habe Toulouse angerufen: sie ist seit Dienstag in Paris, und ich werde sie nachher sehen – das wird eine Ablenkung sein. Ich freue mich riesig, sie zu sehen, ich habe solche Lust zu reden. Sie ist mit ihrem Rucksack zurückgekommen; sie hat etwas Angst, daß sie all ihre Papiere und wertvollen Aufzeichnungen verloren hat, die sie als Gepäck aufgegeben hatte. Ich werde Ihnen morgen alles schön erzählen.

Aber bekommen Sie diese Briefe? Wie hart es ist, nicht mehr über Sie zu erfahren. Ich verzehre mich, mon amour – jedesmal wenn ich mich langweile, kommt es mir wie Ihre Erfahrung von Langeweile vor, und das zerreißt mich. Alles finde ich wieder, Ihre Gesten, Ihre Mienen, Ihre Stimme, Ihre Worte – oh, köstliches kleines Geschöpf, der Sie von Kopf bis Fuß für die Freude des Herzens gemacht sind. Und dann bin ich nicht mehr so vernünftig wie vorher, ich zähle die Stunden, ich finde keine Ruhe. Nie hatte ich etwas erlebt, was dieser Zeit gleicht, die nur noch Warten und die so lang ist. Wirklich, ich warte auf Sie wie mit der Sanduhr, als ob Sie noch heute abend ankommen würden. Ich warte, wie man wartet, wenn man nur noch einige Stunden überstehen muß, und doch weiß ich, daß es morgen wieder von vorne anfängt – und danach – und noch tagelang. Mon amour, ich lebe absolut nur noch für Sie. Ich küsse Sie, mein süßer Kleiner; ich möchte Ihre kleine Person ganz fest drücken und sie für immer behalten.

Ihr reizender Castor

Dienstag, 16. Juli [1940]

Mon amour

Ich habe gerade aus La Pouèze eine kleine rätselhafte Nachricht vom 28. Juni bekommen, in der Sie mir sagen, daß Sie gesund sind – und mir wurde auch ein langer Brief vom 9. Juni nachgeschickt – er ist alt, aber stellen Sie sich vor, wie passend, denn Sie fassen dort genau die aktuelle Situation ins Auge, und zwar optimistisch, wie ich sagen muß. Genau das denke ich über Sie, daß es für Sie wie für mich, daß es für uns immer eine Freude ist zu sehen, zu verstehen, von neuem zu leben, wenn es nötig ist. Mon amour, es kam mir so vor, als redeten Sie durch diesen alten Brief hindurch zu mir in der Gegenwart. Sie wissen, Sie werden mich nicht klagend erleben, sondern im Gegenteil voll Lebensart und Vernunft und voll Leidenschaft, um mit Ihnen neu aufzubrechen – nur warte ich auf Sie, um meine Gedanken auszuarbeiten; alles ist noch wirr – wie gern würde ich mit Ihnen reden. Ich bin heute abend auf etwas aggressive Weise optimistisch, weil ich V. wiedergesehen habe, und sie hat die Gabe, mich durch das Ausmaß ihrer Verzweiflung zu stärken; allerdings ist ihre Situation nicht die gleiche wie meine.

Ich habe eine neue Nachricht von Bost: vom 8. Juli – es scheint sicher, daß Ihre Tagebücher gerettet sind – das ist trotz allem ein Erfolg. Er ist genesen und kommt für 10 Tage nach Marseille, danach wird er wahrscheinlich demobilisiert.

Oh! ich weiß nicht warum, heute abend kommt es mir vor, als würde ich Sie wirklich wiedersehen, mein Kleiner – mein ganzes Leben wird nicht reichen, um *zu* nett zu Ihnen zu sein – ich liebe Sie. Ich werde wieder glücklich sein, denn das Glück sind Sie – wie wir reden werden! Wie ich Sie ansehen, wie ich Ihnen zuhören, wie ich Sie küssen werde, mon amour.

Gestern abend dagegen war ich sehr trübsinnig. Nachdem ich Ihnen geschrieben hatte, habe ich Notizen zu Hegel gemacht, dann bei meinen Eltern Debussy gehört: Klavier und eine seltsame Sonate für Flöte, Harfe und Viola; das ist schön und angenehm. Ich bin zum Essen geblieben – dann war ich im *Dôme*, um meine Notizen zu Hegel zu beenden (sie zumindest fortzusetzen), und Sorokine ist gegen 10 Uhr gekommen. Wir haben geredet, und ich habe sie zu mir mitgenommen, wo wir bis Mitternacht zärtlich geredet haben.

Heute früh bin ich wie eine ganz robuste Person mit dem Fahrrad zur Schule gefahren – zwei Stunden Unterricht – dann bin ich wieder per Fahrrad in die Rue François-Ier zum Roten Kreuz gefahren, um zu fragen, ob ich Ihnen Pakete schicken kann – man hat nein gesagt, aber die Aussichten stünden gut, daß Sie meine Briefe erhalten. Ich bin zur Bibliothèque Nationale gegangen, habe in einer kleinen Crémerie gegessen, und von 12 Uhr ½ bis 5 Uhr habe ich ein Buch über Debussy zu Ende gelesen und fast auch die *Phänomenologie* von Hegel. Morgen wird es erledigt sein. Dann bin ich mit dem Fahrrad zum *Dôme* gefahren und habe Sorokine getroffen, die mir sagte, V. sei da und suche mich im ganzen Viertel. S. hatte sie zu meiner Großmutter geschickt, um sie loszuwerden, aber ich hatte Lust, V. zu sehen, aus Neugier, und ich habe etwas nach ihr gesucht und sie schließlich im *Dôme* gefunden. Wir haben zwei Stunden lang geredet; es war nicht sehr interessant, ich war enttäuscht, ich habe es Ihnen schon erklärt, wie ich es jedesmal war, wenn ich jemand anderen als Sie wiedertraf. Und dann war ich um 7 Uhr ½ bei meinen Eltern, um das *Quatuor* von Ravel zu hören. Ich habe *12* Briefe vorgefunden, darunter die besagten beiden von Ihnen, vier von Bost, ebenso viele von Kos., einen von Sorokine, einen von Poupette und Telegramme von Védrine. Ich habe angefangen, das zu lesen, Radio gehört, ich bin hinuntergegangen, um Ihnen in einem Café ein Stückchen weiterzuschreiben. Jetzt gehe ich zu meinen Eltern hoch, esse zu Abend und höre ein Mozart-Konzert, ich werde den Brief heute abend fortsetzen.

Ich liebe Sie leidenschaftlich und fühle mich Ihnen ganz nah – ganz bei Ihnen. Wir sind eins, mon amour, wirklich nur eins.

Mein süßer Kleiner. Es ist jetzt 10 Uhr abends, und ich bin im *Dôme* – auf der Terrasse ist Blin mit seiner Frau. Ich habe eine Stunde lang sehr schöne Stücke von Mozart gehört, und dann bin ich zu Fuß hierhergekommen, ganz in Gedanken bei Ihnen. Ich bin heute abend glücklich. Zum erstenmal kann ich mit einer Art Gewißheit in die Zukunft blicken und kann mit aller Zärtlichkeit der Welt an Ihre kleine Person denken, ohne sofort innerlich aufgelöst zu sein. Mon amour, Ihre Stimme, die durch die Zeit hindurch zu mir gekommen ist, hat dies Wunder bewirkt. Sie sind dort unten ein ganz kleiner Gefangener, ganz verloren unter Tausenden anderer Gefangener, aber in meinem Herzen sind Sie süßes Licht und Wahrheit und Freude – oh, mein Kleiner, Sie, der Sie sich einst ein notwendiges Gesicht wünschten, leider hat die Authentizität Sie davon abgebracht, denn Sie wären ganz gerührt beim Anblick Ihres schönen kleinen mit einem Glorienschein umgebenen Gesichts, das so romantisch und rein und *wahr* ist, mon amour, das ist überhaupt das Wunder. Mein Kleiner, ich möchte Ihnen ein bißchen gegenwärtig sein, wie Sie mir gegenwärtig sind, ich möchte, daß Sie am Kriegsende, zu dem Sie sich ein Rendezvous* gegeben hatten, einen soliden und guten Castor bei sich fühlen, ganz begierig, Sie wiederzufinden, um Ihnen zu folgen, wohin Sie wollen. Ich liebe Sie, mon amour. Heute abend denke ich gerührt an Sie wie an eine Vergangenheit und zugleich wie an ein *neues Abenteuer*. Mich selbst werde ich wiederfinden, wenn ich Sie wiederfinde, und doch ist es etwas Unbekanntes, Unvorhergesehenes, und das läßt mich in eine seltsame überwältigende Schwärmerei geraten. Ja, Sie Kleiner, wahrscheinlich ganz Verdreckter, ganz Angeödeter und vielleicht ganz Trübsinniger, Sie sind bis ins Unendliche all dies Glänzende, dies Verlockende und dies Kostbare für mich.

* Anspielung auf ein Thema in Sartres Briefen und Tagebüchern: er hatte sich als dem vom Krieg Verwandelten ein Rendezvous für das Kriegsende gegeben.

Bis morgen, mein Kleiner, mon amour, meine liebe Vergangenheit und meine schöne so sehr erwartete Zukunft. Ich drücke Sie ganz leidenschaftlich an mich, voll Freude.

Ihr reizender Castor

196

Freitag [Juli 1940]

Ganz liebes kleines Geschöpf

Zwei Tage lang habe ich nicht geschrieben – weil mich einerseits Védrine in Beschlag genommen hat, dann die Kos., die mir keine Minute lassen; auch weil mir der Mut etwas fehlt; ich habe immer noch kein neues Zeichen von Ihnen, und ich fürchte sehr, daß diese Briefe nicht ankommen. Und außerdem ist das Wesentliche von dem, was ich Ihnen zu schreiben hätte, zu schwer zu schreiben. Ich würde so gern reden. Neulich habe ich wegen Védrine, deren absichtlich verzweifelte Reaktionen mich ärgern, lange über das Verhältnis zwischen Individuum und geschichtlicher Welt nachgedacht: wie absurd es ist, von einer Epoche zu reden, die einfacher, angenehmer zu erleben wäre als eine andere, vom Standpunkt des Geistes aus. Alles hängt offensichtlich davon ab, was man vom Geistigen erwartet, was man von ihm will und erhofft – aber schließlich ist der Ausdruck um des Ausdrucks willen kein Ziel an sich. Es geht vor allem darum, zumindest für mich, im Ausdruck das Allgemeine zu partikularisieren, einem Denken, das zum Allgemeinen hin tendiert, mein besonderes Gepräge zu geben – aber wenn das Allgemeine sich in einem Augenblick verwirklicht, der den individuellen Ausdruck ausschließt? Ist es dann nicht ein Widerspruch, daran zu leiden? Kann man vom Allgemeinen verlangen, derart zu sein, daß es individuelles Wohlbehagen und Glück zuläßt, wenn ebendieses Glück nur eine Art ist, in Beziehung zur Totalität zu treten? Ich weiß nicht, ob ich mich richtig ausdrücke, aber es scheint mir einleuchtend. Ich war auch, als ich darüber nachdachte, davon beeindruckt, wie sehr der Gedanke Hegels richtig ist, daß wir in unserem individuellen Werden die Totalität umfassen – denn wenn man ein Werk vorhat, sieht man es mit Sicherheit als ein Element des gesamten Werdens an, in das die ganze Vergangenheit mündet und das in tatsächlicher Verbindung zur ganzen Zukunft steht. Ich erinnere mich an ein Gespräch im *Louis XIV* darüber, ob wir uns innerhalb der Grenzen eines Menschenlebens dächten oder nicht, und wir fragten uns, welchen Sinn der Standpunkt eines universellen Lebens hätte, ein Standpunkt, der die Begrenzung durch den Tod und das Merkmal des Lebens, Sein-zum-Tode zu sein, ausschloß. Damals schien es uns, daß dieser Standpunkt alles in eine Art absurder Gleichgültigkeit münden ließe. Aber ich glaube das nicht mehr; im Grunde ist dieser Standpunkt *real*, und der Einfluß Hegels und die Ereignisse haben sich verknüpft und mich dazu gebracht, daß ich zum erstenmal in meinem Leben aus dem Inneren heraus diese Haltung einnehme, die dem Spinozismus ziemlich nah ist und die mir immer so fremd gewesen war. Allerdings ist sie durch Hegel viel zugänglicher und einleuchtender als durch Spinoza. So lebe ich nicht gerade in einem philosophischen Optimismus, denn meine Gedanken sind nicht klar genug, aber zumindest auf einer philosophischen Ebene, auf der der Optimismus möglich ist. Ich möchte so sehr, daß wir Ihre Gedanken über das Nichts, das An-sich und das Für-sich Hegels Gedanken gegenüberstellen: denn es gibt viele Analogien, aber Hegel läßt in Freude umschlagen, was bei Ihnen eher düster und trostlos ist. Und es scheint, beides ist wahr, und ich würde gern ein Gleichgewicht finden.

Das ist, mein süßer Kleiner, um es nicht zu vergessen, eine Grundlage meiner gegenwärtigen Überlegungen – ein Ausgangspunkt zukünftiger Gespräche zwischen uns. Wann? Ich kann es kaum erwarten. Ich bin ganz verstümmelt und in der Schwebe.

Hier, was ich erlebt habe: ich habe, glaube ich, Dienstag

abend geschrieben und meinen Brief Mittwoch früh eingeworfen. Es regnete. Ich war in der Bibliothèque Nationale und habe bis 5 Uhr an Hegel gearbeitet – während ich den Vormittag mit Notizen über ihn verbracht hatte. Um 5 Uhr habe ich Védrine am *Trocadéro* getroffen. Wir sind zu Fuß nach Saint-Germain-des-Prés gegangen und haben in einem kleinen Restaurant der Rue Bonaparte, das *Le Casaque* heißt, zu Abend gegessen, dann haben wir einen auf der Terrasse der *Deux Magots* getrunken. Sie war wie immer zwischen präzisen individuellen Sorgen und großen vagen Auftritten gespalten, und ich habe sie ein bißchen geschüttelt; ich bin so kühl wie noch nie zu ihr, genauer gesagt, ich finde an ihr überhaupt kein Interesse mehr. Dann habe ich Sorokine im *Dôme* getroffen, ich habe sie zu mir mitgenommen, und wir haben einen zärtlichen Abend verbracht. Ich habe versucht, ihr klarzumachen, daß sie sich von nun an damit abfinden muß, mich weniger zu sehen, aber es wird hart sein. Gestern früh bin ich per Fahrrad zur Schule gefahren; ich bin unter strömendem Regen zurückgekommen und beim Hotel vorbeigefahren: immer noch kein Zeichen von Ihnen – statt dessen aber eine Zeile von Kos., die dort geschlafen hatte. Sie wurde gerufen, sie ist heruntergekommen, nett in einem schönen neuen Regenmantel, ein rotes Kopftuch umgebunden. Wir haben uns ins *Dôme* gesetzt, dann waren wir im Quartier Latin, wo ich gegen 4 Uhr ein Beefsteak bei *Capoulade* gegessen habe. Ich bin bei der Sorbonne vorbeigegangen und habe erfahren, daß die Juni-Gehälter in unserer jeweiligen Schule auf uns warten: ich werde sie abholen. Dann bin ich zum Palais Royal gegangen, wo ich (nach der Arbeit in der Bibliothèque Nationale) mit Védrine verabredet war, und ich sah Védrine und Sorokine, beide ein bißchen verstört, und ich habe jede für sich beiseite genommen und ihnen erklärt, ich könne sie ein paar Tage lang nicht treffen. Ich bin trotzdem eine halbe Stunde mit Védrine zusammengeblieben – und dann habe ich Kos. in einem kleinen Café in der Nähe getroffen; wir sind ins *Dôme* zurückgekommen, wir haben bei *Dominique* zu

Abend gegessen und sind zu meiner Großmutter gegangen, wo wir im selben Bett geschlafen haben, beide übrigens sehr schlecht. Ich schreibe Ihnen, während sie Toilette macht. Ich habe ihr gesagt, daß Sie in Kriegsgefangenschaft und bei guter Gesundheit sind, damit sie Wanda Bescheid sagt. Sie hat mir erzählt, wie sie beide in Laigle gelebt haben. Es gab ziemlich viele Bombardements aus der Luft, die sie zu langen Aufenthalten im Keller zwangen. Als die Ankunft der Deutschen verkündet wurde, waren nur noch 40 Leute in Laigle (übrigens gab es anscheinend zwischen dem Pfarrer, dem Polizisten, dem Lehrer eine Menge Geschichten, die Sie bei Gelegenheit erzählt bekommen). Es ist nicht recht klar, warum Monsieur Kos. seine Töchter im 2 km entfernten Haus eines Freundes unterbrachte, einem riesigen Haus voller Alkoholika und Konfitüren, in dem sie sich's drei Wochen lang wohl sein ließen, in herrlichen Morgenröcken, die sie der Hausherrin stibizten, sich ausschließlich von Konfitüren ernährend und sich von morgens bis abends halb besaufend. Ansonsten, wie man sich vorstellen kann, in tiefe Depression versunken. Sie hatten einen Hund und einen abessinischen Arbeiter bei sich, der das Haus hüten sollte. Die Deutschen haben sie kaum gesehen, sie kamen nur, um einige Omeletts zu machen, während sie, entzückt vom Blick, den man von La Mousse aus hat, zu 70 im Haus der Kos. logierten. Madame Kos. kam während dieser ganzen Zeit natürlich vor Herzklopfen um.

Sie haben ihre Koffer verloren, die von Paris nach Laigle geschickt worden waren und die viele ihrer Schätze enthielten – ansonsten war ihre Reise ab Paris sehr gut. Dagegen hat Kos. 7 Stunden von Laigle nach Paris gebraucht, in einem Zug, in den man nur durch Stöße gegen Schienbeine hineinkam, in dem sogar die Toiletten überfüllt waren, so daß die Kinder sich durch die Türen erleichterten und die alten Damen *an Ort und Stelle*.

Mein süßer Kleiner, Kos. ist fertig. Ich werde sie nur einige Tage behalten. Nachher gehe ich wieder beim Hotel vorbei und sehe nach, ob ich etwas von Ihnen habe. Natürlich habe ich nicht erzählt, daß es Hoffnung auf Ihre baldige Rückkehr gibt, es wird Zeit sein, wenn Sie da sind. Oh, mon amour, ich kann es kaum erwarten, Sie zu sehen. Ich lebe im Chaos, solange Sie nicht hier bei mir sind, um es zu ordnen. Ich will nur eine Ordnung, die wir gemeinsam haben, und sogar meine Gedanken haben Fragezeichen. Wenn Sie mir nur schreiben könnten, mon amour. Bekommen Sie meine Briefe?

Auf Wiedersehen, geliebter Kleiner – ganz liebes kleines Geschöpf – Sie mein Leben, Sie anderes Ich.

Ihr reizender Castor

197

Mittwoch [Ende Juli 1940]

Mon amour

Ich bin ziemlich mutlos – das Monatsende nähert sich, und ich habe kein Zeichen von Ihnen. Ich frage mich, ob meine Briefe bei Ihnen ankommen, ich habe so sehr das Gefühl, sie kommen nicht an, daß es mich anwidert zu schreiben. Wie habe ich Lust, Sie zu sehen – jede Nacht träume ich von Ihnen, und immer in einer alptraumhaften Atmosphäre – und das Aufwachen ist so unangenehm – ich frage mich im Schlaf vage, warum Ihre Person mit einem solchen Gefühl von Traurigkeit verknüpft ist – und dann ist es, weil Sie unerreichbar sind, mon amour. Ich liebe Sie, Unmengen herzzerreißender Erinnerungen überkommen mich, und ich wundere mich über all die Tugenden, die Sie in meinem Gedächtnis schmükken, und ich weiß, wenn ich Sie sehe, werde ich mich noch mehr darüber wundern, daß ich Sie noch köstlicher finde als all meine Erinnerungen. Mein süßer Kleiner, ich kann mich heute früh nicht am Weinen hindern, während ich schreibe, sosehr verlangt es mich danach, Sie mir zulächeln zu sehen, Ihren kleinen Arm zu berühren, von Ihnen umarmt zu werden – liebes kleines Geschöpf, liebes Gesicht; wie nett Sie zu mir waren, Sie waren am nettesten – wie kostbar Sie waren.

Ah! ich sehne mich nach Ihnen, ich verzehre mich nach Ihnen, die Welt ist leer – wie die Leute hohl sind, wie die Tage fad sind. Ich fühle mich tief einsam, nur mit mir selbst kann ich Worte wechseln, die ich wirklich glaube. Ich tue von früh bis spät nichts anderes, als auf Sie zu warten und die Tage zu zählen.

Diese letzten Tage sind wie eine dicke formlose Masse hinter mir – ich weiß nicht einmal, wann ich Ihnen zum letztenmal geschrieben habe. Kos. war in Paris, sie ist immer noch da, und wir trödeln von morgens bis abends zusammen herum: ich glaube, sie fährt morgen weg. Sie ist trübsinnig, müde und schlapp und andererseits verstockt und dumm, was die Ereignisse angeht: es ist, als ob ihr Vater redete, und sie besteht darauf, ihre Meinung zu sagen, und ich finde sie so oberflächlich, daß ich keine Lust mehr habe, den Mund aufzumachen – selten habe ich sie weniger geschätzt, ich langweile mich in ihrer Gesellschaft. Es regnet, was ihren Aufenthalt nicht reizvoller macht – wir trödeln im *Dôme* herum, in den *Deux Magots* – Sonntag waren wir in einem Konzert in der Salle Gaveau; es war seltsam, diesen Andrang zu sehen, zwei Drittel Franzosen, ein Drittel Deutsche überschwemmten den Saal, wegen einem Programm aus uraltem abgeklappertem Zeug: *5. Symphonie*, *Après-midi d'un faune* [Nachmittag eines Fauns], *Damnation de Faust* [Fausts Verdammnis]. Man hat den Eindruck, die Leute sind gierig nach irgendeiner Zerstreuung. Dagegen waren wir zweimal im Kino, wir haben im Quartier Latin *Tempête sur l'Asie* [Sturm über Asien] und auf den Champs-Elysées einen etwas amüsanten deutschen Film gesehen, *La femme aux tigres* [Die Frau mit den Tigern], und der Saal war beidemal leer. Eine andere Zerstreuung war ein Nachmittag auf der Place du Tertre, wo wir die Deutschen beobachtet haben, wie sie vorbeidefilierten und Sacré-Cœur fotografierten, und Montag haben wir bei Toulouse zu Abend gegessen. Sie war ganz in Weiß, langes Kleid, Burnus, dicke Haarflechten, sie sah wie eine Walküre aus – und sie machte voller Enthusiasmus Zukunftspläne, denn sie glaubt, daß der Augenblick ihres Ruhms und der Entfaltung ihres Genies endlich gekommen ist. Sie hoffen, daß *Plutus*[81] im September in den Arènes de Lutèce* aufgeführt wird – sie bearbeitet *Les cavaliers* [dt.: *Die Ritter*] von Aristophanes, was eine Satire gegen die Demagogie ist. Und sie hofft, daß diesen Winter ihr Stück gespielt wird. Sie hat Dullin völlig in der Hand. Sie gierte danach, mir (und stellvertretend Ihnen) ihren Standpunkt mitzuteilen. Was mich angeht: ich habe mich tödlich gelangweilt und dachte beklommenen Herzens an Sie.

Zwischendurch habe ich kurz Védrine gesehen – nicht viel, worüber sie sich beklagt, aber sanft – sie ist im Moment nett und besitzt eine menschliche Intelligenz im Vergleich zu Kos. Ich habe auch Sorokine gesehen – Freitag und Samstag waren die Abende sehr schön, denn um Kos. schlafen zu lassen, habe ich S. im Hotel getroffen, und sie war darüber ganz gerührt und glücklich. Aber dann hat die Wut sie gepackt, weil ich Kos. traf, und Montag haben wir uns eine Stunde lang gezankt – und als ich heute früh die Tür öffnete, um sie zu besuchen, fand ich sie, wie sie auf dem Treppenabsatz kauerte und schluchzte: sie hatte dort die Nacht verbracht, um sich der Eifersucht und Wut hinzugeben. Ich habe sie angeschnauzt, dann getröstet, und wir haben uns so lala verabschiedet.

Das war's – morgen werde ich wieder mit Hegel anfangen und mit Radfahren – ich bin froh, daß Kos. wegfährt, denn ich habe es ein bißchen satt. Ich werde mein Tagebuch wieder ein bißchen aufnehmen, damit ich Sie über mein Leben und meine kleinen persönlichen Nöte unterrichten kann, wenn Sie zurückkommen, vielerwarteter Kleiner. Mein Kleiner, wir lieben uns so stark; wie wunderbar es sein wird, wenn

81 *Plutos* von Aristophanes, in der Bearbeitung von Simone Jollivet (Toulouse).

* Reste des römischen Amphitheaters in der Rue des Arènes; Lutetia war der Name der antiken Pariser Siedlung.

jeder sein anderes Selbst wiederfindet, wenn wir unsere Leben wieder verschmelzen und aus dieser ganzen Zeit eine gemeinsame Vergangenheit machen, mein lieber Kleiner.

Anscheinend wird man Päckchen schicken können – ich werde so viele Bücher wie möglich hineintun und Lebensmittel.

Ich habe Ihr Geld bekommen – ich hebe es sorgfältig für Sie auf. Ich fand die Leute auf der Verwaltung erstaunlich barsch, das hat mich beschäftigt. Ich finde die Leute ziemlich widerlich: Kos., Toulouse, Dullin. Ich habe die Mondfrau gesehen, zurück aus dem Exil, unerträglich. Kos. und ich, wir waren entschieden grob zu ihr.

Auf Wiedersehen. Mon amour. Wenn ich doch nur daran glauben könnte, daß diese Briefe ankommen. Ich bin immer noch vergnügt, was den Grundstock angeht, aber ich habe ein wirklich herzzerreißendes Verlangen, Sie zu sehen – nur das zählt. Sie sind mir so gegenwärtig, fast physisch, kleines Geschöpf, ganz liebes kleines Geschöpf. Ich bin aus Zärtlichkeit für Sie ganz zusammengebrochen. Mon amour.

Ihr reizender Castor

198

Montag, 29. Juli [1940]

Mon amour

Ich schreibe Ihnen, wie vorgestern, am Tisch des *Dôme*, der zur Terrasse hin steht – es ist 10 Uhr früh; es ist schönes Wetter, und an der Kreuzung wimmelt es von Leuten; auf dem Boulevard Raspail fuhren gerade in einem langen Defilee Deutsche auf Fahrrädern vorbei; im *Dôme* wird der Boden geputzt, und es riecht stark nach Putzmitteln. Ich habe den letzten Roman von Faulkner[82] bei mir und werde ihn lesen,

82 Wahrscheinlich *The Wild Palms and Old Man* [dt.: *Wilde Palmen und der Strom*], Original 1939.

wenn ich Ihnen geschrieben habe. Dann werde ich an Hegel arbeiten, Ihre Mutter treffen, noch ein bißchen lesen und bei meinen Eltern zu Abend essen und dabei im Radio ein Wagner-Konzert hören. Ich erzähle Ihnen das, weil dieses ganze Tagesprogramm in dieser Morgenstunde schon gegenwärtig ist – viele deutsche Lastwagen fahren vorbei und noch viele Wagen mit Flüchtlingen, die zurückkehren.

Am Samstag habe ich Ihnen also geschrieben, danach war ich in der Nationale, wo ich mit der *Logik* von Hegel beträchtlich vorangekommen bin. Von drei Teilen habe ich einen erledigt – es macht mir nicht mehr allzuviel Kopfzerbrechen, und um 5 Uhr bin ich mit Sorokine ausgegangen, und da wir nicht zu Mittag gegessen hatten, haben wir Rillettes, Zwiebelkuchen und Himbeertorte gekauft und haben das alles in einem kleinen Café verspeist und dabei über meinen Roman geredet, den sie gerade haargenau liest – sie hat mich bis zur Metrostation Passy begleitet. Sie strahlte vor Zufriedenheit, weil sie im großen und ganzen froh über mich ist, und sie war reizend. Ich habe im Tabac* am Quai de Passy einen kleinen Brief an Bost geschrieben, und dann bin ich zum Zimmer hochgestiegen, das sich Védrine im 6. Stock ihres Hauses eingerichtet hat und das ziemlich schön ist und aus dem man eine weite Sicht über die Dächer hat. Lévy und Ramblin waren da. Ich habe mit Wein übergossenen Obstsalat aus roten und schwarzen Johannisbeeren gegessen, und wir haben Platten gehört. (Seit fünf Minuten findet auf dem Boulevard Montparnasse ein langes stummes Defilee der deutschen Infanterie statt, Lastwagen, Feldküchen und eine ganze Armee – Fußgänger und Autos können sich nicht vom Fleck rühren.)

Wir haben also viel Bach gehört, etwas Jazz; während dem Jazz zappelten Ramblin und Védrine im Rhythmus auf ihrem Stuhl herum, das ist leicht lächerlich. Und dann sind die beiden gegangen, und ich bin über Nacht dort geblieben – eine

* Tabakladen mit kleinem Bistro.

Stunde Zärtlichkeit und Leidenschaft, ach! – und dann habe ich auf dem Diwan geschlafen, in einem Schlafsack, der nach Gummi roch, während Védrine unten in der Wohnung war. Wir hatten beschlossen, am nächsten Tag eine große Radtour zu machen, ich auf ihrem ganz neuen schönen roten Fahrrad, sie auf einem Fahrrad ihrer Schwester. Wir sind um 8 Uhr losgefahren und haben, passen Sie auf, am Tag 75 km zurückgelegt. Védrine war müde und ich überhaupt nicht. Wir waren zuerst in Maisons-Laffitte: es ist nett, man muß die Seine mit Booten überqueren, da die Brücke gesprengt wurde. Und dann sind wir im Wald von Saint-Germain herumgefahren und zurück nach Saint-Germain, wo wir zu Mittag gegessen haben. Am Nachmittag sind wir im Wald von Ville-d'Avray herumgeklettert, wir haben den Wald von Fausses-Reposes durchquert, wo wir einst im Auto mit Guille – «dieser Dame» – hingefahren sind, und wir sind über Saint-Cloud zurückgekehrt. Védrine schimpfte ein bißchen, weil sie davon geträumt hatte, daß wir in Lichtungen sitzen und Händchen halten würden, und ich wollte nur per Fahrrad Kilometer fressen; ich habe eine neue Lebensfreude entdeckt, und statt mir ein Auto zu wünschen, werden meine Wünsche nun bei einem eigenen Fahrrad haltmachen.

Wir sind genau zum Konzert in der Salle Pleyel angekommen. Ich war dort mit Sorokine verabredet und habe sie in der Tat auch getroffen, aber sie schmollte, weil ich den ganzen Tag mit der rothaarigen Freundin herumgefahren war. Wir haben kühl ein paar Worte gewechselt, dann das Konzert angehört – eine gewisse Cécile Borgman hatte es organisiert, und ich glaube, es war das einzige Mittel, das sie fand, ihre Stimme hören zu lassen; der ganze Saal lachte darüber. Es gab Schumann, Lulli, ein schönes Programm, aber nicht besonders gut ausgeführt. Danach kam es zu einem unseligen Zwischenfall. Ich sollte mit Sorokine spazierengehen und dabei Védrines Fahrrad zu ihr zurückbringen – und als ich das Fahrrad aufschließen wollte, habe ich gemerkt, daß Védrine mir den falschen Schlüssel gegeben hatte – wir mußten also dieses ungelenke Fahrrad tragen, was eine mühsame Arbeit war. Sorokine war stinksauer. Wir haben das Objekt bis zur Etoile geschleppt: die Leute guckten uns schräg an, wir sahen wohl wie zwei Diebinnen aus, es ist unglaublich, wie viele Fahrräder im Augenblick geklaut werden. Und dann haben wir uns in ein Café an der Avenue Wagram gesetzt, und ich habe Védrine telefonisch gesagt, sie solle mir den richtigen Schlüssel bringen. Dieses Café war voll Deutscher, und vier Frauen in langen silbrigen Kleidern spielten die Symphonie[83] ...: genau die Frauen, die Sie so sehr amüsieren, bebrillt wie Klavierlehrerinnen, aber gepudert, frisiert und mit glitzernden Kleidern. Um 8 Uhr ½ ist endlich V. gekommen und hat uns von dem Fahrrad befreit. Dann bin ich mit Sorokine zu Fuß nach Montparnasse gegangen, und wir haben im *Dôme* zu Abend gegessen; der Bildhauer[84] scharwenzelt viel um sie herum, aber er hat sie ungeheuer enttäuscht durch die Absurdität seiner Gedanken und seiner ungerechtfertigten intellektuellen Anmaßung. Sie wollte einen Pernod trinken, und das hat sie halb besoffen gemacht, und sie war ganz entzückt darüber und nett – wir hatten inzwischen glanzvoll Frieden geschlossen. Wir sind zu mir gegangen, wir haben einen langen zärtlichen Augenblick verbracht, dann habe ich bis um 8 Uhr geschlafen, und sie hat mich zum Lycée begleitet. Heute ist Abitur, und ich wollte wissen, ob es für mich etwas zu tun geben würde, aber ich wurde schön in Ruhe gelassen. Im Prinzip hört der Unterricht erst am 8. August auf, aber ich glaube, ich werde keine Schülerin mehr haben.

Das war's, mein Kleiner. Ich habe es ein bißchen aufgegeben, Stunde für Stunde auf Sie zu warten; ich fürchte, ich werde noch viele Tage ohne Sie verbringen müssen – wenn ich

83 Nach «Symphonie» unleserliches Wort.
84 Es handelt sich um Giacometti, dessen Bekanntschaft Simone de Beauvoir und Sartre erst im Frühjahr 1941 machten, eben durch Sorokines Vermittlung. Vgl. *In den besten Jahren*, S. 416f.

nur wüßte, daß Sie sich nicht allzusehr langweilen. Wieder scheint es mir, ich werde ohnmächtig, wenn ich Sie wiedersehe – ich weiß sehr wohl, daß das nicht so ist, aber der Gedanke, Sie wirklich zu sehen, ist mir fast unerträglich, sosehr wühlt er mich auf. Mein süßer Kleiner – ich lebe mit einem Herzen, das zu diesem Winkel von Meurthe-et-Moselle hinstrebt, wo man nicht hingehen kann, aber von wo Sie eines Tages auftauchen werden. Ich liebe Sie, mon amour.

Ihr reizender Castor

199

17. Oktober [1940]

Mon amour – Wie hart es war, diese beiden Monate ohne ein Zeichen von Ihnen zu verbringen, sogar ohne eine Adresse.[85] Jetzt weiß ich wieder, daß Sie irgendwo leben, aus Fleisch und Blut, und ich werde Sie wiedersehen, und selbst wenn wir noch warten müssen, werden wir noch ein langes Leben vor uns haben, um uns zu lieben und glücklich zu sein – mein lieber Kleiner. Ich fühle mich ganz tapfer. Ich weiß, daß auch Sie es sind, und das hilft mir. Anscheinend soll man nicht zuviel schreiben.[86] Ich werde Ihnen also nicht diese beiden Monate erzählen. Sie waren ganz und gar schön, von zwei Wochen abgesehen, die wegen einer Krankheit Olgas* düster waren, mit der ich zu der Zeit allein in Paris war: ich habe 10 Tage mit Bost[87] in Montpellier verbracht, mit Louise Védrine 8 Tage lang eine Radtour in der Bretagne gemacht, und Fahr-

85 Für die Monate August und September vgl. *In den besten Jahren*, S. 393ff.

86 Simone de Beauvoir hatte durch einen Mitgefangenen, B., der entlassen worden war, eine beruhigende Nachricht von Sartre bekommen. Vgl. *In den besten Jahren*, S. 400.

* Olga Kosakiewicz, sonst Kos. genannt.

87 Er verbrachte dort das Ende seiner Konvaleszenz. Vgl. *In den besten Jahren*, S. 399.

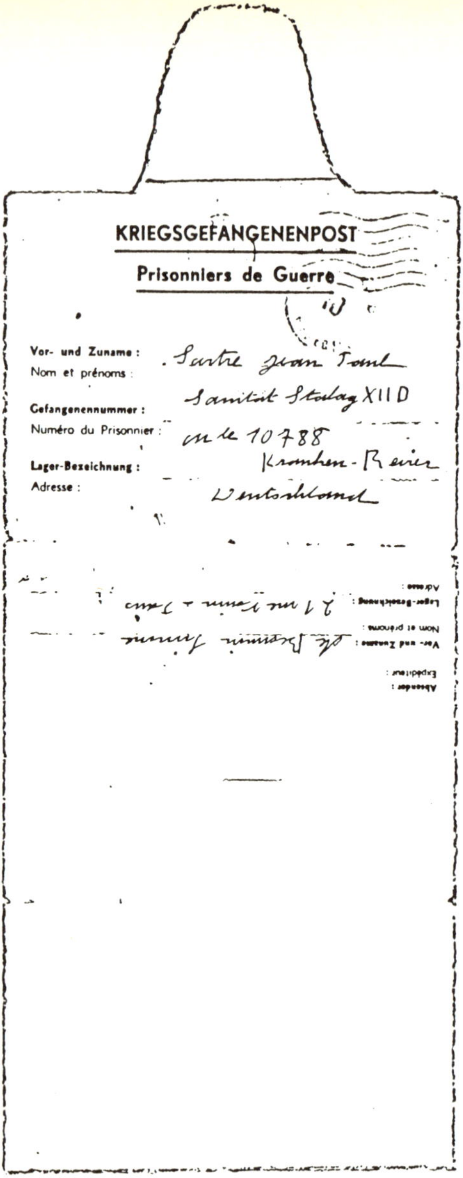

KRIEGSGEFANGENENPOST

Prisonniers de Guerre

Vor- und Zuname : Nom et prénoms : Sartre Jean Paul

Gefangenennummer : Numéro du Prisonnier : Sanität Stalag XII D
m le 10788

Lager-Bezeichnung : Adresse : Kramhen-Reier
Deutschland

Absender : Expéditeur :

Vor- und Zuname : Nom et prénoms : de Beauvoir Simone

Lager-Bezeichnung : Adresse : 21 rue Vavin - Paris

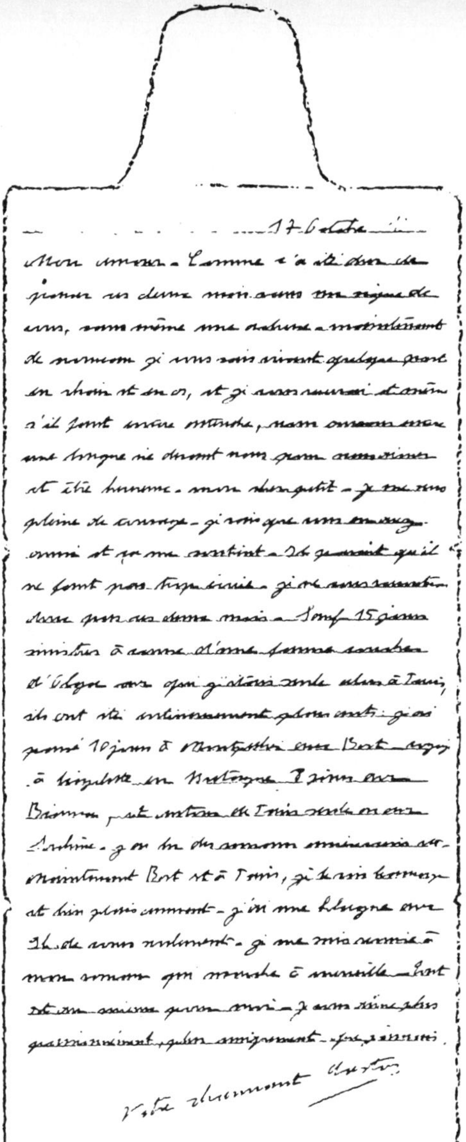
17 octobre

Mon amour – Comme ça a été dur de
passer ces deux mois sans un signe de
vous, sans même une adresse – maintenant
je ne sais même si vous êtes vivant quelque part
en chair et en os, et si vous reverrai et quand
s'il faut encore attendre, mais nous avons
une longue vie devant nous pour nous aimer
et être heureux – mon cher petit – je me sens
pleine de courage – je crois que vous en avez
aussi et ça me soutient – Ah je voudrais qu'il
ne fasse pas trop triste – je vais vous raconter
donc pour ces deux mois – Sauf 15 jours
sinistres à cause d'une [illegible]
d'Olga avec qui j'étais seule alors à Paris,
ils ont été entièrement plaisants: j'ai
passé 10 jours à Montpellier avec Bost – voyagé
à bicyclette en Bretagne 8 jours avec
Bienenfeld, et retour à Paris seule ou avec
Sorokine – j'ai lu des romans américains etc.
Maintenant Bost est à Paris, je le vois beaucoup
et bien plus souvent – j'ai une longue lettre
de vous seulement – je me suis remise à
mon roman qui marche à merveille – Bost
est un amour pour moi – je vous aime plus
passionnément, plus amoureusement – que jamais.

Votre charmant Castor

ten um Paris herum, allein oder mit Sorokine. Ich habe amerikanische Romane gelesen usw. Jetzt ist Bost in Paris, ich treffe ihn oft und auf sehr nette Weise. Ich habe eine Khâgne* mit nur 9 Stunden Unterricht. Ich habe mich wieder an meinen Roman gemacht, der wunderbar läuft. Alles ist bestens bei mir. Ich liebe Sie leidenschaftlicher, einzigartiger denn je.

Ihr reizender Castor

Umschlag
KRIEGSGEFANGENENPOST**
Prisonniers de guerre
Sartre Jean-Paul
Sanität Stalag XII-D
Mle 10788
Kranken-Revier
Deutschland
Absender: de Beauvoir Simone
Rue Vavin 21 Paris

200

[F. R.][88]

18. Oktober [1940] – Mein süßer Kleiner. Ich habe Ihnen in meinem letzten Brief gesagt, daß bei mir alles gut läuft: Lycée, Arbeit, Beziehung mit Bost, Sorokine, Olga. Ich habe mit Louise so ziemlich gebrochen; es gab Tränen (ich habe ihr alles über Bost gesagt), aber sie hatte ein Idyll mit Ramblin,

* Die zweite Vorbereitungsklasse für die Ecole Normale Supérieure. Simone de Beauvoir unterrichtete wieder im Lycée Camille Sée.
** Zeilen 1, 4, 6, 7 im Original auf deutsch.
88 Dieser Brief ist auf dem *regulären* offiziellen *Formular* (F. R.) für Kriegsgefangene geschrieben. Vgl. das abgedruckte Dokument.

und es wird schon gehen. Olga hat eine Rolle bei Dullin: die kleine Badende im *Plutus*[89]. Gestern war Premiere, es läuft gut, und sie verdient Geld. Ich habe alle wiedergesehen: Zuorro, der den ganzen Krieg über in Algerien war und der wohlauf ist. Ich sehe ihn oft, und er amüsiert mich. Guille ist knapp der Kriegsgefangenschaft entgangen; er ist in Paris und wird bald Vater. Nizan ist verschollen – der Mondmann in Kriegsgefangenschaft, Pierre Bost auch. Merleau-Ponty ist mit einer Lungen- und Brustfellentzündung davongekommen, die geheilt ist. Gégé hat ihre Arbeit wiederaufgenommen. Denonain ist in Gefangenschaft. «Diese Dame» ist immer noch in La Pouèze. Ich habe Brice Parain wiedergesehen, äußerst nett: die *N. R. F.* publiziert einige Bücher, in verlangsamtem Tempo. Leute, Konzerte, viel Arbeit, Sie sehen, ein redliches Leben. Wir haben tausend Schritte für Sie unternommen. Ich habe etwas Hoffnung. Ich habe den Boxer wiedergesehen, ganz reizend, und auch Seltzer: sie sind rührend in ihrer Leidenschaft für Sie. Ich werde in ein paar Tagen wieder schreiben. Mein ganzes Leben ist ein einziges Warten auf Ihre Rückkehr.

Ihr reizender Castor

201

[F. R.]

19. Oktober [1940] – Mon amour. Im Moment ist ein so schöner Herbst in Paris, daß mein Herz davon ganz aufgewühlt ist – ich sitze hinten in den *Deux Magots* und arbeite; es ist 2 Uhr. Heute morgen bin ich früh aufgestanden, es war noch ein bißchen dunkel, als ich Bost in der Bar der *Rotonde* traf, wo wir zusammen gefrühstückt haben; ich habe ihn zu seiner Schule begleitet. Er ist Aufsichtslehrer (in Philosophie zu sei-

89 Vgl. *In den besten Jahren*, S. 403.

nem Leidwesen) in einer Schule in der Rue Denfert, für 1500 Francs im Monat, eine ausgezeichnete Pfründe. Er ist zu mir ins *Mahieu* gekommen; wir haben einen Spaziergang gemacht, dann habe ich von 10 Uhr bis Mittag im *Mahieu* gearbeitet. Ich habe bei meiner Familie zu Mittag gegessen. Ich werde bis 5 Uhr arbeiten und mit Sorokine ins Konzert gehen. Dann werde ich den Abend mit Olga am Théâtre de Paris (jetzt Théâtre Dullin) verbringen.

Das war ein typischer Tag, ich verbringe jetzt viele haargenau gleich. Ich arbeite äußerst gut. Aber, mein süßer Kleiner, mein ganzes Leben ist wie «eingeklammert», es taugt nichts, es zählt nicht. Wie diese kleinen Briefe kühl sind, wo ich doch vor Dingen, die ich Ihnen erzählen möchte, ersticke, wo ich doch vor Liebe und vor Verlangen nach Ihnen ersticke.

Ich habe vergessen, Ihnen zu sagen, daß W. in Paris ist: sie hat Ihnen sicher geschrieben. Maheu ist in Toulouse, wo Merleau-Ponty ihn getroffen hat. Wie schnell würde ich Paris verlassen und alle Leute und sogar meine Arbeit, um zu Ihnen zu eilen und Ihr Leben zu teilen, wenn ich die Wahl hätte, mon amour.

Ihr reizender Castor

Umschlag
KRIEGSGEFANGENENPOST
Prisonniers de guerre
Sartre Jean-Paul
Sanität Stalag XII-D
Mle 10788
Kranken-Revier
Deutschland

[F. R.]

20. Oktober [1940] – Mon cher amour. Wie gern wüßte ich, daß Sie meine Briefe bekommen: damit Ihre Post nicht überstrapaziert wird, habe ich W. und Ihrer Mutter gesagt, sie sollen sehr wenig schreiben. Nachdem ich gestern gut gearbeitet hatte, war ich mit Sorokine in einem schönen Konzert mit alter Musik: es gibt viele Konzerte in Paris, und es wimmelt von Leuten. Dann habe ich Olga im Théâtre de Paris getroffen: es ist viel prächtiger als das Atelier*, aber viel weniger angenehm. Ich habe den Abend in ihrer Garderobe verbracht, die sie mit Tyssen teilt: Sie erinnern sich, wie schön es ist, einem Stück hinter den Kulissen vage zu folgen, durch die Musik und den Lärm hindurch. Olga wurde von Dullin und Toulouse wärmstens beglückwünscht, sie ist unheimlich schön als Badende. In Montpellier hatte ich Bost alles von wegen Nico erzählt, und es hat ihn getroffen. Aber sie hat es ihrerseits erzählt, und sie verstehen sich so gut, wie es nur geht in Anbetracht der schlechten Stimmungen Olgas – es stört mich nicht, mein Herz ist gelassen. Bost ist gestern abend mit Sorokine ausgegangen, sie haben im September nett Bekanntschaft gemacht und sehen sich manchmal (heimlich, Olga ist ein wahrer Tyrann). Sorokine und W. haben sich dagegen verkracht, nach einer kleinen Gemeinheit von W., die S. übelgenommen hat. Oh! es scheint, Sie haben unter der Jugend eine wachsende Zahl von Bewunderern, die von Ihnen entzückt sind und zärtlich reden. Ich habe neulich geweint, als ich *La chambre*[90] wiederlas. Ich liebe Sie, leidenschaftlich.

Ihr reizender Castor

* Das Théâtre de l'Atelier.

90 *Das Zimmer* aus Sartres Erzählband *Le mur* von 1939.

203

[F. R.]

Montag, 29. Oktober [1940] – Mein süßer Kleiner. Wie mein Leben verwandelt ist, seitdem ich Ihren Brief[91] bekommen habe, und dann schöpfe ich auch allmählich Hoffnung, daß ich Sie sehr bald wiedersehe, es gibt eine Menge beruhigender Gerüchte. Wieder lebe ich mit Ihnen, Sie sind ganz lebendig. Ich fühle mich fast glücklich. Ich führe immer noch dasselbe kleine Leben. Donnerstag habe ich mit Mouloudji ein bißchen Geometrie gemacht. Er hat mir amüsante Sachen über Savin und Delarue erzählt, die ihn vollkommen im Griff haben und die uns nicht mögen. Ich habe mit dem Ziuthre[92] zu Mittag gegessen, der mich wie immer sehr amüsiert hat. Dann habe ich gearbeitet und war abends mit Louise im Konzert; die Abende mit ihr sind schwierig, weil sie schluchzt, wenn sie an ihre Abreise denkt: sie geht in einem Monat fort. Freitag wieder Arbeit, Unterricht, Konzert, dann 2 Stunden mit Sorokine und ebensoviel mit Olga. Mit Sorokine ist es ein Idyll, aber unterbrochen von Eifersüchteleien und schlechter Laune, aber wir hauen uns nicht mehr. Olga ist wie immer düster; das Stück läuft nicht allzugut. Alle Leute kommen mir etwas kläglich vor; nur Sie, obwohl Sie in Gefangenschaft sind, scheinen mir solide und geben mir Lebenslust. Das Gefühl ist kostbar, mein lieber Kleiner, daß für Sie und mich die Welt unter den schlimmsten Umständen interessant und stark bleibt und unser Leben voll. Ich bin heiter – ich weiß, ich werde wieder wunderbar glücklich sein. Ich liebe Sie, mein liebes Glück und mein schönes kleines Absolutes.

Ihr reizender Castor

91 Simone de Beauvoir war außer sich geraten, weil sie in Sartres Adresse «Kranken-Revier» falsch gedeutet hatte. Sie dachte, er hätte Typhus, sei sterbenskrank. Vgl. *In den besten Jahren*, S. 403.
92 Zuorro.

Dienstag, 29. Oktober [1940]

Mein lieber Kleiner – ich habe Ihnen viele kleine Briefe geschrieben, mit sehr sorgfältiger Schrift, damit die Zensur keinen Anstoß daran nimmt; aber wie gern möchte ich wissen, daß Sie sie bekommen haben – und außerdem sind diese kleinen Nachrichten so kühl, wo ich Ihnen doch so viele Dinge zu erzählen und so viele andere mit Ihnen zu diskutieren habe. Aber ich beginne zu hoffen, daß das bald kommt. Vielleicht werden Sie in einem Monat neben mir sitzen, auf einer dieser Bänke, ganz Sie selbst, schlank und voller Erfahrungen. Ich erinnere mich immer noch an diese Terrasse des Cafés *Victor* in Rouen, wo Sie sich so sehr eine nicht-gefühlsbetonte Erfahrung wünschten: beispielsweise die Sahara mit einem Raupenschlepper zu durchqueren. Nun haben Sie das tatsächlich gehabt; und ab jetzt wird Ihnen der Himmel für lange Zeit an meiner Seite ein Leben wie das von Tennyson[93] gönnen, das ist mein größer Wunsch. Ich habe es Ihnen schon gesagt, es kommt mir höchst romantisch vor, mir Ihre Rückkehr vorzustellen: außer Ihrer Mutter werden wir es möglichst lange niemandem sagen, nicht wahr? Ich brauche Sie so sehr, mein Kleiner – es wird so erstaunlich sein, wenn ich wieder glücklich sein werde wie früher – und ich bin so begierig, alles zu erfahren, was sich in Ihrem lieben regen Kopf abgespielt hat. Sie werden derselbe sein, aber wo werden Sie mit Ihrem Denken stehen? Zum erstenmal werde ich mit ganz neuen schönen Theorien konfrontiert sein, die nicht an mir ausprobiert wurden, die ich nicht Stück für Stück bekämpft habe; sieben Monate habe ich Sie nicht gesehen, mein Kleiner[94] – und in

93 Ein Leben absolut ohne Abenteuer, ohne Ereignisse, wie es der britische Schriftsteller Tennyson führte – eigentlich Symbol eines Lebens, wie Sartre und Simone de Beauvoir es seit ihrer Jugend ablehnten. (Zusatz d. Übers.)

94 Sie werden 19 Monate getrennt sein, von September 1939 bis März

gewissem Sinn ist es, als hätte ich Sie gestern verlassen. Es kommt mir vor, als würde ich mich selbst wiederfinden, wenn ich Sie wiederfinde – es gibt so viele Dinge in mir, die zu nichts nutze sind, die sich nirgendwo niederlassen können, wenn Sie nicht da sind. Und dann wird die Welt wie in der Rue Froidevaux an einem schönen Tag Ihres Urlaubs wieder ganz weit und reich werden. Kommen Sie schnell zurück, ich warte so stark auf Sie.

Jetzt ist in Paris Winter. Morgens, wenn man aufsteht, ist es ganz finster und kalt; die Kälte, die im Laufe des Tages etwas abnimmt, erfüllt mich mit Poesie, weil ich an Brumath und unser kleines Frühstück in der *Rose* denken muß. Ich meinerseits führe ein braves Leben wie Tennyson. Ich habe das letzte Kapitel des Romans geschrieben und gehe wieder zurück, noch 3 Verbindungskapitel fehlen, und dann ist alles fertig, und vielleicht bekomme ich Ihre Ratschläge, wenn ich am Überarbeiten bin. Ich mache Kant mit meinen Schülerinnen, und daher studiere ich ihn etwas gründlicher, ich lese ein ausgezeichnetes Buch mit Texten aus seinem postumen Werk; es ist sehr interessant, ich werde Ihnen was beibringen, auch zu Hegel. 9 Stunden Unterricht, das ist überhaupt nichts; ich schlafe genug, ich sehe meine Leute mehr als genug, ich gehe in viele Konzerte und habe Freizeit im Überfluß – Sonntag habe ich Wanda anstelle ihrer Schwester im Konzert getroffen, und sie war freundlich wie ein Engel zu mir und hat sich bei mir untergehakt, als wir hinausgingen. Bei ihrer Ankunft in Paris sah sie scheußlich aus, aber sie ist wieder hübsch geworden; sie tut nichts, aber sie hat eine Menge Pläne, denn Delarue kümmert sich um sie und lernt mit ihr Kunstgeschichte und Bühnenbild – sie scheint in etwa wohlauf. Ich habe Ihnen gesagt, daß Louise an allen Ecken und Enden weint, weil sie heiratet und Paris verläßt – sie willigt ein, aber sie ist aufgewühlt, was ich verstehe, vor allem weil sie langsam

1941. Hier kommt Simone de Beauvoir auf sieben Monate, weil sie sich auf Sartres letzten Urlaub bezieht.

sehr an Ramblin hing, der ihr alle wünschenswerten Befriedigungen verschaffte. Olga und Bost verstehen sich gut, aber in Richtung Fadheit und Trübsinn, da sie beide in einer tristen Stimmung sind und es sich gegenseitig vorwerfen. Alle haben ihren kleinen Trott, und sie finden sich alle wechselseitig ein bißchen kaputt und kläglich – übrigens sind sie es tatsächlich ein wenig. Daneben fühle ich mich unheimlich lebendig. Es scheint, «diese Dame» kommt heute abend an; Zuorro bringt sie in seinem Studio unter, ich bin froh, sie wiederzusehen und ihr von Ihnen Nachricht zu geben. Wissen Sie, die Anzahl der Leute ist erfreulich, für die Sie keineswegs ein kleiner Toter sind, an den man mit einem alten verknöcherten Herzen denkt – Sie werden sehen, wie man Sie freudig empfangen wird, mein Kleiner.

Habe ich Ihnen gesagt, daß wir uns, als ich das letzte Mal Toulouse und Dullin getroffen habe, schwer angeschnauzt haben, wieder aus denselben Gründen[95], obwohl sie ansonsten ganz trunken vor Freundschaft für Sie sind! *Plutus* pfeift auf dem letzten Loch, und das ist gut so. Versuchen Sie, mir mitzuteilen, welches die letzten Briefe waren, die Sie von mir in Baccarat bekommen haben – und mein schönes Paket, haben Sie es bekommen? Fühlen Sie mich genauso nah, wie ich Sie fühle, Sie anderes Ich?

Ich bin ganz bei Ihnen.

Ihr reizender Castor

95 Weil sie den Nazismus als einen Fait accompli akzeptierten. Vgl. *In den besten Jahren*, S. 405.

205

[F. R.]

9. November [1940] – Mon amour. Ich habe eine Weile nicht geschrieben, weil ich fürchte, Sie haben meine Briefe nicht bekommen. Das macht mutlos. Ich habe Nachricht über Sie, Ihre Mutter hat mir die Zeilen gezeigt, die sie von Ihnen bekommen hat – das hat mich ganz erschüttert, mein Kleiner, ich war zwei Tage lang fassungslos vor Rührung. Ich komme wieder ins Lot, aber wie ich nach Ihnen schmachte! Ich habe dieser Tage vor allem viel gearbeitet. Abends sah ich Bost, Kos., «diese Dame», kurz Sorokine, deren Idylle mit einem dunklen nietzscheanischen Studenten sich zuspitzt – sie liebt mich trotzdem noch. Ich habe sie gestern abend ins Atelier geführt, wo wir *Le bal des voleurs*[96] gesehen haben, beide waren wir enttäuscht. Ich habe Louise nicht wiedergesehen, die mir einen großen pathetischen Brief geschrieben hat: eine mögliche Versöhnung droht mir, aber ich glaube trotzdem nicht allzusehr, daß das stattfindet. Die Arbeit geht mit Riesenschritten voran. Ich lese auch wieder, über Musik und über das Mittelalter. In Paris herrscht jetzt große Herbstkälte, aber im Moment sind die Cafés, die Hotels noch gut geheizt. Mein Leben kommt mir dermaßen unwichtig vor, daß mir nichts mehr interessant erscheint, wenn ich mir nicht vornehme, Ihnen alles zu erzählen. Wanda wurde bei Dullin vorgeschlagen, am Bühnenbild mitzuarbeiten, das zu lernen, aber sie ist dermaßen faul, daß sie diese Gelegenheit nicht ergreifen wird. Kos. hört Sonntag auf und ist verzweifelt. Alle sind ziemlich trübsinnig. Im großen und ganzen fühle ich mich vergleichsweise munter, aber ich verzehre mich ein bißchen – es ist eine harte Abwesenheit, mein Kleiner; ich weiß, daß wir für immer zusammen in der Welt sind, aber ich kann Ihre Fotos noch so viel anschauen, Ihre Bücher, Ihre Briefe

96 Von Jean Anouilh (1932) [dt.: *Der Ball der Diebe*].

noch mal lesen, wenn ich versuche, das ganze präzise Glück, das mir Ihr Lächeln gab, wiederzufinden, habe ich den Eindruck, beim Tischrücken einen Geist zu beschwören. Wie ich Sie liebe. Wie Sie mir fehlen.

Ihr reizender Castor

206

[F. R.]

Keine langen Briefe
Leserliche Schrift!

14. November [1940] – Mon amour. Mehr und mehr fehlt mir der Mut, Ihnen zu schreiben – ich denke, daß Sie meine Briefe nicht bekommen. Und dann scheint mir nichts im Leben zu zählen, außer diesem Verlangen, das ich nach Ihnen habe. Alles läuft gut bei mir, ich habe Zeit, ich esse, ich schlafe, ich lese, die Arbeit läuft, der Unterricht amüsiert mich, Kos. lastet nicht auf mir, es gibt gute Konzerte, Bost versteht sich nicht allzugut mit Kos., und er ist reizend zu mir. Ich bin Louise los, und Sorokine amüsiert mich immer noch (sie hat mit ihrem jungen Mann geschlafen, der übrigens intelligent und höchst sympathisch scheint). Ich höre immer noch viel Musik, ich treffe Zuorro manchmal und ziemlich oft «diese Dame»: ich habe gestern mit ihr allein zu Abend gegessen, köstliches Hühnchen aus La Pouèze. Aber all das spielt sich über einem Grund aus Leere ab, und ab und zu fasse ich mich an den Kopf und frage mich, wie ich es schaffe, so gut die Tage totzuschlagen – es ist tote Zeit, nichts zählt –, und ich erinnere mich mit staunenden Augen an eine wundersame Epoche, in der mein Herz immer voll war, meine Stunden zu kurz, meine Gedanken lebendig und gleichzeitig immer zu arm, denn Sie waren da und bemächtigten sich ihrer und gaben sie mir ganz angereichert zurück. Es ist nicht so, daß ich mir innerlich ge-

ringer vorkomme, aber all meine Möglichkeiten scheinen mir nutzlos, es ist steril, es taugt nichts, wenn Sie nicht da sind, um der Welt einen Sinn zu geben. Und dann erinnere ich mich auch an Ihre Liebe, sie war da, unablässig um mich herum, so warm, so gegenwärtig, so voll. Auf dieser Bank des *Dôme* saßen Sie neben mir, aus Fleisch und Blut. Sie werden nicht verwandelt sein, weder Ihre Liebe noch meine – aber wie lang es ist, mein Kleiner, dieses Schweigen. Alles, was ich vom Leben ohne Sie haben kann, habe ich – aber es ist nichts. Ich wußte das, als Sie da waren: Sie sind für mich alles. Jetzt weiß ich es noch besser, und das ist grausam und süß für mich.

Ihr reizender Castor

207

[F. R.]

18. Novomber [1940] – Mon amour – ich habe vor drei Tagen einen Brief von Ihnen bekommen, vom 15. Juni – es war wie eine Stimme von jenseits des Grabes, und es hat mir die Seele aufgewühlt. Wie gern möchte ich wissen, wie es jetzt um Sie steht – ich verzehre mich. Heute ist es regnerisch und grau in Paris, und meine Seele ist finster. Mein Leben ist immer noch sehr behaglich, aber Sie fehlen mir zu sehr. Delarue ist mit der Theaterkritik der *N. R. F.* betraut worden, er behauptet, man wünsche, daß Sie die Zeitschrift herausgeben – vielleicht gelingt es, Sie zu diesem Zweck zurückzuholen, aber ich wage nichts mehr zu hoffen. Mein Leben ist weitergegangen, ganz ähnlich und nicht zu düster – gestern abend habe ich mit Bost dessen Freund Amsellem getroffen, der Freigänger ist, das ist eine sehr angenehme Situation. Bost war selig, ihn wiederzusehen, was Kos. natürlich in wahnsinnige Wut versetzt hat, denn ihre Eifersucht gibt keinen Frieden. Es scheint, mein Bruch mit Louise ist endgültig, ich höre nichts mehr von ihr.

Sorokine hatte eine Menge Ärger mit ihrer Mutter, die sie zu Hause einsperren wollte, so daß sie schließlich eine Verlobung mit dem kleinen jungen Mann erfunden hat, den sie mag und der sehr sympathisch scheint – aber ich habe sie diese Woche wegen dieses mütterlichen Streits kaum gesehen. Ich habe «diese Dame» etwas gesehen, die Paris am Ende dieser Woche verläßt: sie hat Marcelle Jeannel, die in Lyon wohnt, in meinem Namen beauftragt, Ihnen jede Woche zwei Päckchen mit Lebensmitteln und Tabak zu schicken – wie sehr möchte ich, daß Sie sie bekommen. Wie sehr möchte ich auch, daß Sie meine Briefe bekommen, das würde meinem Leben wieder einen Sinn geben. Aber ich bin entmutigt. Ich arbeite, es geht gut voran. Ich habe wunderbare Konzerte gehört: Chopin, Schumann, und vor allem gestern ein wunderbares Bach-Konzert. Ich habe auch in der Salle Pleyel eine spanische Tänzerin gesehen. Ich lese etwas, ich habe mich an die Geschichte des Mittelalters gemacht, aber nun sind die Bibliotheken geschlossen. Die *N. R. F.* schickt mir dieses Jahr die Neuerscheinungen, aber es gibt nichts Gutes. Wanda geht es gut, sie lebt vernünftig, ohne Abenteuer, aber sie tut nichts. Ihre Schwester tut auch nichts. Auf Wiedersehen, mein Kleiner, das Herz ist mir so schwer, dies Leben ohne Sie, ich kann nicht mehr.

Ihr reizender Castor

208

[F. R.]

29. November [1940] – Mon amour. Nun habe ich bereits lange nicht geschrieben, so überzeugt bin ich, daß meine Briefe nicht ankommen. Ich bekomme absolut nichts, Sie sind in der Nacht verschwunden; aber ich weiß, eines schönen Tages werden Sie wieder auftauchen, ganz Sie selbst, und das wird wieder Glück sein. Ich lebe mit den Augen auf diesen

Moment gerichtet, ich lebe nur für diesen Moment. Ich arbeite viel und denke dabei an den Tag, an dem Sie neben mir meinen Roman lesen werden, der praktisch fertig sein wird, wenn ich ihn Ihnen vorlege; diese Arbeit ist meine größte Freude, sie ist das einzige wirkliche Band zwischen meiner Vergangenheit und meiner Zukunft, das einzige greifbare Band zwischen mir und Ihnen. Ansonsten habe ich ein scheinbar sehr erfülltes Dasein, und alles steht für mich immer noch bestens mit Bost, Olga, Sorokine. Ich habe «diese Dame» viel gesehen, die jetzt nach La Pouèze zurückkehrt, ein bißchen Zuorro, der mit Begeisterung singt, Guille überhaupt nicht, der sich lustlos darauf vorbereitet, Vater zu werden. Der Lama ist anscheinend Lehrer in Fez. Neulich wurde im Café *Versailles* eine Lesung Ihrer Schriften veranstaltet, die Welt vergißt Sie nicht; es ist sogar kolossal, mein Kleiner, wie stark Sie im Herzen vieler Leute gegenwärtig sind. Ich meinerseits bin zeitweise sehr unglücklich, ich habe zu große Lust, Sie zu sehen. Und dann, in anderen Augenblicken, habe ich die ganze Ausdauer der Erde, weil wir trotz allem untrennbar sind, wir sind immer noch zusammen in der Welt, und ich weiß, daß ich Sie wieder in die Arme schließen werde. Wenn ich doch nur von Zeit zu Zeit einen Brief hätte und wirklich beruhigt wäre über Ihre Gesundheit und den Frieden in Ihrem Herzen. Mon amour, wenn unsere Liebe bei jeder Prüfung stärker geworden ist, so ist sie jetzt härter als ein Diamant. Behalten Sie mich schön bei sich, mein Kleiner, wie ich Sie ganz mit meinem Leben verbunden halte. Ich küsse Sie leidenschaftlich.

Ihr reizender Castor

209

[F. R.]

10. Dezember [1940] – Mon amour. Nun habe ich bereits einige Zeit nicht geschrieben; denn ich habe immer noch keinen Brief von Ihnen, und das entmutigt mich – alles, was ich bekommen habe, sind ein paar Zeilen vom 26. Oktober, das ist schon alt – zum Glück hat mir Ihre Mutter eine genauere Nachricht über Sie gegeben. Ich lebe immer noch genauso, wartend, ich denke nur an den Tag, an dem ich Sie wiedersehen werde – für diesen Augenblick arbeite ich brav an meinem Roman: er ist fertig. Ich überarbeite den ersten Teil, und es bleibt noch viel Arbeit am zweiten. Der ganze Rest ist Zeitvertreib. Die Zeit vergeht übrigens gut; ich habe Momente der Fassungslosigkeit, in denen es mir unerträglich ist, so von Ihnen getrennt zu sein – und jede Nacht habe ich Alpträume über Sie – aber im großen und ganzen sind meine Tage angenehm. Ich bin oft ab 8 Uhr früh im *Dôme*, wenn es noch stockduster ist, das finde ich ganz poetisch. Ich sehe Bost häufig, ich höre viel Musik. Ich mußte wieder mit Louise anfangen, aber es ist schwunglos. Olga ist dabei, Dullins Unterricht aufzugeben. Wanda hängt weiter herum, ohne etwas zu tun und ohne jemanden zu sehen. Ich habe «diese Dame» häufig gesehen, die einen langen Aufenthalt in Paris hinter sich hat und demnächst abreisen wird. Das Leben in Paris ist bewegt, außer abends. Die *N. R. F.* erscheint wieder, unter der Leitung Drieus, mit Gide, Fabre-Luce, Giono als Autoren. Die Populisten haben im Café *Versailles* eine Lesung von *Le mur* veranstaltet: ich habe es Ihnen gesagt, Sie werden nicht vergessen. Wie gern wüßte ich, wie Sie leben! Wenn ich wenigstens regelmäßig Briefe von Ihnen bekäme – vielleicht wird die Post ab Januar besser laufen. Wie viele kleine Geschichten werde ich Ihnen zu erzählen haben, mein Kleiner. Wissen Sie, daß Maheu Lehrer in Fez ist? daß Guille Vater wird (ohne Begeisterung, aber der Bel Eute ist aufgeblüht).

Mein süßer Kleiner, Sie haben mein Leben nicht verlassen – nichts hat einen Sinn außer durch Sie – ich möchte, daß Sie mich nicht zu sehr verloren haben, daß Sie sich weiterhin untrennbar von mir fühlen in dieser seltsamen Existenz, die Sie haben – wie ich Sie liebe – man kann jemanden nicht stärker lieben, als ich Sie nach diesen elf Jahren gemeinsamen Lebens liebe. Ich küsse Sie leidenschaftlich, mon amour.

Ihr reizender Castor

210

[F. R.]

Samstag, 14. Dezember [1940] – Mon cher, cher amour. Endlich ein Brief von Ihnen, der mir sagt, daß Sie meine bekommen – wie es mir leid tut, daß ich nicht jeden Tag geschrieben habe, mein süßer Kleiner, aber ich war verzweifelt; ich werde es jetzt tun, und das verändert das Leben, der Gedanke, daß Sie wie früher alles erfahren werden, was mir zustößt. Ich hatte solche Angst, mein Kleiner, daß Sie sich trotz allem unglücklich fühlen – ich weiß wohl, daß Sie aus Stahl sind, aber Sie sind auch ein «Empfindsamer», und Ihre geringste Beklemmung erschüttert mein Herz. Natürlich gräme ich mich nicht verbissen, mein lieber Kleiner. Im Gegenteil, ich hasse es, unglücklich zu sein, und seit Juni fliehe ich unablässig vor dem Unglück, oft mit Erfolg. Ich habe ein Leben, das voll ist: von Leuten, Arbeit, Musik. Aber zeitweise habe ich ein so schmerzliches Verlangen, Sie zu sehen, ich bin gegen meinen Willen unglücklich. Denn ich liebe Sie, mein Kleiner, Sie und sonst nichts, mit Ihrem lieben Gesicht, das ich nicht mehr sehe, und Ihre ganz kleine Person und Ihre Zärtlichkeit und unser ganzes Glück. Gewöhnlich sage ich mir vernünftig, daß nichts von alldem verloren ist, und ich lebe und warte; aber manchmal ist man des Wartens überdrüssig, es verlangt einen nach Fülle, und Sie allein können sie mir geben. Aber wie Sie sagen, ich werde Sie wiederfinden, mon amour, und für immer, und wir haben noch ein Leben vor uns. Machen Sie sich vor allem keine Sorgen um mich – vor allem jetzt, wo ich diesen Brief bekommen habe, werde ich gelassen sein. Ich lebe ungefähr wie letztes Jahr, und im Grunde ist es viel näher am Glück als am Unglück: es ist eher ein Glück auf Sparflamme. Ab morgen werde ich Ihnen jeden Tag alles im Detail erzählen. Haben Sie Pakete bekommen? Die *N. R. F.* kümmert sich um Sie und auch andere; wer weiß? Die *N. R. F.* ist wieder erschienen, unter der Leitung von Drieu, mit Artikeln von Fabre-Luce, Gide, Giono, einer Erzählung von Marcel Aymé ... insgesamt unschön – ich bekomme die Neuerscheinungen geschickt, die jämmerlich sind. Ich lese wenig, aber ich habe Kant gut studiert, und ich kenne mich allmählich in Musik aus. Ich bin mit meinem Roman zufrieden, in drei Monaten wird er fertig sein, nur Ihre Kritik fehlt ihm dann noch. Mon amour, wie froh bin ich, daß ich Ihnen schreiben kann. An sich ist mein Leben angenehm, wenn ich nur zufrieden an Ihres denken kann, das werde ich jetzt tun. Aber wie ich Sie liebe, mein Kleiner, und wie ich untrennbar von Ihnen bin. Behalten Sie mich bei sich.

Ihr reizender Castor

211

[14. Dezember 1940]

Mon amour – ich schreibe Ihnen sofort einen zweiten Brief, da Sie sie so schön bekommen. Ich werde anfangen, Ihnen meine Tage zu erzählen. Ich bin hinten im *Sélect*, neben einem Tisch mit ziemlich hübschen jungen deutschen Frauen, die dem Lokal einen seltsamen kleinen exotischen Anstrich geben. Es ist Samstag, und es ist 2 Uhr nachmittags. Draußen herrscht große trockene Kälte, wie im Wintersport, und die Sonne scheint ins Café hinein. Heute früh bin ich um 7 Uhr ½ aufgestanden, und ich bin rausgegangen, als es noch stockduster war: erstaunlich, diese Finsternis am Morgen, die ganz belebt ist, mit einer Menge Fahrzeuge, von denen man nur die Scheinwerfer sieht, und dahineilenden Schatten, und die abgedichteten Cafés. Ich habe die Metro genommen und Louise im *Passy* getroffen, um mit ihr zur Probe des Konservatoriums zu gehen: ich habe Ihnen gesagt, daß wir gebrochen und dann wieder angefangen haben, schwunglos; aber wir lassen es laufen, weil sie in 2 Wochen heiraten und mit ihrem Mann nach Amerika gehen wird; wir werden uns wahrscheinlich zeit unseres Lebens nicht mehr sehen, und die Frage ist gelöst. Ramblin ist selbstverständlich verzweifelt; genaugenommen ist er nicht direkt impotent, nur haben seine Eltern vergessen, ihn beschneiden zu lassen, und das ist des Rätsels Lösung. Sie sind alle sehr froh, daß die deutschen Behörden Milde haben walten lassen und die Universität am 20. Dezember wieder öffnen[97]; ich werde wieder in die Bibliothek gehen und meine Studien zum Mittelalter aufnehmen können. Wir waren also in diesem Konzert, in der ersten Reihe des Parketts; es wurde Bach gespielt, und zwar vom Besten, und Charles Münch war ein wahres Gedicht, wie er mit den Füßen stampfte, sang, die Musiker einzeln ansprach. Ich war im siebten Himmel. Danach bin ich mit der Metro bis Saint-Michel gefahren, um Bost zum Abendessen zu treffen – er hat mir erzählt, Kos. habe Dullin gestern mitgeteilt, sie gehe in den Unterricht von Rouleau–Bertheau–Barrault; Dullin hat sich auf einen Diwan fallen lassen und hat sie hinausgeworfen, sie und Kéchélévicz; alles geht ihm durch die Lappen, und es geschieht ihm recht. Kos. ist nervös, aber ich denke, sie hat richtig gehandelt, sie verkümmerte in diesem Laden. Habe ich Ihnen gesagt, daß ich mich ziemlich viel um Mouloudji kümmere, der wirklich nette Sachen schreibt und der mich interessiert? Sorokine ist (zu Unrecht) darüber beunruhigt – ich werde Ihnen auch von ihr erzählen. Ich bin

97 Nach einer Demonstration auf den Champs-Elysées am 11. November hatten die Deutschen die Universität geschlossen.

voller Geschichten, und Sie werden alle erfahren. Ich liebe Sie. Ich bin glücklich, Ihres Briefes wegen, wie ich es seit langem nicht war. Mon amour.

Ihr reizender Castor

Umschlag
KRIEGSGEFANGENENPOST
Correpondance des Prisonniers de guerre
Gebührenfrei (Franchise postale)
Sartre Jean-Paul
Mle 10788
Stalag XII-D
Absender: S. de Beauvoir
Rue Vavin 21 – Paris

212

[F. R.]

Sonntag, 15. Dezember [1940] – Ganz liebes kleines Wesen. Wie es mich entzückt, Ihnen zu schreiben, jetzt, wo ich weiß, daß meine Briefe ankommen. Ich werde Ihnen alles erzählen. Gestern also habe ich Ihren kleinen Brief gefunden, ich war vor Freude erschüttert: ich möchte Genaueres über diese neue Theaterkunst und über Ihre Arbeit wissen. Ich glaube, damit haben Sie endgültig ein neues Eisen in Ihrem Feuer, und nach Ihrer Rückkehr werden Sie wie besessen fürs Theater arbeiten. Ich habe Ihnen im *Sélect* geschrieben und habe gearbeitet. Ich überarbeite den 1. Teil und gestalte den Charakter und das Leben von Françoise freundlicher, was leicht ist, und versuche, Pierre besser herauszuarbeiten, was dagegen sehr schwer ist. Dann habe ich um 5 Uhr Kos. im *Dôme* getroffen – sie war wie vor den Kopf geschlagen, daß Dullin sie hinausgeworfen hat. Freitag haben sie und Kéchélévicz darum gebeten, ihn zu sprechen; er hat sie in einen kleinen dunklen Raum geführt, es herrschte großes Schweigen, und Kos. hat gesagt: «Monsieur, wir wollten Ihnen sagen, wir haben uns für einen anderen Unterricht eingetragen.» Er hat «Oh!» gemacht und sich auf einen Diwan fallen lassen, und nach einer Minute voller Angst hat er gesagt: «Bei wem?» – «Bei Bertheau» – «Dann habe ich überhaupt kein Interesse mehr an Ihnen.» Und er ist wutschäumend weggegangen; anscheinend war er während des ganzen Unterrichts finster. Das wäre also aus, aber ich glaube, Bertheau – Rouleau – Barrault werden ihr da heraushelfen. Im Moment ist sie aufgelöst, bei der geringsten Unannehmlichkeit weint sie wie verrückt. Wir haben 2 ½ absolut trübe Stunden damit zugebracht, das Vorkommnis zu besprechen. Auf Wiedersehen, ich werde Ihnen die Fortsetzung erzählen. Seit gestern bin ich glücklich. Ich liebe Sie leidenschaftlich.

Ihr reizender Castor

213

[F. R.]

[15. Dezember 1940] – Mon amour. Gestern sah ich also Kos. und verließ sie gegen 7 Uhr. Wie jeden Samstag habe ich Bost in der *Source* getroffen und viel Zeit mit ihm verbracht. Er war ganz kaputt; er ist vor Freude in die Luft gesprungen, als er von Ihnen hörte, und hat sich auf die Schenkel geschlagen, als er Details erfuhr. Wir haben unvorsichtigerweise bei *Capoulade* gegessen, wo wir mit knapper Not einer mißliebigen Begegnung (einem mit Kos. befreundeten Schauspieler) ausweichen konnten – dann haben wir einen in den *Gobelins* getrunken und sind früh schlafen gegangen. Wir sind heute früh gegen 10 Uhr in einen schrecklichen Schneematsch hinausgekommen; wir haben im *Canon des Gobelins* etwas getrunken und sind die Rue Mouffetard hinaufgegangen, die noch dieselbe ist wie früher, obwohl die Schaufenster ärmlich sind; ein Akkordeon, eine Trompete und eine Gitarre gaben ein Konzert, und ein herrlicher Alter trank an der Straßenecke Rotwein aus der Flasche. Wir waren in einem Restaurant an der kleinen Place Lucien Herr, wo man armselig ißt, das aber eine Wonne ist (oberhalb der Treppe, erinnern Sie sich, hatten wir es zusammen festgestellt) – dann sind wir ein bißchen in den Straßen herumgeirrt, haben in der *Source* etwas getrunken und uns getrennt. Es ist 4 Uhr, ich werde arbeiten und um 6 Uhr in dasselbe Konzert gehen wie gestern. Ich bin mit meiner Arbeit und mit den Leuten zufrieden – und wenn ich weiß, daß ich für Sie, dank dieser Briefe, im Detail existiere, dann ist das fast Glück.

Mon cher amour, wie beruhigend es ist, daß Sie existieren, für mich wird das immer ausreichen zur Rettung der Welt. Ich liebe Sie, ich habe nie aufgehört, mit Ihnen zu leben; fern oder nah, Sie sind alles für mich.

Ihr reizender Castor

214

[F. R.]

Montag, 16. Dezember [1940] – Mon amour. Wieder bin ich vom Verlangen, Sie zu sehen, aufgewühlt: aber es ist nicht mehr traurig, wie vorher, es ist Ungeduld, weil ich Sie so lebendig, so real fühle, und doch sind Sie nicht in Reichweite. Wie gern möchte ich mit Ihnen Paris neu entdecken und diese ganze neue Welt, und wie gern möchte ich auch eine Weile eingeschlossen in Sie und in unserer Liebe leben – wie in der Einsamkeit im Wintersport, den mir das heutige Wetter grausam in Erinnerung ruft. Oh, mon cher, cher amour, wieviel Erinnerungen ich mit Ihnen habe und was für Begierden sie wecken. Gestern habe ich ihnen also gegen 4 Uhr geschrieben und eine gute Weile gearbeitet. Dann war ich im Konzert des Konservatoriums und habe das Konzert des Vorabends noch mal gehört: 5 Konzerte von Bach, herrlich. Bost und Kos.

waren mit mir dort – im Saal waren Cocteau und Marais. Cocteau ist ulkig mit einer Art Hochfrisur, mit seinem Altweibergesicht. Man sieht tausend bekannte Gesichter bei diesen Konzerten, die wunderbar sind. Danach habe ich Sorokine getroffen, mit der ich den Abend verbracht habe. Ich werde es Ihnen erzählen. Heute früh 3 gute Stunden Arbeit im *Mahieu* – schönes Mittagessen mit Bost – dann gehe ich ins Lycée; dann 2 Stunden Arbeit und wieder Konzert mit Sorokine. Seit Ihrem Brief ist mein Leben verändert; heute früh bin ich mit einem wahren Gefühl von Glück aufgewacht. Ich werde Sie wiedersehen, wirklich – das macht mich ganz fiebrig. Ich liebe Sie stärker denn je.

Ihr reizender Castor

215

[F. R.]

[16. Dezember 1940] – Montag. Mon amour. Ich werde Ihnen meinen Abend mit Sorokine erzählen. Zunächst sollen Sie wissen, daß sie nicht mehr bei ihrer Mutter wohnt, schändlich hinausgeworfen, mit entsetzlichen Szenen, weil das Miststück sie nicht mehr ernähren wollte – sie hat ihr sogar ein Armband geklaut. Die andere hat reagiert, indem sie für 350 Francs Seife und ein elektrisches Heizgerät geklaut hat. Die russische Kolonie war fassungslos. Sorokine muß also von einigen Unterrichtsstunden, einem mickrigen Zuschuß von mir und von der Hilfe des Burschen, den sie erobert hat, leben. Er ist ein junger 21jähriger Student (in Philosophie), ziemlich schön, sehr intelligent, ein bißchen zu hart, der mit 17 eine erstaunliche *Trio*-Geschichte hatte, mit einem Päderasten und einer Frau, die niemand anderes war als unsere Freundin Claudine Chonez, was mich wahnsinnig amüsiert hat – es gibt witzige Details im Überfluß (ich habe Texte gesehen). Dieser Bursche hat sie in einer Art Pension untergebracht, in der er selbst lebt, Boulevard Port Royal, und sie hat mich mit zu sich genommen; wir haben Sardinen und Marmelade gegessen und geredet. Sie war sympathisch und unheimlich anziehend. Aber, kurz gesagt, dieser Bursche ist wahnsinnig eifersüchtig auf mich und sie fest entschlossen, mich zu lieben, obwohl sie ihn nicht verlieren und ihn sogar aus materiellen Gründen heiraten möchte. Ich treibe sie eher in seine Arme, aber sie will davon nichts wissen. Ach! wie gern möchte ich Ihnen alles im Detail erzählen! Aber ich werde es nach und nach versuchen. Sagen Sie mir, über was ich vor allem schreiben soll, es ist so ärgerlich, wählen zu müssen. Ich habe so viel zu sagen. Ich lebe unablässig mit Ihnen – Sie sind meine einzige Raison de vivre, und ich verlasse Sie nicht. Ich liebe Sie, mein Kleiner.

Ihr reizender Castor

216

Dienstag, 17. Dezember [1940] – Ganz liebes kleines Geschöpf. Ich habe Ihnen also gestern geschrieben, bevor ich zum Lycée gegangen bin, wo ich 3 Stunden Unterricht hatte – ich habe 3 Praktikantinnen, unter ihnen eine Freundin von Merleau-Ponty namens Piquard (die übrigens auf Kanapa hereinfällt), und Védrine schließt sich ihnen häufig an. Noch andere wollten kommen und mußten abgelehnt werden: ein äußerst schmeichelhafter Ansturm. Diese Klassen sind übrigens öde; keine Schülerin hat sich auf Philosophie spezialisiert, und es sind im übrigen Dummköpfe. Ich habe also dort gewirkt, dann war ich im *Vikings*, wo es am späten Nachmittag ruhig und schön ist: Paare sprechen sich dort immer noch über ihre Seele aus. Ich habe von 6 bis 7½ gearbeitet. Sorokine hat mich abgeholt – wir haben in aller Eile Crêpes in einer bretonischen Crêperie gegessen und sind zur Salle Chopin gegangen, um ein Konzert zu hören: das Quintett von Franck, das unheimlich schön ist – lächerliche Melodien von

Jaubert[98], die Singher jauchzend und die Augen groß rollend sang – und ein nicht schlechtes Ouartett von Delannoy: habe ich Ihnen erzählt, daß er versucht hat, Kos. zu verführen, daß sie sich getroffen haben und er ihr mit Tränen in den Augen die Hand hielt? Er war anwesend, und es wurde ein bißchen applaudiert. Wir sind zurückgekommen, haben einen kurzen Augenblick bei mir verbracht; sie ist ein bißchen darüber traurig, daß ich Bost soviel mehr liebe als sie, aber es ist trotzdem ein Idyll – wir hauen uns praktisch nicht mehr. Und dann habe ich geschlafen. Heute früh habe ich von 8 bis 9 Uhr im *Dôme* gearbeitet, ich habe unterrichtet und werde mit Bost zu Mittag essen. Draußen fällt Schneeregen; es ist traurig; aber ich liebe Sie, ich weiß, daß Sie in gutem Zustand sind, ich bin beinahe glücklich. Auf Wiedersehen, mein lieber Kleiner – ich warte geduldig und leidenschaftlich auf Sie.

Ihr reizender Castor

Umschlag
KRIEGSGEFANGENENPOST
Prisonniers de guerre
Vor- und Zuname: Sartre Jean-Paul
Gefangenennummer: Mle 10788
Lager-Bezeichnung: Stalag XII-D
Absender: S. de Beauvoir
Rue Vavin 21 – Paris 6^{e}

217

[F. R.]

Mittwoch, 18. Dezember [1940] – Liebes kleines Geschöpf. Ich war vorhin ganz gerührt, weil ich das Zimmermädchen aus dem Hotel *Mistral* getroffen habe, sie hat mich in der Rue

98 Maurice Jaubert, französischer Komponist, 1900–1940.

Vavin angesprochen und überschwenglich nach Ihnen gefragt. Das hat mich an unsere glückliche Vergangenheit erinnert, mon amour – wir werden dorthin zurückkehren, nicht wahr? Ihr Mann ist auch in Gefangenschaft. Im Laufe des Tages habe ich auch den Vater Gérassi getroffen, der mir von Fernand und Stépha berichtet hat – sie sind mit dem Kind in New York und sehr zufrieden. Ich hatte einen fleißigen Tag: von 8 bis 11 Uhr Arbeit im *Dôme* – 1 Stunde Unterricht – Mittagessen mit Brot in einem schönen Bistro gegenüber der Wohnung Ihrer Großmutter; nur Erdarbeiter kommen dorthin, und mitten im Raum steht ein großer Ofen – dann habe ich am Boulevard Saint-Michel eine Stunde lang Bach-Platten gehört, und seit 3 Uhr arbeite ich im *Dôme* – es ist 6 Uhr, und ich werde noch arbeiten. Morgens trifft man im *Dôme* fast jeden Tag Merleau-Ponty: er ist mit der jungen Jolibois verheiratet; ich habe die Heirat zustande gebracht, habe ich es Ihnen erzählt? Sie erwartete wieder ein Kind und wollte keine andere Lösung, sie war übrigens sehr sympathisch, als sie mir erklärte, wie sehr sie diese Heirat persönlich wünschte, ohne sie ihm aufzwingen zu wollen; und er war ekelerregend, als er mir auseinandersetzte, daß er, selbst wenn sie getrennt leben würden, noch den Anschein einer Verantwortung fürchtete; im übrigen lehnte er die «Gymnastik» ab, die die Männer machen, die kein Kind wollen, er überließ ihr allein das Risiko und war also der Meinung, daß sie schuld war, wenn es schiefging. Sie wohnen in zwei verschiedenen Hotels am Montparnasse und haben ein freundliches Verhältnis zueinander.

Auf Wiedersehen, mein Kleiner, wie gern würde ich alles genauer erzählen. Ich bin von morgens bis abends mit Ihnen vereint. Ich liebe Sie.

Ihr reizender Castor

218

[F. R.]

Donnerstag, 19. Dezember [1940] – Mon cher amour. Ich habe also den ganzen gestrigen Nachmittag im *Dôme* und im *Vikings* himmlisch gearbeitet; ich habe den Abend mit Louise im *Dôme* verbracht; wir haben dort getrunken und gegessen; es war nicht allzu langweilig. Heute früh habe ich eine Stunde gearbeitet, dann einen Augenblick lang Mouloudji gesehen; er kommt jeden Donnerstag früh und legt mir Sachen vor, die er schreibt – ich glaube, er wird sehr gute Sachen machen können, aber man muß ihm Französisch beibringen. Er wird bei Capri arbeiten: das Lokal öffnet morgen wieder, aber ohne Capri, sie ist Jüdin (ahnten Sie das?) – vor allem Gedichte werden dort vorgetragen werden; es wird auch Sketche geben, und Mouloudji wird einen Klempner und einen Löwen darstellen. Das Glas wird 100 Francs kosten, ich werde dies Lokal nicht betreten. Es gibt jetzt in Paris eine Menge schikker und teurer Nachtlokale, in denen es vor Gold trieft. Wissen Sie, daß der kleine Besse schon einen Ruf als Jazz-Pianist hat? Er hat im *Noctambules* gespielt und verdient im *Bœuf sur le Toit* 150 Francs am Abend. Lucienne Boyer singt ihre Lieder, und sie bringen ihr Gold ein. Dann habe ich Bost kurz gesehen: er kam gerade von einer entsetzlichen Szene mit Kos., weil er sie gezwungen hatte, aufzustehen und in ihren Unterricht zu gehen, und sie hatte einen richtigen Nervenzusammenbruch – ihr Unterricht findet jeden Vormittag statt, und jedesmal ist es ein Drama. Bost war deshalb niedergeschlagen – er wohnt bei ihr, im *Hôtel d'Albret*, sie hält es nicht aus, ihn eine Stunde lang nicht zu sehen, und weint jeden Samstag abend, wenn er angeblich nach Taverny fährt: aber sie ist tagtäglich unausstehlich. Heute regnet es; wir haben jetzt Busse in Paris, aber sie sehen ziemlich fragwürdig aus mit diesem riesigen Verdeck, das, glaube ich, den Gasgenerator enthält. Auf Wiedersehen, mein süßer Kleiner. Ich bin häufig den Tränen nahe, sosehr verlangt es mich danach, Sie zu sehen und zu küssen.

Ihr reizender Castor

219

[F. R.]

Samstag, 21. Dezember [1940] – Mon amour. Nun habe ich Ferien, und in Paris ist herrliches kaltes und trockenes Wintersportwetter – ich habe mir eine Menge Bücher von Kierkegaard und Scheler besorgt und auch Bücher über Musik, und ich werde mir eine Menge Konzerte anhören – die Ferien lassen sich schön an. Ihr Weihnachtsspiel[99] wird also aufgeführt werden, wenn Sie diesen Brief erhalten, wird es schon vorbei sein, und ich werde es nicht sehen können. Es ist für mich manchmal bitter, an Sie ohne mich zu denken, selbst wenn ich denke, daß Sie heiter sind. Ich würde alle Annehmlichkeiten meines Lebens hergeben und alle Widrigkeiten Ihres Lebens auf mich nehmen, um bei Ihnen zu leben, selbst wenn ich Sie nur einige Stunden in der Woche sehen könnte. Sie sind mir kostbarer als der gesamte Rest der Welt. Ich liebe Sie auf einzigartige Weise, mein süßer Kleiner. Sehen Sie, meine Tage schwanken zwischen einer gelassenen Zufriedenheit (weil sie schön voll und angenehm sind) und einer nagenden Sehnsucht, weil Sie allein in meinen Augen zählen. Wenn ich daran denke, daß ich Sie ganze Tage, Wochen für mich hatte, daß wir stundenlang pausenlos redeten und ich Ihr Gesicht sah! Gott sei Dank war ich nie leichtsinnig, ich habe immer verstanden, was für ein Wunder es war, daß Sie mir gegeben wa-

99 *Bariona ou le fils du tonnerre*, in der Gefangenschaft geschrieben, zum erstenmal veröffentlicht in: Michel Contat, Michel Rybalka, *Les écrits de Sartre*, Gallimard, Paris 1970 [dt.: *Bariona oder Der Sohn des Donners* (zus. mit: *Die Fliegen*), Rowohlt Verlag, Reinbek 1989].

ren, und ich glaube nicht, daß ich in 11 Jahren eine Minute Ihrer Gegenwart verschwendet habe. Ich versuche, nicht zuviel an all das zu denken, was mir durch Ihre Abwesenheit entgeht; sobald ich es wie in diesem Moment fühle, sobald ich Ihr Gesicht zu sehr sehe, ist es unerträglich. Ich liebe Sie leidenschaftlich, mein Kleiner. Ich möchte, daß Sie es fühlen; es ist nicht nur eine geruhsame Treue, die mich an Sie schweißt – wenn ich an Sie denke, brennt es genauso in mir, als wären Sie da, und ich denke unablässig daran – seit ich Ihre Nachricht bekommen habe, bin ich nicht mehr traurig, aber es kommt vor, daß ich buchstäblich vor Verlangen, Sie zu sehen, ersticke, es erschüttert mich bis ins Mark. Behalten Sie mich schön bei sich, mein Kleiner. Ich habe Ihnen gestern früh geschrieben. Da wurden die Universitäten wieder geöffnet, und es gab einen Andrang auf die Bibliothek der Sorbonne – es war sehr schön zu sehen, wie das Quartier Latin wieder lebendig wurde – ich habe Bücher geholt und viele frühere Schülerinnen getroffen. Ich habe im *Mahieu* ein Buch über Bach gelesen, mit Bost zu Mittag gegessen, wieder gelesen, Unterricht gehalten, den 1. Teil meines Romans fertig überarbeitet, den Abend mit Sorokine verbracht, die ich über Nacht bei mir behalten habe, was sie entzückt hat. Heute früh war ich in einem Konzert im Konservatorium und habe mit Bost zu Mittag gegessen. Ich werde es Ihnen im Detail erzählen. Aber ich fühle mein Verlangen nach Ihnen so stark, daß ich von nichts anderem reden konnte. Sie sind alles für mich.

Ihr reizender Castor

220

[F. R.]

Montag, 23. Dezember [1940] – Mon amour. In ganz Paris ist es heute früh sehr kalt, und besonders im *Dôme*. Merleau-Ponty sitzt einige Schritte entfernt und liest meinen Roman.

Ich habe gestern mit ihm zu Abend gegessen (wir haben in der bretonischen Crêperie gegessen und im *Vikings* einen getrunken), und er hat mich nicht sehr amüsiert. Er glaubt, daß C. Gibert schwanger ist, es ist wie eine Epidemie. Im übrigen beglückwünscht er sich, daß die Ehe ihn nicht verändert hat. Es gibt keinen eifrigeren Anhänger von Ihnen: er liest seinen Schülern Ihre philosophischen Werke vor und erzählt ihnen Geschichten über Sie. Es scheint, er verbringt sein Leben mit der Vorbereitung seines Unterrichts. Ich habe, bevor ich ihn traf, die *Messe in D* von Beethoven gehört, die herrlich ist. Heute früh habe ich Sorokine getroffen, die immer noch zärtlich und reizend ist und mir von einer schrecklichen, 17 Stunden dauernden Aussprache mit ihrem jungen Mann erzählt hat: kurz gesagt, er merkt, daß sie ihn nicht liebt, und sie verhehlt es ihm nicht, und er haßt mich – er liebt sie jedoch zu sehr, um zu brechen, und ich frage mich, wie es ausgehen wird. Sie ist um 10 Uhr weggegangen, und ich lese gerade Kierkegaard und die Studien Wahls über ihn – es interessiert mich sehr, und ich bin froh, daß ich wieder mit Lesen angefangen habe. Ich habe auf Bost gewartet, aber er kommt nicht: er hat wahrscheinlich wieder eine Szene mit Kos.; sie hat dauernd wegen materieller Probleme Nervenzusammenbrüche, und er hat es ziemlich satt, sie entwickelt mehr und mehr einen hündischen Charakter und macht zum Ausgleich auf lieb Kind. Ich glaube, sie fährt morgen nach Laigle. Auf Wiedersehen, mein lieber Kleiner, wie gern hätte ich einen Brief von Ihnen. Oft sehe ich Ihre kleine Person voll und ganz wieder, Körper und Seele, und bin zu Tränen gerührt. Ich liebe Sie, mon amour.

Ihr reizender Castor

221

[F. R.]

Mittwoch, 25. Dezember [1940] – Mon amour. Nun ist mein zweites Weihnachten ohne Sie – und trauriger als das vorige, denn ich weiß nicht, wann ich Sie wiedersehen werde. Ab und zu überkommt mich Angst; vor allem nachts ist es unangenehm. Ich liebe Sie so sehr, mein Kleiner, ich erinnere mich so gut an Ihre lieben Gesichter und sehne mich so verzweifelt nach Ihnen. Es ist 3 Uhr nachmittags, und ich bin im *Flore* – die ganze übliche Clique ist da, es ist voll und warm. Draußen herrscht eine schöne trockene Kälte, Paris ist ländlich und wie ausgestorben. Ich fühle mich wohl, weil ich lange Kierkegaard lesen werde, dann gehe ich ins Konzert, und um 8 Uhr treffe ich Bost.

Das war eine seltsame Weihnachtsnacht, ein bißchen sehr trostlos. Die Cafés hatten bis 2 Uhr ½ geöffnet, sie waren ziemlich voll, aber kaum lebendig – und draußen war pechschwarze Nacht – und da es nach Mitternacht weder Metro noch Taxis gab, mußten die Leute zu Fuß nach Hause gehen. Übrigens war es auf den Boulevards Saint-Michel und Saint-Germain absolut menschenleer. Ich habe um 10 Uhr ½ Bost in den *2 Magots* getroffen, und wir sind zu *Capoulade* hochgegangen: unterwegs haben wir eine Frau getroffen, die ein bißchen ängstlich gefragt hat, ob die Concorde noch weit sei; sie wollte nach Miromesnil und kam weiß Gott woher. Wir haben die Zeit mit Reden verbracht, wir waren froh, zusammenzusein, und es war schön. Wir haben für die Woche ein Zimmer in einem Hotel des Viertels genommen. Heute früh sind wir spät aufgestanden und haben im *Mahieu* und im *D'Harcourt* ein Sandwich gegessen und etwas getrunken. Jetzt feiert B. bei seiner Familie Weihnachten, und ich bin hierhergekommen.

Mein Kleiner, ich habe ein gutes Leben, aber ich bin verzweifelt. Ich hatte so sehr gehofft, daß Sie mir Weihnachten zurückgegeben würden. Ich habe heute nacht geträumt, Sie vergäßen mich, und es war entsetzlich. Aber ich weiß, daß es falsch ist.

Ihr reizender Castor

222

[F. R.]

Donnerstag, 26. Dezember [1940] – Mon amour. Ihr Brief ist angekommen, genau wie ein schönes Weihnachtsgeschenk – mein süßer Kleiner, es verlangte mich so danach zu spüren, daß ich Ihnen gegenwärtig bin. Ich habe Sie durch Ihr Gekritzel hindurch ganz wiedergefunden und bin so gerührt, liebes, liebes kleines Geschöpf. Gestern habe ich Ihnen also im Café *Flore* geschrieben und *Le concept de l'angoisse** gelesen – dann habe ich im Châtelet ein herrliches *Magnifikat* von Bach, durchaus angenehmen Berlioz, eine schlechte *Béatitude* [Seligpreisung] von Franck gehört. Ich bin bei meinem Hotel vorbeigegangen, und dort habe ich in meinem Fach Ihren Brief vorgefunden, auf den ich mich gestürzt habe. Ich hatte eine Vorahnung, daß er dasein würde. Ich habe auch eine von Védrine zurückgelassene Flasche Quetsche** gefunden, die sie in der Weihnachtsnacht nicht ausgetrunken hatte. Ich habe sie an mich genommen und Bost im *Dôme* getroffen, der vom familialen Weihnachtsbaum kam. Wir sind zum Abendessen gerast, denn um zu sparen hatten wir nicht zu Mittag gegessen: wir waren im roten Café der *3 Mousquetaires*, und meine Seele war ganz ergriffen; es wimmelte von Leuten, es war warm und lustig; wir haben dort den Abend verbracht, heimlich Quetsche getrunken und uns mit einigem Mißmut über

* Von Kierkegaard, dt.: *Der Begriff Angst*.
** Zwetschgenschnaps.

die Welt unterhalten. Wir sind durch dichte und kalte Finsternis ins Quartier Latin zurückgekehrt, und wie oft hatte ich große nächtliche Angstzustände. Wie sehr möchte ich mit Ihnen reden. Ich kann nichts Bestimmtes denken, wenn ich es nicht mit Ihnen denke. Wie gern ich in der Zwischenzeit Briefe haben möchte! Sie sehen, ich bin jetzt viel weniger bescheiden mit dem Schreiben. Kommen die Pakete aus Lyon an? Und haben Sie in Baccarat meins bekommen? Welchen Brief haben Sie zuletzt in Baccarat bekommen? Auf Wiedersehen, mon amour. Ich liebe Sie mit aller Kraft.

Ihr reizender Castor

223

[F. R.]

Samstag, 28. Dezember [1940] – Mon amour – ich lebe weiter träge in den Tag hinein. Gestern nachmittag war ich mit Bost im Ursulinenkino, um *Un carnet de bal* [dt.: *Spiel der Erinnerung*] zu sehen – ich mußte über Harry Baur lachen, weil ich mich erinnerte, wie Sie ihn nachgemacht haben: sonst, und von Jouvet abgesehen, ist es nicht gerade amüsant. Dann haben wir bei *Capoulade* Glühwein getrunken, und schon um 7 Uhr sind wir zum *Petit Saint-Benoît* gerast, wo es nur Lunch und Innereien gab, was uns enttäuschte, denn in einem heftigen Anfall von Sparsamkeit hatten wir nicht zu Mittag gegessen. (Ich glaube, es hat seine Ironie, Ihnen von Lebensmittelbeschränkungen zu berichten.) Dann waren wir im *Flore*, wo es wie in den Glanzzeiten aussah, eine Menge Tische waren hinzugestellt, und die verräucherte Luft war zum Schneiden dick. Eine schöne dunkle junge Jüdin provoziert dort Bost mit ihrem Blick und Lächeln unverschämt; gestern hat sie ihre Nachbarn auf ihn aufmerksam gemacht, indem sie mit dem Finger seinen Nasenrücken nachzeichnete und sagte: «er ist reizend» – er ist ein bißchen geschmeichelt.

Wir haben bis zur Schließung die Leute beobachtet und geredet. Heute früh habe ich Bost schon um 8 Uhr ½ aus dem Bett geholt, was immer ein schwieriges Unternehmen ist, um ihn ins Konservatorium zu schleppen und Sextette und Oktette für Blasinstrumente von Beethoven zu hören, was nicht viel taugte. Aber Monsieur Panzra[100] hat göttlich *La bien-aimée lointaine* [Die ferne Geliebte] gesungen, was mich um so mehr ergreift, als Zuorro mir sagte, Sie hätten das früher so schön gefunden. Im Konzert war Hoffmann[101], der verheiratet ist: Bost hat sogar einmal bei ihm zu Hause zu Abend gegessen, anscheinend ist es eine triste Ehe.

Auf Wiedersehen, mein lieber Kleiner; ich würde Ihnen gern ausführlicher schreiben können, aus vielen Gründen. Ich bin nicht mehr so traurig, seit ich Ihre Briefe bekommen habe. Ich liebe Sie. Ich küsse Sie leidenschaftlich.

Ihr reizender Castor

224

[F. R.]

Dienstag, 31. Dezember [1940] – Mon amour. Ich habe gerade Ihre Mutter gesehen und bin ganz ergriffen, weil sie einen Mann aus Ihrem Lager gesehen hat, der freigelassen wurde und eine Nachricht von Ihnen überbracht hat. Es gibt also Leute, die das Glück haben, Sie aus Fleisch und Blut bei sich zu haben; ich würde mir unter solchen Umständen bestimmt nicht die Freiheit geben lassen – wie sehr möchte ich Sie wiederfinden, liebes kleines Geschöpf, Salz der Erde. Ich sehne mich nach Ihnen. Ansonsten verbringe ich mit Bost weiter ausgezeichnete Ferien. Sonntag nachmittag waren wir in einem hervorragenden Ravel-Konzert in der Salle Pleyel und

100 Schwer entzifferbar.
101 Ehemaliger Schüler Sartres.

haben danach auf dem Zimmer Pastete und Truthahn, die Kos. geschickt hatte, gegessen, dann haben wir im *Balzar* einen getrunken (morgens hatte ich zwei Stunden lang Védrine gesehen, die schließlich und endlich Ramblin heiraten wird – dann hatte ich mit Bost in Saint-Germain-des-Prés zu Mittag gegessen, und wir waren ins *Flore* gegangen). Gestern früh habe ich Sorokine im *Mahieu* getroffen; sie ist mehr und mehr von ihrem jungen Mann angewidert, und sie machen viel Moral und komplizierte Psychologie um den einfachen Tatbestand herum, daß sie ihn nicht liebt und er sie liebt. Mit mir läuft es bestens, es ist ein wahrer Erfolg. Sie hat verstanden, daß sie ihr Leben nicht mit mir wird bauen können, und ist mir weder böse noch leidet sie darunter, ohne daß sie jedoch aufgehört hätte, auf äußerst angenehme Weise an mir zu hängen. Unsere Beziehung ist immer noch von Gewittern unterbrochen, weil sie mir die Seife nicht geben oder weil sie mir Kuchen wegessen will, oder weil es ihr plötzlich einfällt, auf Mouloudji eifersüchtig zu sein – aber wir schlagen uns nicht mehr, und im großen und ganzen verstehen wir uns ausgezeichnet.

Auf Wiedersehen, mein Kleiner, ich erzähle Ihnen die Fortsetzung im nächsten Brief. Ich liebe Sie mit Verlangen, mit Zärtlichkeit und Leidenschaft.

Ihr reizender Castor

225

[F. R.]

Dienstag, 31. Dezember [1940] – Liebes kleines Geschöpf. Gestern früh habe ich also Sorokine getroffen – dann habe ich im *Flore* auf Bost gewartet, wo ich Védrine sah, die jetzt ständig bebende Nasenflügel, Beklemmungen und Angst hat. Ihr Vater beriet mit M. Ramblin: sie weiß, daß sie in 2 Wochen heiratet, aber sie weiß nicht, wen: Ramblin oder den Amerikaner? Das ist eine schwierige Situation, für die ich es aber nicht schaffe, Verständnis aufzubringen. Ich habe Bost getroffen, mit ihm zu Mittag gegessen, und wir waren bei Pierre Bost, um Platten zu hören. Lalley[102] war da, die sehr sympathisch ist, und ihre Kinder, die es auch sind, aber Odette Bost war da, und wir mußten Tee trinken und Konversation machen. Wir haben trotzdem Ravel und Bach gehört. Abends waren wir in der Comédie-Française, wo Copeau wieder *La nuit des rois** inszeniert; es war schlecht gespielt, aber sehr angenehm, und ich mag es, ins Theater zu gehen, ich war mit meinem Abend zufrieden. Wir haben bei *Capoulade* ein Sandwich gegessen, wo wir eine wunderbare Verrückte gesehen haben. Heute früh waren wir im Konzert des Konservatoriums, wo Ch. Münch Beethoven dirigierte; es wimmelte, alles, was Rang und Namen hat, drängelt sich jetzt in diesen Konzerten (Cocteau, Barrault usw.). Sie sehen, Theater und Musik in Hülle und Fülle – das ist eine gute Ruhepause, danach werde ich wieder vernünftig arbeiten. Ich habe mit Bost zu Mittag gegessen, Ihre Mutter gesehen, und jetzt bin ich im *Dôme*, das sie mit einem furchtbar lauten Tonabnehmer ausgestattet haben, der mich zur Verzweiflung bringt.

Das ist der letzte Tag eines Jahres, in dem wir sehr getrennt waren, mon amour – vielleicht kommt jetzt das Jahr, in dem wir uns für immer wiederfinden werden. Seien Sie vor allem geduldig und überlassen Sie das dem Himmel.[103] Ich liebe Sie, mein Kleiner.

Ihr reizender Castor

102 Die ältere Schwester Bosts.

* Die Komödie *Twelfth Night or what you will* von Shakespeare, dt.: *Zwölfte Nacht oder Was ihr wollt*.

103 Simone de Beauvoir fürchtete, Sartre könnte versuchen, unter gefährlichen Bedingungen zu fliehen.

226

[F. R.]

Mittwoch, 1. Januar [1941] – Heute abend ist mir's zum Weinen weh ums Herz. Seit morgens schneit es über Paris, und da es weder Taxis noch Autos gibt, ist der Schnee auf den Fahrbahnen liegengeblieben – alles ist weiß und still wie mitten auf dem Land, mit einem grauen Wintersporthimmel. Ich denke an Sie. Ich denke immer an Sie, aber heute abend durch so viele liebe Erinnerungen hindurch, durch so viele Begierden, daß ich davon ersticke. Wann werde ich Sie wiedersehen, mein süßer Kleiner? Ich könnte Jahre auf Sie warten und die Zeit dahingleiten lassen, einfach so, auf unbestimmte Zeit – aber das wären ebenso viele mir gestohlene Jahre, und mein Leben ist nicht mehr so lang für all meine Liebe zu Ihnen. Gestern habe ich Ihnen im *Dôme* geschrieben; abends habe ich mit Bost *L'avare*[104] gesehen – das Theater war halb leer, und das ist ungerecht, denn Dullin ist geradezu wunderbar, noch kleiner als in Wirklichkeit, ganz alt, schmutzig und in geflicktem Zeug, noch nie habe ich ihn so gut spielen sehen, bei weitem nicht. Abends war Silvester, und wir waren bei *Capoulade* – es war traurig – Mitternacht wurden die Lichter ausgemacht und zwölf Gongschläge gegeben. Das Herz hat sich mir auch da zusammengeschnürt. Wir haben bis 2 Uhr früh herumgetrödelt, ziemlich schweigsam. Ich verstehe mich bestens mit Bost, aber wie einsam ich mit ihm bin! Wie einsam ich überall bin, wo Sie nicht sind. Ich erinnere mich heute

104 Von Molière [dt.: *Der Geizige*]; vgl. *In den besten Jahren*, S. 407.

abend heftig daran, wie glücklich ich war. Ich werde Sie eines Tages wiederfinden, mein liebes Glück, mein Leben. Ich nehme Sie leidenschaftlich in die Arme.

Ihr reizender Castor

227

[F. R.]

Mittwoch [1. Januar 1941] – Mein lieber Kleiner – ich sitze ein bißchen in der Klemme heute abend; heute nachmittag bin ich mit Bost in Wandas Zimmer eingedrungen (sie ist in Laigle) und habe in ihrem Tagebuch gesehen, daß sie bei aller Zuneigung zu Ihnen tief verärgert darüber war, daß Sie zweimal über mich von Ihnen gehört hat. Die Sache war so: ich weiß nicht, ob ich Ihnen gesagt habe, daß mich die Worte «Kranken-Revier»[105], als ich Ihre Adresse bekam, vollkommen vor den Kopf gestoßen haben. Ich wußte nichts über Sie, ich glaubte, Sie wären sterbenskrank. Ich habe einen entsetzlichen Abend verbracht; ich war mit Kos. im Atelier verabredet und habe mir die Adresse von Tyssen übersetzen lassen und bin beinahe auf der Stelle in Tränen ausgebrochen. W. hat mich im Laufe des Abends mit «Libellen-Augen»*, wie sie sagt, gesehen und war davon angewidert. Da ich dachte, sie sei beunruhigt, habe ich dann, als Ihr erster Brief kam, gesagt, Sie beauftragten mich, allen Nachricht zu geben, und ich habe ihr ein paar beruhigende Zeilen geschrieben. Als dann Ihre Mutter von Ihnen einen Brief bekam, habe ich ihn abgeschrieben und Wanda vorgelesen (natürlich habe ich gesagt, daß er an Ihre Mutter war). Da übrigens 50 Leute nach Ihnen gefragt haben und ich ihnen geantwortet habe, wäre es Wanda sowieso zu Ohren gekommen. Es wäre mir unerträglich, wenn

105 Deutsch im Original.
* Mit vom Weinen geschwollenen Augen.

Sie dächten, ich hätte leichtfertig gehandelt, mein Kleiner, aber ich habe nur *einen* Brief an mich und einen an Ihre Mutter angegeben. Im übrigen bietet Gégé Wanda an, zu Kientz zu kommen: für 4 Stunden Arbeit am Nachmittag würde sie ausgebildet und 600 Francs verdienen. Ich möchte, daß sie annimmt und einen Beruf ergreift. Ihr Leben ist wirklich kläglich. Im übrigen haßt sie mich, deshalb habe ich es aufgegeben, mich um sie zu kümmern.

Auf Wiedersehen, mon amour. Wie gern möchte ich mit Ihnen reden, Sie berühren. Wie hart ist dieses dichte Schweigen. Ich küsse Sie ganz leidenschaftlich.

Ihr reizender Castor

228

[F. R.]

Donnerstag, 2. Januar [1941] – Mon cher amour. Meine Seele ist weiterhin ganz zerrissen vor Verlangen, Sie zu sehen. Ich habe Ihnen gestern im *Flore* geschrieben, dann habe ich bei meiner Familie zu Abend gegessen und Bost in den *2 Magots* getroffen – er war müde und düster, weil der Gedanke, wieder unterrichten zu müssen, ihn buchstäblich krank macht. Wir sind sehr früh in einem kleinen Stundenhotel der Rue Saint-André des Arts schlafen gegangen. Heute früh war ich mit Louise im *Dôme* verabredet, und ich habe sie um 9 Uhr ½ getroffen – sie war ganz verklärt, weil sie schließlich und endlich in Paris bleibt und in einem Monat Ramblin heiratet. Ich werde versuchen, mich immer seltener mit ihr zu treffen. Wir haben geredet, ich habe gelesen und mit Bost in der Nähe von Saint-Germain-des-Prés zu Mittag gegessen. Es war eine schöne schneidende Kälte draußen, mit hartem Schnee auf dem Boden und einem schönen blauen Himmel. Wir sind ein bißchen gelaufen, aber ich zittere, weil ich ein bißchen jämmerlich angezogen bin, vor allem was die Schuhe angeht: es gibt in ganz Paris kein Paar mehr zwischen Größe 35 und 43. Wir haben Marchat als *Tartuffe** gesehen; das Stück ist amüsant, aber Marchat hat mich stark enttäuscht. Danach haben wir noch einen kleinen Spaziergang gemacht und einen im *Flore* getrunken, wo Bost seit einem Monat eine schöne Rumänin erobert hat, die ihm unverschämte Blicke zuwirft. Wir haben in dem reizenden kleinen Restaurant, das *Le Petit Rôtisseur* heißt, zu Abend gegessen, wir haben bei *Capoulade* getrunken und werden nach Hause gehen. Ich fühle mich sehr melancholisch. Wann werde ich Sie wiedersehen? Ich frage mich von früh bis spät nichts als das. Auf Wiedersehen, mon amour – wie ich auf Ihren nächsten Brief warte. Ich küsse Sie ganz leidenschaftlich.

Ihr reizender Castor

229

[F. R.]

Freitag, 3. Januar [1941] – Mein lieber Kleiner. Nun sind die Ferien zu Ende, aber ich setze sie ein bißchen fort, ich mache mich erst Montag an die Arbeit. Gestern abend sind wir also früh nach Hause gegangen, und ich konnte ermessen, wie sehr der kleine Bost darunter leidet, unterrichten zu müssen, ab 5 Uhr früh schlief er nicht mehr und machte alle halbe Stunde manisch das Licht an, um zu sehen, wieviel Uhr es war. Ich habe entsprechend schlecht geschlafen. Ich bin in einen eiskalten Tag hinein aufgestanden, man schafft den Schnee in den Straßen von Paris nicht weg, und an manchen Stellen ist es weiß und poetisch, an anderen Stellen ist Matsch. Ich war im *Dôme* und habe Sorokine getroffen, rührender denn je. Ich habe Ihnen gesagt, wie sehr sie mich gerührt hat, als sie mir erklärte, sie habe verstanden, daß sie ihr Leben unabhängig

* Von Molière, dt.: *Tartuffe oder der Heuchler*.

von meinem führt, und habe doch nicht aufgehört, mich noch genauso zu lieben. Sie ist im Moment nicht eifersüchtig, nicht fordernd, sondern ergreifend großzügig und zärtlich. Ich liebe sie immer mehr. Sie hatte ein reizendes, vor Kälte zerknittertes und gerötetes Gesicht; sie hat ihrem jungen Mann geschrieben und ihm erklärt, sie könne ihn nicht lieben, und ihm Freundschaft angeboten, er hat in seiner Antwort klein beigegeben und mir gelobhudelt, aber so getan, als würde er die angebotene Freundschaft mit wahrer Liebe verwechseln; seine Briefe sind nicht sympathisch. Ich habe Sorokine zu Erledigungen mitgenommen: zur Steuererklärung, mit der ich schändlich im Rückstand war, Geld holen. Dann haben wir zu Mittag gegessen, und von 1 bis 3 Uhr habe ich vor dem Unterricht Kant und Kierkegaard gemacht. Mein Kleiner, wieder lebe ich in einem Angstzustand. Ich hatte mich in die Hoffnung verbissen, Sie an Weihnachten wiederzusehen – jetzt wage ich nichts mehr zu hoffen – und wie ich leide, daß ich nicht mehr genau Ihre Stimmung und Ihre Gedanken kenne – Sie fehlen mir so, liebe kleine Person aus Fleisch und Blut, der Sie woanders leben. Den ich so gern mit Gewißheit wiedersehen möchte. Ich liebe Sie mehr denn je.

Ihr reizender Castor

230

Sonntag, 5. Januar [1941] – Mon amour. Ich schreibe Ihnen im *Dôme*. Es ist ein Uhr, und es wimmelt von Mittagsgästen – es ist nicht gerade warm. Ich frage mich voll Sorge, ob Sie nicht vor Kälte umkommen. Ich möchte so viele Sachen über Sie wissen – haben Sie dort Zeitungen? Radio? Wie steht's mit dem Schreiben? Befassen Sie sich nur noch mit Theater? Und auch: wie wirken diese Briefe auf Sie? Interessieren Sie sich noch für das, was in unserer kleinen Welt vor sich geht, oder ist das wie Kino? Was mich angeht, ich war gestern, nachdem ich Ihnen geschrieben hatte, in einem Konzert im Atelier;

man spielte das *Quintett* von Franck, das ich zum erstenmal hörte und das herrlich ist – ich mußte lachen, weil ich neben Magali und Eloy de Staecklin saß und sie sich bitter darüber beklagte, daß er schlechte Karten gekauft hatte und er aus Geiz nicht nachgeben wollte; sie haben sich angeschnauzt und sind schließlich ins Parkett runtergegangen. Danach habe ich Sorokine in einem kleinen Café bei Arts et Métiers* getroffen, das ein richtiges Bordell ist, im Prinzip werden Frauen ohne Begleitung dort nicht bedient, und Wanda und Sorokine wurden dort hinausgeworfen (zu der Zeit, als sie noch miteinander verkehrten) – aber ich konnte trotzdem bleiben. Nur Nutten waren dort und eine exotische Kundschaft, statt eines Grammophons ein elektrisches Klavier; es war sehr voll und warm. Sorokine war betrübt, weil ihr junger Mann am selben Abend nach Hause kam und sie ihm ihren Abend widmen mußte; ich war etwas enttäuscht, es hätte mir gefallen, 24 Stunden mit ihr zu verbringen, aber ich habe sie nachdrücklich aufgefordert, das um einige Tage zu verschieben, und habe M. Ponty angerufen, den ich im *Dôme* getroffen und mit dem ich den Abend verbracht habe. Er hat mir riesige Komplimente zu meinem Roman (dem 1. Teil) gemacht, er hat mir gesagt, es sei «groß», und das hat mich trotz allem ermutigt. Er hat mir auch erzählt, wie er mit Piquard geschlafen hat (seiner ehemaligen Schülerin, Freundin von Védrine und Praktikantin bei mir); er hat sie mit zu sich genommen, hat sie geküßt, und sie hat sofort zu ihm gesagt: «Ich liebe Sie»; er hat ungefähr so geantwortet: «das macht nichts», und hat sie flach gelegt – danach glaubte er, sie sei schwanger, aber das war nicht der Fall; sie hat mit ihren Gefühlen gedroht, aber er hat praktisch gleich gebrochen – er sucht ein erotisches Gespräch, genau wie der alte Direktor[106],

* Pariser Metrostation.

106 Anspielung auf eine Episode im Oktober 1930. Simone de Beauvoir hatte versucht, journalistisch zu arbeiten, um dem Lehrerposten in der Provinz zu entgehen; sie lernte eine Herausgeberin von *L'Europe*

und kotzt mich an. Übrigens ist Kos. nicht zurückgekommen, denn die Züge sind im Schnee steckengeblieben. Auf Wiedersehen, mon cher, cher amour. Ich bin leidenschaftlich mit Ihnen vereint.

Ihr reizender Castor

Umschlag
KRIEGSGEFANGENENPOST
Sartre Jean-Paul
GEFANGENENNUMMER (Numéro du prisonnier): Mle 10788
Lager-Bezeichnung
(Désignation du camp)
STALAG XII-D
DEUTSCHLAND (Allemagne)

231

[F. R.]

Dienstag, 7. Januar [1941] – Mon amour. Ich bin immer noch ziemlich trübsinnig – vielleicht wird es besser, sobald ich mich wieder an die Arbeit gemacht habe, aber ich fühle mich matt nach diesen zwei Wochen Ferien – es ist kalt und grau und trist. Ich habe heute nacht mit Pullovern bestückt und in Skihosen geschlafen. Ich habe Angst, daß Sie entsetzlich frieren. Wie hart es ist, so fast keinen Kontakt mit Ihnen zu haben. Gestern abend habe ich also Védrine im *Dôme* getroffen. Wir haben in der Crêperie zu Abend gegessen, und sie ist wieder mit ins *Dôme* gekommen. Sie war düster, weil ihre

nouvelle kennen, die mit einem 60jährigen Schuldirektor verheiratet war. Dieser interessierte sich für den damals 22jährigen Castor. Er lud sie zum Tee im *Pré Catalan* ein und sprach mit ihr über das Leben, mit dessen – so fügte sie hinzu – «libidinösen Aspekten er sich besonders gern befaßte». Vgl. *In den besten Jahren*, S. 49.

Heirat und ihr Examen sie von früh bis spät beanspruchen. Die Ramblins wollen die Sache vorschriftsmäßig machen, und die Védrines haben sich eine Abhandlung über gesellschaftliche Umgangsformen gekauft, um dem gewachsen zu sein. Geschenke werden ausgetauscht, weiße Blumen, Einladungen – sie werden im Februar eine Hochzeitsreise machen und sich nach ihrer Rückkehr zusammen einrichten. Bringt Sie das nicht zum Lachen? Im übrigen stellt Ramblin dauernd seine Operation zurück, was Védrine ärgert, und sie haben dauernd Auseinandersetzungen, was Ramblin ärgert. Was mich angeht, ich habe also mit ihr einen trübsinnigen Abend verbracht; ich habe ein bißchen im Bett gelesen und bin eingeschlafen, nachdem ich mit Angst an Sie gedacht hatte. Heute früh war ich in der Schule – dann habe ich mich ins *Dôme* gesetzt und habe von Mittag bis 4 Uhr himmlisch gearbeitet. Ich überarbeite den zweiten Teil und glaube, daß Ostern alles fertig ist. Es zerreißt mir unablässig das Herz, wenn ich arbeite, weil es sich um unsere Vergangenheit handelt, um Sie, mein süßer Kleiner – gestern kamen mir auch die Tränen, als ich einen Artikel über Heidegger las und mich an diese Reise in die Provence erinnerte, auf der Sie ihn mir erklärten. Mein Kleiner, ich habe in diesen Tagen dauernd Lust zu weinen. Ich liebe Sie dermaßen, mit einem solchen Verlangen nach Ihrem Gesicht, nach Ihrer Zärtlichkeit. Die intellektuelle Einsamkeit lastet nicht auf mir, auch nicht die Tatsache, daß ich im allgemeinen allein bin – *Sie* fehlen mir, Ihr Lächeln, Ihr kleiner Nacken, an den ich mich so gut erinnere, und diese ganze Wärme, die man neben Ihnen fühlt. Mon amour. Ich habe den Tag bei Merleau-Ponty beendet und allein in seinem warmen Zimmer herrlichen Franck und Bach gehört. Ich habe 3 ½ Stunden ohne Überdruß Musik gehört, dann habe ich Kos. im *Dôme* getroffen – sie war Montag über irgendwelche verschlungenen Wege angekommen, wir haben einen sehr guten Abend verbracht. Auf Wiedersehen, mon cher, cher amour. Ich dörre aus vor Verlangen, Sie wiederzusehen. Denken Sie an mich.

Ihr reizender Castor

232

[F. R.]

Mittwoch, 8. Januar [1941] – Mon amour. Ich habe also gestern abend Skihosen und Pullover angezogen und mich ins Bett gelegt. Ich habe von Eddington etwas über die moderne Wissenschaft gelesen, es war ein bißchen amüsant, obwohl er dermaßen dumm ist. Ich habe geschlafen. Ich habe Sorokine versprochen, mit ihr 24 Stunden zu verbringen, und sie hat mich um 8 Uhr aufgeweckt. Wir haben einen äußerst schönen Tag verbracht. Wir waren im *Dôme* und haben bis gegen 11 Uhr geredet – dann war ich eine Stunde lang im Lycée – dann haben wir in ihrem Viertel zu Mittag gegessen und den Tag in ihrem ganz warmen Zimmer damit verbracht, die Tagebuchnotizen ihres jungen Mannes anzusehen; es handelt sich um einen jungen, kaum sympathischen Rationalisten. Abends haben wir uns von 6 bis 9 Uhr in der Oper Ballett angesehen: *Daphnis et Chloé*, ein Ballett von Lifar zu einer schönen Musik von Ravel. Wir sind nach Hause gegangen, haben uns mit Pastete und Schokolade vollgestopft, haben geredet und geschlafen.

Donnerstag

Mon amour. Es fällt mir schwer, Ihnen zu schreiben – ich bin so fassungslos und tragisch wie lange nicht – zunächst mal scheint es, daß das der letzte Tag ist, an dem man frei schreiben kann. Und dann habe ich zu große Lust, Sie zu sehen. Gestern abend erinnerte ich mich an Ballette, die ich mit Ihnen in der Oper gesehen habe, und hatte Lust zu weinen – unablässig stoße ich auf Erinnerungen, die mich zerreißen. Und dann habe ich gerade die letzte *N. R. F.* gelesen, und die ist dermaßen dumm und schäbig, daß es mich niedergedrückt hat. Gestern sagte ich Ihnen, daß die intellektuelle Einsamkeit nicht allzusehr auf mir lastet. Aber wenn sie kosmische Ausmaße annimmt, drückt es mich nieder, und Hegel, der mir im August hilfreich war, tröstet mich nicht mehr. Mein Leben ist nicht mehr so lang, daß ich ohne Erschütterung akzeptieren könnte, Jahre davon zu opfern – und Jahre ohne Sie (oder Monate, Wochen) sind Takte für nichts.

Falls das für lange Zeit mein letzter Brief sein sollte, möchte ich nicht, daß Sie einen falschen Eindruck von Düsternis zurückbehalten. Wie Sie habe auch ich die Hoffnung, daß jede Prüfung ein Fortschritt ist, und es scheint mir, daß mich das vergangene Jahr von einem schlechten rationalistischen Optimismus befreit hat. Ich glaube, ich habe mich verinnerlicht und bin authentischer geworden als früher – wirklich, ich glaube, daß das keine Illusion ist. Aber ob ich deprimiert oder tapfer bin, eine einzige Sache zählt für mich, Sie wiederzusehen, Ihr Denken wiederzufinden, Ihre Realität, Ihre Gegenwart – und auch Ihre Liebe und Ihre Gesichter. Sie sind alles für mich, für immer.

Ihr reizender Castor

233

[F. R.]

Montag, 20. Januar [1941] – Mon amour. Ich habe aufgehört, Ihnen zu schreiben, weil behauptet wurde, es würden keine Briefe mehr angenommen – aber anscheinend doch. Im übrigen war ich während dieser 10 Tage vor Traurigkeit so ausgedorrt, daß ich fast keine Lust mehr hatte zu schreiben. Ich habe dauernd Alpträume über Sie: Sie kommen zurück (ich glaube, man kann eine Abwesenheit nicht direkt träumen), aber Sie lieben mich nicht mehr, und ich bin verzweifelt. Wirklich, zeitweise nimmt es mir den Atem, nicht zu wissen, wann ich Sie wiedersehen werde. Heute fühle ich mich besser, da ich Samstag Ihre Mutter gesehen habe und sie mir Nachricht von Ihnen gegeben hat. Ich bin so froh, daß die Aufführung ein schöner Erfolg war! so froh beim Gedanken, daß Ihr Leben dort einen Sinn bewahrt und Sie sich dafür interessieren! Ich war neulich bei Capri und habe einen Bekannten von Louise getroffen, der einen Philosophielehrer kennt, der ihm eine seltsame Geschichte über ein Manuskript von Ihnen erzählt hat (es ist eine alte Geschichte), das in seinen Händen oder bei Grasset wäre. Ich werde versuchen, es zurückzubekommen – sagt Ihnen das was? Wir hatten in Paris so eine Kälte, daß es wie eine ungeheure Naturkatastrophe war: 13 000 Arbeiter waren notwendig, um die Straßen freizuräumen. Es war ulkig, man sah eine ganze Menge ziemlich anständiger Leute, im Stil des *Dôme*, die sich dieser Arbeit hingaben – Schnee, Kälte, Dunkelheit, Paris schien eine mittelalterliche Steppe. Zum Glück waren einige Cafés geheizt. Seit gestern ist Tauwetter, und es ist mild wie im Frühling: das Leben ist ganz verwandelt. Viele Frauen laufen in Skihosen herum, die Kinder gehen sogar so zur Schule. Ich habe dicke Skistiefel, die Mouloudji mir gegeben hat. Das Leben geht weiter; ich werde es Ihnen ausführlich erzählen. Kos. schluchzt morgens und abends, sie ist praktisch verrückt: ihre Arbeit läuft nur halb, aber nicht so schlecht. Bost schmettert es nieder, diese Verzweiflung ertragen zu müssen – mit Sicherheit wird sie dieses Jahr nicht spielen. Wanda war bei Kientz, aber sie zeichnet nicht gut genug, sie haben sie nicht genommen. Nur Bost strahlt, weil sein Unterricht gestrichen wurde, er beaufsichtigt nur noch. Was mich angeht, mon amour, meine Freude hängt an Ihnen. Ich wußte wohl, daß ich Sie liebte, aber ich liebe Sie noch mehr, als ich es wußte.

Ihr reizender Castor

234

[F. R.]

Dienstag, 21. Januar [1941] – Mon amour. Es regnet, es ist feucht und traurig heute. Ich habe mir unter dem Vorwand einer Grippe zwei Tage Urlaub genommen. Gestern habe ich den Vormittag mit Bost verbracht, mit ihm zu Mittag gegessen, und um 3 Uhr, als ich zur Schule mußte, lag ich auf meinem Bett und bin bis 5 Uhr liegengeblieben, ganz dösig. Ich habe tatsächlich einen dicken anstrengenden Schnupfen. Von 5 bis 8 habe ich mit Inbrunst im *Rond Point* gearbeitet, und dann habe ich den Abend bei Sorokine verbracht, in ihrem kleinen Hotelzimmer. Sie hat mir Nudeln und schlechte Schokolade zu essen gegeben und hat mir von einer großen skandalösen Sauferei erzählt, die sie am Abend vorher in Gesellschaft ihres armen jungen Mannes erlebt hatte. Es war wie die klassischen Szenen von Kos., nur heftiger: Sturz in die Gosse, Beschimpfung der Leute in den Cafés, hysterisches Gelächter, Schreien – es gab auch eine erotische Seite, sie küßte den jungen Mann gierig und starrte vor allen Leuten auf seine intimen Reize. Sie hat mich zum Lachen gebracht. Ich war ziemlich leidend und habe bei ihr geschlafen. Heute früh habe ich ein bißchen im *Mahieu* gearbeitet – dann Mittagessen mit Bost. Und ich habe fast 6 Stunden hinten im *Dôme* mit Arbeit verbracht, unterbrochen nur von einem kurzen Gespräch mit der Mondfrau, die immer noch sie selbst ist, obwohl schwanger. Der Mondmann wird sehr erstaunt sein, wenn er bei seiner Rückkehr einen Balg vorfindet. Es scheint, einige Männer aus Ihrem Lager werden freigelassen. Mit wahnsinniger Ungeduld warte ich darauf, daß einer aufkreuzt und mir von Ihnen Nachricht gibt. Mon amour, ich lebe nur in der Vergangenheit und in der Zukunft. Ich tue nichts anderes, als auf Sie zu warten.

Ihr reizender Castor

235

[F. R.]

[21. Januar 1941] – Mon amour. Ich bin froh, es scheint, man kann Ihnen Geld schicken. Morgen schicke ich Ihnen welches. Werden Sie etwas öfter schreiben können? Das ist das Schlimmste, niemals Nachricht zu bekommen. Ich liebe Sie so sehr, ich verzehre mich so sehr, mein Kleiner. Ich habe eine sehr vernünftige Zeit verbracht, seitdem ich Ihnen nicht mehr geschrieben habe. Zunächst mal geht es mit meinem Roman in Windeseile voran, ich überarbeite den letzten Teil, was eine leichte und amüsante Arbeit ist. Dann habe ich noch gute Konzerte und Platten bei Merleau-Ponty gehört – ich habe ein bißchen gelesen. Ich lebe sehr sparsam, denn jetzt verbringe ich meine Abende bei Kos., die eine Küche hat und mir Essen macht – oder bei Sorokine; ich schlafe sogar bei ihr, weil sie ein schönes warmes Zimmer hat. Sie hat mir einen Packen englischer Kriminalromane und obszöne Bücher geschenkt, die Sie schön zerstreut hätten und die sie in einem geräumten Zimmer ihres Hotels gefunden hat. Sie kleidet mich auch teilweise ein, mit herrlichen Schals und Pullovern, die ihrem jungen Mann gehören, der unheimlich reich ist. Das ist was wert, denn man kann keinen Stoff und keine Schuhe mehr kaufen – das Leben ist schrecklich teuer. Ich war mit Louise bei Capri, auf Einladung Mouloudjis: wir sind mit Verveine-Tee für 15 Francs davongekommen, aber das sind unerschwingliche Preise. Es ist übrigens leer, obwohl das Programm (Sketche und Gedichte) ziemlich witzig ist. Wir haben einen amüsanten Abend verbracht, das war das einzige Mal in diesem Monat, daß ich ausgegangen bin. Ich habe Bost weiterhin Samstag–Sonntag gesehen, aber wir beschränken uns darauf, in den Cafés zu bleiben. Auf Wiedersehen. Ich werde Ihnen wieder schreiben. Ich liebe Sie mehr denn je und gehe ohne Sie zugrunde.

Ihr reizender Castor

236

[F. R.]

Mittwoch, 22. Januar [1941] – Mein süßer Kleiner. Ich habe also gestern einen fleißigen Tag gehabt, und dann habe ich bei Kos. zu Abend gegessen. Sie hat ein schönes großes Zimmer mit Küche, das sie mit Bost teilt, und ich verbringe alle unsere gemeinsamen Abende bei ihr – sie hat mir Rindfleisch, das ihre Mutter geschickt hatte, zu essen gegeben und Apfelkompott. Sie ist immer noch geknickt, weil sie schlecht arbeitet und kaum Aussichten auf eine Rolle hat. Es scheint, daß Tyssen eifrig mit Dullin schläft, daß Toulouse es weiß, und als sie einmal mit Vandéric ausging und etwas betrunken war, hat sie ihn gefragt: «Was halten Sie von Tyssens Fähigkeiten in der Liebe?» – es scheint auch, daß Dullin von Kos. angewidert ist und meint, er habe ihr mit der Rolle der Badenden die Chance ihres Lebens gegeben und sie sei undankbar, weil sie ihn verlassen hat. Sein Theater läuft überhaupt nicht; sie werden Mist von Jean Sarment spielen. Neulich habe ich Gibert gesehen, die aufs Theater verzichtet zu haben scheint; sie bereitet sogar eine Agrégation in Philosophie vor; sie wollte ihr Praktikum bei mir machen, und ich hätte das lustig gefunden, aber ich glaube nicht, daß es klappt. Ich bin um 10 Uhr ½ nach Hause gegangen und habe im Bett in Kriminalromanen und obszönen Büchern, die Sorokine mir gegeben hat, geblättert, aber diese Literatur ist enttäuschend monoton. Und dann habe ich wieder im *Dôme* gearbeitet. Ich habe 1 Stunde Unterricht, ich werde mit Bost zu Mittag essen und arbeiten. Auf Wiedersehen, mon amour – ich möchte so gern Briefe haben, Nachricht. Ich werde Ihnen im nächsten Paket die *Phänomenologie* von Hegel schicken, da werden Sie was zu studieren haben. Auf Wiedersehen, ganz geliebter Kleiner, mon cher amour, ma vie.

Ihr reizender Castor

238*

[F. R.]

Donnerstag, 23. Januar [1941] – Mon amour. Ich bin oben im *Flore*, es ist 7 Uhr abends – es ist schön, weil man die Welt unter sich rumoren hört und man ganz friedlich zwischen zwei Tischen mit Schachspielern sitzt. Ich habe meinen Herzensfrieden wiedergefunden, seit ich Nachricht von Ihnen habe und Ihnen wieder schreibe. Heute früh habe ich Ihnen 1000 Francs geschickt, ich hoffe, Sie bekommen sie, ich werde es jeden Monat wieder versuchen. Gestern habe ich vormittags gut gearbeitet, unterrichtet, mit Bost zu Mittag gegessen, 1 Stunde in der Sorbonne damit verloren, einige Bücher zusammenzusuchen, und Bost noch mal 2 Stunden getroffen – dann habe ich im *Mahieu* meine Bücher angesehen. Ich habe *L'homme du ressentiment* von Scheler[107] gelesen, was mir ziemlich schwach vorkam. Ich komme um vor Lust, richtige Philosophie zu machen, ich habe eine Menge Sachen verstanden, aber mein Gott! was habe ich für eine Lust auf substantielle Gespräche! Wie gern möchte ich mit Ihnen reden. Am Ende würde ich aus dem Bedürfnis heraus, mich auszudrükken, Philosophisches *schreiben*, wenn ich für lange Zeit dazu verdammt wäre, niemals reden zu können. Ich habe mich wieder an Hegel gemacht, er interessiert mich, obwohl ich sein System etwas satt habe.[108] Ich fühle im Moment meine metaphysische Situation genauso scharf wie in meiner Jugend, sicher aus Einsamkeit, und das ist der einzige wahre Reichtum meines Lebens. Meine Arbeit läuft gut, Bücher und

* Eigentlich Brief 237. Fehler im französischen Original, der aus Zitiergründen beibehalten wird.

107 Max Scheler (1874–1928), deutscher Philosoph; Autor phänomenologischer Studien; der Titel des Originals: *Das Ressentiment im Aufbau der Moralen* (1915); die Übersetzung war 1933 erschienen.

108 Zu dieser Entwicklung vgl. *In den besten Jahren*, S. 402–403, und *Kriegstagebuch*, S. 454–456.

Musik interessieren mich immer noch. Aber unsere ganze kleine Welt ist wirklich ein bißchen arg klein. Wissen Sie, Sie sind kein Mensch des Ressentiments, obwohl Sie das behauptet haben – Sie sind auf der Seite dessen, was Simmel und Scheler das «Genie» nennen und was genau das Gegenteil ist. Mon amour, ich liebe Sie. Ich möchte mit Ihnen sprechen, genauso stark wie ich Sie küssen möchte.

Ihr reizender Castor

239

[F. R.]

Freitag, 24. Januar [1941] – Mein lieber Kleiner. Ich habe gerade Zuorro getroffen, über den ich lachen mußte, denn er rannte zu einer Lateinübersetzung in die Sorbonne. Ich hatte ihn seit Weihnachten nicht gesehen und habe ihn morgen zum Mittagessen eingeladen. Ich habe den Vormittag über im *Mahieu* gearbeitet; ich habe mit Bost zu Mittag gegessen und gehe ins Lycée. Ich werde wieder arbeiten und den Abend mit Sorokine verbringen. Gestern abend habe ich nach dem *Flore*, wo ich Ihnen geschrieben habe, Kos. getroffen und mit ihr in der *Milk Bar* ein Omelett gegessen. Sie war düster; sie glaubt, die einzige Möglichkeit, es zu was zu bringen, sei, mit einem Mann zu schlafen, und sie wäre praktisch bereit, es zu tun, aber niemand macht ihr ein Angebot. Da ist zwar Delannoy, der neulich im Konzert ganz schüchtern vom Parkett in den 3. Rang hochgekommen ist, um ihr die Hand zu küssen, aber er ist Musiker. Ich habe Ihnen nicht erzählt, daß sie wahnsinnig wütend ist, wenn ich Bost offiziell sehe, was alle zwei Wochen einmal vorkommt. Letzten Donnerstag waren er und ich in einem übrigens sehr guten Jazz-Konzert, und sie hat ihm die ganze Nacht eine Szene gemacht, natürlich unter verschiedenen hergeholten Vorwänden, aber das wiederholt sich praktisch jedesmal. So. Ich habe immer noch nichts von

Ihnen, mon cher amour. Es kommt mir seltsam vor, Sie aus der Ferne zu sehen, das gibt mir Abstand in bezug auf mein eigenes Leben; ob aus der Ferne oder aus der Nähe, ich wundere mich unablässig darüber, daß Sie so existieren, wie Sie sind, mon amour. Ich fühle mich so stark mit Ihnen vereint wie eh und je. Nur bin ich gierig darauf, Sie in der Gegenwart zu kennen, ich möchte dort unten bei Ihnen sein. Auf Wiedersehen, mein Kleiner, ich liebe Sie. Ich küsse Sie leidenschaftlich.

Ihr reizender Castor

240

[F. R.]

Samstag, 25. Januar [1941] – Mon amour. Meine Zeit war gut ausgefüllt, seit ich Ihnen geschrieben habe – das war gestern, ich war im Lycée und habe Hegel erklärt, was mir Spaß macht. Dann habe ich 3 Stunden lang in einem kleinen Café-Tabac* gearbeitet und bei Sorokine Nudeln und Käse und Schokolade mit Kondensmilch gegessen, zwei seltene Gerichte**. Sie war ganz lustig, und wir haben einen reizenden Abend verbracht. Ich bin über Nacht bei ihr geblieben. Ich bin sehr früh aufgebrochen und habe ein bißchen im *Mahieu* gearbeitet, dann Bost gesehen und mit Zuorro zu Mittag gegessen. Wir waren in der *Coupole*, was mich aufgewühlt hat; ich gehe im Moment praktisch nicht mehr dorthin, es erinnert mich an die alte Zeit. Er war nicht besonders schön, aber sehr nett – er hat mir tausend Sachen erzählt – er singt immer noch, ist aber mit seiner Technik noch nicht zufrieden, weswegen er

* Tabakgeschäft mit Café.

** Eine kulinarische Besonderheit: für Simone de Beauvoir war Kakao – Schokolade – weniger ein Getränk als ein Gericht, das Sie liebend gern *aß*.

über sich selbst spottet. Ich glaube, er setzt nicht mehr viel Hoffnung auf den Gesang und denkt eher an eine brillante Karriere an der Universität. Ich habe mich verabschiedet, um Louise zwei Stunden lang zu sehen. Sie hat mich mit Wohnungsgeschichten, mit ihrer kranken Mutter und mit Überlegungen zur Impotenz Ramblins geplagt: diese Situation wird allmählich burlesk – es ist ein bißchen zu befürchten, daß er unheilbar ist. Dann habe ich Zuorro in einem sehr schönen Konzert mit alter Musik in der Salle Gaveau getroffen. Dann habe ich mit Kos. zu Abend gegessen, was ich ab und zu samstags tue, um ihren Argwohn nicht zu wecken; sie war viel unbeschwerter, denn anscheinend schätzt Bertheau sie sehr, und sie ist wieder mit ihrer Arbeit zufrieden. Um 10 Uhr habe ich mich von ihr verabschiedet, indem ich Kopfweh vorgetäuscht habe. Auf Wiedersehen, mon amour. Ich träume *jede* Nacht mit Zärtlichkeit und Angst von Ihnen und denke wirklich den ganzen Tag pausenlos an Sie. Ich liebe Sie leidenschaftlich.

Ihr reizender Castor

241

[F. R.]

Sonntag, 26. Januar [1941] – Mon amour – Ich war vorhin bei einem Konzert im Konservatorium; es war sehr amüsant, weil das Hauptstück *La danse de mort* [Der Totentanz] von Honegger war, ein großes, übrigens sehr schönes Oratorium, an dem J. L. Barrault mitwirkte. Alle waren sehr neugierig, böse Zungen behaupteten, er würde tanzen – aber er hat sich aufs Rezitieren beschränkt. Madeleine Renaud war natürlich da, und Cocteau mit Marais, und ein ganzer begeisterter Saal. Ich war dort mit Wanda und Kos., und am Ausgang habe ich Sorokine getroffen, mit der ich zu Abend gegessen und der ich oben im *Flore* Descartes erklärt habe: in zwei

Jahren sind wir bis zur 5. *Meditation** gekommen. Sie hat eine Schülerin, an die sie diesen Unterricht gegen Geld weitergibt, im selben Rhythmus, und die diese *Meditationen* 500 Francs gekostet haben. Und dann habe ich Ihnen im *Dôme* geschrieben, das überfüllt war wie an großen Abenden. Nachdem ich gestern Kos. um 10 Uhr verlassen hatte, habe ich Bost getroffen. Wir haben bis spät geredet, bis 2 Uhr, und wir sind erst aufgestanden, um bei *Capoulade* zu Mittag zu essen. Am Nachmittag haben wir wieder geredet, beim Essen und auf einem kleinen Spaziergang, er ist sehr angenehm bei den wirklichen Gesprächen, die ich manchmal mit ihm führe. Es reizt mich ein bißchen, Philosophie zu machen, ich habe eine Menge Gedanken im Kopf.

Mein Kleiner, je mehr ich Leute treffe, desto mehr bin ich von allem hingerissen, was Sie von allen unterscheidet. Unablässig stoße ich mit brennender Sehnsucht auf irgendeine Ihrer Tugenden. Ich liebe Sie leidenschaftlich, mein Kleiner. Ich bedecke Ihr kleines Gesicht mit Küssen.

Ihr reizender Castor

242

[F. R.]

Montag, 27. Januar [1941] – Mein lieber Kleiner. Noch ein sehr ruhiger vernünftiger Tag. Ich habe den Vormittag mit Bost verbracht, 2 Stunden gearbeitet, unterrichtet, ein bißchen Védrine gesehen, zu der sich Mouloudji gesellt hat, was sie störte, aber mich nicht, denn er interessiert mich mehr als sie. Dann habe ich mit Kos. in der *Milk Bar* zu Abend gegessen. Sie sehen, wie meine Wochen aussehen; haargenau eingeteilt: ungefähr um 8 Uhr bin ich auf – der Tag vergeht mit Unterricht, Arbeit und Gespräch mit Bost; ich esse immer

* Der *Meditationes de prima philosophia* (1641) von René Descartes.

mit ihm zu Mittag, außer am Donnerstag, da gehe ich zu meiner Familie. Zweimal sehe ich Sorokine 2 Stunden lang und ebenso Védrine. Was die Abende angeht, so sehe ich Kos. alle zwei Abende, meistens in ihrem Zimmer, wo sie ein bißchen für mich kocht; ich gehe früh nach Hause und lese eine gute Stunde im Bett. An zwei Abenden sehe ich Sorokine bei ihr; sie macht mir Nudeln, und ich bleibe über Nacht dort, das sind immer schöne Abende. An einem Abend der Woche langweile ich mich mit Védrine. Und schließlich treffe ich jeden Samstag gegen 8 Uhr Bost und bleibe mit ihm bis zum Sonntagskonzert zusammen. Es gibt wenig Unvorhergesehenes: ab und zu ein Konzert, eine Stunde mit Mouloudji, ein Essen mit Zuorro oder Merleau-Ponty. Es ist wirklich bestens geregelt, ich habe viel Zeit für alles, ohne Übermaß an Einsamkeit – es ist redlich, für ein provisorisches Leben. Aber es gibt Augenblicke, in denen ich vor Verlangen umkomme, mein wahres Leben wiederzufinden, das so voll, so reich, so fröhlich war, weil es identisch mit Ihnen war, mon amour. Ich liebe Sie ohne Unterlaß. Ich warte unablässig auf Sie.

Ihr reizender Castor

243

[F. R.]

Dienstag, 28. Januar [1941] – Mon cher, cher amour. Ich habe endlich in meinem Fach einen kleinen Brief von Ihnen gefunden; das hat mir für lange Zeit wieder Mut gemacht. Wie ich froh bin, daß Sie Ihre Papiere zurückbekommen haben und daß Sie immer noch Sie selbst sind, ganz aktiv und lebendig und ganz voll Liebe, mein süßer Kleiner. Was Ihre Rückkehr angeht, wage ich auf nichts allzu Baldiges zu hoffen, schon lange habe ich es aufgegeben, hinter die Balzac-Statue[109] zu

109 Sartre hatte ihr geschrieben, er würde ganz unerwartet hinter der

sehen – aber es reicht zu wissen, daß Sie eines Tages dasein werden, daß diese ganze Vergangenheit unsere Vergangenheit sein wird. Mein lieber Kleiner, Sie haben wahrscheinlich gemerkt, daß ich trotz allem in diesen Tagen weniger bekümmert bin. Zunächst einmal ist es mild, das verändert das Leben – und außerdem geht meine Arbeit in Windeseile voran, gut, glaube ich. Daß Sie einen ganzen großen Teil an einem Stück lesen werden, und vielleicht sogar schon getippt, wenn Sie wiederkommen! das war bei uns noch nie vorgekommen. Schreiben Sie weiter an Ihrem Roman? Ich hatte heute einen guten Tag. Eine Stunde Frühstück mit Lektüre im *Dôme* (ich habe ein Manuskript von Mouloudji gelesen, in dem es wie immer ausgezeichnete Sachen gab), dann Unterricht, Mittagessen mit Bost; 3½ Stunden Arbeit. Rotwein mit Bost 1½ Stunden lang – und wieder Arbeit im *Rond-Point*, von wo ich zum Abendessen zu Sorokine gehen werde. Mon amour, nur auf Sie warten und mir dabei vorstellen, daß Sie ganz beschäftigt und heiter sind, das fällt mir leicht. Ich fühle Sie ganz stark bei mir. Ich küsse Sie leidenschaftlich.

Ihr reizender Castor

244

[F. R.]

Mittwoch, 29. Januar [1941] – Mon amour. Ich bin oben im *Flore*, allein mit zwei alten Männern, die ihre Erinnerungen an den Krieg von 1870 wachrufen, und sie erinnern sich an die Erinnerungen ihrer Großeltern an den Dreißigjährigen Krieg[110]. Aber der ältere der beiden ist leicht verärgert, daß

Balzac-Statue (am Carrefour Vavin) auftauchen. Vgl. *Briefe an Simone de Beauvoir*, Band 2, S. 312.

110 Unwahrscheinlich: der Dreißigjährige Krieg dauerte von 1618 bis 1648.

der andere mithalten will. Es ist 3 Uhr – ich habe gut gearbeitet und werde Ihre Mutter im Bon Marché treffen. Gestern abend war ich bei Sorokine, die mir Kartoffeln und Mandarinen vorgesetzt hat und bei der ich über Nacht geblieben bin – sie war höchst sympathisch und rührend wie immer. Heute früh saß ich schon vor 9 Uhr im *Dôme*. Ich habe mit Wasser angerührte Schokolade gegessen und seltsames Brioche-Brot, in dem statt Rosinen Stückchen getrockneter Feigen sind. Ich habe Zuorro gesehen, der über La Bruyère arbeitete. Ich habe 2 Stunden lang gearbeitet, dann von 11 Uhr bis Mittag unterrichtet. Ich habe mit Mouloudji gegenüber vom *Flore* zu Mittag gegessen und mit ihm ein bißchen über sein Geschriebenes geredet, aber er ist ganz abgestumpft, weil er bei einem Ballett mitmachen wird und täglich 3 Stunden trainiert, was aufreibend ist. In seinem Manuskript standen einige Zeilen über Wanda, die er «meine blonde Viper» nannte, und er klagte über die Härte ihres Herzens. Ich glaube nicht mehr, daß er in sie verliebt ist, aber er gibt zu, daß er sehr schwer verliebt war. Und dann bin ich hierhergekommen, wo ich noch ein großes Kapitel beendet habe, das ich für gut halte: M. Ponty, dem ich mein Manuskript gegeben habe, überhäuft mich mit Lob – immerhin. Auf Wiedersehen, mon amour. Bekommen Sie alle meine Briefe? Ich küsse Sie, wie ich Sie liebe.

Ihr reizender Castor

245

[F. R.]

Donnerstag, 30. Januar [1941] – Mein süßer Kleiner. Ich habe also gestern Ihre Mutter im Bon Marché gesehen und ihr von Ihnen Nachricht gegeben, dann habe ich bis abends im *Dôme* gearbeitet und danach mit Kos. in einem reizenden und ausgezeichneten kleinen Restaurant in der Rue Campagne-Première, das *Rosalie* heißt, zu Abend gegessen – wir sind zu ihr gegangen und haben geredet. Sie ist in besserer Stimmung – in ihrem Zimmer war eine kleine einigermaßen schöne Studie von Wanda; sie hatte sich selbst gemalt. Sie hat sich wieder ein klein wenig an die Arbeit gemacht, glaube ich. Heute früh habe ich von 8 bis 9 Sorokine gesehen, die sich bei ihrem üblichen Händler[111] noch ein herrliches Fahrrad mit Gangschaltung und allem Drum und Dran gekauft hat, das sie mir schenken wird. Dann habe ich 1 Stunde unterrichtet, bei meinen Eltern zu Mittag gegessen, und nun bin ich im *Dôme*. Habe ich Ihnen erzählt, daß die Taubstumme[112] mich hartnäckiger denn je verfolgt? Sie lauert mir am Ausgang der Schule auf, und mal spricht sie mich an, mal folgt sie mir mit Abstand, ganz ängstlich. Neulich hat sie sich in einer Metrostation auf mich gestürzt und geschrien: «Mademoiselle, ich werde niemals heiraten, niemals ...» Ich sagte zu ihr: «Gehen Sie, gehen Sie weg», wie wir es mit den kleinen Arabern machten, aber ich habe nicht mehr Erfolg als mit ihnen. Védrine hat mir wieder einen kleinen leidenschaftlichen und verzweifelten Brief geschrieben, aber er hat mich eiskalt gelassen. Ich hoffe, die Hochzeit und vor allem die Hochzeitsreise werden sie beruhigen. Auf Wiedersehen, mon cher, cher amour. Sie sind mir gegenwärtig, seitdem ich Ihren Brief bekommen habe. Ich habe meinen Herzensfrieden wieder und schlafe ohne Alpträume. Ich liebe Sie. Ich küsse Sie leidenschaftlich.

Ihr reizender Castor

111 Sie klaute die Fahrräder.

112 Eine ehemalige Schülerin, Klassenkameradin von Sorokine.

246

[F. R.]

Freitag, 31. Januar [1941] – Liebes kleines Geschöpf. Ich habe mich um 8 Uhr ½ ins *Dôme* verzogen, ganz berückt vom Gedanken, *Perry Mason et le canari boiteux* [Perry Mason und der lahme Kanarienvogel] zu lesen, was mir die *N. R. F.* gestern zusammen mit *La belle image* [dt.: *Der schöne Wahn*] von M. Aymé und einem Buch von Bosco geschickt hatte – aber nun ist M. Ponty aufgekreuzt, und ich kann vor seiner Nase korrekterweise keinen Kriminalroman zur Hand nehmen. Ich schreibe Ihnen also schon im Morgengrauen (das ist keine Metapher, es ist genau der Zeitpunkt, zu dem die Sonne aufgeht). Ich bin dieser Tage gutgelaunt, Ihrer Nachricht wegen und weil meine Arbeit dem Ende zugeht und mir gut vorkommt. Nachdem ich Ihnen gestern geschrieben hatte, habe ich zwei Stunden gearbeitet, dann hat Bost mich abgeholt, und wir haben einen Spaziergang gemacht. Das Wetter war praktisch wie im Frühling – wir haben bei *Demory* Rotwein getrunken, im oberen Raum, der ganz sonnendurchflutet war, neben dem Fenster, und das hat mich aufgewühlt, mon amour. Wie unser Mundwerk nicht stillstand an diesem Ort. Man kann dort nicht mehr essen, nur noch trinken. Dann sind wir die Rue Mouffetard hochgegangen, wo es vor Leuten wimmelte. Die Auslagen waren reichhaltig, voll Orangen und Steckrüben im wesentlichen, aber auch voll Margarine, hier und dort Butter, Käse und Wurstwaren. Wir haben einen Blumenkohl für Bost gekauft, um den ich selbst gefeilscht habe. Dann sind wir nach Saint-Germain-des-Prés hinuntergegangen, und ich habe noch 1 Stunde im *Bonaparte* gearbeitet, bevor ich im *Flore* eine ach! ganz leidenschaftliche Védrine getroffen habe. Auf Wiedersehen, mon amour. Ich erinnere mich an alles von Ihnen. Ich umarme Sie leidenschaftlich.

Ihr reizender Castor

247

[F. R.]

21. Februar [1941] – Mon cher amour. Ich kam gerade mit ganz von Ihnen erfülltem Herzen ins Hotel zurück, als ich Ihren Brief fand. Ach! mein süßer Kleiner, mir wurden seit dem 1. Februar alle Briefe zurückgeschickt, die ich versucht hatte, Ihnen zu schreiben. Schicken Sie mir möglichst viele von diesen Antwortformularen, nur noch das wird akzeptiert. Ihre beiden letzten kleinen Briefe hatten mich mit Freude erfüllt, und ich habe den ganzen Monat mit der Hoffnung gelebt, die sie mir gaben – dieser macht mich düsterer. Wie gern möchte ich Ihren Freund [113] sehen, etwas über Sie erfahren. Ich lebe, aber ich bin verstümmelt. Ich habe meinen Roman fast beendet, und ich glaube, dieser zweite Teil ist sehr gut. Ich lese Hegel, ich höre Musik. Louise ist verheiratet und auf Hochzeitsreise mit Ramblin: es läuft nur halb. C. Audry wird Mutter, Guille ist Vater, ich habe Dullin gesehen, der sich mit Ihnen befaßt, und ich werde Toulouse wiedersehen. Magnane [114] erscheint in der *N. R. F.*, sein Roman ist schändlich. Der Boxer hat über Sie ein in mehrfacher Hinsicht jämmerliches Gedicht gemacht; er denkt wie Toulouse, was traurig ist. Ich habe tausendmal geträumt, Sie kämen zurück, ich bin an Fastnacht nicht weggefahren, um auf Sie zu warten. Ich halte an jeder Straßenecke nach Ihnen Ausschau. Ich lebe nur für den Augenblick, in dem Sie wieder vor mir erscheinen werden. Auf Wiedersehen, mon amour, süßer geliebter Kleiner. Ich küsse Sie ganz leidenschaftlich.

Ihr reizender Castor

113 Ein freigelassener Sanitäter, dessen Besuch Sartre ihr ankündigte. Vgl. *Briefe an Simone de Beauvoir*, Band 2, S. 322.

114 Ehemaliger Kollege Sartres im Lycée Pasteur. Es handelt sich wahrscheinlich um *La bête à concours* [Das Prüfungstier], in dem der Autor seine Leiden als Student, der die Agrégation vorbereitet, beschreibt.

248

[F. R.]

Montag, 3. März [1941] – Mein süßer Kleiner. Ich versuche weiter, auf gut Glück zu schreiben. Seit zwei Tagen ist in Paris sommerliches Wetter, mit Café-Terrassen, Veilchensträußen an allen Straßenecken und herrlicher Sonne – das verändert das Leben. Samstag habe ich den Vormittag mit Bost verbracht, bei meiner Familie zu Mittag gegessen und den ganzen Nachmittag oben im *Flore* gearbeitet – abends habe ich Bost getroffen, der das Herz des Regisseurs Grémillon erobert hat, der ihn jede Woche zweimal für 175 Francs pro Person zum Essen einlädt und ihm Arbeit verspricht. Vielleicht wird Bost ein Krösus werden. Er hatte noch einen Schwips von diesem traumhaften Mittagessen; wir haben lange und voll Überzeugung über die Geschworenen und über die menschliche Gerechtigkeit im allgemeinen diskutiert: sie hatten unseren Falschmünzer zu 12 Jahren Zwangsarbeit verurteilt und seinen Komplizen, der nur angeklagt war, sein Haus zur Verfügung gestellt zu haben, wofür es keine Beweise gab, zu 20 Jahren, weil er eine widerliche Fresse hatte und weil ihn die Polizei als einen großen Bandenchef von Montmartre hinstellte. Sicher war er ein ausgemachter Schurke, aber diese Zweideutigkeit ist erstaunlich: man weiß wirklich nicht, ob über den Menschen oder den Akt gerichtet wird, und Rechtsanwälte und Richter agieren auf beiden Ebenen. Gestern haben wir Schach gespielt, wir wetteifern ziemlich heftig; dann Spaziergang im Jardin des Plantes – und ich war mit Sorokine in einem herrlichen Konzert mit Münch, in dem *Les Noces* [Die Hochzeit] von Strawinsky gespielt wurde. Ich habe bei Kos. zu Abend gegessen.

Mein süßer Kleiner, wieder träume ich mit Angst von Ihnen. Ich warte Stunde für Stunde auf Ihre Rückkehr. Ich liebe Sie, mon amour, leidenschaftlich.

Ihr reizender Castor

14. März [1941] – Mon cher amour. Ich lebe weiterhin wartend. Ich habe Ihren Freund noch immer nicht gesehen. Paris vergißt Sie nicht – hier und dort stößt man auf kurze Meldungen über Sie. In *La Gerbe* stand neulich: «Es heißt, Monsieur Sartre arbeitet an einem Roman mit dem Titel *L'âge de raison* [Zeit der Reife]; hoffen wir, daß er selbst dorthin gelangen wird.» Ich erlebe nichts Neues; es ist jetzt richtig Frühling, ich habe meine dicken Schuhe gegen schöne feine Schuhe getauscht – in diesen Tagen schien der Mond herrlich, und ich bin in der Avenue du Maine mit einem so großen Verlangen spazierengegangen, solche Nächte mit Ihnen wiederzuerleben, mon amour. Ich arbeite: ich habe alles beendet und feile am Detail, aber wie sehr brauche ich Ihr Urteil; allein vor meinem Text, das widert mich auf die Dauer ziemlich an. Ich war im Theater. Ich habe *Britannicus*[115] gesehen, Cocteau sprach einen schamlosen Vorspann, aber Marais war ausgezeichnet. Ich habe *La main passe!* [Weiter!], ein Vaudeville von Feydeau, gesehen, in der Inszenierung von Marchat und ein bißchen witzig. Wanda malt mich; im Augenblick haben wir eine sehr freundliche Beziehung, obwohl sie mein Gesicht birnenförmig gemalt hat. Kos. stellt in *Nue* [Nackt] von d'Obey im Théâtre-Français die Hälfte einer Giraffe dar und eine 3. Nutte in einem Stück von Rouleau. Bost steigt weiter in der Gunst Grémillons, und ich helfe ihm, Drehbücher zu überarbeiten. Sorokine und ich hatten eine Szene mit Geschrei, und ich bin vor Wut fast hingefallen, aber im großen und ganzen ist es ein Idyll. Ich lebe ruhig inmitten dieser kleinen Welt und warte leidenschaftlich auf Sie, mon amour.[116]

Ihr reizender Castor

115 Von Jean Racine (1669). Inszenierung in den Bouffes-Parisiens durch Jean Cocteau; Reggiani spielte Britannicus, Marais Nero.
116 Sartre kam Ende März 1941 nach Paris zurück. Vgl. *In den besten Jahren*, S. 410.

250

[Roanne] Donnerstag, 1. Juli [1943]

Mein lieber Kleiner,
Ich bin schrecklich enttäuscht, weil mein Fahrrad noch nicht angekommen ist; ich hätte mich wirklich nicht so abzuhetzen brauchen. Ich fühle mich ganz absurd, um 8 Uhr früh in Roanne zu sein, ohne dort irgend etwas zu tun zu haben – es wäre ein bißchen poetisch, wenn ich nur nicht die Angst hätte, zwei, drei, acht ... Tage, endlos, hierbleiben zu müssen. Ich schreibe Ihnen in dem kleinen Café, in dem wir an jenem Montag gestrandet sind, bevor wir den Abbé Perrin[117] besuchten. Es ist herrliches Wetter, und wenn ich nur sicher wäre, um 4 Uhr das Fahrrad zu bekommen, würde es mir Spaß machen, all diese Stellen wiederzusehen, an denen wir mit unseren lädierten Fahrrädern jämmerlich herumgeirrt sind; ich erkenne alles sehr gut wieder, obwohl das Wetter ganz anders ist.

Ich habe also gestern abend meinen Umzug[118] beendet und Bratkartoffeln gegessen, dann bin ich mit dem Zug weggefahren. Mein lieber Kleiner, reservieren Sie auf alle Fälle einen Platz, denn diese Gänge sind entsetzlich! Die Leute standen in den Toiletten, auf den Trittbrettern; in den Bahnhöfen weinten die Frauen auf den Bahnsteigen, weil sie es nicht

117 Im Sommer 1941; er war mit Sartre in Kriegsgefangenschaft gewesen.

118 Aus dem schäbigen *Hôtel d'Aubusson* in der Rue Dauphine ins *Hôtel de la Louisiane* in der Rue de Seine, wo sie bis zu ihrem Einzug in ihre erste richtige Wohnung, Rue de la Bûcherie, im Oktober 1948 bleiben wird.

schafften einzusteigen und mit Sack und Pack wieder abziehen mußten. Man stieg durch die Fenster aus, es war schrecklich. Zum Glück hatte ich meinen Platz. Ich habe schlecht geschlafen, aber die Reise kam mir poetisch vor, denn ich stellte mir vor, wie ich mich bei der Ankunft auf mein Fahrrad schwingen und durch die Landschaft sausen würde. Es hat mich sehr amüsiert, wie drei Mitreisende auf meiner rechten Seite, zwei Männer und eine gräßliche Frau, Bücher herauszogen und zu reden anfingen, und ich habe das Wort «mouches»[119] gehört; ich dachte, Ihr verflixtes Stück verfolgt mich wirklich überallhin. Sie haben einen Vergleich zwischen *L'étranger* [dt.: *Der Fremde*] und *La nausée* [dt.: *Der Ekel*] gezogen, zugunsten von Camus, weil sie *La nausée* trotz schöner Abschnitte langweilig fanden, und dann hat der Wortführer verkündet, in *Les mouches* gebe es dennoch gute Sachen, es sei merkwürdig, daß es nicht angekommen sei, und er habe von Alquié erfahren, Sie seien bekümmert, weil Valéry es nicht mochte; er aber könne es nicht uninteressant finden. Und dann haben sie von etwas anderem gesprochen. Ich habe ein bißchen Saroyan gelesen, es ist nicht sehr gut, aber ein bißchen angenehm, und ich habe versucht zu schlafen. Um 4 Uhr ½ war ich in Roanne; ich habe eine Dreiviertelstunde im Wartesaal gedöst, und im Morgengrauen wollte ich mein Fahrrad holen: kein Fahrrad. Da habe ich ein Zimmer genommen und bis um 8 Uhr geschlafen, mich gewaschen, einen Café au lait getrunken. Ich bin zum Bahnhof zurückgekehrt: immer noch kein Fahrrad! Ich muß um 4 Uhr, um 8 Uhr, um 8 Uhr 20 wieder vorbeigehen; das erinnert mich an Pau, als diese verflixten Fahrräder nicht ankamen. Zum Glück ist mir für heute abend ein Zimmer sicher, es scheint schwer, ein Zimmer zu finden. Ich habe eine Gruppe Schauspieler auf Tournee getroffen, die

119 Sartres Theaterstück *Les mouches* [dt.: *Die Fliegen*. Neuübersetzung, Rowohlt Verlag, Reinbek 1989] war 1943 erschienen und aufgeführt worden. Vgl. *In den besten Jahren*, S. 460; zur Reise nach Roanne S. 471 f.

verzweifelt auf der Suche nach einer Bleibe herumirrte, ohne Ergebnis. Sie kam mir in dieser traurigen Provinz poetisch vor.

So. Ich werde Briefe schreiben und lesen. Ich werde Ihnen heute abend sagen, ob das Fahrrad da ist oder nicht. Ich hätte gern eine lange Nachricht in Ambert; aber ich fühle mich gar nicht von Ihnen getrennt. Ich habe mir heute nacht gesagt, daß ich mein Lebtag noch nicht so glücklich war wie jetzt, und mein Glück sind Sie. Auf Wiedersehen, mon très cher amour.

Ihr Castor

Wenn Sie die Schuhe oder Ihre Sachen abholen, gehen Sie, wenn Sie können, doch auch in die kleine Rue Christine zur 1. Reinigung rechts und fragen Sie nach einem roten Schal auf meinen Namen (aus Wolle). Sie könnten ihn mir nach Uzerche mitbringen. Aber wenn es nicht geht, ist es auch nicht schlimm.

*

Ich verbringe einen komischen Tag, der sehr angenehm wäre, wenn die Sorge nicht ein bißchen an mir nagte. Ich habe heute früh Briefe geschrieben, noch ein bißchen zwischen 10 Uhr und Mittag geschlafen, ich war beim Friseur und habe mir die Haare waschen lassen, die es sehr nötig hatten; dann habe ich zu Mittag gegessen. Roanne scheint sehr arm, genauso arm wie Paris, obwohl ich zum Frühstück Café au lait bekommen habe; aber für 25 Francs habe ich Radieschen, einen riesigen Teller Spinat, der so gut war, wie Spinat eben sein kann, ausgezeichnete Kartoffelkroketten und zwei schlechte Aprikosen gegessen. Ich hatte von allem reichlich, denn die Portionen waren immer für zwei gedacht, und mein Partner aß nichts. Mir scheint, es war eher besser als das, was man in Paris für den gleichen Preis bekommen hätte; aber die besten Hotels hatten auch nur Spinat und Mangold auf der Speisekarte. Nach dem Mittagessen habe ich einen riesigen Brief an meine Schwester geschrieben und Saroyan gelesen; ich saß auf demselben großen Platz wie heute früh (wie bei unserem kleinen Mittagessen vor zwei Jahren) – er war wie ausgestorben unter einer großen Sonne, und es war sehr seltsam, ein bißchen wie in der Erzählung von C. Audry, dort die aufregenden Geschichten aus Amerika zu lesen. Ich habe zwei Erzählungen gefunden, die ich ziemlich mag und die ich gern übersetzen würde. Ich habe das Ganze beendet und bin mit etwas Herzklopfen wieder zum Bahnhof gegangen. Es ist jetzt 4 Uhr. Danach kommt noch ein Zug um 8 Uhr. Das erinnert mich an Kos., als wir sie am Bahnhof von Rouen abholten. Ich sehe alle Fahrräder auf der Straße an, und es gibt mir einen leichten Stich. Mir ist dösig, wie wenn man nicht geschlafen hat. Das ist schön angenehm.

Guten abend, mein lieber Kleiner. Der letzte Zug ist gekommen, und das Fahrrad ist nicht da. Die Bahnbeamten sagen mir, das sei normal, ich solle mir keine Sorgen machen, aber ich bin sehr bedrückt. Um so mehr, als Roanne nicht lustig ist. Ich habe eine dünne Suppe gegessen, wieder Spinat und Karotten mit Sahne: was anderes gibt es hier nicht. Ich lese den Caldwell, der wirklich weniger gut als die anderen ist, aber trotzdem ein bißchen amüsant. Ich gehe schlafen. Mein Hotel liegt auf einem hübschen kleinen ländlichen Platz, und ich habe ein schönes Zimmer, immerhin etwas. Ich fühle mich hier ziemlich absurd. Ich liebe Sie so stark, mon amour.

Ihr reizender Castor

Monsieur Sartre
Postlagernd Amt 43
Rue Littré
Paris 6^{e}

251

Montag, 5. Juli [1943]

Mein lieber Kleiner

Ich schreibe Ihnen aus Thiers, auf der Terrasse eines herrlichen Restaurants, auf einem reizenden Platz mit weiter Sicht über die Ebene unter mir; Thiers ist eine sehr angenehme Stadt, und ich bin 15 km bergab gefahren, um dorthin zu gelangen. Ich habe also gestern früh wieder mit Vergnügen angefangen radzufahren. Ich bin in der Morgendämmerung aufgestanden: um 6 Uhr habe ich Roanne verlassen. Mein Herz würde bluten, wenn ich die Morgen- und Abendstunden, die die angenehmsten sind, verlieren würde; so daß ich nachts kaum 7 Stunden schlafe, statt dessen während der schwülen und nutzlosen Stunden des Nachmittags eine Siesta mache. Am Vormittag bin ich durch die Gorges* der Loire gefahren, auf einem kleinen, ganz steinigen Weg, aber es war sehr hübsch, und dann bin ich wieder ins Gebirge gekommen und habe in einem Dorf haltgemacht, wo ich zum erstenmal seit acht Tagen Fleisch gegessen habe: Lammkeule, die es nach einem schönen Fisch gab, und schöne fette Kartoffeln – zum Nachtisch Vanilleeis. Die Ernährungsfrage stellt sich wirklich nicht, und bisher hatte ich kein Problem mit der Unterkunft. Ich stellte dort wütend fest, daß Sorokine mir einen miesen Fahrradschlauch gegeben hatte, aus dem nach 40 km die Luft vollkommen heraus war und den man nicht wieder aufpumpen konnte; zum Glück hatte ich einen Ersatzschlauch mit, den mir ein Mechaniker montiert hat und der gut zu sein scheint. Aus dem anderen Schlauch ist nach 150 km die Luft raus, was auch ziemlich lästig ist: können Sie sich nicht einen in Paris besorgen, er kostet 250 Francs, und es wäre dumm, wenn wir uns die Reise wegen dieser Ausgabe verderben würden (wenn Sie bei dem kleinen Mechaniker in der Avenue du Parc Mont-

* Schluchten.

souris nachfragen könnten, im Auftrag von M. Francœur[120], er hat welche zu diesem Preis), oder wenn Bost bereit wäre, uns einen zu leihen: wir brauchen einen Halbballon – im September würden wir ihn zurückschicken. Es ist dumm, eine Panne zu haben. Nach dem Mittagessen habe ich eine Siesta gemacht und in einem kleinen Raum mit weiter Sicht über die Ebene *Jules César* [dt.: *Julius Cäsar*] gelesen, was nicht sehr interessant war. Dann bin ich gegen 5 Uhr losgefahren und weiter ins Gebirge hochgeklettert. In einem kleinen Dorf mit Sommergästen habe ich Briefe geschrieben und anständig gegessen, Hammelkotelett – und ich habe noch 15 km, die allerschönsten, zurückgelegt, bei Sonnenuntergang. Ich habe ein Zimmer gefunden und bin, bis es dunkel war, auf einer Wiese gewesen und habe, ganz selig, die Landschaft betrachtet – es ist ein bißchen wie bei Usson, nur bergiger. Es ist sehr hübsch.

Heute früh bin ich wieder um 6 Uhr aufgebrochen. Unterwegs habe ich einen großen Felsen mit Richtungstafeln bestiegen, zum Frühstück habe ich Brot und Zervelatwurst gegessen, ich habe schwierige Pässe erklommen und in einem Weiler am Fuße eines Berges, den ich besteigen wollte, haltgemacht. Ich habe zum Mittagessen meine Zervelatwurst aufgegessen, ein großes Stück, und Brot und Zucker. Ich habe zwei Stunden auf einer Wiese geschlafen, 4 km zurückgelegt bis zur Stelle, an der der Berg anstieg, und dort hat sich ein herrliches und schreckliches Gewitter entladen, genau in dem Augenblick, als ich zu einer Hütte kam: Hagel, Blitze über einer großartigen Gebirgslandschaft, die Berge schwarz vor Tannen, es war sehr schön. Ich habe in meiner Hütte das Buch über das Reich Karls des Großen gelesen, und um 5 Uhr war es wieder schön, und es duftete nach Regen; ich habe nicht auf meinen Berg klettern können, aber ich war trotzdem sehr zufrieden und bin durch schöne Landschaften bis hierher hinuntergefahren. Ich werde zu Abend essen und in Noirétable

120 Entfernter Bekannter von Bost.

übernachten; es sei denn, das Gewitter bricht wieder los, denn der Himmel ist schwarz. Dann weiß ich nicht, was aus mir wird, denn es scheint schwierig, hier eine Unterkunft zu finden. Ich habe nur ein Problem: das Gepäck – es fällt dreimal am Tag runter. Bringen Sie nur mit, was Sie selbst befördern können, und flehen Sie Bost an, daß er Ihnen etwas Praktisches leiht. Mein Kleiner, ab und zu sage ich mir, daß ich in zehn Tagen auf den Straßen Ihren kleinen Rücken vor mir sehen werde, und mein Herz zerspringt vor Freude. Mon amour, wir werden uns schön amüsieren.* Wie ich Sie liebe.

Ihr reizender Castor

* Über die Fahrradtour mit Sartre vgl. *In den besten Jahren*, S. 472f.

252

[Morzine] Mittwoch [20. Januar 1944]

Ganz liebes kleines Geschöpf

Ich bin wie gerädert und sehr zufrieden. Ich habe schon einen langen Tag hinter mir und habe mich wunderbar amüsiert. Ich werde Ihnen alles der Reihe nach erzählen. Zunächst war ich Montag beim Rundfunk.[121] Kos. hat es Ihnen vielleicht erzählt – ich fand es sehr unterhaltsam, eine Sendung zu erleben, und bin interessiert, denn Jacques Armand hat mir vorgeschlagen, Redakteurin zu werden, er wird es mir beibringen, und dann werde ich meine Sendungen selbst machen, man verdient ziemlich gut dabei, und wenn es viel Zeit kostet, wird Bost mehr von der anderen Arbeit* tun. Er war kühl in bezug auf Kos., weil er sie als Elektra** gesehen hat und sie nicht gerade für eine lustige Schauspielerin hält. Dann habe ich mit meiner Mutter zu Abend gegessen, was problemlos war, und habe Bost am Bahnhofsbüfett getroffen. Dort hatten wir ein paar Probleme, weil man die Skier nicht mit in den Zug nehmen durfte, sie mußten aufgegeben werden, aber unsere Fahrkarten waren für Thonon ausgestellt, wir wollten die

121 Seit ihrer Entlassung aus dem Schuldienst im Juni 1943 (die Mutter Sorokines hatte sie angezeigt) arbeitete Simone de Beauvoir beim Rundfunk. Sie bereitete Sendungen über alte Feste vom Mittelalter bis in unsere Tage vor. Bost half ihr bei der Durchsicht der Dokumente in der Bibliothèque Nationale. Vgl. *In den besten Jahren*, S. 461. Nach der Befreiung ließ sie sich wieder in den Schuldienst aufnehmen, unterrichtete aber nie mehr.

* Die Durchsicht der Dokumente in der Bibliothèque Nationale.

** In der Aufführung von *Les mouches*.

Skier nach Cluses schicken, es ging nicht, und schließlich sind sie in Annemasse gelandet, ich hoffe, sie werden uns nachgeschickt. Ansonsten sind wir sehr gut gereist, ich habe bis morgens geschlafen. Das Wetter war gegen Ende der Reise sehr grau, und auch in Cluses, wo wir ausgestiegen sind, war es trist. Der Zug war voll steinreicher Wintersportler: Pelze und mit Schaffell gefütterte Lederjacken – in diesen Zügen sind zuerst die Schlafwagen vergeben, dann die Plätze der 1. Klasse und zuallerletzt die der 3. Klasse. So daß wir bei uns 4 Krösusse hatten, die in der 3. Klasse reisten, weil es keine Schlafwagen mehr gab, sie waren niederträchtig. Niederträchtig auch die Leute im Bus. Es war ein schrecklicher Bus: wir haben von 12 Uhr ½ bis 1 Uhr ½ auf die Abfahrt gewartet, und dann hat die Fahrt 4 Stunden gedauert. Aber Bost hatte einen Sitzplatz, und ich saß auf seinen Knien, und die Strecke vor uns war schön, es war nicht unangenehm. Vor allem war es eine Freude, als der Himmel allmählich ganz blau wurde. Und in einem Dorf 5 km vor Morzine sahen wir die ersten Abhänge mit Skifahrern, wir waren begierig darauf, schon einen Tag weiter zu sein. In Morzine haben wir gleich eine Unterkunft im *Soleil Levant* gefunden. Das ist ein einwandfreies Hotel, ähnlich wie das in Argentières und in Megève, ziemlich warm, mit anständigem Essen, Café au lait morgens und Tee mit Milch für 10 Francs. Wir haben uns eingerichtet und sind im Dorf spazierengegangen, das winzig und ganz leer ist. Wir haben ein paar Stück Kuchen gekauft, die weder sehr teuer noch sehr gut sind: wir werden uns nicht fürs Essen ruinieren, die Mahlzeiten und zusätzlich etwas Brot werden vollkommen genügen. Nach dem Abendessen habe ich ein bißchen *La société française au XVIIIe* [Die französische Gesellschaft im 18. Jahrhundert] gelesen, was sehr amüsant ist, und schon um 9 Uhr abends waren wir in ganz warmen weichen Betten eingeschlafen.

Heute früh sind wir um 7 Uhr ½ aufgestanden. Schon um 8 Uhr war der Himmel blau, und die Sonne schien herrlich, wir haben in der Nähe der Seilbahn geübt. Zuerst kam ich vor Angst um, aber allmählich wurde es wieder. Die Seilbahn hat uns gegen 10 Uhr zum Plenay im 1600 Meter Höhe gebracht. Die Aussicht ist herrlich, und die Sonne brennt höllisch. Wir waren im siebten Himmel. Nur erwartete uns eine große Enttäuschung. Es hat Ewigkeiten nicht geschneit, und die Pisten sind vereist. Außer den sehr gewieften Burschen, die die olympische Piste in 3 Minuten hinunterfahren, fährt dort niemand, so daß die Seilbahnen zu den Abfahrten um 5 Uhr dichtmachen: es ist wie in Chamonix, und das ist sehr betrüblich. Wir sehnen leidenschaftlich den Schnee herbei. Wir haben versucht, die Piste 19, die für Anfänger, zu nehmen, zu der Bourla[122] Sorokine mitgenommen hatte, aber nach einigen Schneefeldern, die man leicht hinunterfuhr, wurde es unmöglich, und wir sind bedeppert wieder hochgefahren. Mittags ist uns die Seilbahn vor der Nase davongefahren; und wir haben im Hotel, das da oben ist, zu Mittag gegessen, ein sehr schönes Hotel, so ähnlich wie das am Voza-Paß, aber in dem, ach! die Vollpension 250 Francs kostet. Wir haben sehr gut zu Mittag gegessen, einige Partien Tricktrack gespielt, wir waren den Nachmittag über gereizt. Bost ist am Boden zerstört, er findet uns null, aber mir scheint, für den ersten Tag ist es nicht so schlecht. Morgen nehmen wir eine Unterrichtsstunde, und dann versuchen wir, uns einem Kurs anzuschließen. Wir sind gerade nach Hause gekommen und haben einen Tee getrunken. Ich glaube, mit dem Geld wird es ausgezeichnet laufen, obwohl die Unterrichtsstunden so teuer sind (160 Francs für zwei Personen). Wenn wir, statt Unterrichtsstunden zu nehmen, an einem anständigen Kurs teilnehmen können, sind wir gerettet. Morzine liegt ein bißchen eingeklemmt, mit wenig Sonne und ohne schöne Skifelder. Aber hier oben ist es herr-

122 Junger sephardischer Jude, ehemaliger Schüler Sartres im Lycée Pasteur, der seit 1941 mit Sorokine zusammenlebte. Er wurde im Frühjahr 1944 verhaftet und ermordet. Vgl. *In den besten Jahren*, S. 451 f. und S. 493 f.

lich. Alles stünde bestens, wenn es nur schneien würde, denn wenn wir keine Abfahrten machen können, wird es viel weniger lustig sein.

So, mein lieber Kleiner. Ich werde in zwei Tagen wieder schreiben. Schreiben Sie auch. Es ist klar, daß ich hier nicht arbeiten werde. Nicht daß ich sehr abgestumpft wäre; aber ich habe überhaupt keine Lust dazu. Übrigens kommen wir um 5 Uhr ½ nach Hause, um 7 Uhr gibt es Abendessen, die Zeit ist ganz auseinandergerissen.

Auf Wiedersehen, mon cher amour. Sie haben mir mit der Reise ein sehr schönes Geschenk gemacht. Ich bin ganz glücklich und liebe Sie mit aller Kraft.

Ihr Castor

Monsieur Sartre
Hôtel de la Louisiane
Rue de Seine 60
Paris 6e
Abs. S. de Beauvoir
Hôtel du Soleil Levant, Morzine
Haute Savoie

253

[Morzine] Samstag [Januar 1944]

Ganz liebes kleines Geschöpf

Es macht mir immer mehr Spaß. Ich bin unendlich froh, daß ich hier bin; ich esse gut, ich schlafe nachts zehn Stunden, und heute früh bin ich um 7 Uhr aufgewacht, vollgepumpt mit Schlaf, und habe im Bett gelesen; Bost ist ein guter Gefährte, das Wetter ist wunderbar, die Sonne scheint herrlich. Gestern hat es etwas geschneit, so daß die Pisten heute befahrbar waren, und ich bin zweimal die Piste B hinuntergefahren, es waren meine ersten wirklichen Abfahrten, und ich war im siebten Himmel. Es fällt mir etwas schwer, wieder Ski fahren zu lernen, weil sie ausschließlich den französischen Stil lehren, der Kristiania und meine Erinnerung an den Stemmbogen behindern mich; aber es wird allmählich. Bost ist besser als ich, er wurde in die 3. Klasse eingestuft und ich nur in die 2., aber ich hoffe, daß ich Montag in die 3. aufsteige – die Skilehrer sind sehr nett; Donnerstag haben wir für 160 Francs eine Privatstunde genommen. Aber dann waren wir im Kurs, der 20 Francs pro Stunde kostet, und es wird manchmal zu dritt oder zu viert gearbeitet, und immer sehr gut. Morgens üben wir auf den Pisten von Morzine, die ganz sonnig sind – die Sonne verschwindet um 2 Uhr, aber dann fahren wir mit der Seilbahn hoch, und oben ist die Sonne herrlich, wir werden ganz braun. Manchmal arbeiten wir nachmittags oben, manchmal machen wir eine Wanderung, heute war es die Piste 13, gestern haben wir eine riesige Wanderung über die Bergkämme gemacht, mit vielen Waldstrecken zu Fuß, aber auch weiten, sehr sanften und schönen Schneefeldern – nur schneite es, man sah fast nichts, wir mußten viel steigen und laufen und sind in einem kleinen Eisregen nach Hause gekommen, ziemlich müde (wenigstens ich). Um 5 Uhr ½ trinken wir Tee, spielen Tricktrack, ein monotones Spiel, das mir schon keinen Spaß mehr macht, lesen, essen zu Abend, legen uns sofort danach hin und lesen im Bett. Ich habe den *D'Holbach** mit etwas Vergnügen gelesen; aber dieser arme Naville ist ein Trottel, wie D'Holbach selbst, das sind Leute, die sich unbändig modern gaben und die veralteter scheinen als die Alchimisten des Mittelalters. Ich war mehrmals empört, vor allem gegen diesen armen Jammerlappen Naville, der aber auch gar nichts versteht. Der Sezessionskrieg amüsiert mich leidenschaftlich. So, mein lieber Kleiner, ich träume nur noch von Kristiania aufwärts und abwärts und gäbe den Prix Renaudot für den Kristiania abwärts. Es kommt mir fast seltsam vor, wenn ich daran denke, daß zur selben Zeit unser Pariser Leben durch Sie weitergeht. Neulich

* Von Pierre Naville.

nacht habe ich voller Angst geträumt, ich sei nicht mehr ich, ich würde mich nicht mehr wiedererkennen, weil mein Leben ohne Sie ablief. Ich habe herrlich viel Spielraum mit dem Geld, um so mehr, als wir uns keine Verrücktheiten leisten; weder Kuchen noch Brioche, nur den Tee um 6 Uhr und vormittags in der Sonne nach dem Skifahren einen Weißwein in einer kleinen Bar an der Piste. Wir sind so glücklich, wie man nur sein kann. Kommen Sie doch mit, nächstes Jahr, ich möchte so gern auf den Pisten Ihre kleine, ganz eifrige blaue Silhouette sehen. Ich liebe Sie mit aller Kraft. Ich werde ganz gerührt sein, wenn ich Sie wiedersehe. Ich küsse Sie stark, stark, mein liebes kleines Absolutes, Glück meines Lebens, Sie ich.

Ihr reizender Castor

Anscheinend brauchen die Briefe von Paris nach Morzine 8 T. Schreiben Sie nicht mehr. Ich werde wahrscheinlich Donnerstag früh in Paris sein, oder vielleicht Freitag, ich werde es Ihnen noch sagen.

Wir sind außerordentlich eifrig – schon um 8 Uhr früh üben wir, ganz allein auf der Piste, die Leute kommen erst zwei Stunden später. Bost behauptet, in 8 T. wird er die olympische Piste abfahren – er hat lauter blaue Flecken – ich habe Angst, daß er sich was bricht.

254

[Morzine] Mittwoch [Januar 1944]

Ganz liebes kleines Geschöpf

Das Hotel ist in Aufruhr, und Bost und ich sind nicht am wenigsten aufgeregt: vor einer Stunde, um 6 Uhr ½ abends, sind drei Männer vom Maquis, Revolver in der Faust, ins Hotel gekommen und haben nach einer gewissen Odette gefragt, einer jungen schicken und unsympathischen Wintersportlerin, die am Tisch neben uns zu Abend aß und anscheinend zur

Gestapo gehört – sie haben eine arme junge Idiotin geschnappt, die sich in den letzten Tagen mit Odette angefreundet hatte, sind mit ihr auf ihr Zimmer gegangen, haben ihre Papiere geprüft, sehr höflich, und sind wieder in die Eingangshalle heruntergekommen, wo sie einen Aperitif zu sich genommen haben, während sie auf Odette warteten – der Hotelier bestand darauf, sie zu dem Aperitif einzuladen, alle Leute im Hotel waren voll Sympathie für sie, sie haben vor der Tür auf Odette gewartet. Das Abendessen ist beendet, sie ist nicht erschienen; es war ein merkwürdiges Abendessen, alle Augen waren auf diesen leeren Tisch geheftet. Anscheinend wußten alle im Hotel vom Job dieser jungen Frau, die schon eine Menge Leute denunziert hat. Uns war aufgefallen, wie einnehmend sie zu allen war, aber das schien reine uneigennützige Koketterie; ansonsten ging sie zur Messe, und sie sah aus wie ein Mädchen aus gutem Hause. Sie haben gesagt, sie würden sie umlegen, und niemand, nicht einmal die, die acht Tage lang ihre Freundin war, hat den Gedanken geäußert, sie zu warnen. Erzählen Sie diese Geschichte weiter, denn ich bin zu faul, um wieder an Sorokine zu schreiben.

Im übrigen habe ich heute nachmittag zwei Teutonen in Uniform gesehen, die auf den Pisten gravitätisch Skifahren übten, das war mindestens so überraschend wie eine Muselmanin auf dem Fahrrad.

Ansonsten gab es keine Vorkommnisse. Gestern habe ich Ihren Brief vom Mittwoch bekommen, und das hat mir für den ganzen Tag die Seele erfreut. Es schneite, ich habe einen ungeheuren Schnupfen, ich bin den ganzen Vormittag im Bett geblieben und habe gelesen. Nachmittags hörte es zum Glück zu schneien auf, und wir konnten zwei Abfahrten auf herrlich weichen Pisten machen. Heute früh schien keine Sonne, aber der Schnee war wunderbar, und wir haben im Laufe des Tages 5 Abfahrten geschafft, zwei davon auf der olympischen Piste. Bost fährt allmählich wirklich gut Ski. Ich komme gut genug zurecht, um mich dabei zu amüsieren. Nachdem wir alles gut abgewogen haben (und es ist eben genau eine Frage finanziellen Abwägens), fahren wir *Dienstag* ab. Ich werde also *Mittwoch früh* in Paris sein. Ich werde mittags im *Flore* sein, und wenn Sie den Unterricht schwänzen können, werde ich sicher um 8 Uhr früh im Hotel sein. Hinterlassen Sie mir auf jeden Fall eine Nachricht im Hotel und halten Sie einen ganzen Tag frei für mich. Ich bin so froh, Sie wiederzusehen, ich bin nicht einmal traurig, daß wir nicht bis Donnerstag bleiben.

Ich habe einen Brief von Sorokine bekommen, die über *Le sang des autres*[123] herzieht, aber aus blödsinnigen Gründen, vor allem, weil es sie langweilt. Dies ist mein letzter Brief, ich gebe ihn Leuten mit, die morgen nach Paris zurückfahren. Ich hoffe, Sie bekommen ihn ziemlich schnell. Bis Mittwoch, mon amour. Ich liebe Sie dermaßen stark. Ich habe große Lust, Sie wiederzusehen.

Ihr reizender Castor

255

[Morzine] Freitag [Ende Januar 1944]

Ganz liebes kleines Geschöpf

Nachdem wir alles nochmals gut abgewogen haben, fahren wir erst Donnerstag ab, um so mehr, als ich mir gestern bei der letzten Abfahrt dummerweise das Knie verletzt habe und mich heute ausruhen mußte, und wahrscheinlich werde ich morgen nicht Ski fahren – so möchte ich es gern ein bißchen nachholen. Das Rendezvous gilt also für Freitag früh: diesmal ist es endgültig. Dieser Brief ist ausschlaggebend, selbst wenn Sie ihn vor dem anderen erhalten.

Ich habe Ihnen das Abenteuer von Mittwoch abend erzählt. Die junge Frau ist nicht zurückgekommen, und ihr

123 *Das Blut der anderen* [Rowohlt Taschenbuch Verlag, Reinbek 1963], Simone de Beauvoirs zweiter Roman, an dem sie von 1941 bis 1943 arbeitete und der erst 1945 erschien, weil das Thema für die Zensurbehörden unannehmbar war.

Schicksal steht außer Zweifel. Während zwei Mahlzeiten ist ihr Tisch leer geblieben, mit einer Flasche Phosphatine*, die auf sie wartete – und dann kam ein bärtiger Mann auf ihren Platz, und niemand redet mehr über die Sache.[124] Aber das war nicht alles. Gestern vormittag war der ganze Ort in Aufruhr, weil die Leute vom Maquis Mittwoch mit einem Lieferwagen gekommen waren, das Telefon durchtrennt und das große Sportgeschäft geplündert hatten, wo wir im allgemeinen unsere Skier hinbringen, damit sie morgens gewachst werden; zum Glück hatten wir sie mit nach Hause genommen; aber ungefähr fünfzig Skifahrer waren beklaut worden; und sie hatten das ganze Geld des Ladenbesitzers mitgenommen – die Leute nahmen es ihnen übrigens nicht allzu übel, außer der Chefin, die geknebelt und terrorisiert worden war. Die anderen, die Wintersportler, sind so reich, daß ein Paar Skier mehr oder weniger ihnen nichts ausmacht. Ich bin gestern nicht gut Ski gelaufen, ich war müde, und der Schnee war schrecklich schlecht, schwer und naß. Die französische Olympiasiegerin hat nachmittags eine Vorstellung gegeben, es war ein schöner Anblick, und alle Skilehrer haben danach etwas vorgeführt, mit Slaloms und gefährlichen Sprüngen, unter Hurra- oder Hohnrufen – es geht höchst familiär zu, alle kennen sich, sehen sich bei der Arbeit zu, geben sich Ratschläge, es ist nicht unsympathisch. Abends habe ich trotzdem die Piste fahren wollen, und in diesem weichen Schnee bin ich dummerweise hingefallen. Ich konnte die Piste zu Ende fahren und noch zur Post gehen, wo ich Ihren Brief bekommen habe. Ich habe *wirklich* an Youki geschrieben, mein lieber Kleiner – im übrigen bin ich *empört*, daß man sich erlaubt, von Ihnen noch zwei Drehbücher zu verlangen, und Bost ist auch empört, er sagt, Sie lassen sich wie ein Fußabtreter behandeln. Gegen abend ist mein Knie dick wie eine Melone geworden, und ich mußte heute früh im Bett bleiben:

* Heilmittel mit Kalzium.

124 Die Episode ist in *In den besten Jahren*, S. 483 f., beschrieben.

mein Fenster war auf eine weite Schneelandschaft geöffnet, und die Sonne brannte, ich kam mir wie eine Tuberkulosekranke vor, ich war nicht allzu traurig, da der Schnee heute vereist und keine Piste befahrbar war. Ein Masseur hat mich energisch massiert, und nachmittags konnte ich wieder laufen, es tut fast nicht mehr weh: anscheinend gab es allein gestern 15 Verstauchungen oder Prellungen, von den übrigen Tagen ganz zu schweigen.

Auf Wiedersehen, mon amour – wenn Sie hier wären, wäre ich so glücklich. Bis Freitag. Ich küsse Sie mit aller Kraft.

Ihr reizender Castor

256

Donnerstag, 26. Juli [1945]

Mon cher amour
Sie sollen sofort wissen, daß ich nichts an Jugendlichkeit verloren habe und daß Sie mir ein sehr schönes Fahrrad geschenkt haben. Ich habe eine ungeheuer schöne Woche verbracht, sogar so schön, daß ich heute in diesem großen Café in Vichy, in dem ich gestrandet bin, eine unbestimmte Sehnsucht spüre.

Ich habe also letzten Mittwoch früh meinen Zug genommen, habe problemlos einen Sitzplatz gefunden und bin ohne Zwischenfälle mit diesem kleinen Bummelzug bis Tours gefahren, wo ich genau rechtzeitig ankam: um 1 Uhr ½. Dort hat alles gut angefangen, mein Fahrrad wartete am Bahnhof brav auf mich, und auch Vitold in seinem neuen portugiesischen[125] Hemd, freundlich lächelnd, mit einem acht Tage alten Bart, mit dem er wie ein richtiger ausgehungerter Russe aussah; wir haben zu Mittag gegessen, sehr schlecht, er war nicht allzu betroffen von dem Gedanken, daß Badel[126] das

125 Vom 27. Febrauar 1945 bis Anfang April desselben Jahres war S. de Beauvoir in Portugal gewesen, von wo sie Geschenke für ihre Freunde mitgebracht hatte. In diesem Land, das nicht vom Krieg mitgenommen war, herrschten neben bitterer Armut, so schien es ihr, ein in Frankreich unvorstellbarer Überfluß und Luxus. Vgl. *La force des choses*, Gallimard, Paris 1963 [dt.: *Der Lauf der Dinge*, Rowohlt, Reinbek 1970, S. 33].
126 Direktor des Théâtre du Vieux-Colombier. Er hatte versprochen, *Les bouches inutiles* aufführen zu lassen. Dieser Plan fiel ins Wasser, und das Stück wurde im November 1945 im Théâtre des Carrefours aufgeführt, in der Inszenierung von Michel Vitold. *Les bouches inutiles* [Die

Stück erst am 15. Oktober bringen will: aber dafür war er in Panik, da er in zwei Tagen einen wunderbaren Trenchcoat und ein Paar Espadrilles verloren hatte, und auch, weil sein Fahrradschlauch kaputt war; wir sind bei brütender Hitze in Tours herumgeirrt, um das Ding reparieren zu lassen; Tours war noch trostloser als an dem Tag, an dem wir mit Bost[127] dort waren, aber ich kam mir poetisch vor, weil Tours voller zärtlicher Erinnerungen an Sie ist und weil ich froh war, Vitold wiederzufinden; er hat eine «Präsenz», wie man sagt, die mich sofort entzückt. Wir sind also bis 7 Uhr herumgeirrt, und dann habe ich vorgeschlagen, nach Saint-Avertin zu fahren; er hat mich auf dem Gepäckträger meines Fahrrads mitgenommen, wir haben am Ufer zu Abend gegessen und getrunken und sind auf dem Cher Boot gefahren, es war reizend. Am nächsten Morgen wurde sein Reifen repariert, und wir sind Richtung Loches gefahren, von dort zur Creuse und zur Hochebene von Millevaches; all das war landschaftlich sehr schön. Auf der Hochebene von Millevaches machte Vitold eine lange Entscheidungskrise durch, die über zwei Stunden gedauert und sich nach mehreren Telegrammen und Briefen in den Beschluß umgesetzt hat, seine Mutter in Vichy zu besuchen. Wir sind also eine entsprechende Route gefahren, in etwa die, die wir zusammen zurückgelegt haben, um vom Limousin ins Massif Central zu gelangen. Insgesamt sind wir eine Woche so gefahren, Vitold ist ein ausgezeichneter Weggefährte, da er zum einen im Radfahren ein As ist, er kann an einem Tag 250 km zurücklegen, er nimmt jede Steigung mit 15 Stundenkilometern; daher ist er nie müde vom Fahren, und er schiebt mich, wenn es steigt; und außerdem hat er eine Engelsgeduld, er repariert alles geschickt und mit einem Lächeln. Im allgemeinen sind wir spät aufgestanden, fuhren vormittags ein bißchen, aßen, so gut es ging, zu Mittag, nie sehr

unnützen Münder], Gallimard, Paris 1945, S. de Beauvoirs erstes und einziges Theaterstück, ist nicht ins Deutsche übersetzt.
127 Während einer Radtour im Sommer 1942.

gut, nie sehr schlecht, mit viel Wein, der in dieser Gegend nie fehlt, badeten und sonnten uns am Ufer irgendeines Flusses, redeten bis abends und fuhren wieder vor und manchmal nach dem Abendessen. Dann verbrachten wir reizende Abende, tranken und redeten. Einmal haben wir unter freiem Himmel geschlafen, da Vitold den Einfall hatte, das auszuprobieren, aber wir haben ein bißchen gefroren; ein andermal haben wir in einem Café auf den Bänken geschlafen, sonst hatten wir Zimmer mit zwei Betten oder einem Bett, in allem Anstand. Es gefiel mir sehr gut mit ihm; er hat eine vollkommen angenehme Art, die Dinge und Leute zu fühlen, mit den Leuten zu reden, die er jedesmal betört, und das Leben und sich selbst zu lieben: er bewundert sich, er ist ein richtiger Russe, und ich war entzückt, wenn ich ihn betrachtete, wie er sich sorgenvoll im Spiegel betrachtete, um zu sehen, ob er dicker geworden war. Gestern hatten wir in Riom einen sehr poetischen Abend, da ein Filmclub eine Retrospektive amerikanischer Komiker gab: Charlot als Soldat, einen Harold Lloyd, einen ziemlich netten alten Laurel (ohne Hardy), Zeichentrickfilme; es war unerwartet, darauf zu stoßen. Und heute früh sind wir nach Vichy gesaust. Er bleibt dort bis übermorgen früh, und ich bleibe auch dort, um an meinem Stück zu arbeiten, zu dem er mir eine Menge sehr richtiger Sachen gesagt hat und das ich fertig haben muß, bevor wir uns trennen. Ich werde also heute nachmittag und den ganzen morgigen Tag in dieser lächerlichen Stadt arbeiten. Dann fährt er nach Paris zurück und bereitet die Proben vor; er wird kaum vor dem 5. oder 6. August anfangen, ich werde also, wie verabredet, am *Morgen des 8.* zurückkommen, um Sie zu sehen. Ich habe noch nicht entschieden, wo ich diese beiden einsamen Tage verbringen werde. Sobald meine Pläne feststehen, werde ich eine Zeile hinzufügen und Ihnen sagen, wohin Sie mir schreiben können. Ich habe hier problemlos Verpflegung und Unterkunft gefunden, und man kann auch gut in den Cafés essen, aber wie trostlos und häßlich es ist! Apropos, Vitold hat mir folgendes erzählt (sagen Sie es nicht

Ihrer Mutter weiter)[128]: als er bei einem Drogisten in Vichy arbeitete, hat er in einem Jahr, in dem die Quelle der Célestins versiegt war, nachts mit einem Lieferwagen, der mit einer Plane bedeckt war, noch und noch Tonnen von Säure in die Quelle gekippt; ich verstehe jetzt, daß ein Glas Wasser genügt, einen Mann zu töten, wenn ein Drogist gerade eine unglückliche Hand gehabt hat.

Mein Kleiner, es ist mir sehr unangenehm, nichts von Ihnen zu wissen – entweder fahre ich doch nach Limoges oder lasse mir den Brief nachschicken. Haben Sie sich im Midi[129] auch amüsiert? Sie sind noch dort, während ich schreibe, und ich kann mir Ihr Leben gar nicht vorstellen. Ich möchte gern eine lange Zeit mit Ihnen allein verbringen und mit Ihnen schöne Sachen machen. Ich habe auf den Straßen mit Liebe an Sie gedacht, ich bin an vielen Stellen vorbeigekommen, an denen wir zusammen waren, ich war ganz gerührt, sie wiederzusehen.

Auf Wiedersehen, mon cher amour. Ich werde noch ein wenig in dieser miesen Stadt herumirren, dann arbeiten. Ich bin ein bißchen ratlos, weil etwas zu Ende geht, das sehr schön war; und Vichy ist – bei allen Unterschieden – ganz wie Washington[130] eine Stadt, die in ihrer Trostlosigkeit zu diesem kleinen Kummer paßt. Ich füge heute abend eine Zeile hinzu. Ich küsse Sie mit aller Kraft.

Ihr reizender Castor

Ich habe Landkarten und Reiseführer gefunden und einige Entscheidungen getroffen. Am 30. werde ich in Saint-Etienne sein und 4 oder 5 Tage später noch mal dort vorbeikommen. Schreiben Sie dorthin einen kleinen Brief.

128 Sie fuhr oft zur Kur nach Vichy.

129 Sartre war mit seiner Mutter, die seit dem Winter Witwe war, in Südfrankreich.

130 Nach dem Bericht Sartres, der im Januar zum erstenmal mit Journalisten in die USA gefahren war.

257

27. Juli [1945]

Ich füge ein paar Zeilen hinzu, denn ich habe gestern den Brief nicht eingeworfen. Ich bin heute ganz lustig, da es mir mit meinem gut gelungenen Charakter jetzt Spaß macht, allein eine kleine Reise anzufangen. Ich habe gestern Karten und Reiseführer gefunden und mir eine Route in den Cevennen zurechtgelegt. Ich habe gestern nachmittag gearbeitet. Und nach dem Abendessen war ich mit Vitold in einem der Bistros am Ufer des Allier, wir haben einen reizenden Abend verbracht, ich mag ihn wirklich sehr, er rührt mich. Lampen waren unter den Bäumen und Boote auf dem Wasser, ich frage mich, ob Sie, als Sie in Vichy waren, sich an solchen Orten aufhielten? Ich habe schlecht zu Abend gegessen und gut geschlafen in dem traurigen Hotel, das ich mir am Bahnhof ausgesucht habe. Und den ganzen Tag habe ich gearbeitet. Ich bin mit allem fertig, was ich fertigmachen wollte. Dann habe ich ein paar Briefe geschrieben. Gleich werde ich Vitold wiedersehen und mich von ihm verabschieden. Aber jetzt bin ich froh, wieder allein zu sein, ich habe Lust, zu lesen und ein bißchen zu arbeiten – vielleicht zum Beispiel von einem neuen Stück zu träumen. Auf Wiedersehen, mon cher amour. Ungefähr in zehn Tagen sehe ich Sie wieder. Ich werde Sie gut küssen. Als ich heute früh nach einem Schlaf, in dem ich nicht an Sie gedacht hatte, aufwachte, habe ich mich plötzlich daran erinnert, daß Sie existieren, und mein Herz floß über vor Freude. Auf Wiedersehen, mon amour.

Ihr reizender Castor

Donnerstag abend, 13. Dezember [1945]

Mein lieber Kleiner,

Es kommt mir seltsam vor, Ihnen zu schreiben. Es ist fast wie eine Komödie, an die ich nicht ganz glaube, weil Sie noch so nah sind, kaum 5 Stunden von mir entfernt, und ich könnte mir vorstellen, daß Sie in einer knappen Stunde zurückkommen und in Ihrem kleinen blauen Schlafanzug ins Bett kriechen – nein, keineswegs, ich werde ganz allein mit dem Heizkissen bleiben, und Sie sind schon zwei Monate weit entfernt – das ist schwer vorstellbar.[131] Wenn Sie in einer Stunde zurückkämen, würde ich Ihnen den Abend erzählen, und deshalb schreibe ich so schnell, ich bin ein bißchen aufgewühlt, ich habe weder Lust, nach oben zu Sorokine[132] zu gehen, noch zu schlafen, sondern nur mit Ihnen zu reden. Ich bin erschüttert wegen Louise Védrine. Ich habe sie zum *Golfe Juan* mitgenommen (wo Badel mit Gaby Sylvia an einem Tisch war, und die Sumerville mit Arbessier am Tisch gegenüber). Und wir sind bis Mitternacht dort geblieben und haben geredet. Sie hat mich aufgewühlt, und ich bin voller Gewissensbisse, denn sie steckt in einer tiefen und schrecklichen Nervenkrise – und wir sind schuld, glaube ich, es ist die sehr indirekte, aber tiefe Nachwirkung unserer Geschichte mit ihr. Sie ist die einzige Person, der wir wirklich etwas angetan haben, aber wir haben es getan. Sehr interessant ist, daß ihre Krise eine Vielzahl von Bedeutungen hat: es ist das metaphysische Drama aus *L'être et le néant**: das tiefe Bewußtsein

131 Sartre fuhr auf einem *Liberty Ship* nach Amerika. Vgl. Jean-Paul Sartre, *Briefe an Simone de Beauvoir und andere*, Band 2, S. 347ff.

132 Sie wohnte im selben Hotel, im *Louisiane*. Sie war mit einem G.I., Ivan Moffat, verlobt; sie schickte sich an, ihm nach Kalifornien zu folgen.

* Sartres philosophisches Werk war im Juni 1943 erschienen, dt.: *Das Sein und das Nichts*, Neuübersetzung, Rowohlt Verlag, Reinbek 1991. Vgl. dort insbesondere S. 660f.

des Nichts, der Wahn des Für-Andere-Seins, die Faszination des Objektiven und die Erkenntnis der Subjektivität und ihrer Grundlosigkeit – und dann ist es psychologisch das Nachdenken Védrines über das, was man ihren Charakter nennen kann: ihren Masochismus (den sie entsetzt bei der Lektüre von *L'être et le néant* entdeckt hat), ihre kategorische, undankbare, fast unsympathische Seite, deren sie sich bewußt ist – es ist auch ihre Situation: verheiratet, unter der Haube, in die Langeweile des Erwachsenenlebens gezwängt mit einer verspäteten Adoleszenzkrise, die Situation der Studentin, die im Widerspruch zu dieser Einzwängung steht, die Abwesenheit eines Entwurfs, der zugleich der einer Erwachsenen und einer Jugendlichen wäre – und dann eine physiologische Seite: Kopfschmerzen, Müdigkeit usw. Sie weint unablässig, sie hat während des Abendessens dreimal geweint, sie weint zu Hause, wenn sie ein Buch lesen oder zum Essen in die Küche gehen soll. Was ist von all dem das Ursprüngliche? Auf jeden Fall nimmt es die Form eines Vergleichs mit uns an, ein Nichts im Vergleich zu uns, Bedürfnis nach mir, nach einem Halt, usw. Sie ist schrecklich unglücklich, höchst hellsichtig, ohne mit dieser Hellsichtigkeit etwas anfangen zu können. Sie sah ab und zu wirklich wie eine Wahnsinnige aus – Zurückhaltung, Unruhe und Momente verhaltener Zärtlichkeit und diskreter Hilferufe, die mir das Herz zerrüttet haben. Ich müßte sie oft sehen, ich werde es versuchen, denn ich bin voller Gewissensbisse. Ich beschreibe Ihnen das sehr schlecht, aber ich weiß, Sie wären sehr erschüttert und voller Sympathie für sie gewesen, denn sie war heute abend rührend, sogar pathetisch, wegen dieses Rationalismus; dieser Neigung zum Ernst, die plötzlich das Gesicht des Wahnsinns annahm, dieser vollkommenen und schmerzlichen Authentizität unter dem Schein des Unauthentischen. Und dann diese Art vernünftiger, beherrschter, intelligenter Psychose, das ist fast ansteckend und viel ergreifender als die großen Exzesse einer Violette Leduc oder einer Russin im allgemeinen – es scheint mir auch gefährlicher, ich bin besorgt. Ich glaube nicht, daß sie wahnsinnig wird. Ich fürchte, sie wird resignieren. Und andererseits, wenn sie sich rettet, indem sie in die Unauthentizität zurückfällt, ist es mies. Na ja, ich bin nach Hause gegangen und dachte fast, ich würde mit Ihnen darüber reden, und noch jetzt kann ich kaum glauben, daß das untergehen wird, daß ich anfangen werde, Dinge zu erleben, die untergehen werden, ohne daß ich sie mit Ihnen geteilt hätte. Auf Wiedersehen, Kleiner, lieber vielgeliebter Kleiner. Sie sind im Zug, und Sie schlummern neben Wanda. Ich werde schlafen gehen. Ich habe noch nicht angefangen, von Ihnen getrennt zu sein, und selbst beim Schreiben dieses Briefes kann ich es noch nicht glauben.

Samstag früh

Mein lieber Kleiner. Jetzt habe ich sehr wohl angefangen, die Abreise zu spüren. Vor allem morgens beim Aufwachen macht es mir ein bißchen angst – danach sind die Tage voll und angenehm, um so mehr als Karl V.[133] allmählich Gestalt annimmt. Ich habe alles für Sie erledigt, ich warte auf die Antwort von Rouleau.[134] Ich bin froh, daß Sorokine einen Arzt aufgesucht hat, er sagte ihr, alles stehe bestens.[135] Ich werde also leichten Herzens wegfahren, aber im Augenblick gibt es diesbezüglich nichts Neues.[136] Ich habe gestern früh im *Flore* gearbeitet, bei meiner Mutter zu Mittag gegessen, Sorokine

133 Figur aus S. de Beauvoirs Roman *Tous les hommes sont mortels*, Gallimard, Paris 1946 [dt.: *Alle Menschen sind sterblich*, Rowohlt Verlag Hamburg 1949].
134 Das war der Anfang schwieriger Verhandlungen auf der Suche nach einem Theater, das *Morts sans sépulture* [dt.: *Tote ohne Begräbnis*] aufführen würde. Nacheinander zogen sich Rouleau, Hébertot, Beer davon zurück. Vgl. *Der Lauf der Dinge*, S. 114.
135 Sie war schwanger.
136 Die Alliance Française hatte sie zu Vorträgen in Tunis und Algier eingeladen, aber es war schwer, auf einem Schiff oder in einem Flugzeug, die selten verkehrten, einen Platz zu bekommen.

gesehen, im *Pont Royal* gearbeitet, wo es sehr angenehm war. Dann war ich in der Redaktion der *Temps modernes**, wo großer Andrang war; ich habe alle empfangen, und abends habe ich mit Bost im *Golfe Juan* gegessen. Wir hatten eine lange klärende Aussprache (bei der er natürlich überhaupt nichts erklärt hat), und bei der ich ihm seine Verhaltensweisen im allgemeinen und mir gegenüber im besonderen erläutert habe. Er war niedergeschmettert und in gewissem Sinn froh, weil es meinerseits Zuneigung bedeutete. Er behauptet, zum großen Teil laste auf ihm dasselbe wie auf Sorokine oder Poupette: er hat nicht den Eindruck, einen wirklichen Platz in einem Leben zu haben, in dem Sie sind, so daß er Briefe, die er auf dem Schiff an mich schrieb, als unnütz weggeworfen hat. Das erklärt übrigens nicht alles. Im großen und ganzen war er guten Willens und sehr nett, und ich bin froh, daß wir geredet haben, obwohl es nichts ändert. Heute früh habe ich im *Flore* gearbeitet und Ihren Vortrag[137] fertig korrigiert. Ich warte auf Vitold, mit dem ich zu Mittag esse. Sie sind sicher auf hoher See; daher haben Sie mich noch nicht ganz verlassen, ich fühle Sie trotzdem noch halb in Frankreich, obwohl die andere Hälfte Amerika zugewandt ist. Wenn Sie dort ankommen, werde ich, glaube ich, in Tunis sein, dann werde ich Sie unter weniger Schmerzen loslassen. So, Kleiner. Es ist mild, grau und trist, und ich fühle mich überhaupt nicht schlecht. Ich habe Aron angerufen, der meine Bitte mit einem gewissen Wohlwollen aufgenommen hat. Ich halte Sie auf dem laufenden. Großes Schweigen über Sie in den Wochenzeitungen dieser beiden Tage – nur eine

* Die von Jean-Paul Sartre, Simone de Beauvoir und anderen gegründete Zeitschrift, deren erste Nummer im Oktober 1945 erschienen war.

137 *L'existentialisme est un humanisme* [dt. *Der Existentialismus ist ein Humanismus*]; der im Oktober 1945 gehaltene Vortrag erschien in überarbeiteter Fassung im März 1946.

Kritik meines Vortrags[138] mit einer Karikatur (in *Terre des hommes*) und ein sympathisches Interview von Beaufret über den Existentialismus in *Le Monde*. Ich hebe alles gut für Sie auf.

Mittwoch

Mein lieber Kleiner, mon amour. Jetzt fühle ich, daß Sie abgefahren sind, aber ich bin mit Ihnen genauso vereint, als wären Sie hier, ich habe Sie überhaupt nicht verloren. Ich habe neben dem Bett zwei Fotos von Ihnen: eins mit dem Schnee auf Ihren Schultern und das andere, auf dem Sie ganz verstört im Flugzeug[139] sind und das ich so sehr mag. Bei jedem Aufwachen finde ich Sie wieder und beginne den Tag mit Ihnen. Heute bin ich im *Pont Royal*, es ist 2 Uhr, und es ist ganz ruhig. Ich fühle mich sehr glücklich. Ich denke an Sie, den ich liebe, die Arbeit läuft gut, ich arbeite viel und werde Karl V. beenden – und ich habe einen wunderbaren Abend mit Camus verbracht. Ich sage wunderbar, denn weil ich ihn kolossal mag, kam es mir sehr stark vor, daß er so liebenswert, so herzlich ist und wir so schön zusammen reden. Wir haben bei *Lipp* zu Abend gegessen, im *Pont Royal* etwas getrunken, dann eine Flasche Champagner mit ins *Louisiane* genommen, an der wir bis 3 Uhr früh getrunken haben.[140] Er hat sehr viel über sich geredet, Privatleben und Literatur, auf eine Weise, die mich gerührt hat – und das hat mir Lust gemacht, gute Sachen zu schreiben; daß wir so befreundet sein können mit jemandem, für den dieselben Dinge zählen wie für Sie, hat mir große Lebenslust ver-

138 Über den Roman und die Metaphysik, im Club Maintenant. – *Terre des hommes*, von Herbart gegründete Wochenzeitung, existierte nur einige Monate.
139 Dem Militärflugzeug, mit dem Sartre zum erstenmal im Januar 1945 in die USA flog.
140 Zu diesem Abend vgl. *Der Lauf der Dinge*, S. 58f.

schafft. Wenn alles gut läuft, werden wir im Februar 2 Wochen zusammen Ski laufen, er schien auch große Lust darauf zu haben.

Ansonsten habe ich Samstag abend Bost gesehen, Sonntag zum Mittagessen Ihre Mutter, Montag zwei Stunden Violette Leduc[141], mit der es zunächst mondän und fast lustig war und dann mit einem Desaster endete; als wir uns an der Place Pigalle verabschiedeten, dachte ich, ihr würde schlecht, und sie sah wirklich wie eine Wahnsinnige aus. Sie hat Nathalie Sarraute angerufen, die nicht die Courage hatte, sie zu treffen. Montag abend habe ich mit Bost einer Probe der *Karamasow* mit Kostümen beigewohnt. Ich habe einen ungeheuren Schnitzer gemacht, als ich zu Mayenne Dasté sagte: «Diese Bearbeitung ist scheußlich.»[142] Der arme Oettly ist widerlich, er spielt den Vater Karamasow als wäre er M. Perrichon*, und Davy ist unerträglich. Casarès wunderbar, Dufilho gut, Vitold ausgezeichnet. Er wurde beglückwünscht und war ganz froh.

Gestern habe ich mit Merleau-Ponty zu Mittag gegessen und Montag mit Genet.[143] Genet war sehr problemlos. M. Ponty hat mir gesagt, Magny hege gegen uns starken Groll wegen des Artikels und auch wegen der Surprise-Party. Es scheint, daß ein anonymer Radfahrer, der Beaufret auf der Straße fast umgefahren hätte, gerufen hat: «He! weg da! Existentialist!» und daß im Rundfunk sogar in den Sportsendungen über den Existentialismus gewitzelt wird. Jedoch nichts mehr über Sie oder mich in den Wochenzeitungen.

Die Zeitschrift** läuft – wir haben den russischen Artikel,

141 Die Schriftstellerin (1907–1972), die sie im Herbst 1945 kennengelernt hatte. Vgl. *Der Lauf der Dinge*, S. 27.

142 Die Bearbeitung stammte von ihrem Vater, Jacques Copeau.

* Kinderbuchfigur, ein lächerlicher dummer Spießbürger.

143 Den sie 1944 kennengelernt hatte. Vgl. *In den besten Jahren*, S. 495 f.

** *Les Temps modernes.*

Sarraute übersetzt ihn, Hadjibelli[144] hat das Tagebuch eines Schizophrenen abgeliefert, Beaufret und Mounin werden mit Freuden Berichte schreiben. Sogar die Nr. 6 steht schon fast. Ich habe Lust, für die Nr. 6 ein Editorial über die Objektivität zu schreiben. Was halten Sie davon? Es scheint, mein Editorial der Nr. 3 macht einen ausgezeichneten Eindruck, haben mir M. Ponty und Camus gesagt. Camus bittet mich, für seine Reihe[145] den Essay über das Handeln[146] zu schreiben, von dem ich Ihnen erzählt habe und der mit Artikeln über den Existentialismus von mir, vielleicht von ihm und von Ihnen, wenn Sie wollen, zusammengestellt würde. Es reizt mich sehr, ich werde es wahrscheinlich in den Ferien machen.

Praktische Fragen: ich werde von Maurienne entweder alles Geld oder 100000 Francs bekommen, mit denen ich zurechtkommen werde. Das geht.

Wegen des Stücks[147]*: Sie müssen Bernstein*[148] *treffen, hat Certes mir geschrieben, wenn Sie* Les Ambassadeurs* *wollen. Bernstein ist in Amerika*. Rouleau hat mir geschrieben, er würde antworten, hat aber nicht geantwortet. Hébertot will von Vitold nichts wissen. Ich werde vor meiner Abreise alles regeln und Bost die Sachen anvertrauen, falls es mir nicht gelingt. Es ist schwierig, alles in vierfacher Ausfertigung neu tippen zu lassen, vor den Feiertagen findet man niemanden.

Auf Wiedersehen, mon cher petit amour. Heute abend füge ich eine Zeile hinzu, um Ihnen zu sagen, ob ich fahre oder nicht, denn es ist in der Schwebe. Ich glaube, Sie werden diesen Brief bei Ihrer Ankunft vorfinden. Schreiben Sie mir, mon

144 Ehemaliger Schüler Sartres.
145 Die Reihe *Espoir*, die er bei Gallimard herausgab.
146 Aus dem *Pour une morale de l'ambiguïté* (1947) werden wird [dt.: *Für eine Moral der Doppelsinnigkeit*, in: *Soll man de Sade verbrennen*, Rowohlt, Reinbek 1983].
147 Immer noch *Morts sans sépulture*.
148 Henry Bernstein, der berühmte Dramatiker (1876–1953).
* Theater.

amour, ich will mit Ihnen schön vereint bleiben. Ich bin sehr glücklich über unser Leben und über Sie. Ich möchte, daß Sie dort einen guten Aufenthalt haben. Denken Sie mit Wohlgefallen an mich, wie ich an Sie denke. Ich umarme Sie fest und küsse Ihr liebes kleines Gesicht, das ganz warm dort in meinem Herzen ist. Ich liebe Sie, mein Kleiner.

Ihr reizender Castor

So. Ich bin sehr enttäuscht, denn ich werde erst Anfang Januar nach Tunis fahren, vor dem 15., aber ich weiß nicht genau wann. Schreiben Sie mir also auf alle Fälle nach Paris. Ich werde wahrscheinlich Samstag abend in den Wintersport fahren, wahrscheinlich nach Megève. Das gefällt mir und tröstet mich.

Auf Wiedersehen, mon amour.

259

[Megève] Donnerstag, 27. Dezember [1945]

Sie, ganz lieber Kleiner

Ich frage mich, wann Sie diesen Brief bekommen werden, New York scheint so weit von hier – dennoch möchte ich gern glauben, daß ich mit Ihnen rede, daß Sie mich hören. Ich denke hier so stark an Sie, an Sie, der mich vor 2 Wochen verlassen hat, den ich nicht vor sechs Wochen wiedersehen werde, der in Amerika ankommt und dort ein ganz fremdes Leben führen wird – an Sie, der früher mit mir Ski fuhr, auf ebendiesen Hängen, in einem kleinen blauen Anzug, den ich noch sehr gut vor mir sehe. Ich möchte so gern daran glauben, daß wir eines Tages wieder zusammen hierherkommen werden, wir beide ganz allein, ganz glücklich. Sie wissen, ich würde Sie nicht zwingen, den ganzen Tag Ski zu fahren, und zum Arbeiten ist es ein ausgezeichneter Ort. Ich bin entzückt, hierzusein, ich verbringe einen der besten Momente in diesem Jahr, außer daß Sie nicht bei mir sind.

Ich habe Paris am Sonntag verlassen, ich zitterte vor Fieber, ich habe den ganzen Nachmittag im Bett verbracht und mich gefragt, wie ich mich zum Bahnhof schleppen würde. Ich habe zum Glück ein Taxi für Schwangere gefunden und einen Sitzplatz im Zug, der sich sogar in einen wunderbaren Platz der ersten Klasse verwandelt hat (im Tausch mit einer Familie, die zusammensitzen wollte), und ich habe bis Sallanches wie ein Stein geschlafen. Natürlich wiederholten mir alle im Zug, ich würde in ganz Megève keine Bleibe finden, natürlich habe ich mich darauf versteift hinzufahren, ich habe das *Idéal Sport* angerufen und sofort einen Platz gefunden – allerdings im Schlafsaal, aber das ist genausogut wie ein Zimmer. Ich bin todmüde angekommen, habe bis zum nächsten Mittag geschlafen, mit kurzen Unterbrechungen, um etwas zu essen. Dienstag nachmittag schneite es, ich habe in Saint-Gervais Skier geholt, ich war müde und leer, und dann bin ich gestern um 8 Uhr aufgewacht, vollgepfropft mit Schlaf, bei herrlichem Sonnenschein. Ich habe meine Skier angeschnallt, ich sah, daß es sehr gut lief, und bin dreimal auf wunderbarem Schnee die Piste des Mont d'Arbois hinuntergefahren. Ich habe zu Mittag gegessen, bin nach Saint-Gervais hinuntergefahren und noch mal den Mont d'Arbois. Um 5 Uhr saß ich bei der Arbeit, und meine Seele jubelte. Dieser Ort ist höchst praktisch. Es sind wenig Leute hier, ein halbes Dutzend sehr ruhige Studenten; ein kleines Radio spielt leise klassische Musik oder Jazz; und Sie wissen, wie man den Schnee durch die kleinen Fenster sieht und wie schön dieses Skihütten-Interieur ganz in Holz ist. Man ißt gut, es ist sehr warm; nach dem Abendessen klettere ich mit einer Leiter auf meinen Boden, ich habe mich neben ein Fenster gelegt, und wenn ich aufwache, sehe ich die Berge. Heute hat es die ganze Zeit geregnet, ich habe nur nachmittags bei miesem schwerem Schnee eine Abfahrt nach Saint-Gervais gemacht. Aber wie gut ich an meinem Karl V. gearbeitet habe! Ich fühle mich so gut, niemand schaut mich an oder spricht mit mir. Mit einem Schlag huste ich nicht mehr, mein Fuß[149] ist fast geheilt, ich komme wieder zu Kräften. Ich warte, daß ich zurückgerufen werde für meine Reise nach Tunesien. Aber ich habe es nicht eilig. Ich würde hier wochenlang bleiben. Ich habe auch Bücher, und die Tage kommen mir zu kurz vor. Sehr angenehm ist, daß ich mich weder aufs Skifahren noch aufs Arbeiten versteife – überhaupt nicht schizophren – ich wollte hiersein, allein sein, ich bin hier, und das genügt mir, das ist für mich eine große Entspannung, und alles gefällt mir.

Vor sechs Jahren schrieb ich Ihnen von hier, und es war Krieg. Es kommt mir seltsam vor, mich daran zu erinnern. In gewisser Hinsicht kommt mir das viel länger vor als sechs Jahre; ich fühle mich ein bißchen jenseits von all dem, wie in einem zweiten Leben; ich erkenne weder mich noch die Welt vorher gut. Und doch gibt es die Erinnerungen, die Erinnerungen mit Ihnen in diesem ersten Leben. Aber sie haben eine seltsame Wirkung, sie beängstigen ein wenig, so schlecht sind sie mit der Gegenwart verbunden.

Auf Wiedersehen, mon cher amour. Ich weiß nicht, wohin Sie mir schreiben sollen. Vielleicht nach Paris, von wo die Post nachgeschickt wird. Ich werde ein Telegramm ans Konsulat schicken, sobald ich weiß, daß ich nach Tunis fahre. Seien Sie dort unten glücklich, und kommen Sie mir gut zurück. Ich bin ganz vereint mit Ihnen, ich küsse Sie mit aller Kraft.

Ihr reizender Castor

149 Sie hatte einen Milzbrand.

260

18. Januar [1946]

Ganz liebes kleines Geschöpf
Heute früh bin ich nach Paris zurückgekommen; ich habe ein erstes Flugzeug nach Tunesien verpaßt und zittere, daß ich möglichst das nächste bekomme. Ich war untröstlich, daß ich *Idéal Sport* verlassen mußte, als ich vorgestern abend das Telegramm vorfand, das mich zurückrief. Ich habe einen richtigen kleinen Stich ins Herz bekommen. Aber es ist mein Laster, immer zufrieden zu sein, und so amüsiert es mich, heute früh hier im *Flore* zu sitzen, mit Begbeider und Erval und anderen, die hier herumstreichen. Vor allem war ich ganz glücklich, einen Brief von Ihnen vorzufinden. Es ist nur einer, aber das ist normal, anscheinend brauchen sie zehn Tage, um anzukommen. Welch plötzlicher Wandel der Lebensumstände: gestern um diese Zeit war ich noch auf meinen Skiern und machte die Abfahrt nach Megève; jetzt bin ich richtig angezogen, komme vom Friseur und bin übrigens bezaubernd schön, weil ich einen ausgezeichneten Teint habe, ganz braun, und ein ausgeruhtes Gesicht, und das fällt in Paris auf. In Paris ist es eiskalt, das Hotel ist nicht geheizt, und anscheinend gibt es hier überhaupt nichts zu essen. Ich werde mit Sicherheit nicht hierbleiben. Wenn es mit Tunesien nicht klappt, fahre ich zum Mont d'Arbois zurück.

Ich weiß nicht mehr genau, wann ich Ihnen geschrieben habe, wahrscheinlich vor einer Woche. Das Leben war weiterhin wunderbar dort unten; ich sah ziemlich oft den kleinen

Lefèvre-Pontalis[150], der jedesmal vor Rührung und Dankbarkeit umkam, wenn ich zum Mittagessen bei ihnen aufkreuzte, und ich nahm ihn mit, und wir liefen zusammen Ski. Wir hatten vor, Samstag zusammen nach Hause zu fahren, und er nahm Unterricht, um in Würde die Abfahrt nach Saint-Gervais mit mir zu machen. Er war entsetzlich enttäuscht, als er mich gestern abdampfen sah. Seine Frau kommt mir wie eine dumme Nudel vor, und ihm stinkt es mit ihr. Ich habe auch Salacrou* gesehen, der ein alter Stammgast des *Idéal Sport* ist. Wir haben gestern, genau vor meiner Abfahrt, zusammen zu Mittag gegessen. Er wirkt wie ein alter Trottel. Gestern ist er bei einer seiner ersten Skiabfahrten auf die «Leber» gefallen, und jetzt läßt er sich auf Schritt und Tritt von einem Lehrer begleiten. Er ist so ein Feigling, daß er nicht nach Griechenland fährt, wohin er eingeladen ist, weil er Angst hat, ein französisches Flugzeug zu besteigen – ich wenigstens besteige eins und nehme sogar lieber ein Flugzeug als ein Schiff – obwohl ich unterwegs mit Sicherheit Angst haben werde.

Ich habe also das Leben geführt, das Sie kennen. Kos. hat sich entschlossen, sich auf ihre Skier zu stellen, und ist zweimal den Mont d'Arbois hinuntergefahren, eskortiert von Bost, ganz langsam, aber fast ohne hinzufallen, es begann sie zu amüsieren, und sie war viel besser gelaunt. Aber der arme Bost hat mir gesagt, sein Leben sei wirklich vollkommen wenn nicht verpfuscht, so doch niedergedrückt durch diese Existenz mit Kos., und er fühle sich überhaupt nicht glücklich; und wenn ich sie so zusammen sehe, verstehe ich ihn, ich finde sie wirklich schrecklich, und auf um so scheinheiligere Art, je netter sie ist. Wanda hat weiter das Leben einer

150 Ehemaliger Schüler von Sartre, er war ein Freund von Bourla gewesen. Psychoanalytiker.

* Armand Salacrou, 1899–1989, Dramatiker, dessen Produktion fürs Theater sehr vielfältig war, der surrealistischem Experimentieren ebenso nahestand wie dem Boulevardtheater oder dem engagierten Theater der Nachkriegszeit.

kleinen Alten mit ab und an ein paar Stunden Ski geführt, sie fuhr zwar ohne allzuviel hinzufallen, aber im Schneckentempo. Mit Bost hatte ich Dienstag einen wunderbaren Tag; wir waren am Voza-Paß. Das heißt, sehr früh morgens haben wir die Abfahrt nach Saint-Gervais gemacht, wir sind mit der Kleinbahn gefahren, die zum Paß hochklettert, wir sind nach Les Houches hinuntergefahren, auf jener Piste, auf der Sie sich das Knie verletzt hatten. Ich war ganz gerührt, als ich mich daran erinnerte, wie wir zwei arme kleine Anfänger waren auf dieser vereisten Piste; sie war ziemlich hart am Dienstag, und Bost war über unseren Mut ganz baff. Mein Kleiner, ich möchte so gern wieder mit Ihnen allein verreisen, zum Wintersport oder irgendwohin, ich fühle mich ganz erfüllt von Zärtlichkeit für Sie. Danach haben wir in einem der schönen Hotels am Paß, zu dem wir mit der Seilbahn wieder hochgefahren sind, zu Mittag gegessen, und wir sind über wunderbare frische Schneefelder nach Saint-Gervais hinuntergefahren. Die Sonne schien herrlich, und am Abend gab es einen außergewöhnlichen Mondschein mit einem richtig violetten Himmel und grünen Bergen. Als ich nach Hause kam, fand ich das Telegramm vor, das mich zurückrief, falls ich das zweite Flugzeug nicht verpassen wollte. Ich war den Abend über sehr aufgeregt, aus Trauer über meine Abreise, Hoffnung auf Tunesien, Furcht, daß es schieflaufen könnte, ich mußte mit Bost eine Menge Kirschschnäpse und Marcs trinken, um meine Freude und meinen Schmerz zu ersticken. Im Hotel gab es ausgezeichneten Schnaps und Marc. Gestern habe ich eine letzte melancholische Abfahrt gemacht, mit Salacrou zu Mittag gegessen, der mir erzählt hat, daß Toulouse sich bei seiner Generalprobe in der Garderobe Dullins erbrach, der an nichts anderes dachte, als die Leute, die ihn beglückwünschen wollten, am Eintreten zu hindern – eine Stunde lang ist er amüsant, obwohl schnell unsympathisch. Und dann haben mich Bost und Kos. zur Seilbahn gebracht, und ich bin schweren Herzens ins Tal entschwunden. Ein Taxi hat mich nach Le Fayet gebracht, wo ich mühelos einen guten Platz gefunden habe. Ich habe die ganze Nacht geschlafen, bin um 7 Uhr angekommen, habe ein bißchen Sorokine gesehen, die in gutem Zustand zu sein scheint, bin beim Friseur gewesen, dann im *Flore*, wo ich Ihnen schreibe und wo alle mich auf die Zeitschrift und tausend andere Dinge ansprechen. Nichts Neues in den Wochenzeitschriften. Ich hatte Merleau-Ponty ein Editorial für den 6. versprochen, aber ich fühle mich leer, unfähig, zu denken und den geringsten Essay zu schreiben – der Roman, das läuft gut, weil es nicht aktuell ist, das kann man mitten in der Natur schreiben, aber philosophische Auseinandersetzungen, Polemik usw., danach steht mir dort unten wirklich nicht der Kopf. Ich weiß nicht, wie ich es schaffen soll, wenigstens in einer Woche wieder bei der Sache zu sein.

Mein Kleiner, ich war unendlich froh, als ich Ihren Brief bekam. Ich glaube, für die Zeitschrift wird die Abwesenheit Ihres Artikels eine Katastrophe sein, aber ich verstehe, daß Sie auf diesem Schiff* nicht schreiben konnten. Na! Sie sind eine entsetzliche Termite, eine Languste, ein absurdes Insekt. Haben Sie wenigstens an J. Audry geschrieben? Sie müssen es tun, sonst sind Sie der allergrößte Hanswurst – vergessen Sie nicht, es zu tun.

Ich habe in *Elle* noch einen wohlwollenden Artikel von M. André Lévy über Sie gelesen und einige Reaktionen, einige Karikaturen über Sie und mich und Fotos gesehen. Aber nichts Wichtiges.

Wissen Sie, daß auch ich wirklich ein bißchen berühmt bin, denn die Frau im *Idéal Sport* hat zu den Kos. gesagt: «Ist Mademoiselle de Beauvoir sehr bekannt? Dauernd kommen Gäste und fragen mich, ob sie es ist, die hier ist. Wie bei Monsieur Salacrou …»

Beachten Sie, daß L'Œuvre** nicht mehr Rouleau gehört.

* Zu Sartres äußerst witziger Beschreibung seiner Überfahrt vgl. *Briefe an Simone de Beauvoir und andere*, Band 2, S. 347f.

** Das Théâtre de l'Œuvre.

Beer hat seinen Prozeß gewonnen und hat mich gefragt, ob ich von Ihnen und von mir Manuskripte hätte. Im übrigen hat Vitold mir am Telefon gesagt, er habe mit Beer Verhandlungen aufgenommen; ich sehe ihn nachher (Vitold) und werde Genaueres erfahren. Ich glaube, es wird was werden. Ich sage es Ihnen in einem Postskriptum.

Wissen Sie, was Badel gemacht hat? Als Vilar nicht wollte, daß *Meurtre*[151] anstelle von *Voix* [Stimmen] wieder auf den Spielplan gesetzt würde, hat er es einfach gemacht, ohne den Regisseur zu nennen. Vilar hat einen Prozeß wegen Diebstahl der Inszenierung angestrengt. Und Rouleau hat Badel versprochen, *La forét pétrifiée* [Der versteinerte Wald] zu inszenieren.

*Huis clos** wurde an einen italienischen Filmproduzenten verkauft. Ein Scheck wartet auf Sie. Sie haben wenig Post, und kaum interessante. Nachher gehe ich bei der Redaktion vorbei und sage Ihnen Bescheid.

19. Januar

Ich habe Beer noch nicht getroffen, ich treffe ihn heute abend. Anscheinend mag er das Stück und ist vor allem von Vitold beeindruckt, der es ihm empfiehlt. Rouleau mag es nicht, findet es «unmöglich zu spielen». Ich werde Ihnen heute abend das Ergebnis des Gesprächs sagen. Ich habe den Tag in der Redaktion verbracht; es läuft, Merleau-Ponty war unglaublich eifrig, und wir haben eine Menge Texte. An Literarischem mangelt es allmählich ein bißchen, ab Nr. 7 müssen wir uns was einfallen lassen, aber Dokumente und Zeugnisse

151 *Meurtre dans la cathédrale* [dt.: *Mord im Dom*] von T.S. Eliot (1935).

* Sartres drittes Theaterstück, das am 27.5.1944 im Théâtre du Vieux-Colombier uraufgeführt wurde: Dt.: *Geschlossene Gesellschaft*. Neuübersetzung, Rowohlt, Reinbek 1986.

strömen herein. Wir haben endlich den *Saint-Just* und einen Artikel von Paulhan über die Sprache, den Artikel über die russische Kritik usw. Sie haben ziemlich witzige Post auf der Redaktion, und ich auch. Ich habe das Dringendste beantwortet und hebe alles sorgfältig auf.

Einen seltsamen Eindruck hat mir das gemacht, dieser erste Tag in Paris. Ich habe Vitold getroffen, nett wie ein Engel und so glücklich, mich zu sehen, daß ich gerührt war. Ich esse heute mit ihm zu Mittag – er hat mit Loleh gebrochen, oder vielmehr sie mit ihm, und er ist ganz fassungslos. Ich habe Sorokine gesehen, ganz nett und wohlauf, sie wird Anfang Februar abreisen, wenn ich bis Montag 40000 Francs auftreibe (ich habe Bost 40000 Francs geliehen, und Sie haben eine Menge Schecks, die aber in Ihrer Abwesenheit nicht eingelöst werden können). Also suche ich 40000 Francs, und ich werde sie finden, denn sie hat große Lust zu fahren, und ich auch, daß sie fährt (sie wird es übrigens aus Amerika zurückzahlen, denn Moffat verdient sehr viel, kann aber so schnell nichts schicken). Ich habe Leiris kurz gesehen und den guten Bildhauer[152], Scipion[153], Astruc[154] und vor allem Merleau-Ponty auf der Redaktion, die ich mit einem riesigen Stapel Manuskripte verließ, die ich heute früh gewissenhaft gelesen und geordnet habe. Ich werde den Umbruch der Nr. 5 vor meiner Abreise machen, den der Nr. 6 bei meiner Rückkehr. Ich bin ein bißchen von der Zeitschrift, von Ihrem Stück, vom Unternehmungsgeist gepackt, aber zugleich habe ich vor, in drei Tagen loszufahren. Ich fühle mich nicht wie häuslich niedergelassen. Ich würde gern so leben: 4 oder 5 Tage im Monat in Paris mit hektischem Arbeiten und Leuten – und dann Ruhe und Zurückgezogenheit und wirkliches Arbeiten.

152 Giacometti.
153 Ein Freund von Bost, talentierter Satiriker und berühmter Kreuzworträtselspezialist.
154 Der Filmemacher.

Ich habe gerade Claude Roy flüchtig gesehen: es scheint, er wird existentialistisch; seine Frau liest mit Bewunderung *L'être et le néant*.

Abends

Ich habe gerade Beer getroffen. Es läuft nicht gut, da Rouleau ein Dreckskerl ist. Um Beer zu schikanieren und sicher auch Vitold, weil er verärgert ist, daß Sie die Inszenierung nicht ihm anvertraut haben (ich vermute das), *widersetzt* er sich der Aufführung des Stückes durch Beer, und da er noch Anteile am Theater hat (der Prozeß ist nicht ganz beendet, es gibt eine Zwangsverwaltung oder ich weiß nicht was), ist nichts gegen ihn zu machen. Er findet das Stück zu hart, Beer sagt, er würde vielleicht nachgeben, wenn die Folterszene gestrichen würde, aber selbst das ist nicht sicher. Nun kann es sein, daß Beer in einem Monat seinen Prozeß gewonnen hat, und dann nimmt er das Stück sofort, er ist davon angetan, und es reizt ihn, mit Vitold zu arbeiten. Es kann auch sein, wenn Sie selbst Rouleau treffen, wagt er es nicht, Sie daran zu hindern, im Théâtre de l'Œuvre gespielt zu werden. Schade ist, daß Cuny, da er keine verbindliche Antwort hat, im April bei Hébertot *Des souris et des hommes*[155] spielen wird, also das Stück fallenläßt. Im übrigen sagen mir alle, daß Bernstein Ihnen Les Ambassadeurs nicht herausrücken wird – und Nagel hat kein Theater gefunden – Saint-Georges geht nicht. Wir können nur noch auf Ihre Rückkehr warten und versuchen, Rouleau umzustimmen. Es tut mir leid, daß es nicht besser läuft. Der alte Beer macht einen sehr netten Eindruck und öffnet mir sein Theater, denn er hat *Les bouches** sehr gemocht. Ich habe mit Merleau-Ponty auf der Redaktion gearbeitet, es scheint, es läuft wirklich gut.

Anbei eine kleine Karikatur, die Pascal mir heute früh ganz stolz gegeben hat – Sie sehen, es geht weiter.

155 Von Steinbeck (1937) [dt.: *Von Mäusen und Menschen*].
* Vgl. Fußnote 126.

Ich habe erfahren, daß Sie in New York einen Vortrag gehalten haben, der viel Aufsehen erregt hat. Ich wüßte gern mehr darüber.

Auf Wiedersehen, sehr geliebter Kleiner. Schreiben Sie mir. Ich fühlte mich ganz bei Ihnen während all dieser Tätigkeiten, und jede ist ein kleiner Liebesakt. Ich küsse Sie ganz stark, ganz stark.

Ihr reizender Castor

261

Donnerstag, 25. Januar [1946]

Ganz lieber Kleiner, mon amour

Kein Brief von Ihnen! Ich kann nicht glauben, daß Sie ein so schlimmer Kleiner sind, wo Sie doch so nett sind, und ich hoffe, ich finde etwas in Tunis vor; ich werde morgen zur Post eilen. Ich schreibe das voller Jubel, denn ich glaube allmählich daran, daß ich wirklich heute abend fahre. Es gab eine Menge Zwischenfälle, Ausfall des Flugzeugs, verlorene Papiere usw. – aber schließlich werde ich um 7 Uhr den Zug nach Marseille nehmen, in Pas-des-Lanciers aussteigen und ein Flugzeug der zivilen Luftfahrt nehmen; was angenehmer ist und weniger gefährlich als ein Militärflugzeug. Ich bleibe einen Monat dort unten, selbst wenn Sie früher nach Hause kommen, denn ich will diese Reise voll ausnutzen. Mir sind gute Dinge zugestoßen: *Les bouches* werden im Mai in Prag aufgeführt, und ich werde dorthin eingeladen; da die Tschechen uns so freundlich gesonnen sind, hoffe ich, daß wir zusammen fahren. Und dann hat mir die Alliance Française versprochen, mich schon im Oktober für mindestens drei Monate nach Amerika und *Mexiko* zu schicken; ich habe deswegen Herzklopfen. Im übrigen sind uns 300 000 Francs vom Himmel gefallen, Nagel hat *Huis clos* an einen italienischen Filmproduzenten verkauft. Wieviel Steuern Sie bezahlen müssen, es ist besser, nicht daran zu denken, aber ich habe die

50000 Francs bekommen können, die ich brauchte und für den Fall der Abreise Sorokines beiseite legen werde. Es sieht nicht so aus, als ob es zustande käme; aber sie ist sanft und nett, und es geht ihr ausgezeichnet und dem Kind auch.

Für sie verausgabe ich mich, wie Sie es sich nicht vorstellen können. Ich habe dreimal Beer getroffen und auch Cuny; gestern habe ich Beer mit Vitold getroffen; er redete nicht mehr vom Widerstand Rouleaus (er ist ein alter Lügner und auch nicht sympathisch), und er will das Stück aufführen. Aber wenn er es aufführt, müßte es im April sein, und Anfang Februar müßte mit den Proben begonnen werden; und Vitold kann nicht länger als zehn Tage ohne Sie arbeiten, weshalb Ihre Rückkehr spätestens am 15. Februar notwendig wäre. Und als es fast abgemacht war, Coup de théâtre: er serviert uns den Namen einer Schauspielerin, der er die Rolle der Lucie geben will (die wir doch für Wanda vorgesehen hatten) – wir haben uns gestritten, und jetzt ist es in der Schwebe, und ich weiß nicht, ob er mit Wanda noch akzeptieren oder ob er ablehnen wird. Hébertot schlägt vor, das Stück im Wechsel mit *Des souris et des hommes* aufzuführen, was inakzeptabel ist. Ein anderes Problem ist, daß Vitold wahrscheinlich nicht frei ist, um im April *spielen* zu können, wegen der *Karamasow*. Alles in allem kann vor Ihrer Rückkehr nichts entschieden werden. Ich glaube, für September können Sie das Stück unterbringen, wo Sie wollen, aber für April gibt es viele Schwierigkeiten. Chauffard[156] hat es gelesen und findet es *ausgezeichnet*; aber wie Bost, Lefèvre-Pontalis und ich selbst findet er, daß der Bezug zur *Sache*, daß die Nuance der Grundlosigkeit und Objektivität nicht gut herauskommt, weder am Anfang noch in der Schlußszene (die Vitold auch für mißlungen hält und die es, glaube ich, ist). Chauffard meint, es würde einen Skandal geben. Auf jeden Fall müssen Sie den Sinn dieses Skandals genau abwägen, damit er nicht

156 Schauspieler, Dramaturg, ehemaliger Schüler Sartres. Spielte in *Huis clos* mit.

wegen Zweideutigkeiten stattfindet. Vitold fürchtet auch, daß die Wahl Caussimons* noch die Grandguignol-Effekte unterstreicht, er möchte, daß die Miliciens** Allerweltsgesichter haben – das scheint mir richtig. Nach dem wenigen, was ich mit Cuny geredet habe, kommt er mir wie der Obertrottel vor und vollkommen unsympathisch mit seiner feierlichen Anmaßung.

In *Action* großer sehr witziger Artikel von Scipion über das *Flore*; die Kellner sind sehr aufgeregt. Fast überall Berichte über den Existentialismus. Immer noch Fotografen, Interviews usw. Ich lehne alles ab, aber vorhin hat mich trotzdem ein amerikanischer Journalist im *Flore* fotografiert.

Die Nr. 4 der *T. M.* ist endlich gedruckt, aber noch nicht ausgeliefert. Ich glaube, Nr. 5 und 6 werden sehr gut. Merleau-Ponty hat mich um ein Editorial für die 6 gebeten, und ich habe einen kleinen Artikel geschrieben, der eindeutig interessanter ist als mein Vortrag über *Métaphysique et roman***, aber er ist nicht fertig, ich muß ihn in Tunis fertigschreiben. Ich hatte viel Ärger mit diesem Gorrély, bei dem Sie unklugerweise einen riesigen Artikel über die russische Literatur (objektive Kritik) bestellt hatten – er hat mir 50 bedeutungslose Seiten abgegeben und 50 weitere versprochen. Ich habe abgelehnt, so gut ich konnte, und gesagt, für eine Entscheidung müsse Ihre Rückkehr abgewartet werden: Sie werden sich zu helfen wissen; er wurde schon wütend. Davon abgesehen haben wir eine Menge gute Texte; es läuft gut. Kanapa hat einen Artikel geschrieben, in dem er Sie auf der

* Schauspieler.

** Mitglieder der im Januar 1943 unter dem Vichy-Regime gegründeten paramilitärischen Milice française, die Juden und Widerstandskämpfer erbarmungslos verfolgte und mit den deutschen Besatzern zusammenarbeitete.

*** *Metaphysik und Roman*, unter dem Titel *Littérature et métaphysique* enthalten in Nr. 7 der *Temps modernes* (1946), wiederabgedruckt in: *L'existentialisme et la sagesse des nations* (1948), dt. in: *Auge um Auge. Artikel zu Politik, Moral und Literatur 1945–1955*, Rowohlt, Reinbek 1987.

Ebene der Geschichtsphilosophie angreift; im Grunde greift er hauptsächlich mich an, und in Tunis will ich einen großen Artikel über eine Moral der Endlichkeit schreiben, über das Handeln und die Endlichkeit, gegen ihren Mythos der Zukunft und des Fortschritts. Ich habe viel von der intellektuellen Lebendigkeit wiedergefunden, seitdem ich hier bin; das ist seltsam, wahrscheinlich wird es sich in der Sonne wieder verflüchtigen. Aber ich bin froh wegzufahren. Von Paris geht eine unerträgliche Langeweile aus. Es wird nicht vor 9 Uhr hell, und es gibt keine Elektrizität, alle Bars schließen um 10 Uhr, die Leute sind trübsinnig, es ist kalt. Wenn ich zurückkehre, werden Sie dasein, und das wird alles ändern; aber ich wäre auf keinen Fall diesen Monat hiergeblieben.

Jetzt, wo ich wegfahre, finde ich übrigens, daß diese Woche in Paris nicht unangenehm war. Leider habe ich Camus kaum gesehen; ich habe den Bildhauer gesehen, der angewidert ist, weil Isabelle sich mit Leibowitz (!)[157] aus dem Staub gemacht hat, der das ganze Geld des Paares mitgenommen hat. Habe die Leiris' gesehen, sanft und langweilig. Maheu, ganz herzlich und sympathisch, der wieder einmal Artikel versprochen hat. Die Sorokine war trottelig, verschlafen und sehr nett. Ich habe vor allem Merleau-Ponty gesehen, weil wir zusammen an der Zeitschrift gearbeitet haben. Ich habe einen deprimierenden Abend mit Védrine verbracht. Sie macht eine Psychoanalyse bei Paule, sie sagt, es sei entsetzlich unangenehm, was beweist, daß es ernst ist. Sie war wütend, weil ich ihr nicht aus Megève geschrieben hatte (zum Teil, weil ich an niemanden schrieb, denn ich glaubte ja dauernd, ich würde am nächsten Tag zurückkehren) – und feindselig, und sie hat Sie mit haßerfüllter und idiotischer Heftigkeit angegriffen: ich glaube, sie wird in die Kommunistische Partei eintreten, sie hat nichts Besseres zu tun.

157 René Leibowitz, Musikologe und Komponist, sie kannten ihn seit 1945. Sartre schrieb 1950 das Vorwort zu seinem Buch *L'artiste et sa conscience* [Der Künstler und sein Bewußtsein].

Im *Vieux Colombier** gab es eine Lesung von *La fuite* [Die Flucht] von Tzara, die vor lauter dekorierten «Sitzenden»[158] stattfand und eine Katastrophe war: tödliche Langeweile und Gelächter. Ich war natürlich nicht da, aber Giacometti hat es mir erzählt. Leiris selbst war darüber erschüttert und hielt das Stück für schlecht. Ich habe mich für die Entschiedenheit meines Urteils beglückwünscht, und ich finde das Ende der Episode Leiris köstlich.[159] Mein Kleiner, schreiben Sie mir postlagernd nach Tunis. Ich werde mir die Briefe nachschikken lassen. Und *telegrafieren* Sie, sobald Sie das Datum Ihrer Rückkehr wissen; ich werde meine Vorkehrungen entsprechend treffen. Für den Fall, daß Sie vor mir zurückkehren, sollen Sie wissen, daß Bost uns 40000 Francs und M. Ponty uns 10000 schuldet und daß Nagel 250000 Francs für Sie bereit hält, ganz zu schweigen von einem Scheck bei Ihrer Mutter, einem bei Zette[160]. Sie werden nicht arm sein. Versuchen Sie, Anfang März *für mich* viel Zeit freizuhalten, ich möchte so gern mit Ihnen allein sein, in La Pouèze oder egal wo. Ich ängstige mich immer, sogar vor den Reisen, die mir Spaß machen, ich möchte nicht, daß das Leben uns trennt. Mon cher amour, mein süßer Kleiner, machen Sie es bestens, indem Sie daran denken, wie sehr ich Sie liebe. Ich küsse Sie ganz leidenschaftlich, ich werde aus Tunis schreiben.

Ihr reizender Castor

* Théâtre du Vieux-Colombier.

158 Anspielung auf ein Gedicht von Rimbaud, «Les assis», die Sitzenden, einer monströsen Karikatur kleiner Greise, die wie Dinge in den Bibliotheken vegetieren und mit ihren Stühlen verwachsen sind.

159 Vgl. *Der Lauf der Dinge*, S. 54, über die *Temps modernes*: «Leiris war für die Poesie verantwortlich, und unser Geschmack stimmte selten überein.» (Der Satz fehlt in der deutschen Ausgabe. Zusatz d. Übers.)

160 Zette Leiris.

262

13. Februar [1946]

Ganz liebes kleines Geschöpf

Kein Brief in Tunis, ich weiß nichts von Ihnen, seitdem Sie amerikanischen Boden betreten haben. Ich bin Ihnen nicht böse, denn 15 Jahre Erfahrung haben mich gelehrt, daß Sie ein makelloses Wunder sind und immer alles bestens machen – sicher gab es Widrigkeiten und Mißverständnisse. Aber das war ein kleiner schwarzer Punkt, der einzige auf dieser Reise. Ich habe nicht geschrieben, da ich nicht wußte, wo ich Sie hätte erreichen können. Dies ist nur eine kleine Nachricht, für den Fall, daß Sie vor mir nach Paris zurückkommen. Sie sollen zunächst wissen, daß ich mit Liebe an Sie denke, ich habe genug Zeit zu denken, und ich betrachte Ihr kleines Bild immer noch mit derselben Freude. Außerdem sollen Sie wissen, daß ich *am 25.* in Paris sein werde – falls es eine Verzögerung von ein oder zwei Tagen gibt, telegrafiere ich. Ich komme mit dem Flugzeug aus Algier, mit großer Wahrscheinlichkeit. Richten Sie es geschickt so ein, daß ich Sie gleich bei meiner Ankunft in Beschlag nehmen kann, denn ich werde vor Ungeduld umkommen. Und außerdem hätte ich gern einen Brief oder ein Telegramm in Algier (postlagernd), wenn ich dort am 22. oder 23. Februar ankomme – sonst werde ich während der letzten Tage meines Aufenthaltes fiebern, und meine Rückkehr wird verdorben sein. Geben Sie mir schnell ein kleines Zeichen. Mon amour, ich werde Ihnen eine Million Dinge zu erzählen haben, insbesondere über den extravaganten Erfolg des Existentialismus, man hat sich mit Fäusten Zutritt zu meinen Vorträgen verschafft. Ich hatte eine wunderbare Reise: das Flugzeug hat mich entzückt[161], die Leute, die mich in Tunis empfangen haben, waren wirklich nett. Ich habe eine Menge sehr schöner Dinge sehen können. Und jetzt

161 Es war ihr erster Flug gewesen, und sie hatte neben den Piloten gesessen.

bin ich am Rande der Wüste und habe vor meiner Reise nach Algier zehn Tage vor mir, um den Süden Algeriens zu besuchen. Ich bin absolut im siebten Himmel. Nur habe ich jede Nacht ein bißchen Angst, weil ich mich von Ihnen getrennt fühle. Schnell eine Nachricht, mein lieber Kleiner, mon amour. Vergessen Sie mich nicht. Vergessen Sie nicht, daß ich Sie leidenschaftlich liebe. Ich küsse Sie ganz stark und lang, lang.

Ihr reizender Castor

263

Neufundland
Air France
New York – Paris – New York

Samstag, 6 Uhr (Pariser Zeit) [25. Januar 1947]

Mon cher amour

Ich bin ganz glücklich und auch ganz gerührt, daß ich hier bin; ich weiß, daß Sie hiergewesen sind[162], in der großen Wartehalle mit Bar der französischen und amerikanischen Luftfahrt. Ich habe gerade in dem Hotel gegessen, in dem auch Sie gegessen und geschlafen haben; ich stoße überall auf Spuren von Ihnen, und das ist wieder eine Art, mich mit Ihnen so vereint zu fühlen.

Ich habe Sie also angerufen, und dann habe ich mich an die Bar gesetzt, zwei Glas Weinbrand getrunken und dabei Maurice Sachs zu Ende gelesen. Ich fühlte mich sehr nervös, obwohl um mich herum alles sehr ruhig war, ganz anders als am Abend vorher.[163] Um 11 Uhr wurden die Fluggäste für New York aufgerufen. «Air France wünscht Ihnen eine gute Reise», sagte der Lautsprecher feierlich. Ich wurde immer aufgeregter, und als ich das riesige Flugzeug sah, imposant wie ein Schiff, hat mein Herz einen Sprung gemacht. Ich bin eingestiegen, habe mich niedergelassen. Wir waren wie verloren, nur zehn Fahrgäste in diesem großen Transporter mit 40 Plätzen. Anscheinend ist die Ladung an Post und Waren zu

162 Im Januar 1945.
163 Im letzten Moment war der Flug verschoben worden.

bedeutend, als daß mehr zugelassen werden könnten. Ich habe auch von der Stewardeß erfahren, daß wir gestern keinesfalls wegen des schlechten Wetters nicht losgeflogen sind: mit der Maschine stimmte etwas nicht. Was das Wetter angeht, es war sowohl Donnerstag wie Freitag herrlich. Man hatte mir schönes Wetter angekündigt, was mich während der letzten Vorbereitungen sehr beruhigte, und man hatte sich nicht getäuscht. Die Reise war bis jetzt wunderbar. Zunächst dieser Abflug in der Nacht, den ich prächtig fand, man hat den Eindruck, in den Himmel zu fallen, in die Nacht, und Paris leuchtete mit allen seinen Lichtern, über denen das Rot und Grün der Leuchtbaken aufblitzte; das war ein *Fest* in dem Sinn, wie Genet Feste versteht, ein gemeinsames Fest des Menschen und der Natur – und zugleich auch eine unmenschliche und widernatürliche Sache. Ich wußte, daß wir über die Azoren und über Neufundland kommen würden, und es kam mir sehr geheimnisvoll und poetisch vor, während einer einzigen Reise den Süden mit dem Norden und die Erinnerung an Ihre beiden Reisen zu verbinden. Dann hat eine seltsame Nacht begonnen, eine Nacht, wie Sie sie auch gekannt haben, die um 11 Uhr in Paris anfing und um 3 Uhr auf den Azoren weiterging, während es auf meiner Uhr 6 Uhr ½ war, und die mit einem herrlichen Sonnenaufgang zu Ende ging, der zwei Stunden über einem Wolkenmeer dauerte, zu einer Zeit, die in keiner Sprache mehr einen Namen besaß: 10 Uhr in Paris, 2 Uhr in New York; und ich, wo war ich? Der Himmel war wunderbar klar, und ich sah verschwommen den Wolkenteppich; ich habe bis zu den Azoren ein bißchen geschlafen oder vielmehr mitten in der Freude, der Liebe zu Ihnen und einer vagen, sehr poetischen Furcht geschlummert; sobald man in einem solchen zivilisierten Flugzeug sitzt, in dem Weinbrand usw. serviert wird, denkt man nicht mehr an die Möglichkeit eines Unglücks, genauso wie man im alltäglichen Leben nicht mehr an den Tod denkt; aber ab und zu durchzuckt einen die Erkenntnis, daß man sterblich und das Flugzeug zerbrechlich und dieser Lauf in den Lüften fast übernatürlich, beunruhigend ist; dieser Kontrast macht, glaube ich, einen so starken Eindruck. Sie kennen die Zwischenlandung auf den Azoren; eine Landung bei Nacht ist wunderbar, und die Luft war so mild. Es hat mich amüsiert, im Restaurant schwarze Portugiesen mit Schlapphut zu sehen, wie ich sie in Lissabon kennengelernt hatte – und auch die leichten Möbel, die hellen Stoffe dieser warmen Länder, und in einem Laden Souvenirs aus Madeira (die Azoren sind diese Inseln, die ganz nah bei Lissabon liegen, 4 Stunden mit dem Schiff).[164] Wir bekamen Eier, Café au lait; ich habe die Nase nach draußen gesteckt, aber außer den Lichtern des Flugplatzes war nichts zu sehen, und ich bin wieder hineingegangen und habe *Croisade sans croix*[165] von Koestler gelesen, was ziemlich schlecht ist. Von den Azoren bis Neufundland dauert es 9 Stunden. Ich habe geschlafen, habe den Sonnenaufgang gesehen und war aufgewühlt von dieser Wolkenlandschaft, als ob man am Nordpol oder auf dem Mond wäre, ich finde das ungeheuer schön. Wir sind die ganze Zeit in 4000 Meter Höhe geflogen, man bekommt davon etwas Kopfweh, um so mehr, als die Hitze drückend ist, aber keine einzige Erschütterung. Ich habe geschlafen, gelesen (man kann wunderbar im Flugzeug lesen, was erzählt Bost?), wir bekamen eine kleine kalte Mahlzeit mit Champagner, und als ich meine beiden Viertel getrunken hatte, fühlte ich mich auf der Höhe des Glücks. Sie waren mir genauso nah, als hätten Sie mich berührt; ich fühle, daß ich nicht eine Minute von Ihnen getrennt sein werde, nichts kann uns trennen. Um zu landen, mußten wir durch Schichten und Schichten von Wolken hindurch, und plötzlich, in kaum 300 Meter Entfernung, ist Neufundland aufgetaucht, weiß und schwarz, karg und sehr schön. Wir sind viel im Kreis geflogen, und es schwankte, und mir war bei der Landung etwas schlecht. Ich habe dem Essen, das übrigens schlecht

164 Seltsamer Irrtum: die Azoren sind 1500 km von Portugal entfernt.
165 Der Roman *Arrival and Departure* von 1943 [dt.: *Ein Mann springt in die Tiefe*].

war, trotzdem die Ehre erwiesen: ich habe einen «fruitpilly» probiert, der schon ganz Amerika war. Aber jetzt habe ich einen Brandy getrunken und fühle mich wieder ganz in Form, nur ein bißchen schläfrig. Anscheinend braucht man 5 Stunden bis New York, weil Gegenwind herrscht. Ich werde, also erst um 7 Uhr abends dort sein (New Yorker Zeit) und nicht viel sehen. Vor allem, weil ich große Lust haben werde zu schlafen. Aber morgen wird alles anfangen. Ich realisiere es noch nicht, ich stecke noch in der Reise, und ich möchte den letzten Start hinter mir haben, um gar keine Angst mehr zu haben. Ich höre auf, weil es losgeht. Erinnern Sie sich an diesen Saal, in dem ich Ihnen schreibe, mit den hellblauen Wänden? Sie sind mir hier so gegenwärtig. Auf Wiedersehen, mon amour. Heute abend schicke ich ein Telegramm und morgen oder Montag noch einen Brief. Diese Reise war wunderbar, es hat sich gelohnt, ein bißchen dafür zu zahlen. Übrigens mochte ich unseren kleinen Abend gestern sehr. Ich liebe Sie mit aller Kraft – Sie waren so nett, so warm, ich habe so viel Vertrauen in Sie, mein Herz, mein liebes Herz. Ich nehme Sie in den Arm, wie morgens. Ich bin, ob nah oder fern, ganz die Ihre.

Ihr reizender Castor

Küsse für Bost. Sagen Sie ihm, daß ich an ihn denke.

264

Hôtel Lincoln
44th Street
8th Avenue

Sonntag, 26. Januar [1947]

Mon amour

Es ist 5 Uhr nachmittags, und ich bin sehr müde, ich habe gestern vor Jubel praktisch nicht geschlafen – aber ich will Ihnen schreiben, weil ich mich durch dieses New York, wo ich Sie überall wiederfinde, mit Ihnen so vereint fühle – Sie hatten mir sehr gut davon erzählt, aber es ist tausendmal wunderbarer, als ich es mir vorgestellt hatte, und ich bin so aufgewühlt, daß ich mich frage, wie ich es fertigbringen werde, einen Vortrag vorzubereiten und ihn übermorgen zu halten. Ich glaube, zum Teil fühle ich mich in New York deshalb so wohl, weil ich es so wiederfinde, wie Sie und Bost[166] es mir beschrieben haben – gleich bei meiner Ankunft schien es mir, als sei es mein Land.

Ich habe Ihnen also gestern vom Flugplatz in Neufundland geschrieben. Wir sind wieder losgeflogen, und nun wurde mir die Zeit ein bißchen lang; es war Nebel, man mußte lesen oder schlafen, und der Kopf tat mir etwas weh. Aber das erste Wunder war beim Sonnenuntergang, als der Nebel eine Landschaft aus Wolken, Meer und Erde freigab, die amerikanische Küste, ein wunderbar reiner Himmel, extravagante Wolken, durchbrochen von blauem Wasser und flachem Land. Ich habe noch ein bißchen geschlafen, und als ich die Augen wieder öffnete, hat mein Herz einen Sprung gemacht. Haben Sie das gesehen? Keine einzige Wolke mehr, ein riesiger schwarzer Stoff, so weit das Auge reichte, und vor diesem Hintergrund ein Feuerwerk aus Licht in allen Farben, diese Entdeckung Amerikas durch Sterne und Bänder glitzernden Flitters hindurch war außerordentlich – mir wurde gesagt, es sei Boston gewesen. Danach gab es noch weitere Lichter und danach die größte Erschütterung meines Reiselebens: so weit das Auge reichte die Lichter von New York, rote, blaue, grüne, unbewegliche oder funkelnde; wie Schmuckstücke oder glasierte Bonbons, etwas, das man ergreift, um es zu essen oder sich damit zu schmükken, auf jeden Fall, um es in die eigene Hand zu nehmen. Nichts ist außerordentlicher als eine schöne Ankunft. Einen Moment lang ist das Flugzeug im Kreis geflogen, bevor es

166 Bost war 1945 zu einer Reportage für *Combat* in die USA geschickt worden.

landete, und ich empfand, wie bei jeder Landung, eine Spur von Angst, aber im allgemeinen setze ich mich darüber hinweg, indem ich mir sage, daß passieren wird, was passieren muß. Aber da hatte ich Angst aus Leidenschaft, ich sagte mir, ich wolle auf keinen Fall sterben, ohne berührt zu haben, was ich gerade gesehen hatte. Daraufhin hat sich das Flugzeug brav niedergelassen, man hat mir die Zähne und die Augen untersucht, 8 Dollar verlangt und mich eine Stunde lang auf überheizten Fluren festgehalten. Es gab die glückliche Überraschung, daß eine Frau der Relations Culturelles*, Denise Perrier, die außerdem die Mutter einer ehemaligen Schülerin ist, da war, um mich mit dem Auto abzuholen. Sie hat einen Mann von Air France gebeten, mir ein Zimmer zu besorgen, und er hat mir einen Zettel für das Hotel *Lincoln* mitgegeben. Neues Entzücken. Das Wetter war mild wie ein südlicher Winter, sehr verschieden von Paris, es war köstlich, als würde man es schmecken. Sie hat mich mit dem Auto am East River entlanggefahren und ins Herz von New York bis zum Central Park, um mir die außerordentlichen Wolkenkratzer zu zeigen. Ich war von neuem geblendet. Am meisten hat mich die Stille dieser Straßen voller Gewimmel beeindruckt, die Autos, die geräuschlos dahingleiten, kein Hupen, und die Leute, die wenig reden, wenig lachen; das ist erstaunlich im Vergleich zu Paris und Madrid, fast als wäre man in Leysin[167]; oder vielmehr in einem Stummfilm, die Augen sind gefüllt, die Ohren leer; dieser erste Eindruck war lustig. Im Hotel wieder Glück: der Portier sagte, man könne mich «indefinitely» behalten, und das Zimmer kostet nur 3 Dollar; es ist ein riesiges Gebäude mit 30 Etagen zwi-

* «Kulturelle Beziehungen», französische Kulturvertretung in den USA.

167 Im März 1946 entdeckte man, daß Olgas beide Lungenflügel erkrankt waren. Sie kam zunächst ins Hôpital Beaujon, wo ein Pneumothorax gemacht wurde, dann kam sie zur Genesung nach Leysin, wo Castor sie vor ihrer Abreise nach Amerika besuchte. Ihre Krankheit hielt sie bis 1950 von der Bühne fern.

schen der 44th, der 45th und der 8th Avenue; es ist das Herz der Stadt. Mein Zimmer ist häßlich, aber anständig, mit Bad und wenig Lärm. Die Frau hat mich zum Langustenessen in eine höllische rote Höhle mitgenommen, in der Palmen mit goldenen Blättern standen und die mich absolut entzückt hat. Ich habe festgestellt, daß Bost und Sie keine Lügner sind, was die Martinis angeht: es gibt keinen Bezug[168], es ist wie schwarz und weiß. Ich nehme mir vor, entsprechend tüchtig zuzulangen. Sie hat mich um 10 Uhr verlassen, und ich bin wie eine Mondsüchtige auf der 42th St. und dem Broadway usw. gewandelt; immer noch in dieser Stille. Die Läden sind gräßlich, aber witzig. Ich liebe die Drugstores. Ich finde, Sie haben mir sehr gut von dieser Poesie des Komforts erzählt, sie ist kolossal – im Hotel alles zu haben, was man zum Leben und zur Unterhaltung braucht, Kriminalromane neben der Zahnbürste, das ist ein Vergnügen, für das ich hoffentlich nicht allzu schnell abstumpfe. Ich bin um Mitternacht nach Hause gekommen, gerädert vor Müdigkeit, aber so nervös, daß ich um 5 Uhr aufgewacht bin und noch im Schlaf gedacht habe: «Etwas passiert mir – was passiert mir?», und ich konnte praktisch nicht wieder einschlafen. Die Frau hatte mich zum Abendessen eingeladen, aber ich wollte mit niemandem telefonieren, ich wollte einen Tag ganz für mich. Ich hatte recht. Ich bin um 8 Uhr aufgestanden, habe geduscht, und um 9 Uhr war ich auf der Straße. Es war sehr schön, daß Sonntag war, diese ganze «natürliche» Seite von New York, diese Klippen, Canyons, dieser Himmel, Meer, Horizont, trat um so glanzvoller zutage. Ich bin zu Fuß den ganzen Broadway hinuntergegangen und fand diese Stadt von einer Schönheit, von einer Größe, die der der Berge ähnelt – zugleich ist es eine Stadt, dermaßen, daß man keine Lust hat, danach noch eine andere aufzusuchen. Der Himmel war einer dieser Himmel, von denen Sie mir berichtet haben, und über-

168 Zu dem, was in Frankreich unter dem Namen «Martini» angeboten wurde.

all Wüste und Stille. Ich habe Wall Street gesehen, die Battery, ich habe das Schiff zur Freiheitsstatue genommen, ich bin nicht ausgestiegen, um sie zu berühren, aber ich wollte die Aussicht haben, die man bei der Ankunft in New York von der Battery aus hat, und das ist wirklich eine außerordentliche Aussicht. Ich bin so fast 3 Stunden lang spazierengefahren und war ganz aus dem Häuschen. Ich habe für 1 Dollar 50 zu Mittag gegessen, an der Ecke Beaver Street (Rue du Castor[169]) und Broad Street – nicht schlecht. Ich mag den Café au lait und die dicken «alsaciens»*, die man in den Cafeterias dazu zum Frühstück bekommt. Ich finde, das Problem des Essens stellt sich hier kaum, man kann sehr schnell irgend etwas essen, irgendwo, das gefällt mir. Nach dem Mittagessen war ich in der Bowery, und das hat mich noch mehr beeindruckt als das, was ich morgens gesehen hatte. Ich habe die chinesischen Straßen, die jüdischen Straßen, Chatham Square usw. gesehen, und ich finde die Einheit von Wall Street und Chatham Square (ich meine, daß dies eine Einheit bildet, eine eigene Stadt) etwas Einzigartiges. Ich war so durcheinander vom Anblick der Dinge, daß ich haltgemacht habe. Ich war in einem Kino in Greenwich (Greenwich war das einzige, was ich nicht so großartig fand, aber man muß es bei Nacht sehen), ich habe *Journey into Fear*** gesehen, was amüsant ist. Dann habe ich den Bus genommen, um die 5th Av. hochzufahren, und bin auf mein Zimmer gegangen, um Ihnen zu schreiben. Es ist 5 Uhr ½. In einer Stunde kommt die Dame, aber es ist mir egal, wenn ich mich bei ihr langweile; ich bin sowieso zu müde, um richtig auszugehen. Ich muß früh schlafen gehen. Ich berichte Ihnen Details, da ich weiß, daß das bei

169 Sartre sprach kein Englisch. Simone de Beauvoirs Spitzname Castor, «Biber», ging zum einen auf ihre Arbeitsamkeit zurück, zum anderen auf die graphische Nähe ihres Nachnamens zum englischen *Beaver*. (Zusatz der Übers.)

* Eine Art Gebäcktasche.

** Spionagethriller von Orson Welles (1942); dt.: *Von Agenten gejagt*.

Ihnen sehr deutliche Bilder weckt und daß Sie all das mögen. Ich bin erstaunt, in welchem Maß das, was Sie und Bost mir erzählt haben, stimmt: die Betrunkenen auf den Trottoirs der Bowery, der Himmel, der Horizont der Straßen, alles. Nur fühle ich mich überhaupt nicht in Schrecken versetzt. Im Gegenteil, ich möchte gern einige Zeit hiersein, ohne irgend jemanden zu kennen, sosehr ist es mir in dieser Stadt warm ums Herz. Man fühlt sich frei in ihr. Niemand starrt einen an, sogar im Hotel geht es unpersönlich zu, das ist angenehm. Trotzdem werde ich morgen telefonieren. Das einzige Problem ist, daß ich wirklich abgebrannt [sein] werde, ich weiß nicht, was sie sich gedacht haben, aber ich habe sehr wenig Vorträge, keinen einzigen im Süden, obwohl Soupault[170] etwas anderes gesagt hatte, und die Termine liegen so schlecht, daß ich einige Vorträge absolut nicht werde halten können, wenn ich einige Zeit in Kalifornien[171] bleiben möchte. Ich habe in dieser Angelegenheit an Soupault telegrafiert, und ich schreibe ihm. Madame Perrier sagt, es sei eine Schande, daß mir die Reise nicht bezahlt wurde, Lévi-Strauss[172] war sicher, es sei getan worden; da Joxe[173] in den nächsten Tagen kommt, werden sie ihn daraufhin ansprechen. Machen Sie sich jedenfalls keine Sorgen, ich werde mir schon zu helfen wissen, sie sagt, eine Menge Leute hätten sie schon angerufen, um sich mit mir zu treffen. Ich werde versu-

170 Philippe Soupault hatte mit Louis Aragon und André Breton die Zeitschrift *Littérature* gegründet, Organ der Dada-Bewegung, dann mit Breton *Les champs magnétiques* [dt.: *Die magnetischen Felder*] geschrieben und sich intensiv an der surrealistischen Bewegung beteiligt. Er hatte bewirkt, daß Simone de Beauvoir von mehreren amerikanischen Universitäten eingeladen wurde; so wurde die Reise möglich, wofür sie ihm immer dankbar blieb. Sie hatte ihn am 17. Mai 1946 im *Flore* kennengelernt.

171 Wo Sorokine seit Februar 1946 lebte; ihr Mann, Ivan Moffat, arbeitete als Drehbuchautor in Hollywood.

172 Der damals in New York wohnte und bei den Relations Culturelles arbeitete.

173 Französischer Minister.

chen, möglichst bald die Saunders[174] und Dolorès[175] zu sehen, um zu erfahren, mit wieviel ich rechnen kann. In New York werde ich auf alle Fälle mit zwölf Dollar am Tag auskommen, und es ist mir schnuppe, wenn ich mir nichts kaufen kann. Ich möchte nur ein bißchen herumfahren können, New Orleans sehen. Aber selbst wenn ich nur N. York sehen könnte, wäre ich im siebten Himmel. Allerdings wird sich die Härte dieser Stadt wahrscheinlich etwas später offenbaren; das Wetter kann auch umschlagen, das von gestern und heute ist anscheinend selten in dieser Jahreszeit.

Adieu, mon amour. Ich habe noch nicht realisiert, daß ich Sie 3 Monate lang nicht sehen werde – Sie kommen mir so nah vor. Wie gern möchte ich eines Tages mit Ihnen in dieser Stadt sein! Ich habe auf meinen Spaziergängen dauernd an Sie gedacht, es war, als ob Sie noch mit mir reden würden. Ich fühle sehr stark, daß wir uns wiederfinden werden, als ob wir uns am Tag vorher verlassen hätten, und daher kommt es mir so vor, als würde ich Sie morgen wiederfinden.

Ich küsse Sie ganz stark und ganz freudig.

Ihr reizender Castor

Umschlag
Luftpost
Monsieur Sartre[176]
Rue Bonaparte 42
Paris 6e Frankreich

174 Literaturagentin.
175 Freundin Sartres.
176 Sartre war gegen Juli 1946 in die Rue Bonaparte zu seiner Mutter gezogen und wohnte dort bis zum Attentat der O. A. S. im Jahre 1962.

265

Donnerstag, 30. Januar [1947]

Mon tout cher amour

Es war sehr dumm von mir zu glauben, ich würde hier von Ihnen getrennt sein, im Gegenteil. Es kommt mir vor, als würde ich die Reise noch mal mit Ihnen machen, ich stoße überall auf Ihre Spuren, und das gefällt mir ungeheuer. Zum Beispiel bin ich heute früh ins *Bristol* gekommen, um nach Post für mich zu sehen, und da habe ich mich gleich in der *lobby* niedergelassen, um Ihnen zu schreiben – ich kann Sie mir gut hier vorstellen. Ich habe Ihnen so viel zu erzählen, daß ich nicht weiß, wie ich damit fertig werden soll; na ja, ich will wenigstens anfangen.

Es war also Sonntag nachmittag, und ich war ganz durcheinander vom Reisen und Spazierengehen. Eine Frau der Relations Culturelles, die Perrier, von der ich Ihnen erzählt habe, hat mich zum Abendessen abgeholt. In ihrer Wohnung fand ich einen alten französischen Harvard-Professor vor, widerlich, der für mich kochte und um mich herumscharwenzelte, und von dem ich später erfahren habe, daß er zu denen gehörte, die meine Reise verhindern wollten, aus Haß gegen den Existentialismus. Außerdem hatte ich ihm einmal eine schlechte Note für eine Arbeit über *Polyeucte** gegeben, die er für die kleine Perrier, Schülerin des Lycée Molière, geschrieben hatte. Er war also sehr liebenswert, sie auch, aber bald habe ich mich mit ihr in die Wolle gekriegt, der Psychoanalyse wegen, von der sie begeistert ist – und, noch schlimmer, mit beiden wegen der Negerfrage, da ich schwören sollte, daß ich nie eine Zeile darüber schreiben werde. Ich wurde nach Hause gebracht, trunken vor Wut und Müdigkeit. Ich hatte gehofft, ich würde lange schlafen, aber wieder war ich um 7 Uhr ½ auf den Beinen – ich kann hier keine wirkliche gute Nacht verbringen, vor Angst und Aufregung,

* Von Pierre Corneille (1642).

und vielleicht spielt auch dieser Zeitunterschied von 6 Stunden eine Rolle.

Montag früh war ich in der Cafeteria gegenüber, um Orangensaft und Café au lait mit großem rundem Gebäck zu mir zu nehmen. Ich nehme das jeden Morgen, das ist ein Frühstück, das mir sehr gefällt. Dann Friseur, was ich sehr nötig hatte, bei den Rel. Culturelles vorbei, um über mein Vortragsprogramm zu reden, Mittagessen mit Marion Saunders. Ein altes Schreckgespenst. Sie hat mir 200 Dollar gegeben und bei Gallimard angerufen, damit ich noch 120 bekomme. Sie hat mich in ein sehr schickes amerikanisches Restaurant mitgenommen, *Old Town* oder so ähnlich, und wir haben exzellent zu Mittag gegessen. Apropos, das Essen ist das einzige, worüber Sie mich getäuscht haben – mein Magen erholt sich bei diesem einfachen Essen, ich mag es, daß man beim Mittagessen einfach schnell irgend etwas herunterschlingen kann. Die Saunders machte derweil ihrem Groll gegen Camus[177] Luft und beredete mich, sie zu meiner Agentin zu machen; ich habe höflich abgelehnt, aber seitdem habe ich erfahren, daß sie im Verborgenen wirkt. Ich muß sie übrigens anrufen. Es war wieder ein ungeheuer schöner Tag. Ich habe den Zentralbahnhof besucht und bin zur 58th gegangen, um den Spaziergang Nr. 3 zu machen, wie mein kleines Notizbuch[178] mir rät. Ich bin zum Ufer des East River und von der Queens Bridge zur Brooklyn Bridge gegangen. Am Anfang war es schwer, sich als Fußgänger zurechtzufinden, aber ich habe es geschafft, und es war einer der schönsten Spaziergänge meines Lebens. Mein Gott! wie ich New York liebe. Es war so mild, daß am Ufer des Flusses Kinder saßen und Neger und eine Menge friedlicher Leute. Das Herz und die Augen gingen mir über; und es roch auch

177 Der ein Jahr vorher in den USA gewesen war.

178 Die letzten Seiten ihres Notizbuches von 1947 enthalten Adressen von Bars oder Restaurants und Empfehlungen für Spaziergänge, die Sartre ihr aufgeschrieben hatte, oder auch Hinweise von Bost.

erstaunlich und köstlich nach Meer und Gewürzen. Ich bin bei Sonnenuntergang an der Brooklyn-Brücke angekommen; durch das Gitterwerk hindurch sah man die Battery und den roten Himmel und die Möwen auf dem Wasser, ich hätte weinen können. Ich habe die Hochbahn genommen, um zurückzukommen. Ich war mit der Macht[179] im *Plaza* verabredet. In böser Vorahnung war ich zunächst in einen *express* gestiegen, der mich ohne Unterbrechung zur 105. Straße gebracht hat. Dann bin ich zurückgefahren und habe im *Savoy-Plaza* gewartet. Ich habe aber meinen Irrtum bemerkt, habe die Straße überquert und diese schreckliche dicke junge Frau gesehen, die mich in den *oak-room* geführt hat und mir sagte, er sei einer Ihrer bevorzugten Aufenthaltsorte gewesen. Ich war sehr gerührt, als ich in dieser Umgebung, die Sie so sehr mochten, an Sie dachte. Wir haben Martinis getrunken, und sie sah mir tief in die Augen, während sie voller Haß über Dolorès sprach und höchst wichtigtuerisch über Sie. Der wahre Abschaum, diese Ziege. Sie hat zu verstehen gegeben, daß Dolorès den Scheck für sich behalten hätte, wenn sie ihn ihr gegeben hätte. Sie hat sich geweigert, ihn mir durch sie zukommen zu lassen, sie hat ihn an Sie geschickt, wie Sie wissen. Ich habe a priori soviel Gutes wie nur möglich über D. gesagt, um sie zu ärgern. Und als ich Dolorès anrufen wollte, ist sie mir gefolgt und hat unverschämterweise zugegeben, sie käme vor Neugier um, und ich mußte ihr die Tür der Telefonzelle vor der Nase zuschlagen.

Danach Abendessen bei Lévi-Strauss. Sie kennen ihn. Aber was für ein schöner Blick auf das erleuchtete New York aus seinem Fenster! Und die Frau ist ein bißchen nett, ein bißchen lebhaft, obwohl hochschwanger. Er hat mir erzählt, daß alle, Joxe eingeschlossen, diese Reise widerwillig ins Auge faßten, daß eine existentialistische *Frau* mehr war, als sie ertragen konnten; aber er hat gesagt, er würde es so einrichten, daß mir

179 Literaturagentin.

wenigstens meine Reisen bezahlt würden, das würde viel ausmachen. Ich sage Ihnen sofort, daß es mit dem Geld und der allgemeinen Organisation sehr gut laufen wird. Ich bin sehr froh. Um 10 Uhr habe ich Müdigkeit vorgetäuscht; übrigens gähnten alle beide. Ich habe D. im *Sherry Netherland* getroffen, ich nehme an, sie wird es Ihnen erzählen. Ich habe sie genauso gefunden, wie ich vermutet hatte, ich mag sie sehr, und ich war sehr glücklich, weil ich Ihre Gefühle verstand, sie greifen konnte, ich lobte Sie, solche Gefühle zu haben – und zugleich fühlte ich mich nicht im geringsten unbehaglich. Sie hat einen Whisky nach dem anderen getrunken, was sich in Nervosität, Redseligkeit und Stereotypen wie die einer Wahnsinnigen niederschlug – sie hat mir die Bar des rosa Elefanten gezeigt, was mich aufgewühlt hat – und dann noch eine andere Bar auf dem Broadway, wo wir bis 3 Uhr morgens geblieben sind. Sie war ungeheuer rührend – sehr gehetzt beim Gedanken an diese Reise[180].

Mon amour, ich höre auf, weil ich mich von Dolorès verabschieden will. Ich werde Ihnen heute abend oder morgen die Fortsetzung erzählen. Sie sollen nur wissen, daß ich im siebten Himmel bin. Ich bleibe im großen und ganzen bis zum 13. Februar in New York, *Lincoln Hotel*, und am *24.* werde ich 411 South Barrington Avenue, Westwood 24, Los Angeles, sein. Schreiben Sie. Schicken Sie mir den Scheck möglichst schnell zurück, ich brauche ihn in Kalifornien. Mon amour, Sie sind überall bei mir. Ich glaube, eine dieser lieblichen Seiten New Yorks ist, daß ich Sie überall wiederfinde und daß ich es mit Ihnen liebe. Bis heute abend oder morgen. Ich habe Ihnen noch so viel zu erzählen. Sagen Sie Bost, daß ich die ganze Zeit auch an ihn denke und ihm einen Kuß gebe. Ich bedecke Sie mit zärtlichen Küssen.

Ihr reizender Castor

180 Dolorès fuhr zu Sartre nach Paris.

Umschlag
AIRMAIL
Monsieur Sartre
Rue Bonaparte 42
Paris 6e
Frankreich

266

Freitag [31. Januar 1947]

Mon cher amour
Ich muß den Brief von gestern zu Ende schreiben. Ich möchte Ihnen alles mit so vielen Details erzählen, daß ich niemals damit fertig werde, fürchte ich. Es war also Dienstag, der Tag meines Vortrags. Ich wollte lange schlafen, habe es aber nicht getan, ich werde immer noch um 7 Uhr wach, wie aufgezogen. Ich habe mich in der Hotelbar niedergelassen, die menschenleer war, und im Gegensatz zu dem, was Bost und Sie sagten, habe ich dort den ganzen Vormittag sehr gut gearbeitet. Es ging um den Roman. Ich habe in der *Auberge* zu Mittag gegessen, bin zurückgekommen, um mich fertigzumachen, und um 3 Uhr wurde ich abgeholt und den alten Frauen des Institut français zum Fraß vorgeworfen, ich habe dort einen finsteren Burschen gesehen, der Bidard heißt und den Camus mit seinem üblichen Witz Bidasse* nannte und der sich bei mir darüber beklagt hat, daß Sie zu ihm grob unhöflich gewesen sind. Ich habe 1 Std. lang geredet – viel zu schnell und zu schwierig, hat mir Lévi-Strauss danach gesagt. Aber das hatte keine Bedeutung, da diese alten Schrullen sowieso kein Französisch verstehen. Dann hat mich Lévi-Strauss zum Cocktail zu Dolorès gebracht. Ich war ganz gerührt, in diese Wohnung einzutreten, in der Sie so lange gelebt haben, den Vogel von Calder zu sehen, und die Aussicht und so

* Bide, in der Umgangssprache: Bauch; bidasse: Soldat.

viele Leute, von denen Sie mir erzählt haben: die Condit, die Grazon und vor allem J. Breton[181], wunderbar mit ihrer indianischen Decke und dem Feder-Kopfputz einer Rothaut. Ich habe mit Hare, den ich reizend fand, englisch geredet, mit Jacqueline, die streng und abwartend aussah, französisch. Dolorès war süß wie ein kleiner annamitischer Gott und wirklich reizend zu mir, ich würde gern wissen, was sie wirklich gedacht hat. Es gefiel mir gut, und ich war untröstlich, als ich, schon 1 Std. verspätet, zu D. Nordman aufbrechen mußte, die mir zu Ehren ein Essen gab. Ich kam ein wenig betrunken und entsetzlich verwirrt an, um so mehr, als eine junge Frau in Schwarz mir öffnete, die die Schultern und die Hälfte ihres Busens außerhalb ihres Kleides trug. Alle waren bei Tisch (Dolorès hatte angerufen, man solle sich ohne mich zu Tisch setzen) – und o Schreck und Graus! auf meinem Teller waren Austern[182]. Ich habe die Nordman begrüßt, die Austern weggeschoben, wobei ich rot anlief, und ein herrliches Geflügel mit Kirschen in Angriff genommen. Zum Glück war R. Wright da, er war so nett, daß ich ihn gern an mein Herz gedrückt hätte. Er hat gleich alles wieder eingerenkt, und der Abend war sehr amüsant für mich, solange er da war – um so mehr, als ich nur Englisch sprach und sehr gut davonkam, was mir schmeichelte. Die Leute verstehen mich, wenn ich rede. Das Problem ist, daß ich sie nicht verstehe. Ich strenge mich an, um die erste Hälfte der Geschichte mitzukriegen, und natürlich ist die zweite Hälfte witzig, und ich begreife sie nicht. Nachdem er weg war, begann eine gräßliche Stunde, da Franzosen vom Schlage de Roulets[183] eingeladen waren, offizielle Schufte, die in voller Lautstärke über Frankreich herumlaberten. Ich bin bei der erstbesten Gele-

181 Jacqueline Breton, die wieder geheiratet hatte, David Hare, einen amerikanischen Bildhauer.

182 Austern und Käse waren für Simone de Beauvoir, was Tomaten und Langusten für Sartre waren: bestimmt kein Nahrungsmittel.

183 Ihr Schwager.

genheit weggegangen und ins Bett gefallen. Ich hatte in den ersten Nächten Angstträume; ich wachte auf und dachte: «Etwas passiert mir – was?», ohne zu wissen, ob es ein Glück oder ein Unglück war.

Ach! ich vergaß; ich habe *la Boule*[184] gesehen; er ist wirklich dick wie ein Elefant, ganz rund, mit einer riesigen Hornbrille, es ist monströs, ihn neben der verschwindend kleinen Dolorès zu sehen – aber er sieht gutmütig aus.

Mittwoch früh habe ich zunächst bei herrlichem Wetter einen Scheck von Marion Saunders auf der 35. Straße eingelöst und bin dort umhergeirrt. Dann habe ich ein Taxi nach Colombus Circle genommen, und von dort bin ich Richtung Norden gegangen, an den Ufern des Hudson entlang und am Broadway bis zur 25. Straße. Ich bin zurückgekommen und habe mit Dolorès zu Mittag gegessen, sie hat mich in ein kleines schäbiges griechisches Restaurant nahe ihrer Wohnung geführt und von sich erzählt, ein bißchen zu redselig, da Schweigen ihr angst machte. Nachdem ich sie verlassen hatte, habe ich eine Menge Leute angerufen, bin am Institut français vorbeigegangen und zu den Gérassis[185] hochgefahren. Sie haben mich mit einer Wärme empfangen, die mich gerührt hat: Stépha ist während des Abendessens vor Aufregung fast in Ohnmacht gefallen. Der Junge[186] ist sehr nett, brav wie ein kleiner Amerikaner und intelligent wie ein Franzose. Wir haben Martinis getrunken und im *Veau d'Or* zu Abend gegessen, wo es wunderbare Ente mit Orangen gab. Ich habe mich gefreut, Stépha wiederzusehen, die wirklich sehr nett ist. Donnerstag, immer noch dasselbe Wetter, bei dem man morgens nicht schlafen kann. Ich habe Ihnen im *Bristol* geschrieben, dann habe ich mich von Dolorès verabschiedet, die ich wie verloren inmitten ihrer Koffer angetrof-

184 «Die Kugel»: der Mann von Dolorès.
185 Ihre alten Freunde Stépha und Fernand, die im Juni 1940 nach New York emigriert waren, nachdem sie Spanien heimlich durchquert hatten.
186 Ihr Sohn Tito.

fen habe, erschöpft vom Telefonieren und verzehrt von Angst vorm Flugzeug, was ich verstehe. Sie hat sich auf den Kopf gestellt, um für mich Artikelaufträge zu bekommen, und ich glaube, mit den Moneten wird es klappen. Die Unterhaltung war etwas schleppend, da wir auseinandergingen, ohne daß wir uns je wirklich gekannt hätten, und da es weder Bedauern noch irgendwelche Perspektiven gab. Ich finde sie wirklich nett und sehr sympathisch – nur etwas «zu sehr Weib», wie Bost sagt, jedenfalls für meinen persönlichen Geschmack – aber wenn man ein Mann ist, und obendrein beseelt von einer imperialistischen Leidenschaft der Generosität, kann man niemandem begegnen, der passender wäre. Sagen Sie mir, ob sie gut angekommen ist, und erzählen Sie mir etwas von ihr. Ich habe sie verlassen und irgendwo gegessen. Ich glaube, ich habe Ihnen schon gesagt, daß ich es mag, wie hier gegessen wird: gedankenlos, leicht und nett und schnell. Ich habe einen riesigen Spaziergang gemacht: die Ufer des East River von der Queensbridge Richtung Norden, das deutsche Viertel, die wunderbare 125. Straße, Harlem, das mit all den flanierenden, schnatternden und sich amüsierenden Leuten im Vergleich zu den amerikanischen Massen* verblüffend ist. Ich bin mit dem Taxi die ganze Park Avenue entlanggefahren, es ist außerordentlich zu sehen, wie sich das Ärmliche ins Prächtige verwandelt. Ich habe Gérassi abgeholt, und er hat mich ins Museum für moderne Kunst mitgenommen, das mich entzückt hat. Danach Abendessen bei ihnen zu Hause und ein Abend mit Billie Holiday – das hat mich ziemlich enttäuscht. Ein kleines schwarzes Orchester war da, nichts Außerordentliches. *Café Society*, die Show ist um Mitternacht, ich bin zu müde, um an einem der nächsten Abende hinzugehen. Gestern schließlich, vormittags großer Spaziergang in Brooklyn, zurück über die Brücke von Brooklyn, die kolossal, sogar erschreckend ist. Nachmittags hatte ich eine Menge Verabredungen. Bei den Relations Culturel-

* Gemeint ist: im Vergleich zu den weißen Amerikanern.

les. Ich habe Sorokine angerufen, ich war ganz gerührt, ihre Stimme zu hören, und sie schien so froh. Die allgemeine Vorstellung, wie Dolorès sagen würde, ist, daß ich Vorträge in Washington, Lynchburg, New London, Rochester, Oberlin halte, vom 13. Februar bis zum 20. ungefähr – anschließend 3 freie Tage in Chicago – Flug nach Los Angeles – Aufenthalt bei Sorokine mit Vorträgen in Los Angeles und San Francisco bis zum 10. März. Ausflug in den Süden mit Auto oder Bus und zurück nach New York. Sorokine wird 2 Wochen mit mir verbringen, und 2 Wochen werde ich allein sein und wieder einige Vorträge halten. Ist das nicht wunderbar? Nur muß ich Geld für die Reise auftreiben, denn sie wird keinen Cent haben. Ich lebe komfortabel für 13 Dollar am Tag, Zimmer inbegriffen, und mit vielen kleinen Einkäufen: Strümpfe, Kosmetikartikel usw. Danach bin ich zu *Vogue* hochgefahren, in die 19. Etage, was mich bewogen hat, heute ins Empire State Building zu gehen – es ist kolossal. Ich habe Jean Condit wegen eines Artikels getroffen. Dann die Knopf*, sie möchte, daß ich *L'invitée* Zeile für Zeile, Adjektiv für Adjektiv durchgehe und kürze: ich will nicht, oder sie soll mir 200 Dollar bezahlen. Dann habe ich im *oak-room* des *Plaza* einen Brief an Sie angefangen, während ich auf Odette Lieutier[187] und einen Freund von Piscator[188] wartete – wir haben mit den Diskussionen erst begonnen; Sonntag esse ich mit Piscator zu Abend. Ich bin für eine Stunde nach Hause gegangen, denn ich war kaputt, ich bin erkältet. Ich habe Ihren Brief bekommen, mon amour, mon cher amour, wie ich Sie mir nah fühle. Ich habe ihn gelesen und eine Stunde lang geschlafen und ihn dabei an mein Herz gedrückt. Dann Party bei der Nordman, wo R. Wright sehr sympathisch über Frankreich gesprochen

* Ihre amerikanische Verlegerin Blanche Knopf.

187 Sie besaß in der Rue Bonaparte eine Buchhandlung, die Toulouse eingerichtet und in der Dullin seine Bücher signiert hatte.

188 Erwin Piscator, deutscher antifaschistischer Regisseur, der vorhatte, *Les mouches* zu inszenieren. Er besaß in New York zwei Theater. Im Jahre 1927 war Bertolt Brecht sein Assistent gewesen.

hat. Dort habe ich Abel getroffen, den ich sehr nett fand und der mich eingeladen hat, nachher mit ihm und Chiaramonte[189] zu Abend zu essen.

Jetzt ist Samstag früh, es ist schönes Wetter, und ich werde spazierengehen. Ich liebe New New York zu jeder Tages- und Nachtzeit, ich bin überglücklich. Ihr Brief hat mir die Seele verklärt. Schreiben Sie mir immer schön. Mein Kleiner, mein lieber Kleiner, Ihnen begegne ich überall in New York und Sie liebe ich, wenn ich die Wolkenkratzer liebe. Ich küsse Sie ganz leidenschaftlich.

Ihr Castor

267

Montag abend [3. Februar 1947]

Mon amour

Ich hatte solche Lust, Ihnen zu schreiben, daß ich mir im erstbesten Drugstore einen Kugelschreiber gekauft habe – er ist sehr häßlich und kostet 10 Dollar, aber vielleicht wird er gut gehen. Ich bin in einer kleinen roten Musikbar in Greenwich Village, bis ich in einer Stunde (es ist 5 Uhr ½) zu R. Wright gehe, der genau nebenan wohnt. Ich habe mir gerade einen Whisky bestellt und fühle mich sehr glücklich (ja, einen Whisky, da der Scotch hier nicht nach Jodtinktur schmeckt und ich ihn inzwischen mag). Wo war ich stehengeblieben? Ich habe Samstag früh geschrieben, glaube ich – ja – ich erinnere mich. Morgens bin ich auf der 9.–10. Av. spazierengegangen, von der 44th zur 14th, und habe mir nebenbei das italienische Viertel angesehen; ich bin entzückt, weil ich mein kleines Heft konsultiere und den Eindruck habe, Sie würden mir New York zeigen. Ich dachte daran, daß Dolorès gerade bei Ihnen eingetroffen war, ich wußte, daß sie nicht umge-

189 Abel und Chiaramonte waren «linke» Liberale von der Zeitschrift *Politics*.

kommen war, daß das Flugzeug aus Lissabon an diesem Tag das Opfer war. Ich bin gelaufen und habe geschaut, ich bin noch immer von den Schaufenstern und vom Gewimmel ganz benommen; ich habe gesehen, wie der Müll morgens in großen verrosteten Eisenkübeln verbrannt wurde; das ganze Spektakel des Volks auf der Straße ist hier so schön. Um ½ eins habe ich Prolers aufgesucht, den Herausgeber von *France-Amérique*, der mir ein schönes Schwein zu sein scheint und mir Artikel für das jämmerliche Honorar von 50 D. vorgeschlagen hat – ich werde sie ihm nur schreiben, wenn ich nichts Besseres bekomme. Dann im Taxi zum Irving Place, zu Abel. Ich leiste mir viele Taxis, das ist mein einziger Luxus. Er war mit Chiaramonte zusammen, und sie haben mich ins *Veau d'Or* geführt, wo wir wieder sehr gut gegessen haben (es scheint, der Besitzer hat gewechselt) – wir haben natürlich über den Artikel von Merleau-Ponty[190] diskutiert, und ich fand, daß beide herumlaberten, ich hätte ein anderes Gesprächsthema vorgezogen, weil sie ansonsten sehr nett sind. Sie haben mich zu Matisse mitgenommen, wo wir die Dubuffets angesehen haben, die ich ohne Bedeutung fand – und zu Peggy Guggenheim, deren Galerie wunderbar ist, wie Sie mir gesagt hatten. Danach war ich im Kino und habe *Brief encounter* [dt.: *Begegnung*] gesehen, was im Little Carnegie lief, neben dem *Russian tea room*, wo ich einen getrunken habe, aber es war sehr voll und nicht sehr angenehm. Dann habe ich auf dem Broadway noch eine Stunde lang *Newsreels*[191] gesehen, ich habe einen Heißhunger auf Kino

190 Gegen *Le zèro et l'infini* [dt.: *Sonnenfinsternis*] von Arthur Koestler und gegen dessen letztes Buch, *Le yogi et le commissaire* [dt.: *Der Yogi und der Kommissar*], veröffentlichte Merleau-Ponty in *Les Temps modernes* – ab Oktober 1946 – *Le yogi et le prolétaire* [Der Yogi und der Proletarier]. Er erläuterte den Sinn der Moskauer Prozesse, insbesondere des Prozesses gegen Bucharin. Dieser Artikel war der Grund eines ersten Zerwürfnisses mit Camus. Vgl. *Der Lauf der Dinge*, S. 108 und S. 113.
191 Wochenschauen.

verspürt, ich beschloß, mich satt zu sehen. An diesem Tag war es nicht möglich, Abel hatte mich zu einer Party bei einem Freund von Macdonald eingeladen. Ich habe also an irgendeiner Theke zwei Eier gegessen, habe mich schöngemacht und bin zuerst zu Abel gefahren, dann von dort, ich weiß nicht zu wem. Diese Partys sind lustig – es amüsiert mich, weil ich Ausländerin bin, wie C. Audry sagen würde, und der Anstrengung wegen, Englisch zu sprechen, und weil es lustig ist ab und zu, aber es ist unvorstellbar! Chiaramonte und seine Frau waren da, sie ist sehr nett, und ich habe mich persönlich mit ihr verabredet, um über die amerikanische Frau zu reden, und auch die Freundin von Abel, die «waitress» in einer Cafeteria ist, und eine kleine sehr niedliche Lesbe, die Werbung für *Vogue* macht und die mir fast den Mund zerdrückt hat, auf jeden Fall die Backe. Ich habe mit den Frauen geredet und mit Abel und Chiaramonte und mit einem Jazz-Amateur, der mir Donnerstag die guten Ecken in Harlem zeigt, und mit Macdonald, der mir eine Ladung Bücher mitgegeben hat, die ich noch nicht gelesen habe. Die Dame des Hauses war eine Verrückte wie Toulouse, in Dunkel. Im großen und ganzen habe ich mich sehr gut amüsiert.

Gestern früh habe ich in der *lobby* des Hotels ein bißchen an meinem Artikel für *Vogue* gearbeitet, aber ab 11 Uhr hielt ich es nicht mehr aus und bin in einen blauen eiskalten Sonntag hinausgegangen. Vor den Kinos auf dem Broadway gab es schon Schlangen. Ich folgte diesmal dem Rat Bosts und ging in ein *Laffmovie*[192], wo ich 2 Stunden lang Zeichentrickfilme gesehen habe, bei denen ich mir die Seiten vor Lachen halten mußte. Danach fand ich zufällig das schwedische Restaurant *Stockholm*, das mir ebenfalls Bost empfohlen hatte, ich habe dort gegessen und dabei einen Roman von Willa Cather gelesen, den mir Macdonald geliehen hat. Danach großer Spaziergang; die ganze 3. Av. und das chinesische Viertel. Ich habe

192 Witzfilme.

mit Piscator, O. Lieutier und einem finsteren Burschen namens Collins zu Abend gegessen. Sie haben mich um 6 Uhr ½ im Hotel abgeholt, haben mir das kleine Theater der *New School* gezeigt und mich in ein italienisches Restaurant geführt, wo wir mühsam über das Telegramm diskutiert haben, das Sie bekommen haben; Piscator ist ziemlich nett, spricht aber Englisch mit einem deutschen Akzent, der es für mich unverständlich macht, der andere ist vom Schlage eines Génina-Rassini, zu dem ich unweigerlich unhöflich bin. Folgendes: es scheint, Piscator leistet gute Arbeit; O. Lieutier, die ihn aus der Nähe erlebt hat, sagt es (allerdings ist sie naiv), und nach dem Abendessen haben sie mich zu ihrem «Théâtre du Peuple» geführt, wo ein sowjetisches Stück in einer Weise gespielt wurde, die mir ausgezeichnet schien (aber ich bin nur ¼ Stunde geblieben, und das ist natürlich oberflächlich). Ich habe auch gemocht, wie er von *Les mouches* gesprochen hat, die er karg inszenieren will, ohne Musik, fast ohne Bühnenausstattung und indem er die pamphletistische Seite hervorhebt. Aber natürlich ist all das vage. Er behauptet, man könne das Stück nicht gleich am Broadway aufführen, sonst würde es ein Desaster geben wie bei *No Exit*[193]. Er möchte es zwei bis 4 Wochen auf seiner Probebühne spielen, wenn es liefe, würde man sehen. Das scheint vernünftig. Ich glaube, die Inszenierung wäre gut. Mehr kann ich redlicherweise nicht sagen. Sie haben mich also zum unteren Teil der 2th Av. mitgenommen, zum jüdischen Viertel, in dem sie ihr Theater haben. Das ist sehr amüsant, weil das ganze Gebäude von jüdischen Freimaurerlogen belegt ist – durch ein kleines Bullauge sind Männer und Frauen zu sehen, die in emblemgeschmückten Räumen ernsthaft diskutieren. Tagsüber ist dort eine Schauspielschule mit tausend Schülern. Abends wird dreimal die Woche gratis in einem sehr schönen Saal der achten Etage mit dicken sichtbaren Holzbalken vor Leuten aus dem Volk gespielt (nicht

193 *Huis clos* (1944) [dt.: *Geschlossene Gesellschaft*].

dort soll *Les mouches* gespielt werden, sondern in der 52th., wo im Augenblick Gogol gespielt wird). Ich habe dem Stück ein bißchen zugesehen, dessen Inszenierung ich mochte, und habe mich ins Hotel zurückfahren lassen. Es war 10 Uhr, und bis um 1 Uhr habe ich mich mit *Thrillings*[194] und *Laffmovies* voller Vampire und Mörder vergnügt, über die der ganze Saal vor Freude juchzte. Heute früh habe ich mir Bilder von Picasso angesehen und bei Kurt Valentin herrliche Massons, die Negerin war da, von der Sie mir erzählt hatten. Ich habe mit den Shiffrins[195] in einem kleinen italienischen Restaurant im Village zu Mittag gegessen – dann großer Spaziergang im Village und im Ghetto, wo es wunderbar ist. Ich bin schließlich hierhergekommen, ich werde jetzt weggehen, es ist hier wie in einer Pariser Bar, und ich habe 1 Stunde lang sehr gut geschrieben, ohne daß sich jemand gewundert hätte, was Sie und Bost auch behaupten mögen.

Ich habe vergessen, Ihnen zu erzählen, daß ich gestern gegen 5 Uhr zur Spitze des *Empire State Buildings* hochgefahren bin, und ich war sehr ergriffen – ich mußte an Venedig denken, wegen der Kanäle und dieser Art Lagune um New York herum. Die Sonne ging unter, und die ersten Reklamen leuchteten auf, es war wunderbar. Und heute war ich in den Kellergeschossen des *Rockefeller Centers*, ich sah, wie die Leute Schlittschuh liefen, und alles andere. Sie sehen, wie ich Ihren Rat befolge.

Nach dem Aufwachen gestern früh öffne ich die *N. Y. Times*, die mir Chiaramonte am Abend vorher gekauft hatte, und da lächelt mir Ihr Foto entgegen – ein Foto, das ich nicht kannte. Ich empfand einen Schock im Herzen, mon amour. Ich hoffe, daß ich Freitag oder morgen einen Brief bekomme – ich möchte so sehr, daß Sie gut arbeiten und glücklich sind und brav an mich denken. Ich fühle mich ganz

194 Horrorfilme.
195 Shiffrin war der Gründer der Reihe «La Pléiade».

bei Ihnen in diesem schönen N. Y. Ich küsse Sie mit aller Kraft.

Ihr Castor

Sagen Sie Bost, daß ich an ihn denke, obwohl ich nicht an ihn schreibe.

268

Alumnae House
at Vassar College
Poughkeepsie, N. Y.

Freitag 7/2/47

Mein lieber Kleiner, Sie, mon amour
Ich schreibe Ihnen in einem wunderbaren kuscheligen kleinen Zimmer des Gästehauses von Vassar. Überall ums Haus herum liegt Schnee, und der Mondschein ist hell und dunstig. Ich habe gerade meinen Vortrag vor einem Publikum junger Mädchen, die Camus aus dem Häuschen gebracht hätten, beendet und mit alten Damen Tee getrunken – ich bin überglücklich. Es ist mein erstes College. Ich bin mit einem Zug aus New York gekommen, der 2 Stunden lang am Hudson entlangfuhr – es war herrlich, dieser riesige Fluß voll Schnee und Eis. Der Himmel war ganz klar über den weißen Hügeln, es war seltsam, auf dem Land außerhalb von New York zu sein. Am Bahnhof stand eine alte amerikanische Quäkerin mit weißen Haaren und eine ehemalige Schülerin, Tochter von Souvarine. Ich habe meine erste amerikanische Kleinstadt gesehen, eine klassische Kleinstadt wie aus dem Film, aber zugleich ähnelte sie Megève, des Schnees wegen. Ich habe dann das College gesehen, die Mädchen in Skianzügen fuhren gewissenhaft lächerliche kleine Abhänge hinunter. Ich fand, dieser Ort besaß einen schwindelerregenden Reiz mit seiner Bibliothek, seinen Skipisten, seinen kleinen Zimmern im englischen Stil. Ich habe mit alten Damen zu Abend gegessen und, glaube ich, einen

guten Vortrag gehalten. Jetzt freue ich mich, daß ich viel Zeit und einen angenehmen Ort habe, um Ihnen zu schreiben. Nur ein Schatten liegt über meinem Glück. Ich habe nämlich keinen Brief von Ihnen bekommen. Ich bin absolut sicher, daß Sie geschrieben haben und daß es an den Flugzeugen liegt, aus Frankreich kommt keine Post an, und Teddy hat mir gesagt, Dolorès hätte zwei Tage lang in Shannon festgesessen. Aber es ist ein klein bißchen traurig. Von einer der Wände des Colleges lachte Ihr gutes Gesicht (haben Sie diesen Artikel? Die Macht hat geschworen, sie würde ihn an Sie schicken, aber sie macht nur Blödsinn), und ich habe vor Liebe einen großen Schock im Herzen gespürt. Wissen Sie, daß die Schülerinnen hier gerade *Les mouches* inszenieren? Die alte Dame, die das leitet, hat mir gesagt, noch nie hätten sie für ein Stück so viel Leidenschaft an den Tag gelegt. Man hat mir die Bühnenbilder und die Kostüme gezeigt, die gerade mit Hilfe von Spezialisten aus New York angefertigt werden. Es wird zwei Aufführungen geben, eine am 5. April, ich will versuchen hinzugehen.

Ich werde von Anfang an erzählen. Ich war in einer Bar und schrieb an Sie. Ich war bei R. Wright in der Charles Street 13 gewesen, der mich himmlisch empfangen hat. Er ist die einzige Person, die ich hier wirklich liebe und die ich mit warmer Freude sehe.[196] Er sagt, ich hätte außerordentliche Fortschritte in Englisch gemacht, und tatsächlich könnte ich fast Vorträge halten, ich rede stundenlang, ich verstehe fast alles – aber Verstehen ist trotz allem am schwierigsten. Er hat mir sein kleines Mädchen gezeigt, das wirklich süß ist, und er und seine Frau, für die ich auch voller Sympathie bin, haben mich zunächst in ein ausgezeichnetes chinesisches Restaurant in Chinatown geführt. Dann waren wir in Harlem und haben zwei schwarze Freunde von ihm (ein Paar) abgeholt, und dann waren wir im *Savoy*. Sind Sie dort gewesen? Es ist einzigartig. Die Kos. wür-

196 *L'Amérique au jour le jour* (1948) [dt.: *Amerika Tag und Nacht*, Rowohlt Taschenbuch Verlag, Reinbek 1988] ist Ellen und Richard Wright gewidmet.

den dort wahnsinnig werden. Bost ist auf jeden Fall dort gewesen, glaube ich wenigstens. Wir waren die zwei einzigen weißen Frauen, und kein einziger weißer Mann. Wir haben Whisky getrunken und den wunderbaren Negerinnen beim Tanzen zugesehen – dann waren wir in einem kleinen Nachtlokal, bei *Jack's* oder *Jackson*, kennt Bost das? mit sehr gutem Jazz. Gegen 1 Uhr sind wir nach Hause gegangen – die junge Frau war müde, da sie morgens hart arbeitet. In gewissem Sinn sind diese Abende peinlich, wie neulich die Party von *Politics*, weil viele der anwesenden Frauen arbeiten, und was für mich Vergnügen ist und meine Neugier weckt, ist für sie Anspannung – und die Frau von Wright hat mir auch gesagt, wie angespannt das Leben einer amerikanischen Frau ist. Ich bin entzückt, weil dieser Engel Richard Wright mich Sonntag früh mit in eine Gospel Church in Harlem nehmen wird, das scheint erstaunlich zu sein. Ich werde in seinem Namen auch die Autoren von *Black Antiquities* [Schwarze Altertümer] in Chicago besuchen. Er hat meine Angelegenheiten auf äußerst nette Art in die Hand genommen.

Am Dienstag, dem Tag darauf, mußte ich morgens ein wenig arbeiten, dann war ich im Metropolitan-Museum – dort gibt es eine schöne englische Ausstellung: Hogarth, Turner und vor allem Constable, den ich nicht kannte und der ein guter Maler ist. Ich habe die Gemäldegalerien besucht, es gibt schöne Bilder, aber es ist so verwirrend, daß es kaum angenehm ist, nach zwei Stunden war ich ganz kaputt. Ich bin in mein Viertel zurückgekehrt, habe in einer Cafeteria gegessen. New York war verschneit, das war plötzlich ein ganz neuer und ungeheuer schöner Anblick – die Kinder fuhren im Central Park Schlitten und Ski. Ich war im Kino, ich habe *Lady in the lake** von Montgomery gesehen, was mich interessierte, weil Sie mit Clouzot diese Technik[197] anwenden wollen, alles

* Dt.: *Die Dame im See*, 1947 nach einem Roman von R. Chandler gedrehter Kriminalfilm.

197 Sartre war seit 1943 Drehbuchautor bei Pathé. Er debütierte mit *Les*

durch das Auge der Kamera zu sehen. Aber er hat nicht viel daraus gemacht. Es wirkt angestrengt; das eignet sich nicht für Kriminalfilme, scheint mir. Dann habe ich mich ein bißchen herausgeputzt und die Macht im *Plaza* getroffen, die mir einen Mann von *Town and Country** vorstellen wollte – aber der Mann war betrunken, und im übrigen hatte ich viel bedeutendere Leute eine Stunde später bei Jean Condit zu treffen. Ich hasse diese Frau; sie ist schuld, daß ich nicht rechtzeitig Ihr Geld bekomme, das ich brauche (ich werde es mir für einen Monat von L. S. leihen, aber es geht ums Prinzip). Sie sind erstaunlich nachsichtig gegenüber einer Macht, einer Knopf und im übrigen, so scheint mir, gegenüber den Amerikanerinnen im allgemeinen. Ich werde darauf zurückkommen. Macht ist auf jeden Fall Abschaum, und ich habe sie ordentlich angeschnauzt. Sie verfolgt mich am Telefon, weil ich sie um nichts gebeten habe. Ich habe noch einen anderen Verfolger, diesen Collins, den Freund von Piscator, der *Les mouches* haben will und der Génina-Rassini ähnelt. Nachdem ich also die Macht angeschnauzt hatte, war ich bei Jean Condit. Ankunft um 6 Uhr, Cocktail, dann Abendessen, und um Mitternacht war ich entlassen. Sechs Stunden lang habe ich auf englisch diskutiert, allein gegen alle, heftig. Ich habe mich mit Greenberg und Phillips angelegt, mit Rahv und einem großen eingebildeten Jüngling, der sagt, wir hätten nicht das Recht, Philosophie zu machen, weil wir Russell nicht kennen. Wir haben über Politik diskutiert, und ich war einfach angewidert. Bereits Abel und Chiaramonte hatten mich durch die vollkommene Leere ihres Denkens enttäuscht: aber sie sind nett, und ich mag sie. Während jene mit ihrem angeblichen kulturellen Internationalismus und ihrer Vorurteilslosigkeit reine amerikanische Imperialisten

* Amerikanisches Magazin.

jeux sont faits [dt.: *Das Spiel ist aus*], das erst später – 1947 – von Delannoy verfilmt wurde.

sind. Sie haben mich wegen Merleau-Ponty angegriffen und zwei herrliche Sätze gesagt: «Nicht Stalin hat euch etwas zu essen gegeben, sondern die UNRRA» und: «Stalingrad? Null. Wir haben den Krieg gewonnen.» Für sie zählen die Dollars mehr als das ganze Blut der andern, und wir haben uns gestritten, ich hatte Lust aufzustehen, auf jeden Fall habe ich das ganze Beefsteak, das ich auf dem Teller hatte, liegenlassen. Es tat ihnen leid, denn persönlich feierten und bewirteten sie mich – natürlich haben sie mir das Argument des Erschossenen* aufgetischt; ihnen ist alles egal, außer *Partisan Review*, sie würden die Welt in Brand stecken, damit ihr übler Wisch lebt. Ich werde diesem Schundblatt nie wieder einen Artikel geben. Und all das mit einer Arroganz! Man spürt die UNRRA und die Dollars dahinter, wie Sie 160 Millionen Menschen hinter Ehrenburg** spürten. Aber es ist weniger offen. Ich war ziemlich angewidert in diesen beiden Tagen. Leute von *Politics* und *Partisan Review*, Verleger und Herausgeber von Zeitschriften, haben diese rein kommerzielle Art, einem das Gehirn zu inspizieren, als ob es sich um die Beine eines Tänzers handelte. Sie reden über den Existentialismus wie über ein Wurmmittel, und sie verteilen Noten: Camus soviel, Sartre soviel – mein Gott! am Ende bekam ich selbst Angst. Ich habe gedacht: Bost hatte am Anfang Angst, als er allein war. Ich habe jetzt Angst, wo ich Leute kenne. Was ist all das, was wir für sie schreiben? ein Produkt, das sich innerhalb von 6 Monaten abnutzt. Da ich nicht glaube, daß es auf der anderen Seite mehr Hoffnung gibt, ist es entmutigend – denn ich habe nicht den Eindruck von Hoffnung hier. Vielleicht ist es ja die schlechteste Gesellschaft, aber es ist die einzige, die sich mit den Dingen des Kopfes abgibt. Ich werde sehen, wo ich in einem Monat stehe.

* Wahrscheinlich das Argument, wonach alles andere besser ist, als erschossen zu werden.

** Der sowjetische Schriftsteller.

Die Wut hatte mich dermaßen müde gemacht, daß ich zum erstenmal geschlafen habe, wirklich geschlafen von 1 Uhr bis 11 Uhr ½ am Vormittag. Ich fühlte mich trotz allem «relaxed» und wirklich zu Hause in N. Y. Es war ein schöner Morgen mit Glatteis. Ich war bei der *N. Y. Times*, die mich um einen ganz kurzen Artikel für 75 D. gebeten hat, besser als gar nichts. Ich habe die Gelegenheit ergriffen und mir das Gebäude angesehen. Ungeheuer, was so eine amerikanische Zeitung ist. Danach habe ich Chiaramonte getroffen, der mich netterweise angerufen hatte und mich mit Abel und Schapiro zum Mittagessen in ein kleines italienisches Restaurant im Village eingeladen hat. Dann war ich bei D. Nordman, die mir 100 D. Vorschuß für *La putain*[198] und meinen Artikel gegeben hat. Ah!

Sehr wichtig

1) mir sofort in kleinen Päckchen den letzten Teil der *Morale de l'ambiguïté** schicken (den 4. und letzten)

2) *nicht* den Pilorge** veröffentlichen, der voll grober Fehler ist, sagt R. Wright, was einen sehr schlechten Eindruck machen könnte.

Antworten Sie in diesem Punkt und tun Sie etwas.

Danach war ich bei einer sehr netten Deutschen, die Sie gesehen haben und die mir eine Menge Tips für die deutsche Nummer gegeben hat. Dann Abend mit den Gérassis, die nett wie Engel zu mir sind. Wir haben im *Café Society down town* zu Abend gegessen, aber es gab nur ½ Stunde Show, weil es leer war – dann bei *Nick's*, sehr nett, aber auch dort war es leer. Es scheint, seit zwei Monaten gibt es eine «Rezession»,

198 Sartres Stück *La putain respectueuse* [dt.: *Die respektvolle Dirne*] war in Frankreich im November 1946 zusammen mit *Morts sans sépulture* aufgeführt worden.

* *Pour une morale de l'ambiguïté*, Gallimard, Paris 1947; dt.: *Für eine Moral der Doppelsinnigkeit*, in: *Soll man de Sade verbrennen*, Rowohlt, Reinbek 1983.

** Name eines Autors, der für *Les Temps modernes* einen Artikel geschrieben hatte.

wie jetzt statt «Depression» gesagt wird, und die Lokale bleiben leer.

Gestern, Donnerstag, vormittags Anrufe und Arbeit, ich mache den Artikel für *Vogue* – Mittagessen mit der entsetzlichen Knopf, die von mir nichts mehr veröffentlichen will, sie ödet mich an. Ausgezeichneter Nachmittag mit dem Boubou*. Wir sind auf dem Oberdeck eines Busses am Hudson entlang zur 155th gefahren, alles war verschneit, Kinder spielten überall. Wir haben eine spanische Bibliothek mit sehr guten Bildern besichtigt und daneben das indianische Museum. Dann mit dem Taxi durch Washington Heights bis ans Ende von New York, wo sich ein Kloster voll mittelalterlicher Gegenstände befindet, die Rockefeller aus Europa importiert hat. Sind Sie dort gewesen? Man sieht die Washington Bridge und den Hudson und große Klippen, und mit dem Schnee und dem Sonnenuntergang und den schlittenfahrenden Kindern war es wunderbar. Ich bin mit der Subway zum *La Fayette* zurückgefahren, wo ich mit der Frau von Chiaramonte und der Freundin Abels, die sehr sympathisch sind, Whisky getrunken habe. Ich habe mich verabredet, um über die amerikanische Frau zu reden. Danach 5 Stunden Kino, bis 1 Uhr ½ früh. Ich habe *Heinrich V.* von Laurence Olivier mit L. Olivier in Farbe gesehen. Ich weiß noch nicht genau, was ich davon halten soll, aber ich habe mich nicht gelangweilt, das scheint mir ein Erfolg. Dann *Conflict* mit Humphrey Bogart – heute früh etwas Arbeit. Dann Tag in Vassar.

Mon cher amour, au revoir. Ich hatte Ihnen noch so viel zu erzählen. Ich werde jetzt schlafen. Schreiben Sie mir. Ich wäre so vollkommen glücklich, wenn ich mit Ihnen Kontakt halten könnte. Sie sind mir hier überall so gegenwärtig. Auf Wiedersehen. Ich liebe Sie immer noch genauso stark, ich fühle mich ganz vereint mit Ihnen. Wie wir beide bei meiner Rückkehr reden werden. Ich küsse Sie ganz stark, ganz stark.

Ihr reizender Castor

* Fernand Gérassi.

Für Bost
Kleiner Bost meines Herzens. Schreiben Sie mir auch, wenn Sie kein Rohling sind. Ich habe Sartre schon beauftragt, Ihnen zu erklären, wie sehr ich hier an Sie denke. Aber um sicher zu sein, schreibe ich es Ihnen schwarz auf weiß. Hat er Ihnen alles schön erzählt? ich amüsiere mich wahnsinnig – bisher hatte ich keine Angst, aber es wird vielleicht anfangen.

Ich küsse Sie stark

Ihr Castor

269

Dienstag [11. Februar 1947]

Mon tout cher amour

Genau bei meiner Rückkehr aus Vassar, Samstag früh, fand ich den Brief von Donnerstag vor, und gestern kam der von Sonntag. Mon amour, ich möchte so sehr, daß Sie meine bekommen haben, Sie hätten gesehen, wie ich dieses ganze N. Y. mit Ihnen erlebt habe. Jetzt ist das übrigens vorbei. Ich meine, ich denke noch genausoviel an Sie, aber es ist nicht mehr Ihr N. Y., es ist meines. Ich schreibe Ihnen im *Sherry Netherland*, Musik läuft leise, Leute essen, denn es ist 2 Uhr ½ nachmittags, über dem Park ist der Himmel schön blau, und ich fühle mich vollkommen heimisch. An diesem so schönen Tag, an dem N. Y. seine ganze Süße wiedergefunden hat, schnürt sich mir sogar das Herz zusammen, wenn ich daran denke, daß morgen mein letzter Tag ist; wieder muß ich abreisen, und es macht mir ein bißchen angst, obwohl ich unheimlich glücklich bin, nach Kalifornien zu fahren, Sarbakhane[199] zu sehen, eine richtige Reise zu machen. Aber dieses Leben gefällt mir so. Samstag bin ich mit dem Zug zurückgefahren, der voll kleiner zwitschernder College-Studentinnen war, denn es war Wochenende; sie hatten ihr «pants» gegen Pelzmäntel

199 Sorokine.

und kleine Hüte getauscht, sie sahen wie richtige Damen aus. Ich bin zum Hotel zurückgekommen, habe meine fernmündlichen Mitteilungen entgegengenommen und telefoniert, es ist wahnsinnig, wieviel Zeit man hier am Telefon verbringt; um 8 Uhr ½ fängt es an, und es dauert, bis ich weggehe. Dann sind jeden Abend zehn Mitteilungen da, das ist eher amüsant. Ich habe mit Prolers von *France-Amérique* zu Mittag gegessen, er ist ein übler Dummkopf, wird mir aber 150 bis 200 D. einbringen. Deshalb habe ich mir ein Abendessen im *Chambord* genehmigt. Noch eine andere Frau war dabei. Es war bedeutungslos, aber wir haben gut gegessen. Dann habe ich eine Stunde in der Frick Gallery zugebracht. Waren Sie dort? Es ist in der 5th Av.; es gibt dort schöne Vermeers und Holbeins, und ich dachte an die holländischen Museen, in denen ich mit Ihnen[200] war. Danach habe ich einen meiner besten Augenblicke in N. Y erlebt. Ein sehr netter weißer Freund von Wright hat mich in die Carnegie Hall mitgenommen, in ein Konzert von Louis Armstrong. Anscheinend ist das ein wahnsinniges Glück, da er selbst jetzt kommerziellen Jazz macht und es in N. Y. keinen richtigen Jazz mehr gibt. Nun, dort hat er besten Jazz gegeben, der ganze Saal war hingerissen und ich auch – und Armstrong hat ungeheuren Charme, und die beste Platte wiegt diesen lebendigen Jazz nicht auf. Ich habe bei einem Mann[201] einen getrunken, der hier in diesem Milieu sehr berühmt ist, weil er der einzige Weiße ist, der mit einem schwarzen Orchester spielen kann und der 20 Jahre lang genau wie ein Schwarzer in Harlem gelebt hat, nachdem er eine Negerin geheiratet hatte. Sie haben mir ein Buch gegeben, das sie zusammen geschrieben haben und das *Really the blues* heißt und von Duhamel[202] übersetzt wird. Ich glaube, es wäre gut, daraus ein Stück für die *Temps modernes* zu bekom-

200 Im Dezember 1946. Vgl. *Der Lauf der Dinge*, S. 118 ff.

201 Es handelt sich um Mez Mezzrow.

202 Marcel Duhamel, Herausgeber der *Série Noire*, der *Schwarzen Reihe*.

men. Auch ein ganz junger amerikanischer Schriftsteller war da, ein Freund von Wright und von Farrell, mit dem er mich bekannt machen wird, dermaßen amerikanisch mit seinen roten Haaren und seinen 24 Jahren. Er hat mir sein Buch über eine Militärschule des Südens gegeben, das ziemlich gut scheint. Ich war im siebten Himmel mit diesen Leuten, das ist das einzige Milieu, das ich wirklich mag. Aber ich mußte sie verlassen, die Arme voller Bücher und Platten, und die Leute von *Partisan Review* treffen. Wir haben in einem reizenden spanischen Restaurant im Village zu Abend gegessen und bei Phillips viele Versöhnungswhiskys getrunken. Sie ergingen sich in Entschuldigungen und sagten zu allem, was ich sagte, ja – sie irrten sich manchmal sogar und sagten ja, wenn ich nein sagen wollte. Nun, sie waren so nett, daß sie mich ein bißchen entwaffnet haben und ich sie nicht mehr so sehr hasse. Einer heißt Barrett. Er ist ziemlich charmant. Kennen Sie ihn? Aber warum schätzen sie George Blin, es ist ein Rätsel. Ich habe gestern abend die ganze Zeit Englisch geredet und mindestens 6 Whiskys getrunken. Ich hatte Sonntag ein bißchen Kopfweh, aber ich war so froh, daß Wright, den ich anfange, aus ganzem Herzen zu lieben, mich abholte und in die große abessinische Kirche in Harlem mitnahm, die größte Gospel Church der Welt. Wir haben die Gesänge und die Predigt gehört und die Reaktionen der Leute gesehen: es war eine gutbürgerliche und ziemlich nüchterne, aber trotzdem leidenschaftliche Negergemeinde. Er wird mich im April in eine andere mitnehmen, eine kleine und volkstümliche. Er hat mich zum Mittagessen mit zu sich nach Hause genommen. Er hat ein kleines Mädchen, das ein kleines Wunder ist[203], und sogar ich, die Kinder nicht mag, habe mich mit ihr angefreundet. Die Frau ist auch sehr nett, es ist für mich in New York ein richtiges Heim, etwas ganz Warmes und Schönes. Die Freunde, die ich am Abend vorher gesehen hatte, sind gekommen, nur zwei, und wir haben ruhig bis 4 Uhr geredet. Ich

203 Julia Wright.

esse Mittwoch wieder bei ihnen und werde dem kleinen Mädchen ein schönes Geschenk mitbringen.

Danach war ich bei Madame Perrier, der Frau vom Institut, und sie wollte mit mir den Rorschachtest machen. Er ist wirklich sehr amüsant, amüsanter als die Tests von Van Lennep.[204] Nach meinem eigenen Test hat sie mir sehr seltsame Antworten von amerikanischen Kriegsheimkehrern gezeigt, die sie die letzten zwei Jahre untersucht hat. Sie hat einen ganzen Aktenstoß, wirklich interessant.

Danach habe ich bei der kleinen Mary Guggenheim zu Abend gegessen, sie hatte mich zusammen mit einer jungen Frau von *Harper's Bazaar* eingeladen, die viel netter war als sie selbst. Sie ist sehr unsympathisch, eine alte Jungfer voller Komplexe. Ich habe sie kaum zu sehen bekommen, denn sie hat die zwei Stunden des Abendessens damit zugebracht, eine Zabaione zu fabrizieren, die sie schließlich vermasselt hat und die wir weggeschüttet haben – auch das sah nach Komplexen aus. Ich habe mich verabschiedet; sie hat zu mir gesagt: «Ich bin sicher, Sie besuchen Dolorès?», das war sehr indiskret. In Wirklichkeit ging ich zu den Gérassis, die höchst nett sind; ich habe ihnen auseinandergesetzt, wie mißgünstig und vorwurfsvoll sie Ihnen gegenüber gewesen waren, und sie sind auf der Hut. Wir haben über Tito geredet, der ein sehr interessanter Fall der Ratlosigkeit der heutigen Jugend ist, exiliert, ohne Wurzeln; ohne Heimat, und er spürt das stark; aber ich habe nicht die Zeit, Ihnen davon zu berichten. Dann hat mich der Boubou zu *Sammy's Follies*[205] in der Bowery geführt, und ich muß sagen, Sie und Bost haben mich nicht angeführt, es ist ein kolossaler Ort – vor allem das Publikum

204 Während ihrer Hollandreise im Dezember 1946 hatten Sartre und Simone de Beauvoir in Utrecht das von Van Lennep geleitete psychologische Institut besucht und mit viel Vergnügen Persönlichkeitstests mit sich machen lassen. Die Episode ist in *Der Lauf der Dinge*, S. 119f., beschrieben.

205 Bar, in der Schauspielerinnen, Sängerinnen, Tänzerinnen auftraten, die zwischen sechzig und achtzig Jahre alt waren.

ist erstaunlich. Eine 35 Jahre alte Frau war dort, wie eine Schottin, sehr hart, ganz allein, die einen Whisky nach dem anderen trank und staunte. Ich war im siebten Himmel. In gewissem Sinn ist es widerlich, und ich glaube, Dolorès wird es übel, wenn sie dorthin geht; aber das ist der äußerste Punkt der schäbigen Seite von N. Y. und Amerika, und insofern hat das etwas Poetisches und ist im Grunde weniger empörend als die wirklichen Ursachen, die bewirken, daß das existiert. Na ja, auch das ist zu lang zu berichten. (Heben Sie diese Briefe gut auf, sie werden meine einzige Erinnerung an hier sein, und ich möchte sie unbedingt wiederfinden.)

Montag, also gestern, habe ich vormittags an meinem Artikel für *Vogue* gearbeitet und telefoniert und bin beim Friseur gewesen. Danach Mittagessen mit Thineray, um den ich nicht herumkam, und einem Hochschullehrer von Columbia, sehr trübe. Wir haben im *Beaujolais* gegessen, und es war nicht gerade lustig. Aber ich habe sie schnell abgehängt. Ich habe im *Sherry Netherland*, wo ich mich herrlich wohl fühlte, an dem Artikel gearbeitet; dann Treffen mit Brun von *France-Forum*, einem erbärmlichen Kerl, der den Vortrag von heute abend organisiert, zusammen mit M. Morton und einem Amerikaner, Sweeney, der mich vorstellen wird. Dann Treffen mit einem exilierten deutschen Dichter, mit dem O. Lieutier mich unbedingt bekannt machen wollte. Dann habe ich einen sehr amüsanten Abend verbracht. Erinnern Sie sich an diesen reizenden Amerikaner aus Bern, Freund von Moffat, der mein Nachbar gewesen war? Neulich ist er extra, um mich zu sehen und mich einzuladen, zu einer Party gekommen, und gestern waren wir zusammen. Er hat mich zu einer jungen amerikanischen Romanschriftstellerin mitgenommen, Favoritin der *Partisan Review*, die Mary McCarthy heißt; sie ist sehr schön und scheint intelligent, ohne Charme und ohne Bedeutung außer der dokumentarischen – wie sie war, faszinierte sie mich – so typisch amerikanische Intellektuelle, ich könnte seitenlang über sie schreiben. Sie hat einen sehr unbedeutenden Mann (den dritten, von zwei offiziellen Geliebten abgesehen). Wir waren zu viert in einem Restaurant, von dem ich mir gewünscht hatte, es sollte typisch amerikanisch sein, und so war es, *Lindy's*. Kennen Sie es? In puncto Hölle gibt es nichts Besseres. Dann das Nachtlokal, das jetzt Furore macht, *The Blue Angel*, das eine makabre und lustige Ausstattung und gute Unterhaltung hat. Danach ein Lokal, das mir das beste scheint, daß ich in N. Y. gesehen habe, *Torcy's*, genau gegenüber von Billie Holiday. Das Lokal, in das wir jeden Abend gehen würden, wenn wir New Yorker wären, intim und ein bißchen verrucht, mit ein bißchen Musik, Whisky und Nutten.

Wir haben über Koestler geredet, es scheint, Mamaine war vor ihm mit einem Sadisten zusammen, der sie eines Tages für tot hielt und liegenließ: sie ist 3 Tage lang halbtot allein in einem verlassenen Haus geblieben. Torcy (der Amerikaner, er heißt wie die Bar, in der wir waren) ist natürlich Päderast, er kennt Larronde[206] und die ganze Clique. Aber er ist sehr amüsant, wenn er über Leute redet, sehr nett. Ich habe einen ausgezeichneten Abend verbracht, habe 4 verschiedene Cocktails getrunken und mindestens 6 Whiskys, ohne die geringste Beeinträchtigung.

Schlafen, Telefonieren. Ich habe endlich den Artikel für *Vogue* fertiggeschrieben, ich bin erleichtert und werde ihn stehenden Fußes einer Sekretärin diktieren. Dann werde ich meinen Vortrag ein bißchen vorbereiten. Und dann werde ich ihn halten. Anscheinend wird es einen wahnsinnigen Andrang geben, anschließend Cocktail bei Lévi-Strauss. Adieu, mon amour, ich muß Sie verlassen. Bewundern Sie, was ich alles in diesen 2 Wochen gemacht habe? Fast alle Viertel von New York und alle Museen und Galerien, Kinos, alle Nachtlokale, von denen Sie mir erzählt hatten, und noch andere, und so viele Leute. Im April werde ich genau wissen, wen ich nicht zu sehen brauche, das wird noch besser sein. Der alte Macdonald von *Politics* hat mich heute früh nett angerufen. Ich hätte

206 Dichter, der in *Les Temps modernes* veröffentlicht hatte.

zehnmal soviel Leute sehen können, wie ich wollte. Aber fast immer hatte ich viel freie Zeit für mich allein, das war so angenehm. Heute ist das Wetter sehr mild und blau, im Central Park wird Schlittschuh gelaufen, New York war nie anziehender. Au revoir, mon amour. Sie sind schöner und mehr geliebt als alle New Yorks der Welt. Schreiben Sie mir, mein lieber Kleiner.

Ihr Castor

270

Montag früh, 17. Februar [1947]

Ganz liebes kleines Geschöpf, mon cher amour

Anfang der Woche habe ich zwei Briefe von Ihnen bekommen. Endlich hatten Sie meine erhalten, Sie antworteten mir, ich war sehr glücklich, mon amour. Ich war verreist, heute früh bin ich zurück, es ist nichts da. Vielleicht kommt es im Laufe des Tages. Ich habe Ihnen soviel zu erzählen. Und trotzdem habe ich Ihnen die ganze Woche nicht geschrieben: daran sehen Sie, wie beschäftigt ich bin, wie ich mich also amüsiere, mein süßer Kleiner.

Hören Sie also. Ich habe Ihnen Dienstag im *Sherry Netherland* geschrieben, ich erinnere mich; es war vor dem Vortrag. Der ganze Tag war mit Briefe- und Artikelschreiben und mit der Vorbereitung des Vortrags vergangen. Ich habe ihn um 8 Uhr ½ im Musée Moderne gehalten, und nach Meinung der Gérassis, die, wie Sie wissen, objektive Freunde sind, war es ein Erfolg. Stépha hat mir gesagt, ich sei bildschön gewesen in dem Kleid, das eine Konzession [207] war und hier wirklich eine

207 Kurz vorher hatte sich Simone de Beauvoir zum erstenmal ein Kleid geleistet, das sie für teuer hielt. Diese frivole Ausgabe, die der Vorstellung widersprach, die sie von der Verwendung von Geld hatte, beunruhigte sie bis zum Weinen. «Das ist meine erste Konzession», sagte sie verzweifelt zu Sartre. Vgl. *Der Lauf der Dinge*, S. 122.

Notwendigkeit ist, und mit der schönen Halskette. Ich habe über die Verantwortung des Schriftstellers gesprochen, und ich hatte den Eindruck, daß es gut ankam. Danach hatte Lévi-Strauss einen Cocktail organisiert, natürlich unangenehm. Ich habe Hessel gesehen, der mir nicht so sehr gefallen hat. Thineray hat mir Leute vom *Reader's Digest* vorgestellt. Vielleicht kommt etwas zustande, das würde 1000 D. bringen, das wäre wahnsinnig. Leute defilierten, Madame Parodi[208] (die mich anscheinend zehnmal eingeladen hatte, ihre Nachricht hatte ich nie bekommen, ich habe mich entschuldigt) und andere Damen, die mir «im Namen Frankreichs» dankten, ich weiß nicht, in welcher Eigenschaft. Danach haben mich die Gérassis in die reizendste aller Bars geführt, ganz volkstümlich, mit einem Sänger, einem Neger, das *Taly-No* auf einer der großen Avenuen, ich weiß nicht, warum Sie mir davon nichts erzählt hatten. Wir haben bis ein Uhr früh Whisky getrunken, während Stépha mir sehr amüsante Geschichten über die Bowery erzählte.

Mittwoch war mein letzter Tag in New York, ich war gerührt über meine Abreise. Ich hatte eine Menge Dinge zu erledigen, ich mußte zu *Vogue* gehen und der Sekretärin meinen Artikel diktieren und Schecks einlösen, ein Interview im Radio mit dem Ehemann der Day, ein anderes im Hotel mit einem Burschen vom *New Yorker*. Ich habe mit R. Wright und Abel im Village in einem kleinen Gasthaus zu Mittag gegessen, dann haben wir bei ihnen Kaffee getrunken. Ich hatte dem kleinen Mädchen eine große Bonbonniere mitgebracht, und sie ist mir an den Hals gesprungen; sie ist entzückend, und ich, die ich Kinder nicht besonders mag, liebe sie sehr. Übrigens sind alle drei wunderbar zu mir, sie haben mir für Chicago Adressen gegeben, und es ist für mich in N. Y. ein

208 Die Frau des Oberschulrats, der ihr und Sartre gegenüber immer sehr wohlwollend gewesen war und ihnen Stellen in nicht weit voneinander entfernten Lycées gegeben hatte, obwohl sie nicht verheiratet waren.

richtiges Heim, ich fühle mich zu Hause. Gegen 2 Uhr ½ ist der Boubou gekommen, um mich zu einer Spazierfahrt abzuholen, mit seinem Freund Boris, der am Steuer saß, und mit Stépha. Wir sind über die Triborough Bridge gefahren mit der so schönen Sicht auf New York; und wir waren auf Long Island, sind an der ganzen Bucht entlanggefahren und durch Queens, Flushing, Jamaïca, es interessierte mich kolossal, die riesigen Städte zu sehen, die N. Y. sind, ohne es zu sein, und die Hügel und die Landschaft der Umgebung. Die Rückkehr über die Queensbridge bei Sonnenuntergang war wunderbar. Ich habe mich verabschiedet, weil ich ein bißchen allein auf dem Broadway spazierengehen wollte, und am Times Square war ich eine Stunde lang in einem *Laffmovie*; ich habe die Gérassis wieder getroffen, um bei ihnen zu Abend zu essen. Ich habe die Bilder von Fernand gesehen, der im letzten Jahr wirklich gute Sachen gemacht hat – und ich habe mit Tito ausführlich über meinen Vortrag diskutiert, er hatte 3 Seiten zu der Frage geschrieben. Am Abend vorher hatte er zehn Schüler aus seinem Lycée mitgebracht, und er war stolz und unheimlich interessiert. Er ist sehr sympathisch, aber er verachtet seinen Vater entsetzlich, der tief gekränkt ist: er verachtet ihn, weil er Stépha arbeiten läßt und nichts tut.

Nach dem Abendessen sind wir im Village umhergestreift. Wir haben im *Village Barn* haltgemacht, das einen Moment lang amüsant ist, weil es voller Leute aus der Provinz ist und extra für sie gemacht scheint, dann habe ich ein reizendes Café gesehen, in dem man anscheinend versucht hat, das *Dôme* wiederaufleben zu lassen, dann haben wir uns um Mitternacht wieder im *Café Society* eingefunden. Diesmal war es voll, und ein Neger war da, der, wie es sich gehört, White heißt und der erschütternde, selbstkomponierte Lieder über das Rassenproblem gesungen hat; das war engagierter Gesang und genauso bewegend wie irgendein Blues. Er hat wahrscheinlich unsere Sympathie gespürt, denn er ist zu uns gekommen und hat mit uns geredet; ich muß sagen, ich mag Stépha deshalb, wenn man mit ihr ausgeht, gibt es immer einen Kontakt mit den Leuten. Er ist mit Wright befreundet und Kommunist, er wird in Paris und Rußland singen. Wenn er in Paris singt, versuchen Sie hinzugehen.

Am nächsten Vormittag habe ich wieder nützliche Erledigungen gemacht, Madame Perrier gesehen und mit ihr zu Mittag gegessen, und um 3 Uhr habe ich im Central Station den Zug nach New London genommen. Die Fahrt war sehr schön, wegen all der zugefrorenen Seen, ich dachte, ich wäre in Kanada. Ich bin bei Einbruch der Nacht angekommen. Alte Damen haben mich im Auto zu einem herrlichen Hotel am Ufer der Bucht gebracht; eine alte, sehr nette Freundin von Soupault war dabei. Im College-Dorf habe ich den Vortrag gehalten, dann kleiner Empfang, auf dem ich, so gut ich konnte, Englisch gesprochen habe. Dann Zug nach Washington. Zum erstenmal fuhr ich in einem Liegewagen, und das hat mich sehr amüsiert, diese großen Schlafsäle, die ich so oft im Kino gesehen hatte. Ich habe gut geschlafen. Ich bin Freitag um 8 Uhr in W. angekommen, wo man mir ein Zimmer in einem schönen Waldman-Hotel, dem *Park Hotel*, in der oberen Stadt reserviert hatte. Herrliches Zimmer mit einem automatischen Radioapparat: zwei Stunden Musik für 25 Cent; ich habe Jazz gehört, während ich Toilette machte, gefrühstückt und ein Taxi zum Museum genommen. Ich bin zuerst im Museum gewesen, weil Sie mir vor dieser Stadt angst gemacht hatten. Das Museum ist kolossal, ich habe dort zweieinhalb Stunden verbracht, ich kam schwankend heraus und schwor mir, am nächsten Vormittag wieder hinzugehen. Ich war am Kapitol, über das ich lachen mußte, und habe in einem kleinen italienischen Restaurant in der Nähe der Pennsylvania Avenue Spaghetti gegessen. Dies Herz der Stadt ist ziemlich häßlich, und ich verstehe, daß Washington «hopeless» scheint, wenn man nicht sehr guter Laune ist. Aber ich war guter Laune, über dem zugefrorenen Potomac waren der Himmel und die Wärme des Südens, es war sehr schön. Ich habe einen weiten Spaziergang am Potomac entlang gemacht, das geht kilometerweit, und ich fand es herrlich. Ich bin im

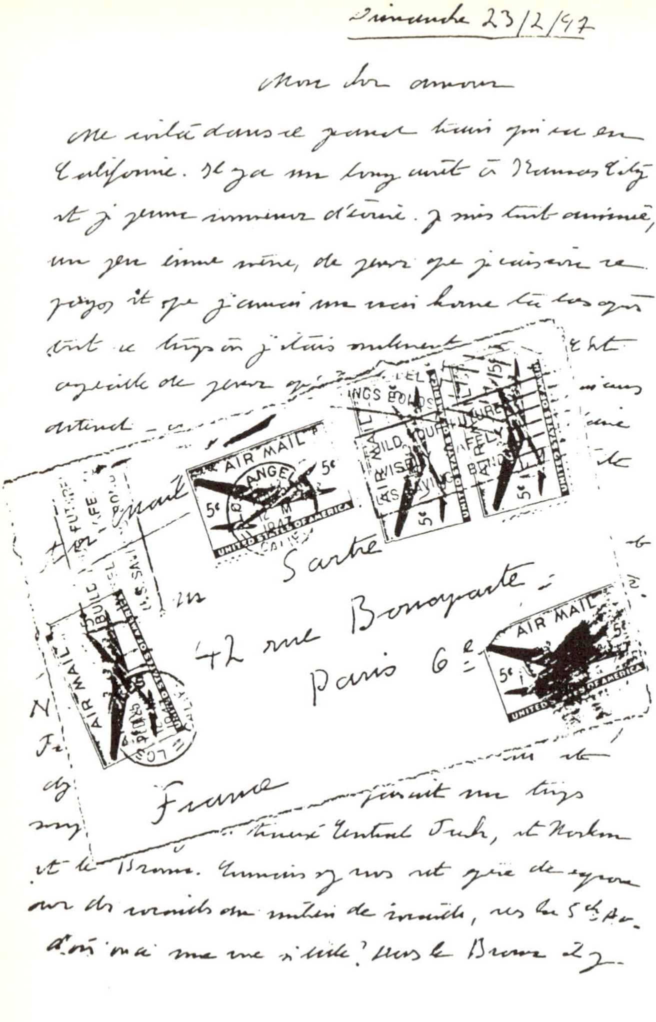
Dimanche 23/2/47

Mon cher amour

Me voilà dans le grand train qui va en Californie. Il y a un long arrêt à Kansas City et j'en profite pour vous écrire. Je suis tout animée, un peu émue même, de penser que je traverse ce pays et que j'aurai une vraie bonne [illegible] tout ce temps où j'étais seulement [illegible] et cette [illegible] de penser qu'[illegible] attendre [illegible]

[illegible] pendant un temps [illegible] Grand Central Park, et Harlem et le Bronx. [illegible]

Hotel vorbeigegangen, habe Toilette gemacht; Vortrag vor den alten Damen der Alliance Française. Die Organisatorin, die sich noch nicht hatte blicken lassen, wofür ich ihr dankbar war, hat mich zum Abendessen in ihren Club mitgenommen, gegenüber vom Weißen Haus. Dann hat sie mir im Taxi W. bei Nacht gezeigt. Danach war es erst 9 Uhr; da ich nicht recht wußte, was ich tun sollte, habe ich A. Leger[209] angerufen und ihm gesagt, ich würde ihn besuchen. Er wohnt in Georgetown, nicht weit von meinem Hotel. Er ist ein seltsamer Mensch. Gesicht und Benehmen sind reizlos, was er redet, sei es über Literatur, sei es über Amerika, ist interessant. Er war leicht sonderbar. Während wir, ich weiß nicht über wen, redeten – in gestelztem Ton, denn er ist ein zeremoniöser Mensch, das war das Ungewöhnliche – hat er plötzlich zu mir gesagt: «Was hat Sie so menschlich gemacht? Hat das Leben Sie verletzt?» Später, als ich aufstand, um zu gehen, hat er sich mir genähert, die Hände auf meine Stirn gelegt und gesagt: «Das ist eine so französische Stirn!», und er hat sie mit dem Daumen nachgezeichnet. Da nicht anzunehmen ist, daß er üble Absichten hatte, war ich sprachlos. Am nächsten Morgen haben mich, da ich nicht recht weiß, was ich in dieser Stadt tun soll, zwei alte Damen angerufen und mir eine Spazierfahrt im Auto vorgeschlagen. Ich habe freudig zugesagt, und um 10 Uhr waren sie da. Sie haben mich nach Georgetown gefahren, was ein sehr schöner Ort ist, nur alte Häuser im holländischen Stil, und nach Forchhall, was ein richtiges kleines englisches Dorf ist, und in den riesigen Park und zum Friedhof von Arlington. So kommt es, daß ich W. reizend fand, weil die ganze Umgebung, die Landschaft, die Wälder, der Fluß sehr schön sind. Ich bin für eine Stunde ins Museum zurückgekehrt, um die Bilder zu sehen, die ich am liebsten hatte. Und um 2 Uhr bin ich in den Zug nach Lynchburg, Virginia, gestiegen. Eine reizende Fahrt im Pullman,

209 Marie-René Alexis Saint-Leger Leger, Saint-John Perse, 1887 bis 1975.

mit Speisewagen, einem guten Buch über den Jazz von dem Weißen, der bei den Schwarzen gelebt hat, ich werde an Merleau-Ponty schreiben, daß er ein Kapitel daraus für die Zeitschrift nimmt, Duhamel übersetzt es. Die Landschaft wurde sehr schön, mit roter Erde, Bergen. Um 6 Uhr Lynchburg, ein Auto mit alten Damen: Sie erinnern sich an die alte Amerikanerin aus dem *Flore*, die vor Verlegenheit rot wurde, als sie Sie sah, sie war es, immer noch errötend und reizend. In meinem Zimmer standen Blumen und ein Tablett mit dem Abendessen. Ich habe gegessen, habe mich angezogen, meinen Vortrag gehalten. Dann Empfang, Konversation, aber in einer ziemlich netten Atmosphäre. Mir wurde gesagt, ich sei neben Philippe Soupault der größte Erfolg des Colleges. Sie alle lieben Soupault, diese alten Frauen. Ich habe beschlossen, den Tag dort zu verbringen und den Nachtzug zu nehmen. Ich habe gut daran getan, denn ich hatte einen reizenden Tag. Ich habe den ganzen Vormittag an einem Artikel für *France-Amérique* gearbeitet, mit dem ich nicht begonnen hatte und der für heute versprochen war. Dann habe ich im Speisesaal mit diesen Mädchen gegessen, die eine Schönheit besitzen, die die Köpfe verdreht, und die so komisch sind mit ihren Seidenkleidern und ihrer dicken damenhaften Schminke um 1 Uhr nachmittags. Sie haben mir die Bibliothek gezeigt, in der ich mindestens zwei Porträts von Ihnen gesehen habe. Dann sind wir auf einen Turm gestiegen, von dem man eine weite Sicht über die Gegend hatte. Um 2 Uhr ½ hat mich ein alter Herr mit dem Auto abgeholt und mich drei Stunden lang sehr schön in Lynchburg herumgefahren, in den Bergen, durch Tabakfelder und über rote Erde. Es ist ein sehr schönes Land. Ich habe in einem Cottage mit der Familie Tee getrunken. Dann habe ich von 7 bis 9 Uhr meinen Artikel in meinem Zimmer beendet, in dem mir das Abendessen netterweise auf einem Tablett serviert wurde. Ich wurde an den Zug gebracht, in dem ich von 10 bis 7 Uhr früh wie ein Stein geschlafen habe. Die Rückkehr nach N.Y. ist schön, wenn man in der Ferne das *Empire Building* sieht wie in Paris den

Eiffelturm. Ich bin ins *Lincoln Hotel* gekommen, um Ihnen zu schreiben. Es ist fast 9 Uhr, und ich werde bei *France-Amérique* meinen Artikel diktieren. Heute abend verlasse ich N. Y. wirklich. Aber jetzt bin ich begierig nach Reisen, es tut mir nicht leid.

Mon amour, mon cher amour – ein Brief von Ihnen ist da, nichts fehlt mir mehr, um vollkommen glücklich zu sein. Der Scheck war dabei, im richtigen Moment. Ich werde trotzdem 300 D. von Lévi-Strauss leihen, damit ich in Kalifornien reich bin. Ich werde nämlich hier ein Vermögen vorfinden, von *Vogue, France-Amérique, Town and Country*, von den Vorträgen und vielleicht noch *Reader's Digest*. Ich habe den Vormittag damit verbracht, mich um diese Artikel zu kümmern, jetzt werde ich bei den Gérassis zu Mittag essen. Ich werde noch einige Erledigungen machen müssen, dann Spaziergang oder Kino, und heute nacht fahre ich nach Rochester.

In Washington habe ich tatsächlich zweimal einen elektrischen Schlag gespürt, als ich auf den Knopf des Aufzugs drückte, und im selben Hotel kamen aus meinem Schlüssel Funken, als ich ihn ins Schlüsselloch steckte. Es stimmt nicht, daß es schwer ist, in New York auf «Ladies» zu stoßen, es gibt wunderbare in allen Cafeterias. Es kommt mir seltsam vor, wegzufahren. Es ist mir, als würde ich Sie ein bißchen verlassen. Ich werde bis zum *10. März* bei Mrs. Moffat sein – 411 South Barrington Avenue – Westwood 24 Los Angeles. Anschließend wird Moffat die Post nachsenden. Schreiben Sie dorthin. Ich schreibe weiter in die Rue Bonaparte. Sagen Sie Ihrer Mutter, sie soll nachsenden, oder besser, telegrafieren Sie eine Adresse zu Sorokine.

Au revoir, mon amour. Ich bin die glücklichste der Königinnen, weil ich zugleich reise und nicht von Ihnen getrennt bin. Erzählen Sie Bost alles schön. Ach! erzählen Sie es herum, es hat in Amerika niemals ein Buch mit dem Titel *J'irai cracher sur vos tombes* [Ich werde auf eure Gräber spukken] gegeben, und auch keinen Autor namens Sullivan. Vian hat alles allein gemacht.[210] Hat Macht, diese Schlampe, den schönen Artikel aus dem *New Yorker* geschickt?

Mon amour, ich küsse Sie mit der ganzen Freude des Herzens. Schreiben Sie schön. Ihre Briefe sind ein so großes Glück. Ich bin die ganze Zeit mit Ihnen.

Ihr reizender Castor

271

Sonntag, 23/2/47

Mon cher amour
Nun bin ich in dem großen Zug, der nach Kalifornien fährt. In Kansas City hält der Zug lange, und ich kann mit Schreiben anfangen. Ich bin ganz amüsiert, sogar ein bißchen gerührt, bei dem Gedanken, daß ich dieses Land sehen werde und daß ich ein richtiges home dort haben werde nach all dieser Zeit, in der ich nur Touristin war. Es ist angenehm, daran zu denken, daß etwas auf einen wartet – daß man nicht selbst versuchen muß, sich einen Platz im Unbekannten zu schaffen, sondern daß er schon vorbereitet und ganz bequem ist.

Natürlich haben mich noch diese ganze Woche Erledigungen und Amüsements und Aufregungen mitgerissen. Ich habe Ihnen Montag geschrieben. Ich hatte zum Glück die Zeit, einen letzten großen Spaziergang in New York zu machen, nachdem ich bei *Vogue*, *France-Amérique* und bei den Relations Culturelles meine Pflicht getan und mit dem Boubou zu Mittag gegessen hatte. Es war herrliches Wetter. Ich bin durch den Central Park und durch Harlem und die Bronx gegangen. Kennen Sie diesen Square mit Felsen inmitten von Felsen, bei der 5th Av.[211], von dem man eine so schöne Aus-

210 Boris Vian (1920–1959) hatte behauptet, er habe das Buch nur übersetzt; er wollte von der damals außerordentlichen Beliebtheit amerikanischer Romane profitieren.

211 Wahrscheinlich Mount Morris Park.

sicht hat? In der Bronx gab es auch wunderbare Landschaften, vor allem in der Abenddämmerung, eine große Brücke über Harlem River auf der Höhe der Washington Bridge, von wo ganz New York am Horizont zu sehen war. Ich habe ein Taxi genommen, das mich am Ufer des Hudson entlang zurückgefahren hat; alle Lichter gingen in New Jersey und New York an, und das war dermaßen schön, daß ich noch ganz aufgewühlt bin, wenn ich daran denke. Ich war im Kino, ich habe *Laura* gesehen, Bost hatte mir davon erzählt, und es ist ein guter Film. Dann habe ich etwas bei den Gérassis gegessen, und Madame Perrier hat mich in meinen Zug gesetzt. Diesmal war es eine richtige Abreise.

Ich habe von Mitternacht bis 7 Uhr geschlafen und bin Dienstag in Rochester angekommen, todmüde. Zwei Nächte im Zug, Aufwachen um 7 Uhr und ein Tag in N. Y., der mich erschlagen hatte. In Rochester bekam ich einen ersten Einblick in eine mittlere amerikanische Stadt – 500 000 Einwohner, angesiedelt um die Kodak-Werke in erbarmungslosen Straßen. Und es schneite. Zu allem Überfluß war mein Zimmer zwar reserviert, aber um diese Uhrzeit noch nicht frei, und ich habe eine gute Weile in der *lobby* geschlafen. Endlich konnte ich hochgehen und mich auf meinem Bett ausstrekken. Aber Anrufe, Reporter usw. Mittags hat mich der Bursche von der Alliance Française abgeholt. Er war ziemlich nett. Mittagessen im Kreis der Familie in einem dieser kleinen Häuser, in denen man hier um die großen Städte herum wohnt, dann habe ich gebeten, eine Siesta machen zu können. Danach ein Imbiß in der Universität. Eine sehr nette Französin hat mich im Auto spazierengefahren, sie hat mir die Umgebung der Stadt gezeigt. Um diese höllischen Orte gibt es immer sehr hübsche Parks mit viel Schnee und zugefrorenen Teichen. Danach Abendessen bei einer alten Amerikanerin – Vortrag, lebhafte Diskussion mit antiexistentialistischen, unsympathischen Franzosen – ich wurde gleich danach zum Schlafen ins Hotel gebracht. Ich habe wie ein Stein geschlafen.

Ich hatte beschlossen, am nächsten Tag die Niagarafälle

zu besuchen, bei Buffalo, was auf meiner Strecke lag. Ich habe um 9 Uhr früh einen Bus genommen, einen «Greyhound», ich finde diese Busse herrlich, und ich kam nach zwei Stunden Fahrt durch triste und monotone Landschaft und durch diese Dörfer, die Sie kennen, in Buffalo an. Was Buffalo angeht, sagen Sie Bost, ich sei *sicher*, daß Detroit dagegen ein Babel ist. Aber dies Übermaß an Grauen hat mir die Seele ergötzt, genau das wollte ich sehen, und da ich dort nichts zu tun hatte, war es höchst absurd und unverbindlich. Ich habe mein Gepäck in einem Hotel abgestellt und habe einen anderen Autobus nach *Niagara Falls* genommen. Das wäre einen sorgfältigen Bericht wert, aber ich habe keine Zeit. Sie sollen nur wissen, daß *Niagara Falls* jetzt eine richtige Industriestadt ist, daß ich an der Endstation von fester Hand in ein Taxi gesetzt wurde, das mich eineinhalb Stunden lang zu allen «Aussichtspunkten» gefahren hat; jeder hat seinen *Aufzug*, der einen zum richtigen Punkt hinunter- oder hochfährt. Das ist für amerikanische Hochzeitsreisen, ein richtiger Lunapark, wie Camus sagen würde, diesmal zu Recht. Ich habe *Wasser, das in großen Flammen brannte*, gesehen, die Indianer haben diese Quelle entdeckt. Ich habe ein Glas von diesem Wasser getrunken, das ausgezeichnet war, und als ich ausgetrunken hatte, wurde der Satz des Glases angezündet, und es hat wie Benzin gelodert – und der ganze Brunnen brannte, die Porträts der Leute, die dieses Wunder entdeckt hatten, waren erleuchtet. Vor fünfzig Jahren waren die Fälle sicher sehr schön, als der große See allein mitten in den Wäldern lag – sogar jetzt, eisbedeckt, wie er war, mit den im Schnee stäubenden Fällen und den Eiszapfen, gab es Aussichtspunkte, von denen es sehr grandios war – aber man mußte den Rest der Landschaft verstecken, die Atmosphäre war nicht da. Man hat mir Stiefel und einen großen Wachstuchmantel gegeben, mit denen ich unter die Fälle gehen konnte, und ich habe einen einsamen amerikanischen Touristen inmitten einer Schneelandschaft fotografiert. Ich mußte darüber ganz allein lachen. Ich habe noch mehr gelacht, als ich eine Stunde später wieder in Buffalo war. Es hat 500000 Einwohner und ist ein Loch wie Barcelonnette oder Beuzeville, nur auf 40 Meilen Ausdehnung. Es wehte ein eisiger Wind. Ich bin hartnäckig zwischen den Schuppen am See spazierengegangen, der Himmel war vom Sonnenuntergang gefärbt und wäre über New York wunderbar schön gewesen. Ich habe in einer Cafeteria gegessen und bin in Kinos geflüchtet, wo ich nacheinander *Sindbad the Sailor* [Sindbad, der Seefahrer] in Farbe, worüber ich lachen mußte, und einen aus Somerset Maugham gezogenen Blödsinn, *The Razor's Edge* [Die Rasierklinge], gesehen habe. Er dauert über zwei Stunden. Meiden Sie ihn unbedingt. Als ich wieder in der *Main Street* war, um zu meinem Hotel zu gehen, habe ich mit Vehemenz gedacht, es sei besser, auf der Stelle zu sterben, als ein Jahr in Buffalo zu verbringen. Aber ich mußte dabei eher jubeln. Ich verstand die ganze Kraft dieses Slogans: «New York ist nicht Amerika.»

Am nächsten Tag, Mittwoch, habe ich den ganzen Vormittag im Zug verbracht. Ich wünschte die großen Seen zu sehen, und ich habe sie gesehen. Wir sind lange am Eriesee entlanggefahren, 4 Stunden lang. Er war zugefroren und endlos. Ich habe unterdessen ein ausgezeichnetes Buch gelesen, von dem wir unbedingt große Teile in die *T. M.* übernehmen müssen. Es ist *Class and Caste in South* [Klassen und Kasten des Südens] von einem amerikanischen Soziologen – die Methode ist ebenso interessant wie der Inhalt, es ist ein bißchen ein Pendant zu Ihrem *Portrait de l'antisémite**, aber bezogen auf die Schwarzen und wissenschaftlicher. Es steht alles über das Problem des Südens drin – der alte Dwight Macdonald hatte es mir geliehen, all diese Leute waren so nett. Ich habe bis

* Dt.: *Porträt des Antisemiten*, im Dezember 1945 in der Nr. 3 der *Temps modernes* abgedruckt; es handelt sich um den ersten Teil der im Oktober 1944 geschriebenen *Réflexions sur la question juive*, die in ihrer Gesamtheit erstmals 1946 erschienen; dt.: *Überlegungen zur Judenfrage*. Neuübersetzung, Rowohlt Taschenbuch Verlag, Reinbek 1994.

Cleveland gelesen. Dort habe ich für 25 Cent mein Gepäck in ein kleines Schließfach gestellt, dessen Schlüssel ich mitgenommen habe – über diese «gadgets» freue ich mich immer, und ich habe einen Taxifahrer gebeten, mich durch Cleveland zu fahren. Eine Million Einwohner – ein bißchen weniger schrecklich als Rochester und Buffalo, des Sees wegen, der sehr schön ist. Aber ich wurde allmählich von diesen Städten, die so «hopeless» sind, erdrückt. Der Fahrer hat mich für zwei Dollar fast eine Stunde lang herumgefahren – wir haben uns lange unterhalten, ich unterhalte mich immer, und es entzückt mich, daß fast alle als Soldaten in Paris waren. Sie sind sehr sympathisch und so stolz, Amerikaner zu sein. Er hat mich am Museum von Cleveland abgesetzt, das eine sehr schöne Bildersammlung mit einem großen blauen Picasso hat und wo an diesem Tag gerade eine große Degas-Ausstellung war. Es war erholsam zu sehen, daß es auf der Welt noch Dinge gab, die man mit Vergnügen betrachten konnte. Danach habe ich den «Greyhound» nach Oberlin genommen. 1½ Stunden lang Stadt und wieder Stadt, immer Häuser. In Oberlin war es 5 Uhr, das ist nur ein Dorf rund um ein College, es lag viel Schnee, und es war sehr friedlich, und ich war sehr froh, vor allem, weil man mir ein herrliches Zimmer in einem sehr hübschen ländlichen Hotel reserviert hatte.

Ich habe gebadet und lange Toilette gemacht. Dann habe ich einen Professor und seine Frau getroffen, die die Schwester von André Masson[212] ist, dem sie wie ein Ei dem anderen gleicht. Die Unterhaltung war also leicht. Ich habe im französischen Haus zu Abend gegessen, meinen Vortrag gehalten, und drei sehr nette Studenten haben mich in ein Bistro mitgenommen. Wir haben Kaffee getrunken, denn in Oberlin wird kein Alkohol getrunken. Wir haben sehr viel über die intellektuelle Jugend Amerikas geredet, ich verstehe sie allmählich gut, und es scheint mir, ach, «hopeless». Ich fürchte, ich komme von hier als völlige Kommunistin zurück – es kann in

212 Der Maler.

Rußland nicht weniger Freiheit geben als hier. Na ja, viel Zeit wäre notwendig, um das auseinanderzusetzen. Ich glaube, Sie hatten im übrigen genau dasselbe Gefühl. Daraufhin habe ich geschlafen. Und heute früh Abreise nach Chicago.

Montag

Mon cher amour. Ich habe gestern abend den Brief unterbrochen, ich werde ihn heute früh fertigschreiben. Ich bin aufgewacht, als die Sonne über einer großen Wüste aufging, und seit zwei Stunden fahren wir durch gewaltige Landschaften aus roter Erde, Steppe und Bergen unter einem Gewitterhimmel. Welcher Gegensatz zur Eiseskälte von Buffalo und Chicago. Ich war ab 7 Uhr auf, weil ich mich früh hingelegt hatte. Ich habe gefrühstückt und bin in der *lounge*, wo es eine Bar, Radio, alle Zeitschriften der Welt und Tische zum Schreiben gibt. Eine lange Zugreise wie diese ist sehr amüsant. Ich bin also weggefahren.

Dienstag

Im Zug rüttelte es zu sehr, und ich konnte nicht schreiben. Ich werde morgen von Chicago erzählen. Jetzt ist es 7 Uhr ½, ich bin gerade aufgewacht und fahre durch endlose Plantagen voller Orangen. In einer ½ Stunde bin ich in Los Angeles. Ich hoffe, dort ist ein Brief von Ihnen. Ich habe von Ihnen geträumt, und Sie waren sehr schlimm. Das zeigt, wie zufrieden ich immer noch mit Ihnen bin. Au revoir, mon cher amour. Ich küsse Sie mit all meiner Liebe. Schreiben Sie mir.

Ihr reizender Castor

Umschlag
Air Mail
Monsieur Sartre
Rue Bonaparte 42
Paris 6^{e} Frankreich

Freitag, 28. Februar [1947]

Mon cher amour

Wie froh ich war, hier Ihren Brief vorzufinden. Sie schreiben treu, und das ist entscheidend für mein Glück. Ich bekomme ein bißchen Angst, wenn ich daran denke, daß Sie wer weiß wo sein werden, wenn dieser Brief ankommt, und daß Sie mir wieder nach New York antworten müssen. Schreiben Sie an Madame Gérassi, 215 E. 57th. Ich schreibe Ihnen in einem Zimmer in der Wohnung von Sorokine, es ist wunderbar; man sieht ganz Los Angeles in der Ferne und das Meer, draußen sind große Eukalyptusbäume, Pferde, Hühner, es ist ländlich und städtisch zugleich. Auf dem Tisch steht ein riesiger Korb mit Orangen und Orangenblüten, den mir ein unbekannter Verehrer geschickt hat, und ich schreibe Ihnen mit einem Dauerkuli, den mir Annabella[213] gestern geschenkt hat. Ich finde ihn übrigens nicht sehr angenehm und werde ihn sicher unterwegs verlieren. Ich amüsiere mich mehr denn je, obwohl ein Stück meines Herzens in New York hängengeblieben ist.

Sie sollen zunächst wissen, daß Chicago nicht schlimm war. Im Gegenteil, ich mochte Chicago sehr, vielleicht weil ich den Mann mochte, mit dem ich es gesehen habe. Ich habe den Zug von einem kleinen Bahnhof neben dem Oberlin College genommen, und wir sind sechs Stunden an einem zugefrorenen See entlanggefahren, während ich las. In Chicago hatte man (der Konsul) mir in einem prächtigen Hotel ein Zimmer reserviert. Ich habe sofort eine Stunde im Museum verbracht, dann war ich zu Fuß und im Taxi auf der Michigan Avenue und am Ufer des Sees. Dann habe ich einen gewissen Nelson Algren angerufen, Freund von Wright und Liebling der tristen Mary Guggenheim. Er antwortete, ich hätte eine falsche Nummer, da ich seinen Namen schlecht aussprach,

213 Die Schauspielerin.

und ich versuchte dreimal, es ihm zu erklären, aber sobald er meine Stimme erkannte, schrie er mit zunehmender Empörung: «It's a wrong number!» Ich habe es aufgegeben und in aller Eile an einem Artikel für *France-Amérique* gearbeitet, den ich schnell wegschicken mußte. Aber ich hatte Lust, abends mit diesem Mann auszugehen, und habe eine Amerikanerin anrufen lassen, die den Namen richtig aussprach. Wir haben die Sache geklärt, um 9 Uhr habe ich ihn im Hotel getroffen. Er ist ein typischer Amerikaner, mit einem Gesicht, das keine Miene verzieht, einem Körper ohne Ausdruck, und hat damit debütiert, auf Güterzügen durch Amerika zu fahren und als *pin-boy*, als Kegeljunge zu arbeiten, der die Kegel in den *bowlings* wieder aufstellt. Dann hat er geschrieben, ein bißchen Erfolg gehabt, jetzt lebt er zwei Jahre lang von einem Vertrag, und danach wird er seinen Lebensunterhalt wieder irgendwie verdienen. Er schreibt über Chicago, wo er schon immer gelebt hat, Bücher, die an Saroyan und zugleich an Damon Runyan erinnern[214] – er ist natürlich praktisch Kommunist. Ich fand ihn sehr sympathisch und intelligent und menschlich, wie sie hier sein können, wenn sie nicht mißlungen sind. Er hat sofort begriffen, wo er mich hinführen mußte: zuerst auf die Bowery von Chicago, in ein Tanzlokal, das *Sammy's* ähnelte, aber noch verrufener und weniger kommerziell, in ein kleines Nachtlokal, in dem sich herrliche Frauen nackt auszogen und unter vollkommen gleichgültigen Blicken obszön tanzten, in ein Negerlokal und in eine kleine polnische Bar. Draußen war es kalt, die Straßen waren schneebedeckt, ganz verlassen, es war sehr anders als New York und in gewissem Sinn stärker. Er hat mich in ein Taxi gesetzt und mich unbeholfen, sehr ernst und nachdrücklich geküßt, ich bin nach Hause gefahren und habe mich dabei lange mit dem Fahrer unterhalten.

214 Die Werke von Nelson Algren, J. T. Farrell, Autor von *Stud Lonigan*, und R. Wright wurden oft mit dem Sammelbegriff «Chicagoer Realismus» bezeichnet.

Ich wollte den ganzen nächsten Tag mit dem Mann verbringen und schäumte vor Wut, als das Telefon klingelte: der Konsul, der mir meinen Tag «organisiert» hatte. Ich mußte ein Mittagessen in der Alliance Française annehmen, das Abendessen mit dem Konsul, ich war außer mir. Ich bin zu diesem wunderbaren Museum zurückgekehrt, habe mich im Taxi auf die *Bowery* fahren lassen und habe ebenfalls im Taxi eine große Spazierfahrt am Seeufer und in *down town* gemacht, wo ich es fast so schön finde wie in New York. Dann entsetzliches Mittagessen in der Alliance, mit entsetzlichen alten Damen und einer französischen Pseudo-Schriftstellerin. Der Konsul war nicht zu unangenehm, ein Gaunertyp, vorübergehend kann man mit dieser Sorte Mensch vorliebnehmen. Ein Freund von ihm, ein aufgeklärter und niederträchtiger amerikanischer *businessman*, hat eine lange Spazierfahrt mit mir gemacht, bevor er mich zu Algren brachte, mit dem ich verabredet war. Er wohnt im polnischen Viertel, in einem elenden Häuschen, und Sie hätten die entrüsteten Mienen dieser Herren sehen sollen, als sie mit dem Auto in dieser schäbigen Straße halten mußten. Ich habe ihn in seinem kleinen Zimmer angetroffen, dem Zimmer eines armen Intellektuellen, und er hat mich durch die Straßen und in die Bars des polnischen Viertels geführt. Es waren sehr angenehme Bars; draußen zerrte der Wind an unseren Ohren, und wir traten schnell in eine Bar und tranken im Warmen einen Wodka; er hat mir ehemalige Gangster-Bars gezeigt und eine Menge Geschichten erzählt. Ich hatte den Eindruck, ich würde das kleine Leben eines Viertels teilen, es war sehr vertraut – und wir verstanden uns sehr gut, durch mein Englisch hindurch. Ich war untröstlich, weil er für mich ein Abendessen mit einem der beiden Autoren von *Black Antiquities* organisiert hatte, und ich nicht hingehen konnte. Er ist auch zum Telefon gestürzt, um die Bücher zu bestellen, die ich haben wollte, er war so nett, und am Ende hat er mich so sehr gebeten, nach Chicago zurückzukommen, und hat mich vor dem Taxi, mit dem ich wegfuhr, mit solcher Rührung umarmt, daß ich selbst ganz gerührt war. Das hat Chicago eine sehr wahre und sehr starke Note verliehen. Danach habe ich mit dem Konsul und dem *businessman* in einem herrlichen Restaurant am Seeufer zu Abend gegessen, und es war langweilig und ärgerlich. Sie haben mich pompös zum Zug gebracht, der *businessman* hat mir Bücher gekauft und massenhaft herrliche Zeitschriften, und ich habe mich auf meine Liege gelegt, ganz amüsiert beim Gedanken an diese große Reise. Drei Nächte und zwei Tage; am 2. Tag kam es mir trotzdem ein bißchen lang vor, aber im großen und ganzen ist das sehr schön. Ich habe den letzten Steinbeck gelesen und viele andere Dinge – und wie schön ist die Landschaft am zweiten Tag, wenn man durch die Wüsten fährt. Am ersten Tag hat mich im *dining car* ein Mann angesprochen (ein Mann zwischen 50 und 60), mit dieser netten und direkten Art, und hat mich, während er mit mir zu Mittag aß, nach meiner Meinung über Rußland gefragt, und er hat mir ein Buch von sich geschenkt; er ist Journalist, Kriegsberichterstatter und war auch Professor in Harvard, aber er wurde entlassen, weil er zu vorteilhaft über Rußland geschrieben hatte. Er wird mit einer ganzen Kommission durch Europa reisen und eine große Enquête machen, um zu verstehen, wo Europas Zukunft liegt. Er ist kein Kommunist, aber ein idealistischer Sympathisant. Wieder war ich darüber verblüfft, daß das politische Problem sich für diese Leute in einer anderen Perspektive stellt als für uns. Er ist in Emporia ausgestiegen, wo er einen prorussischen Vortrag halten wollte – und ich habe sein Buch, das ein riesiges Stalinporträt schmückt, neben mich gelegt. Der Neger, der sich um die Liegen kümmert, strahlte; er hat mit dem Finger darauf gezeigt und tüchtig gelacht: «Oh! this is a good guy!» Und er hat mich während der ganzen Reise umsorgt. All diese winzigen Dinge machen hier die Beziehung zu den Leuten so warm und schön und beleben eine Reise so sehr.

Dienstag, 8 Uhr, bin ich angekommen. Sarbakhane war am Bahnhof, mit herrlichen Haaren und wunderbarem Gesicht, aber riesiger denn je. Sie hatte ein kleines Auto, das Moffat ihr eigens für uns gekauft hatte, was wirklich nett ist. Ich war sehr froh, sie zu sehen. Sie hat mich hierhergefahren, wo es reizend ist und wo Moffat mit einem schönen kleinen Mittagessen auf uns wartete. Ach Sie! ich bin wahnsinnig aufgeregt, denn es könnte sein, daß Capra *L'homme immortel*[215] verfilmt, mit Claude Rains und Greta Garbo. Es scheint sehr ernst zu sein. Moffat ist «writer»* von Stevens, dem Regisseur von *Gunga Din*[216], der mit Capra befreundet ist. Stevens ist an dem Thema, wie Moffat es ihm dargelegt hat, sehr interessiert, und er hat Moffat gebeten, vor jeder anderen Arbeit ein Treatment zu *L'homme immortel* zu schreiben. Moffat wird es diese Woche machen, und er sagt, er sei fast sicher, daß Capra oder Stevens einverstanden sein werden – wenn nicht, findet er jemand anderen. Stevens, mit dem ich gestern zu Mittag gegessen habe, schien im übrigen viel Sympathie für mich zu haben, so daß er uns ein Stück der Reise, die wir in Kalifornien machen werden, begleiten wird. Wir haben ein bißchen über das Projekt geredet, und er war sehr interessiert. Ich habe Moffat, der den Schnitt und den Dialog und alles machen wird, die Hälfte des Reingewinns versprochen, das wären mindestens 30000 Dollar für mich, wird Ihnen dabei nicht schwindlig? Wir würden ein Jahr in Amerika leben, Sie und ich; ich bin schon ganz aufgeregt vor lauter Plänen. Ich weiß sehr wohl, daß viele solcher Sachen ins Wasser fallen, ich habe keine Illusionen, aber allein schon der Gedanke amüsiert mich so sehr.

Hier hatte ich drei wunderbare Tage. Sorokine hat mich überall herumkutschiert, ans Meer, zum Friedhof, der einma-

215 «Der unsterbliche Mensch», gemeint ist ihr 1946 erschienener Roman *Tous les hommes sont mortels* [dt.: *Alle Menschen sind sterblich*, Rowohlt, Hamburg 1949].

* In *Amerika Tag und Nacht*, S. 119f., beschreibt Simone de Beauvoir die Arbeit der amerikanischen Drehbuchautoren.

216 Film, den sie vor dem Krieg gesehen hatte.

lig ist, in die Berge, nach Pasadena usw. Ich habe Dienstag einen Vortrag in Los Angeles gehalten, Mittwoch in Pasadena. Wir brachen gegen 10 Uhr auf und fuhren bis zum Vortrag gegen 3 Uhr spazieren. Dann trafen wir Moffat um 6 Uhr abends bei einem *scotch and soda* und waren in den hübschesten Bars. Am ersten Abend haben sie mich ins mexikanische Viertel geführt, das sehr sehr schön ist, und wir haben in einem so hübschen Restaurant gegessen, daß die Kosakiewicz vor Freude geweint hätten; es gab Orchester und Unterhaltung, mexikanische Küche und Getränke. Danach waren wir in einem sehr schönen Nachtlokal, mit gutem Jazz. Am zweiten Tag waren wir in einer Art Montparnasse von Los Angeles, in einem Canyon am Meer – es gab dort eine Art französisches Künstlercafé mit französischer Küche, auch sehr schön. Wir haben eine Fahrt nach Venice gemacht, dem Lunapark, von dem Sorokine in den *T. M.* erzählt hat, und wir sind mit der schrecklichsten *scenic-railway* meines Lebens gefahren. Moffat war wunderbar vor abstrakter Verzweiflung und puritanischem Tadel, während wir in Abgründe stürzten. Irgendwann versuche ich, Zeit zu finden und Ihnen von Sorokine und ihm zu erzählen. Sie lieben sich wirklich so stark es nur geht und sind nett zusammen. Ich habe viel, viel Zuneigung zu Moffat.

Gestern war Kinotag. Vormittags war ich beim Friseur und in Westwood, die Ortschaft, in deren Nähe wir wohnen – das ist bei Beverly Hills. Der Ort selbst ist sehr schön. Wir haben Moffat im Studio abgeholt; Stevens lud uns zum Mittagessen bei *Lucy's* ein, das zwischen den drei großen Studios Hollywoods liegt, es ist das bekannte Restaurant der Stars, und das Publikum war tatsächlich sehr amüsant und die Küche herrlich. Danach haben wir die Studios besichtigt, bei Dreharbeiten zugesehen; ich wurde zwischen zwei herrlichen halbnackten *glamourous girls* fotografiert, die mich an der Hand halten. Ich werde Ihnen das Foto schicken. Sie hätten lachen *müssen* und Bost auch. Danach hatte der Konsul einen Imbiß bei Annabella arrangiert, die sich Dienstag meinen

Vortrag zugemutet hatte, die Arme. Sehr angenehm ist, daß der Konsul mit Moffat befreundet ist, er hat für Sarbakhane Vorträge organisiert, die er überall als meine Adoptivtochter vorstellt. So werden wir immer alle zusammen eingeladen. Annabella war reizend und hat mir diesen Kuli geschenkt, und wir haben uns geküßt. J. P. Aumont war da, der wie ein Metzgerjunge aussieht, und es war nicht sehr amüsant, aber wir sind nur eine Stunde geblieben. Danach herrliches chinesisches Abendessen im schicksten Restaurant von Los Angeles, tatsächlich die schönste Umgebung, in der ich je war, eine Art Aquarium, eine Art haitianisches Treibhaus mit einer wunderschönen und erstaunlichen Beleuchtung und Ausstattung. Der Konsul lud ein. Ich habe einen monströsen Zombie[217] getrunken und köstliche Sachen gegessen. Aber die Diskussion über *Journal d'un voleur* [dt.: *Tagebuch eines Diebes*] von Genet hat eine scharfe Note bekommen. Wir haben uns mit tausend Herzlichkeiten verabschiedet, aber das ist ein Bursche, den ich hasse und der es mir heimzahlt. Wir haben ihn verlassen, und Moffat hat uns zu einer Anhöhe gefahren, von der aus man ganz Los Angeles zu seinen Füßen liegen sieht. Eine Unendlichkeit aus funkelnden Lichtern und Schweigen. Es war sehr mild, und wir sind eine gute Weile geblieben, haben geraucht und geguckt. Wir waren sehr glücklich. Wir sind um 2 Uhr früh schlafen gegangen. Aber ich bin um 8 aufgestanden und habe Ihnen zwei Stunden lang geschrieben, während die anderen schliefen. Sorokine macht sich im Haus zu schaffen, denn wir fahren nach Ojai, in die Berge zwischen Los Angeles und San Francisco, wo ihre Tochter ist. Von dort nach San Francisco, zurück über Reno und das Tal des Todes; Sor. fährt sehr anständig. Am Mittwoch, dem 12., stellt Chaplin seinen Film über Landru[218] vor, es wird ein Fest mit allem Drum und Dran geben, ich bin un-

217 Cocktail aus sieben verschiedenen Rums, deren Farbschattierungen sich übereinanderlegen.
218 *Monsieur Verdoux*.

heimlich froh, denn wir werden gerade zurück sein. Stevens wird mir auch *The Ox-Bow Incident*[219] und andere Filme zeigen, und es wird vielleicht eine Veranstaltung mit Jazz-Improvisationen geben. Und ich muß mit Moffat an *L'homme immortel* arbeiten. Sie sehen, ich bin voller schöner Projekte.

Ich habe den Brief von Bost bekommen. Ich habe mich sehr gefreut, aber er sollte mir öfter schreiben. Ich möchte gern, daß er was von mir hört, wenn Sie weg sind. Vielleicht schikken Sie ihm diesen Brief? Auf jeden Fall, verlieren Sie bitte meine Briefe nicht, sie werden meine einzige Erinnerung von hier sein.

Au revoir, mon amour. Ich hoffe noch auf einen oder zwei Briefe hier. Ich bin glücklich, wenn ich Briefe von Ihnen habe und mir nicht vergessen vorkomme. Ich würde gern eine lange Zeit mit Ihnen in Amerika leben. Ich lebe die ganze Zeit mit Ihnen, ich küsse Sie mit ganzer Kraft.

Ihr reizender Castor

Umschlag
Air Mail
Monsieur Sartre
Rue Bonaparte 42
Paris 6^{e}

219 *Ritt zum Ox-Bow*, Film von W. A. Wellman, der einen Lynchmord im vorigen Jahrhundert zum Gegenstand hat. Die Amerikaner lehnten es ab, den Film auszuführen.

273

Dienstag, 4. März [1947]

Ganz liebes kleines Geschöpf

Wo sind Sie? Ich fühle mich allmählich sehr weit weg von Ihnen und spüre ein großes schmerzliches Verlangen, Sie wiederzusehen – schreiben Sie mir jetzt zu Gérassis, 215 E. 57th. Ich werde in einem Monat dort sein. Wäre diese Trennung nicht, die ich allmählich mit etwas Angst (vor allem nachts) spüre, wäre ich der schändlich glückseligste Castor. Jetzt bin ich in San Francisco; es hat nicht das Geheimnis und die Tiefe von N.Y. oder Chicago, aber ich kenne keine reizendere Stadt; ich weiß, daß Sie auf diesen Hügeln spazierengegangen sind und sich sogar ein bißchen verirrt haben, und das ist ein kleines konkretes Band zu Ihnen. Mon amour, nachdem ich Ihnen Freitag früh geschrieben hatte, haben Sarbakhane und ich eine Menge kleiner Erledigungen in Westwood gemacht, dann haben wir uns tapfer mit ihrem kleinen grauen Auto auf den Weg gemacht. Es war eine Bergstrecke, mit Ausblicken aufs Meer, sehr sehr hübsch. Unterwegs haben wir in einer dieser reizenden Herbergen haltgemacht, die die Straße säumten (eine hatte als Aushängeschild einen *Elefanten* aus Fleisch und Blut), wir haben zu Mittag gegessen und sind gegen 4 Uhr ½ in Ojai angekommen, ein schreckliches kleines Dorf in einem wunderbaren Tal mit Orangenbäumen mitten in den Bergen. Wußten Sie, daß kleine Öfen zwischen den Baumreihen stehen, die in den Frostnächten angemacht werden, damit die Knospen nicht erfrieren? Ein erstaunlicher Anblick. Wir haben zunächst eine große Rundfahrt in der Umgebung gemacht, mit Ausblicken auf das Tal und allem Drum und Dran, dann haben wir die Tochter von Sorokine abgeholt, die bei einer Amme ist, einem dicken fetten Monster, und haben sie bis zum Haus von Iris, der Mutter Moffats, mitgenommen. Das ist ein 4 Meilen vom Dorf entferntes Haus, das die beiden Kos. zu Tränen rühren würde, mit einer Landschaft, Farben, Blumen wie in einem irdischen Paradies, und mit mexikanischen und indianischen Gegenständen im Innern, die wahre Wunderwerke sind. Wir waren dort allein, wir sind herumgestreift und haben geredet und mit dem Kind gespielt, das mir nicht mehr und nicht weniger sagt, als die Kinder dieses Alters – sechs Monate –, das heißt, nichts. Daraufhin sind Moffat, dann Iris mit einem Freund eingetroffen. Sie ist eine Frau, die Wanda ähnelt, nur dünn, alt und amerikanisch; sie hat ein kleines Theater im Tal, wo sie Stücke von Shakespeare und von sich selbst mit Laienschauspielern inszeniert, die in der Umgebung wohnen und die von früh bis spät das Haus belagern – es ist eine kolossale Bohème, wir haben aufs Geratewohl einige Scheiben Lachs zu Abend gegessen, die Sor. gekauft und gebraten hatte, dann haben wir Whisky getrunken und sehr schöne Platten gehört, über die Sorokine einen kleinen Artikel für die *T. M.* schreiben will: es sind alte englische Lieder aus dem Mittelalter, die die Amerikaner einst wieder aufgegriffen haben – es war ein guter Abend. Das kleine Mädchen schlief in meinem Zimmer, was mich nicht gestört hat, außer daß es am Morgen unheimlich gestunken hat. Morgens war das Zimmer von Iris voll diskutierender Männer und der Garten voller Schauspieler, die ihre Rollen lernten und gestikulierten. Jeder hat gegessen, was er fand, zum Glück hatte Sor. Eier mitgebracht, ich habe Briefe geschrieben, wir sind ein bißchen spazierengegangen. Und gegen 1 Uhr ½ sind wir unter allgemeinen Ermunterungen mit dem großen roten Auto, das Moffat uns lieh, nach San Francisco aufgebrochen. Sor. fährt nicht schlecht, nur zu vorsichtig, aber nicht zu sehr wie eine Verrückte. Wir fuhren an den Hängen und am Meer entlang, aßen Hamburger in einem gräßlichen Dorf, und in der Abenddämmerung, gegen 6 Uhr, sind wir zu einem sehr netten kleinen Nest am Ufer einer kleinen Bucht gekommen. Wir haben in einem *Sea food-Restaurant* zu Abend gegessen, über dem Meer, an Tischen, die von den hier üblichen bunten Kerzen erleuchtet waren, und wir haben in einer der kleinen Kabinen eines Motels übernachtet; es war höchst poetisch. Ich habe eine Stunde lang neben Sorokine gelesen, die schon schlief, und um 9 Uhr schlief auch ich.

Sonntag waren wir schon um 7 Uhr ½ unterwegs. Auf einer herrlichen, absolut wilden Küstenstraße. Wir haben am Tag ungefähr 300 Meilen zurückgelegt, das heißt 450 km. Wir haben das *breakfast* in einer einsamen Taverne am Meer zu uns genommen und das Mittagessen in einer sehr hübschen Stadt, Monterey, kennen Sie das? Sie geht noch auf das alte Mexiko zurück, vor dem Goldrausch, und es gibt alte, sorgfältig gepflegte Häuser, die Briganten oder berühmte Gouverneure (der Gegend) beherbergt haben. Es gibt vor allem einen höchst lebendigen und schönen Fischerhafen, wo wir auf einem Schiff im Freien zu Mittag gegessen haben. Ich fühlte mich glücklich wie eine Königin. Ich war auch ganz gepackt, als wir gegen 5 Uhr ½ nachmittags in San Francisco ankamen. Aber es war seltsam, weil wir nicht wußten, wo diese Stadt genau war, und Sor. hatte Angst, in der Stadt zu fahren, mit all diesem schreckenerregenden Bergauf und Bergab. Wir sind an der Golden Gate-Brücke angekommen, und dort haben wir mit einem Schlag die Stadt und die Bucht entdeckt, wie schön das ist! Aber wir steckten in einem solchen Verkehr, daß wir nicht mehr umkehren konnten. Schließlich hat uns jemand geholfen, trotzdem umzukehren, und wir haben leicht ein Hotel gefunden, ganz nah bei Market Street, das heißt genau im Zentrum. Am selben Abend haben wir noch *Mark Hopkins Top* bestiegen; man wollte Sorokine nicht hineinlassen, weil man sie für minderjährig hielt, aber sie wurde trotzdem hineingelassen, und wir haben getrunken und zugeschaut. Dann haben wir in einem guten Restaurant mit ziemlich schöner Musik zu Abend gegessen; dann ein blöder Film, in dem Bette Davis Zwillinge spielte.

Gestern habe ich lang und breit San Francisco besichtigt. Vormittags zu Fuß die Chinesenstadt, den Telegrafenhügel mit seinen reizenden kleinen Häusern und seiner herrlichen Aussicht, die Fischerkais, wo wir in einem hübschen Restaurant des Hafens zu Mittag gegessen haben, mit Blick auf alle kleinen Schiffe. Dann haben wir eine große Rundfahrt im Auto gemacht, sind über die Golden Gate Bridge gefahren und am Meer entlang; das ist wunderschön. Dann sind wir zu Fuß in *down town* herumgestreift und haben im Kino *The Killers* [dt.: *Tod eines Killers*] nach der Erzählung von Hemingway gesehen, es ist amüsant. Und dann gab es einen idiotischen Film, über den ich mich aber ein bißchen wegen *Les jeux sont faits* [dt.: *Das Spiel ist aus*] geärgert habe. Auch hier Tote, die auf die Erde zurückkommen, und genau Ihr Dreh: sie setzen sich auf den Schoß der Leute, die es nicht merken. Sor. sagt, sie habe das *10* Mal gesehen. Danach haben wir in einer Bar einen getrunken, am Tresen etwas gegessen und sind nach Hause gegangen.

Ich bin gerade aufgestanden. Ich habe heute nachmittag einen Vortrag in Mills, Donnerstag einen in Berkeley, ich bleibe also noch drei Tage hier, was mir gut gefällt. Ich werde über Reno, einen großen Nationalpark und Death Valley nach L. A. zurückkehren. Ich werde Ihnen die Fortsetzung erzählen. Sorokine ist sehr nett. Sie sagt, etwas sei in ihr gestorben, und das macht sie zum Engel. Es ist komisch, sie am Steuer zu sehen, aber sie kommt zurecht; außer daß sie bergab im ersten Gang fährt, damit der Motor bremst, wir fahren bergab so langsam wie bei einer Beerdigung, zwischen lauter Autos, die kopfüber ins Leere stürzen.

Au revoir, mon amour. Ich denke daran, daß Sie diese Dinge gesehen und geliebt haben, und ich fühle mich weniger getrennt. Schreiben Sie, denken Sie an mich, vergessen Sie mich nicht. Ich küsse Sie mit aller Kraft.

Ihr Castor

Sagen Sie Bost, daß ich auch an ihn immer denke und möchte, daß er mir schreibt.

Sonntag, 9. März [1947]

Mon cher amour

Ich bin ganz entzückt, wenn ich daran denke, daß ich schon seit sechs Wochen hier bin und daß ich noch keine Minute diesen leichten Ekel verspürt habe, der bei uns, selbst wenn wir zusammen sind, am Ende einer Reise aufkommt – im Gegenteil, je mehr die Zeit vergeht, desto mehr fühle ich, wie ich Wurzeln schlage, so daß ich mir schlecht vorstellen kann, Amerika wirklich zu verlassen; es scheint mir Teil meines Lebens, meiner Kultur, meiner Welt zu sein, ich hänge daran wie an einer Art Heimat, trotz des Entsetzens und vor allem der Enttäuschung, die mir die politische Seite bereitet. Ich weiß, daß Sie genau diese Mischung aus Zuneigung und Wut verspürt haben.

Die Reise durch Kalifornien ist genauso wunderbar, wie es der Aufenthalt in New York war. Schön ist, daß ich ein *home* in Los Angeles habe, wo ich nur drei Tage geblieben bin, wo ich nicht länger bleiben werde, aber es ist ein Bezugspunkt. Und dann habe ich ganz New York als *home*, mit Freunden und Projekten, die auf mich warten, und ich fühle mich, als würde ich nicht als Französin durch Amerika streifen, sondern als Einwohnerin von New York. Um zur Sache zu kommen: ich habe Ihnen Dienstag früh aus San Francisco geschrieben. Um 10 Uhr haben wir den roten Wagen genommen, und eine halbe Stunde lang war es auf den Straßen eine einzige Qual, denn Sor. fährt unterwegs tadellos, aber die Städte bringen sie um. Schließlich haben wir die wunderbare Bay Bridge überquert und eine große Rundfahrt an der Bucht entlang gemacht, in den Hügeln über Oakland und Berkeley, es ist wild, als ob man meilenweit von jeder Stadt entfernt wäre. Es ist herrlich, mit dem Wagen durch eine Menge kleiner Straßen und Dörfer fahren zu können, man fühlt das Land in einer erstaunlichen Intimität. Wir haben in einem dieser Dörfer riesige *T-bone steaks* gegessen, und um 4 Uhr sind wir in Mills College gelandet, bei einer alten Dame, die uns alles lang und breit gezeigt hat. Vortrag. Dann Abendessen, sehr schlecht, bei dem ich zwischen Milhaud[220] und dem französischen Konsul saß, dann kleiner Empfang bei Milhaud. Er ist sehr sympathisch, er hat mir zwei Platten geschenkt, seine *Petite suite française* [Kleine französische Suite]; wir haben über Leibowitz gesprochen, den er für einen armen Wicht hält, und über Zwölftonmusik und tausend andere Sachen. Der Konsul hat uns, Sor. und mich, zurückgebracht. Er kannte Sor. schon, und was amüsant ist, er hatte in *La nef* diesen Artikel über die «G.I. brides» geschrieben, der dem von Sorokine* entgegengehalten wurde. Ich habe ihn gelesen, und er ist viel weniger gut. Aber er weiß eine Menge Dinge über San Francisco und die französische Kolonie, er ist nicht zu blöde und hat mich interessiert. Er hat uns und drei Leute aus dem Konsulat, männlich und weiblich, in ein reizendes chinesisches Nachtlokal geführt, in dem kleine sprühende Chinesinnen French Cancan tanzten. Wir haben uns sehr gut amüsiert. Dann hat er Sor. und mich zu sich mitgenommen, wo wir Sandwichs gegessen und Sherry getrunken haben. Von seinem herrlichen Haus aus sah man die ganze Bucht (genau gegenüber die Insel der zum Tode Verurteilten[221]), und wir haben bis 3 Uhr früh geredet. Am nächsten Tag mußten wir das leider mit einem öden Mittagessen bei ihm bezahlen, mit Leuten, die aus Nouméa kamen. Dann sind wir zum Museum gefahren, wo es eine Calder-Ausstellung gab – und wir haben uns im *Top Mark* niedergelassen, wo wir zwei Stunden geblieben sind und beobachtet haben, wie das Licht sich wandelte, während ich Whisky und Sor. Ale trank. Sie ist wirklich ein

220 Der Komponist Darius Milhaud, 1892–1974.

* Vgl. Nathalie Moffat (Sorokine), *Voyage sans retour* [Reise ohne Wiederkehr], in: *Les Temps modernes*, Nr. 22, Juli 1947. *La nef*, französische Zeitschrift.

221 Alcatraz.

reizender Gefährte, immer gut gelaunt und herzlich und zufrieden. Wie schön San Francisco ist, und diese Bucht! Wir haben uns einen reizenden Abend organisiert: ein Abendessen in einem chinesischen Restaurant, dann das chinesische Theater, in dem wir 1½ Stunden geblieben sind, sosehr hat die Aufführung uns betört – zum einen ist der Saal wunderbar, ärmlich, voller Kinder, die Bonbons lutschen, die Leute kommen und gehen, reden, nehmen teil. Dann sind Musik und Pantomime und Tanz in die Handlung eingeschoben, oder vielmehr ist das selbst das Mittel, durch das die Handlung ausgedrückt wird, so daß man gefesselt ist, selbst wenn man nichts versteht. Ich werde auch in New York dorthin gehen. Gegen 11 Uhr sind wir trotzdem weggegangen und waren in Nachtlokalen: in verrufenen Lokalen der *Intercontinental concession*, in der Art des *Frisco en 1900*, dann in einem hübschen chinesischen Lokal, das uns empfohlen worden war. Es war ein guter Abend. Am nächsten Tag hatte ich einen Vortrag in Berkeley. Morgens haben wir eine große Fahrt in den Süden von San Francisco gemacht, der sehr häßlich ist, aber mit Rückkehr durch die Berge und die Sequoia-Wälder, und es war sehr schön. Wir haben angehalten und haben in einer einsamen Bar auf dem Höhenrücken Hamburger gegessen, mit dem Meer zu beiden Seiten. Ich liebe diese rauhen, ganz isolierten und bequemen Tavernen, in denen es Essen, Platten und Zeitschriften gibt. Um 4 Uhr hat mich ein Mann aus Berkeley abgeholt, denn Sor. hatte zu Recht keine Lust mitzukommen. Der Mann gibt eine kleine, sehr avantgardistische Zeitschrift heraus, die *Circle* heißt und sehr von Henry Miller beeinflußt ist. Er hat in Berkeley auch eine avantgardistische Buchhandlung, die er mir gezeigt hat. Er war sehr sympathisch: wir haben beschlossen, pro Monat 5 Bücher zwischen Frankreich und Amerika auszutauschen; ich suche für ihn aus, er sucht für mich aus, ich glaube, seine Auswahl wird interessant sein. Er hat mich mit Zeitschriften, Büchern und sogar einer Platte beladen, die eine Aufnahme von einem Stück aus *Tropic of Cancer** enthält. Ich staune über die Nettigkeit dieser Leute. Überall wurde ich mit Büchern und Platten überhäuft. In Berkeley ist nach dem Vortrag eine alte Dame mit einem Buch von Thomas Wolfe[222] angerückt, von dem ich in Mills gesagt hatte, ich würde es gern lesen; sie hat es mir geschenkt, und sie hatte sogar die interessantesten Seiten mit Nadeln gekennzeichnet. Das Abendessen mit den alten Professoren von Berkeley war ziemlich trostlos, ich glaube, ihre Hochschullehrer sind entsetzlich borniert; und der Franzose, der mich empfing, haßte den Existentialismus. Aber der Vortragssaal war sehr voll, und was mir geschmeichelt hat: viele Leute aus Mills waren wiedergekommen, obwohl es der gleiche Vortrag war. Ich hätte gern mit den Studenten gesprochen, aber in dieser Richtung war nichts organisiert worden. Eine Französin hat mich über diese Brücke zurückgefahren, die nachts so schön ist (ich muß um der Wahrheit willen zugeben[223], daß auf dieser Brücke Metallstäbe angebracht sind, mit denen die elektrische Ladung der Autos entschärft werden soll). Wir haben oben im *Top Mark* einen getrunken, und obwohl es 11 Uhr war, habe ich mich für eine große Zeitung San Franciscos interviewen lassen, von einer bedeutungslosen Frau, bei der es aber eine sehr schöne Sicht auf die Nacht von San Francisco gab. Ich bin gegen halb 1 nach Hause gekommen, Sor. war ganz wach und aufgeregt, genau wie ich, weil wir am nächsten Tag zu unserer Fahrt in die Berge aufbrechen wollten.

Wir haben zwei wunderbare Tage verbracht, Freitag und Samstag, gestern. Wir sind Donnerstag um 8 Uhr losgefahren, haben die Golden Gate Bridge überquert, sind an der Bucht entlanggefahren, nach Sacramento gekommen, dann durch Goldgräberwälder gefahren, wo man sich wirklich um ein

* Von Henry Miller, dt.: *Wendekreis des Krebses.*

222 1900–1938.

223 Sie hatte am Bericht Sartres gezweifelt, der oft eines «kreativen Gedächtnisses» verdächtigt wurde.

Jahrhundert zurückversetzt fühlte. Man trifft auf alte Meilensteine wie «Placer, 1 ½ Meilen»; eine Stadt heißt «Hangtown»[224], und die Häuser aus modrigem Holz sind noch genau wie damals. Wir sahen auch Holzfällerdörfer, und das ist der einzige Fall, wo die menschlichen Bauten mit der Landschaft eine Einheit bilden, das gibt es nirgends sonst in Amerika. Je höher wir kamen, desto verschneiter war die Straße, und wir waren ganz erstaunt, als wir uns in mehr als 2000 Meter Höhe in einer Landschaft wie aus *La ruée vers l'or** befanden, stürmisch und voller Schnee. Wir haben inmitten der Schneelandschaft eine wunderbare Bar gesehen, und wir sind ungefähr 450 Kilometer lang über glatte und kurvenreiche Straßen gefahren. Wir waren ein bißchen erschlagen, als wir nach Reno kamen. Aber wir haben eine gute Weile in diesen «Clubs» mit außergewöhnlichem Publikum verbracht, alten Clochards, Notleidenden, Verrückten, armseligen Frauen, die mit frenetischer Leidenschaft mitten im dichtesten Rauch spielen. Auch das ist genau wie ein Film des alten Far West, es scheint unwirklich, es ist atemberaubend. Wir haben, wie es sich gehört, fünf Dollar pro Person beim Roulette verloren und sind nach Hause schlafen gegangen. Gestern war die Strecke noch schöner als am Tag vorher, die höchste Straße des Felsengebirges, auf der ganzen Strecke zwischen 2000 und 3000 Meter hoch; mit Schnee berieselte und von ungeheuren weißen Bergen umrahmte Wüsten- und Sonnenlandschaften. Leute fuhren auf den Hängen mit rührender Ungeschicklichkeit Ski. Wir haben herrliche Seen gesehen, Büffelherden, und als wir nach Süden und in weniger hochgelegene Gegenden hinabfuhren, trafen wir auf große Herden von Pferden und auf Cowboys, die ihnen in der Prärie nachritten, genau wie in den Filmen. Die Straße war herrlich, wir haben ohne jegliche Anstrengung 400 km zurückgelegt. Wir sind auch durch Car-

224 Dort stand der Baum, an dem Diebe und Mörder aufgehängt wurden.

* *The Gold Rush* (dt.: *Goldrausch*), Chaplins Film von 1925.

son City gekommen, das ist die älteste Stadt des Far West, in der eine hundert Jahre alte Lokomotive und Goldgräberwagen ausgestellt sind. Um 5 Uhr sind wir in Lone Pine angekommen. Das ist ein Nest am Anfang des Death Valley, das Sie in *Greed*[225] gesehen haben. Wir sind mittags mit Moffat und Stevens, seinem Chef, verabredet, von dem ich Ihnen erzählt habe, er ist der Regisseur von *Gunga Din* und interessiert sich für meinen unsterblichen Menschen[226]. Er wird uns ins Death Valley mitnehmen. Gestern war es reizend, daß wir einen langen friedlichen Abend hatten. Von 6 bis 11 Uhr haben wir auf dem Bett oder im Bett gelesen und waren nur gerade auf einen Sprung in der gegenüberliegenden Cafeteria. Ich habe einen großen Thomas Wolfe gelesen, der mich interessiert hat, und ein seltsames Buch, das Miller für genial hält, von einem gewissen Patchen, ich weiß noch nicht, was ich davon halten soll. Aber ich will mindestens zwanzig Bücher in diesen letzten beiden Monaten lesen (ich habe eine Liste von ungefähr 50) und eine gute Ausbeute für die *T. M.* mitbringen. Die Literatur des Landes, in dem man ist, gut zu kennen, ist ein zusätzliches sehr wichtiges Band. Und ich bin auf die ganz zeitgenössischen Bücher neugierig. Heute haben wir einen langen freien Vormittag. Es ist 9 Uhr, ich habe gefrühstückt, und sie treffen erst mittags ein. Ich werde Korrespondenz erledigen und lesen. Moffat hat am Telefon gesagt, er habe in Los Angeles viel Post für mich, und ich warte ungeduldig, weil vielleicht ein Brief von Ihnen dabeisein wird.

*

Mon amour, drei Briefe von Ihnen und ein Telegramm sind da. Ich telegrafiere gleich. Ich bin untröstlich, daß Sie meine Briefe nicht mehr bekommen. Ich habe Ihre Briefe gelesen

225 *Gier* (1923), Film von Erich von Stroheim.
226 Für die Verfilmung ihres *Tous les hommes sont mortels.*

und fühle mich ganz aufgewühlt, daß ich nicht bei Ihnen bin. Alles scheint mir plötzlich ein wenig tragisch und Sie so fern mit dieser Reise nach Italien. Mon amour, ich habe zweimal in der Woche lange Briefe geschrieben, ich dachte unablässig an Sie und war so glücklich, Ihre Briefe zu haben. Sie haben so nett geschrieben. Ich liebe Sie, mein Kleiner. Plötzlich schmerzt mich diese Trennung – noch zwei Monate. Ich weiß, daß ich Sie sich selbst gleich wiederfinden werde, ganz zärtlich und ganz warm, ganz mit mir vereint. Auch ich habe Sie nicht verlassen. Telegrafieren Sie gegebenenfalls Ihre Adresse. In der Zwischenzeit schreibe ich an die Mutter. Sie soll die Post nachschicken. Mon amour, ich möchte Sie nicht verlassen – mir ist ganz bang. Ich werde wieder aus Los Angeles schreiben. Ich liebe Sie. Sie sind mein Leben.

Ihr reizender Castor

275

Donnerstag, 13. März [1947]

Mon amour

Nun bin ich den Nachmittag über allein in dem hübschen Haus der Moffats, ich habe Zigaretten und Martinis, Bücher und einen wunderbaren Himmel. Ich liege auf der Terrasse, sehe das Meer und die Eukalyptusbäume, wirklich wie eine Königin. Eine einzige Sache betrübt mich, ich weiß nicht mehr genau, wo Sie sind, vielleicht schon im Zug nach Italien, und Sie wissen nicht mehr genau, wo ich bin. Haben Sie endlich meine Briefe bekommen, und mein Telegramm? Mich haben diese so nahen Zeichen von Ihnen aufgewühlt. Ihr letzter Brief war nur 4 Tage alt. Es ist so seltsam für mich, wochenlang eine so glückliche Sorglosigkeit zu erleben und zu wissen, daß mein Leben dennoch nicht in meiner Hand ist, sondern dort, in Paris, und daß ich vollkommen von Ihnen abhängig bin. Das wäre fast schmerzlich, wenn ich nicht so stark das Gefühl hätte, daß wir nur eins sind, mon cher amour, und daß Sie Anfang Mai genauso sein werden, wie ich Sie verlassen habe. Und ich bin hier so sehr an ein aus Vergnügen und Gleichgültigkeit bestehendes Leben ganz an der Oberfläche gewöhnt, daß es mich erschüttert hat, meine Liebe zu Ihnen in ihrer ganzen Stärke wiederzufinden, ein bißchen, als ob ich während einer Party plötzlich an den Tod denken, wirklich denken würde. Bis jetzt ist die Erschütterung von Sonntag nicht gewichen.

Es war also Sonntag, und wir waren in Lone Pine, am Fuß des höchsten Gebirges Amerikas, am Anfang des tiefsten Tales – wir haben gelesen und Briefe geschrieben, und gegen 3 Uhr kam ein großes offenes Automobil an, das zwei herrliche Cowboys mit karierten Hemden und breiten Hüten fuhren: das waren Moffat und sein Chef Stevens, von dem ich Ihnen erzählt habe. Er war so glücklich über seine Flucht aus Los Angeles, daß er sich während der ganzen Strecke besoffen hatte und blau wie ein Amerikaner war – so typisch amerikanisch, dieser Mann, daß er es schließlich nicht mehr ist, man denkt wie bei der Nase Cyranos*: das ist zuviel, er übertreibt. Wir haben noch etwas getrunken und uns beglückwünscht, Moffat hat mir meine Post gegeben, Ihre Briefe, das Telegramm, Briefe von Leuten aus New York, die mir Vorträge, Artikel vorschlagen und eine Menge Nettigkeiten schreiben. Ich habe Ihnen gesagt, daß mich Ihre Briefe ganz erschüttert haben. Ich war sehr zerstreut während der Fahrt, die wir gemacht haben und die doch sehr interessant war: wir haben im Gebirge die Szenerie von *Gunga Din* gesehen, und der Mann hat haargenau die Aufnahmen erklärt. Dann haben wir zu Abend gegessen, und er hat mich sehr gelangweilt mit seinen besoffenen Reden über die Zukunft der Menschheit. Moffat, der immer so würdevoll ist, war wütend auf ihn. Wir haben früh geschlafen, und am nächsten Tag, Montag, haben

* Cyrano de Bergerac, Schriftsteller und Freidenker des 17. Jahrhunderts, erhielt im gleichnamigen Drama (Uraufführung 1897) Edmond Rostands eine überlange Nase.

wir den außerordentlichsten Ausflug meines Lebens gemacht: Death Valley, wo von Stroheim *Greed* gedreht hatte, das wir letztes Jahr gesehen haben. Sie erinnern sich an diese Landschaft und welche Lust ich hatte, sie zu sehen – es ist noch viel extravaganter als auf der Leinwand und sehr furchtbar. Ich werde darüber einen Artikel für *France-Amérique* schreiben und werde ihn mitbringen, denn es gibt wirklich eine Menge seltsamer Dinge zu berichten. Die Erinnerungen der Emigranten sind so lebendig und das Salz, die Sonne, die Felsen so schön und so schreckenerregend. Ich hatte wirklich einen Eindruck von Märchenhaftigkeit – und ich bin kein Kind mehr. Natürlich hat das Auto von Stevens den Geist aufgegeben, dieses Tal ist auch für Autos tödlich. Wie ein Wunder hat das von Moffat gehalten, und wir haben uns von Stevens, der nach Hollywood zurückkehren mußte, verabschiedet – er war den ganzen Vormittag über nett und interessant gewesen, denn er kennt das Land sehr gut, aber wir waren froh, wieder zu dritt zu sein. Ich verstehe mich mit jedem der beiden und mit beiden zusammen wunderbar, es gibt keine besseren Reisegefährten. Wir sind durch Wüsten gefahren, bis nach Las Vegas, das in Nevada liegt, das heißt, es ist wie Reno eine Stadt des Spiels und der Prostitution, aber luxuriöser als Reno. Wir haben dort einen kolossalen Abend verbracht, in den Spielclubs, sehr schäbigen Negerlokalen, weißen Lokalen, die sehr *middle class* und wahnsinnig amüsant waren in ihrer Vulgarität. Eine Kellnerin hat sich Sor. und mir genähert und hat gefragt: «Wovon sprechen Sie? Es interessiert mich, weil ich Ihr Bild in der Zeitung von Los Angeles gesehen habe»; und sie hat uns den Artikel auswendig hergesagt. Ich will auch einen Artikel über Nevada schreiben, ein so armes und ödes und schwach besiedeltes Land, daß es weder Gott noch Gesetz kennt, und dem eben aus dieser Verlassenheit sein touristischer Reichtum mit den Spielhöllen und den Scheidungen erwächst. Auch dort sind die Erinnerungen an den alten Far West so lebendig, oder vielmehr *ist* das noch der alte Far West. Wie am Tag vorher sahen wir am nächsten Tag hinter Las Vegas Hunderte Meilen lang kein einziges Dorf. Es ist eine sehr erstaunliche Gegend. Wir haben in einem reizenden Motel geschlafen, erst um 3 Uhr früh, und Dienstag sind wir zum *Boulder Dam* gefahren, dem großen Staudamm Colorados. Haben Sie ihn gesehen? Es war sehr schön. Wir hatten vor, am selben Tag nach Los Angeles zurückzufahren, aber in der Nacht hatten wir eine Panne. Ein holländischer Bauer hat seine Kühe im Stich gelassen und uns in die nächste Stadt gebracht, wo wir in einem noch reizenderen Motel geschlafen haben als die Nacht zuvor, und gestern wurde das Auto repariert, wir sind morgens nach Los Angeles gefahren, wo wir gegen Mittag unter einer glühenden Sonne ankamen. Diese Reise im Auto war wirklich wunderbar. Ich liebe all die *service stations* mit *drug store*, die Platten, die Verschnaufpausen, die Dörfer – und die Landschaften mit den Kakteen, den Felsen, den verschneiten Bergen und den Wüsten sind herrlich generös. Das Herz schnürt sich einem zusammen, weil man die Leute, die dieses schöne Stück Erde bewohnen, nicht so lieben kann, wie man möchte. Genau vorgestern schlug Truman einen antikommunistischen Kreuzzug vor, Flugzeuge nach Griechenland zu schicken[227] usw. Man fühlt sich hier mehr und mehr wie im Faschismus, das macht angst; ich fühle immer weniger Hoffnung in diesem Land. Seit gestern habe ich also wieder ein Heim. Das ist wirklich schön. Sorokine und ich haben in diesen wunderbaren Lebensmittelläden, die es hier[228] gibt, eingekauft und Blinis* und Ananas vorbereitet, und als Moffat vom Studio nach Hause kam, haben wir mit ihm eine gute Weile Cocktails getrunken und gegessen und über den unsterblichen Menschen

227 Der amerikanische Präsident Harry S. Truman verkündete 1947 die Bereitschaft der USA, Griechenland – und jedem anderen Mittelmeeranrainer – jede gewünschte Hilfe bei der Abwehr kommunistischer Bestrebungen zu geben.

228 In Frankreich gab es noch keine Supermärkte.

* Russische Pfannkuchen, gesalzen, manchmal aus Buchweizen.

gesprochen, an dem er ununterbrochen arbeitet, und zwar sehr gut. Ich werde Ihnen von ihm erzählen und von den beiden gemeinsam. Er ist sehr interessant als englischer Amerikaner, antiamerikanisch und so amerikanisch in mancher Hinsicht. Wir verstehen uns wunderbar, ich amüsiere mich sehr mit ihm und er sich mit mir. Wir waren in einem Lokal für Schwule, die als Frauen verkleidet waren, und in einem sehr netten ungarischen Lokal. Aber um Mitternacht schließt in Hollywood alles, und es ist ganz ausgestorben; nach Las Vegas und seinen verrufenen Freuden waren wir etwas enttäuscht. Heute vormittag habe ich in der Universität einen *Vortrag auf englisch* gehalten – großer Erfolg. Ich bin froh. Ich kann Vorträge auf englisch halten, und ich werde dabei Geld verdienen. Das wird mir auch erlauben, mit großer Leichtigkeit wiederzukommen. Ich will wieder nach Amerika kommen, und ich will mit Ihnen, mon amour, hierher zurückkommen. Eben war ich mit Sorokine im Dorf und habe meine Haare machen lassen, und dann bin ich nach Hause gekommen – sie ist bis abends in der Stadt, Moffat arbeitet in seinem Studio. Ich bin allein und fühle mich wohl. Ich mag die Art, wie die Häuser hier offenstehen und die Lieferanten im Garten herumgehen, und wie alles leicht und entspannt ist. Die Abende sind wunderbar mild. Ich bleibe noch zwei Tage, und Sonntag fahre ich mit Sorokine im Bus zum Grand Canyon, nach Santa Fe, Houston und New Orleans, wo ich Vorträge halte. Schreiben Sie jetzt bis zum *27. März*, wenn noch Zeit ist, c/o Marcel Morand, Direktor des *Romance languages department*, Rice Institute, Houston, Texas. Andernfalls zu den Gérassis, 215 E. 57th zum 5. April. Mon amour, ich hätte so gern Briefe! Ich werde weiter an Sie schreiben. Heben Sie diese Briefe bitte auf. Ich möchte, daß Bost sie auch bekommt und erfährt, daß ich die ganze Zeit zärtlich an ihn denke. Mon amour, machen Sie es bestens, aber vor allem fühlen Sie mich ganz bei sich. Ich küsse Sie mit meiner ganzen Liebe.

Ihr reizender Castor

Mein Freund aus Chicago hat mir ein großes Bücherpaket geschickt und einen so netten Brief, daß ich ganz gerührt war. Ich staune über die Nettigkeit der Leute überall hier.

276

Montag, 16. März [1947]

Mein lieber Kleiner, mon amour
Wo sind Sie jetzt? Ich fürchte, es wird sehr lange dauern, bis Sie diese Briefe bekommen und ich Ihre. Sie können um den 5. April eine Adresse an die Gérassis telegrafieren, falls wir zu sehr getrennt sind. Ich habe gestern Los Angeles verlassen und schreibe Ihnen auf meinem Bett, in einem Zimmer in Williams, wo ich gestern abend mit Sorokine angekommen bin und von wo wir gleich zum Grand Canyon aufbrechen. Mein Herz ist ein bißchen zerknirscht, weil ich dem Haus, in dem es mir so gut gefallen hat, nachtrauere, dem roten Auto und vor allem Moffat. Natürlich hat die Abreise das mehr oder weniger durcheinandergebracht, was eine ruhige zärtliche Freundschaft war – Sorokine, Moffat und ich, wir haben Samstag die ganze Nacht zusammen bei sehr netten Leuten verbracht, die interessante Regisseure für mich versammelt hatten, sehr hübsche Frauen und eine bemerkenswerte Schallplattensammlung. Ich habe dort unter anderen Man Ray getroffen, der all meine alten Erinnerungen an das Ursulinenkino* und an den Kunstfilm wachgerufen hat. Wir haben bis 3 Uhr früh Platten gehört, geredet und Whisky getrunken. Um 5 Uhr sind wir aufgestanden, und Moffat hat uns zum Bus gefahren, durch Los Angeles, das wie eine europäische Stadt in die Morgendämmerung gehüllt und in seiner Einsamkeit und Stille absolut ungewöhnlich war. Zwischendurch und auch am Busbahnhof haben wir uns in der Aufregung der Abreise geküßt und Worte gesagt, mehr oder weniger, er ist mit

* Im Quartier Latin.

Sorokine verkracht, und alles wurde schwer und die Trennung schmerzlich. Sie verstehen, was ich meine. Es ist vor allem eine so definitive Trennung – nicht die geringste Zukunft für diese so schönen Tage der Freundschaft und diese letzten aufgeregten Stunden. Es wird vorbeigehen, vor allem weil Sorokine ein so netter Gefährte ist, und die Reise im Bus verspricht herrlich zu werden. Aber welch seltsame Sache, so zu reisen und fast überall kleine Stücke seines Herzens zu lassen. Durch diese Abreise hindurch fürchte ich mich auch vor der Abreise von Amerika, trotz des ganzen Glücks über das Wiedersehen mit Ihnen. Nun bin ich gerade auf halbem Weg, und ich fühle so starke Bande zu diesem ganzen Land.

Ich habe den Donnerstag allein zu Hause verbracht, habe Ihnen geschrieben und gelesen und einen Artikel für *Town and Country* angefangen und geschlafen. Ich war müde, weil wir diese ganze Zeit nie schlafen. Moffat und Sorokine haben mich abends abgeholt, und wir haben im Montparnasse von Los Angeles, in einem Canyon, einen getrunken, und Moffat hat bis 2 Uhr früh eine Menge Geschichten erzählt. Für Freitag hatte mir der französische Konsul, der ein widerlicher Karrierist und Trottel ist, einen *unbezahlten* Vortrag an der Universität organisiert. Ich schäumte vor Wut, da aber die Leute, die mich erwarteten, dafür nicht verantwortlich waren, bin ich hingegangen. Moffat hat mich in drückender Hitze nach *down town* gebracht. Aber ich besuche diese Universitäten gern, die Leute auf den Rasen sehen aus wie bei einem Picknick, in der Cafeteria schnatterte es, und niemand kümmerte sich um die entsetzliche Rede von Truman, die am Morgen erschienen war[229], man ist von einer Gleichgültigkeit, die *hopeless* ist. Alle Leute, mit denen ich hier gesprochen habe, verzweifeln an Amerika und glauben, es sei zum Faschismus verurteilt. Ich habe mit Leuten geredet, in einer

229 In der sich der Beginn eines antikommunistischen Kreuzzugs ankündigte, «Hilfe» für Griechenland und die Türkei, Kampf gegen die Kommunisten in den USA, usw.

Französisch-Klasse gesprochen; ich wurde zu Sor. zurückgebracht, und wir sind nach Beverley runtergefahren, sie und ich, um schön zu essen und den großen amerikanischen Film des Jahres zu sehen: *The Best Years of Our Life*[230]. Ich werde Ihnen davon erzählen. Es gibt ausgezeichnete Sachen darin, und ich war froh, weil ich Samstag gerade mit dem Regisseur, der sehr sympathisch ist, geredet und sein Interesse für den unsterblichen Menschen geweckt habe. Danach hat mich der Konsul zu einem Cocktail bei einer schrecklichen Frau mitgenommen, die in all ihren Artikeln den Existentialismus angreift, ohne ein Wort davon zu kennen, Elsa Maxwell oder so ähnlich, ich glaube, Sie kennen sie. Danach hat Moffat eine Party bei einer sehr reichen Jüdin organisiert, die im Filmgeschäft sehr einflußreich ist; man hoffte, Charlot würde kommen, was er nicht getan hat. Pozner[231] war da, der ein Langweiler ist, aber auch sehr nette Leute. Wir haben noch bis 2 Uhr früh geredet, Sor. war nach Hause gefahren, weil sie sich auf solchen Partys langweilt, was eines der großen strittigen Themen mit Moffat ist. Aber mir gefiel es mit Moffat, weil es mit dem Trinken und Ausgehen und Reden und Geschichten-Erzählen und Leute-Angucken kein Ende hatte. Wir sind wieder sehr spät schlafen gegangen und früh aufgestanden, weil er für mich eine Vorführung von *Ox-Bow Incident* arrangiert hatte. Mein Kleiner, Sie hatten nicht gelogen, dieser Film ist wunderbar, einer der besten, er hat mich erschüttert. Dann habe ich eine entsetzliche Erfahrung gemacht. Sorokine wollte an diesem letzten Tag mit Moffat allein sein (er war darüber ein bißchen verzweifelt, er mag sie, aber mehr nicht, sie liebt ihn, auf ihre Weise, die Sie kennen) – und sie haben mich zur Cienega gebracht, wo ich einen Indianer-Spezialisten getroffen habe, der mir eine Menge Empfeh-

230 *Die besten Jahre unseres Lebens*, von Wyler.
231 Autor von *Les Etats désunis* [Die unvereinigten Staaten]; darin wird die auf Tatsachen beruhende Geschichte erzählt, die Sartre zu *La putain respectueuse* [dt.: *Die respektvolle Dirne*] anregte.

lungen für Santa Fe gegeben und mich dann allein gelassen hat. Es war 1 Uhr, die Sonne schien prall, und ich mußte *gehen* – gehen in Los Angeles! – das ist absurder und trostloser als in der Sahara. Ich bin fast ½ Stunde gegangen, bevor ich ein Taxi gefunden habe, das mich zu *The Lost Week-End*[232] gefahren hat. Das ist sehr gut, und ich bin froh, weil ich jetzt wirklich alles gesehen habe, was ich im Kino sehen wollte. Ich bin nach Hause gefahren; habe gepackt, dringende Briefe geschrieben. Abends war ich auf dieser Jazz-Party, die Moffat ebenfalls organisiert hatte und die die amüsanteste war, die ich in Amerika erlebt habe. Stevens, den wir im Death Valley im Stich gelassen hatten, ist gekommen, nicht mehr wie ein Cowboy angezogen, sondern wie ein frisch Vermählter, mit einer weißen Blume im Knopfloch. Ein Händler für Jazzplatten war dort, der mir eine Menge Sachen erklärt und die besten *records* ausgewählt hat, und Filmleute und professionelle Tänzer, die sehr hübsche Vorführungen gaben. Moffat und ich wollten überhaupt nicht schlafen gehen, Sor. wollte nach Hause fahren, und sie haben sich auf dem Rückweg gestritten. Gestern haben wir den Bus[233] genommen und sind von 7 Uhr bis 10 Uhr abends durch herrliche Landschaften gefahren, es ist überhaupt nicht anstrengend, und ich danke Bost, daß er mich auf diese Idee gebracht hat. Sagen Sie ihm, wie ich bei dieser Reise an ihn denke, die ich in umgekehrter Richtung auf seinen Spuren mache. Sagen Sie ihm, daß ich ihn nicht eine Minute lang vergesse.

Mon amour, au revoir. Ich bin auch bestürzt Ihretwegen, wegen dieses Abstands zwischen unseren Briefen und dieser ganzen Sorge, die Sie in Paris mit dem Film hatten, und diesem ganzen Drum und Dran. Jetzt schreibe ich in der Cafeteria, während wir auf den Bus warten. Im Grunde bin ich tief glücklich, da alles stark und so voll und so reich ist; ich hatte von dieser Reise überhaupt nicht soviel erwartet. Und mit

232 *Das verlorene Wochenende* (1945), Film von Billy Wilder.
233 Einen «Greyhound».

Ihnen ist es im Grunde auch Sicherheit und Freude und ruhige Liebe. Deshalb hat diese Melancholie an der Oberfläche keinen schlechten Beigeschmack. Au revoir, mon amour. Ich küsse Sie mit meiner ganzen Liebe.

Ihr reizender Castor

277

Samstag, 22. März [1947]

Mon cher amour, mein süßer Kleiner

Ich fühle mich allmählich ein bißchen wie in einem Tunnel. 15 Tage ohne Brief von Ihnen, und wann werde ich einen bekommen? Habe ich schlecht erklärt, daß Sie weiter an Moffat schreiben sollten, der die Post nachschickt? Werde ich in New York Briefe vorfinden? Schreiben Sie jetzt auf jeden Fall an die Gérassis 213–215 E. 57th. Wahrscheinlich sind Sie in Italien, und es geht nicht mehr so schnell. Haben Sie endlich meine bekommen? Von Zeit zu Zeit schnürt mir ein großes Unbehagen das Herz zu, das ist diese Ungewißheit. Aber ich weiß wohl, daß wir nicht verloren sind, daß wir uns in sechs Wochen genauso gerührt wiederfinden werden, wie wir uns verlassen haben. Ich empfinde immer noch Sicherheit, mon amour, selbst wenn die Abwesenheit schwerer lastet.

Sie sind mir hier jedoch so gegenwärtig. Wir sind in Santa Fe, und ich weiß, wie sehr Sie die Stadt und dieses schöne Hotel *La Fonda* mochten, in dem auch ich eine Menge Stunden verbringe. Es ist seltsam und ein bißchen traurig, in der Distanz das zu erleben, was Sie erlebt haben, und ohne Sie dieselben Dinge wie Sie zu lieben.

Ich habe Montag von Williams aus geschrieben, bevor wir zum Grand Canyon gefahren sind. Wir sind dort mittags mit dem Bus angekommen. Auch dort gibt es ein absolut reizendes Hotel, und nachmittags haben wir mit dem Bus einen Ausflug am Canyon gemacht, oberhalb der Schlucht entlang, mit kolossalen Ausblicken – es ist wirklich schön. Dienstag sind wir über Treppen zur Talsohle des Canyons hinabgestiegen, das war ein bißchen beängstigend, aber sehr amüsant und nett. Es war seltsam, diese Sache zu verwirklichen, die ich so sehr begehrt hatte, zunächst vage, dann deutlicher: den Grand Canyon zu sehen.[234]

278

Grand Canyon National Park
Arizona

Freitag, 28. März [1947]

Mon amour. Endlich in Houston ein Brief von Ihnen – fast 3 Wochen lang hatte ich Ihre Schrift nicht mehr gesehen, und allmählich schnürte sich mir das Herz zusammen. Ich verstehe, daß ich in New York Briefe vorfinden werde, es dauert nur noch acht Tage, und schon diese kleine Nachricht hat mir die Gewißheit Ihrer Existenz und meiner Rückkehr wiedergegeben. So habe ich jetzt wieder Lust zu schreiben, wenn nicht im Detail, so doch in groben Zügen. Ich hebe die Details für die Rückkehr auf. Ich sehe, daß Sie auch meine Briefe bekommen haben, und das macht mir Mut. Mon amour, meine Reise ist immer noch wunderbar, Ihre und Bosts Ratschläge kommen mir zugute. Zunächst war Santa Fe bis zum Ende wundervoll. Ich habe Ihnen erzählt, daß ich die Leute von «Canyon Street» kennengelernt hatte, und Samstag abend gab es eine sehr amüsante *party* bei einem deutschen Maler, der auch Dichter und Geiger ist, alles mit derselben Plumpheit. Das sehr hübsche winzige Atelier war vollgestopft mit entsetzlichen Bildern und Leuten – alle Frauen vom Typ altes *Dôme*, in wunderbaren mexikanischen oder indianischen Gewändern, mit langen Haaren und verwüsteten Gesichtern –

234 Das Ende des Briefes ist verlorengegangen oder nie geschrieben worden.

die Männer besoffen. Sie haben Geige und Gitarre gespielt, öfters beides zusammen – die Gitarre spielte sehr hübsche Cowboylieder, und der Maler besoff sich, während er auf der Geige sehr häßliche Zigeunermelodien spielte. Der Franzose der *Revue Internationale* hat ebenfalls Gitarre gespielt. Eine hysterische Frau hat mir ein sehr hübsches indianisches Armband geschenkt, ich habe Wodka getrunken und mich königlich amüsiert.

Am nächsten Tag war es noch besser. Das war Sonntag, und in einem Indianerdorf gab es Tanz. Eine alte Dame aus der Gesellschaft zum Schutz der Indianer – eine alte Schlampe – hat uns dorthin gebracht. Ganz «Canyon Street» war auf dem Dorfplatz versammelt, und das war sonderbarer als die Indianer selbst: die Weiber in Cowboykleidung, alle Frauen mit Sandalen und Slacks; die Männer im offenen Hemd und sonderbar verkleidet, ein seltsames Saint-Tropez mit Indianern statt Seeleuten als Eingeborene in der Mitte. Ich glaube, der indianische Einfluß ist viel stärker auf die Leute von Santa Fe als der der Amerikaner auf die Indianer. Außer «Canyon Street» war niemand da, das heißt, es war überhaupt nicht kommerziell, nur die «aficionados»* hatten sich eingeschlichen. Der Tanz wurde von als Männer verkleideten Frauen ausgeführt, sehr monoton, aber interessant, da sehr authentisch. Der alte Indianerhäuptling, in marineblauer Kleidung und vollkommen besoffen, rief ihnen derbe Scherze zu. Die ganze Atmosphäre des Dorfes, Indianer und Weiße, war einfach erstaunlich. Die alten Damen haben uns noch in ein anderes Dorf gefahren; wir sind nach Hause gekommen und haben nur mit Mühe ein Lokal zum Abendessen gefunden in einem Santa Fe, das den Sonntag so sehr achtet, daß all seine Bars geschlossen sind. Und am nächsten Tag um 8 Uhr, Adieu Santa Fe. Aber ich habe vier wunderbare Tage dort verbracht. Natürlich hatte ich mich mit Sorokine versöhnt, die sehr nett ist, aber sich dämlich weigert, auf Partys zu gehen.

* Amateure, Liebhaber.

Montag sind wir den ganzen Tag durch Wüsten gefahren, die wüstesten aller Wüsten. In Pecos übernachtet, das wirklich einem Wildwestfilm entsprungen zu sein scheint, das Haus des Kneipenwirt-Richters steht noch, der auf der Veranda des Saloons vor einem Faß sitzend Recht sprach – es ist voller Revolver und alter Zeitungen, es ist sehr amüsant. Ich habe einen Western im Kino gesehen und war sehr gerührt, weil ich gewisse Landschaften genau *wiedererkannte*. Am nächsten Tag sind wir wieder die ganze Zeit gefahren, nach San Antonio. Sie hatten mir von dieser Stadt erzählt, und ich liebte sie aus ganzem Herzen. Wir haben dort den Mittwoch verbracht, sind am Fluß entlang spazierengegangen, mit dem Taxi zu den alten spanischen Missionen gefahren, die so schön sind, und zum Park mit dem chinesischen Garten – wie schön diese Häuser im Kolonialstil sind. Abends waren wir in ziemlich schäbigen Lokalen, die uns aber amüsiert haben. Gestern vormittag habe ich an einem Artikel gearbeitet, und nachmittags sind wir nach Houston gefahren. Das war die wirkliche Landschaft des Südens, die elenden Hütten, die Bäume, an denen bizarre Schwämme* hängen. Während dieser langen Busfahrten lese ich viel, interessante Sachen, denn in New York hat man mich mit Titeln und sogar Büchern überhäuft. Ich habe gerade etwas über den Süden gelesen, absolut wunderbar, ich werde es für die *T.M.* mitbringen. Ich fühle mich also voller Poesie, ich fahre mit diesen Büchern, finde die Bücher in der Landschaft wieder und die Landschaft in den Büchern.

Houston ist eine schreckliche Stadt. Wir waren im Kino und haben *Thrillings* mit Peter Lorre gesehen, und heute bin ich eine Beute der Universität. Ich habe mit ihnen heute vormittag gegessen, ich esse zu Abend und halte meinen Vortrag. Bis dahin schreibe ich Briefe, und zuerst an Sie, mon amour. Allmählich fühle ich, wie ich zu Ihnen zurückkehre. Zunächst wird uns N.Y. einander annähern. Außerdem ist

* Zum «spanischen Schwamm» vgl. *Amerika Tag und Nacht*, S. 241.

jetzt mehr als die Hälfte meiner Reise herum. Schreiben Sie weiter an die Gérassis, aber ich werde auch im *Lincoln* vorbeigehen. Morgen abend werde ich in New Orleans sein, ich habe eine Menge Adressen von Musikern und Plattenhändlern und will mich amüsieren, und ich bin gerührt, weil ich weiß, daß Sie diesen Ort mochten. Danach fahren wir mit dem Bus an der Küste entlang nach New York. Ich habe noch tausend Pläne. Ich amüsiere mich sehr, wie Sie sehen, und ich bin froh, daß ich Sorokine als Gefährten habe, denn allein gäbe es sicher harte Augenblicke in diesen Provinzen. Mein einziges Unglück ist, daß ich begann, Alpträume über Sie zu haben, aber das ist vorbei, da ich Ihren Brief habe und die Gewißheit, in einer Woche noch weitere zu bekommen. Mon amour, ich liebe Sie so stark wie eh und je und mit ebensoviel Vertrauen, trotz eines leichten Untergrunds von Angst. Sie wiederzufinden wird genauso erschütternd sein, wie in N.Y. anzukommen. Ich küsse Sie, Sie mein Leben

Ihr reizender Castor

279

Montag, 30. März [1947]

Mein lieber Kleiner, mon amour

Wieder haben Sie nicht gelogen, und wieder bin ich ganz gerührt, daß ich auf Ihren Spuren wandele – wie schön New Orleans ist, vielleicht am allerschönsten. Ich habe Ihnen, glaube ich, aus Houston geschrieben, das im Gegenteil sehr häßlich ist, wo ich mich aber nicht gelangweilt habe. Ich hatte ein trostloses Mittagessen mit Hochschullehrern, aber am Nachmittag wurde ich im Auto spazierengefahren, und das war sehr ergreifend, diese Parks mit herrlichen Villen im Kolonialstil, die Ölbaronen gehören und deren Rasen große ruhige Neger in der Sonne mähten; erinnern Sie sich an diese Bäume, die auf ihren Ästen große Schleier aus grauem

Schwamm* tragen? Ich mag diese Vegetation des Südens, diese verrottete und melancholische Seite der Landschaften und Häuser, die so gut zu dieser Rassentragödie paßt. In einem guten, für den Süden typischen Lokal gab es ein Abendessen, und mögen die Leute auch noch so blöde sein, beim erstenmal haben sie immer Geschichten zu erzählen. Dann Vortrag in einer wunderbaren Universität voller Azaleen und Kamelien, dann hat mich ein Mann zu einem «Wrestling»[235] mitgenommen; es war sehr komisch, völlig unecht, wie ein schlechter Film, aber eine frenetische Menge schrie: «Töte ihn!» oder warf den Schiedsrichter über die Seile usw. Dann hat mich der Bursche in ein typisch texanisches mit Ochsenhörnern und Kuhfotografien geschmücktes Lokal geführt, wo wir Bier getrunken haben (denn in Texas ist Whisky verboten, außer wenn die Leute die Flaschen vorher gekauft haben, die sie aus der Tasche ziehen).

Der nächste Tag war ein langer Bus-Tag. Sorokine stöhnt und leidet, als ob ich sie die Reise zu Fuß machen ließe, aber ich habe es Ihnen schon gesagt, ich mag es ziemlich, ich lese viel und lasse mich von der Landschaft einhüllen, und unter anderem ist diese Landschaft des Südens ziemlich faszinierend. Wir hatten in dem herrlichen Hotel *Roosevelt* ein Zimmer reserviert – waren Sie dort auch? Ich würde es so gern wissen, um Ihnen noch dichter zu folgen. Ich habe schnell zu Abend gegessen, und schon sind wir eingeschlafen. Gestern früh begann das Entzücken. Wir sind den ganzen Vormittag zu Fuß durch dieses Viertel mit den schmiedeeisernen Balkonen gegangen, das Sie mir so schön beschrieben hatten, dann mit dem Taxi durch die Parks und die blühenden Avenuen. Es ist gerade die Jahreszeit des Blühens und der neuen Blätter, und dieser Frühling hat hier wunderbare Herbstfarben unter

* «Schleier» aus «spanischem Schwamm». Vgl. *Amerika Tag und Nacht*, S. 241.
235 Ringkampf.

einem schweren tropischen Himmel. Mittagessen im Restaurant *Louisiane* mit französischer Küche. Nachmittag im Schiff auf dem Mississippi. Ich lese dabei ein ergreifendes Buch über Rußland, es ist von Kravtchenko[236], der in der sowjetischen Botschaft in Washington war und die Partei in den letzten Jahren verließ. Er erzählt seine Erfahrung, die ganz genau den Berichten Koestlers entspricht, und ich glaube, redlicherweise sollten wir Teile in den *T.M.* abdrucken. Wir haben uns zu Hause etwas ausgeruht und gelesen, dann haben wir mit unserer nächtlichen großfürstlichen* Runde begonnen. Ich ärgerte mich ein bißchen, weil ich die Adresse Ihrer Freunde Brun nicht fand (weder ein de Ponte noch ein Brun, nur Dutzende Brauns) und auch keine von den anderen Adressen, die ich mir sorgfältig vorgenommen hatte. Ich dachte, wir würden uns sehr schlecht zurechtfinden, aber das Glück war uns hold. Mit einem Fremdenführer haben wir ein wunderbares Restaurant mit Patio ausgewählt, das *Court Sisters* heißt; waren Sie dort? Dann haben wir in der *Maison de Napoléon* einen getrunken, wo uns geraten wurde (vom Wirt), ins alte *Absinthe House* zu «Laffitte, dem Piraten» zu gehen (dort, wo überall Visitenkarten hängen), falls wir ein bißchen Jazz hören wollten – es gibt hier praktisch keinen schwarzen Jazz mehr, weil die Situation so gespannt ist, aber in dieser wunderbaren kleinen Bruchbude waren drei Schwarze, die Klavier, Gitarre und Baßgeige spielten, besser, als ich es je in Amerika gehört habe – es war ganz persönlich und improvisiert, ganz genau wie in den alten Geschichten über La Nouvelle-Orléans. Wir haben zwei Weiße kennengelernt, die Trompeter in der Marine und intime Freunde dieser

236 *J'ai choisi la liberté* [Ich wählte die Freiheit]. Im Januar 1949 kam es zu einem aufsehenerregenden Prozeß, weil die *Lettres françaises* behauptet hatten, das Buch sei vom amerikanischen Geheimdienst fabriziert worden. Vgl. *Der Lauf der Dinge*, S. 172 f. und 197.

* Nächtliche Vergnügungen, wie die russischen Großfürsten sie liebten …

Schwarzen sind, und durch sie auch die Schwarzen, und wir haben drei Stunden Musik gehört und dabei Zombies getrunken (die gar nicht so furchterregend sind).

Für heute abend haben wir große Pläne gemacht. Ich hoffe, es wird gehen. Auf jeden Fall ist es schön, sie nachher wiederzutreffen und ihnen wie alte Stammgäste zuzuhören. Um Mitternacht sind wir zu anderen Lokalen aufgebrochen: *Absinthe Hall*, ähnlich *Absinthe House*, mit einem ausgezeichneten schwarzen Pianisten und Sänger, und zu einem Lokal voller Päderasten und Betrunkener mit einer schwarzen Pianistin – welches Gewimmel, welches Leben, welcher Eindruck von Muße und Freiheit, seit der Vorkriegszeit habe ich so etwas nicht mehr gesehen. Wir sind um 3 Uhr nach Hause gekommen, nicht einmal betrunken und im siebten Himmel. Heute früh war ich schon um 9 Uhr auf. Ich habe im Kino *Notorious*[237] gesehen, was ich ergreifend finde, obwohl die Spionagehandlung dürftig ist. Danach hat mich ein Mann angerufen und mich für morgen um zwei Vorträge gebeten: einen auf englisch, den anderen auf französisch, im ganzen 80 Dollar. Ich habe die Gelegenheit ergriffen, denn ich bin knapp bei Kasse, da ich Sorokine und Moffat, dann Sorokine allein (vom roten Auto ganz zu schweigen) ernährt und mir nichts versagt habe. Er hat mich mit seiner Frau und einer Journalistin zum Mittagessen bei *Armand* eingeladen, ein weiteres herrliches französisches Restaurant: Fotografen, Interviews. Nachmittags bin ich friedlich zu Fuß im französischen Carré und auf den schönen herbstlichen Avenuen spazierengegangen. Wie ich diese Stadt mag! Jetzt werden wir beide im *Patio Royal* zu Abend essen und in den richtigen Lokalen einkehren. Ich hoffe, morgen wird man mir einige alte Häuser von innen zeigen. Mittwoch fahre ich an der Küste entlang nach N.Y.: Jacksonville, Savannah, Charleston und Virginia – das werden 4 Tage im Bus sein und schließlich

237 *Berüchtigt* von Hitchcock, mit Ingrid Bergman, Cary Grant und Claude Rains.

eine Nacht im Zug, denn das Ende der Strecke kenne ich. Und Sonntag N.Y. und Ihre Briefe. Ich fühle, wie ich mich Ihren Briefen und Ihnen nähere. Ich bin ganz gerührt vor Freude, während es mir zugleich das Herz zerreißt, Amerika verlassen zu müssen. Wie gern würde ich mit Ihnen wieder hiersein! Wo sind Sie? In Italien? Haben Sie meine Briefe? Telegrafieren Sie vielleicht eine Adresse zu den Gérassis. Wo ist Bost? Ich weiß nichts, weder über ihn noch über Kos., noch über irgend jemanden. Ich fühle mich sehr verloren. Aber immer noch Ihnen nahe und mit Ihnen, mon amour. Ich küsse Sie mit aller Kraft.

Ihr Castor

280

Williamsburg Lodge
Williamsburg
Virginia

Samstag [6. April 1947]

Ganz liebes kleines Geschöpf

Ich schreibe Ihnen von einem Ort, der mir sehr komisch vorkommt: eine ganze Stadt, die die Amerikaner so wiederaufgebaut haben, wie sie vor 200 Jahren war. Ich habe sie noch nicht gesehen, denn es ist Nacht, ich habe nur in einem schönen Hotel voller Touristen, die für die Osterferien gekommen waren, zu Abend gegessen. Morgen abend fahre ich mit dem Zug nach N.Y., ich habe eine Fahrkarte für den Pullman in der Tasche, und ich bin ganz aufgeregt. Schreiben Sie ins *Lincoln*, ich habe dort ein Zimmer reserviert. Mein Herz klopft, weil ich N.Y. wiedersehen werde, und gleichzeitig macht es mir etwas angst. Ich werde dort Briefe von Ihnen, mon amour, vorfinden und Ihnen sofort schreiben.

Mein lieber Kleiner, wie ich New Orleans liebte! mehr als alles andere, wie N.Y. Ich habe Ihnen dort geschrieben, bevor ich abends ausging – es war anscheinend nicht so gut, wie es hätte sein sollen, weil die Lokale, in die man uns führen wollte, wegen der Karwoche geschlossen waren, aber es war trotzdem wunderbar. Ich habe mit Sor. im *Patio Royal* zu Abend gegessen, wo es reizend ist, dann haben wir im *Absinthe House* den Jazz unserer drei Neger wiedergefunden und unseren weißen Freund, einen kleinen 22 Jahre alten Italiener, der vom Jazz und von James Joyce und von Strawinsky begeistert ist, nicht aus Snobismus, denn er gehört zur allerbescheidensten *middle class*, sondern aus Berufung – er war außerordentlich intelligent und sympathisch und einsam; und wieder war es eine seltsame Erfahrung, in der Realität auf jemanden zu stoßen, der dem *Jeune homme à la trompette* [Junger Mann mit Trompete] von Dorothy Baker oder *Really the Blues**, einem Buch über den Jazz, das ich sehr mag, entsprungen zu sein schien. Wir haben diese drei Schwarzen gehört und mit ihnen geredet, und wir hatten den reizenden Eindruck, *at home* zu sein – und dann waren wir in einem anderen Lokal mit einem ausgezeichneten kleinen schwarzen Orchester, und unser Begleiter (er hatte einen sehr netten spanischen Freund bei sich) kannte sich aus, und zwischen uns war eine starke Komplizenschaft inmitten dieses weißen Publikums, das so häßlich, moralisch und plump wie eine Berliner Menge war. Wir waren auch im Negerviertel, in für Weiße verbotenen Nachtlokalen, und fühlten viel Freundschaft füreinander, eine große Freude in diesem Jazz, der der einzig wirklich gute war, den ich in Amerika gehört habe; und außerdem war außerordentliches Wetter, perlgrauer Nebel, der ein äußerst helles Licht ausstrahlte, so daß man um 2 Uhr früh glaubte, der Morgen dämmere, und dabei schienen die Lichter der Stadt selbst von einem anderen Planeten zu kommen; es war feucht wie in einem Gewächshaus. Das ist eine der poetischsten Nächte meines Lebens, vielleicht die allerpoetischste, sehr viel Sorgfalt wäre nötig, um sie gut zu beschrei-

* Von Bernard Wolfe; s. u.

ben, so reich an Sinn war sie. New Orleans am nächsten Tag war auch außerordentlich. Morgens war der Himmel wieder perlgrau, und Regenböen gingen nieder; am Nachmittag haben mich die Leute aus der Universität mit dem Auto abgeholt, um mir Patios und alte Häuser zu zeigen; es war eine solche Sintflut, daß man oft weder aussteigen noch durch die Scheiben etwas sehen konnte, aber es hatte das Grandiose einer Naturkatastrophe. Gegen 6 Uhr hat es sich gelegt, und ich habe den seltsamsten Himmel meines Lebens gesehen, gelb und grau über der überschwemmten Stadt. Wie sehr mochte ich die Verwesung und den Glanz der Vegetation, der Häuser, dieser ganzen Zivilisation des Südens. Vormittags war ich viel durch die Parks und die Straßen gelaufen, und mein Herz war ganz aufgewühlt. Ich habe einen Vortrag auf englisch, einen auf französisch gehalten und mir dabei mit Whisky und Orthédrine* geholfen, denn ich war von zwei fast schlaflosen Nächten kaputt. Ich habe Leute getroffen, die Sie kannten, die einen blöd, die anderen nett. Wir haben getrunken, geredet; wieder bin ich spät schlafen gegangen, früh aufgestanden, um den Bus zu bekommen. Ich bin den ganzen Mittwoch über durch Louisiana, Mississippi, Alabama und Florida gefahren, am Golf von Mexiko entlang, über die schlammigen Flüsse, durch Städte, in denen alles blühte, und durch tropische Wälder, es war ein Rausch. Dieser Süden spricht mich mehr an als ganz Kalifornien und der Far West, und gleichzeitig verabscheue ich ihn. Donnerstag sind wir von Jacksonville nach Savannah gefahren, eine wunderbare alte Stadt voller Blumen und Statuen von Helden des Unabhängigkeitskrieges – diese Männer wirken so alt wie Caesar, die Zeit ist hier so zusammengezogen wie der Raum ausgedehnt ist, ein Jahrhundert ist eine ungeheure Vergangenheit. Wir sind in der schwarzen Stadt spazierengegangen, und die Frauen spuckten hinter uns her, und die Kinder schrien: «Die Feinde! Die Feinde!» Über allem lastete ein Haß, bei dem sich

* Aufputschmittel.

einem das Herz zusammenschnürte. Und so gerechtfertigt! Eine schwangere Negerin wurde in einem Bus ohnmächtig, und *alle* Weißen, der Fahrer inbegriffen, haben sich kaputtgelacht, ohne sich um sie zu kümmern; nur Sorokine hat ihr geholfen. Und das Land mit diesen schäbigen unwirtlichen «Hütten» hat etwas Pathetisches. Gestern haben wir Charleston gesehen, eine sehr hübsche alte englische Stadt und wunderbare romantische Parks voll Blumen, Seen, kleiner Brücken und großer, grauverschleierter Bäume – auf das Jahr 1700 zurückgehende Parks inmitten großer Pflanzungen, der äußerste Luxus dieser köstlichen und entsetzlichen Zivilisation. In Charleston kann man noch den Sklavenmarkt sehen, wenn man von den Parks zurückkommt. Hier, in der Gegend von Richmond, im Norden Virginias, ist die Atmosphäre weniger bedrückend. Aber die schwarzen Städte von Jacksonville, Savannah, Charleston usw., niemals werde ich sie vergessen – und der Haß und die Angst der Weißen ist jede Minute spürbar.

Mon amour, wie gern würde ich Ihnen von alldem erzählen. Heute sind wir in den Norden Virginias gefahren, 8 Stunden von N.Y. entfernt, das ist wirklich der Norden, und es scheint mir fade. Aber übermorgen und für weitere Tage kommt N.Y. Ich habe während dieser drei Wochen im Bus viel gelesen, und ich spüre allmählich stark etwas von Amerika – eher mit Verzweiflung.

Schreiben Sie mir, mein lieber Kleiner. Wie ich auf Ihre Briefe warte! Ich werde Montag schon um 8 Uhr zu den Gérassis laufen, um sie zu holen. In einem Monat werde ich bei Ihnen sein. Ich fange an, auf diese Rückkehr zu warten. Ich liebe Sie immer noch genauso stark, mon amour.

Ihr Castor

281

Hôtel Lincoln
New York 19, N.Y.

Montag, 14. [April 1947]

Mon cher amour

Was für eine Freude, endlich Briefe zu haben – der vom *Lincoln* war an den Absender zurückgesandt worden, der von Houston, den ich erhalten habe, war sehr alt – schließlich habe ich den aus Paris, vom 25. März, und den aus Rom erhalten. Einverstanden mit dem 10. Mai – gerade war ich dabei, meinen Platz für den 6. zu reservieren, das ist gleich. Ich werde das nächste Mal genau sagen, ob ich am 10. oder 11. ankomme. Ich glaube, am 11. Meine einzige Bitte ist, Sie für 2 Wochen für mich zu haben. Richten Sie es ein, daß ich eine gute Rückkehr habe (ich meine, daß ich Sie sehe, Bost und sonst niemanden), denn trotz all meiner Freude über das Wiedersehen mit Ihnen bin ich etwas entsetzt, wenn ich daran denke, daß ich dies Leben hier verlasse, welches ein permanentes Fest ist. Das ist anormal und monströs, und jeder weiß, daß das nicht andauern kann, aber gleichzeitig ist es zauberhaft, und es scheint beängstigend, ein wirkliches Leben wiederfinden und sich selbst wiederfinden zu müssen. Und vor allem liebe ich New York so sehr.

Williamsburg war ein schändlicher Betrug, eine von Rockefeller ganz nach dem Modell der Kolonialstädte erbaute Stadt, etwas sehr Deutsches, wie dieses Schloß im Elsaß, wo so viele Wespen waren – man sieht dort Frauen in Kostümen des 18. Jahrhunderts und Neger, die als Lakaien gekleidet Kaleschen fahren, und Tausende und Abertausende Amerikaner kommen dorthin, um ihre Vergangenheit zu bewundern. Wir sind einen Vormittag lang dort geblieben, nach Richmond zurückgekehrt, wo ich den ganzen Tag in der *lobby* eines Hotels an einem Artikel gearbeitet habe, und nachts sind wir im Liegewagen nach New York zurückgekehrt. Gérassi hatte im

Lincoln ein Zimmer mit zwei Betten reserviert, ich bin ans Telefon gestürzt und habe angefangen, mich zu verabreden. Es war wunderbar, sofort wieder Freunde zu haben – von den Gérassis ganz abgesehen, die sehr nett sind, habe ich ein richtiges *home* bei den Wrights, die ich jedesmal mehr liebe – und diesen jungen Mann, der *Really the Blues* geschrieben hat, Jazz-Spezialist und ein Freund von Wright ist, mag ich auch sehr, er heißt Bernie Wolfe, und wir haben uns schnell am Telefon verabredet. S. ist nett wie ein Engel, alle mögen sie sofort und akzeptieren sie, so daß sie einen nicht davon abhält, Leute zu sehen und sich zu amüsieren, ganz im Gegenteil. Sie werden sehen, was wir in acht Tagen alles gemacht haben, mir selbst ist taumelig davon.

Zuerst, also Montag, sind wir zum Friseur gestürzt, wir waren vollkommen verdreckt, wie Sie sich vorstellen können, nach drei Wochen im Bus. Zum Mittagessen habe ich Sorokine oben ins *penthouse* geführt, von wo der Blick sehr schön ist, N.Y. war reizend, es war Frühling. Wir sind zu den Gérassis gegangen, zu den Relations Culturelles, um diesen letzten Monat zu organisieren, haben dann in Greenwich R. Wright und sein wunderbares kleines Mädchen besucht. Abends haben wir bei den Gérassis gegessen, Fernand verkauft allmählich seine Bilder, dann war ich in der *New School*, ganz nah beim *Lincoln*, wo ich gegen Mitternacht eine der letzten Proben von *Les mouches* sehen wollte – es wurden nur Fotos gemacht, man hat mich wie wild fotografiert. Piscator, der sehr nett ist, war dort und sein Manager, Collins, der schrecklich ist – es hat mich amüsiert und ein bißchen bedrückt, weil es nicht allzugut zu werden versprach. Ich bin gegen 1 Uhr weggegangen, was sehr vernünftig war.

Dienstag früh habe ich wie wild an meinem Artikel für *Town and Country* gearbeitet; ich mußte bei Lévi-Strauss zu Mittag essen, Thineray war auch da – ich habe S. im *Lincoln* getroffen, und wir haben uns nach *down town* aufgemacht; ich hatte die *Wall Street* noch nie an einem Wochentag um 5 Uhr gesehen, das ist kolossal; wir haben einen großen Spa-

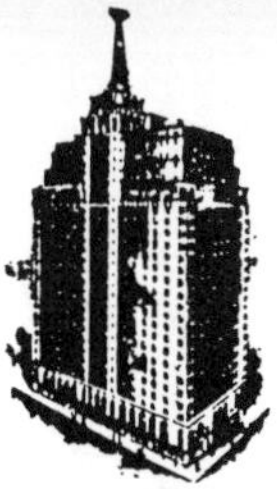

MARIA KRAMER
PRESIDENT

Hotel Lincoln

THE HOUSE OF HOSPITALITY

44TH TO 45TH STREETS
AT EIGHTH AVENUE
NEW YORK 19, N.Y.

JOHN L. HORGAN
GENERAL MGR
NEIL S. ALLEN
BUSINESS MGR

CIRCLE 6-4500

1400 ROOMS WITH BATH AND SHOWER, RADIO AND SERVIDOR

Lundi 14

Mon cher amour

Quelle joie d'avoir enfin des lettres – celle du Lincoln était envoyée à l'expédition, celle de Houston que j'avais reçue était bien laconique – enfin j'ai reçu celle de Paris, du 25 mars et celle de Rome – Je rentrerai pour le 10 mai – justement j'étais en train de retenir ma place pour le 6, ça ne fait que de différence – je préciserai la prochaine fois si j'arrive le 10 ou 11 – je crois que ce sera le 11 – Tout ce que je demande c'est de vous avoir 15 jours à moi – et arrangez-moi un doux retour, je veux dire vous voir, voir Bost et personne d'autre, car je suis un peu fatigué malgré toute ma joie de vous retrouver à l'idée de quitter cette vie d'ici qui est ziergang in der Battery und überall gemacht und sind mit dem ferry-boat übergesetzt, haben New Jersey ein bißchen gesehen, und zurück im Taxi entlang der *riverside*, das ist so schön. Dann haben wir die *Rocketts*[238] gesehen, die nicht sehr interessant sind, dann einen englischen Film: *L'Aventuriére*[*], nicht allzugut. Ach! ich habe was vergessen. Morgens hatte ich Carlo Lévi[239] angerufen, der gerade aus Rom angekommen war, und ich habe ihn getroffen; er war mit einer Menge wichtiger Politiker in einer wunderbaren Suite im *Commodore*, ganz geblendet von New York. Er hat mir gesagt, Sie würden nach Rom fahren, und es kam mir seltsam vor, Erinnerungen von unserer Italienreise[240] wiederzufinden, während Sie in Italien waren. Ich hatte mich mit ihm in *Sammy's Follies* verabredet, wo wir um 10 Uhr waren. Kaveninsky war bei ihm, ein Freund von Vittorini[241], erinnern Sie sich an ihn? Sie haben über die italienische Nummer[242] gesprochen, die nicht sehr weit fortgeschritten zu sein scheint. S. und Lévi waren von *Sammy's* angetan, Lévi wurde von einer der dicksten Damen geküßt; zwei andere Italiener sind gekommen, wir waren im *Café Society down town*, das überhaupt nicht mehr interessant erscheint nach La Nouvelle-Orléans – und wir sind nach Hause gegangen.

238 Varieté-Vorführungen.

* *Die Abenteurerin – The Flame of New Orleans*, 1941 von René Clair im Hollywood-Exil gedrehte Westernromanze.

239 Der italienische Maler und Schriftsteller, der 1945 *Cristo si è fermato a Eboli* [dt.: *Christus kam nur bis Eboli*] veröffentlicht hatte. Teile davon waren 1946 in französischer Übersetzung in *Les Temps modernes* (Nr. 14 und 15) erschienen.

240 Es handelt sich um ihre erste Rückkehr nach Italien nach dem Krieg, im Jahre 1946.

241 Herausgeber der Zeitschrift *Il Politecnico* (Mailand), Kommunist.

242 Sondernummer der *Temps modernes*, die während ihrer Italienreise geplant worden war.

Am nächsten Tag, Mittwoch, vormittags Arbeit – nachmittags war es regnerisch, und ich habe endlich mit S. das Naturgeschichtliche Museum besucht, das uns amüsiert hat. Ich habe mit S. einen im Café *Arnold* getrunken – sie war todmüde und ist nach Hause schlafen gegangen. Ich hatte ein kleines intimes Abendessen bei Dorothy Nordman, nur mit ihr und Richard Wright. Ich habe göttlich gespeist und Wright meine Reise durch den Süden erzählt. Er hält es nicht mehr aus, in New York zu leben, weil er schwarz ist, er wird nach Paris kommen, zu Odette Lieutier, wissen Sie, die Buchhandlung in der Rue Bonaparte, sie wird ihn in ihrem herrlichen Haus unterbringen. Um 8 Uhr ½ habe ich die Nordman zu *Les mouches* mitgenommen: Generalprobe. Ich werde es Ihnen im Detail erzählen. In einem filmähnlichen Prolog soll die Atmosphäre wiedergegeben werden: Hitler, die Besetzung von Paris usw., dann eine gute Bühnenausstattung, einige gute Ideen bei der Inszenierung, aber ein deutscher expressionistischer Stil, der oft fragwürdig ist – und ach! fraglos schlechte Schauspieler. Das tötet das Stück ein bißchen, das trotzdem nicht allzu schlecht herauskommt. Ich war sehr gerührt, es zu sehen, aus tausend Gründen, die Sie sich vorstellen können. Ich habe dort Saenz getroffen, Ihren ehemaligen Schüler, der sagte: «Ich habe den Burschen Sartre ganz für mich allein gehabt» – diese unerwarteten Begegnungen: Lévi, Saenz, haben mich sehr amüsiert; N.Y. ist wirklich eine Hauptstadt. Nach der Vorführung habe ich Saenz in eine Bar mitgenommen, und ich habe mich an Whisky satt getrunken, bis ich hinausgeworfen wurde. Er wird Sie besuchen: sehen Sie ihn eine Stunde lang, er wird Ihnen von *Les mouches* und von mir erzählen, er war sehr sympathisch.

Also nach 2 Uhr schlafen gegangen, aufgestanden gegen 9 Uhr, um meinen Artikel zu beenden, bei *France-Amérique* vorbeizugehen, Geld zu holen, einen Scheck einzulösen usw. Mittagessen mit Sorokine im Café *Arnold*. Nachmittag im

Zirkus*, der sich gerade in Madison Gardens niedergelassen hatte, es war wunderbar. Danach haben wir um 5 Uhr ½ Bernard Wolfe getroffen, den ich mag und der uns zum Abendessen mit Willingham ausgeführt hat, einem sehr jungen, sehr rothaarigen und sehr amerikanischen Schriftsteller, von dem ich Ihnen erzählt habe. Wunderbares Abendessen in einem Steak-Restaurant und langer Abend mit Whisky, Platten mit Jazz (altem, Louis Armstrong, Bessie Smith) und schwarzen *work-songs*, und lange Diskussionen über den amerikanischen Roman. Ich bin bis 3 Uhr früh geblieben, ich fühlte mich wunderbar; diese jungen Amerikaner, die den Jazz, die Neger und die Literatur wirklich lieben, sind die angenehmsten Menschen der Welt. Wolfe hat uns zu Fuß zurückbegleitet, durch eine wunderbare Nacht, und wir haben den Plan zu einem großen Artikel gefaßt über das, was der Jazz *heute* im amerikanischen Leben bedeutet. Er war unheimlich interessant.

Freitag vormittag habe ich meinen Artikel zu *Town and Country* gebracht, mittags Sweeney im *Régis Hotel* getroffen, das ist der Mann, der das Musée d'Art Moderne leitete, Freund von Duchamp, Masson usw., sehr wichtig, ohne jede persönliche «Wichtigtuerei» und wahnsinnig nett zu mir, er hat Abendessen und Filmvorführungen und Spaziergänge zu Calder usw. usf. organisiert. Es tut mir leid, daß er Sie «stiff» fand, als er Sie unter den anderen Journalisten gesehen hat, und daß Sie ihn nicht kannten. Er ist einer der angenehmsten Menschen hier. Ich habe mit S. im *Russian tea room* zu Mittag gegessen, dann haben wir einen wunderbaren Spaziergang in der Bowery gemacht, Ghetto, chinesisches Viertel – dann gab es einen Cocktail bei den Gérassis für Wright, Carlo Lévi, Dorothy Nordman, Wolfe und uns. Es war sehr nett. Ich habe dort mit der Nordman über die Übersetzung von *La putain respectueuse* diskutiert, die Abel gemacht hat und die nicht sehr gut ist – es sieht jedenfalls so aus, als würde

* Ausführliche Darstellung in *Amerika Tag und Nacht*, S. 251 f.

es nicht aufgeführt. Dann haben S., die Gérassis, Wolfe und sein *girl* und ich im Bistro gegessen. Dann hat uns Wolfe zur 52th in ein ausgezeichnetes Nachtlokal mitgenommen, wo ein legendärer schwarzer Trompeter war, der wunderbar spielt – ich bin jetzt vom Jazz gepackt, und wenn ich an Paris denke, fehlt mir das mehr als der Whisky und die Atmosphäre der Straßen; das ist eine Sache, die dieser letzten Woche ihren Geschmack gegeben hat, sie war von Jazz umspielt. S. und das *girl* und die Gérassis sind nach Hause schlafen gegangen, und ich bin bis 3 Uhr mit diesem Mann zusammengeblieben, er hat über sein Leben geredet, das sehr typisch und interessant ist, und wir haben mit seinem Freund, dem Trompeter, geredet und sind ein bißchen zu Fuß durch eine wunderbare Nacht gelaufen, mein Herz war voller Poesie.

Samstag vormittag haben S. und ich nach 5 Stunden Schlaf den Film von Charlot angesehen, der gerade am Broadway läuft, *Monsieur Verdoux*, er ist nicht besonders – danach blödes Mittagessen im *Bruxelles* mit Prolers von *France-Amérique* und einer idiotischen amerikanischen Prinzessin (?). Nachmittag im *Sherry Netherland* mit S., um mit ihr über ihr Buch (die Familie Sarbakhane) zu reden – Whisky bei Dwight Macdonald von *Politics*, den ich mag. Alle bewundern die Art, wie ich Amerika gesehen habe und wie ich es kenne und wie schnell ich auf englisch rede, ich bin sehr stolz. Dann waren wir, eine ganze Clique, die Gérassis, S. und ich, Odette Lieutier und Freunde von ihr, im chinesischen Theater. Sie hat uns hinter die Kulissen geführt, was amüsant war, aber es war nicht so gut wie in San Francisco. Die Gérassis und S. haben aufgegeben – ich habe in einem reizenden alten Café in Greenwich gegessen und getrunken, was den Ausschlag dafür gegeben hat, daß ich meine letzten Wochen in einem Hotel in Greenwich verbringen werde.

Dienstag

Au revoir, mon amour. Ich habe meinen Vortrag in Columbia halten müssen, und heute früh fahre ich nach Smith College. Morgen schreibe ich die Fortsetzung. Mon amour, ich fühle allmählich, daß ich Sie wiedersehen werde. Ich küsse Sie mit aller Kraft.

Ihr Castor

Sagen Sie Bost, daß ich mich freue, ihn wiederzusehen, obwohl er ein kleines Miststück ist, weil er mir nicht geschrieben hat.

282

Wellesley College
Wellesley, Massachusetts

Mittwoch, 16. [April 1947]

Mon cher amour

Nun bin ich, Gott sei Dank, einige Tage weg von New York – ich glaube, ich wäre vor Müdigkeit und Alkohol gestorben – in diesen so heilsam langweiligen Colleges fühle ich plötzlich, wie kaputt ich war. Das ist gut so, andernfalls würde mir diese Zurückgezogenheit unerträglich vorkommen, ich war untröstlich, als ich gestern in den Zug stieg. Ich mußte meinen Brief plötzlich unterbrechen, ich werde mit Samstag fortfahren; was ich Ihnen schicke, ist ein Tagebuch, aber ich weiß, daß für Sie jedes Wort mit Erinnerungen und Sinn beladen ist und daß Sie durch diese Aufzählungen hindurch das fiebrige Entzücken des Lebens hier mit Sicherheit wiedererkennen. Ich hatte also eine grandiose Woche, da ich wußte, wen ich sehen wollte und wen nicht, ich habe alle Franzosen gemieden, ich habe Leute gesehen, die mir am Herzen lagen. Samstag–Sonntag waren besonders wunderbar. Der Samstagabend hat mit dem chinesischen Theater angefangen, dann ein Hamburger in einem kleinen Café in Greenwich, sehr Montparnasse, sehr amüsant. Es war schon 11 Uhr ½, aber ich konnte den Gedanken nicht ertragen, schlafen zu gehen, und habe Wolfe angerufen (den Jazzer, ehemaliger Sekretär von Trotzkij), der gesagt hatte, ich könne mit ihm zu einer Party gehen – er hat mir die Adresse gegeben, und ich bin zu Unbekannten hochgestiegen, die mich freundlich und argwöhnisch empfangen haben. Plötzlich hat mir der dicke Mann, der der Hausherr war, ein Buch gezeigt, an das Sie sich vielleicht erinnern: *Les généraux meurent dans leur lit* [Die Generale sterben in ihrem Bett], und ich habe gesagt, ich würde es kennen und hätte es gemocht[243] – er wurde ganz rot und hat mich an sein Herz gedrückt: er war der Autor.[244] Der Alkohol ist ihm in den Kopf gestiegen, und er hat allen Unmengen zu trinken gegeben; er war äußerst amüsant und sympathisch, und wir haben stundenlang geredet – man hat Jazz gespielt, und er war erschüttert, als ich beiläufig sagte, Sie hätten einst bei «Sonny Boy» geweint; er hat mir eine Menge Al Jolsons aufgelegt, und wir haben über den alten Jazz diskutiert, den Sie und ich mochten, und über den neuen, den Sie kaum mögen, und man war in vielen Punkten mit Ihnen einverstanden (aber nicht in bezug auf «Symphony», wenn wir darüber geredet hätten) – ich war gerührt, daß all das für sie so sehr zählt und daß sie über den Jazz die Probleme des Schriftstellers und der Kunst im allgemeinen aufwerfen, die Probleme, die uns berühren, die Frage nach dem *hit* und dem *straight*, das heißt der Anmut und dem Bewußtsein. Während wir tranken und redeten und Bessie Smith hörten, schliefen die Leute in allen Ecken des Salons ein, wo sich auch finstere Tragödien von Leidenschaft und Eifersucht zusammenbrauten, das war sehr amüsant. Nach und nach sind alle weggegangen, sogar

243 Vgl. den Brief vom 30. September 1939 (Nr. 55) und *Kriegstagebuch*, S. 83.
244 Es handelt sich um Charles Harrison.

Wolfe, da seine Frau eine Spielverderberin ist, und ich bin allein mit den Harrisons zurückgeblieben, die mich nicht mehr weggehen lassen wollten. Die Frau ist ebenfalls nett, ähnlich wie Wrights Frau. Ich sah die Sonne über der Battery aufgehen, sie haben einen wunderbaren Blick aus ihrem Fenster, und wir haben alle drei gefrühstückt, und als H. mich im Taxi zurückbegleitet hat, war es nach 7 Uhr ½. Ich habe ungefähr 1 ½ Stunden geschlummert, während das Telefon läutete. Jacqueline Breton hat sehr nett angerufen und mich nach Roxbury eingeladen, ich werde am Ende des Monats hinfahren. Madame Hessel hat mir ein riesiges Manuskript und Veilchen geschickt. Um 9 Uhr bin ich aufgestanden, und R. Wright hat uns abgeholt, um uns in eine Harlemer Kirche zu führen. Ich hatte schon eine große, ziemlich bürgerliche besucht, diese war kleiner und wirklich außerordentlich – herrliche *negro-spirituals*, extravagante Ansprachen, der Prediger fiel schweißnaß in die Arme seiner Assistenten, das Publikum war lebhaft und schluchzte – all das in einem sehr schönen Stil. Wright wurde erkannt und hat eine kleine Rede gehalten, und *er hat uns vorgestellt*, und ich habe vor dieser großen Negerversammlung einige Worte auf englisch gesagt. Können Sie sich das vorstellen, mein lieber Kleiner?

Danach haben wir bei der Nordman zu Mittag gegessen – dort waren viele Inderinnen in großer Aufmachung, Frauen, Schwestern, Nichten des indischen Ministers – auch Cartier-Bresson war da, seine indische Frau, seine Schwester, die Priesterin, die ganze langweilige Gesellschaft – sie empfängt Wright, aber eher mit Indern als mit Amerikanern zusammen. Dann kam Luisa Rainer, die ein bißchen alt, aber reizend ist, sie fährt nach Frankreich, es wäre gut, wenn sie eines Tages in einem Ihrer Filme spielte. Dann sind wir weggegangen, S., ich, Wright und seine Frau, die nett und lebendig ist wie keine Amerikanerin der Welt, sie haben uns zu zwei Partys mitgenommen, eine in Brooklyn, die andere am Washington Square. Der Spaziergang war schön, vor allem der Rückweg von Brooklyn in der Morgendämmerung, und die Partys waren ziemlich witzig – dann haben wir Einkäufe gemacht und sind zu ihnen gegangen, um ein kleines ruhiges Essen zuzubereiten und ganz intim zu essen – das war sehr gut. Gegen 11 Uhr bin ich nach Hause gekommen, erschlagen vor Müdigkeit, aber sehr froh. Montag habe ich vormittags im Lycée français gesprochen und Erledigungen gemacht – meine Artikel in *Vogue* und *France-Amérique* waren ein Erfolg (weiß Gott!), und die Aufträge fließen herein: *Town and Country, Harper's Bazaar, New York Times*, wieder *France-Amérique*. Ich werde Geld haben, um mir Sachen zu kaufen, aber erst muß ich schreiben. Mittags war ich im Prozeß des kleinen Willingham (des jungen rothaarigen Schriftstellers), der von der «Liga zur Unterdrückung des Lasters» wegen seines Buchs über eine Militärschule des Südens verfolgt wird. Die Frau von Wright war da, mein Freund Wolfe und Farrell, mit dem ich zu Mittag gegessen habe (wir haben alle zusammen gegessen) und der sympathisch scheint. Es war natürlich sehr amüsant. Dann hat Sorokine mich bei Regen in den Zoo in der Bronx geschleift, was ein bißchen blöde war, aber die Fahrt in der Hochbahn ist sehr interessant. Dann habe ich Ihnen in einem Bistro neben Columbia geschrieben. Abendessen und Vortrag in Columbia: tödlich. Mit O'Brien und Thineray einen getrunken: tödlich. Um 11 Uhr habe ich Saenz in der Bar des *Eléphant rose* getroffen, und wir haben bis 2 Uhr früh Whisky getrunken, teils, weil er nett ist, teils, weil es mir das Herz brach, New York zu verlassen und ich mich nicht dazu entschließen konnte, nach Hause schlafen zu gehen. Gestern bin ich zum Smith College gefahren, während S. angsterfüllt in ein Flugzeug stieg, um ihren Schwiegervater auf einer 1 Std. von N.Y. entfernten Insel zu besuchen – die Leute waren nett in Smith. Heute war Wellesley dran, schrecklich öde. Morgen noch mal Wellesley, dann Harvard, dann Rückkehr nach N.Y. für drei Tage, wieder drei Tage Colleges und zwei Wochen N.Y., die sicher wunderbar werden, denn alle bereiten für mich Partys, Jazz-Veranstaltungen, Ausflüge usw. vor. Ich bin todmüde, mon amour. Aber ich fühle mich sehr glücklich. Glücklich, mit einem bißchen Angst und fast Tragik, denn ich habe mich hier sehr stark an Dinge und Leute gebunden, aber zugleich ist es ein sehr fragiles Band. Ich glaube, ich werde in den letzten Zügen liegen, bis ich Sie wiedersehe. Auf Wiedersehen, mon très cher amour.

Ihr Castor

283

University of Pennsylvania
Philadelphia
The College
Romance Languages and Literatures

Donnerstag, 24. April [1947]

Sie, mon amour
In zwei Wochen (in 18 Tagen genau) werde ich Sie also wiedersehen. Ich bin darüber genauso gerührt wie vor 3 Monaten beim Gedanken, New York zu sehen. Ich habe einen Platz im Flugzeug für *Samstag, den 10.*; ich komme also Sonntag gegen 3 Uhr in Paris an: fragen Sie bei Air France nach der Uhrzeit. Kommen Sie zu den Invalides* oder warten Sie einfach in der *Louisiane* auf mich; es wird für Sie dort besser sein, falls es Verspätung gibt, und für mich macht es nur eine Viertelstunde aus. Sagen Sie mir, wie Sie entscheiden. Auf jeden Fall werden wir natürlich bis zum nächsten Tag allein bleiben. Ich würde Bost gern mit Ihnen zusammen am Montag sehen – und mit Ihnen allein für die versprochenen 2 Wochen wegfahren, egal wohin. Ich habe Ihnen soviel zu erzählen, mon amour. Die vergangene Woche war ruhig und erholsam.

* Bahnhof und Metrostation.

Smith, Wellesley, von wo aus man mir hübsche Dörfer in Neuengland gezeigt hat, Boston, wo ich in einem reizenden Restaurant auf den Kais zu Mittag gegessen habe und von wo aus ich an der Küste entlang spazierengefahren wurde; Freitag abend sprach ich in Harvard, ich habe mit den Studenten diskutiert und bin mit dem Flugzeug nach N.Y. zurückgeflogen, was mich entzückt hat. Ich habe drei Tage mit Sarbakhane in New York verbracht, sehr in Hetze, weil die Artikel und auch die Einladungen sich mehren. Samstag habe ich in der «New School» *auf englisch* über *Les mouches* geredet: es war ein widersprüchlicher Vortrag, und ich glaube, mein Mut wurde mehr bewundert als mein Akzent. Nach dem Vortrag Abendessen bei Sweeney mit Duchamp[245], es war sehr schön. Nachdem ich mich um Mitternacht verabschiedet hatte, große Party mir zu Ehren bei Piscator: Kurt Weill[246], Le Corbusier waren dort, eine Menge bedeutender Leute und vor allem Chaplin mit seiner Frau; der entsetzliche Collins hat einen *speech* gehalten, in dem er mich gewissermaßen bat, Chaplin als Existentialisten anzuerkennen, es war grotesk und peinlich; Chaplin hat 3 Stunden lang geredet, ich habe ihn ungefähr so empfunden, wie Sorokine ihn beschrieben hatte, aber es war amüsant, ihn anzusprechen. Ich bin um 4 Uhr früh schlafen gegangen.

Sonntag habe ich einen Augenblick bei den Wrights verbracht, gearbeitet, im *penthouse* mit S. zu Abend gegessen, den Abend bei den Certes verbracht, mit den Gérassis und Miro, der reizend ist. Montag Arbeit; nachmittags hat man uns im Kino des Museums alte Filme von Griffith und Douglas Fairbanks gezeigt, dann habe ich eine sehr schöne Juan Gris-Ausstellung gesehen und Werke von Cézanne. Dann große Party mir zu Ehren bei der Nordman, mit Wright, dem schwarzen Gitarristen von *Café Society*, Lionel Abel, einer

245 Der berühmte Maler, auch Erfinder der «ready-mades», zu Kunstwerken erhobene Gebrauchsgegenstände.
246 Komponist der *Dreigroschenoper* (1928).

Menge anderer Leute und Bernstein*, der sich extra dahin bemüht hat, um mich zu sehen und mir zu sagen, wie sehr er *Tous les hommes sont mortels* schätzt. Aber er ist ein altes Aas. Dann habe ich einen Abschiedsabend mit Sorokine verbracht, die Dienstag nach Los Angeles geflogen ist – wir waren in dem Lokal mit dem schwarzen Trompeter, den ich so sehr mag, haben zugehört und nett geredet. Ich bedauerte nicht direkt, sie zu verlassen, denn ich möchte, daß meine letzten beiden Wochen in N.Y. wirklich frei sind – aber etwas von der Reise ging zu Ende, meine Wurzeln in Amerika wurden abgeschnitten. Dienstag bin ich nach Yale gefahren, wo ich den gräßlichen Bersilon und Peyre, der kaum weniger gräßlich ist, gesehen habe, aber auch sympathische Studenten. Am nächsten Tag, gestern, Fahrt nach Princeton. Dort habe ich Coindreau[247] getroffen, sehr nett; er hatte Robert Casadessus eingeladen, den Pianisten, und einen ziemlich schlechten, aber sympathischen Maler namens Girard. Ich wurde im Auto spazierengefahren, es war ein Frühlingstag voller Blüten – wir haben in einem hübschen Dorf zu Abend gegessen und bis spät in die Nacht bei Coindreau Platten gehört. Heute früh bin ich um 10 Uhr in Philadelphia angekommen – wieder hat man mich durch schöne Landschaft spazierengefahren und zurück zur Universität gebracht. Überall gibt es eine Menge Erinnerungen an Sie: ich habe Bryn Mawr gesehen, dieses Mädchen-College, in dem Sie waren, und Coindreau und Seizener haben über Sie geredet – es ist seltsam, so Ihren Spuren zu folgen. Jetzt fühle ich, wie ich der Rückkehr entgegengleite, aber ich glaube, ich werde zwei wunderbare Wochen in N.Y. haben. Und ich werde in gewisser Hinsicht die Abreise nicht bedauern, denn diese Reise hat sich fast ausgeschöpft; jetzt ist es notwendig zurückzukehren. Jetzt, wo ich

* Vgl. Fußnote 148.

247 Maurice Coindreau, der sehr bekannte Übersetzer von Faulkner und so vieler anderer amerikanischer Schriftsteller.

weiß, daß es kommen wird, denke ich ans Wiedersehen mit Ihnen, mon amour, und das wühlt mich auf. Schreiben Sie mir schnell, daß Sie auf mich warten. Und heben Sie mir meine 2 Wochen schön für mich auf. Ich küsse Sie mit meiner ganzen Liebe.

Ihr Castor

284

Hôtel Brevoort
Fifth ave. at Eight Street
New York 3

Mittwoch [30. April 1947]

Mon amour, mein süßer Kleiner
Wie glücklich ich mich seit Montag fühle – ich hatte einen ganz zärtlichen großen Brief von Ihnen und fühlte, wie ich Sie ganz warm wiederfinden würde; in Paris wartet ein Platz in Ihrem Herzen auf mich, und das macht mir die Abreise leicht und sogar wonnevoll. Mon amour, es ist also wahr, in zehn Tagen werden Sie dort sein, ich werde Sie berühren, mit Ihnen sprechen – das entzückt mich. Sehen Sie, mehr als die Libération*, mehr als die Reise nach New York sind Sie jedesmal die erstaunlichste und stärkste und tiefste und wahrste Erfahrung meines Lebens. Mon amour, ich bin so glücklich, Sie ganz nah zu fühlen, daß sich das über New York ausdehnt. Diese nahe Abreise tötet N.Y. nicht, im Gegenteil. Noch nie kam mir N.Y. so wunderbar vor, und die Tatsache, daß ich es verlasse, ist eine ausreichende Beschäftigung, das gibt jedem Spaziergang, jedem Blick einen vollen Sinn. Hinzu kommt noch, daß der Frühling lau und zart ist und daß ich obendrein dabei bin, Dollars schaufelweise einzusammeln, und damit anfange, schöne Sachen zu kaufen. Neu ist, daß ich seit Montag, statt

* Die Befreiung Frankreichs von den deutschen Besatzern.

wie bisher wilde Nächte zu verbringen, wie ein Engel schlafe, wozu ich mich wegen Ihrer Gegenwart berechtigt fühle.

Wann habe ich geschrieben? in Philadelphia, glaube ich. Ich habe dort Donnerstag abend meinen Vortrag gehalten und bin gegen 11 Uhr in den Zug gestiegen, ich bin sofort eingeschlafen, und morgens um 8 Uhr war ich in Boston. Die reizende alte Jungfer, die mich eine Woche vorher spazierengefahren hatte, wartete mit ihrem Wagen auf mich und nahm mich zu einer großen Fahrt in den Norden mit, nach Cape Ann, Marblehead, Rockport, in eine Menge alter Dörfer Neuenglands – sie war glücklich wie ein Kind, und ich war sehr zufrieden. Ich bin ins Hotel gegangen, um an einem Artikel für die *N.Y. Times* über «Eine Existentialistin sieht Amerika» zu arbeiten. Er ist unheimlich hart für sie, na und? Ich glaube, das Land hat sich in einem Jahr verschlimmert, die Luft ist zum Ersticken; wenn ich bliebe, würde ich Kommunistin. Die Studenten in Harvard und Yale sprechen vom Krieg mit Rußland in einem resignierten und positiven Ton, bei dem es einen kalt überläuft. Ich habe sie Samstag getroffen. Zunächst habe ich morgens den Artikel fertiggeschrieben – dann Mittagessen, Alliance Française, mit den alten Damen, die Sie kennen, und diesem Trottel von Bénouville, dem entsetzlichen Moringe und Chambon, dem Konsul von Boston, der, welch ein Wunder, ein ehrenwerter Mann ist, als Katholik vollkommen enttäuscht vom amerikanischen Katholizismus. Vortrag: ich habe über Sie gesprochen, was mich amüsierte. Cocktail mit Studenten, Abendessen bei Gurvitch[248], den ich mag und der im siebten Himmel war, weil er einen 7 Jahre alten Haß herauslassen konnte – er hat mir erstaunliche Geschichten über den amerikanischen Antisemitismus erzählt. Um 10 Uhr hat mich eine Clique Studenten abgeholt, und wir haben bis 3 Uhr früh in den verrufenen Lokalen von Boston (!! wie meine Mutter sagen würde) getrunken. Dort überlief es mich kalt – es ist der «red scare», der rote Terror –

248 Der Soziologe Georges Gurvitch (1894–1965).

man wagt nicht mehr, liberal zu sein, weil man als Kommunist beschimpft wird – wir *müssen* aber in die Geschäftswelt gehen, erklärten sie mir, und wenn wir verdächtigt werden, rot zu sein, ist es schlecht für uns; was *können* wir tun? So gestellt ist die Frage natürlich unlösbar. Am meisten entmutigte, daß es junge Leute guten Willens waren. Am nächsten Morgen bin ich ins Flugzeug gestiegen, das mich bis N.Y. schrecklich durchgeschüttelt hat. Welche Freude, N.Y. wiederzusehen! Ich genieße auch meine Einsamkeit, denn es war wirklich schön, S. zu haben, aber welche Freiheit, wieder allein zu sein nach diesen zwei Monaten fast permanenter Anwesenheit. Ich bin im *Brevoort* abgestiegen, das altmodisch, ruhig und reizend ist, und ich bin froh, wenn ich in Greenwich flaniere, als ob es Saint-Germain-des-Prés wäre. Am Nachmittag gab es mir zu Ehren eine riesige Party bei mit Wright befreundeten Annamiten. Es versetzte mein Herz in einen richtigen Freudentaumel, Wright und Harrison und Wolfe wiederzusehen, wir sind uns in die Arme gefallen, und nach der Party haben sie mit mir und ihren Frauen in dem italienischen Restaurant zu Abend gegessen, in dem Sie Wright getroffen haben. Farrell war auch da, aber er ist ein Langweiler. Sie haben sich mit fieberhafter Leidenschaft gestritten, die ans *Montana* in seinen besten Tagen erinnerte. Dann waren wir bei Harrison, der mich unaufhörlich gegen seinen riesigen Bauch drückte und mir feurige Erklärungen machte, und sie haben sich wieder gestritten und dabei getrunken und Platten gehört. Das war New York, und ich war in Hochstimmung. Gegen 2 Uhr bin ich auf meinem Bett zusammengesunken, todmüde. In diesen beiden Tagen habe ich Leute wegen der Artikel getroffen – der schreckliche Collins (der Assistent von Piscator), den ich wie einen Hund behandele, hat mir im Handumdrehen 500 Dollar eingebracht, er ist nützlich, wenn auch schrecklich. Ich habe mit Wright und Dorothy Nordman und Lionel Abel, der *La putain* übersetzt, 2 Std. lang über diese Übersetzung geredet. Ich werde es Ihnen Sonntag erklären. Ich bin spazierengegangen; ich war im

Kino, ich habe *Odd Man Out* [dt.: *Ausgestoßen*] gesehen, ein bemerkenswerter irischer Film[249], und *The M*[250] *Affair*, was ein vollendeter amerikanischer Film ist, und *Boomerang*, was nicht schlecht ist. Ich habe die Gérassis wiedergesehen und gestern mit Hessels zu Abend gegessen, was ich trostlos fand; diese hiesigen Franzosen öden mich an, sie sind unfähig, am amerikanischen Leben teilzunehmen, und dann beklagen sie sich über ihre Isolierung; ich fühlte mich bei ihnen im Exil; die Frau ist schrecklich. Ich kann mich nicht dazu entschließen, in diesen letzten Tagen die Days zu treffen, Schiffrin wiederzusehen, obwohl es sein müßte. Ich werde wahrscheinlich Freitag die Hares sehen und nächste Woche Calder. Ich werde noch zehn gute Tage verbringen. Zunächst werde ich bis Sonntag meine Artikel fertigschreiben, und dann kommt die große Freiheit. Und dann Sie, mon amour. Telegrafieren Sie ins *Brevoort* und sagen Sie mir, wo Sie auf mich warten. Ich rate zur *Louisiane*. Bereiten Sie mir eine gute Rückkehr. Ich liebe Sie so sehr, Sie, mon amour.

Ihr glücklicher Castor

285

Donnerstag, 8. Mai [1947]

Mon amour

Ich bin sehr aufgewühlt, weil ich Ihr Telegramm bekommen habe – es scheint so nah, Sie, Paris, und ich hätte Sie Sonntag sehen können – nun muß ich noch eine Woche länger warten. Aber Sie haben darum gebeten. Es war mir so unerträglich, früher zurückzukommen, als Sie es wollten, daß ich Samstag regelrecht krank geworden bin, weil ich meinen Platz nicht umtauschen konnte, und Montag habe ich mich allen zu Füßen geworfen, so daß Dienstag die Sache geregelt war. Ich

249 In Wirklichkeit ein englischer Film mit James Mason.
250 Unleserlich.

werde also am *Sonntag, 18.*, ungefähr um 10 Uhr ½ an der Gare des Invalides sein. Sagen Sie mir noch telegrafisch zu. Es hat mich krank gemacht, weil die Rückkehr natürlich für mich auch ein heftiger Schmerz ist und ich mich in Paris wirklich ruhig und ohne Probleme fühlen möchte, zumindest in den ersten Tagen. Ich bitte Sie, mon amour, richten Sie alles gut ein, damit wir lange allein sind, damit nichts das Glück, Sie wiederzufinden, verdirbt. Ich kann Ihnen schlecht schreiben, weil ich seit einer Woche zu nervös bin. Ich schlafe nachts 4 Stunden, esse nichts und trinke wie ein Loch. Ich werde trotzdem versuchen, für Sie einen ganz trockenen Bericht zu schreiben, ich weiß ja, daß es sich für Sie belebt. Ich habe, glaube ich, Mittwoch geschrieben.

Sinnloser Abend mit Millie und den Days, die ich nicht riechen kann, in einem avantgardistischen *night club*, mit *jazz hot* für die Weißen, den ich nicht mehr ertragen kann wegen allem, was er für die Schwarzen und die Weißen impliziert. Donnerstag habe ich eine Aufnahme auf Band gemacht, an Artikeln gearbeitet. Abends hat mich Bernie Wolfe zu einem wunderbaren schwarzen Tänzer, der mit Päderasten und Lesben zusammen war, mitgenommen, um Marihuana zu rauchen – sie waren alle «high», wie sie sagen, und sie sagten zu mir, mit *einer* Zigarette wäre ich es auch; ich habe *sechs* geraucht und den ganzen Rauch eingeatmet, ohne irgend etwas zu erreichen – aus Wut habe ich mehr als eine halbe Flasche Whisky getrunken, was mich nicht betrunken gemacht, aber doch aufgeheitert hat. Ich muß sagen, sie haben große Augen gemacht. Immerhin stand ich doch um 4 Uhr früh vorm Hotel und küßte B. W. mit dem ganzen Pathos der bevorstehenden Abreise – und das Pathos war beim Aufwachen noch da, weil ich sehr an ihm hänge. Freitag habe ich herumgetrödelt und an dringenden Artikeln gearbeitet. Um 5 Uhr habe ich Bernie wiedergetroffen und den Abend mit Leuten von *Partisan Review* verbracht, die mich nicht vor 2 Uhr losgelassen haben. Am Samstag, einem trostlosen Regentag, kam morgens Ihr Brief und ein schrecklicher *break-*

down, der mich den ganzen Tag hat weinen lassen, ein Zusammenbruch, über den ich nicht hinwegkam – ich habe *Open City*[251] angesehen, ein schöner Film, aber es hat mir nicht geholfen. Ich bin mit Augen so dick wie Nüsse bei Charly Harrison eingetroffen, der ein wunderbares Abendessen für mich gekocht hatte. Bernie und Richard Wright und ihre Frauen waren da. Sie waren alle wie Engel zu mir, und R. Wright war wunderbar, wie er sein kann, wenn er wirklich entspannt ist, was fast nie vorkommt. Ich mag ihn immer mehr, er ist auf seine Art genauso erstaunlich wie Genet – kurz, wir haben den Morgen über dem East River dämmern sehen, und ich bin um 8 Uhr früh schlafen gegangen. Ich habe im Bett herumgetrödelt, dann in Greenwich, das mich ergriff, an diesem feuchten Sonntag nachmittag, an dem die Kinder auf den Straßen Ball spielten. Ich fühle mich hier zu Hause wie in Saint-Germain-des-Prés, man trifft Leute auf der Straße, man besucht Nachbarn, flaniert, sitzt am Washington Square, liest oder guckt, es ist unglaublich schön. Ich habe einen faden Tee mit Studenten und Professoren von Columbia getrunken, dann ein Abend mit Miro und den Certes bei Gérassi, der mich schrecklich wütend gemacht hat, als er mir im Namen der «Liberalen» von N.Y. vorwarf, ich würde nur mit Trotzkisten verkehren, was absurd ist, da doch weder Wright noch Wolfe noch irgend jemand Trotzkist ist – sie sind nur keine Stalinisten. Dann doch wieder nach zwei Uhr schlafen gegangen, auf einer Unterlage von Whisky. Montag habe ich brav mit den Wrights zu Mittag gegessen, gearbeitet; dann Vortrag auf englisch vor 600 Personen mit Diskussion; dann um 11 Uhr Bernie W. und eine lange Nacht bis 5 Uhr in einem reizenden Bistro in Greenwich *ohne Musik* und mit Whisky – er hat mir von seinem Leben in Mexiko erzählt, als er drei Jahre lang Sekretär von Trotzkij war, und von seiner Jugend als kleiner Jude, und es faszinierte mich, es schien mir, ich würde Amerika wirklich berühren.

251 *Roma, città aperta* [dt.: *Rom, offene Stadt*] von R. Rossellini, mit Anna Magnani.

Dienstag bin ich mit Zug und Bus zu den Hares gefahren – ich habe einen reizenden erholsamen Abend mit Jacqueline verbracht, die unheimlich nett war, ich mag sie. Ich habe endlich geschlafen. Um 11 Uhr früh kreuzten die Sweeneys und Duchamp in einem nach Benzin stinkenden Auto auf. Wir haben bei Tanguy[252] zu Mittag gegessen, bei einer alten Dame Tee getrunken, die «La mariée mise à nu…»[253] besitzt. Um 7 Uhr traf ich wieder Bernie W., der mich zum Abendessen bei Päderasten aus Kiew mitnahm, zusammen mit Harold Rosenberg, der ein sehr intelligenter Mann ist, ein Kunstkritiker, früherer Marxist, mit dem ich bis zum Umfallen vor Müdigkeit und Nervosität (auf englisch, das ist abscheulich) diskutiert habe, über Politik und Philosophie – die Situation hier ist tödlich. Danach bin ich noch bis 4 Uhr früh mit B. W. in einem Bistro von Greenwich geblieben und habe versucht, meine Geister wiederzubeleben – wir haben weiter nett diskutiert, aber es drehte sich trotzdem im Kreise. Heute vormittag Lawine von Anrufen. Um 1 Uhr habe ich mit B. W. und seinem *girl* einem sehr interessanten Ballett bei den Proben zugesehen, dann habe ich Erledigungen gemacht und meinen letzten Artikel fertiggeschrieben. In einer halben Stunde esse ich mit Wright und der hiesigen «Société des gens de lettres»* zu Abend, und ich spreche auf ihrer Versammlung. Morgen, Abend mit Wright, Wolfe und ihren Frauen in Harlem. Samstag fliege ich für drei Tage nach Chicago, um auf andere Gedanken zu kommen. Der Mann[254], den ich dort

252 Yves Tanguy (1900–1955) hatte sich 1939 in den USA niedergelassen und war amerikanischer Staatsbürger geworden.

253 Das berühmte Gemälde auf Glas von Marcel Duchamp «La mariée mise à nu par ses célibataires, même» [Die Braut, von ihren Junggesellen entkleidet, selbst] (1915–1923). Das Bild befindet sich heute im Museum von Philadelphia.

* Schriftstellerverband.

254 Nelson Algren. Im September kehrte Simone de Beauvoir nach Chicago zurück, um Nelson Algren zu besuchen, mit dem sie sich liiert hatte. Sie beschlossen, im Frühjahr 1948 zusammen eine mehrmonatige Reise zu machen, auf dem Mississippi, nach Guatemala, nach Mexiko.

mochte, fleht mich seit zwei Monaten an, zurückzukommen, und ich glaube, es wird gut sein. Ich komme für drei Tage zurück und fliege Samstag ab. So. Neu ist, daß ich mich zum erstenmal wie in Amerika fühle, ich gehöre zu Amerika – wegen des Viertels, in dem ich wohne, der Leute, mit denen ich befreundet bin – und ich hasse dieses Land und liebe die Leute, die daran leiden, und würde es verabscheuen, dazubleiben, aber es zu verlassen wirkt auf mich seltsam. Ich habe all dies durcheinander erzählt. Im großen und ganzen merken Sie natürlich, daß ich sehr zufrieden bin. Aber so nervös, daß ich vor Erstaunen, fast vor Angst aufwachte, als ich einmal friedlich entspannt und ohne Traum schlief. Mon amour, ich weiß, daß ich an jenem Sonntag, an dem ich Sie wiedersehe, glücklich sein werde. Ich liebe Sie.

Ihr Castor[255]

Ich ersticke in Gold und habe mir schon einen herrlichen weißen Mantel gekauft.

Sagen Sie diesem Miststück von Bost, daß ich mich wahnsinnig freue, ihn wiederzusehen, und daß ich mehr an ihn denke, als er es verdient.

255 Diese ganze Reise in die USA ist ausführlich in *Amerika Tag und Nacht* beschrieben.

286

Hôtel Colon
Mérida Yucatán Mexiko

Donnerstag, 27. Mai [1948]

Schreiben Sie ab jetzt nach
Guatemala, Postlagernd[256]

Meine liebe kleine Seele, mein Herz. Also, es war wunderbar, gestern früh um 8 Uhr La Nouvelle-Orléans zu verlassen und mittags im Herzen von Mérida zu landen. Man springt wirklich mit geschlossenen Füßen von einer Welt in die andere. Das Flugzeug überfliegt diese seltsame flache Gegend voller Wasser, die von New Orleans bis zum Meer reicht, es ist eine herrliche Landschaft vom Flugzeug aus, voller Flüsse, Mäander, Seen, die von schwarzen wasserumspülten Landzungen durchschnitten sind – dann der Ozean – dann plötzlich, bis ins Unendliche, der Dunst von Yucatán, und mitten im Dunst, ganz allein unter der Sonne, eine Stadt, Mérida. Schon am Flugplatz ist man von riesigen roten Blumen betört, unter einem Himmel, der um so blauer scheint, als riesige Kumuluswolken an ihm hängen. Ich habe nie so herrliche Wolken gesehen. Schon am Zoll habe ich die schmierig träge und zweideutige Atmosphäre der Mittelmeerländer wiedergefunden – die Zöllner lachten und strichen ihre feinen schwarzen Schnurrbärte, ohne an die Koffer zu rühren. Die Arbeiter von

256 Zu dieser Reise vgl. *Der Lauf der Dinge*, S. 154ff., und *Les Mandarins* [dt.: *Die Mandarins von Paris*, Rowohlt Verlag, Hamburg 1955].

Ramatuelle[257] waren Stachanowisten* im Vergleich zu den Leuten hier. Drei Gauner, deren offizieller Titel Touristenführer war, haben sich auf uns gestürzt, und einer von ihnen hat uns im Taxi bis zum Hotel begleitet und uns zu einem unglaublichen Preis seine Dienste angeboten. Wir sind nicht im *Mérida* abgestiegen, das am luxuriösesten ist, sondern im *Colon*, das eine Wonne ist – es gibt türkische Bäder, die genauso perfekt sind wie die des *Alhambra*, schon wenn man die Tür des Dampfbades aufmacht, schwindelt einem; ich verstehe überhaupt nicht, warum in den warmen Ländern Dampfbäder betrieben werden, wo doch die Straße schon ein Dampfbad ist. Aber es gibt auch ein Schwimmbad unter Palmen mit kühlem Wasser – man badet unter dem starren Blick großer schwarzer Vögel (groß wie Truthähne), die auf der Mauer hocken. Das Zimmer ist kühl, gefliest, es ist eine Wonne. Was das Wetter angeht, es ist heiß, aber wir haben Schlimmeres erlebt. A. stellt mich sehr auf die Probe, muß ich in der Mittagssonne herumgehen, damit er Fotos machen kann; aber im Schatten kann man zu jeder Tageszeit spazierengehen, es ist längst nicht so drückend wie zum Beispiel Rom, es bläst immer ein Wind, und ab 6 Uhr ist die Temperatur absolut köstlich. Was den Regen angeht, wird er anscheinend unverzüglich erwartet, aber es sind heftige kurze Güsse am Nachmittag, die überhaupt nicht stören. Ich hatte von Mérida selbst nicht viel erwartet, und vielleicht bin ich deshalb so betört. Eine richtige mexikanische Stadt, absolut nicht berührt von Amerika: kein einziger *drugstore*, auch nicht vom Tourismus. Die Männer sind weiß gekleidet mit großem Strohhut; die Frauen tragen Hemden, weiß mit leuchtenden Stickereien oben und unten, und die Haare im Nacken zu glatten Knoten

257 Wo Sartre und sie nach den Proben zu *Les mains sales* [dt.: *Die schmutzigen Hände*] Ferien verbrachten. Vgl. *Der Lauf der Dinge*, S. 153.

* Nach Alexej Stachanow, der 1935 die in der UdSSR zur Planerfüllung vorgegebenen Leistungsnormen um ein Vielfaches überschritt.

zusammengebunden. Sie scheinen rein indianisch, haben die Züge der Mayas, das heißt ein breites und kurzes Gesicht, was eine gewisse Schönheit besitzt. Der zentrale Platz ist einer dieser spanischen Plätze mit Arkaden, wie wir sie so sehr mögen, mit einer schönen alten Kirche, Bäumen und üppigen Büschen in der Mitte und sehr hübschen Steinbänken, einer Menge Männer, die sich den ganzen Tag lang ausruhen, und einem Gewimmel von Händlern, die Früchte, Tortillas, Helados*, frische Getränke verkaufen usw. Man bewegt sich hier in ganz ganz alten Fiakern fort, die den ehemaligen englischen *cabs* ähneln, nachts mit Laternen erleuchtet und von ganz kleinen Pferden gezogen werden. Eine Stunde kostet 5 Pesos, weniger als einen Dollar, und es ist entzückend. Kaum hatten wir uns gestern eingerichtet, haben wir unter den Arkaden in einem volkstümlichen Restaurant katalanisches Hühnchen gegessen mit dem ausgezeichneten schwarzen Bier, das hier gemacht wird. Und dann sind wir zwei Stunden im Fiaker spazierengefahren. Es gibt sehr schöne Viertel mit spanischen Häusern in verwilderten Gärten, wie die, die wir in Menton liebten, aber üppiger, voll von Bananenstauden mit Büscheln Bananen, dicken violetten und roten Blüten, Düften nach Piment, Pfeffer und Gewürzen. Danach haben wir im Schwimmbecken gebadet, sind zu Fuß in der Abenddämmerung flaniert und haben in dem schönen Hotel *Mérida* zu Abend gegessen; es ähnelt ein bißchen dem in Santa Fe, aber der Patio ist voller Bananenstauden und anderer riesiger Bäume, und große rosa Flamingos stehen würdevoll auf einem Bein. Ich mag die gebratenen Bananen nicht sehr, auch nicht die Guaven, aber ich habe trotzdem ziemlich ordentlich zu Abend gegessen. Abends waren wir in einem großen Boxkampf zwischen dem Boxmeister der Stadt und seinem *challenger*; es war sehr amüsant, weil wir zwei Tage vorher ein großes Match in New Orleans gesehen hatten. Man spürte den Unterschied der Zivilisationen. Hier war es wie ein Stier-

* Speiseeis.

kampf. Es gab ein Orchester mit Schlaginstrumenten, die Leute ließen alle zwei Minuten Knallfrösche hochgehen; die Boxer kamen in den Ring, wann es ihnen paßte, und der Sieger ging im Ring herum und grüßte wie ein Torero; dem Besiegten wurden, wenn er sich gut aufgeführt hatte, Pesos zugeworfen, als Trost für seine Niederlage. Das Geschrei und Geklatsche war ohrenbetäubend. Der Kampf war brutal, ungeschickt, mit lächerlich schlecht zusammenpassenden Boxern: bei 6 Kämpfen gab es viermal K. O., zweimal im ersten *round*. Neulich in N. O. dagegen gab es dreimal unentschieden. Wenn Sie berücksichtigen, daß ich um 5 Uhr früh aufgestanden war, war es, wie Sie sehen, ein wirklich voller Tag. Wir sind bis Mitternacht auf den kleinen Plätzen spazierengegangen. Es ist ein Mittelding zwischen den südlichen Märkten und den Suks von Marrakesch, aber näher an diesen, vor allem wenn die Alleen mit Segeltuch überspannt werden. Sie erinnern sich ans Gewimmel von Piräus, von Marokko; genauso, mit Mexikanern statt Arabern und Griechen. Es scheint hier eine gute Rasse zu sein, die Frauen haben schöne braune und feste Haut, und wenn sie alt werden, bekommen sie Gesichter wie aus Holz geschnitzt. Orgie von Früchten, verdächtigen Bonbons, Garnelen, Beignets, Schuhen, Stoffen, wir waren wie betäubt. Am wunderbarsten war eine riesige Halle, in der die Leute an Theken gebratene oder in Saucen schwimmende Gerichte aßen, dicke, duftende, die auf Herdplatten zubereitet werden: auch das erinnerte mich ein bißchen an die Place Djemaa el Fna. Jetzt ist es 1 Uhr, und ich werde zu Mittag essen gehen. Um 4 Uhr fahren wir mit einem Touristenauto nach Chichén-Itzá, das ist eine alte tote Maya-Stadt, die den Fotos nach außerordentlich zu sein scheint: Pyramiden, Gräber, Tempel. Wir bleiben ein oder zwei Tage. Dann noch andere Ruinen, und Sonntag hier ein Stierkampf, und nächsten Mittwoch werden wir, glaube ich, Yucatán gesehen haben (das, was davon zu sehen ist, denn es ist sehr schwierig, das zu besichtigen), und wir werden nach Guatemala fliegen, in 2 Stunden Flug.

Ich bin sehr in Verlegenheit mit all diesen Sprachen hier, ich versuche es mit Spanisch, an das ich mich ein bißchen erinnere; wenn ich dann mit A. spreche, falle ich ins Französische zurück. Oder ich fühle umgekehrt, daß ich mit ihm in einer exotischen Sprache reden muß, und spreche Spanisch. Ich bringe alles durcheinander.

Über die letzten beiden Tage in N. O. gibt es wenig zu sagen, es war sehr nett: Spazierfahrten mit der Tramway, mit dem Taxi, Flanieren, Boxkampf, Varietés, Whiskys, kleine Bars. Und ein herrliches Essen bei *Antoine*. A. riß die Augen weit auf, er wußte nicht einmal, daß eine solche Küche existierte. Und das Lokal ist unheimlich nett, ich frage mich, wie ich es das erste Mal verpassen konnte. Kein Telegramm von Ihnen, aber vielleicht waren Sie nicht in London. Ich hoffe, in drei oder vier Tagen habe ich hier einen Brief. Arbeiten Sie weiter gut, mein Kleiner – bereiten Sie uns einen schönen Sommer vor: ich werde froh sein, wenn ich wieder arbeite, wie in Abisko[258]. Denken Sie ein bißchen an Ihren Castor, sagen Sie sich, daß er ganz glücklich ist und daß er noch glücklicher sein wird, wenn er Sie wiederfindet. Ich habe Sie nicht verlassen, mein kleiner Verbündeter, mein Herz. Ich küsse Sie aus ganzer Seele.

Ihr reizender Castor

258 Ganz im Norden Schwedens gelegene Stadt, in der Sartre und S. de Beauvoir sich im August 1947 aufhielten. Die Entdeckung Lapplands hatte ihr eine lebhafte Erinnerung hinterlassen, ebenso die Gespräche, die sie während einer sorgenvollen Zeitspanne mit Sartre führte. Vgl. *Der Lauf der Dinge*, S. 135 f.

287

Hôtel de Cortès
Av. Hidalgo Nummer 85
Mexico

Mittwoch, 16. Juni [1948]

Mein ganz lieber Kleiner. Ich habe seit Samstag so viele Dinge gemacht und gesehen, daß ich keine Zeit hatte zum Schreiben und ganz betäubt bin. Freitag war ich noch in Guatemala – wir sind abends in den ärmeren Vierteln spazierengegangen, zwischen den Märkten und den barfüßigen Indianerinnen. Nach einigen weiteren Unternehmungen Samstag vormittag sind wir um 2 Uhr nachmittags ins Flugzeug gestiegen. Es war eine kolossale Reise. Wegen des gewittrigen Wetters flog das Flugzeug sehr niedrig, was anstrengend und hin und wieder angsterregend war, aber so konnten wir die Landschaft auf erstaunliche Weise sehen – zunächst die Berge und Seen Guatemalas, dann die weiten flachen und warmen Savannen am Pazifik. Nach eineinhalb Stunden haben wir auf einem kleinen Flugplatz haltgemacht, der ähnlich dem von Mérida war, glühendheiß, mitten in einem wuchernden Wald, mit grellroten «flamboyants»* beflaggt; das waren die richtigen Tropen. Dann sind wir am Pazifik entlang geflogen, einer Küste von Lagunen und Sümpfen, und dann haben wir schwarze Berge überflogen, und schließlich haben wir große trockene Hochebenen erreicht: man konnte die Haziendas mit ihren Feldern und Herden genau erkennen, die trockenen Dörfer um spanische Kirchen herum. Eine richtige Vogelperspektive auf Mexiko. Um 7 Uhr landeten wir in Mexico**. Ich war todmüde. Wir fürchteten, das Hotel Cortès wäre prunkvoll und teuer, und am ersten Abend sind wir in einer Art «Court» amerikani-

* Blütenbaum der Antillen.
** Mexiko = Land; Mexico = Stadt.

schen Stils abgestiegen, der ziemlich prunkvoll, ziemlich teuer und weit vom Stadtzentrum entfernt war. Am nächsten Tag sind wir in ein klassisches Hotel amerikanischen Stils umgezogen, korrekt, sonst nichts. Aber im Vorbeigehen habe ich das Hotel gesehen, das wirklich eine Wonne ist und in dem das Zimmer für zwei Personen 4 Dollar kostet: wir haben uns also gestern dort niedergelassen.

Samstag habe ich versucht, in einem kleinen mexikanischen Restaurant zu Abend zu essen, es brannte schrecklich im Mund, und das Flugzeug hatte mich zu sehr durchgeschüttelt, als daß ich hätte essen können. Ich habe früh geschlafen, fast ohne etwas von der Stadt zu sehen. Aber wir hatten dagegen einen erstklassigen Sonntag. Zunächst sind wir vormittags mit dem Taxi zu diesen wunderbaren Wasseranlagen gefahren, von denen Dolorès Ihnen Fotos geschickt hat; der Lama[259] hatte mir davon im Stil der Touristenprospekte wie von einem zauberhaften Paradies erzählt. Es ist überhaupt nicht so, es ist bestenfalls der See des Bois de Boulogne, das Marneufer, ein Ort volkstümlichen Zeitvertreibs, wo man sonntags zum Picknick hinkommt. Man fährt mit diesen blumengeschmückten Schiffen, die Sie auf der Postkarte sehen, auf kleinen Kanälen spazieren; nett ist, daß in viel kleineren schnellen, spitz zulaufenden Booten Händler und Händlerinnen Teppiche, Limonade, Blumen, Sandwichs verkaufen; es gibt Orchester-Schiffe, die einem ihre Musik anbieten, und Fotografen, die einem auf dem Wasser folgen, um ein Foto zu machen; es ist ein Gedränge von singenden, drehenden, lachenden, trinkenden, essenden Schiffen, eine Art natürlicher Lunapark; man denkt auch an die bateaux-mouches* von früher. Die Fahrt mit dem Schiff hat eine Stunde gedauert, und wir haben wieder ein Taxi genommen, das uns in einem großen Park herumgefahren hat, eine Art Bois de Boulogne voll jauchzender Menschen; es war so angenehm, nach dem

259 René Maheu.
* Kleine Personendampfer, insbesondere auf der Seine.

düsteren Guatemala lebhafte und fröhliche Menschen zu sehen. Natürlich hat Mexico in gewissem Sinn wenig Lokalkolorit. Von Guatemala hierherzukommen, das ist wie aus Marrakesch und den Oasen des Sus nach Algier zu kommen; aber nach 2 Wochen in Dörfern, unter abgestumpften Indianern und trostlosen Viertelweißen, ist eine wirklich große mittelmeerische Stadt ein Fest. Und außerdem erwartete ich so wenig von Mexico, es ist viel besser, als ich es mir vorgestellt hatte. Ich muß an Barcelona denken, an die eleganten Viertel, wegen der großen Paseos* und der großen Plätze, der Alameda, der Palmen – das Zentrum erinnert an Madrid, an das alte Madrid. Und über den volkstümlichen Vierteln liegt der Geruch von Öl und gebratenem Lamm wie in Piräus, in Südspanien – Sie würden diese Stadt lieben, mit Sicherheit. Sonntag haben wir im Garten eines eleganten Restaurants zu Mittag gegessen, das Maheu mir genannt hatte, und wir hatten das Glück, genau zum ersten Stierkampf der Saison anzukommen. Sechs ziemlich schlechte Kämpfe – ein Stier ist über die Absperrung gesprungen und hat alle erschreckt – er wurde ruhiggestellt. Die Arena ist die größte der Welt, glaube ich, und es war dasselbe Gewimmel wie in Spanien; ich war im siebten Himmel, trotz der Mittelmäßigkeit der Toreros. Nächsten Sonntag werden wir wieder hingehen. Als wir herauskamen, war es sechs Uhr, wir sind bis zum Einbruch der Nacht in den Vorstädten spazierengegangen. Die Arena lag in einem volkstümlichen Viertel, einer armseligen Gegend, die aber an große, an diesem Sonntagabend wahnsinnig fröhliche Plätze grenzt: Clowns, Akrobaten, Gitarrenspieler unter freiem Himmel, alle möglichen Händler; und auf einer großen staubigen Avenue war ein wunderbarer Markt, der ganz aus kleinen mit Fackeln erleuchteten Buden bestand; wir haben viele Innenhöfe betreten: die Leute wohnen in Gruppen um einen schäbigen Patio, mit Hühnern in den Zimmern und einer Reihe WCs,

* Promenaden.

die die ganze Gruppe sich teilt und die nicht schmutziger sind als die Löcher, in denen man schläft: flatternde Wäsche, Papageien in Käfigen, nackte Kinder, Ölgeruch, Öfen unter freiem Himmel, da die Tortillas auf Holzkohle gebacken werden, es ist dasselbe malerische und schäbige Bild wie in den Vorstädten von Lissabon und Madrid; unter einem rot und blau gestreiften Zelt war ein ganzes kleines Theater, das dem Marionettentheater von Palermo ähnelte, aber die spanischen Späße haben uns nicht zum Lachen gebracht, und wir sind ziemlich schnell weggegangen. Man sah Mexico, das in der Ferne, am Fuß des Hangs, mit allen seinen Lichtern glitzerte. Wir sind im Taxi zurückgefahren. Abendessen in einem kleinen mexikanischen Bistro mit feurigen Speisen: eine ausgezeichnete Sache hier ist das Bier, genauso gut wie früher das deutsche Bier. Algren wollte noch ins Kino gehen, um Danny Kaye zu sehen, der ein bemerkenswerter amerikanischer Komiker ist, der aber in ziemlich blöden Filmen spielt. Montag haben wir vormittags diesen Markt gesehen, von dem Dolorès Ihnen erzählt hat, mit seinen aufgeschnittenen Früchten, seinem Schmutz, seinem lärmenden Leben – ich kann von diesen Suks nie genug kriegen. Die Leute spielen in den Straßen Jo-Jo, und auf den Plätzen werden Unmengen Jo-Jos verkauft; erinnern Sie sich? Die Dinge, die hier verkauft werden – Taschen, Stoffe, Kleider usw. –, scheinen armselig, trister Ramsch, wenn man aus Guatemala kommt; aber alles scheint sauber; tatsächlich ist es schmutzig, verglichen mit Paris; ich merke, wie schmutzig und farbenprächtig Guatemala war. Nachmittags hat uns ein Taxi zu mehreren indianischen und christlichen Bauwerken gebracht und vor allem zur 50 km entfernt liegenden großen heiligen Stadt Teotihuacán mit den riesigen Pyramiden der Sonne und des Mondes – Lage und Ruinen sind grandios, aber ich fürchte, ich bin von Chichén-Itzá verwöhnt, die Tempel der Mayas sind unendlich viel schöner als die Baudenkmäler der Azteken. Bei der Rückkehr hatte ich viel Pech: ich mußte einen

Travellerscheck einlösen, aber ich wollte meinen Namen in dem Hotel, in dem ich unter Algren angemeldet war, nicht angeben, so mußte ich in ganz Mexico suchen, und wie zufällig – der Fahrer lachte darüber – weigerte man sich überall: 100 Dollar sind hier wie in Athen eine unmögliche Summe. Da kam ich auf den Gedanken, hierherzukommen, Ergebnis: ich habe beschlossen, hier zu wohnen, und wir haben uns unter dem Namen Monsieur und Madame de Beauvoir angemeldet, so daß Sie mir an *Madame* de Beauvoir schreiben können. Wir haben in einem französischen Restaurant zu Abend gegessen und einen bemerkenswerten amerikanischen Film gesehen: *Naked City* [dt.: *Stadt ohne Maske*]. Unter dem Vorwand einer Polizeifahndung, die fast dokumentarisch wiedergegeben wird, ist es eine außerordentliche Darstellung New Yorks. Gestern und heute haben wir uns ausgeruht. Ich habe das National-Museum mit den indianischen Skulpturen, Überresten von Tempeln usw. zweimal besucht – es gibt dort Erstaunliches, schön wie diese etruskischen Dinge, die wir so liebten. Ich habe moderne mexikanische Malerei gesehen, unter anderem die berühmten großen Fresken von Diego Rivera über die mexikanische Revolution – nun! ich vermute, die russischen Maler malen nicht so gut, aber es besagt nichts zugunsten der revolutionären Kunst, wie man ahnen konnte.

Gestern sind wir zwei Stunden lang auf den Märkten herumgeirrt und abends in den *Folies Bergères* gewesen, die jämmerlich sind, und in einem ganz bordellartigen *dancing* der volkstümlichen Viertel – eine Menge Nutten waren dort und wenig Kunden, und in den Straßen waren auch eine Menge Nutten auf dem Strich, und Leute schliefen unter freiem Himmel. Wir haben ein bißchen vom volkstümlichen Nachtleben Mexicos mitbekommen, aber ich möchte mehr davon einfangen. Das ist eine Stadt, in der man Leute kennen müßte, ganz sicher. Genau neben dem Hotel sind eine Menge *Funeral Homes*, die verkünden «Confortables capillas – inhumacion», was «komfortable Grabkapellen» heißt. Und auf einer Strecke von 500 Metern ist ein Markt mit riesigen, wunderbar duftenden Grabgebinden: jedes Gebinde ist ein Blumenbeet. Heute habe ich vor allem geschlafen, gelesen, ich habe Ihnen geschrieben – es hat eine Stunde lang geregnet, zum erstenmal seit einer Woche. Das Land ist schrecklich trocken, was für ein Staub auf den Straßen, aber das Wetter warm und leicht, reizend. Heute abend sehen wir «einheimische» Tänze, leider in einem eleganten Lokal, und morgen fahren wir zu dem berühmten See[260], von dem Sie Fotos haben. Sonntag kommen wir zurück und gehen in den Stierkampf. Ich hoffe, ich habe dann einen Brief, aber diese Postlagerung, bei der die Namen nachgeschlagen werden, verheißt nichts Gutes. Ich habe den Gérassis geschrieben, mir einen Platz für den *13.* Juli, oder den 14. oder 15., zu reservieren. Ich bekomme allmählich eine unendliche Lust, Sie wiederzufinden, Sie mein Leben, aber zugleich macht es mir angst, allmählich der Trennung entgegenzugehen, denn wenn ich Sie verlasse, verlasse ich Sie nicht, aber mit A. liegt alles in der Gegenwart – und schließlich macht der Gedanke an die Abreise, mein *Wunsch* abzureisen, mir die Tage, die ich gerade lebe, streitig. Ich drücke mich schlecht aus, ich will Ihnen nur sagen, daß ich mich im Innern allmählich seltsam fühle.[261]

Auf Wiedersehen, Sie mein Leben, meine Seele. In weniger als einem Monat werden wir wieder zusammensein. Schreiben Sie mir also hierher: Hôtel Cortès, an *Madame* de B. Ich wurde gefragt, ob die UNO mich geschickt hätte, und beim

260 Pazcuaro.
261 Von Juni bis September 1949 kam Algren nach Paris. Sie machten auch einige Reisen, nach Italien, nach Nordafrika. Vgl. *In den besten Jahren*, S. 176–182: «Wir hatten uns nie besser verstanden. Im nächsten Jahr würde ich nach Chicago fahren: ich war sicher, als ich mich von Algren verabschiedete, daß ich ihn wiederfinden würde. Trotzdem schnürte es mir das Herz zusammen, als ich ihn nach Orly begleitete.» (S. 182)

Namen Maheus[262] ist der Geschäftsführer aufgelebt. Ich schreibe nach meiner Rückkehr, Sonntag.

Auf Wiedersehen, mon amour

Ihr reizender Castor

262 Er wurde Leiter der UNESCO.

288

[Meknès] Dienstag, 2. Mai 1950

Liebe Toulouse[263]

Wir sind ganz untröstlich, daß wir nirgends die Fortsetzung dieses Tagebuchs vorgefunden haben, das wir in Gardhaïa angefangen hatten zu verschlingen, und das Sie versprechen weiterzuführen. Ich fürchte sehr, daß es bei Tamanrasset und Gao verlorengegangen ist: das sind Friedhöfe für Briefe, es scheint, die Hälfte unserer Korrespondenz liegt dort begraben – ich hoffe, Sie haben unsere Berichte aus Tamanrasset und Bobo-Dioulasso erhalten.[264]

Wir hatten noch nichts gesehen, als wir nur Gao gesehen hatten: erst Bamako hat uns einen Einblick in die tropische Hölle gegeben. Man badet dort in Schweiß, von einer Morgendämmerung zur anderen, ohne Atempause, auch nicht in der tiefsten Nacht. Gleich bei der Ankunft hatte Sartre wieder einen Fieberanfall; das einzige anständige Hotel der Stadt war belegt: [wir] wurden zur Bahnhofswirtschaft geschickt, wo die Zimmer intelligenterweise über den Bahnsteigen liegen, mit falschen Terrassen, auf die man elende Betten gestellt hat und wo man so tut, als suche man Erfrischung, mitten im Tumult der Züge, des Rußes, des Rauchs, der Flugasche und natürlich in einer Gluthitze. Die Höhe war, daß ein autoritärer und abgestumpfter *boy* mich in ein Zimmer gesteckt und Sartre zu einem anderen Pavillon entführt hat, so daß ich ihn

263 Dullin war 1949 gestorben. Vgl. *Der Lauf der Dinge*, S. 194.

264 Zu dieser Reise nach Schwarz- und Nordafrika, die S. de Beauvoir mit Sartre machte, vgl. *Der Lauf der Dinge*, S. 200–218.

mir in den nächtlichen Alpträumen rettungslos verloren vorstellte. In Wirklichkeit ging es ihm am nächsten Tag besser, und wir bekamen bessere Zimmer. Die Stadt war uns als sehr hübsch beschrieben worden: Tatsache ist, daß das europäische Viertel groß und grün ist; aber häßlich. Es ist eine seltsame Stadt, die sich einen Anstrich von Zivilisation gibt, wenn man sie mit anderen vergleicht: aber in der mehr als tausend Leprakranke in Freiheit herumirren. Wir haben das Krankenhaus-Dorf besichtigt, wo diejenigen, die in Behandlung sind, mit ihren Familien in einzelnen Hütten leben. Es ist kein schöner Anblick. Wir haben auch Häftlinge mit vernarbten und eher scheuen Gesichtern gesehen, die am Bau eines Zoos arbeiteten. «Straftäter», aber vor allem Fetischisten, die angeklagt waren, Vater und Mutter mit vergifteten Dornen getötet und in Gesellschaft verspeist zu haben; das ist in den umliegenden Dörfern eine noch sehr verbreitete Praxis. Natürlich war es für uns unmöglich, irgendeinen «nichtzivilisierten Schwarzen» ein bißchen näher kennenzulernen; aber die weißen zivilisierten Siedler sind schon amüsant genug; wir haben vor, Ihnen ausführlich davon zu berichten. Tatsächlich hoffen wir sehr, daß Sie unsere Reiseberichte zu schätzen wissen. Sie werden übrigens bei Bamako aufhören, denn Dakar ist ohne Interesse: es ist uns wie ein Paradies vorgekommen, aber aus sehr prosaischen Gründen wie Temperatur, Essen und Hygiene. Fez, von dem wir beim Wiedersehen entzückt waren, kennen Sie. Meknès auch. Ich schreibe Ihnen auf der Terrasse des Hotels, von wo aus man die ganze Stadt überblickt. Dies Land und diese Städte erscheinen uns nach der Rückkehr aus dem Sudan seltsam nordisch.

Bis bald, liebe Toulouse. Wir hätten gern gewußt, ob sich schließlich all Ihre leidigen Geschichten haben regeln lassen; wir hoffen es, und daß Sie keinen neuen Ärger hatten. Bis bald und sehr zärtlich.

S. de Beauvoir

Bis bald, liebe Toulouse. Ich rufe an, sobald ich zurück bin.
Wir küssen Dich.
J. P. Sartre

Umschlag
Madame Simone Jollivet
Rue de la Tour d'Auvergne 41
Paris

289

Mittwoch [Anfang Juli 1950]

Sie, mein geliebtes Leben. Ich war sehr gerührt, als ich Sie in Ihrem kleinen grauen Anzug verschwinden sah, und lange Zeit wünschte ich mir nichts auf der Welt, außer Sie eines Tages wiederzusehen – das wird geschehen, also ist alles gut. Die Reise war tadellos; ich saß neben einem Juden aus Mexico, der *Le deuxième sexe*[265] las, und ich habe mich bis Shannon mit ihm unterhalten. Dann habe ich geschlafen, ohne die geringste Angst. Gander war bewölkt, und wir sind in Sydney, Neuschottland, gelandet; die Landschaft ähnelt Neufundland, und es ist äußerst hübsch. In New York habe ich die Gérassis getroffen: Stépha kam gerade aus dem Krankenhaus. Gérassi versicherte, und Algren und die Zeitungen bestätigten es, daß von Krieg[266] absolut nicht die Rede sein kann, in dieser Hinsicht ging also alles gut. Montag regnete es in New York fürchterlich. Ich bin im Regen zu Aubry gegan-

265 Dt.: *Das andere Geschlecht*. Neuübersetzung, Rowohlt Verlag, Reinbek 1994. Simone de Beauvoir hatte ihre historische, soziologische und psychologische Studie der Situation der Frau zwischen 1946 und 1949 geschrieben. Sie erschien 1949 (der Band I im Juni, der Band II im November). Vgl. *Der Lauf der Dinge*, S. 183 f.
266 Der Koreakrieg war gerade ausgebrochen; man fürchtete, er könne sich zu einem dritten Weltkrieg ausweiten. Simone de Beauvoir hatte gezögert, in dieser Situation Frankreich zu verlassen.

gen; Gallimard hatte keine Instruktionen gegeben (die Sekretärinnen, ich meine, Aubry war verreist und wird spät zurückkommen – kann Cau feststellen, wie weit die Sache gediehen ist? Ich habe Claude geschrieben); dann wurde mir beim Verlag gesagt, Sie hätten keinen *sou* mehr, was mir persönlich völlig egal ist, denn ich brauche diesen Mantel nicht. Ich habe den Auftrag von Michelle[267] erledigt. Fernand hat mir gute Bilder gezeigt, hat mich aber mit seinen idiotischen philosophischen Diskussionen angeödet. Ich bin Montag nachmittag nach Chicago geflogen. Ankunft um 8 Uhr ½. Ich brauchte keine vierundzwanzig Stunden, um zu wissen, daß die Dinge sich verändert hatten – genau wie ich es Ihnen in jener Nacht voraussagte, in der ich Sie so lange wachgehalten habe. Gestern abend habe ich Algren gefragt, was los sei, und er hat es mir erklärt. Es ist das, was ich durch seine Briefe und den Rhythmus unserer Geschichte hindurch spürte: er ist sehr froh, mich zu sehen, aber mit dem resignierten Gedanken, daß ich komme, um wegzufahren, daß wir niemals mehr haben werden als dieses Kommen und Gehen, und das hat ihm eine Losgelöstheit gegeben, die an Gleichgültigkeit grenzt. Ich glaube, das sind die letzten Monate, die wir noch zusammen verbringen werden. Er sagt übrigens von sich, er sei unfähig, je wieder eine Frau zu lieben. Ich werde es Ihnen später erzählen. Ich bin noch ziemlich aufgewühlt. Aber schließlich wußte ich, daß diese Geschichte zu Ende gehen mußte, bald; sie ist von innen heraus gestorben, weil Algren gemerkt hat, daß sie schon tot war, erstarrt. Wir fahren erst Anfang August an den Michigansee[268]. Ich bedaure es nicht zu sehr, denn ich liebe Chicago. Es ist möglich, daß ich, wenn erst einmal der Schock und die Auseinandersetzungen vorbei sind, drei sehr gute Monate verbringe, ich glaube es sogar. Machen Sie sich auf keinen Fall Sorgen um mich, denn ich

267 M. Vian.

268 Nelson Algren hatte den Pulitzerpreis erhalten und ein kleines Haus am Michigansee, bei Gary, gekauft.

weiß ja, daß wir in drei Monaten wieder zusammensein werden und daß Sie mein Leben sind – und ich bedaure nicht, daß diese Geschichte tot ist, denn ihr Tod war in dem Leben enthalten, das ich gewählt habe und das Sie mir geben.

Auf Wiedersehen, mein lieber Kleiner. Schreiben Sie schön. Ziehen Sie sich möglichst gut aus Ihren eigenen Problemen.[269]

Ihr reizender Castor

Umschlag
Monsieur Sartre
Rue Bonaparte 42
Paris 6e

290

Montag [Juli 1950]

Mein ganz lieber Kleiner. Wie nett Sie sind, so schnell zu schreiben; ich hatte Ihren ersten Brief schon Donnerstag, und das war eine große Hilfe. Heute früh bekomme ich den zweiten, und ich glaube, es ist sehr dumm, daß wir uns beide in eine Menge Ärger gestürzt haben, wo wir doch so glücklich zusammen waren. Der Preis dafür ist, daß wir beide in drei Monaten wieder frei sein werden, denn daß wir voneinander abhängig sind, bedeutet, daß wir von niemandem abhängig sind. Drei Monate scheinen mir sehr lange und unerträglich, und zugleich notwendig für diese «Arbeit», von der wir gesprochen haben, die ich verweigerte und die ich doch machen muß.

Zunächst sage ich Ihnen, daß sich niemand hier für den Krieg interessiert; ich habe Algren lange befragt, er versichert es, und ich glaube es auch, nach dem allgemeinen Aussehen der Straßen und der Leute zu urteilen. Die Zeitungen versu-

269 Das Ende seiner Geschichte mit Dolorès.

chen, die Leidenschaften des Publikums zu wecken, indem sie abwechselnd Siege und riesige Niederlagen verkünden, aber sogar die «Grausamkeiten» – sieben G.I.s erschossen, die Arme auf dem Rücken – lassen die Leute kalt. MacArthur hat zwei Kriegsreporter feuern wollen, die erklärt hatten, die Soldaten würden den Krieg für idiotisch und sinnlos halten, aber die öffentliche Meinung protestiert. Die Atmosphäre ist denkbar ruhig. Trotzdem hat Chicago für mich etwas Herzzerreißendes: das ist das einzige passende Wort, um die Tage zu beschreiben, die ich verbringe. Diese Stadt ist mir so nah, ich mag sie so, ich erinnere mich so gut an sie, sie ist so exotisch und zugleich so vertraut: und sie ist schon in einer Welt, die nicht mehr meine ist, radikal von mir getrennt durch die kommenden Ereignisse in der Welt und durch meine eigene Geschichte. Diese Geschichte, es ist seltsam, wie ich sie Straße um Straße, Stunde um Stunde nacherlebe, mit der Auflage, sie zu neutralisieren, sie in eine unschädliche Vergangenheit zu verwandeln, die ich in meinem Herzen bewahren kann, ohne sie zu verleugnen oder darunter zu leiden. Das ist nicht leicht; es ist schmerzlich und poetisch. Ich vermute, es ist besser, an meiner Stelle als an Ihrer zu sein; aber ab und zu fühle ich mich schmerzlich verstört. Es ist feucht wie in Bobo-Dioulasso, gewittrig wie in Paris; es regnet oft, und die Luft ist schrecklich drückend, ein Wetter, das genau zur Verfassung meines Herzens paßt.

Ich werde versuchen, Ihnen einen zusammenhängenden Überblick über die Ereignisse zu geben. Ich bin also Montag abend hier angekommen, trotz meiner Vorahnungen ganz bereit, an die letzten Tage des letzten Jahres anzuknüpfen, als Algren mir sagte: «Ich war noch nie so glücklich; ich habe Sie noch nie so geliebt.» In der Nacht und am ganzen nächsten Tag fühlte ich, sagen wir, eine Zurückhaltung, eine Abwesenheit, wie sie absolut erstaunlich war bei jemandem, der die Wärme in Person war. Dienstag abend habe ich, als wir schlafen gingen, um eine Erklärung gebeten. Er hat mir ziemlich kurz gesagt, er liebe keine andere, aber etwas sei gestorben. Ich habe eine schlechte Nacht verbracht, wie Sie sich vorstellen können; am nächsten Morgen habe ich Ihnen geschrieben. Am Nachmittag hat er mir alles ausführlich erklärt. In Hollywood[270] hat er wieder halb mit seiner Ex-Frau angefangen, sie wollte das gemeinsame Leben wiederaufnehmen, er hat abgelehnt und sich aus der Affäre gezogen, indem er ihr ein Auto geschenkt hat – dann gab es eine kleine Japanerin, von der er mir seit langem erzählte, die sich ihm an den Hals geworfen hat und von ihm geheiratet werden wollte: schließlich hat er mit ihr geschlafen, nachdem er sie darauf hingewiesen hatte, daß sie nichts erwarten dürfe, und hat sie fallengelassen. Er sagt, wegen dieser Kämpfe und Streitereien sei er der Frauen überdrüssig, er habe mich mit Gleichgültigkeit erwartet und beim Wiedersehen nicht viel empfunden: ich komme, ich werde wieder wegfahren, das ist angenehm, mehr nicht. Ich verstehe. Ich war sehr erleichtert, ich sage das, damit Sie Bescheid wissen, als ich hörte, daß er sich nicht in eine andere Frau verliebt hatte, daß der Wandel sich aus dem Inneren unserer Geschichte und nicht von außen vollzogen hatte. Ich habe in jener Nacht einigermaßen geschlafen, und am nächsten Morgen haben wir über eine Menge Dinge geredet und nachmittags zwei Stunden mit Freunden von ihm verbracht. Der Abend war sehr nett, wir haben sogar sehr zärtlich miteinander geschlafen. Am nächsten Tag, klassische Reaktion, wie Sie sie gut kennen, ich war krank: ich hatte mir in der ersten Nacht einen riesigen Schnupfen zugelegt, der sich langsam entwikkelt hatte, und dann hatte ich zuviel Corydrane* und Whisky zu mir genommen, ich hatte ein ordentliches Fieber, das mich den ganzen Tag ans Bett gefesselt hat. Das war eher angenehm, wir haben Platten aufgelegt und eine Menge Geschichten erzählt. Samstag habe ich zwölf Stunden hintereinander geschlafen, das Fieber ist in etwa gefallen, wir sind

270 Wo die Verleihung des Pulitzerpreises ihn hingeführt hatte.
* Aufputschmittel.

an vielen schönen Stellen spazierengegangen, haben in einem reizenden französischen Restaurant zu Abend gegessen, eine Operette mit prunkvoller Ausstattung gesehen usw. Gestern, Sonntag, war der Tag auch tadellos, wir verstehen uns sehr gut – von dieser Spannung in mir und diesem gewittrigen Wetter abgesehen, ist es wie früher. Ich habe viele Dinge in Chicago wiedergesehen, und abends haben wir bis spät sehr schön geredet. Aber dann gab es eine kleine Katastrophe, weil wir wieder miteinander geschlafen haben, und das war so erbärmlich, daß es mir graute. Ich habe dieses Entsetzen einen guten Teil der Nacht in mich hineingefressen, dann, als Algren wach wurde, habe ich versucht, mit ihm zu reden, aber er haßt Aussprachen, er flieht. Wir haben so wenige wie möglich, aber diese war notwendig: für ihn hat sie fünf Minuten gedauert, aber ich habe sie mit mir herumgeschleppt, vorher, hinterher, von Mitternacht bis Mittag, ich habe praktisch nicht geschlafen. Zum Glück ist er etwa von 1 Uhr bis 4 Uhr vor dem Fernseher geblieben, wir sind zusammen zum Loop* gegangen, und ich habe mich mit Whisky in eine frische und schummrige «cocktail lounge» gesetzt, und ich schreibe Ihnen und fühle mich besser. Schade, daß wir erst am 1. August an den See fahren können. Es ist unmöglich, in seinem Zimmer zu arbeiten, es ist zu klein, und wir verlassen es in einem Rhythmus, der es nicht erlaubt zu arbeiten. Im übrigen brauche ich noch eine Woche, ehe ich dazu fähig bin. Aber ein großes Haus, getrennte Betten, ein bißchen Schwimmen, das würde helfen. Andererseits liebe ich Chicago und dieses Zimmer. Heute nacht dachte ich, ich würde ziemlich schnell nach Frankreich zurückkehren, nachdem ich Sorokine und ein bißchen New York gesehen hätte. Andererseits liebe ich es, hierzusein, und ich habe keine Lust auf einen so plötzlichen Bruch. Von dem Zwischenfall heute nacht abgesehen, habe ich Algren überhaupt nichts vorzuwerfen, und ich fühle mich weiter

* Touristenviertel.

wohl bei ihm. Ich glaube, es ist besser, diese drei Monate ihre Arbeit machen zu lassen.

Erzählen Sie dies Michelle: vor zwei Tagen hat eine junge Frau, die in Chicago einen Jazz-Club leitet, Algren angerufen: Kennen Sie die Adresse von Sidney Bechet in Paris? Sein Neffe ist gerade festgenommen worden, weil er auf jemanden geschossen hat; er hat ihn an der Schulter verletzt. Die Frau fügt hinzu: ich weiß, er spielt in einem der beiden Cafés, die die Existentialisten in Montmartre besitzen, aber ich weiß nicht, in welchem. Ich habe die Adresse gegeben. Und gestern nun gehe ich mit Algren in ein *line-up**, und unter den zur Schau gestellten Burschen war der Neffe von Bechet, ein ziemlich hübscher Junge, der sich als Spanier ausgibt und der aussah, als schämte er sich. Ich war in diesem Jazz-Club, die junge Frau ist halb Japanerin, halb Irländerin, eine seltsame Mischung, und sehr nett; sie hat ein reizendes Armband, das Bechet ihr geschenkt hat, mit einem Teufel mit Rubinaugen: weil sie ihn manchmal mit Fausthieben aus dem Club gejagt und ihn Dämon genannt hat. Der Jazz dieses kleinen Nachtlokals ist übrigens eisig wie die Ausstattung, wie das Publikum. Ein weißer Amerikaner kann selten Jazz spielen, das stimmt. Ich habe einen seltsamen kleinen Brief von Sorokine bekommen, sie schäumt vor Wut, weil ich mit Oreste[271] über sie geredet habe. Sie sagt, daß «diese beiden Schwulen sie anöden», und sie beklagt sich darüber, daß sie für mich ewig das Mädchen geblieben ist, das die Leute mit Nadeln in den Hintern sticht. Dabei, sagt sie, «kommt es mir so vor, als hätte ich meine letzten Kenntnisse mit der Wasserspülung hinuntergespült», und sie fügt hinzu: «Aber man kann nie wissen!» Ich werde sie im August sehen.

Das ist alles, mein Kleiner. Es war angenehm, Ihnen zu schreiben, und jetzt fühle ich mich ein bißchen ratlos. Um so

* «Schaustellung», bei der Verdächtige identifiziert werden sollen. Vgl. zur *policeshow*: *Amerika Tag und Nacht*, S. 349 f.

271 Ein kalifornischer Freund von Sorokine.

mehr, als es draußen regnet und es in dieser Stadt keinen einzigen Film zu sehen gibt. Vielleicht gehe ich ins Museum. Sie sehen, ich tue das, was ich nicht tun wollte: eine Geschichte auf mich nehmen, die zu zweit gelebt wurde, daraus meine Geschichte machen, so daß ich sie beherrschen, sie liquidieren kann. Aber nicht ich habe angefangen, und es gibt keinen anderen Ausweg. Machen Sie sich vor allem keine Sorge um mich. Ich bin nicht überfordert, außer hin und wieder, punktuell. Aber im großen und ganzen bin ich durch all dies hindurch glücklich. Ich bin glücklich, daß diese Geschichte gewesen ist, so wie sie gewesen ist. Mit ein bißchen Glück wird sie sanft enden.

Schreiben Sie mir. Am meisten hilft mir, daß ich in Paris verankert geblieben bin, bei Ihnen. Da ist nichts anderes wirklich wichtig. Und Sie, Kleiner, denken Sie, daß diese traurigen Tage, die Sie erleben, weder absurd noch beliebig sind, sondern notwendig für unser Leben. Sie werden sehen, welch schönes Leben wir in Zukunft haben werden, sobald wir uns wiedergefunden haben.

Ich küsse Sie mit aller Kraft.

Ihr reizender Castor

291

[Samstag – Juli 1950][272]

außerordentlich, von einem Schwarzen, der nur ein Bein und einen Arm hatte. Er tanzte auf sensationelle Weise Steptanz. Ich war neulich auch im Zirkus, dem großen Zirkus Barnum, der unter freiem Himmel am See aufgebaut ist. Und ich bin viel herumspaziert, ich liebe Chicago weiterhin unendlich.

Schreiben Sie ab 1. August (ich bin am 1. August dort)
c/o Algren – 6228 Forest Avenue
Gary, Indiana

272 Teil eines Briefes, von dem der Anfang verlorengegangen ist.

So. Hinter mir wird man ungeduldig. Ich höre auf. Danke für Ihre Briefe, mein Kleiner. Wir werden ein glückliches Alter haben.[273] Ich küsse Sie mit aller Kraft.

Ihr reizender Castor

292

Algren
1523 W. Wabansia
Chicago

Mittwoch [Juli 1950]

Meine liebe kleine Seele. Samstag mußte ich meinen Brief in aller Eile zu Ende schreiben, weil uns ein Freund von Algren mit dem Auto abholte, um uns an den See zu fahren. Es war schönes Wetter, wir haben endlos Chicago durchquert und ein riesiges Gelände mit Raffinerien, Fabriken und Hochöfen, das abends auf dem Rückweg außerordentlich aussah, überall spie es Feuer. Algren hat ein reizendes kleines Haus gekauft, das zwischen den Bäumen versteckt liegt und einen Garten hat, der auf einen kleinen See geht; man überquert den See mit dem Boot, und auf der anderen Seite sind Dünen und der riesige Michigansee mit einem schönen Sandstrand. Ich glaube, es wird sehr angenehm sein, dort zu leben; aber die augenblicklichen Eigentümer werden nicht vor dem ersten August weggehen. Sie haben uns in einer Art großem Ofen mitten im Garten Hamburger zubereitet. Wir sind im See geschwommen, haben gegessen und bis in die Nacht hinein Scotch getrunken. Es war ein bißchen lang, aber nicht langweilig. Ich möchte unheimlich gern schon dort sein. Sonntag und Montag sind wir zu Hause geblieben, und ich habe fast den ganzen Tag gearbeitet; wir gehen gegen 8 Uhr zum

273 Anspielung auf ein Versprechen, das Sartre und sie sich in Schweden gegeben hatten. Vgl. *Der Lauf der Dinge*, S. 136.

Abendessen und danach einen trinken, wir gehen ein bißchen spazieren, dies Arrangement ist gut für die Arbeit. Als wir Sonntag abend um Mitternacht von einem kleinen italienischen Restaurant nach Hause kamen, hatte Algren, als wir die Außentreppe hochgingen, den Eindruck, jemand sei auf dem Holzbalkon, vor der Tür; und tatsächlich wartete dort eine Frau in einem grauen Kittel. «Das ist Florence, eine alte Freundin», hat Algren gesagt und sie freundlich hereingebeten. Sie war ein bißchen eingeschüchtert: «Wenn Sie zu tun haben, will ich nicht stören» ... aber sie hat einen Kaffee angenommen und dann nach Whisky gefragt; und dann hat sie angefangen, ihr Leben zu erzählen, an den Ofen gelehnt, mit pathetischer Stimme, sie hat über zahlreiche unglückliche Ehen und über ein großes literarisches Werk, das sie unterbrechen mußte, geklagt. Als sie mit Reden fertig war, hat sie angefangen, alles Papier, das auf dem Tisch herumlag, aufzulesen, zu Kugeln zusammenzurollen und in den Müll zu schmeißen, dann hat sie voller Heftigkeit die Aschenbecher und die Schuhe weggesteckt und behauptet, sie räume auf, und sie hat wieder Whisky verlangt. Sie kippte in einem Zug ein volles kleines Glas hinunter, dann gab sie dem Wasserhahn einen ungeheuren Schlag, füllte das Glas mit Wasser und kippte es hinunter. Algren fragte sie, wo sie vorhabe, in dieser Nacht zu schlafen, und sie sagte: «Aber hier, sobald Sie diese andere Frau hinausgeworfen haben.» Er sagte, das sei schwierig: «Lassen Sie ihn mir diese eine Nacht, und ich lasse ihn Ihnen fürs ganze Leben», hat sie mir verkündet. «Schließlich ist das nur gerecht: ich liebe ihn seit zehn Jahren. Ich muß mit ihm sprechen.» Und dann hat sie gedroht: «Wenn Sie mich nicht hierbehalten, werde ich Sie mein Lebtag nicht wiedersehen, ich werde morgen früh jemand anderen heiraten.» Algren hat schließlich gesagt, wir seien verheiratet, und sie war einen Augenblick niedergeschlagen. Sie hat noch Whisky verlangt, aber er hatte ihn versteckt. Daraufhin hat sie Rasierklingen gesucht, um sich die Beine zu rasieren, sie hat sich entschuldigt, gelacht und losgelegt und sich tatsächlich gewissenhaft zuerst die Beine, dann die Achselhöhlen rasiert; dann hat sie sich selbstgefällig im Spiegel angeguckt: «Das ist ein Unterschied wie Tag und Nacht.» Sie hat sich frisiert, hat aber hochnäsig mein Schminkzeug abgelehnt. «Ich benutze keine Schminke, und ich habe meinen eigenen Lippenstift.» Dann hat sie Algren heftig angegriffen und gesagt, er sei für all ihr Unglück verantwortlich, und wollte ihn schlagen. Zwischendurch ging sie dauernd auf die Toilette, wo sie jedesmal eine Viertelstunde blieb. Schließlich haben wir ein Taxi gerufen, aber sie hat sich geweigert wegzugehen, bevor sie nicht abgewaschen hätte; sie hat Wasser warm gemacht und alle vorhandenen Teller wütend abgewaschen. Dann war sie bereit hinunterzugehen, und Algren hat sie in ein Taxi gesetzt. Ich hatte von Anfang an verstanden, daß sie eine weitere dieser Verrückten war, die um Algren herumstreichen, aber ich wußte nicht, daß sie gerade aus der Anstalt entwichen war, wie ihr grauer Kittel zeigte. Am nächsten Tag war sie wieder um 10 Uhr da und schrie durch die Glastür. Algren beschloß, die Anstalt anzurufen; was hätte man sonst tun können? Wir haben ihr gesagt, sie werde seit letzten Abend gesucht, ihre Mutter sei außer sich, und zwei Krankenpfleger würden sie abholen kommen. Und so geschah es. Die Frau schlief vor der Tür, als sie ankamen. Sie ist seit drei Jahren eingesperrt. Algren hat sie vor zehn Jahren kennengelernt, kaum; aber als sein letztes Buch erschienen ist, hat sie ihm geschrieben und ihn um ein Exemplar gebeten, das er ihr mit ein paar netten Zeilen schickte. Kaum war sie entwichen, ist sie zu ihm gestürzt. Die Nachbarn haben uns gesagt, sie habe 3 Stunden lang gewartet.

Gestern sind wir wieder bei den Rennen gewesen, mit dem Auto desselben Freundes und mit ziemlich netten Leuten. Ich habe mich ganz gut amüsiert, weil die Spazierfahrt angenehm war und ich gespielt (und verloren) habe. Wir haben in einer Art Landgasthaus, natürlich im amerikanischen Stil, zu Abend gegessen. Im großen und ganzen vergehen die Tage angenehm. Es ist jetzt frisch und sonnig, was sehr schön ist.

Ich arbeite ziemlich gut, zumindest was die Quantität angeht, und wir reden über nichts: ich meine, weder über unsere Gefühle noch über die Zukunft. Sorokine, der ich lang und breit erklärt habe, ich könne nur eine Woche mit ihr verbringen, lädt sich für 2 Wochen im September ein; tatsächlich ist es mir jetzt egal.

Ich habe diese *Psychologie de la colonisation* [Psychologie der Kolonisierung] gelesen. Es gibt viele interessante Sachen darin, und der Standpunkt von Leiris ist unhaltbar; die Schlüsse sind jedoch windig und sehr verdächtig. Sie sollten es selbst lesen, im Hinblick auf die *Gabe*, weil es in dieser Idee der Abhängigkeit eine seltsame Umkehrung des *Potlatch** gibt.

Ich warte darauf, daß bald wieder ein Brief kommt. Ich habe eine Nachricht von Kos. bekommen, sie sagt mir, daß sie für *Les mouches*[274] unterzeichnet hat, ich bin sehr froh. Sie versteht sich anscheinend bestens mit mir. Was denken *Sie* über den Krieg?

Auf Wiedersehen, mein süßer Kleiner. Vergessen Sie meine Adresse nicht, 6228 Forest Avenue, GARY, Indiana. Wissen Sie, die Zeit kommt mir ohne Sie sehr lang vor. Und wie ich es kaum erwarten kann, daß Sie ruhig bei «dieser Dame»[275] sind. Ich vermute, daß diese Tage der Abreise die schlimmsten waren. Ich bin mit ganzem Herzen bei Ihnen.

Ihr reizender Castor

* In nordamerikanischen Indianersprachen: «Schenkung». Geschenk- oder Zerstörungsritual, in dem Gäste fremder Verwandtschaftsgruppen dazu herausgefordert wurden, die Schenkung oder Zerstörung noch zu überbieten. Der *Potlatch* hat die französischen Anthropologen – von Michel Leiris bis Roland Barthes – stark beschäftigt.

274 Für die Rolle der Elektra. Die Wiederaufnahme des Stückes fand 1951 im Vieux-Colombier statt; sie war kein Erfolg. Vgl. *Der Lauf der Dinge*, S. 232.

275 In ihrer Villa in Juan-les-Pins.

Umschlag
Monsieur Sartre
Rue Bonaparte 42
Paris 6e Frankreich

293

S. de Beauvoir
6228 Forest Avenue
GARY
Indiana – USA

Montag, 31. [Juli 1950]

Mein lieber Kleiner. Ich wartete ungeduldig auf Ihren Brief: zehn Tage ohne irgend etwas, ich machte mir allmählich Sorgen. Schicken Sie mir notfalls nur ein paar Zeilen, aber schreiben Sie, mein süßer Kleiner, ich gerate außer mir, sobald Sie mir fehlen. Ich brenne darauf, Näheres über Claude Day und Dolorès zu erfahren. Wenn Sie nur daran denken, Ihren nächsten Brief nach Gary zu schicken! Wir lassen uns morgen dort nieder, und von hier wird nichts nachgeschickt, da niemand hiersein wird. Ihre Briefe kommen in zwei oder drei Tagen an, das ist wunderbar. Ich bin froh, morgen wegzufahren; es wird hier allmählich drückend und feucht, und es ist wirklich nicht angenehm zum Arbeiten, und das Leben ist ein bißchen trist. Es kommt mir schrecklich absurd vor, noch zwei Monate fern von Ihnen zu bleiben, wo wir doch solche Lust haben, uns wiederzufinden; und diese Kriegsaussichten machen mir unsere Trennung noch schmerzlicher. Sonst würde ich mir sagen: es ist das letzte Mal, daß wir uns für so eine lange Zeit verlassen. Aber bei dieser ungewissen Zukunft zwei Monate unseres Lebens zu verlieren, zerreißt mir das Herz. Andererseits hat Algren dieses Haus gekauft, natürlich nicht für mich, aber mit dem Gedanken, daß ich kommen würde, er ist unheimlich nett, ich kann schwerlich zu ihm sagen: «Da

Sie mich nicht mehr lieben, gehe ich weg.» Und jetzt kommt Sorokine Anfang September. Ich weiß nicht. Wenn ich auf einen Knopf drücken könnte, würde ich nach Frankreich zurückkehren. Um so mehr, als mir die Hälfte der Zeit bang zumute ist. Die amerikanischen Zeitungen sind so kleinlaut, daß ich glaube, die Rückkehr der UdSSR in die UNO ist für den Frieden eine gute Sache; aber sie reden die ganze Zeit von einem kommunistischen Angriff auf Formosa, einige kündigen ihn sogar für den 10. August an; ich weiß, das ist Teil ihrer Propaganda im Inneren, sie müssen das Land terrorisieren, damit die neuen Steuern und die antidemokratische Politik geschluckt werden, aber ich habe Angst, und der blinde Optimismus von Algren beruhigt mich nicht. Im *Chicago Sun* gibt es im Augenblick eine erstaunliche Artikelserie, in der den Leuten erklärt wird, wie sie sich gegen die Atombombe verteidigen können: ruhig bleiben – möglichst weite Kleidung in hellen Farben tragen, Handschuhe – Anordnungen befolgen, usw. Die Leute scheinen genauso von der Propaganda beeinflußt wie die, die auf der anderen Seite des Vorhangs sind; neulich fragt mich eine Friseuse: «Ist es in Paris immer noch genauso *entsetzlich*? Und die Kommunisten? geben sie bei Ihnen immer noch den Ton an?» Natürlich sind alle Freunde Algrens «progressiv» (und sehr enttäuscht von Wallace, der schließlich für den Koreakrieg Partei ergriffen hat); sie glauben, der Krieg werde in ein oder zwei Jahren ausbrechen. Ich habe Algren mitgeteilt, ich würde nach Paris zurückkehren, wenn die Lage ernster würde.

Ich habe einen sehr netten Brief von Sorokine erhalten; sie sagt, Sie hätten Oreste schrecklich eingeschüchtert, er habe sich vor Ihnen wie «ein als Intellektueller verkleideter Gigolo dritter Klasse» gefühlt. Sie kommt also im September nach Gary. Langer Brief eines Libanesen, der zwei Seiten lang leidenschaftlich *Le deuxième sexe* bewundert und mich dann anfleht, den Titel zu ändern, weil er eine Unterlegenheit der Frau anzudeuten scheine: und er erklärt mir auf zwei weiteren Seiten, sie sei zwar nicht mit dem Mann identisch, stehe aber doch nicht unter ihm. Ich habe Kontakt mit dem Zoologie-Professor, der mich übersetzt, aber er hat erst den ersten Band halb übersetzt.

Das Leben ist ruhig. Ich stehe spät auf, arbeite zwischen Mittag und acht Uhr, ungefähr fünf Stunden lang, und wir essen in einem guten Restaurant zu Abend, hören dann Jazz oder etwas anderes. Wir haben sehr nette Abende im schwarzen Süden verbracht und am See, wo die Leute nachts baden, Lagerfeuer anmachen, Angeln und komplizierte Netze auslegen, ein richtiges nächtliches Leben. Ein sehr netter schwarzer Musiker, mit dem wir vorgestern redeten, erzählt auf die einfachste Art der Welt, eines Tages, als er zwölf Jahre alt war, sei der Mississippi über die Ufer getreten, habe sein Haus mitgerissen, und die Familie – 12 Kinder, Vater, Mutter, Großmutter – sei 5 Kilometer weit geschwommen, bis zu einem Hügel, wo sie zwei Tage lang geblieben sind. Man hat den Eindruck, daß in diesem Land die Hälfte der Leute unerhörte Geschichten hinter sich haben.

Kein einziger sehenswerter Film. Die Zeitungen behaupten, «Die Filme sind besser denn je», das ist ein Slogan in großen Lettern, aber tatsächlich scheint das Kino vollkommen tot, unter anderem im Gefolge dieser großen politischen Prozesse.[276]

Das war's. Es ist umgekehrt wie bei Ihnen. Mein Leben ist nach außen hin ruhig, im Innern aufgeregt und ein bißchen bang. Schreiben Sie schön; und sagen Sie es mir sofort, falls es *einen* Grund gibt zurückzukehren: ich würde viel leichter zurückkommen, als ich es mir bei der Abreise vorgestellt habe, verstehen Sie. Haben Sie also keine Skrupel, mich für eine Kleinigkeit zurückzurufen. Ich möchte, daß Sie ruhige Ferien haben, mein Kleiner. Wann verlassen Sie Dolorès? Ich hoffe, Sie warten nicht, bis sie nach Spanien abreist, es könnte kein Ende finden. Es ist gut, daß sie ab Oktober Arbeit hat.

276 Es war die Periode der «Hexenjagd» in Hollywood und überall in den USA.

Auf Wiedersehen, mein Kleiner, mein lieber Kleiner, der Sie mir alles sind. Ich habe meine Liebe zu Ihnen nie stärker gefühlt.

Ihr reizender Castor

294

Freitag, 4. August [1950]

Mein ganz lieber Kleiner. Wie ich froh bin, diesen Brief nach Juan-les-Pins zu schicken und zu wissen, daß Sie endlich friedliche Ferien haben werden. Ihr Brief von gestern (der am Dienstag geschriebene) hat mich sehr aufgeheitert, und ich fühle mich allmählich ein wenig im Gleichgewicht. Ich sage Ihnen gleich, daß ich mir einen Platz für den Rückflug am 1. Oktober reserviert habe; ich werde am 2. zwischen 4 Uhr nachmittags und zehn Uhr in Paris sein, genau weiß ich es nicht. Genau während Sie mir Dienstag schrieben, war ich in Angst versunken. Es war mein schlechter Tag, und ich fühlte deutlich, wie mir eine Art Wahnsinn ins Gehirn stieg; an diesem Tag sind wir umgezogen; wir sind mittags von Chicago aufgebrochen, wir haben drei Stunden bei einer Rennstrecke haltgemacht, sind hier angekommen, haben bei Freunden zu Abend gegessen, haben mit dem Einräumen begonnen; ich war todmüde, ich habe viel getrunken und habe in der Zeitung gelesen, daß Rußland alle seine europäischen Botschafter und Konsuln zurückrief, was sicher einen bevorstehenden Angriff bedeutete. Ich versank in Verzweiflung, ich wollte sofort nach Frankreich zurückkehren, zu bleiben kam mir um so absurder vor, als sich die Gefühle A.s – und parallel dazu meine – gewandelt haben. Er hat mir wieder erklärt, daß die amerikanischen Zeitungen absichtlich den Leuten Angst einjagen, indem sie jeden Tag für den nächsten einen sowjetischen Angriff ankündigen, und er hat mir gesagt, daß er im übrigen persönlich darauf Wert legt, mich diese zwei Monate dazubehalten. Ich habe sehr schlecht geschlafen, ich sah mich auf ewig von Ihnen getrennt und dachte, ich würde mich in den See stürzen, wenn mir das zustoßen würde. Mittwoch fühlte ich mich ein bißchen besser, aber es war grau hier, und Ihr Brief war nicht da. Erst seit gestern lebe ich wieder, da Sie mir versichern, daß ich im Notfall die Zeit haben werde, zurück nach Frankreich zu fliegen. Gérassi schreibt mir, er glaube absolut nicht an Krieg in diesem Jahr, ich bin ein bißchen beruhigt. Aber diese Zeitungen sind schrecklich. Der Angriff auf Formosa wird als kurz bevorstehend hingestellt; in Wirklichkeit sollen MacArthur und die amerikanische Politik auf diese Weise gerechtfertigt werden, aber ich bekomme trotzdem täglich davon Herzklopfen. Die ganze Nacht habe ich geträumt, ich suchte in Paris ein Café, in dem wir verabredet waren, und es gelang mir nicht, es wiederzufinden.

Wenn diese Angst nicht wäre und das Bedauern darüber, daß ich zwei Monate Leben mit Ihnen verliere, würde ich mich hier wohl fühlen. Spediteure haben gerade einige Möbel gebracht, und Algren ist dabei, das Haus einzurichten. Ich bin im Garten in der Sonne, mit einem kleinen See zu meinen Füßen, es ist schön draußen, angenehm, einsam. Hier sind mindestens hundert interessante Bücher, die ich unbedingt lesen möchte (von all den anderen ganz zu schweigen), und ich habe wieder angefangen zu arbeiten. Wir sind noch nicht geschwommen, weil ich müde und Algren ganz davon beansprucht war, sich einzurichten, aber der Strand ist nur einen Katzensprung weit entfernt. Jetzt sind die Schränke und der Kühlschrank mit Essen gefüllt, wir können einen Monat leben, ohne ins Dorf zu gehen, das 2 km vom Haus entfernt liegt. Ich bin noch nicht an diese luxuriösen Automobile gewöhnt, die ab und zu bei uns vorfahren und aus denen ein Lebensmittelhändler, ein Mann von der Reinigung oder der Gasmann steigt, aber es ist außerordentlich bequem, alles so nach Hause geliefert zu bekommen. Gestern abend sind wir mit dem Boot auf dem kleinen See spazierengefahren, und wir haben im Garten ein großes Feuer gemacht: es gibt dort eine Art Ofen, in dem man im Freien Würstchen und Beefsteaks braten kann. Und dann haben wir aus dem Keller einen Haufen alter Papiere, Alben, Bücher und Fotos geholt, die Algren dort seit Wochen gestapelt hat; natürlich waren einige idiotische Artikel über Sie darunter. Endlich hatten wir einen wirklich schönen Abend, und wenn die äußere Welt uns in Frieden läßt und wenn ich weiß, daß Sie froh und ruhig sind, werde ich, glaube ich, zwei fast angenehme Monate verbringen.

Ich habe einen Brief von V. Leduc bekommen, wieder im selben Ton; sie ist in Montjean bei La Pouèze, nicht allzu froh; sie beglückwünscht sich, daß sie nicht auf all die Frauen eifersüchtig ist, die mich im Augenblick an den amerikanischen Stränden bewundern und vergöttern. Ein Arbeiter hat sie am Ufer der Loire vergewaltigen wollen, aber sie ist weggerannt.

Auf Wiedersehen, mein Kleiner. Es wäre gut, wenn Dolorès diese Reise nach Afrika machen würde. Wenn man uns in Frieden ließe, könnten wir noch einige so gute Jahre haben. Mein einziger Wunsch ist, Sie wiederzusehen. Schreiben Sie schön. Ich liebe Sie mit aller Kraft.

Ihr reizender Castor

Umschlag
Monsieur Sartre
bei Madame Morel
Villa Sull'Onda
Juan-les-Pins (Alpes Maritimes)
Frankreich

295

Dienstag [8. August 1950]

Mein ganz lieber Kleiner. Wieder wird es eine ganze Woche ohne Brief sein. Ich vermute, die Abreise aus Paris war nicht so einfach, und außerdem brauchen die Briefe von Juan-les-

Pins wahrscheinlich länger. Aber ich bin geduldiger als letzte Woche, weil ich endlich einigermaßen Gleichgewicht in meinem Leben gefunden habe. Die Zeitungen sind nicht zu besorgniserregend (aber was soll ich tun, wenn China Indochina angreift? Das haben Sie mir nicht gesagt), und das Dasein hier ist sehr angenehm, wenn auch ein bißchen nüchtern. Ich stehe spät auf; gegen 11 Uhr sitze ich im Garten und arbeite, oft nehmen wir gegen 1 oder 2 Uhr das Boot, fahren über den Teich und gehen dann barfuß über brennend heißen Sand bis zu dem großen See, wo wir baden; man hat wirklich den Eindruck, man sei am Meer; wenn Wind weht, gibt es riesige Wellen, und das Wasser ist ein bißchen salzig. Der Strand ist endlos, und so gibt es viele menschenleere Ecken, und da gehen wir hin. Wenn wir nach Hause kommen, holen wir etwas aus dem Kühlschrank, essen ein bißchen, ich arbeite bis abends, und im allgemeinen braten wir irgendein Beefsteak im Garten; wir machen oft einen kleinen Spaziergang, und ich lese bis spät in die Nacht. Was diese Landschaft seltsam macht, sind die Hochöfen, die am Ende des Strands emporragen, wenige Kilometer von hier. Schon ohne sie ist die Landschaft schwer einzuordnen, sie ist keineswegs mehr vorstädtisch, aber auch nicht ländlich; aber wenn man die Hochöfen sieht, ist man wieder in der Stadt, und sehr schön ist, daß der Himmel abends städtische Farben hat: ein ganzer Teil ist violett und zwielichtig wie in Paris und Chicago. Es ist 10 Uhr abends, wir haben gerade eine Bootsfahrt gemacht, und die Schornsteine spieen in der Ferne riesige rote Rauchschwaden, während der See zwischen großen Baumgruppen ganz Nacht und Schweigen war. Ich sehe fast niemanden. Algren hat Freunde in der Gegend, aber er hat verkündet, ich würde Gesellschaft hassen und hätte dringende Arbeit, daher zeige ich mich nicht, wenn er Besuch bekommt, und begleite ihn nicht, wenn er ausgeht, was übrigens selten vorkommt. Da ist jedoch eine gewisse Christine, der ich schwer ausweichen kann, da sie für uns das ganze Haus möbliert hat und sich um die Bestellungen, die Wäsche etc. kümmert; sie ist eine 40 Jahre alte prima Frau, griechisch, ein sanfter und farbloser Ehemann, der im Monat 200 Dollar Pension bekommt und wie wild Französisch lernt, um Lehrer zu werden, zwei Kinder, ein Hausfrauendasein und alle möglichen Sehnsüchte. Früher hat sie mit Algren geschlafen, und etwas ist ihm davon haftengeblieben. Dieses Haus fasziniert sie, mich auch, sie kommt und redet mit der Heftigkeit der Leute, die nie Gelegenheit zum Reden haben. Eines Abends – Samstag – ist sie um Mitternacht aufgekreuzt und erst um 2 Uhr weggegangen, nachdem ich absichtlich aufgestanden war, um die Betten zu machen. Am nächsten Tag ist sie um 7 Uhr gekommen; ich habe gearbeitet, ohne mich um sie zu kümmern; sie hat bis 9 Uhr ½ mit Algren im Garten Hamburger gebraten; am Ende sagte er gar nichts mehr, und schließlich ist er ihr im Dunkeln auf die Hände getreten, während sie irgend etwas auflas. «Schon gut, ich habe verstanden», hat sie gutgelaunt gesagt. «Und danke für einen schön langweiligen Abend!» Aber sie ist hart, sie wird wiederkommen. In der Umgebung gibt es auch eine gewisse Joyce, steinreich und angebetet von ihrem lächerlichen kleinen Mann, sie weint und labert den ganzen Tag über sich, weil sie gern eine große Schriftstellerin geworden wäre und gerade nur ein Bilderbuch von fünfzehn Seiten über eine Katze produziert hat; sie hat 15 Jahre damit zugebracht, einen Roman mit hundert Personen zu schreiben, mit dem niemand was anzufangen wußte. Jeden, der schreibt, haßt sie auf krankhafte Weise. Sie hat sich buchstäblich geweigert, Algren ihr Haus zu verkaufen (es war davon die Rede), weil sie den Gedanken nicht ertragen konnte, daß er seinen nächsten Roman unter ihrem Dach schreiben würde; und sie hat eine Freundin, die am Wochenende zu Besuch gekommen war und die mit ein bißchen Erfolg schriftstellerte, aus dem Haus geworfen, weil sie ihre Schreibmaschine angerührt hatte. Sie wollte mir zu Ehren eine große «Party» geben, aber ich habe abgelehnt.

Ich habe Schwierigkeiten mit meinem Roman[277], wie üblich. Aber ich glaube, das wird sich lösen. Ich habe Lust zu schreiben. Nur muß das Ganze erst stehen, bevor ich Gefallen daran finde, jedes Kapitel auszufeilen.

Ich habe *Intruder in Dust* [dt.: *Griff in den Staub*] von Faulkner gelesen, ich mag es überhaupt nicht. Langweilig, orakelhaft und gestelzt. «Wenn ihr lang genug im Bösen verharrt, wird es gut. Alles ist gut, wenn es lang genug getan wird», usw. usf. Ich habe *Crack-up** von Fitzgerald gelesen, Notizen, Essays, sehr bewegend – eine ganze Epoche, die fast unsere war, ein 22 Jahre altes Genie, das weiß, daß es mit 30 am Ende ist und bis 40 überlebt. Ich möchte gern einige Novellen und Essays für die *Temps modernes* mitbringen, von verschiedenen Leuten. Mir scheint, es wäre interessant, wenn wir Pamphlete und Schriften von linken Leuten, die gegen das Amerika von heute kämpfen, zusammenstellen könnten. Ich werde suchen. Ich lese auch eine Menge Sachen über das alte Amerika, und das begeistert mich.

Ich schicke Ihnen einen blöden Artikel aus der *N. Y. Times* über *Baudelaire*, der diesen Sonntag erschienen ist.

Das war's. Es ginge einigermaßen, wenn es mir nicht so absurd vorkommen würde, nicht mit Ihnen zusammenzusein, wo Sie doch frei sind und wir so glücklich sein könnten. Denn es stört mich, daß ich nicht genau verstehe, *warum* ich hier bin, eingesperrt in diesen kleinen Garten mit Flugzeugen und Hubschraubern, die über meinen Kopf hinwegfliegen. In Ihrer Nähe bin ich unendlich glücklicher – und ich weiß nicht, in welchem Maße meine Gegenwart für Algren einen

277 S. de Beauvoir begann 1949 an *Les mandarins* zu schreiben; der Roman erschien 1954 und wurde im selben Jahr mit dem Prix Goncourt ausgezeichnet [dt.: *Die Mandarins von Paris*, Rowohlt Taschenbuch Verlag, Hamburg 1955].

* *The Crack-up* [Der Zusammenbruch], 1945 postum von Edmund Wilson herausgegebene Sammlung von Tagebuchaufzeichnungen, Essays, Briefen.

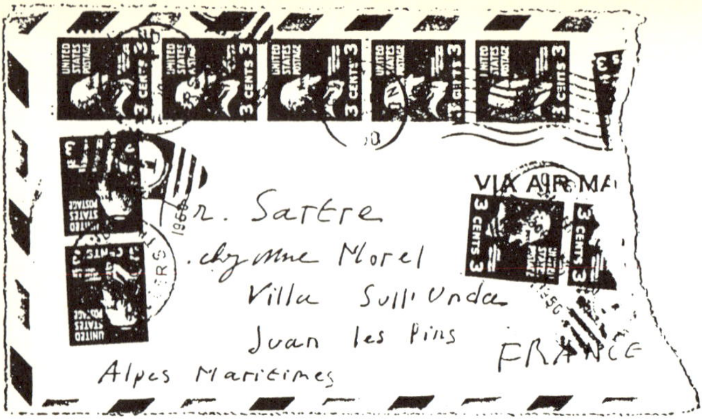
UNITED STATES POSTAGE
3 CENTS 3
VIA AIR MA
r. Sartre
chez Mme Morel
Villa Sull'Onda
Juan les Pins
Alpes Maritimes
FRANCE

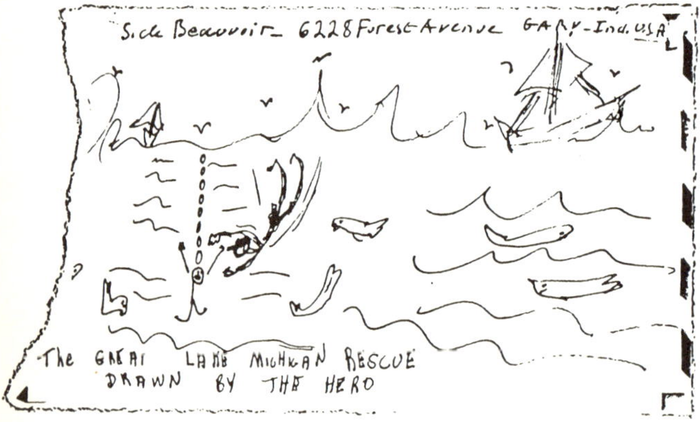
S. de Beauvoir 6228 Forest Avenue GARY-Ind. USA
The GREAT LAKE MICHIGAN RESCUE
DRAWN BY THE HERO

Sinn hat. Von Zeit zu Zeit wird diese Absurdität zu einem niederschmetternden Bedauern. Ich habe den Eindruck, hier von alten Begierden festgehalten zu werden, während das Neue und das Romantische und das Glück meines Lebens bei Ihnen sind, mein kleiner Gefährte von 20 Jahren. Ich zähle die Wochen, wenn nicht die Stunden.

Auf Wiedersehen, bis zum 2. Oktober, mon amour. Schreiben Sie mir. Ich küsse Sie aus ganzer Seele.

Ihr reizender Castor

296

S. de Beauvoir
6228 Forest Avenue
Gary, Indiana, USA

Sonntag, 20. [August 1950]

Mein lieber Kleiner. Gestern habe ich Ihren Brief vom 13. bekommen. Ich bin so froh, daß Sie bei «dieser Dame» ganz blaues Wetter haben und gut arbeiten. Lassen Sie sich von niemandem ärgern, mein Kleiner, und quälen Sie sich nicht wegen des Geldes; Sie wissen doch, daß es sich mit den Finanzen in letzter Minute immer wieder einrenkt. Ich habe einen Schock des Bedauerns im Herzen empfunden, als ich Sie mir auf dieser Terrasse vorstellte, mit diesen Vormittagen, an die ich mich so gut erinnere und die ich so gern mit Ihnen teilen würde: aber wir werden andere miteinander teilen, nicht wahr? viele andere.

Mein Leben hier läßt sich immer besser an. Zwischen Algren und mir ist es scheinbar fast wie früher, man könnte darauf hereinfallen. Hat meine eigene Traurigkeit ihn im ersten Monat düster gestimmt? Oder hat er es mir in gewissem Sinn übelgenommen, daß er seine Liebe zu mir nicht wiederfand? Oder fürchtete er, ich könnte seine Zärtlichkeit falsch deuten? Er war steif und distanziert, er ist es überhaupt nicht mehr, und die Tage mit ihrer ruhigen Routine aus Arbeit, Baden, Lesen vergehen wie im Flug. Der offensichtlichste Wandel unserer Beziehung ist, daß wir nicht mehr miteinander schlafen, in stillschweigendem gegenseitigem Einverständnis; am erstaunlichsten ist, daß wir nicht mehr können: es gab ein oder zwei diskrete und folgenlose Versuche, bei denen er impotent und ich frigide war. In gewissem Sinn hilft das, eine Geschichte zu beenden, in der die Sexualität viel Raum einnahm. Aber es bleibt mir rätselhaft, wie diese Art Gefühl während einer Abwesenheit so radikal sterben kann. Denn wir hatten uns in fiebriger Leidenschaft verlassen, und als ich ankam, war in dieser Hinsicht alles tot. Vielleicht verstehen Sie das, Sie von der männlichen Seite. Ich verstehe, daß sich das abnutzt; aber daß das in der Ferne verschwindet, um nicht wieder neu aufzuleben, das verstehe ich nicht. Ich habe mich angepaßt, das ist natürlich, Gleichgültigkeit schafft Gleichgültigkeit, zum Glück. Davon abgesehen gibt es im Hintergrund dieser Tage dauernd eine störende Ungewißheit: ich erinnere mich zu gut an die Vergangenheit, als daß die Gegenwart nicht melancholisch wäre; aber die Gegenwart hat einen noch zu großen Wert, als daß ich akzeptieren könnte, sie zu begraben, sie und all das Bedauern, das sie umfaßt. Wenn ich in Paris bin, wird es natürlich durch das Vergessen gelöst werden; aber ich mag nicht daran denken.

In Wirklichkeit denke ich wenig, ich lebe in den Tag hinein, und diese Tage sind, jeder für sich genommen, angenehm. Seitdem ich fast ertrunken bin[278], habe ich den See kaum genutzt. Gestern war er so aufgepeitscht, daß absolut niemand badete: ich bin nur kurz untergetaucht, mehr nicht. Sonntags gehen wir nie hin, es sind zu viele Leute da. Die Tage zuvor

278 Am 14. oder 15. August wäre Simone de Beauvoir, die ziemlich schlecht schwimmen konnte, fast ertrunken. Leider ist der Brief, in dem sie von dieser Episode berichtete, verschwunden, nur der Umschlag mit Datum vom 16. und der hier wiedergegebenen Zeichnung von Algren ist erhalten. Vgl. den kurzen Bericht in *Der Lauf der Dinge*, S. 221 f.

fühlte ich mich nicht einmal in der Sicherheitszone wohl; keine meiner Ängste – im Flugzeug, beim Radfahren, im Gebirge – hat so lange überlebt wie diese; ich denke nachts mit neuer Angst daran; vielleicht weil es ein so offensichtliches Bild des Todes ist, wenn man den Boden unter den Füßen verliert, wenn der Boden weggleitet. Ich frage mich, ob ich mich dieses Jahr wieder ans Schwimmen gewöhnen werde. Dieser See macht die ganze Nacht ein schönes großes Geräusch; seltsam, am Strand hatte ich nicht bemerkt, daß er ein Geräusch macht; und eine ganze Nacht lang, als Algren in Chicago war, hatte ich mich gefragt, was das für ein lauter Fabriklärm war, der aus dem Wald kam; ich höre es im Moment, während ich schreibe.

Algren hat sich ein schweres rotes Fahrrad gekauft, das Fußbremsen hat; ich bin in einer Phase der Regression, denn ich habe mich noch nicht getraut, damit zu fahren; es ist ein Herrenrad, es stört mich, keine Handbremse zu haben, ich bin an solche Fahrzeuge nicht mehr gewöhnt. Trotzdem sollte ich mich entschließen.

Ich habe noch einen Brief von V. Leduc bekommen, der es immer noch sehr in Montjean gefällt. Der Mops hatte eine glückliche Hand. Sorokine rückt in zehn Tagen an, was mich nur halb amüsiert. Das ist alles, mein lieber Kleiner. Heute bin ich nur noch halb so fern von Ihnen: es scheint allmählich nicht mehr so lang. Sie sind immer bei mir, und ich warte auf Sie mit ganzer Seele. Grüßen Sie alle schön. Ich küsse Sie, mein liebes kleines Absolutes.

Ihr reizender Castor

Umschlag
Monsieur Sartre
bei Madame Morel
Villa Sull'Onda
Juan-les-Pins (Alpes Maritimes)
Frankreich

297

Donnerstag [24. August 1950]

Sie, lieber Kleiner

Ich bekomme wahrhaftig nicht mehr als einen Brief pro Woche, können Sie nicht etwas mehr schreiben, und sei es kurz? Es ist traurig, wenn ich morgens voller Hoffnung den Briefkasten öffnen gehe und nichts da ist. Ich vermute, Sie sind mehr beansprucht, als Sie dachten, aber ich stelle mir immer vor, etwas Schreckliches sei passiert, im Zusammenhang mit Dolorès, oder ich weiß nicht was.

Sarbakhane ist nun aufgetaucht, ohne sich um irgendeine Meinung zu kümmern, bildschön (sie hat abgenommen, ihre Haare geschnitten und ein klein wenig die amerikanische Art angenommen, sie ist braun und wunderbar, Algren war ergriffen) und voller unmöglicher Geschichten. Vor drei Tagen wurde Algren aus Texas angerufen, bei den Leuten gegenüber, auf der anderen Seite der Avenue – er glaubte, es sei seine Schwester und hat zurückgerufen, zu ihrem großen Erstaunen; und schließlich war es S., die an der mexikanischen Grenze war und ihre Ankunft für gestern abend sechs Uhr ankündigte; sie ist um Mitternacht eingetroffen, als ich mich gerade hingelegt hatte, und wir haben fast die ganze Nacht mit Reden zugebracht, so daß mir heute früh etwas dösig ist. Nach finsteren Streitereien mit Moffat hatten sie beschlossen, daß sie den Wagen von Mexico nach Los Angeles bringen, während er noch eine Woche in Mexico bleiben und per Flugzeug zurückkehren würde: ich glaube, Autofahren strengt ihn an. Er hat ihr 600 Pesos gegeben und 2000 behalten, ich glaube, er ist in Geldsachen wirklich schäbig; das Benzin, um den Wagen bis zur Grenze (wo sie Dollars bekommen hätte) zu bringen, kostete schon 400 Pesos, und die Reise hätte vier bis fünf Tage gedauert. Daraufhin hat der Wagen in einem mexikanischen Dorf den Geist aufgegeben, der Motor hätte ersetzt werden müssen, und sie war völlig abgebrannt. Die Amerikaner des Ortes haben für sie gesammelt, und sie hat einen Lastwagenfahrer gefunden, der das Auto zurückbrachte: aber während der ganzen Fahrt drückte sie der Fahrer an sich. Sie hat eine Woche lang nicht geschlafen, sie wurde von dem schändlichen mexikanischen Fraß krank, den sie in den untersten Spelunken gegessen hat, sie hat sich vierzig Stunden Zugfahrt genehmigt, ohne Liegewagen, und ist trotzdem taufrisch hier aufgetaucht. Daraufhin hat sie mir von ihren Erfahrungen mit ihren Päderasten und mit anderen Päderasten erzählt: sie behauptet, alle etwas sympathischen Männer an der Universität seien schwul. Oreste ist ein richtiger «Pissoir-Päderast», dort hat er seinen jungen Liebhaber kennengelernt, der ein Professioneller ist. Sie haben unmögliche Beziehungen, schlafen zu dritt im Bett usw. Was Ivan angeht, sagt sie zynisch und hat es ihm auch selbst gesagt, bliebe sie nur wegen des Geldes bei ihm. Er ist erstaunlich, denn nachdem er sie mit 600 Pesos in der Tasche allein auf die Straßen Mexikos geschickt hatte, schrieb er ihr einen leidenschaftlichen Brief, den sie mir gezeigt hat; er scheint phantastisch egoistisch zu sein und (unter Berücksichtigung der verzerrten Sicht von S.) nicht sehr interessant. Insgesamt scheint sie in ihrem Leben eine Menge Fehler zu machen, aber sie scheint auch ziemlich unglücklich. Sie erzählte und lachte dabei viel und charmant, wie sie es immer tut, aber der Kern schien ziemlich trostlos. Das Haus hier ist wirklich zu klein für Gäste; ich habe für sie ein Zimmer auf der anderen Seite der Lagune gefunden, und sie hat ohne Probleme eingewilligt; sie scheint übrigens darauf bedacht, nicht zu stören. Heute nacht hat sie hier geschlafen, und um 9 Uhr früh war sie verschwunden. «Ich gehe spazieren», sagt ein kleiner Zettel auf ihrem Bett. Algren ist genau heute früh für zwei Tage nach Chicago gefahren, was ausgezeichnet ist. Danach werden wir sehen. Sie haben kaum miteinander gesprochen, er hat uns allein gelassen; er war von ihr ziemlich verstört, er fand, sie sähe «tüchtig» aus, was sowohl richtig als auch falsch ist, aber vor allem falsch.

Ich füge heute abend ein paar Zeilen hinzu, um Ihnen zu

sagen, wie wir den Tag verbracht haben. Ich bin ihr gegenüber «gespalten». Es kam mir warm, vertraut und schön vor, sie wiederzusehen, und wie immer bin ich für ihre Gegenwart empfänglich. Aber bei den Geschichten, die sie erzählt, und ihrer Art, sie zu begreifen, bekomme ich Gänsehaut. Ihre Tochter sieht fast wie ein mißhandeltes Kind aus, weil jede Fürsorge und Zuneigung fehlt. Bis nachher, Kleiner. Gestern habe ich wieder angefangen, ziemlich gut zu schwimmen, ich habe es mir langsam wieder beigebracht, aber ich vertraute dem Wasser nicht mehr, und wenn es mir bis zum Kinn geht, bekomme ich Angst. Auf jeden Fall verlasse ich die Sicherheitszone für lange Zeit nicht mehr. Dieser See ist herrlich nachts, ich bin zweimal mit Algren dort spazierengegangen. All die Hochöfen, die am Horizont Feuer speien, die Scheinwerfer und diese Art Ozean mit großen Wellen und versteckt zwischen den Bäumen kleine heimelige Hütten: das ist ein ziemlich ergreifendes Resümee von Amerika.

Hier etwas englischer Blödsinn aus der *N. Y. T.* Derselbe Idiot hat in einer englischen Zeitung einen allgemeineren und noch blöderen Artikel geschrieben, den ich gelesen habe, aber nicht für Sie ausschneiden kann. Übersehen Sie nicht, daß er Ihnen in diesem Schund ungefähr auf der ganzen Linie recht gibt.

Adieu, lieber Kleiner – ich habe keine Zeit, etwas hinzuzufügen, außer, daß S. den ganzen Tag lang entzückend war mit wirklich kolossalen Geschichten über Hollywood. Ich erzähle es das nächste Mal. Ich küsse Sie mit aller Kraft.

298

Sonntag [28. August 1950]

Mein ganz lieber Kleiner. Endlich Ihr Brief, meine Tage sind wie verwandelt, wenn einer kommt. Ich habe innerlich triumphiert, was für eine Schande, garstiger Strolch, erzählen Sie mir die Fortsetzung, ohne zu lügen. Ich habe immer noch genau solches Verlangen, bei Ihnen zu sein, und es zerreißt mir das Herz, wenn ich denke: noch mehr als ein Monat. Sorokine ist also hier. Wie immer bin ich in bezug auf sie gespalten. Am ersten Tag war sie unheimlich schön und sehr nett; wir sind am Strand geblieben, haben geschwommen und in der Sonne gebraten, und sie hat mir ziemlich kolossale Fickgeschichten erzählt; sehr abstoßende, wenn ich darüber nachdenke; sie verbringt ihre Zeit damit, Männer mit in ihr Bett zu nehmen oder sie zu erregen, und beklagt sich dann, vergewaltigt worden zu sein. Ihre Affäre mit den Päderasten ist ärgerlich. Abends mußte ich ihr lang und breit erklären, daß ich sie nur zehn Tage hierbehalten will und nicht drei Wochen, sie hat sich teuflisch gesträubt, aber seit Algren zurück ist (gestern), ist sie weniger betrübt, bald abreisen zu müssen, weil er sie einschüchtert. Nach diesem schönen Donnerstag hatte ich zwei üble Tage; Algren war in Chicago geblieben, und Sarbakhane war vor Erschöpfung krank von ihrer wahnsinnigen Reise, ohne Essen und Schlaf ab Mexico. Sie hat sich vom Bett zum Sessel und wieder zurück geschleppt, hustete und schlief, und ich konnte weder rausgehen noch arbeiten, ich habe bis zum Überdruß gelesen, und wenn ich mit ihr redete, hörte sie nicht zu. Sie hier zu haben kam mir wie eine schreckliche Last vor. Samstag hat sie endlich ihren Mut zusammengenommen und ist in ihr Quartier auf der anderen Seite der Lagune abgezogen. A. ist abends zurückgekommen, es machte mir unheimlich Spaß, einen Mann zu sehen – es ist jetzt tatsächlich lustig und leicht zwischen uns. Heute früh ist S. gegen 10 Uhr gekommen, immer noch lahm und abgestumpft. A. arbeitete an der Schreibmaschine, sie haben kaum miteinander gesprochen. Sie findet auch, daß er einem Sartre ähnelt, der sich von Kindheit an mit Porridge vollgestopft hätte. Ich habe sie mit zum Strand genommen, wo es vor Leuten wimmelte, weil Sonntag war, wo es aber regnete. Ich bin ein bißchen geschwommen, ich mag es allmählich wieder. Und dann haben wir einen Spaziergang in einem großen Park am See gemacht und in dieser Art Wald, der das Haus umgibt und von dem kleine Vorstadtgärten abgetrennt werden. Sie wurde wieder lebhafter, aber sie ist immer von tausend kleinen Sorgen beherrscht, wegen Geld, Ivan, Oreste, mit einem Wort, ein bißchen langweilig. Ich finde nicht, daß sie sich entwickelt hat.

Montag

Wir sind nach Hause gekommen, haben mit Algren Tee getrunken, und sie haben sich endlich lebhaft Geschichten erzählt. Und dann sind Algrens Freunde gekommen – Christine und Neal, von denen ich Ihnen erzählt habe – und wir haben hinten im Garten zu Abend gegessen, Hamburger, und Chianti getrunken. Als Sor. weg war, hat Algren mir erzählt, ihre lesbische Seite habe seine Freunde ergriffen; ich muß zugeben, daß sie mich vor den Leuten auf eine Weise liebkost und küßt, die seltsam erscheinen muß. Aber Christine hatte sie schon von der Stimme am Telefon her für lesbisch gehalten, und Algren sagt, sie habe auf ihn denselben Eindruck gemacht, als sie aus dem Taxi stieg. Dabei ist sie es doch nicht, sie hatte eine burleske und mißlungene Erfahrung mit einer professionellen Lesbierin, das ist alles, sie ist vor allem sexuell kindlich. Algren mag sie nicht besonders. Er findet Olga viel interessanter (und natürlich unendlich viel anziehender) – er hat vor S. dieselbe Art Widerwillen wie Sie und Bost, und sie, es ist seltsam, wie unbeholfen und verlegen sie in Gegenwart eines Mannes ist. Wenn sie sich nicht rundheraus auf eine Ebene sexueller Herausforderung begibt, ist sie wie eine vom Mann terrorisierte Jugendliche. Ich erinnere mich an Olga und Michelle in Gegenwart von Algren, und der Gegensatz zu Sorokine ist frappant. Ich habe den Eindruck, in dieser Hinsicht hat Algren denselben Widerwillen wie Sie – sie mißfällt ihm als Frau und gefällt ihm mäßig als Person.

Ich werde Ihnen die Fortsetzung erzählen. Ich eile mich,

ich bin früh aufgestanden, um den Brief zu beenden, bevor die Post geholt wird. Schreiben Sie schön, Kleiner. Mein Herz verläßt Sie nicht.

Ihr reizender Castor

299

Freitag [2. September 1950]

Mein ganz lieber Kleiner. Ich möchte gern Adressen haben, wenn Sie verreisen; wird dieser Brief nachgeschickt werden? Ich hoffe. Der, den ich heute früh von Ihnen bekommen habe, war nicht allzu lustig; ich glaube, die Geschichte mit Dolorès lastet noch auf Ihnen, und Sie sind ein bißchen besorgt wegen Michelle. Wie ich es kaum abwarten kann, daß wir wieder zusammen sind, in Cagnes oder anderswo, friedlich arbeitend und nur unter uns. Dieser letzte Monat wird nicht lustig sein, glaube ich. Das Wetter ist grau geworden, und ich auch. Der Besuch Sorokines war eher eine Katastrophe, ohne daß sie schuld wäre, außer man wollte sagen, daß sie schuld ist, zu sein wie sie ist. Tatsache ist, daß sie Algren tief und radikal mißfallen hat. Sonntag und Montag nachmittag haben sie dennoch nett miteinander geredet und sich Geschichten erzählt; und sie bemühte sich, diskret zu sein, sie wusch mit mir das Geschirr ab, kochte mit mir usw. Das hat nicht verhindert, daß A. Dienstag den ganzen Tag kaum den Mund aufgemacht hat, und Mittwoch früh hat er mir düster mitgeteilt, er werde für mehrere Tage nach Chicago fahren. Ich sagte, ich würde mit Sorokine dorthin fahren. Zum Glück flehte Oreste sie seit mehreren Tagen brieflich und telefonisch an, zu ihm nach Boston zu kommen, und als ich ihr die Situation erklärte, sagte sie, sie würde sich sofort nach Boston aufmachen, sie würde mit Oreste im Auto zurückkommen und mich nächste Woche in Chicago treffen, wo wir einige Tage allein verbringen würden. Sie fühlte sehr wohl, daß die Situation für niemanden angenehm war; und sie sagte übrigens, ihre Geschichte mit Ivan habe sie dermaßen vor den Kopf geschlagen, daß sie allem gegenüber gleichgültig sei; sie ist, glaube ich, wirklich ohne Bedauern abgereist, um so mehr, als sie sah, daß ich über den Verlauf der Dinge erschüttert und es nicht meine Schuld war. Ich war erschüttert, weil ich zum erstenmal im Leben auf Algren sehr ernstlich böse war. Er hat zwei Entschuldigungen: zum einen wußte er (ich habe ihm vielleicht sogar zuviel gesagt), daß Sorokine auch für mich eine Last war – zum anderen vermute ich, daß sie trotz ihrer Nettigkeit schwer zu ertragen ist. Zum Beispiel hat sie Sonntag abend, als die Freunde A.s gekommen sind, nur mit mir gesprochen und ist plötzlich mittendrin demonstrativ weggegangen, da es sie anödete. Er sagt, er habe sie als so frostig, so fern, so in sich verschlossen empfunden, daß es ihn die ganze Zeit störte, überhaupt dazusein. Mag sein. Aber er hätte mit mir über das Problem reden müssen, statt mir schlechtgelaunt eine Entscheidung mitzuteilen, die mich auch zu einer Entscheidung zwang. Er fühlt im übrigen, daß er sich seltsam benommen hat, denn noch nie war er so eifrig und gesprächig und zuvorkommend wie seit der Abreise von Sorokine. Ich bin gespalten: wie Sie sich darüber freuen, Dolorès im Unrecht zu wissen, freue auch ich mich in gewissem Sinn, wenn etwas meine Gefühle für Algren tötet; Groll in diese Geschichte eindringen zu lassen heißt wirklich, ihr Todesurteil zu unterzeichnen. In diesem Zusammenhang dachte ich, daß man die Fehler der Leute in Liebe akzeptieren kann, sofern sie als etwas Gegebenes erscheinen, durch das hindurch und gegen das die Freiheit sich sucht, sich findet; sobald man aber spürt, daß die Freiheit Komplizin dieser Fehler wird, kann man die Person noch entschuldigen, aber nicht mehr lieben. Ich habe immer gewußt, daß A. egoistisch ist, und das schien mir – wie der Geiz von Dolorès – Schutz gegen ein schweres Leben, Wunsch, sich selbst erst einmal zu retten; aber diese Geschichte hat mir seinen Egoismus als Wahl enthüllt, die sich ohne triftigen Grund wiederholte, und etwas ist in mir mit einem Schlag zusammengebrochen.

Ich werde Ihnen sagen, wie es sich entwickeln wird, aber es würde mich wundern, wenn die alte Zärtlichkeit wieder lebendig würde. In gewissem Sinn bin ich froh, daß die Situation entschieden ist: zwischen Sorokine und Algren zu sein war anstrengend; und ich muß arbeiten, damit diese Tage einen Sinn haben; aber ich möchte gern die Gewißheit haben, daß sie jetzt eine gute Zeit verbringt, die arme Kreatur, und ich möchte in Chicago sehr nett zu ihr sein. Sie *will* sich so sehr für die anderen interessieren, nett sein, sich mit niemandem mehr streiten; und sie ist auf ihre Art nett, aber so verknotet, so eingefroren in sich. Ivan scheint unerträglich, den Briefen nach zu urteilen, die sie mir von ihm gezeigt hat, völlig von Hollywood verdorben.

Ja, mein Kleiner, schreiben Sie, ich *brauche* Ihre Briefe. Ich hatte Sie um zwei Röhrchen Corydrane gebeten und eine Schachtel Boules Quiès*. Könnten Sie sie vielleicht mit Luftpost schicken, bitte? Ich möchte, daß Sie mit Michelle eine schöne Reise machen, mit Arbeit und ohne Störenfriede. Ich kann es kaum abwarten, daß wir beide wieder glücklich sind. Ich küsse Sie aus ganzer Seele.

Ihr reizender Castor

Umschlag
Monsieur Sartre
Grand Hôtel
Sainte-Maxime (Var)

* Eine Art Ohropax; Corydrane: Aufputschmittel.

Alexandria Hotel
Rush and Ohio Streets
Chicago 11

Samstag [10. September 1950]

Mein ganz lieber Kleiner

Diese Woche hatte ich keinen Brief, aber es war meine Schuld, denn ich bin Dienstag nach Chicago zu Sarbakhane gefahren. Sie ist mit Oreste und Jacques von Boston im Auto gekommen und hat mich angefleht, noch am selben Tag zu kommen und den Abend mit ihnen zu verbringen. Ich bin abends um 8 Uhr mit dem Zug eingetroffen, und wir haben einen ziemlich guten Abend in einem guten französischen Restaurant und in diesem schwarzen Nachtlokal verbracht, in dem ich einmal einen Mann, der nur ein Bein hatte, habe tanzen sehen. Ich war entzückt, Chicago wiederzusehen, nach meiner mehr als einen Monat langen Zurückgezogenheit. Wir haben die Morgendämmerung und den Sonnenaufgang über dem See gesehen, und das war wirklich sehr schön. Aber dieser Oreste, der übrigens seine guten Seiten hat und ziemlich sympathisch ist, ist stinkgeizig, er dachte, ich würde alles bezahlen, und war sehr enttäuscht, als ich ihm nur die Hälfte erstattet habe; ich fand es unsinnig, daß ich sie unterhalten, ihnen die Stadt zeigen und für alle drei bezahlen sollte. Um so mehr, als S. mich gebeten hat, ihr die Reise nach Boston, nach Los Angeles, Unterhalt hier usw. zu bezahlen, und das Geld, das ich aufgehoben hatte, um mir Sachen zu kaufen, schon flöten ist. Ich habe sie also geknickt in ihrem herrlichen Buick wegfahren lassen. Orestes Beziehung zu Sorokine ist, wie mir scheint, nicht besonders gut; als wir unter vier Augen sprachen, hat er sich sehr über sie beklagt, und dauernd aus demselben Grund: sie will schlafen, er will nicht. Später habe ich diskret versucht, S. zu sagen, sie solle auf das sexuelle Verhältnis mit ihm verzichten, aber sie ist störrisch wie ein Esel. Sie war in diesen Tagen übrigens sehr nett, wie sie es sein kann, wenn man ihr vollkommen zur Verfügung steht und alles macht, was sie will. Sie ist betrübt und verärgert, weil sie Algren mißfallen hat, sie wird sich bewußt, daß an ihrem Verhältnis zu den Leuten etwas faul ist, aber sie ist natürlich unheilbar. Wir hatten wunderbares blaues Wetter und sind schön herumgekommen, zu Fuß, mit Schiff, Taxi, Bus; für mich war es angenehm, weil ich zum erstenmal allein in Chicago war, und endlich gelang es mir, mich zu orientieren, die Stadt bekam eine Struktur und ich hatte ein wenig den Eindruck, sie gehöre mir; ich kenne sie gut. Es war schön und ein bißchen enttäuschend, da viele Orte, die ich nicht hatte lokalisieren können, Orte meiner Vergangenheit, deren irdische Existenz mir unbestimmt und geheimnisvoll geblieben war, einen banalen Platz in den Straßen der Stadt bekamen; Chicago ist real geworden und hat an Zauber verloren.

Wir waren im Kino: nichts Gutes. Ich habe endlich *Sheltering Sky* [dt.: *Himmel über der Wüste*] von Paul Bowles gelesen; es ist nicht so schlecht, wie Algren mir gesagt hatte (er haßt dieses Buch und hat als einziger eine abscheuliche Kritik geschrieben, für die er übrigens einen Rüffel bekommen hat), aber es ist weit davon entfernt, gut zu sein, und von unserem Standpunkt aus ist es vollkommen bedeutungslos. Es handelt sich überhaupt nicht um Afrika, sondern um eine Reise nach Afrika aus der Sicht amerikanischer Snobs, mit einer lachhaften Ehebruchsgeschichte und einem extravaganten Ende. Die Busse, die Hotels, das Essen und die touristische Seite der Städte wird beschrieben, sonst nichts. Ich habe auch *L'oasis* [dt.: *Die Oase*] von Mary McCarthy gekauft, das ist ein entsetzlich langweiliges Buch.

Heute früh treffe ich Algren und fahre wieder nach Gary. Er war so nett, daß mein Groll fast geschmolzen ist. Aber ich bin immer noch in einem seltsamen Zustand. Ich habe ein leidenschaftliches Verlangen, in Paris zu sein. Dieses Eheleben, das ich hier führe, ist besonders absurd, weil es Ewigkeit impliziert; die Tage sind angenehm in der Perspektive endloser Wiederholung, die die Umstände und mein eigenes Herz zugleich verbieten. Eine Reise hätte nicht diese absurde Seite gehabt.

Mein Kleiner, ich hoffe, Algren wird mir Ihren Brief mitbringen. Sonst schicke ich dies zu «dieser Dame». Mein einziges ungetrübtes Glück ist der Gedanke an den Moment, da ich Sie wiederfinde, er rückt näher. Ich küsse Sie aus ganzer Seele.

Ihr reizender Castor

Da ist Ihr Brief von Sonntag – einer ist inzwischen verlorengegangen – ich habe Ihre Adresse. Sie haben es mit Dolorès *sehr sehr* gut gemacht, es reicht, daß die Leute uns auf die Nerven gehen. Bis bald, mon cher amour.

Umschlag
Monsieur Sartre
Grand Hôtel
Sainte-Maxime (Var)
Frankreich

301

Montag [Ende September 1950]

Mein ganz lieber Kleiner. Nur ein paar Zeilen, da mein Brief nur wenige Stunden vor mir ankommen wird. Ich *werde* um 3 Uhr nachmittags in Paris sein, gegen 4 Uhr also an den Invalides, nehme ich an, am Montag, 2. Oktober: telefonieren Sie, um es genau zu erfahren. Ein Slota[279] ist überflüssig, ich habe eher Lust, in Paris herumzuspazieren und vor allem mit Ihnen zusammenzusein. Wie gut wird es sein, wieder zusammenzusein. Ich bin ganz von Freude durchdrungen und von Ungeduld verzehrt. Die letzte Zeit war sehr schön, zum gro-

279 Taxiunternehmen.

ßen Teil, weil ich so glücklich bin, zu Ihnen zurückzukehren. Heute nacht war eine kolossale Mondfinsternis, der Mond wurde von einem orangefarbenen Dämmerlicht verschleiert, mitten in einem leuchtenden Himmel, das war unheimlich schön über dem See.

Ich glaube, ich hoffe, daß ich von hier vollkommen heiter wegfahre, mit dem Gedanken, daß schließlich und endlich die Dinge so wohl am besten stehen. Auf jeden Fall werde ich in Paris ganz entzückt darüber eintreffen, daß wir endlich mit unserem glücklichen Alter beginnen. Auf Wiedersehen, mein lieber Kleiner, in einer Woche werden Sie mir genauso zurückgegeben werden, wie ich Sie verlassen habe. Ich küsse Sie aus ganzer Seele.

Ihr reizender Castor

Können Sie meine Concierge[280] benachrichtigen? zum Beispiel telefonisch; sie möchte für meine Rückkehr aufräumen. Falls Sie es vergessen, macht es nichts.

280 Seit Oktober 1948 wohnte S. de Beauvoir in der Rue de la Bûcherie. Vgl. *Der Lauf der Dinge*, S. 164.

302

Hôtel Lincoln
«The House of Hospitality»
44th to 45th Streets
at Eighth Avenue
New York 19 N.Y.

[September 1951][281]

Ja, natürlich, jetzt, wo ich in New York bin, vor einem Whisky sitze und Ihnen schreibe, fühle ich mich sehr wohl. Und die Vorstellung von einem ruhigen Monat auf dem Lande gefällt mir, soviel herumzureisen widerte mich an.[282]

Ich war darauf gefaßt, daß die Reise nicht angenehm sein würde, und sie war es nicht. Alles lief bestens bis Shannon, wo ich Sidney Bechet begegnet bin, der zur selben Zeit wie ich mit der *T. W. A.* reiste; er sah ganz einsam aus. Die Stewardeß war diese ehemalige Schülerin, die ich auf dem Weg nach Nizza (oder von Nizza?) mit Ihnen zusammen getroffen hatte und die so Angst vor Flugzeugen hatte, erinnern Sie sich? Und der Pilot war der, der uns von Dakar nach Casa geflogen hatte, er kennt Ihre Mutter und Sie und hat mir tausend Grüße für beide aufgetragen. Ich war also unter Bekannten. Aber ab Shannon konnte ich trotz drei Tabletten Belladé-

281 Nach einem ziemlich schleppenden Briefwechsel während eines Jahres lud Algren S. de Beauvoir ein, den Oktober in Miller zu verbringen. Es war ihr letzter Besuch.

282 In den vorausgegangenen Monaten hatten Sartre und sie eine Kreuzfahrt durch Norwegen gemacht, Island wiedergesehen, Schottland bereist, London besucht.

nal nur winzige Zeitspannen von einer Viertelstunde schlafen, und mir war ziemlich bang, solange wir über dem Ozean flogen. Wir fuhren direkt nach Montréal (die Landung war vorgesehen, Passagiere stiegen aus), weil man in Gander nicht landen konnte, das waren 13 Stunden, 9 davon über dem Ozean, und wir flogen in nur 2000 Meter Höhe wegen der Gewitter, die weiter oben noch schlimmer waren; sie waren so auch schon ziemlich kräftig, wir wurden die ganze Zeit etwas geschüttelt, zeitweise stark, und wir mußten solche Umwege machen, daß es zeitlich nichts gebracht hat, die Landung in Gander ausfallen zu lassen. Die Nacht hat bis Mittag (Pariser Zeit) gedauert, das war lang, man fühlte sich seltsam verloren in der grau-schwarzen Dämmerung zwischen Himmel und Wasser. Ich bin wieder aufgelebt, als wir uns über Labrador befanden und es hellichter Tag war. Die letzten vier Stunden bis Montréal waren dann reizend. Die Stewardeß hat mir gestanden, auch sie habe Angst gehabt, und um mich zu zerstreuen, hat sie mir von einer Menge Unfällen erzählt. Die Geschichte der beiden Langstreckenflüge Paris–Saigon ist erstaunlich. Der erste Unfall erklärt sich einfach aus dem Umstand, daß der Flugplatz auf ganz natürliche Weise in die Sandbänke übergeht, die daneben liegen, und nachts, wenn es obendrein noch Sandstürme gibt, ist nichts einfacher, als sich zu täuschen. Der zweite wäre psychologisch. Der Pilot war ein Intellektueller, einer, der zuviel nachdachte; und er hat die ganze Zeit gedacht: das wird mir nicht passieren. Er hatte gut mit der Landung begonnen, als er vor lauter Skrupeln beschloß, den Platz noch einmal zu überfliegen und dem Mechaniker zurief, das Fahrwerk einzuziehen; der andere erwartete, daß man ihm sagte, die Landeklappen auszufahren, er hat sie ausgefahren, und das Flugzeug bohrte sich in den Sand. Zumindest wird das vermutet. In beiden Fällen hatten die Leute fast den Fuß auf dem Boden, aber in der Nacht und in der Aufregung, [drehten] sie der Küste den Rücken zu. Sehr froh über diese Unterhaltung bin ich also in Montréal gelandet, das mir scheußlich vorkam, wo das Wetter aber blau und frisch war, Islands würdig. Was ich von Kanada gesehen habe, von der Küste bis nach Montréal, ist monoton und schön wie Neufundland, Seen und unendliche Tannenwälder. Dann waren es nur noch eineinhalb Stunden, ein Spaziergang. Bei der Ankunft war ich überrascht, ich wurde fast nichts gefragt, weder über meine politischen Vorstellungen noch über meine finanzielle Lage; man hätte meinen können, daß man ein freies Land betrat. Es war drückend, feucht, aber das ist ein Wetter, das zu New York paßt. Der Fahrer ist eine herrliche Straße an der Küste entlang und durch einen großen Tunnel, der zur Battery führt, nach New York hinein gefahren und von dort die ganze Strecke des Hudson; das ist ganz New York in wenigen Minuten, und das ist nie enttäuschend; ein Hubschrauber landete auf einem Dach, und es wimmelte und wimmelte, man kann sich nicht daran erinnern, wie lebendig das ist.

Keine Sorokine im Hotel[283], kein Schiff für den folgenden Tag (heute) angekündigt; wahrscheinlich gibt es wegen der Gewitter eine Verzögerung. Ihr Scheck ist ohne sie wertlos, aber zum Glück waren meine 50 Dollar mehr als völlig ausreichend. Ich habe in einem *drug store* gegessen, bin herumgegangen und habe die Kinos ausfindig gemacht, in die ich abends gehen wollte; ich habe beschlossen, ein bißchen zu schlafen, um mich auszuruhen, bin um 4 Uhr in mein Zimmer hochgegangen und habe bis heute früh 8 Uhr geschlafen. Zwischendurch habe ich Algren angerufen, der mich um 8 Uhr in Chicago erwarten wird, so gleichgültig, als [wäre] er der Angestellte eines Reisebüros. Ich habe auch, als ich den Rolladen herunterließ, den Glanz des erleuchteten New Yorks gesehen. Ich war im 23. Stock, und die Sicht war grandios. Aber all dies lief wie im Traum ab. Heute früh habe ich Erledigungen gemacht, war beim Friseur, habe wunderbar im Café *Arnold* (aus Pietät für Sie) zu Mittag gegessen, und ich fühle mich

283 Sorokine war Ende Juni mit Oreste und Jacques nach Paris gekommen. Sie war mit dem Schiff zurückgefahren.

allmählich sehr wohl, obwohl immer noch ein bißchen schläfrig. Es ist sehr warm, sehr gewittrig, das ist anstrengend, aber New York ist wunderbarer denn je; was für eine Stadt! Und wie angenehm der Kontakt mit den Leuten ist, wie alles leicht ist, sogar die Straßen zu überqueren. Ich habe einen riesigen Band Science-fiction gekauft, den ich mitbringen werde. Jetzt werde ich mein Flugzeug nehmen: zweieinhalb Stunden Flug, das ist, als nähme man einen Vorstadtzug. Ich werde bald aus Chicago oder Gary schreiben. Schreiben Sie auch, kleine Seele. Ich habe in diesem gräßlichen Flugzeug die ganze Zeit an Sie gedacht und auch heute in diesem New York, das Sie so liebten, und nicht im schlechten Sinn. Verbringen Sie eine gute Zeit, schreiben Sie schöne Sachen – werden Sie nicht zu dick: ich bin so dünn geworden, daß ich an meinem Gürtel neue Ösen brauchte, um ihn enger zu schnallen. Tausend Grüße an Michelle. Ich küsse Sie aus ganzem Castor-Herzen.

Ihr reizender Castor

303

[Miller] Mittwoch [Ende September 1951]

Mein lieber Kleiner, Sie. Es ist nun schon eine Woche her, daß ich geschrieben habe, sie ist schnell herumgegangen. Ich wollte mein Pensum zu Sade[284] erledigen, endlich ist das letzte Wort geschrieben, ich schicke es mit derselben Post wie

284 Im Juni begann Simone de Beauvoir, nachdem sie eine erste Version der zukünftigen *Mandarins* abgeschlossen hatte, mit einer doppelten Arbeit zu Sade; da war einerseits auf Bitten Queneaus ein kurzer Beitrag zu einem Werk, das sich in Vorbereitung befand, *Les écrivains célèbres* [Die berühmten Schriftsteller]: das war das «Pensum»; andererseits ein umfassenderer Essay für *Les Temps modernes:* das wurde *Faut-il brûler Sade?* [dt.: *Soll man de Sade verbrennen?*]; er wurde 1955 mit zwei weiteren Essays unter dem Titel *Privilèges* [*Privilegien*; dt. auf verschiedene Ausgaben verteilt] veröffentlicht. Der Schriftsteller Sade faszinierte

diesen Brief. Ich habe noch nichts von Ihnen, aber ich vermute, daß unverzüglich ein Brief kommen wird. Ich sage Ihnen sofort, daß ich hier ein ausgezeichnetes Leben habe. Zum einen ist Algren gelaunt wie ein Engel, wie in den besten Zeiten; zum andern bin ich gut in einem Zimmer für mich allein untergebracht, mit der ganzen Muße, die man zum Arbeiten braucht, so daß ich nicht sehe, wo ich besser aufgehoben wäre als hier, da wir nicht zusammensein können. Ich habe New York genau nachdem ich Ihnen geschrieben hatte verlassen; 3 Stunden Flug, ohne einen einzigen Stoß, in herrlicher Dämmerung und mit einem Sonnenuntergang über dem großen Erie- und Michigansee, und diese wirklich sensationelle Ankunft in Chicago. Der einzige Verdruß war, daß mein Nachbar anfing, mit mir zu reden, ein Physik-Professor der Universität Notre-Dame, an der der gräßliche Guineau lehrt, er wollte, ich solle ihm den Existentialismus erklären, ihm meine Adresse geben, ich mußte grob werden, um ihn loszuwerden. Ich bin gegen 8 Uhr bei Algren eingetroffen; wir haben in einem schönen italienischen Restaurant zu Abend gegessen und Billie Holiday gehört, die fett ist, krank, nur noch eine dünne Stimme hat und in einem schrecklichen Tingeltangel singt.[285] Wir sind nur einen Tag lang in Chicago geblieben; die kleine Wohnung von Algren ist völlig leer und höchst unbequem und trostlos. Wir sind am See spazierengegangen, es war zauberhaftes Wetter, und abends haben wir *The Member of the Wedding** nach dem Roman von Carson McCullers gesehen, ein sehr schlechtes Stück. Nach dem Theater haben wir den Zug hierher genommen. Bei der Ankunft gegen 2 Uhr früh fand ich ein Telegramm vor: Sarbakhane kündigte sich für einen

Simone de Beauvoir, seit sie zwei oder drei Jahre zuvor *Justine* gelesen hatte.

285 Sie starb 1959.

* Dt.: *Das Mädchen Frankie*. C. McCullers eigene Dramatisierung ihres 1946 erschienenen Romans zählte 1950/51 zu den Erfolgsstücken am New Yorker Broadway.

halben Tag an. Sie ist also Freitag zu früher Stunde aufgekreuzt, mit dem *ganzen Geld*, das sie mir schuldete, und ich mußte darauf bestehen, daß sie 50 Dollar behielt, die sie mir später schicken wird: Algren staunte, und obwohl er es nicht zugeben will, fand er sie diesmal sehr nett und angenehm; sie war in diesen riesigen Orkan gekommen, der auch mein Flugzeug geschüttelt hatte, wodurch sie sich um 3 Tage verspätete; gleich bei der Ankunft ist sie in den Zug gesprungen und in Gary ausgestiegen, nur um mich einige Stunden zu sehen. Ich bin mit ihr zum Seeufer gegangen, der Strand war ganz sonnig und absolut menschenleer, ich habe sie im Bus bis Gary gebracht und sie dort in den Zug gesetzt. Samstag abend und Sonntag abend waren einige Freunde Algrens da, aber nicht lange, und die übrige Zeit ist es absolut friedlich. Die Zeit vergeht entsetzlich schnell, obwohl ich früh aufstehe. Ich arbeite gut 6 Stunden am Tag; hier sind eine Menge Bücher, die ich zu lesen versuche; aber das Wetter ist so schön, daß wir immer nachmittags oder abends spazierengehen, Algren hat tausend Geschichten zu erzählen; und vor allem ist da dieser Fernseher, der eine Plage ist. Ich denke, ich werde lernen, ihn nicht mehr zu beachten, aber in den ersten Tagen ist es faszinierend, diese ganzen Filme, Konzerte, Theater usw., die man bei sich zu Hause hat; fast immer ist es schlecht: gestern abend gab es einen abscheulichen alten Film mit Charles Boyer und Jean Arthur; aber ich lasse mich verlocken. Schließlich werde ich nicht einmal ein Viertel von dem lesen, was ich möchte, aber mit der Arbeit steht es bestens, es wird kein verlorener Monat sein. Ich hoffe, daß ich den «großen» Sade bis Ende des Monats fertig habe, und dann werde ich mich wieder an den Roman setzen.

Sagen Sie Michelle, daß Algren dauernd verzückt von ihr redet; er sagt, sie sei die interessanteste von den Personen, die ich ihm vorgestellt habe, und hegt eine Menge kleiner zärtlicher Träume in bezug auf sie. Er hilft mir, Streichholzschachteln zu sammeln; Sonntag haben wir alle seine Freunde geplündert. Er hätte gern, daß sie selbst das Buch über Chicago übersetzt, ich werde es mitbringen.

Auf Wiedersehen, meine liebe Seele. Ich bin sicher, daß Sie eine gute Zeit verbringen, aber ich möchte gern wissen, was Sie schreiben. Ich hatte große Schwierigkeiten, mehr als 100 Seiten zu 5 Seiten zusammenzupressen. Schreiben Sie mir schön. Ich küsse Sie ganz zärtlich.

Ihr reizender Castor

Heute nacht war ein aufregendes Gewitter, das stundenlang gedauert hat, und heute früh ist es zum erstenmal ganz grau draußen. Am Seeufer war die Nacht gestern gegen 11 Uhr eine Pracht, mit den Hochöfen, die ihr Feuer bis zum Himmel spieen, und den Lichtern Chicagos in der Ferne.

304

Mittwoch 3. [Oktober 1951]

Meine liebe kleine Seele – ich habe zwei Briefe von Ihnen bekommen, Sie sind also im Augenblick in Neapel oder in irgendeinem Capri; ich bin froh, daß schönes Wetter ist und es Ihnen Spaß macht, übers Barock zu schreiben. Danke, daß Sie sich ums Auto gekümmert[286] haben, ich hoffe, dieser miese Bursche wird es für uns aufheben. Schließlich schreibe ich wenig, aber ich habe wenig zu erzählen. Die Tage gehen sehr schnell herum und wiederholen sich. Auch hier gab es große Gewitter, aber das Wetter ist herrlich geworden, es wird «Indian summer» genannt, die Landschaft hat alle Farben des Herbstes, und es ist so warm wie im August; ich arbeite im Garten in der Sonne, heute haben wir in einem See gebadet, der blau wie das Mittelmeer war, unendlich und absolut einsam, man hat den Eindruck, Besitzer eines Ozeans zu sein; die Nächte sind so warm wie die Tage. Ich arbeite jeden

286 Sie hatte gerade ihr erstes Auto gekauft, einen Aronde.

Tag fünf bis sechs Stunden, ohne mit Sade schon ganz fertig zu sein, aber das ist jetzt eine Sache von ein oder zwei Tagen, und schließlich ist es ein sehr langer Artikel. Wir hören ein bißchen gute Musik im Radio, sehen ein bißchen Boxkampf und einige amüsante Programme im Fernsehen, ich lese ein bißchen, abends gehen wir am Seeufer spazieren oder fahren tagsüber Boot auf der Lagune, und der Tag ist um. Ich lese gerade «S ...[287] Boy», ein Bericht über diese Affäre um die Nutte, die einer dieser Kerle eingesperrt hatte, er wurde verurteilt, war 17 Jahre im Gefängnis und ist schließlich ausgebrochen; schade, daß Bost das nicht gelesen hat. Es gab auch ein sensationelles Buch über das Meer, Sie sagen doch immer, man müßte etwas über Geographie wissen, um die Landschaften zu verstehen, ich hoffe, es wird übersetzt, damit Sie es lesen; es ist reine und genaue Wissenschaft, und zugleich ist es kolossal poetisch. Ich frage mich, ob man daraus etwas für die *Temps modernes* machen könnte. Ich habe auch ein dickes Buch über Oliver Goldsmith gefunden, das ganz voll von seiner Beziehung zum Doktor Johnson ist: ich stoße überall auf ihn; sobald man ans englische XVIII. Jh. rührt, ist er da.

Algren hat im Laufe des Jahres alle seine Freunde vergrault, und niemand stört uns. Er ist lustiger, als ich ihn je gesehen habe. Sein kleines Buch über Chicago ist erschienen, und ich finde es exzellent. Dagegen hat er vage mit einem Roman begonnen, der genau die anderen wiederholt, nur weniger gut, und ich habe ihm nicht verhehlt, daß ich das überhaupt nicht gut finde. Er ist übrigens nicht zufrieden damit, er müßte sich wirklich was Neues einfallen lassen. Er gibt sich mit Lappalien ab: Vorträgen, Novellen, aber ohne Überzeugung.

Sie machen mir Spaß mit den Silones und Carlo Levis; ja, sie machen sich wahrscheinlich komische Vorstellungen von uns. Ich habe keine Nachricht aus Paris, außer von meiner Mutter,

287 Unleserlich.

ich hoffe, Queneau hat den kleinen Artikel über Sade bekommen.

Ja, ich verbringe hier eine sehr gute Zeit, obwohl es mir, wenn ich darüber nachdenke, ziemlich merkwürdig vorkommt; aber ohne Nachdenken, im Alltag, ist es eben eine gute Zeit, angenehm und gut genutzt. Jemand, der sich wünschte, nicht mehr herumzufahren, kann nicht besser leben. Es gibt skandalöse und erstaunliche amerikanische Geschichten, die ich Ihnen erzählen werde: die Affäre der angeblichen Spione Rosenberg, die ohne eine Spur von Beweis zum Tode verurteilt wurden – und die Nachwirkungen der Geschichte um Cicero: die Wohnung eines Schwarzen, der in einem weißen Viertel wohnte, war verwüstet worden, aber der Prozeß wurde der Besitzerin gemacht, weil sie ihm die Wohnung vermietet und so den Aufruhr und die Entwertung der Nachbarwohnungen verursacht hatte: das ist doch erstaunlich, nicht? Davon abgesehen sehe ich nichts von diesem Land, es ist die absolute Zurückgezogenheit.

Den nächsten Brief schicke ich nach Venedig. Schreiben Sie wieder, mein süßer Kleiner, unsere Reise und Sie scheinen noch so nah. Aber ich werde Sie bald wiedersehen. Ich küsse Sie mit aller Kraft.

Ihr reizender Castor

Umschlag
Monsieur Sartre
Hôtel Hassler
Piazza di Spagna
Rom Italien

305

Dienstag 9. [Oktober 1951]

Mein lieber Kleiner, Sie. Ich habe gerade in einer Theaterzeitschrift aus Chicago ein seltsames doppeltbelichtetes Foto von Ihnen gesehen: es war eine Illustration zu einem großen Artikel über *Le diable ...*[288], der Sie mit Lob überschüttet und Ihnen zugleich den Vorwurf macht, Sie würden Ihren Gegnern nicht gerecht; ich versuche, Ihnen das zu schicken. Ich hatte noch eine sehr geruhsame Woche, das hat mir erlaubt, den Sade zu beenden; er hat mir so viel Schwierigkeiten gemacht, daß ich fast Lust habe, ihn Gallimard als Essay zu geben; Sie werden sehen, ob sich das lohnt. Es war noch zwei Tage lang glühendheißes und blaues Wetter, und dann Gewitter, Regen, Sturm, aber es ist hier poetisch, wenn es im Haus warm und ringsherum alles geschäftig ist. Samstag abend waren Leute da, um wie jeden Samstag eine Fernsehsendung anzuschauen, die wirklich witzig ist; da macht eine Frau mit, die eine erstklassige Komikerin ist, das ist selten. Sie schlugen vor, in eine «Grenzstadt» an der Grenze zwischen Illinois und Indiana zu gehen, das heißt zwischen Gary und Chicago; ein großer Teil ist dem Spiel, der Prostitution gewidmet, und dort gibt es bei weitem die besten Varietés; aber nicht sosehr die Varietés amüsierten mich, als die Örtlichkeit; das ist dermaßen künstlich mitten in einer Landschaft von Hochöfen, am Ende einer kleinen Provinzstadt, diese Art Reno, das plötzlich auftaucht. Es gab einige wirklich sehr gute Nummern. Aber was nachts in diesem Winkel erstaunlich ist, das ist das Schauspiel des Himmels, mit Schornsteinen, die Feuer speien, und Wolken, die wie handgemalt aussehen.

Algren hat mir einen wirklich außerordentlichen Brief gezeigt, den ihm ein drogenabhängiger Freund geschickt hat;

288 Nach vielem Hin und Her war im Frühjahr *Le diable et le bon Dieu* [dt.: *Der Teufel und der liebe Gott*] aufgeführt worden.

der Bursche legt eine allgemeine Lebensbeichte ab, beschuldigt sich unter anderem, seine Frau ruiniert zu haben, weil er aus ihr eine Drogenabhängige gemacht hat, und bedauert, daß er nicht mit Algren zusammen ein großes Buch geschrieben hat, usw. Und um aus seiner tragischen Situation (er steckt in Schulden – er ist ein Jazz-Musiker, der sich mit Morphium ruiniert hat) herauszukommen, will er einem Freund, der auf obszöne Filme und Präservative spezialisiert ist, einen Film verkaufen, der in Farbe eine Enthauptung darstellt: seine. Er beschreibt genau den Mechanismus der Guillotine und wo sich die Kamera befinden müßte, um den Ausdruck des Gesichts gut zu erfassen, sobald der Kopf vom Körper getrennt wäre. Die Rolle Algrens wäre die des *silent partner*. Er würde die Kamera holen, die Verhandlungen um den Film führen und der Frau das Geld geben. Er hat nicht geantwortet. Einige Tage später hat er in der Zeitung gelesen, daß der Mann unter eine Metro gesprungen ist, aber er war nicht tot und wurde im Krankenhaus behandelt, seine Frau ebenso. Wir wissen nicht, was aus ihnen geworden ist. Ich hätte den Brief gern als Dokument für die *Temps modernes*.

Mittwoch

Die Sonne scheint wieder herrlich, aber ich bin angewidert, denn ich sehe den Roman noch mal durch, um wieder daran zu arbeiten, und es ist entsetzlich, wie ranzig das riecht. Ich habe einen Platz für den Rückflug am 31.; ich fahre mittags weg, so daß ich ungefähr 14 Stunden später in Paris bin, das heißt gegen 20 Uhr, Pariser Zeit. Ich glaube, ich bin um 9 Uhr an der Gare des Invalides. Falls Sie am Tag zuvor zurückgekommen sind, holen Sie mich dort ab. Andernfalls schicken Sie eine Nachricht, ein Telegramm in die Rue de la Bûcherie, dort werde ich hingehen, falls ich Sie nicht sehe; und ich werde tun, was Sie mir sagen. Wie froh ich sein werde, Sie zu sehen, mein süßer Kleiner. Wie nett Sie waren, als Sie diesen miesen Roman[289] lasen und mir so gute Ratschläge gaben. Hier ist das Foto von Ihnen und der Artikel. Ich lege auch einen Brief von Algren für Michelle bei. Bestellen Sie ihr tausend Grüße. Ich küsse Sie aus ganzem Herzen, meine liebe kleine Seele.

Ihr reizender Castor

Umschlag
Monsieur Sartre
Postlagernd
Venedig Italien

289 Während der Kreuzfahrt in Norwegen.

306

[4. Juni 1953]

Liebe Toulouse
Dank für die herrliche Brosche und die Bonbons. Es fiel mir sehr schwer, nicht alles auf einmal zu essen. Wir fahren trotz Regen weg, ohne genau zu wissen wohin.[290] Ich werde froh sein, Férolles wiederzusehen, im Juli. Verbringen Sie einen guten Monat, ich wünsche Ihnen Sonne.
Ganz zärtlich
S. de Beauvoir

Umschlag
Madame Simone Jollivet
«Petite maison Charles Dullin»
Férolles
Crécy-en-Brie
Seine-et-Marne

307

Freitag [Juni 1953]

Lieber Kleiner, Sie. Es war gut, sich in Venedig zu sehen, ich war ganz glücklich. Lanzmann hat mir bei der Abfahrt eine große Verteidigungsrede auf Sie gehalten, und ich stimmte natürlich mit ihm überein. Sie haben gesehen, daß Ihr Arti-

290 Reise mit Claude Lanzmann in die Schweiz und nach Italien, dann nach Jugoslawien. Vgl. *Der Lauf der Dinge*, S. 283 ff.

kel[291] in *L'Unità* erschienen ist? Das hat sicher Aufsehen erregt. Auch in Italienisch klang er gut.

Wir sind also gegen Mittag aus Venedig abgereist. Wir sind in der Gegenrichtung die Lagune entlanggefahren, diese Art Landschaft ist wirklich erstaunlich. Wir haben Venedig von weitem gegrüßt und am Meer zu Mittag gegessen, in einem kleinen Seebad, das den Lido imitiert, wir haben dort sogar gebadet. Von dort Aquileia, das ist ein sensationeller Ort, mit drei Schichten übereinanderliegender Mosaiken (römischen, christlichen aus dem III., christlichen aus dem IV. Jh.) – das ist erstaunlich und sehr schön, Sie müssen das eines Tages sehen. Wir sind durch Grado gekommen, das inmitten einer anderen Lagune Venedig imitiert. Wir sind bei Einbruch der Nacht in Triest angekommen. Eine erstaunliche Stadt. Man hat den Eindruck, die Leute seien Gefangene in diesem freien Territorium, das die Engländer mit Arroganz besetzt halten: sie residieren in den Schlössern, verbieten die Strände usw. Die Gegend ist wunderbar, es gibt Hänge und Treppen wie in Genua, aber die Stadt bemüht sich, keinen Charakter zu haben. Die Leute sind sehr freundlich, aber plump, nichts Italienisches in all dem. Es erinnert an Genf, aber an ein unterdrücktes Genf. Sie sehen aus wie bestraft, man weiß nicht wofür. Der Portier hat uns gesagt, nichts sei einfacher, als ein jugoslawisches Visum zu bekommen. Gestern früh haben wir uns also darum gekümmert: wir bekommen das Visum in zehn Minuten, es ist Mittag. Wir haben für den Wagen sechs Liter Öl gekauft und Reservebenzin, und wir werden Würste kaufen, denn alle sagen uns, in Jugoslawien sei die Verpflegung für Menschen und Autos scheußlich, die Straßen seien entsetzlich. Das wäre ohne Bedeutung, wenn der Wagen neu wäre, aber noch gestern hatte er eine Panne, die in Triest leicht behoben werden konnte, die aber in Jugoslawien wahrscheinlich hoffnungslos gewesen wäre. Es scheint, dort gibt es keine

291 Die Rosenbergs waren hingerichtet worden. In Venedig schrieb Sartre einen Artikel für *Libération*.

Automechaniker und vor allem keine Ersatzteile. Na ja, wir werden sehen. Das Leben soll spottbillig sein und die Gegend sehr schön, der Gedanke, dorthin zu fahren, amüsiert uns wahnsinnig. Schreiben Sie an c/o Putnik, Sarajevo. Putnik ist das Intourist-Büro, das sich um alles kümmert und den Touristen aus allen Nöten erretten soll. Unsere Strecke ist noch ungewiß, aber wir fahren mit Sicherheit nach Sarajevo. Schreiben Sie möglichst bald, denn die Briefe brauchen sicher lange.

Au revoir, Sie Kleiner. Lassen Sie sich's gutgehen. Tausend Grüße an Michelle. Ich küsse Sie zärtlich

Ihr Castor

308

[Cahors, Sommer 1953] Freitag früh

Lieber Kleiner, Sie. Ich war bei der Abfahrt Mittwoch früh ganz gerührt. Es war sehr süß und hilfreich von Ihnen, mich nach Lausanne[292] zu begleiten. Ich hoffe, daß Sie pünktlich geweckt wurden, rechtzeitig angekommen sind und das übrige. Für mich war diese Abreise in der Morgendämmerung höchst poetisch; es war noch dunkel, eine riesige menschenleere Straße bis Genf. An der Grenze hat der Zöllner bei Ihrem Namen gestutzt und mich argwöhnisch angesehen: «Jean-Paul Sartre. Und er leiht Ihnen so einfach seinen Wagen?» «Aber ja!» habe ich gesagt. Ich bin mit voller Geschwindigkeit bis Lyon gekommen, das ich umfahren habe: 220 km in 3¼ Stunden. Aber dann bis Saint-Etienne riesiger Verkehr, ich hatte einen leeren Magen und begriff, daß ich erschöpft war, denn ich bin bei Rot über die Ampel gefahren,

292 S. de Beauvoir und Sartre hatten einen Monat in Amsterdam verbracht und waren dann an Rhein und Mosel entlang nach Basel gefahren. Lanzmann sollte sie dort treffen, hatte jeoch in der Nähe von Cahors einen Autounfall. Vgl. *Der Lauf der Dinge,* S. 287f.

und ein Polizist hat mich angeschnauzt. Ich habe eine Stunde lang haltgemacht, Café au lait getrunken, Zeitungen gelesen und Lanzmann angerufen. Der Vater war am Apparat: der Sohn bekomme gerade einen Verband, und es gehe ihm sehr gut. Aufgemuntert durch diese Ruhepause und diese Nachrichten, bin ich wieder losgefahren. Verstopfte Straße bis Le Puy, und um 30 km zu gewinnen, beging ich dort den Fehler, über kleine Straßen nach Espalion zu fahren; es war übrigens kolossal schön, eine der schönsten Straßen Frankreichs, durch den Aubrac und Heide- und Karstlandschaft, aber unmöglich, schnell zu fahren, und in Nasbinals war gerade Viehmarkt, der schwerer zu durchqueren war als der in Sizilien letztes Jahr. Ich wäre auch fast in einer Kurve draufgegangen, ich wurde von einer Schlucht zur anderen geschleudert, bin aber heil davongekommen, mit Herzklopfen und völlig erledigt. Ich begriff, daß ich wieder erschöpft war, und habe in Aubrac haltgemacht, um zu Mittag zu essen (es war 3 Uhr ½) und noch mal zu telefonieren. Diesmal war Lanzmann am Apparat, und ich schlug vor, sein Vater solle ihn nach Cahors bringen, was mir die 80 km ersparte, die ich bei Nacht hätte fahren müssen. Der Vater hatte kein Auto, aber er hat gesagt, sie würden ein Taxi nehmen. Ich hatte nur noch 180 km vor mir und große Straßen. Ich bin um 4 Uhr ½ losgefahren und konnte mir Zeit lassen. Die Sonne in den Augen hat mich ein bißchen ...[293] ...

was sehr unzulässig ist mit einem kleinen Renault. Er ist eineinhalb Stunden am Straßenrand liegengeblieben, der Arzt hatte verboten, ihn ohne Krankenwagen zu transportieren, weil man fürchtete, die Wirbelsäule könnte gebrochen sein. Er litt entsetzlich und diktierte seinem Freund, dem Fotografen, der auf dem Gras gelandet war, ohne sich weh zu tun, sein Testament (das emotionale). Schließlich wurde er in

293 Hier fehlt ein Stück dieses Briefes, der auf unterschiedlichem Papier geschrieben ist, unter anderem auf der Rückseite eines Briefes von Violette Leduc vom 18. Juni.

die Klinik gebracht. Er wollte kein Telegramm schicken, er hatte die fixe Idee, zur vereinbarten Zeit in Basel zu sein, ohne mir etwas mitgeteilt zu haben. Aber natürlich haben *France-Dimanche*[294] und dann der Vater eingegriffen. Der Vater ist aufgetaucht, und zur Belohnung hat der Sohn ihm eine entsetzliche Szene gemacht, weil er die Pläne durchkreuzte und mich zwang herzukommen. L. war niedergeschmettert, als ich ihm sagte, sein zweites Telegramm habe uns in Schrecken versetzt. Tatsächlich hat er 48 Stunden lang in den Wolken gelebt und von nichts etwas gemerkt. Kurz und gut, wir haben mit dem Vater zu Abend gegessen, der wieder wegfuhr, in die Nacht hinein; seine Jugendlichkeit hat mich erstaunt, er wirkt jünger als Sie und ich – man könnte meinen, die reine Mittelmäßigkeit, wenn man nicht wüßte, daß er auf seine Weise zu heftigen Leidenschaften fähig ist. Daraufhin habe ich geschlafen, schlecht, weil L. litt, und gestern habe ich den Tag mit Schlafen verbracht und bin gerade nur aufgestanden, um Telegramme abzuschicken und zu Mittag zu essen. Da die Uhr beim Unfall kaputtgegangen war, hatten wir keine Ahnung, wieviel Uhr es war, und als ich nach dem Mittagessen aufwachte, dachte ich, es wäre 4 Uhr, während es schon 8 war. Wir haben eine kleine Runde gedreht, zu Abend gegessen und sind schlafen gegangen. So konnte ich Ihnen gestern nicht schreiben, aber heute früh fühle ich mich wie zwanzig Pont-Neufs*. Die Sonne scheint herrlich, und ich bin im Wartezimmer eines Zahnarztes, ohne Papier, deshalb schreibe ich auf diesen Fetzen. In einer Stunde ist es Mittag, mein Zahn wird repariert sein und auch der Wagen, und wir verlassen Cahors. Wir werden bis Mittwoch langsam in der Gegend herumkutschieren.

Ich schreibe weiter. Mein Zahn ist fertig, und ich werde

294 Zeitung, für die Lanzmann damals arbeitete.

* Der *Pont-Neuf*, berühmte Pariser Brücke mit der Statue von Henri IV, die für Kraft und Wohlbefinden steht; vgl. den Ausdruck «Solide comme le Pont-Neuf».

losfahren. Hören Sie, ich möchte Ihnen die Grotten von Lascaux zeigen. Statt bis Cahors zu fahren, steigen Sie in Brive aus. Der Zug fährt um 8 Uhr 50 ab und kommt um 14 Uhr 39 an.[295] Ich gehe zum Bahnhof, wenn der erste Zug und wenn der zweite ankommt; aber auch zur Postlagerung, für den Fall eines Gegenvorschlags. Wir können uns auch im Hotel *La Truffe Noire* treffen, Boulevard Anatole-France 21, und Sie können auch Mittwoch dorthin telegrafieren.

Instruktionen:

1. Morazzani anrufen, er soll den Betrag Ihrer Rechte vom letzten Monat auf Ihr Bankkonto überweisen, wie er es schon getan hat. Morazzani ist auf dem laufenden.

2. Hirsch anrufen, damit er das Imprimatur für *Henri Martin** erteilt.

3. Germaine[296] anrufen wegen der *T. M.* Hat sie [den Artikel] von Dzélépy, den Grenier ihr geben sollte? Mittelmäßig, aber es gibt nichts anderes. Germaine soll sich wegen der Nummer mit Péju in Verbindung setzen.

4. Bei mir vorbeigehen. Die Concierge um Hemden, Söckchen, Slips, Taschentücher bitten.

Meine Post liegt verstreut auf dem Tisch in der Mitte (Briefe von Algren, von meiner Schwester, von einem anderen Amerikaner) und auf dem Kamin in einem Packen, in dem auch zwei oder drei für Sie sind. Vielleicht aber auch auf dem Plattenspieler.

295 Einer fährt auch um *13 Uhr* ab und kommt um *18 Uhr 37* an. Wählen Sie. (Anm. von S. de B.)

* Gemeint ist *L'affaire Henri Martin*, eine Schrift mit Dokumenten, Zeugnissen und einem langen Kommentar Sartres zur Verteidigung Henri Martins, der 1950 nach Protesten gegen den Indochina-Krieg verhaftet und zu einer Gefängnisstrafe verurteilt worden war. Sie erschien im Oktober 1953, nachdem Martin bereits aus der Haft entlassen war.

296 G. Sorbets, damals Sekretärin der *T. M.*

Der *Kean** liegt auf dem Tisch in der Mitte in einer beigegelben Mappe.

Auf dem kleinen Tisch liegen Arbeiten von Lanzmann im Umschlag eines *Blocks: den ganzen Stoß* mitnehmen.

Kleiner, Sie, bis Mittwoch. Ich küsse Sie sehr stark.

Ihr reizender Castor

* Bearbeitung des Stücks von Alexandre Dumas d. Ä. durch Sartre; *Kean* wurde von November 1953 bis Juni 1954 im Théâtre Sarah-Bernhardt aufgeführt und erschien 1954.

309

Sonntag [Ende Januar 1954]

Lieber Kleiner, Sie. Ich schreibe aus Bou Sââda, nicht in dem Hotel, in dem wir waren[297], einem anderen, noch hübscheren, am Fuß der Dünen – erinnern Sie sich an diese Dünen, mit den kleinen Kindern und dem Lehrer, den hübschen Farben der Kinder auf dem Sand? Das ist hier wirklich eine hübsche Gegend, und es ist sehr schönes Wetter mit sehr kalten Abenden. Aber ich werde Ihnen von Anfang an erzählen. Ich bin also mit meiner Tasche voller Gold weggegangen, während die Versammlung der Linken weiterlief – eine Stunde später verließen wir Paris. Am Anfang konnten wir nicht sehr schnell fahren, weil der Wagen noch nicht richtig eingefahren war, aber im großen und ganzen lief es gut. Eine Stunde Mittagessen in Auxerre, eine Stunde Abendessen in Vienne (nicht in dem großen Restaurant[298], in einem kleinen, das sich für das große hielt) – und um 2 Uhr früh waren wir in Marseille. Wir haben im Hotel Bellevue übernachtet, stellen Sie sich vor, es ist schäbig geworden (das kleine Subjekt[299] hat es unzufrieden festgestellt). Am Morgen habe ich mich telefonisch erkundigt, ob der Wagen noch eingeschifft werden könnte: ja. Das Schiff fuhr mittags los, wir haben ihnen den Aronde kurz vorher gebracht, und sie haben ihn mit einem Kran bis zum oberen Deck gehievt. Wir sind zu Fuß an Bord gegangen. Am Anfang schlingerte es widerlich, während des Mittagessens

297 1948. Vgl. *Der Lauf der Dinge*, S. 163.
298 Chez Point.
299 Lanzmann.

sind ganze Familien vom Tisch aufgestanden; ich hatte eine Tablette Dramamine genommen und habe mich gut gehalten, aber in der Nacht vorher hatte ich nur vier Stunden geschlafen und habe tagsüber den Schlaf nachgeholt und in Kriminalromanen herumgelesen und irgendwie zu Abend gegessen und wieder sehr fest geschlafen. Die Ankunft in Algier um 7 Uhr früh war sehr schön – wir sind einem riesigen amerikanischen Flugzeugträger begegnet, auf dem man sich anscheinend nur mit dem Jeep vorwärtsbewegt, wir sind bei einem kleinen Nieselregen an Land gegangen. Wir sind zum *Saint-Georges* hochgefahren. Ziemlich kontingenter* Tag. Wir hatten tausend kleine Dinge zu erledigen, wegen des Wagens, der Strecke usw., und man konnte Algier nur im Regen besichtigen. Die Kasbah war wirklich zu trostlos mit all ihren Bettlern und Krüppeln, es kam mir noch schlimmer vor als früher.[300] Wir haben wieder den so hübschen Spaziergang gemacht, den wir, Sie und ich, durch den Wald bis La Bouzaiah gemacht hatten, das war sehr schön. Aber im großen und ganzen hatte es nichts Berauschendes, in Algier zu sein. Wir beschlossen, schon gestern früh loszufahren, das haben wir getan.

Erste Etappe, Bou Sââda. Wir haben nicht denselben Weg wie der Bus genommen, mit dem wir gefahren waren, aber es war auch eine sehr schöne Strecke, an der Küste entlang und durch das Gebirge. Wir sind sogar bis zu einem Wintersportplatz hochgefahren, der an sich erbärmlich war, aber mit einer wunderbaren Aussicht auf die Berge und die Wüste; und es war seltsam, über diesen rotbraunen Landschaften, die schon die Sahara ahnen ließen, Schnee anzufassen. Bei Einbruch der Nacht sind wir in Bou Sââda angekommen. Im *Saint Georges* (von dem dieses Hotel eine Art Dependance ist) hatte uns ein Mann angespro-

* Zu diesem Begriff Fußnote S. 326, Band 1.

300 1948 und 1950.

chen, von dem ich Ihnen erzählt habe, weil Olga viel von ihm sprach, ein gewisser Alain (der mit A. geschlafen und mit N. ein Drama produziert und die Frau von Brunbach entführt hatte; sagt Ihnen das was?). Er hat mich übrigens sehr nett angesprochen, nicht mit «Sie sind S. de B.» oder etwas Ähnlichem, sondern mit «ich bin ein Freund der Pardos», und dann hat er über Bost geredet, und schließlich habe ich ihn nach seinem Namen gefragt. Er fuhr nach Bou Sââda, und abends haben wir ihn dort wieder getroffen. Er hat übrigens im *Saint Georges* ein Drama hervorgerufen, weil er, um unsere Verabredung genau festzulegen, eine Nachricht auf meinen Namen hinterließ, während ich doch unter dem Namen Lanzmann angemeldet war – und es gab dort eine Madame de Beauvoir, der das Billett unter dem wütenden Blick ihres Ehemannes überreicht wurde. Schließlich klärte sich alles auf.

Kurz und gut, wir haben Alain gestern abend hier wieder getroffen. Es gab etwas Sensationelles: vierzig amerikanische Matrosen, die vom Flugzeugträger, hatten Ausgang. Im Hotel hatte man für sie die Ouled Naïl* versammelt. Das hätten Sie sehen sollen, die Ouled beim Tanzen und die Matrosen beim Zuschauen! Sie tanzten bekleidet, über und über bedeckt mit Goldstücken, die anscheinend ihre Mitgift sind, ohne jemanden anzusehen, mit ungeheuerlichen Stößen des Bauches; und die Amerikaner klatschten und rissen die Augen auf. Noch ein Beispiel dafür, daß die Gegenwart des sogenannten zivilisierten Menschen in der Natur (oder bei Folklore, in diesem Fall ist es dasselbe), weit davon entfernt, deren Wahrheit zu verderben, sie hervorhebt und neu schafft. Diese Tänzerinnen waren viel realer aufgrund dieser zahlenden amerikanischen Präsenz, da sie ja tanzen, um dafür bezahlt zu werden. Mit diesem unvollständigen Schauspiel waren wir jedoch nicht zufrieden und gingen in die Straße der Ouled Naïl, wir haben sie tanzen sehen, beklei-

* Frauen, die käufliche Liebe anboten.

det, dann nackt, immer mit diesem abwesenden, überhaupt nicht kommerziellen Ausdruck, den sie sogar behalten (sagt Alain), wenn sie mit einem Mann schlafen. Er kennt zwei sehr gut (er ist Soldat in dieser Gegend und lebt die meiste Zeit in Bou Sââda, aus Liebe zu Bou Sââda), zwei Schwestern, die mit ihrer Mutter hier leben. Sie haben uns nach dem Tanz eingeladen, Tee mit Minze zu trinken – natürlich keine kostenlose Einladung, aber sie waren sehr reizend und haben ein bißchen geplappert: die Ältere – sie ist 17 Jahre alt – hatte mit dem Hotelier eine große Liebesgeschichte, einem Russen, der mit einer ziemlich schönen Halbjüdin verheiratet ist. Das aus der Nähe zu sehen, diese Geschöpfe, ist ziemlich erstaunlich und macht überhaupt nicht den Eindruck von Ramsch. Aber es war vor allem interessant, sie mit jemandem zu sehen, der sie gut kannte.

Heute sind wir in Bou Sââda und in den Dünen spazierengegangen. Sie kennen es; selbst wenn man mitten in der Sahara war, ist es sehr verführerisch. Es hat einen starken Eindruck auf mich gemacht, Sand und Palmen wiederzufinden, und diesen Himmel und diesen Duft Afrikas, es gibt wirklich keine Art von Landschaft, die ich lieber habe. Wir haben das Auto genommen, um in der Umgebung eine heilige Stadt anzusehen, die Ihnen sehr gut gefallen hätte, und auch Fata Morganas und eine weitere kleine Oase. Überall ist es sehr, sehr schön.

Morgen fahren wir nach Laghouat. Übermorgen nach Gardhaïa, wo wir ein bißchen bleiben werden. Danach verzweigen sich die Pläne. Aber ich werde Ihnen eine Adresse schreiben oder sogar telegrafieren, sobald wir uns entschieden haben. Es wird vom Zustand der Strecken abhängen. Vielleicht El Goléa oder Ouargla. Auf jeden Fall bin ich im siebten Himmel, daß ich wieder in der Sahara bin. Ich habe viele Erinnerungen, unsere Reise kommt mir so nah vor – und ich habe riesige Lust, wieder einmal mit Ihnen eine große Reise zu machen. Mein süßer Kleiner, ich habe heftiges Verlangen, etwas von Ihnen zu hören. Sagen Sie mir ehrlich, wie

Ihr Blutdruck[301] ist und der Rest. Es schnürte mir ein bißchen das Herz zusammen, Sie in diesem halbschlimmen Zustand zu verlassen, der Gedanke, daß es Ihnen ganz gut geht, auf der ganzen Linie gut, gesundheitlich und der Rest, ist mir so unentbehrlich. Ich hoffe auf Ihren Brief, übermorgen. Ich werde sofort wiederschreiben. Ich würde Ihnen gern etwas Salz schicken können, falls Ihnen daran mangelt. Ich küsse Sie aus ganzer Seele.

Ihr Castor

310

Hôtel du Hoggar, Touggourt, Algerien

30. Januar 1954[302]

Ganz lieber Kleiner, Sie

Ich habe vorhin in Ouargla Ihr Telegramm bekommen. Ich dachte wohl, daß die Post an allem schuld war, aber mir wurde trotzdem ein bißchen bange, als ich gestern in Ghardaïa wieder keinen Brief vorfand. Dumm ist, daß ich Ihren erst in Algier bekommen werde, es ist unmöglich, Post nachschicken zu lassen, da wir Strecken fahren, die Orte miteinander verbinden, die offiziell nicht verbunden sind. Na ja, ich hoffe, ich finde eine Nachricht in Tozeur vor.

Ich amüsiere mich sehr. Es ist ein bißchen kalt, nachts sehr kalt, und die Tage sind ein bißchen kurz: um 5 Uhr ½ ist der Tag vorbei. Aber diese Sahara ist in jedem Fall ein Zauber. Ich habe Ihnen Sonntag abend von Bou Sââda geschrieben. Am nächsten Morgen haben wir die Strecke, die Sie kennen, nach Djelfa, genommen, sie ist wirklich sehr schön; wir sind weiter

301 Seit einem Jahr überarbeitete sich Sartre. Er litt unter hohem Blutdruck.

302 Die folgenden Briefe entsprechen den Seiten 290–292 in *Der Lauf der Dinge*.

Richtung Laghouat gefahren, das Sie auch kennen, aber wir waren nicht in dem Hotel, wo es flambierte Datteln zu essen gab, jetzt gibt es ein anderes, schöneres, und wir haben dort zu Mittag gegessen. Von dort nach Ghardaïa. Erstaunliche Ankunft gegen 6 Uhr abends: im Hotel eine Ausstellung moderner Malerei (Reproduktionen) und ungefähr dreißig Personen, die leidenschaftlich diskutierten: «Die Malerei, das muß man verstehen» – «Ja, aber man versteht auch mit dem Bauch», usw. Der Hotelier hat zu uns gesagt: «Das ist eine laizistische Sekte.» Im großen und ganzen waren das Leute, die sich Kultur aneigneten, um danach anderen Kultur zu vermitteln, und die zu diesem Zweck in einem großen Bus herumfuhren. Da war auch eine «Expedition», die aus vier Personen bestand, drei Männern, darunter ein Bärtiger, einer Frau und zwei Lastautos, die mit (gedruckten) Aufschriften bedeckt waren: «Elektrische Küchenherde von Demeyer, Lille, Norden», «30000 km in Schwarzafrika», und einer Landkarte von Afrika mit Namen und Pfeilen. Ein Echo in *L'echo d'Alger* verkündete, die Expedition wolle «die Möglichkeit, elektrische Kochherde in Afrika einzuführen» und auch «die afrikanische Parasitologie» untersuchen, das heißt die Parasiten Afrikas. Unterdessen interviewte der Bärtige den Kommandanten des Militärpostens. Am nächsten Tag haben wir die beiden Lastautos auf dem Marktplatz von Ghardaïa wiedergesehen: diese Leute legten keine hundert Meter ohne die beiden Lastautos zurück. Das Hotel hat sich, seit wir da waren, vergrößert, aber man ißt dort immer noch genauso schlecht und außerdem Kamelfleisch. Ghardaïa ist wirklich ein Wunder, und Lanzmann war ergriffen, wie wir es waren. Dank Auto konnten wir Städte und Oasen im Umkreis sehen, mozabitische* Städte wie die im Tal, die auch sehr schön sind: Berriane, Metlili, vor allem, in 100 km Entfernung. Guerrara ist erstaunlich, ganz allein in einem roten Talkessel mit seltsam wilden Bewohnern. Wir sind nur zwei-

* Der M'Zab, Gegend im Südosten Algeriens, am Rande der Sahara.

einhalb Tage geblieben, um diesen ganzen M'Zab zu sehen, das war ein bißchen kurz, aber ich kannte es ja, und es war mir vertraut. Es ist wirklich von großer Schönheit, und das ist ein seltsamer Skandal, wo doch die Mozabiter so wenig sympathisch sind.

Diese beiden Tage in Ghardaïa waren von einem Drama beherrscht, das schon seit Algier schwelte: würden wir mit dem Aronde nach El Goléa fahren oder nicht? Der Touring Club in Algier hatte mir geantwortet: «Es ist menschlich machbar.» Aber ab Bou Sââda wurde uns gesagt: «Es ist machbar unter der Bedingung, daß Sie anschließend ein anderes Auto kaufen.» Der Hotelier hat gesagt: «Es ist unmöglich.» Aber Sie wissen, wie in diesem Land alle lügen, mythomanisch und kaum überzeugend sind! Trotzdem lehnte ich ab, den Versuch zu wagen, da ich den Weg ein bißchen kannte. L., der noch nicht verstand, wie ein Weg «unmöglich» sein kann, stampfte vor Wut wegen dieses abstrakten Hindernisses. Wir haben uns zwei Tage lang (nur ab und zu natürlich) ziemlich heftig gezankt. Und dann gab es zum Glück eine überwältigende Übereinstimmung von Zeugenaussagen gegen die Strecke. Alle Autos, die sich darauf begeben würden, wären Jeeps usw., speziell dafür gebaut. Vor allem die Strecke nach Guerrara überzeugte Lanzmann allmählich. Und am nächsten Tag – das war gestern –, als wir beschlossen hatten, El Goléa fallenzulassen und nach Ouargla zu fahren, wurde er vollkommen umgestimmt. Das kam so: die Straße ist aus Wellblech, auf dem man 80 Stundenkilometer fahren muß – aber Rinnen durchschneiden sie, in denen das Auto kaputtgeht, wenn man nicht sehr sanft drüberfährt. Was also tun? 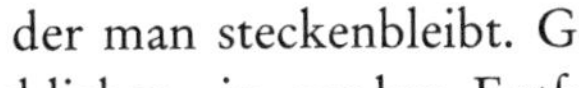 (Das ist die Straße.) Selbst wenn man kein Nitroglyzerin* geladen hat, ist es ein Problem. Außerdem kommt man von Zeit zu Zeit über eine dicke Sandbank, in der man steckenbleibt. Gestern sind wir ernstlich steckengeblieben, in 100 km Entfernung von allem. Zum

* Sprengstoff, wird in Dynamit verarbeitet.

Glück kam nach einer Stunde vergeblicher Bemühungen ein Lastwagen vorbei und hat uns aus der Patsche geholfen.

Gestern abend war also Ouargla, wo ich früher[303] schon war; ein Oberst, ein dem Wahnsinn verfallener Päderast, hat dort in pseudosudanesischem Stil eine europäische Stadt gebaut, über die man nur so den Kopf schütteln kann. Die Stadt der Einheimischen ist nicht besonders schön, aber die Bewohner sind schwarz, und die Negerinnen gehen unverschleiert herum, das ist erfreulich nach all diesen weißen Damen. Die Landschaft ist sensationell, ganz aus Sanddünen, und heute früh war ein entsetzlicher Sandsturm, wir sind auf ferne und hohe Dünen gestiegen, und man fühlte sich ein bißchen wie auf hoher See mitten im Sturm. Einmal sind wir steckengeblieben, als wir zu den Dünen fuhren, aber wir haben mehr Erfahrung, wir hatten eine Schippe, Bretter gekauft und haben uns da allein herausgeholt. Als wir heute nachmittag auf einer ziemlich guten und sehr schönen Straße nach Touggourt fuhren, zwischen Dünen, sind wir zweimal steckengeblieben: einmal haben wir uns allein gerettet, das zweite Mal hat eine Gruppe von Straßenarbeitern das Auto hochgehoben. Wir sind auf einen steckengebliebenen Laster gestoßen, das kommt während der großen Sandstürme häufig vor. Das Auto übersteht es gut; nach jeder Fahrt lassen wir es überprüfen, die Schrauben werden wieder angezogen, weil der arme Kleine unheimlich durchgeschüttelt wird. Ansonsten, Sie kennen diese Landschaft – es gibt wirklich keine schönere auf der Welt. Und Sie kennen die Atmosphäre: die Hotels, in denen die Leute nur über die Straßen reden, und die Straße, auf der es unbegrenzt Leute gibt, die die Straße benutzen. Und die Saharabewohner und die Mythen, das ist ganz genau, wie wir es während unserer großen Reise erlebt haben.

Jetzt fahren wir nach El Oued, Tozeur, in den Süden Tunesiens, und kommen über Tunis zurück. Ich glaube, wir kommen Montag in einer Woche zurück. Aber noch nichts ist

303 1946, während einer Vortragsreise in Algerien und Tunesien.

gewiß, ich werde Ihnen aus Tozeur eine andere Adresse telegrafieren. Ich hoffe, einen Brief zu bekommen, ja, er wird sicher Zeit gehabt haben, anzukommen. Es fehlt mir so sehr, von Ihnen zu hören. Ich habe noch und noch Erinnerungen im Kopf und habe ein verzehrendes Verlangen nach einer langen Zeitspanne, in der ich wieder von morgens bis abends mit Ihnen zusammensein kann. Au revoir, mein süßer Kleiner. Ich möchte gern sicher sein, das für Sie alles bestens steht. Ich küsse Sie aus ganzer Seele.

Ihr Castor

Umschlag
Monsieur Sartre
Rue Bonaparte 42
Paris 6^{e}

311

Mittwoch früh – Gabès.
[Ende Januar – Anfang Februar 1954]

Ganz lieber Kleiner, Sie. Ich habe kein Glück mit Ihren Briefen und bin trostlos. Entweder gibt es in Frankreich einen Streik oder hier wird sabotiert; der von Tozeur war auch nicht da; dabei habe ich Heroismus an den Tag gelegt, um ihn zu holen. Ich habe alles nach Tunis nachschicken lassen, wo ich übermorgen sein werde, aber bis dahin habe ich seit zwei Wochen von Ihnen nur ein Telegramm bekommen, und das macht mir ein bißchen angst. Ich werde telegrafieren, damit Sie noch mal nach Tunis schreiben. Ich komme Montag nacht zurück; schicken Sie eine Nachricht in die Rue de la Bûcherie[304] und sagen Sie mir, wann ich Sie Dienstag sehe: möglichst früh, ich kann es kaum erwarten, Sie wiederzufinden.

304 Über S. de Beauvoirs allererste Wohnung vgl. *Der Lauf der Dinge*, den Anfang der Kap. IV und V, S. 164 und S. 228.

Wenn ich nicht diese kleine Angst im Herzen hätte, wäre ich vollkommen zufrieden, wir machen eine wirklich sensationelle Reise – wenn sie auch nicht leicht ist. Das Schwerste und das Schönste hat in Touggourt begonnen. Ich habe Ihnen von dort geschrieben, an einem Abend. Am nächsten Morgen haben wir beschlossen, nach El Oued zu fahren, die Dünenstadt, wo die Gärten am Grunde großer Sandtrichter liegen, ich habe Ihnen davon erzählt, ich wollte diese Stadt absolut wiedersehen. Es wehte Wind, und die Leute in Touggourt haben ohne Erklärung die Augen verdreht, als wir sagten, wir würden fahren; die Frauen im Hotel haben nur gesagt, sie würden in El Oued anrufen und fragen, ob wir angekommen seien, andernfalls würden sie uns einen Abschleppwagen schicken. Nach 3 km verstanden wir allmählich: Sandsturm, das ist schlimmer als Nebel, ein richtiges weißes Leichentuch, das ganze Grauen, das im Weißen steckt, von dem Melville und Poe sprechen; und da die Straße aus Wellblech war, mußte man mit 70 Stundenkilometern in diese absolute Finsternis hineinpreschen. Zum Glück wurde versichert, man würde in diesen Gegenden niemandem auf der Straße begegnen; das stimmt übrigens nicht, ein Auto hat uns überholt und sagte uns: Folgen Sie mir. Das war ein arabischer Chauffeur, der einen Caïd fuhr und sein Metier verstand; wir folgten ihm, ohne etwas anderes als das Hinterteil seines Wagens zu sehen, in vollem Tempo durch den Sand, der um uns herum und unter den Rädern war. Nach 50 km hat er uns allein gelassen. Schließlich hat sich der Sturm etwas gelegt, wir schafften es, die Hälfte der Strecke ohne allzu große Schwierigkeiten zurückzulegen. Wir haben Sandwichs gegessen und sind weitergefahren. Aber dann war die Straße von hohen Sandbänken bedeckt: dreimal sind wir steckengeblieben. Zum Glück kam einmal eine Gruppe Bahnarbeiter vorbei, die am Schmalspurgleis von El Oued nach Biskra arbeitete; das zweite Mal kam ein Zug vorbei, und ich habe ihn angehalten (Sie wissen, welche Art Zug: vier Araber auf kleinen Waggons). Das dritte Mal haben wir uns selbst mit Schippe und Brettern aus der Patsche geholfen. Wir sind noch ein bißchen gefahren auf «harter Unterlage». Und endgültiges Stekkenbleiben auf einer Düne. Wir waren darauf gefaßt, die Nacht dort zu verbringen, der Abend dämmerte, als wie ein Wunder ein Dodge vorbeikam: der Bahnhofsvorsteher, seine Frau und zwei Fahrer. Sie haben eine Stunde gebraucht, um uns herauszuholen. Wir sind vor ihnen hergefahren: nach 20 km zweite Panne. Unmöglich, uns diesmal herauszuholen. Wir sperrten den Wagen ab und übersiedelten mit unserem Gepäck in den Dodge. Ankunft bei Einbruch der Nacht, Abendessen in einem schönen, verlassenen und ziemlich trostlosen Hotel, aber wir waren sehr froh, dort zu sein. Am nächsten Vormittag sind wir voller Bewunderung in den Dünen spazierengegangen (Sie wissen, wie schön das ist, der Sand, und es ist die schönste Sandwüste der ganzen Sahara). Aber wir waren ratlos, weil wir in eine düstere Intrige geraten waren, in der sich der Bahnhofsvorsteher (zwei Züge pro Woche, nur Güterverkehr, 120 km in 10 Stunden, und Gefahr, daß der Verkehr in Kürze stillgelegt wird) und das Hotel Transat, das einen Busdienst hat, gegenüberstanden. Der Bahnhofsvorsteher wollte, daß der Wagen von einem gewissen Salem abgeschleppt und dann auf einem Waggon bis nach Biskra gebracht würde. Der Hotelier wollte, daß wir mit dem Bus bis zu unserem Wagen führen, daß der Bus uns abschleppte und uns bis Biskra begleitete, um uns im Notfall abzuschleppen. Wir, wir wollten nach Tozeur fahren, aber das war auf jeden Fall ausgeschlossen, da die Strecke von haushohen Sanddünen unterbrochen war.

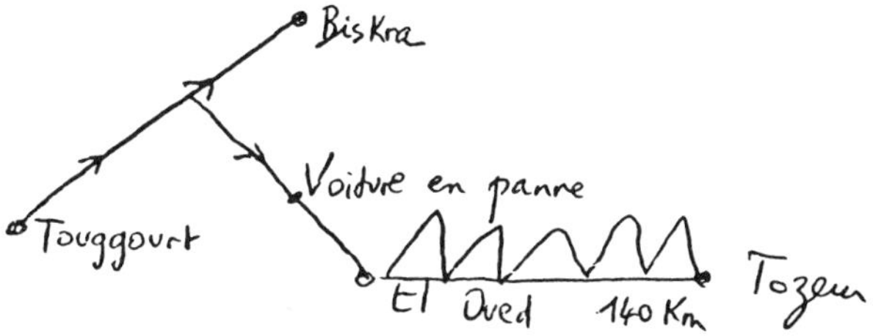

Der Bahnhofsvorsteher warnte uns vor dem Bus (er würde uns nicht abschleppen) und der Hotelier vor dem Bahnhofsvorsteher. Daraufhin verkündet der Chauffeur Salem: «Ich, ich bringe Sie mit dem Aronde nach Tozeur.» Der Clan des Bahnhofsvorstehers sagt: Wenn er es sagt, wird er's tun. Der andere Clan: Sie werden eine Woche brauchen, um nach Tozeur zu gelangen. Ratlosigkeit. Wir neigen zur vernünftigsten Lösung: über Biskra zurückkommen. Daraufhin treffen wir Salem in den Dünen im Jeep, er schlägt uns vor: «Kommen Sie zu einer Spazierfahrt.» Und er beginnt mit wahnsinnigen Übungen, fährt senkrecht die Dünen hoch und so weiter. Er schwört: «Mit einem Aronde geht es noch besser.» Am Nachmittag haben wir das Auto mit einem Abschleppwagen geholt, und Salem hat es ohne Zögern durch die Dünen nach El Oued gebracht. Und am nächsten Morgen sind wir nach Tozeur aufgebrochen. Ganz El Oued schwörte, wir kämen nicht durch, ein Lastwagen hielt sich bereit, um uns zu holen, falls wir bis um 5 Uhr nicht angerufen hätten. Und 4 km hinter El Oued gab es ein erstes Steckenbleiben im Sand, es sah schlecht aus. Aber das war ein einfacher kleiner Unfall, und dieser Chauffeur war ein wahres Genie. Er hat riesige Sanddünen überquert, kilometerweit, ohne ein einziges Mal steckenzubleiben, ohne den Wagen zu malträtieren, indem er sich jedesmal neu einen Weg bahnte. Ab und zu dachte ich, wir würden uns überschlagen, er kam immer wieder ins Lot. Lanzmann, der sich am Tag vorher etwas mit dem Sand herumgeschlagen hatte, nolens volens und ohne Erfolg, kam aus dem Staunen nicht raus. Schließlich sind wir zum Mittagessen in Tozeur angekommen, und man sah uns voller Bewunderung an, es passiert nie, daß ein Touristenauto auf dieser Strecke durchkommt, nur solche Wagen wie Dodges. Es war obendrein, «was die Landschaft anging», eine erstaunliche Fahrt, wir waren bis ins Unendliche im Sand verloren.

Na ja, wir waren sehr froh, der Chauffeur ganz stolz. Wir sind in der Oase von Tozeur spazierengegangen. Gestern früh waren wir in der von Nefta, die von allen die hübscheste ist. Aber die Zeit der *Nourritures terrestres** ist wirklich vorbei. Die Leute arbeiten in diesen Oasen barfuß, zerlumpt, elend und haben alle Krankheiten der Welt, und obendrein kommt man sich verhaßt vor. Der riesige Unterschied zwischen Tunesien und Algerien sticht ins Auge. Algerien kommt einem patriarchalisch vor. Hier, das ist Lumpenproletariat, finsterstes Elend, Haß. Wir sind nach Gabès geflitzt. Wir werden trotzdem in zwei Tagen diesen tunesischen Süden sehen und dann nach Tunis hochfahren, von wo wir Montag abend mit dem Flugzeug abfliegen. Das Auto setzt mit der Fähre nach Marseille über, wir werden es später holen. Gestern nachmittag waren wieder Sandstürme und Kälte: ein so heftiger Sturm, daß wir kehrtgemacht haben, nachdem wir versucht hatten, über Gabès hinauszukommen, das bedeutet schon was. Aber es ist schön, diesen Süden im Toben von Sand und Wind zu sehen. Der Hotelier hier hat mich wiedererkannt, nach 8 Jahren, und hat mich um einen Vortrag gebeten![305]

Gut. Ich werde diesen Brief zur Post bringen und telegrafieren. In zwei Tagen werde ich sicher Nachricht von Ihnen haben. Bis Dienstag, mein lieber Kleiner, Sie. Ich küsse Sie aus ganzem Castor-Herzen.

Ihr Castor

* Dt.: *Uns nährt die Erde*, André Gides 1897 erschienenes pathetisches Werk der Selbstbefreiung von bürgerlicher Konvention und Moral, denen Leidenschaftlichkeit, Inbrunst und Entblößung vor dem Hintergrund der Üppigkeit und Sinnenfreude tunesischer Oasen entgegengestellt werden.

305 Vgl. *Der Lauf der Dinge*, S. 64, über die Reise des Jahres 1946: «Der Hotelier schob mir ein Gedicht unter der Tür durch, in dem er, zwischen zwei galanten Komplimenten, bedauerte, daß ich Existentialistin war.»

312

Freitag früh [Ende Mai 1954]

Ganz lieber Kleiner, Sie. Wir haben also Mittwoch in *L'Huma* und in *Libération* große Auszüge aus Ihrer Rede[306] gegen die Bombe gelesen – die Piloten[*] billigen diese Auszüge. Sie haben als letzter gesprochen: haben Sie sich zu Beginn des Meetings vorbereitet? Gestern vormittag kündigten die Zeitungen Ihre Ankunft in Moskau[307] an. Das hat Lanzmann zur Bemerkung veranlaßt: «Die russische Luftfahrt ist wirklich bewundernswert.» Gestern abend hat mir Ihre Mutter am Telefon Ihre Adresse gegeben. Es kommt mir seltsam vor, daß ich Ihnen diesen Brief nach Moskau schikken werde, ich kann nicht glauben, daß er ankommen wird. Aber ich hoffe sehr wohl auf einen in Paris, bei meiner Rückkehr Sonntag abend, oder Montag. Ich kann es kaum abwarten, Details zu erfahren. Seit Dienstag früh sind wir Ihnen Stunde um Stunde gefolgt. «Er ist in Berlin, er verläßt Berlin, er ist im russischen Himmel, er ist in Moskau.» Heute nacht habe ich an Ihre Zähne gedacht, und da ich nicht schlafen konnte, phantasierte ich, diese ganze Reise wäre durch schreckliche Schmerzen verpfuscht. Ich hoffe sehr, es stimmt nicht.

Ich schreibe Ihnen aus einer zauberhaften Gegend, dem Settons-See im Morvan. L. schläft noch in meinem Rücken, mein Tisch steht vorm offenen Fenster, man sieht durch die Tannen das Wasser, und das Wetter ist einzigartig schön. Aber ich fange bei Montag an. Ich habe mich also von Ihnen verabschiedet. Um 8 Uhr habe ich L. getroffen, der gerade

306 In Berlin auf einer Zusammenkunft der «Friedensbewegung», die im Kontext des Kalten Krieges gegen Atombewaffnung gerichtet war. Vgl. *Der Lauf der Dinge*, S. 295.

* Bomberpiloten, die die Atombomben hätten abwerfen müssen.

307 Sartre war von den russischen Schriftstellern eingeladen worden.

von den Druckern von *F. D.** erfahren hatte, daß *Preuves* einen scharfen Artikel gegen ihn veröffentlichte – den er sich aber nicht hatte besorgen können. Es scheint, auch *Rivarol* und *Aspect de la France* haben ihn heftig beschimpft, vom *Dauphiné Libéré* ganz zu schweigen. Wir haben beschlossen, ins Kino zu gehen. In welchen Film? Wir haben es mit *Animal Crackers*** versucht, aber nach zehn Minuten sind wir weggegangen, es war nicht nur schlecht, sondern unerträglich. Wir haben beschlossen, zu Abend zu essen und haben uns in die erste Etage des *Saint-Moritz* gesetzt: wir wurden sofort gewahr, daß am Nachbartisch – den wir schlecht sahen, da wir schräg zu ihm saßen, von dem aus man uns aber ohne Problem mit den Augen verschlang – Françoise Giroud, Servan-Schreiber und ein Dritter saßen. Wir waren eher verlegen. Von dort sind wir in *Monsieur Ripois* gegangen, das ist ein ausgezeichneter Film – ein seltsamer Film wegen der Diskrepanz zwischen Roman und Drehbuch, zwischen Monsieur Ripois und Gérard Philipe, aber ein ausgezeichneter Film genau deshalb. Der Dialog von Queneau ist wunderbar, und Philipe auch. Plötzlich haben wir Lust bekommen, nächste oder übernächste Woche nach London*** zu fahren, es hängt von Evelyne[308] ab, aber ich glaube, wir fahren auf alle Fälle für vier Tage.

Dienstag – vormittags Bibliothèque Nationale, wo ich sensationelle Geständnisse von Jules Romains gefunden habe.[309] Trostlose Sitzung mit meiner Schwester und de Roulet auf der

* *France-Dimanche*, Zeitung.

** Film mit den Marx Brothers von 1930.

*** Die Hauptperson des Films, Monsieur Ripois, ist ein nach London emigrierter Franzose.

308 Evelyne Rey, die Schwester Lanzmanns. Vgl. *Der Lauf der Dinge*, S. 311.

309 Vorbereitende Lektüre für ihren Artikel «La pensée de droite, aujourd'hui» [dt.: «Rechtes Denken, heute»], den sie für die *T. M.* schrieb und der später in *Privilèges* (1955) [dt. in: *Auge um Auge*] aufgenommen wurde.

Kunstausstellung. Es ging darum, mir zu beweisen, daß die anderen Maler ihrer Generation genauso schlecht sind wie sie – es stimmt beinahe. Obendrein bin ich Laure Garcin begegnet, die es geschafft hat, sich unkenntlich zu machen, aber ohne Gewinn. Dann habe ich Olga gesehen, nett, aber wir hatten uns nichts zu sagen. Und ich habe Bost zum Abendessen nach Montfort-l'Amaury mitgenommen. Um Mitternacht haben wir L. im *Falstaff* getroffen. Bost wollte nicht schlafen gehen, er hat uns bis 3 Uhr früh in Paris herumgeführt.

Mittwoch – Harter Tag mit Violette Leduc. Sie kam gerade aus dem Bett, in das sie sich mit 39 Grad Fieber nach der Unterredung mit Lemarchand gestürzt hatte. Der Arzt hat ihr gesagt, es käme daher. Ich habe sie zum Mittagessen in den Bois mitgenommen, sie am Schloß Bagatelle spazierengeführt und, so gut ich konnte, getröstet. Die Taxiszene schockiert die Leute buchstäblich: Queneau, Lemarchand, Y. Lévy, ich habe den Eindruck, sie sind direkt als Männer verletzt. Sie will versuchen, das Buch[310] vollständig zu veröffentlichen.

Abends waren wir bei Evelyne. Jacques[311] und Dianna waren da, sehr gut zusammen und sehr nett. Evelyne liegend, entzückend und äußerst glücklich wegen ihrer Filmprojekte in Deutschland: das wäre unheimlich gut. Ich weiß noch nicht, ob sie sich morgen oder Montag operieren läßt, ich werde sie anrufen. Auf jeden Fall können Sie sich auf uns verlassen, wir kümmern uns um sie. L. hat eine schöne Geschichte über eine Sexorgie zwischen den B.s und den T.s erzählt, die früher mit Paul Eluard Orgien gefeiert haben (und auch mit Denise D.). Frau B. hat alles der Mutter und

310 Es handelt sich um *Ravages* [Verwüstungen], das im Frühjahr 1955 erschien, von zahlreichen Streichungen verstümmelt. Vgl. *Der Lauf der Dinge*, S. 312.
311 Bruder Lanzmanns.

Mony[312] erzählt, mit üppigen Details, wie sie Violette Leduc nicht zu beschreiben wagen würde. Das alles getaucht in höchsten Spiritualismus. B. hat nicht mitgemacht, aber er ermunterte seine Frau, und schließlich hat er sie betrogen. Dabei hat er plötzlich gemerkt, daß er nicht impotent ist, und hat es aufgegeben, Gott zu suchen.

Gestern sind wir also in den Morvan gefahren, nachdem wir mit Cau und Evelyne die Geldangelegenheiten geregelt hatten. Es war Himmelfahrt, es war schwer, aus Paris herauszukommen. Aber schließlich befanden wir uns im Grünen auf kleinen frischen Straßen, es war sehr angenehm. In der Bar war um 6 Uhr abends noch eine große Kirmes, aber allmählich sind alle weggegangen, wir sind allein in diesem Hotel geblieben, in dem wir zwei oder drei Tage verbringen werden. Wir haben Arbeit mitgebracht, tonnenweise Bücher, und ich glaube, wir werden arbeiten.

Das war das Wesentliche, lieber Kleiner, Sie. Amüsieren Sie sich gut und schlafen Sie, nicht wahr? Und versuchen Sie, ein zuverlässiges Gedächtnis zu haben, damit Sie uns bei Ihrer Rückkehr alles schön erzählen können. Ich vermute, das Wetter ist gut in Moskau, das ist ein Glück.

Ich küsse Sie aus ganzer Seele, mein süßer Kleiner, und flehe Sie an, gut auf sich aufzupassen.

Ihr reizender Castor

Die letzte Nummer der *T. M.* ist erschienen. Sie ist ausgezeichnet. Die nächste wird auch sehr gut sein.

312 Mutter Lanzmanns und ihr zweiter Ehemann.

313

Dienstag [Juni 1954]

Lieber Kleiner, Sie

Kein Brief von Ihnen, niemand hat einen. Alle sind ein bißchen verzweifelt, aber wir hoffen, Sie amüsieren sich. Gestern gab es im *Combat* eine Meldung: «Malenkow und Jean-Paul Sartre auf dem Roten Platz». Das wirkte schön. Zwei Tage vorher verkündete Jouve in *Le Monde*, Sie hätten in der Botschaft keinen Besuch angemeldet, wenn Sie aber einen Besuch für gut hielten, würden Sie trotzdem mit all den Rücksichten empfangen, die einem französischen Bürger gebührten. Er schien außer sich. Ich lese den Shapiro[313], um mich in die Atmosphäre hineinzuversetzen – es gibt darin sehr amüsante Sachen. Aber ich hätte lieber einen Brief. L.s Herz klopft vor Gier danach, wegen der Briefmarke: ich habe versprochen, sie ihm zu schenken.

Haben Sie meinen ersten Brief bekommen? Und das Telegramm? Ich habe gestern Evelyne gesehen, nach der Rückkehr nach Paris – sie hatte sehr unter ihren Nieren zu leiden, unter ihren Kolibakterien, sie hatte Bronchitis und 39 Grad Fieber, was nicht schlimm ist, glaube ich, aber lästig. Sie hatte Ihre Blumen bekommen, sie war von ihrer ganzen Familie und Fifi sehr umsorgt, aber sie machte einen sehr müden Eindruck. Wir werden diese Woche in Paris bleiben, L. und ich, und er wird versuchen, morgen den Arzt zu sprechen, um genaue Auskünfte über ihre Gesundheit zu bekommen. Ich gehe heute nachmittag wieder hin.

Mir geht es gut, trotz Schnupfen, den ich am Settons-See aufgeschnappt habe. Wir haben drei gute Tage – Freitag, Samstag, Sonntag – mit Spazierfahrten im Morvan und in der Bourgogne verbracht. Morgens arbeiteten wir (ich hatte eine ganze Bibliothek mitgenommen), und bis zum Einbruch der Nacht fuhren wir herum. Ich habe Vezelay, Autun, Dijon

313 Werk über die UdSSR.

wiedergesehen und eine Menge kleiner Städte, Seen und kleiner Straßen. Sonntag nachmittag ist, als wir einen anderen Wagen kreuzten, ein dicker Stein in die Windschutzscheibe geflogen, und das war kolossal: im Bruchteil einer Sekunde war die ganze Scheibe von einem dichten Netz bedeckt, es dehnte sich wie in einer Kettenreaktion mit einem reizenden winzigen Geräusch aus, und man sah nichts mehr, außer durch einen Kreis, der in der Höhe der Augen des Fahrers heil geblieben war: in dieser Weise zersplittert die Glasscheibe «Securit», und das ist erstaunlich. Alles hält, wenn auch in Staub verwandelt. Der Kreis ist speziell dafür berechnet, daß der Fahrer, wenn das Glas zerbricht, noch sehen kann. Wir sind so bis nach Dijon gefahren, wir wußten nicht recht, was wir tun sollten, vor allem, weil Sonntag war. Schließlich hat ein Automechaniker geraten, die Windschutzscheibe einfach zu entfernen; sie wurde Stück für Stück abgelöst, als ob man einen Kuchen zerbröckelt hätte. Aber um danach noch zu fahren, war es etwas frisch. Wir haben trotzdem unsere Spazierfahrt gemacht, gute Schizophrene, die wir sind. Der einzige unangenehme Moment war, als in der Dämmerung ohne Windschutzscheibe Tausende Mücken auf mich zustürzten. Und am nächsten Tag – gestern, Montag –, als wir sehr schnell nach Paris zurückfuhren, schlugen Tiere wie Steine gegen meine Stirn. (L. war, als er fuhr, ein bißchen von einem Stück Plastik geschützt.) Obendrein regnete es etwas. Schließlich sind wir trotzdem gegen zwei Uhr angekommen.

Ich habe mit Mutter und Schwester zu Mittag gegessen und mit der Schwester einen getrunken. Schrecklicher denn je. Kein einziges Wort über meine Reise noch über Sie: sie hat mir eine Stunde lang die Machenschaften dargelegt, die in Paris angewandt werden, um einen Maler zu lancieren. Sie ist betrübt, weil sie erbärmliche Kritiken hat («Die Kritiker meinen anscheinend, daß es eine Ausstellung wie jede andere ist! Ach! die Leute haben keinen Mut») und auch weil sie nichts verkauft hat, außer gezwungenermaßen dem Staat ein Bild. Aber das gibt sie nicht zu: sogar Mama gegenüber sagt sie, sie habe 4 Bilder verkauft. Greuze hat viermal «Verkauft» ausgehängt. Man darf niemandem gegenüber zugeben, daß man nicht verkauft. Sie sagt: «Ich glaubte, Mailand wäre schwerer zu erobern als Paris!» Und katastrophal ist, daß sie tatsächlich bereit sind, nach Griechenland zu fahren, falls wir hinfahren! Lionel ist schon weg, aber sie bleibt bis Freitag, und ich treffe sie heute abend.

Gestern nachmittag habe ich also Evelyne besucht. Abends haben wir Michelle ausgeführt. Wir haben wenig gemacht, weil L. eine Stunde, von 9 bis 10 Uhr, im Cirque d'Hiver zubringen mußte, da einer der Brüder Bouglione gestorben ist. Ich habe mit Michelle in einer Bar etwas getrunken, und dann haben wir in der *Coupole* zu Abend gegessen. Es war sehr nett, sie schien gut in Form.

Harter Tag heute. Ich habe gerade vier Stunden mit Olga verbracht; jetzt gehe ich gleich in die Klinik; und heute abend gehe ich mit meiner Schwester aus. Morgen setze ich mich wieder an die Arbeit, was mir immer noch Spaß macht. Heute nachmittag ist allmählich wieder ein bißchen schönes Wetter.

Ich füge ein paar Zeilen hinzu, wenn ich aus der Klinik komme, um Ihnen Nachricht von Evelyne zu geben. Ich habe Wanda Geld gegeben, Michelle gesagt, Cau noch mal um welches zu bitten, Cau, ihr welches zu geben, die Dinge renken sich ein. Heute früh hatte ich Ihre Mutter am Telefon (nachdem ich Cau aufgesucht hatte), sie schien gut in Form. Ihrer ganzen kleinen Welt geht es im Grunde gut. Bis nachher.

Nun! ich habe Evelyne gesehen, und sie war seit gestern wie verwandelt. Kein Fieber mehr, Farbe, oder beinahe, und ausgezeichnete Stimmung. Es ist wahr, sie hatte Ihren Brief bekommen und strahlte deshalb. Das ist schön, ein Umschlag aus Moskau. Aber es zerreißt mir das Herz, daß man Sie wieder dermaßen strapaziert hat. Ich hoffe sehr, ich bekomme auch bald einen Brief, mit längeren Auskünften. Machen Sie sich nicht kaputt, lieber Kleiner, Sie.

Ich küsse Sie mit aller Kraft.

Ihr reizender Castor

Dienstag, 8. [Juli 1954]

Ganz lieber Kleiner, Sie. Ich habe nicht den Mut, einen richtigen langen Brief zu schreiben, weil ich den Eindruck habe, die Briefe kommen nicht an. Trotzdem war es eine große Freude, heute früh Ihren zu bekommen: einen großen vom Sonntag, dem 30. – der andere kleine vom Donnerstag, dem 27., hatte *12 Tage* gebraucht. Das traf sich gut heute früh, dieser Brief, weil ich heute nacht schreckliche Alpträume hatte, in denen ich Sie irgendwo in einem Chalet wiederfand, mit einem Gesicht, das aus dicken Ziernägeln bestand und Prévert ähnelte; ich riß einen Nagel heraus und fragte: «Was bedeutet das?» und Sie sagten: «Daß ich auf der anderen Seite bin – ich zahle für das Leben, das ich geführt habe.» Und ich begriff, daß Sie im Gesicht Krebs hatten oder Gott weiß was Alptraumhaftes. Na ja, statt Briefen gab es Nachrichten in den Zeitungen: «Sartre hat in Radio Moskau gesprochen. Er ist über die sowjetischen Kindergärten entzückt.

Er fährt morgen nach Leningrad.» Vor allem waren Ihre beiden Fotos in *France-Soir*, am Ufer der Moskwa und beim Herauskommen aus der Kathedrale. Man sah die Schutzengel*, sie sahen nicht anziehend aus. Aber Sie schienen jung und froh. L. wird versuchen, die Originalfotos für mich zu bekommen.

In wenigen Worten: Woche verbracht mit Arbeit über die rechten Pseudo-Denker (die diese Woche einen Artikel von Aron in der *Revue de Paris* gegen «Les communistes et la paix»** verzapft haben – null – und den Artikel eines völlig

* Die Leibwächter.

** Dt.: «Die Kommunisten und der Frieden» (in: *Krieg und Frieden*, Band 1, Rowohlt Taschenbuch Verlag, Reinbek 1982), Sartres Artikelserie, die 1952 und 1954 in *Les Temps modernes* (Nr. 81, 84–85, 101) erschien. Sartre drückte darin «kritische» Sympathie für die KPF aus,

Unbekannten in *Preuves*, der die Editorial-Geschichte*, «Les communistes et la paix» und den Artikel von L.** in einen Topf wirft – weniger als null). Ich habe auch Evelyne getröstet, die sehr unter dem Mangel an Briefen litt, aber die nett wie ein Engel war. Ich mag sie sehr. Sie hat eine Bluttransfusion bekommen und war wirklich tapfer und hat sich nicht angestellt. Sonntag wurde sie nach Hause gebracht, und sie war so froh, wieder in ihrer schönen Wohnung zu sein, daß sie doppelt so schnell zu genesen scheint. Die Stimmung ist jetzt gut. Jacques und Dianna kümmern sich wirklich sehr nett um sie.

Michelle habe ich nicht wiedergesehen, da sie nicht in Paris war, als ich sie Samstag anrief.

Vorhin habe ich Ihre Mutter in Vichy angerufen und ihr von Ihnen berichtet. Ich bin einmal sehr nett mit Bost und Olga ausgegangen und habe auch einen Abend Bost allein gesehen: ich sehe ihn heute Abend wieder. Er wird sein Kriminaldrehbuch verkaufen und damit Geld verdienen. Sie sehen gut in Form aus. Olga liebt Evelyne immer noch sehr.

Ich hatte das große Vergnügen, durch eine Indiskretion von Monique Lange zu erfahren, daß Queneau eine vier Seiten lange begeisterte Besprechung zum Roman[314] geschrieben hat, in der er sagt, es sei ein «Meisterwerk», zugleich *Krieg*

analysierte die französische Klassengesellschaft und suchte das Verhältnis von Partei und Massen theoretisch zu begreifen.

* Es handelte sich um das von den Herausgebern der *Temps modernes* gemeinsam verfaßte und im April 1954 veröffentlichte Editorial «Nous ne partirons pas pour la croisade» [Wir machen den Kreuzzug nicht mit, d.h. den Kreuzzug gegen die Kommunisten].

** Lanzmanns im April 1954 in den *Temps modernes* erschienener Artikel «Message d'outre-tombe» [Mitteilung von jenseits des Grabes], in dem er Arthur Koestler angegriffen hatte.

314 *Les mandarins*; der Roman erschien im Oktober 1954 und wurde mit dem Prix Goncourt ausgezeichnet.

und Frieden und *La princesse de Clèves** usw., usf. Ich ähnele Poupette, indem ich das schreibe, aber Tatsache ist, daß das die erste Stimme außerhalb der Familie war und ich froh gewesen bin. Cau war widerlich, was das Geld anging, aber dank Bost haben wir uns trotzdem aus der Patsche geholfen. Ich werde es Ihnen erzählen. Er übertreibt. Ich hatte ihn Tage vorher benachrichtigt und noch mal in der vorletzten Minute, und er hat E. ohne Geld für die Klinik gelassen. Ich habe was von Bost geliehen, es war ein Wunder, er hatte was. Aber das war mies, von anderen kleinen Dingen mal ganz abgesehen.

Das kleine Subjekt ist ein Erzengel. Er war genauso gerührt wie ich, als heute früh Ihr Brief ankam. Er hat mich gestern zu seinen Eltern geschleppt, aber es war wirklich lustig, die Geschichte über die Sexorgie der B.s mit den T.s unter dem Zeichen der «Kommunion der Heiligen». Er sagt jetzt kaltblütig: «Da Paule (oder Grenier) weiß, daß *ich Kommunist bin* …» Gestern wurden Sie in *France-Dimanche* in den Dreck gezogen: Sartre hat nicht gemerkt, daß es in der UdSSR kein Toilettenpapier gibt (sagt Vidal Lablache) – Natürlich, er benutzt nie welches, antwortet Guyot. Oder er benutzt Tausend-Francs-Scheine, erwidert Vidal Lablache.

Gut. Ich könnte Ihnen noch viel erzählen, aber es ist zu ungewiß. Morgen fahre ich mit dem kleinen Subjekt nach London. Ich lasse mir Ihre Briefe nachschicken, für alle Fälle. Ich bin Montag zurück, das heißt, sicher vor Ihnen. Ich bin ganz verklärt von Ihrem Brief, Sie scheinen so zufrieden. Hier ist scheußliches Wetter. Im Augenblick gewittert es zum Beispiel. Aber das Leben ist nicht schlecht. Alle war-

* *Die Prinzessin von Clèves*, 1678 anonym erschienener Roman der Madame de La Fayette, Vorläuferin der Autoren des modernen psychologischen Romans.

ten ungeduldig auf Sie, unter anderem ich. Ich war sehr gerührt, als ich Ihre Fotos sah. Ich küsse Sie aus ganzer Seele, mein lieber süßer geliebter Kleiner

Ihr reizender Castor

Umschlag
Monsieur Jean-Paul Sartre
Hôtel National
Moskau UdSSR

315

[Marseille] Sonntag abend [Februar 1955]

Ganz lieber Kleiner, Sie. Ich schreibe erst jetzt, und es wird ein kurzer Brief werden, weil der Hungersträfling* und ich wirklich wie Sträflinge arbeiten; ich hoffe, das Ergebnis[315] erweist sich so vieler Anstrengungen würdig. Nur muß ich Ihnen gleich sagen: ich habe mich in den Daten geirrt, wir kommen erst in *2 Wochen* zurück. Sie werden den Artikel also am 15. Februar bekommen: reicht das? Sonst wäre es notfalls möglich, ihn hier fast vollständig tippen zu lassen und am 10. zu schicken: was meinen Sie?

Es wäre sehr angenehm, Ihre Stimme am Telefon zu hören, um so mehr, als Sie munter und gutgelaunt schienen. Rufen Sie Ihrerseits an, sobald Sie können, morgens oder

* Anspielung auf die *Internationale*, die während der Pariser Kommune (1871) von Eugène Pottier gedichtet wurde: «Debout! les damnés de la terre! Debout les *forçats de la faim*!» Deutsche Nachdichtung: «Wacht auf Verdammte dieser Erde, *die stets man noch zum Hungern zwingt*!»

315 Simone de Beauvoir arbeitete an ihrem Artikel «La pensée de droite, aujourd'hui» (s. Fußn. 309), der in der Mai/Juni-Nummer 1955 der *T. M.* erschien. Gleichzeitig arbeitete sie an einem Artikel zu Maurice Merleau-Pontys Auseinandersetzung mit Sartre, die im Juni 1955 in *Les aventures de la dialectique*, Kapitel V: *Sartre et l'ultra-bolchévisme*, erscheinen sollte. S. de Beauvoirs Artikel «Merleau-Ponty ou le pseudosartrisme» erschien in *Les Temps modernes*, Nr. 114–115, Juni/Juli 1955, und wurde in *Privilèges* (s. Fußn. 309) wieder abgedruckt; eine deutsche Übersetzung liegt nicht vor. Vgl. *Der Lauf der Dinge*, S. 307f. Und Claude Lanzmann, der «Hungersträfling», arbeitete an einer Studie über *L'homme de gauche* [Der Mensch der Linken].

gegen Abend. Es ist gut hier. Wir sind im Hotel *Méditerranée*[316], das Sie kennen, auf der linken Seite des Hafens: ein sehr großes Zimmer mit zwei Fenstern, ganz hell. Zwei gute Arbeitstische stehen da, und Neonlampen wurden extra für uns angebracht. Wir haben einen Moment lang daran gedacht, uns in der *Réserve* niederzulassen, an der Corniche*, aber schließlich ist Lanzmann genauso empfänglich wie ich für die Traurigkeit des «ganz nahen Meeres», und wir haben es vorgezogen, um uns herum Häuser, Schiffe, Leute zu haben. Da wir viele Stunden in diesem Zimmer verbringen, würden wir uns dort wie im Exil fühlen, während wir hier, selbst wenn wir arbeiten, Marseille genießen.

Sie haben den Vieux Port** so wiederaufgebaut, daß es eine Schande ist: es ist häßlich – aber egal, der Reiz bleibt. Es ist die ganze Zeit ziemlich schönes Wetter. Gestern war es sogar herrlich, wir haben Martigues unter einer herrlichen Sonne gesehen.

Wir sind um 10 Uhr früh abgefahren, Mittwoch. Wir sind durch Nevers, Moulins, Saint-Etienne, Roanne gefahren: diese Strecke waren wir, Sie und ich, mit dem Fahrrad gefahren, und um zum Col de la République zu gelangen, war es eine harte Plackerei, erinnern Sie sich? Wir haben gegen 9 Uhr abends in Montélimar haltgemacht. So sind wir bei Tag das Rhônetal entlanggefahren und haben die Überschwemmungen gesehen: es ging allmählich zurück, aber sie waren trotzdem noch sichtbar, eine Menge Bauernhöfe waren von Wasser umgeben. Wir konnten nicht durch Avignon fahren. Um 1 Uhr in Marseille angekommen: bei Lanzmann, der es kaum kannte, war es Liebe auf den ersten Blick, und es hat nicht nachgelassen.

Wir haben in einem Restaurant im Vieux Port zu Mittag

316 Vgl. *Der Lauf der Dinge*, S. 309.
* Straße oberhalb der Côte d'Azur.
** Alter Hafen.

gegessen, das Hotel ausgesucht und gleich gearbeitet. Wir arbeiten vormittags bis 1 Uhr; dann Spazierfahrt, unterwegs Mittagessen, und wieder von 5 Uhr bis 9 Uhr Arbeit. Freitag haben wir Cassis und die kleine Bucht besucht, Samstag Martigues, heute die Corniche bis zum Ende der Küstenstraße, die jetzt weit geht, und Notre Dame de la Garde und Ecken in Marseille. *Montag* – Ich habe unterbrochen, um ins Kino zu gehen, wo wir einen entsetzlichen englischen Kriminalfilm gesehen haben; in der Wochenschau wurde Skisport gezeigt, und man sagte, in den Bergen regne es dauernd, der Schnee sei schrecklich; also kein Bedauern. Übrigens ist es tatsächlich eine Wonne hierzusein.

Ich warte auf Anruf und Brief. Seien Sie komisch und seien Sie lustig, wenn das vereinbar ist. Ich küsse Sie mit aller Kraft, mein lieber Kleiner, Sie.

Ihr Castor

316

Circulo de la Union
Burgos

Freitag [Juli 1955]

Lieber Kleiner, Sie. Ich erinnerte mich gut an die Kathedrale von Burgos[317] – es ist eine schöne Stadt, in der sowohl Sonne scheint als auch Wind weht, und der Abendspaziergang auf dem Paseo* ist einer der fröhlichsten in Spanien. Dieses große düstere Café, in dem ich Ihnen schreibe und das ein bißchen dem in Innsbruck ähnelt, würden Sie lieben. Wir sind also über Barcelona nach Spanien gekommen; vor dem Museum – voller schöner primitiver Katalanen – sind wir Marguerite Duras und den V.s begegnet, die sich sehr nach mir umge-

317 Vgl. zu dieser Reise *Der Lauf der Dinge*, S. 317f.
* Promenade.

dreht haben, aber wir haben uns nicht gegrüßt. Wir sind nach Pamplona gesaust, um die letzten Corridas der Feria zu sehen: 400 km ungeheure Landschaft, fast die Sahara, über die Hochebene von Aragonien – zwischendurch haben wir Saragossa besucht, das sehr schön ist, wenn man sich nicht um die Bauwerke kümmert. In Pamplona, wo wir privat untergebracht waren, denn es war ein unglaublicher Rummel, haben wir R. C. getroffen, die mit dem Federhalter in der Hand und geöffneten Schenkeln durch einen Roman von Hemingway spazierte: allerdings beschreibt Hemingway in *Le soleil se lève aussi** die Feria von Pamplona sehr gut; aber die Art, wie R. C. die Dinge durch das Buch hindurch betrachtete und sie uns dann beschrieb, war unvorstellbar. Eine riesige Menge Touristen und Bauern war da, aber wir hatten das Glück, eine erstklassige Corrida zu sehen und auch eine erstklassige Norillada, was unsere Leidenschaft für Stierkämpfe verstärkt hat, so daß wir nach Valencia zur Feria fahren, in 10 Tagen. Übersättigt von Feuerwerk, Biniou-Musik**, Tänzen, der ganzen baskisch-navarresischen Rausch-Choreographie, die Tag und Nacht die Straßen von Pamplona füllte, waren wir sehr glücklich, die schlechten Hauptstraßen, die stillen Dörfer von Kastilien und schließlich Burgos wiederzufinden, wo wir gerade angekommen sind. Wir fahren bald weiter, morgen oder übermorgen, durch Galicien und Salamanca, von wo es nach Valencia geht, Andalusien und Madrid heben wir für das Ende der Ferien auf – geographisch gesehen ist das eine seltsame Reiseroute, aber die Logik des Stierkampfes verlangt es, denn in Valencia werden die besten lebenden Toreros sein, und ein wirklich schöner Stierkampf ist wirklich eine schöne Sache.

Haben Sie gesehen, während T. Maulnier Sie wieder in *La Revue de Paris* beschimpft, sagt Florenne das Allerbeste über

* *The Sun Also Rises* (1926), dt.: *Fiesta*.
** Biniou: bretonischer Dudelsack.

*Nekrassov** in *Huma* und *Monde*? Haben Sie die Wut von Monnerot[318] gegen mich gesehen und den Zorn der ganzen Clique gegen die Linke in der Pariser [Presse]? *Preuves* schäumt auch. Ich habe leider keine Reaktion auf meinen Artikel gegen Merleau-Ponty. Wenn Sie etwas erfahren, sagen Sie es mir.

Ich hoffe, die Reise ist bis Rom gut verlaufen. Ich werde in zwei Tagen Ihr Telegramm bekommen, in vier Tagen in Salamanca den Brief. Schreiben Sie für den 24., 25., 26. nach Valencia, oder telegrafieren Sie, wenn Sie in Verlegenheit sind. Ich möchte gern Nachricht von Ihnen haben. Ich habe die Hemingways über Spanien gelesen, die mich bei allen Vorbehalten sehr interessiert haben, vor allem *Mort dans l'après-midi***, und das Leben der Goncourts von Billy[319]: was für triste Gestalten! Es gefällt mir weiterhin unmäßig in Spanien – ich schlafe, gehe spazieren, esse, noch nicht zu schlecht, und fühle mich wunderbar. Lanzmann ist auch gut in Form – aber da wir dieses Jahr nicht arbeiten, fragen wir uns voller Überraschung, wie wir letztes Jahr die Zeit dazu fanden. Lesen ist eine völlig ausreichende Beschäftigung. Die letzte Nummer der *T. M.* ist gut, nicht? Obwohl der zweite Teil des Leiris*** noch langweiliger ist als der erste.

Nun, erzählen Sie mir ein bißchen ausführlich von Ihrer Reise und von Rom. Ruhen Sie sich schön aus? Sind Ihre

* Sartres 1955 in *Les Temps modernes* erschienenes und im Juni 1955 im Théâtre Antoine aufgeführtes satirisches Stück über die zeitgenössische französische Gesellschaft und die Propaganda der antikommunistischen Presse.

318 Jules Monnerot, Autor von *La sociologie du communisme* (Gallimard, Paris 1949), war von ihr in *La pensée de droite, aujourd'hui* angegriffen worden.

** *Death in the Afternoon* (1932), dt.: *Tod am Nachmittag.*

319 Von Sartre geschenkt, als S. de Beauvoir den Prix Goncourt bekam. Vgl. *Der Lauf der Dinge*, S. 304.

*** Vgl. Michel Leiris, «Vois! déjà l'ange», in: *Les Temps modernes*, Nr. 114–115, Juni/Juli 1955.

Freunde immer noch genauso köstlich? Sagen Sie Michelle viele Grüße. Ich küsse Sie zärtlich.

Ihr Castor

317

Freitag, 22. Juli [1955]

Mein lieber Kleiner, Sie. Ich habe Ihr Telegramm bekommen und heute früh Ihren Brief; außerdem verkünden die französischen Zeitungen nicht Ihren Tod, und ich nehme an, Michelle fährt weiterhin geschickt und vorsichtig, ohne schlimmen Zwischenfall. Ich habe nie an Michelle gezweifelt, aber die Zufälle sind heimtückisch, und manchmal hatte ich beim Einschlafen Angst; der Hungersträfling seinerseits hat eine ganze Nacht lang im Traum geweint, beeindruckt von der Erzählung, wie Hugo in einem Café in einer Zeitung die Nachricht vom Tode Léopoldines fand – ich lese *Olympio** von Maurois. Na ja, heute bin ich beruhigt und froh, daß Michelle sich zum Gebirge hat bekehren lassen, daß es Ihnen in Bellagio gefallen hat; mochten Sie Aosta? Sie sagen es nicht. Auch ich hatte in Bellagio unser kleines Hotel nicht wiedergefunden. Ich habe neulich vergessen, Sie zu fragen, ob Sie sich an Papa-Moscas in Burgos erinnern, der Fliegen frißt, während die Stunden schlagen**: er hatte uns sehr amüsiert damals, als wir so sympathisch waren.

Wir haben Burgos verlassen und sind Richtung Nordwesten losgebraust über die Hochebenen des alten Kastilien und «schreckliche» Berge, die übrigens sehr schön waren. Wir sind an der nördlichen Küste, die langweilig und trostlos ist, entlanggefahren und in La Coruña angekommen, einer rei-

* *Olympio ou La vie de Victor Hugo*, dt.: *Olympio*, von 1952.

** Sehenswürdigkeit in der Kathedrale von Burgos: Uhr aus dem 16. Jahrhundert, die die populäre Figur des Papa-Moscas darstellt, der den Mund öffnet, während die Stunden schlagen.

zenden Stadt; zunächst einmal ist das ein Hafen, in dem es gut nach Fisch und Teer riecht, und dann haben alle Wohnungen an jedem Zimmer eine Veranda, die sie hier Mirador nennen, so daß die Fassaden vollkommen ungeschützt, weiß und gläsern sind: die Stadt wird Kristallstadt genannt, und es stimmt, sie glitzert unglaublich in der Sonne, und alle Häuser scheinen aus Kristall. Es war ein Jubel und Trubel, und es war reizend, obwohl wir seit Pamplona die Technik verabscheuen, die darin besteht, das Volk mit Hilfe von Feuerwerk zu zerstreuen; die Freude, in Spanien zu sein, bleibt; aber vor diesem Hintergrund, der uns ja seit letztem Jahr vertraut ist, sind wir sehr viel empfänglicher für das Grauenhafte im System, die Pfaffen, das Elend; Santiago de Compostela, das ganz aus (erstaunlichen) Kirchen und schönen alten Straßen mit Arkaden besteht, aber von schmutzigen Slums umgeben ist, hat uns angewidert; und Salamanca, wo wir heute abend sind, hat uns tief traurig gemacht, es hat die Farben Roms, einen großen Platz aus dem 18. Jh. und eine Menge kleiner Plätze und ist wunderbar, aber so arm, so hart, so verzweifelt unter der Sonne.

Zwischen La Coruña und Salamanca haben wir, nachdem wir Santiago gesehen hatten, drei Tage auf einer Insel[320] Galiciens haltgemacht; wir haben im Meer gebadet und uns gesonnt und sind mit dem Auto an den Küsten entlanggefahren; es ähnelt der Bretagne und ist doch südländisch, es ist sehr schön, aber die Galicier sind trist und trübsinnig wie Portugiesen, die Fischerhäfen haben dieselbe Düsterkeit. Sie hassen die Touristen, aber aus galicischem Separatismus heraus, überhaupt nicht aus Klassenbewußtsein. Sie wurden sofort Anhänger Francos. Es ist ein seltsames, verlorenes Land, sehr interessant, Andalusien scheint sehr fern von dort.

Gestern sind wir den ganzen Tag durch wunderbare Land-

320 Sie ist durch eine große Brücke mit dem Festland verbunden, so daß wir Spazierfahrten mit dem Auto machen konnten. (Anm. v. S. de B.)

schaften gefahren, um nach Kastilien und abends nach Salamanca zu kommen, wo wir den Tag verbracht haben. Es war warm, und es kommt mir so vor, als wäre es ab jetzt jeden Tag warm. Bis jetzt war es ideal: Sonne und Wind, ein paradiesisches Klima. Ich habe Ihnen schon gesagt, daß wir morgen nach Valencia fahren, wo wir drei Tage verbringen und große Stierkämpfe mit den im Augenblick besten Matadoren sehen werden. Danach werden wir hinunter nach Andalusien und hinauf in die Estremadura fahren und mit Madrid aufhören. Ich werde um den 31. Juli in Sevilla sein, um den 6. August in Madrid. Schreiben Sie, wenn möglich, oder schicken Sie wenigstens ein Telegramm an jede Adresse, damit ich keine bösen Träume habe.

Ich habe also *Olympio* gelesen – der Anfang ist amüsant und das Privatleben ziemlich gut wiedergegeben, obwohl nicht immer; aber das Verschweigen des öffentlichen Lebens Hugos, des Linken, ist eine Schande, und im großen und ganzen kann man sich den Mann schlecht vorstellen. Sie hatten mich gewarnt, dieser Maurois ist ein zu kleiner Geist. Wußten Sie, daß Hemingway auf widerliche Art antisemitisch ist? *Le soleil se lève aussi*, das in Pamplona amüsant zu lesen war, ist unter anderem in dieser Hinsicht eine Schweinerei.

Ich habe eine kleine Nachricht von Violette Leduc, die sich über einen Artikel von Dominique Aury über sie in der *N. R. F.* freut. Monique Lange hatte mir Geschichten über sie erzählt. Unter anderem diese: als ich den Goncourt bekommen habe, hat sie über die Mittagessen geredet, die wir abwechselnd nach einem Ritus bezahlen, den sie mir aufgezwungen hat, und hat unter anderem zu Monique Lange gesagt: «Ich hoffe, daß *wir jetzt nicht mehr* halbe-halbe machen.» M. L. hat auch den Eindruck, daß sie mich in gewissem Sinne haßt.

Haben Sie etwas von *Nekrassov* gehört? Wurde bestätigt, daß es im September wiederaufgenommen wird, wie Lanzmann mir gesagt hat? Haben Sie Reaktionen auf Merleau-Ponty und Nachrichten zu Paris im allgemeinen? Wir bekommen hin und wieder Zeitungen, die mindestens 3 Tage (heute immerhin die von Mittwoch) alt und voller Porträts von Madame Edgar Faure sind – man fühlt sich sehr fern von allem.

Ich hoffe wirklich auf einen Brief in Valencia. Ich werde Ihnen wieder von dort schreiben und Ihnen sagen, ob die Stierkämpfe schön waren. Diesen Brief werde ich morgen in Madrid auf der Durchreise einwerfen. Ich glaube, Sie haben den ersten bekommen, obwohl ich die Adresse abgekürzt habe. Beglückwünschen Sie Michelle herzlich von mir und von L. Genießen Sie Rom, ruhen Sie sich aus. Arbeiten Sie an *Jean sans terre*? Und von den Autounfällen abgesehen, wie ist der Blutdruck? Antworten Sie mir schön. Ich bin froh, wenn ich einen Brief bekomme. Ich küsse Sie aus ganzer Seele, mein lieber Kleiner, Sie.

Ihr Castor

Liebe Michelle und lieber Sartre, ich küsse Sie beide herzlich.

Lanzmann

Umschlag
Monsieur Sartre
Albergo Nazionale
Piazza Montecitorio
Rom

318

Valencia 25755

SCHREIBEN SIE SEVILLA – GROSSE TOREROS ABER WASSERMANGEL ZÄRTLICH CASTOR

Telegramm
Sartre Albergo Nazionale Rom

319

[Paris] Sonntag [Ende August 1958]

Lieber Kleiner, Sie. Entschuldigen Sie, daß ich «Ihre Stimmung trübe», aber ich muß Ihnen doch mitteilen, was mir überall mit Nachdruck gesagt wird: man verlangt *einen* Artikel von Ihnen, der als «Maßstab» auch in Form einer Flugschrift veröffentlicht werden kann. Die Leute sagen – in den Komitees[321] usw. –, eine Veröffentlichung nach dem 15. September sei zu spät. Wenn Sie dagegen sofort einen Artikel schicken, wird das eine Grundlage für die Kampagne gegen das Referendum[322] während des ganzen Monats September sein. Es verdrießt mich, Ihnen das zu sagen, aber ich glaube tatsächlich, daß Sie es machen müssen: Ihr Schweigen macht allmählich einen schlechten Eindruck, jetzt, wo die Antikampagne ernsthaft beginnt. Sie bemühen sich wirklich, wissen Sie. Allein Lanzmann wird in 2 Wochen in Nantes, in Montargis und im Doubs sprechen. Bulletins werden veröffentlicht, Vorträge in der Provinz gehalten, und die Kommunisten sind entschlossen, ihre ganze Kraft einzusetzen. Am 4. September wird etwas passieren, wenn de Gaulle sich darauf versteift zu reden. Unter diesen Um-

321 *Comités de vigilance de section*, «Bezirkskomitees der Wachsamkeit», die vom *Comité de résistance contre le fascisme*, «Komitee zum Widerstand gegen den Faschismus», organisiert wurden.

322 Während der Algerienkrise im Mai 1958 wurde General de Gaulle an die Macht berufen. Er ließ durch Referendum (am 28. September 1958) eine neue Verfassung präsidialen Typs annehmen, mit der die V. Republik begann.

ständen scheint Ihr Name unter einem Artikel hier vollkommen unentbehrlich. Es muß nicht dermaßen lang oder komplex sein. Aber wenn Sie weiter schweigen, wird es zweideutig: denken Sie daran, daß überall Zweideutigkeit herrscht. (Haben Sie das widerliche Interview von Merleau-Ponty im *Express* gesehen?) Um was man Sie im Grunde bittet, ist, daß Sie *sich äußern*; und natürlich kann das nur in Form eines Artikels geschehen. Ich schwöre Ihnen, Kleiner, ich weiß, daß Sie das Stück[323] zu machen haben, und Huston[324] hat Sie sicher wieder aufgefordert, und alles übrige. Aber es widerlegt alles, was Sie vorher gemacht haben, wenn Sie *jetzt* nicht reden. Vielleicht hat Servan-Schreiber Sie aufgesucht und hat mit Ihnen darüber gesprochen? Aber vielleicht hat er Sie nicht überzeugt.[325]

Ich habe viele Leute wiedergesehen. Natürlich habe ich mich mit de Roulet heftiger denn je gestritten. Er sagt lachend: «Ich bin die linke Hand von Soustelle», und behauptet, er diene der Linken, wenn er die Kampagne Soustelles gegen die Enthaltung unterstützt. Ich war sehr naiv zu glauben, er würde weggehen! Er meint, mit «guten Wahlen» im November werde man de Gaulle zwingen, linke Politik zu machen! Schließlich hat er wütend den Tisch verlassen, und wir haben uns nur auf brüchige Weise versöhnt. Védrine dagegen ist gewaltig aktiv, und trotz ihrer Wichtigtuerei ist sie sehr schätzenswert. Bost ist immer noch in seiner Liebschaft verfangen, Olga nett, aber sehr geknickt.

323 *Les séquestrés d'Altona*, 1959 uraufgeführt [dt.: *Die Eingeschlossenen von Altona*].

324 Der Regisseur John Huston wegen eines Drehbuchs über Freud. Vgl. Jean-Paul Sartre, *Le scénario Freud*, Gallimard, Paris 1984 [dt.: *Freud. Das Drehbuch*. Rowohlt Verlag, Reinbek 1993].

325 Tatsächlich erschienen von Sartre drei Artikel im *Express*, am 11., 18. und 25. September. Er war noch in Italien, in Rom, als S. de Beauvoir ihm schrieb.

Der arme Lanzmann war also Samstag früh beim *Express*, um den Artikel über Joliot-Curie zu machen (unter dem Namen Thomas Lenoir). Vierundzwanzig Stunden danach kam er nach Hause, ausgezehrt und verzweifelt, er hatte diese 24 Stunden ohne Unterbrechung gearbeitet und stöhnte.[326]

326 Unvollständiger Brief.

320

[8. April 1961]

Liebe Toulouse

Ich möchte Ihnen eine Bitte vortragen. Madame Thévenin wünscht sich dringend die Briefe, die Artaud an Dullin geschrieben hat und die wahrscheinlich in Ihrem Besitz sind; die «Amis d'Artaud»* möchten sie vollständig veröffentlichen: es wäre eine gute Sache. Natürlich würde sie Ihnen die Originale dann zurückgeben. Sie wird Sie in Kürze anrufen: können Sie sie empfangen, ihr die Briefe leihen?

Ich fahre mit Sartre aufs Land. Wenn wir zurück sind, würden wir Sie gern wiedersehen.

Ich habe über Sie als Camille[327] voll Zärtlichkeit geredet, ich hoffe, Sie haben es gefühlt, und wenn ich da etwas Ironie hineingelegt habe, so noch mehr dort, wo ich über Sartre und mich selbst geredet habe. Ich habe dazu einen bewegten Brief von einem Ihrer früheren Verehrer bekommen, Henri Pons.

Bis bald, und sehr herzlich.

S. de Beauvoir

Umschlag

Madame Jollivet

Rue de la Tour-d'Auvergne 41 (oder 42)

Paris

* Verein der «Freunde Artauds».

327 *In den besten Jahren* war 1960 erschienen, Toulouse wird dort Camille genannt.

321

Samstag [Juli 1963]

Lieber Kleiner, Sie
Ich hätte gern eine kleine Nachricht, nur um sicher zu sein, daß Sie lebendig sind und Arlette etwas weniger bleich als beim Abschied. Falls es dort oben regnet, bedauern Sie nichts: während ich Ihnen schreibe, regnet es in Strömen, nach einem Gewitter, das die ganze Nacht angedauert hat (es ist 9 Uhr früh), und es hat den ganzen Mittwoch morgen geregnet.

Montag habe ich also Lanzmann wiedergetroffen, bin ein Stück auf der Autobahn gefahren, um mich wieder an das Auto zu gewöhnen, habe seinen aufgebrachten Bericht über Frau Fanon und ihren Begleiter angehört, die ihn versklavt haben, über die algerische Katastrophe (aber in Blida hat er interessante Leute getroffen, die gut mit ihm über Fanon[328] geredet haben). Abendessen mit ihm und Judith[329], die sehr aufgeregt war, weil man ihr gerade ein Stück vorgeschlagen hatte, ein sehr schlechtes, aber mit einer großen Rolle. Ich habe sie um Mitternacht verlassen. Die Ungeduld hat mich geweckt, und ich fuhr um 5 Uhr ½ los. Autobahnen, breite Straßen, man fährt jetzt unheimlich gut, und ich bin gesaust wie der Wind. Ich habe unterwegs, hinter Vienne, zu Mittag gegessen und war um 4 Uhr ½ in Villeneuve-lès-Avignon. Ich

328 Frantz Fanon (1925–1961), Autor des Werks *Les damnés de la terre* [dt.: *Die Verdammten dieser Erde*], zu dem Sartre das Vorwort verfaßt hatte.

329 Judith Magre, die Schauspielerin.

habe ein schönes großes Zimmer, das auf einen mittelmäßigen Garten geht, der keinen Ausblick hat und vom Tennis in Beschlag genommen ist, es ist aber nicht unangenehm, sich dort hinzusetzen und zu lesen oder zu Abend zu essen. Vormittags arbeite ich an irgend etwas (an dem Artikel über die Frau, oder ich korrigiere V. Leduc[330]), dann gehe ich spazieren und esse zu Mittag, ich komme gegen 5 Uhr zurück und lese. Abendessen mit Châteauneuf-du-Pape, *ein* Scotch im Bett, dabei Lektüre, ich schlafe um 10 Uhr ein. Ich habe den Pont-du-Gard wiedergesehen, Fontaine-de-Vaucluse, die Rundstrecke des Mont Ventoux, schöne Dörfer, die Gegend, die leider von Gewitterhimmeln erdrückt war. Donnerstag abend haben Lanzmann und Judith mit mir zu Abend gegessen, und wir haben in Avignon einen getrunken. Er ist zurückgefahren, sie hat Proben, ich werde sie etwas treffen müssen, was mich nur halb amüsiert. Im großen und ganzen ist es hier für mich sehr gut.

Anbei ein Brief, der Ihnen direkt aus Paris ins *Prieuré*[331] geschickt wurde. Schade, daß wir nicht annehmen können.

Amüsieren Sie sich, so gut Sie können, und ruhen Sie sich aus, und schreiben Sie eine kleine Nachricht oder zwei. Ich habe Sehnsucht nach Ihnen. Am 31. werde ich sehr froh sein. Ich küsse Sie, Kleiner, Sie.

Ihr Castor

330 Es handelt sich wahrscheinlich um Violette Leducs Werk *La batârde* [dt.: *Die Bastardin*], das 1964 erschien.

331 *Hôtel du Prieuré*, in Villeneuve-lès-Avignon, in das Sartre nachkam. Es handelt sich wahrscheinlich um eine Einladung zu irgendeiner Reise oder einem Besuch zu einer Zeit, zu der sie nicht frei waren.

Samedi

Cher petit vous autre

J'aimerais lui un petit mot, juste pour vous assurer que vous êtes vivant, et [illegible] un peu moins blême que lorsque je vous ai dit au revoir. S'il pleut [illegible], ne regrettez rien : pendant que je vous écris la pluie tombe en torrent, après un orage qui a duré toute la nuit (c'est 9 heures du matin), et il a plu tout le matin de mercredi.

Lundi donc j'ai retrouvé [illegible], tout un tour d'[illegible] pour une [illegible] à la culture, écouté [illegible] sur la ferme [illegible] et un homme qui s'est rendu [illegible], [illegible] le ministre algérien ([illegible] Blida et a un des types [illegible] qui lui ont déjà parlé de [illegible]). Dîner avec lui et Judith fort agitée parce que juste à cet instant on lui a proposé une pièce, très mauvaise, mais avec un grand rôle. [illegible] à 31 k., [illegible] d'[illegible], je prends la route. [illegible], toutes [illegible] [illegible] doucement bien [illegible] et j'ai filé comme le vent. A 46 k., aujourd'hui déjeuné en route, après Vienne, j'étais à Villeneuve [illegible].

J'ai une belle grande chambre qui donne sur un jardin médiocre sans vue, ni courts de tennis, mais où il n'est pas désagréable de s'asseoir pour lire ou pour dîner. Le matin je travaille longuement ([illegible] sur la forme, à corriger [illegible]), puis je vais me promener et dîner, je rentre [illegible] et je lis. Dîner aux [illegible] [illegible] au lit en lisant, je m'endors à 10 h. J'ai vu le Pont du Gard, la fontaine de Vaucluse, le tour du [illegible], de beaux villages, la campagne, malheureusement [illegible] par des ciels d'orage — Jeudi [illegible] et Judith ont dîné avec moi [illegible] des [illegible] à Avignon. Il est reparti, elle [illegible]; je suis [illegible] obligé de la [illegible] ce qui m'amuse à demi — dans l'ensemble je suis très heureux.

Voici ma lettre qu'on [illegible] envoyé directement de Paris au Prieuré. C'est dommage qu'on ne [illegible] pas [illegible].

Et songez que le même [illegible], et [illegible] que [illegible] au [illegible]. J'ai [illegible] de vous. Je [illegible] le 31. Je vous embrasse, [illegible] [illegible].

Votre Gaston

Personenregister

Abel, Lionel 376–378, 384, 386f., 395, 452, 459, 463
Adamov, Arthur 131, 138, 150
Adler, Alfred 163
Alain-Fournier, eigtl. Henri-Alban Fournier 162
Alberti, Rafael 16
Algren, Nelson 408–410, 467–480, 483–531, 537
Amèche, Don 109
Anouilh, Jean 258
Aragon, Louis 365
Aristophanes 242
Armand, Jacques 318
Armstrong, Louis 389, 452
Aron, Raymond 23, 336
Artaud, Antonin 575
Arthur, Jean 525
Audry, Colette 158, 163, 185, 205, 308, 314, 378
Audry, Jacqueline 346
Aumont, Jean-Pierre 414
Aury, Dominique 570
Aymé, Marcel 12, 265, 307

Bach, Johann Sebastian 79, 85, 137, 140, 145, 220, 229, 244, 261, 266, 269, 273, 276, 279, 283, 291
Badel 328, 333, 347
Baker, Dorothy 444
Balzac, Honoré de 154, 303
Barrault, Jean-Louis 139, 266, 268, 283, 301
Barrett, William 390
Barthes, Roland 494
Baudelaire, Charles 503
Baur, Harry 280
Beaufret, Jean 337–339
Beauvoir, Françoise de, Mutter von S. de Beauvoir 13, 28, 84, 97, 158, 198, 205, 207, 214, 218f., 230f., 233f., 244, 306, 318, 335, 462, 527, 557
Beauvoir, Georges Bertrand de, Vater von S. de Beauvoir 14, 38, 84, 87, 198, 204, 207, 214, 218f., 231, 233f., 244, 306
Beauvoir, Henriette-Hélène de, gen. Poupette, Schwester von S. de Beauvoir 33, 37, 41, 54, 68, 70, 79, 81, 83, 95, 103, 107–109, 114, 118, 120f., 123, 127f., 130f., 139, 148, 155, 169, 171, 222, 234, 314, 537, 553, 557f., 561
Bechet, Sidney 489, 520
Beer 335, 347, 349, 351
Beethoven, Ludwig van 9, 75, 79, 98, 129, 145, 231, 277, 281, 283

Bergerac, Cyrano de 427
Bergman, Ingrid 442
Berlioz, Hector 279
Bernstein, Henry 339, 349, 460
Bertheau 266, 268, 301
Bismarck, Otto Fürst von 132
Blin, George 390
Blin, Roger 61, 141, 235
Bogart, Humphrey 84, 387
Bonnafé, Alphonse, gen. der Boxer 48, 120, 136, 251, 308
Borgman, Cécile 245
Bost, gen. der Pfarrer, Vater von Jacques-Laurent Bost 107, 211f.
Bost, gen. die Pfarrerin, Mutter von Jacques-Laurent Bost 107, 211f.
Bost, Jacques-Laurent 12, 14, 16–18, 24, 28, 31f., 35, 41f., 44–46, 48f., 52, 54–56, 64f., 67f., 70, 74–76, 82f., 86–88, 90, 93–97, 99f., 102f., 105–114, 119, 121f., 124f., 129, 132, 135f., 138, 142, 146, 148, 153–155, 158–161, 163, 166, 168f., 172–196, 198, 202, 204, 207, 210–213, 226, 233f., 244, 247, 250–253, 257–260, 262f., 266, 268–270, 272, 274, 276–287, 295–300, 302–304, 307, 309f., 316–327, 329, 336, 338f., 344f., 348, 351, 354, 359–361, 363, 365, 368, 370f., 374, 378, 380f., 383, 385, 388, 391, 401, 403f., 413, 415, 419, 430, 434, 436, 443, 447, 454, 458, 468, 512, 527, 541, 554, 560f., 573
Bost, Lalley, Schwester von Jacques-Laurent Bost 283
Bost, Odette 283
Bost, Pierre, Bruder von Jacques-Laurent Bost 107, 111–113, 251, 283
Boubou → Gérassi, Fernand
Bourla 320, 344
Bovy, Berthe 38
Bowles, Paul 517
Boxer, der → Bonnafé, Alphonse
Boyer, Charles 525
Boyer, Lucienne 274
Brahms, Johannes 9
Bray, Yvonne de 140
Brecht, Bertolt 375
Breton, Jacqueline 372, 456
Breton, André 365
Brûle, André 140
Brunschvicg, Leon 148
Bucharin, Nikolai 377

Calder, Alexander 421, 452, 464

Camus, Albert 312, 337, 339, 353, 368, 377, 381, 385, 404
Capra, Frank 412
Capri, Agnès 157f., 274, 294, 296
Cartier-Bresson, Henri 456
Cather, Willa 378
Casadessus, Robert 460
Casarès, Maria 338
Cassou, Jean 184
Cau, Jean 484, 555, 561
Caussimons 352
Cazotte, Jacques 86
Cézanne, Paul 459
Certes 339, 459, 466
Chandler, Raymond 383
Chaplin, Charlie 414, 424, 459
Charlot 330, 433, 453
Chauffard, R.-J. 351
Chazotte, Mme 179
Chiaramonte 376–378, 380, 384, 386f.
Chonez, Claudine 150, 270
Chopin, Frédéric 9, 75, 261
Claudel, Paul 141
Clouzot, Henri-Georges 383
Cocteau, Jean 139f., 270, 283, 301, 310
Coindreau, Maurice 460
Colbert, Claudette 109
Collins 384, 448, 459, 463
Condit, Jean 372, 375, 384
Constable, John 383
Copeau, Jacques, Vater von Mayenne Copeau 338
Copeau, Mayenne, eigtl. Dasté, Marie-Hélène 61, 338
Copeau, Pascal 283
Cordonnier (Cousins von S. de Beauvoir) 63, 97
Corneille, Pierre 367
Cuny 349, 351ff.

Dalí, Salvador 115
Dasté, Mayenne → Copeau, Mayenne
Davis, Bette 85, 418
Day, Claude 464, 495
Debussy, Claude 30f., 220f., 229, 233f.
Degas, Edgar 406
Delarue 152, 157, 254, 256, 260
Delannoy, Marcel 145, 272, 299, 384
Descartes, René 98, 301f.
Desnos, Youki 326
«diese Dame» → Morel, Louise
Dominguez 59, 115f.
Dolorès → Vanetti, Dolorès
Dostojewski, Fjodor Michailowitsch 105
Drieu La Rochelle, Pierre 12, 34, 144, 263, 265
Ducasse, Roger 132
Duchamp, Marcel 452, 459, 467

Duhamel, Marcel 389, 400
Dukas, Paul 132
Dullin, Charles 37, 47, 60f., 85, 94, 125, 142, 149, 154, 156, 165, 216f., 242f., 251–253, 257f., 267f., 284, 297, 308, 345, 375, 481, 575
Dumas, Alexandre 538
Duras, Marguerite 565

Ehrenburg, Ilja 385
Eisenstein, Sergeij Michailowitsch 97
Elkaïm-Sartre, Arlette 576
Eluard, Paul 554
Erval, François 343

Fabre-Luce, Alfred 263, 265
Fairbanks, Douglas 459
Fanon, Frantz 576
Farrell, James Thomas 390, 409, 457, 463
Faulkner, William 86, 243, 460, 503
Faure, Mme 571
Fauré, Gabriel 132
Feldmann, Mme 89
Feydeau, Georges 310
Flaubert, Gustave 67, 70
Florès 78, 115f., 120, 125
Francœur, M. 316
Franck, César 271, 279, 289, 291
Franco, Francisco 16, 569
Freud, Sigmund 163, 573
Freund, Gisèle 36

Gandillac, Maurice de 7
Garbo, Greta 412
Garcin, Laure 554
Gaulle, Charles de 572f.
Gégé → Pardo, Gégé
Genet, Jean 338, 358, 414, 466
Gérassi, Fernand, gen. der Boubou 14–16, 28, 31, 38, 50f., 55, 58, 78, 91, 103, 118, 127, 130, 142, 159, 163, 273, 373f., 386f., 391, 394–396, 401, 403f., 416, 430f., 435, 439, 443, 446–448, 452f., 459, 464, 466, 479, 483f., 499
Gérassi, Stépha, geb. Avdicowicz, gen. Baba 15f., 20, 38, 44, 50, 78, 87, 91, 94, 97, 103, 118, 120, 123, 130, 138, 159, 163, 273, 373, 386, 391, 394–396, 401, 403, 408, 416, 439, 443, 446, 448, 452f., 459, 464, 479, 483
Gérassi, Tito, Sohn der Gérassis 373, 391, 396
Giacometti, Alberto 246, 348, 354
Gibert, Colette 117, 157, 277, 297
Gide, André 36, 70, 263, 265, 551
Giono, Jean 263, 265

Giroud, Françoise 553
Gogol, Nikolaj 380
Goldsmith, Oliver 527
Grant, Cary 442
Grémillon, Jean 309f.
Grenier, Jean 537
Griffith, David Llewelyn Wark 459
Gris, Juan 459
Gros, Madeleine 34
Guggenheim, Mary 391, 408
Guggenheim, Peggy 377
Guille, Mme, gen. Bel Eute 96, 264
Guille, Pierre 95, 201, 251, 262f., 308
Gurvitch, Georges 462

Hamsun, Knut 139
Hardy, Oliver 330
Hare, David 464, 467
Harrison, Charles 455f., 463, 466
Hébertot 335, 339, 349, 351
Hegel, Georg Wilhelm Friedrich 198, 201, 209, 219–222, 224f., 228, 230f., 233f., 237f., 242, 244, 256, 293, 297, 300, 308
Heidegger, Martin 66f., 291
Heine, Heinrich 10, 39
Hemingway, Ernest 124, 419, 566f., 570
Hessel, Mme 456, 464
Hessling, Catherine 59
Hirsch, Louis-Daniel 537
Hitchcock, Alfred 442
Hitler, Adolf 27, 69, 132, 169, 451
Hogarth, William 383
Holbach, Paul Heinrich Dietrich Baron d' 322
Holbein, Hans 389
Holiday, Billie 374, 393, 524
Holt, Janny 140
Honegger, Arthur 301
Hoop, Betty 65
Hugo, Victor 568, 570
Husserl, Edmund 219
Huston, John 573
Huxley, Aldous 135

Jaubert, Maurice 272
Jeannel, Marcelle 261
Jolibois, Simone 273
Jollivet, Mme, Mutter von Toulouse Jollivet 216f.
Jollivet, Simone, gen. Toulouse 47, 51, 61, 138, 145, 148f., 154, 156, 165, 216f., 232, 241–243, 253, 257, 297, 308, 345, 375, 378, 481–483, 575
Jolson, Al 455
Joxe 365, 369
Joyce, James 36, 444

Kafka, Franz 89, 189
Kanapa, Jean 21, 97, 124, 271, 352f.
Kant, Immanuel 26, 256, 265, 288

Karl der Große 316
Kaye, Danny 477
Kéchélévicz, Olga 59, 62, 85, 142, 157, 162, 266 f.
Kierkegaard, Søren 185 f., 275, 277–279, 288
Knopf, Blanche 375, 384
Koestler, Arthur 359, 377, 393, 441, 560
Kosakiewicz, Mme, Mutter von Olga und Wanda Kosakiewicz 218, 239
Kosakiewicz, M., Vater von Olga und Wanda Kosakiewicz 239
Kosakiewicz, Olga, gen. Kos. 10 f., 13–15, 17, 21–26, 28, 30–34, 36–42, 44 f., 47 f., 51 f., 55, 58 f., 61 f., 66, 68, 70, 72–76, 78 f., 81 f., 84 f., 89, 91, 93–95, 97, 99, 101–103, 107 f., 111, 113, 115 f., 125, 130, 134, 136–139, 141–143, 147 f., 152, 154–158, 161 f., 165, 167, 169–171, 194 f., 197 f., 202, 210, 218, 220, 222, 226, 234, 236, 238 f., 241–243, 247, 250–254, 257–263, 266–269, 272, 274, 277, 282, 285, 290 f., 294–297, 299, 301–303, 305, 309 f., 314, 318, 344–346, 362, 382, 413, 416, 443, 494, 512, 541, 554, 558, 560, 573
Kosakiewicz, Wanda 17, 22, 31, 33, 36–38, 41 f., 45, 52, 55 f., 58, 60, 73, 75, 79, 83, 86, 93–95, 102 f., 108, 113, 115, 133 f., 141 f., 147 f., 161, 165–167, 193, 197, 202, 210, 236, 239, 252 f., 256, 258, 261, 263, 285 f., 289, 294, 301, 305 f., 310, 335, 344–346, 382, 413, 416 f., 558
Kubaner, der 115 f.
Kravtchenko, Viktor A. 441

La Boule → Vanetti
La Bruyère, Jean de 305
Lafaurie, Yves 112
La Fayette, Marie Madeleine Gräfin von 561
Lalo, Édouard 30
Lama → Maheu, René
Lange, Monique 560, 570
Lanzmann, Claude 532–577
Lanzmann, Jacques, Bruder von Claude Lanzmann 554, 560
Laporte 141, 153
Larronde, Olivier 393
Lassalle, Ferdinand 10
Laurel, Stan 330
Le Corbusier, eigtl. Charles Édouard Jeanneret 459
Ledoux, Fernand 33, 38
Leduc, Violette 334, 338, 500, 507, 535, 554 f., 570, 577

Lefèvre-Pontalis, Jean-Bertrand 344, 351
Leger, Marie-René Alexis 399
Leibniz, Gottfried Wilhelm Freiherr von 24, 39, 44, 65
Leibowitz, René 353, 441
Leiris, Michel 348, 494, 567
Leiris, Zette 353f.
Lévi, Carlo 450–452, 527
Lévi-Strauss, Claude 365, 369, 371, 393, 395, 401, 448
Lévy, M. André 346
Lévy, Raoul 21, 97, 124, 244
Lexia 157, 162
Lieutier, Odette 375, 379, 392, 451, 453
Lionel → Roulet, Lionel de
Lissagaray, Prosper Olivier 127
Liszt, Franz 137, 140
Lloyd, Harold 330
Lorre, Peter 438
Lully, Jean-Baptiste 245

MacArthur, Douglas 486, 499
Macdonald, Dwight 378, 393, 405, 453
Macht 369, 382, 384, 402
Magnane, Georges 308
Magnani, Anna 466
Magny, Claude-Edmonde 338
Magre, Judith 576f.
Maheu, René, gen. Lama 118, 219, 252, 262f., 353, 475, 476, 480
Malenkow, Georgi Maximilianowitsch 556
Mancy, Anne-Marie, Mutter J.-P. Sartres 11, 56, 63, 83, 90, 148, 159, 198, 204f., 244, 253, 255, 258, 263, 281, 283, 285, 293, 305, 331, 338, 354, 401, 426, 520, 552, 558, 560
Mancy, Joseph, Stiefvater J.-P. Sartres 83, 198
Mansfield, Katherine 87
Marais, Jean 270, 301, 310
Marat, Jean-Paul 132
Marivaux, Pierre Carlet de Chamblain de 67
Martin, Henri 537
Marx Brothers 553
Marx, Karl 10, 467
Mason, James 464
Masson, André 154, 380, 406, 452
Maugham, William Somerset 405
Maulnier, Thierry 566
Maupassant, Guy de 87
Maurois, André 567, 570
Maxwell, Elsa 433
McCarthy, Mary 392, 517
McCullers, Carson 524
Medvédeff, Mlle 42
Melville, Herman 548
Ménard, Arlette 31, 59

Merleau-Ponty, Maurice 17, 21–23, 251 f., 271, 273, 276f., 291, 296, 303, 305, 307, 338 f., 346–349, 352–354, 377, 385, 400, 563, 567, 570, 573
Meyerbeer, Giacomo 30
Mezzrow, Mez 389
Milhaud, Darius 154, 421
Miller, Henry 422 f., 425
Minder, Robert 69, 164
Miró, Joan 459, 466
Moffat, Iris, Mutter von Ivan Moffat 416
Moffat, Ivan, verh. mit Nathalie Sorokine 333, 348, 364, 392, 401, 412–417, 425–435, 442, 512, 514 f.
Molière 157, 284, 287
Mondfrau, die 21 f., 50, 69, 75, 116, 141, 163, 165, 243, 295
Mondmann, der 251, 295
Monnerot, Jules 567
Monnier, Adrienne 36, 48, 59
Montgomery, Robert 383
Mops → Morel, Jacqueline
Morand, Marcel 430
Morel, Jacqueline, gen. der Mops 94 f. 507
Morel, Louise, gen. «diese Dame» 16, 68, 165, 170, 183, 185, 191, 194, 198, 200 f. 213, 226, 245, 251, 257–259, 261–263, 494, 505, 518
Morgan, Michèle 59
Morineau, Yvette 13, 43
Mouloudji, Marcel 42, 45, 52, 61, 95, 141 f., 159, 163, 254, 266, 274, 282, 294, 296, 302–305
Mozart, Wolfgang Amadeus 42, 78, 129, 145, 229, 234 f.
Münch, Charles 79, 266, 283, 309
Mussorgskij, Modest Petrowitsch 137, 140

Nagel, Louis 349 f., 354
Naville, Pierre 322
Nemade, Y. 34
Nerval, Gérard de 10
Nietzsche, Friedrich 258
Nizan, Paul 251
Nordman, Dorothy 372, 375, 386, 451 f., 456, 459, 463

Olivier, Sir Laurence 387

Parain, Brice 163, 251
Pardo, Dita 59
Pardo, Frédéric 541
Pardo, Gégé 24, 37, 44, 74, 77 f., 82, 138, 150, 158 f., 251, 286, 541
Parodi, Dominique 395
Paulhan, Jean 163, 348
Péju, Marcel 537

Perrier, Denise 362, 365, 367, 391, 397, 403
Pétain, Philippe 16
Picard, Blanche 142, 271, 289
Picasso, Pablo 380, 406
Pieter 33 f., 36, 40, 66, 220
Pirandello, Luigi 33
Piscator, Erwin 375, 379, 384, 448, 459, 463
Poe, Edgar Allan 548
Pons, Henri 575
Pottier, Eugène 563
Poupette → Beauvoir, Hélène de
Pozner, Vladimir 433
Proust, Marcel 59, 75

Queneau, Raymond 523, 528, 553 f., 560

Rainer, Luisa 456
Rains, Claude 412, 442
Ramblin 124, 244, 250, 257, 266, 282, 286, 291, 301, 308
Rauschning, Hermann 14, 69, 86
Ravel, Maurice 30, 81, 95, 234, 281, 283, 292
Ray, Man 431
Renaud, Madeleine 301
Rey, Evelyne, Schwester von Claude Lanzmann 553–556, 560 f.
Rilke, Rainer Maria 138, 227
Rimbaud, Arthur 354
Rimski-Korsakow, Nikolai 231
Rivera, Diego 478
Romains, Jules 13, 48, 59, 62, 70, 180, 553
Rosenberg, Harold 467
Rosenberg, Julius und Ethel 528, 533
Rossellini, Roberto 466
Rostand, Edmond 427
Roulet, Lionel de 40, 67, 78, 121, 372, 553, 558
Rouleau, Raymond 266, 268, 310, 335, 339, 346 f., 349, 351, 573
Roy, Claude 349
Runyan, Damon 409
Russell, Bertrand Earl 384

Sachs, Maurice 357
Sade, Donatien-Alphonse-François, Marquis de 523, 525, 527–529
Salacrou, Armand 344 f., 346
Saenz 451, 457
Saint-Exupéry, Antoine de 113
Sarment, Jean 297
Saroyan, William 137, 312, 314, 409
Sarraute, Nathalie 338 f.
Saunders, Marion 366, 368, 373
Scheler, Max 275, 298 f.
Schmidt, Florent 132

Schubert, Franz 75
Schumann, Robert 231, 245, 261
Scipion 348, 352
Shakespeare, William 11, 15, 32 f., 39, 176, 283, 417
Shapiro, Henry 386, 556
Silone, Ignazio 527
Simmel, Georg 299
Singher, Martial 272
Smith, Bessie 452, 455
Sorokine, Eltern von Nathalie Sorokine 19, 81, 140, 213, 261
Sorokine, Nathalie, verh. Moffat, auch gen. Sabakhane 15, 17–21, 26 f., 31 f., 34 f., 39–42, 44, 47–50, 55, 59, 64 f., 67, 74 f., 79, 81, 85, 88 f., 91, 94, 97–100, 108, 114, 117 f., 120, 140 f., 148, 153–154, 158, 161 f., 166, 169–172, 189, 195, 198, 205, 207 f., 213–216, 218–223, 225–231, 234, 238, 242, 244–246, 250, 252–254, 258 f., 261 f., 266, 270 f., 276 f., 282, 287–289, 292, 295–297, 299–301, 303–306, 309 f., 315, 320, 324 f., 333, 335 f., 346, 348, 351, 353, 365, 375, 388, 401, 408, 411–453, 456 f., 459 f., 463, 488 f., 494, 496, 507-517, 522, 524 f.
Soupault, Philippe 365, 397, 400
Soustelle, Jacques 573
Spinoza, Baruch 237
Staecklin, Eloy de 289
Stalin, Josef 411, 466
Steinbeck, John 349, 411
Stendhal 105
Stépha → Gérassi, Stépha
Stevens, George 412 f., 415, 425, 427 f., 434
Strawinsky, Igor 309, 444
Stroheim, Erich von 425, 428
Sweeney 452, 459
Sylvia, Gaby 333

Tanguy, Yves 467
Tennyson, Alfred Lord 255 f.
Thévenin, Paule 575
Thineray 392, 395, 448, 457
Toulouse → Simone Jollivet
Trotzkij, Leo 455, 466
Truman, Harry S. 429
Tucker, Sophie 95
Turner, William 383
Tyssen, Berthe 62, 70, 84, 154, 157, 253, 285, 297

Ungar, der 10, 144, 155

Valéry, Paul 227, 312
Valentin, Kurt 380
Vanetti, Dolorès 366, 369–372, 375 f., 382, 391 f.,

475, 477, 485, 495, 500, 508, 513 f.
Vanetti, gen. la Boule, verh. mit Dolorès Vanetti 373
Védrine, Louise 12, 15, 17, 21, 23, 26, 29, 31, 34–39, 41, 43 f., 46–48, 51, 54 f., 59, 64–68, 71–73, 75–77, 85, 88, 91, 94–97, 99–101, 106, 108, 111, 114, 117 f., 120, 122–124, 127–129, 131, 134, 136, 139, 144–147, 149–151, 154, 164, 169, 171 f., 183, 189, 193, 197 f., 202, 219, 230, 233 f., 236, 238, 242, 244–247, 250, 254, 258–260, 263, 266, 271, 274, 279, 282, 286, 289–291, 294, 296, 301–303, 306–308, 333 f., 353, 373
Védrine, Mme, Mutter von Louise Védrine 26, 136
Védrine, M., Vater von Louise Védrine 203
Vermeer van Delft, Jan 389
Véry, Pierre 52
Vian, Boris 402
Vian, Michelle 484, 489, 512 f., 515, 523, 525, 531, 558, 560, 571
Vilar, Jean 347
Vitold, Michel 328–332, 336, 338 f., 347–349, 351 f.
Vittorini, Elio 450

Wagner, Richard 10
Wahl, Jean 123, 148, 163, 209, 222, 277
Weill, Kurt 459
Wellmann, W. A. 415
Welles, Orson 364
Wilder, Billy 434
Willingham 452, 457
Wilson, Edmund 503
Wolfe, Bernard 452 f., 455–457, 463, 465–467
Wolfe, Thomas 423, 425
Wright, Ellen 382, 448, 456 f., 459
Wright, Richard 372, 375 f., 382, 386, 389 f., 395, 397, 408 f., 448, 451, 452, 456, 459, 463, 466 f.
Wyler, William 433

Zébuth (Cousine von Louise Morel) 13, 107, 206, 214 f., 220, 223
Zuorro, Marc 40, 48, 95, 163, 251, 257, 259, 281, 299–301, 303, 305

Inhalt

Briefe
1940 Seite 7
1941 Seite 284
1943 Seite 311
1944 Seite 318
1945 Seite 328
1946 Seite 343
1947 Seite 357
1948 Seite 469
1950 Seite 481
1951 Seite 520
1953 Seite 532
1954 Seite 539
1955 Seite 563
1958 Seite 572
1961 Seite 575
1963 Seite 576

Personenregister Seite 580

Simone de Beauvoir

«Ich bin keine virtuose Schriftstellerin gewesen. Ich wollte mich existent machen für die anderen, indem ich ihnen auf unmittelbarste Weise mitteilte, wie ich mein eigenes Leben empfand: Das ist mir in etwa geglückt.»
Simone de Beauvoir

Kriegstagebuch *September 1939 – Januar 1941*
Herausgegeben von Sylvie Le Bon de Beauvoir.
Deutsch von Judith Klein
480 Seiten. Gebunden

Memoiren einer Tochter aus gutem Hause
(rororo 11066)

In den besten Jahren
(rororo 1112)
Simone de Beauvoirs Erinnerungen an jenes glückliche Dezennium, in dem sich die junge Lyzeal-Lehrerin mit Sartre befreundet und zur Schriftstellerin entfaltet.

Der Lauf der Dinge
(rororo 1250)
Die Beziehung und die Reisen mit Sartre, ihre Liebesaffäre mit dem amerikanischen Romancier Nelson Algren, ihre Freundschaften und Zerwürfnisse mit Camus, Koestler, Giacometti, Merleu-Ponty, Aaron – ein faszinierendes Zeitdokument über das Leben europäischer Intellektueller des 20. Jahrhunderts.

Alles in allem *Memoiren IV.*
rororo 1976
Freimütig und unerschrocken hält Simone de Beauvoir Rückschau auf ein Stück Lebens- und Zeitgeschichte: die sechziger Jahre.

Memoiren

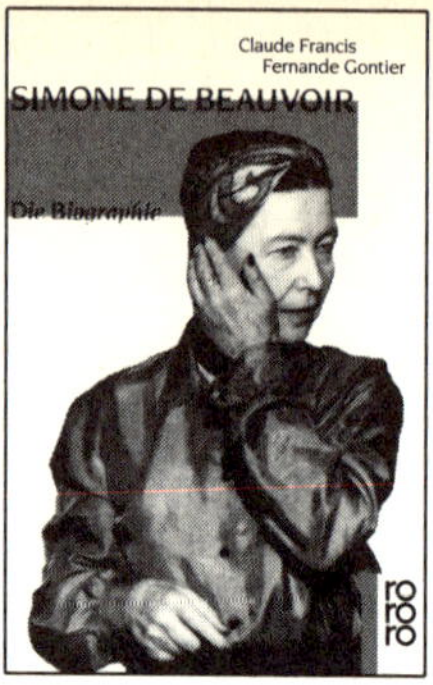

Die Zeremonie des Abschieds und Gespräche mit Jean-Paul Sartre
(rororo 5747)

Claude Francis / Fernande Gontier
Simone de Beauvoir
Die Biographie
(rororo 12442)

Axel Madsen
Jean-Paul Sartre und Simone de Beauvoir *Die Geschichte einer ungewöhnlichen Liebe*
(rororo 14921)
«Ein vielschichtiges, ungeheuer farbiges Bild dieser beispiellosen Beziehung, das sich liest wie ein fesselnder Roman.» *Darmstädter Echo*

Herausgegeben von Sylvie Le Bon de Beauvoir.
Deutsch von Judith Klein
Briefe an Sartre
Band 1. 1930 – 1939
528 Seiten. Gebunden
Band 2. 1940 – 1963
592 Seiten. Gebunden